스노우맨

스노우맨

1판 1쇄 발행 2012년 2월 20일 **라이트 에디션 발행** 2017년 12월 25일

지은이 요 네스뵈 **옮긴이** 노진선
펴낸이 고세규
편집 이승희 **디자인** 길하나

발행처 김영사
주소 경기도 파주시 문발로 197 (문발동) 우편번호 10881
등록 1979년 5월 17일 (제406-2003-036호)
주문 및 문의 전화 031)955-3200 **팩스** 031)955-3111
편집부 전화 02)3668-3292 **팩스** 02)745-4827 **전자우편** literature@gimmyoung.com
비채 카페 cafe.naver.com/vichebooks **인스타그램** @drviche **카카오톡** @비채책
트위터 @vichebook **페이스북** facebook.com/vichebook

ISBN 978-89-349-7971-5 03890 책값은 뒤표지에 있습니다.

THE SNOWMAN

스노우맨

요 네스뵈 장편소설

노진선 옮김

비채

시르스텐 함메르볼 네스뵈에게 바친다

차례

PART 1

PART 4

• 본서는 저자 및 저작권사의 공식 인정을 받은 Don Bartlett의 영어판 번역을 바탕으로 번역되었습니다.
• 해리 홀레는 강력반의 반장이자 직급은 경감에 해당합니다. 본문에서는 '반장'이라는 직함으로 통일하였습니다.
• 인명을 포함한 고유명사는 노르웨이 현지 발음을 기준으로 표기하였습니다.
• 모든 주는 옮긴이주입니다.

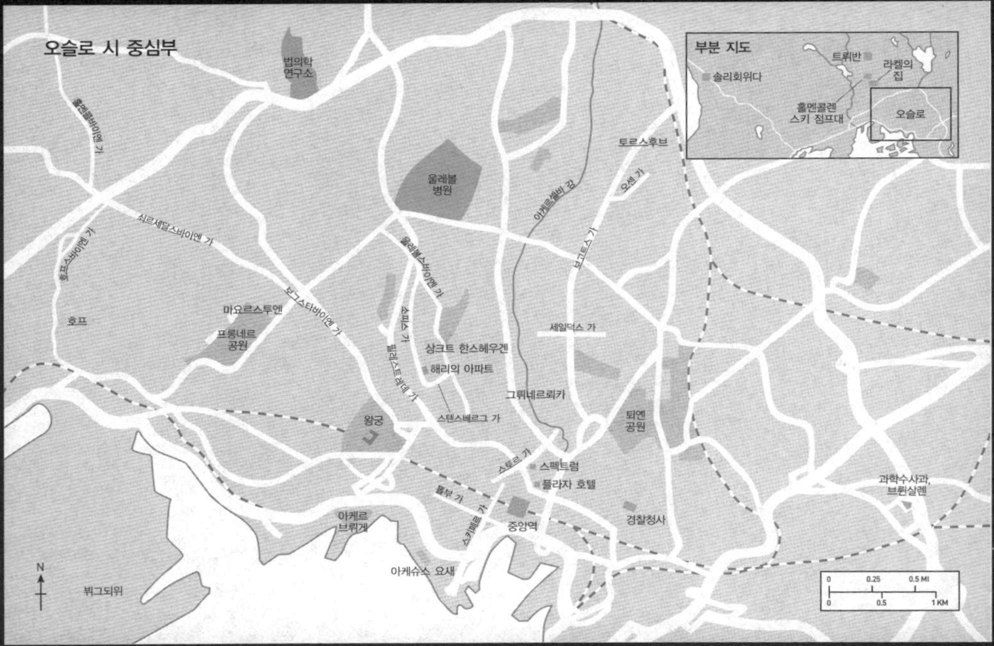

오슬로 시 중심부
법의학 연구소
홀멘콜바이엔 가
울레볼 병원
쇠르세달스바이엔 가
호프스바이엔 가
울레볼스바이엔 가
보그스타바이엔 가
마요르스투엔
호프
프롱네르 공원
소피스 가
필레스트레데 가
상크트 한스헤우겐
해리의 아파트
스텐스베르그 가
그뤼네르뢰카
아케르셀바 강
보그트스 가
세일덕스 가
토르스후브
오센 가
퇴엔 공원
왕궁
스토르 가
스펙트럼
플라자 호텔
뮐부 가
스키페르 가
중앙역
경찰청사
아케르 브뤼게
아케슈스 요새
뷔그되위
과학수사과, 브륀살렌
N
0 0.25 0.5 MI
0 0.5 1 KM
부분 지도
트뤼반
라켈의 집
솔리회위다
홀멘콜렌 스키 점프대
오슬로

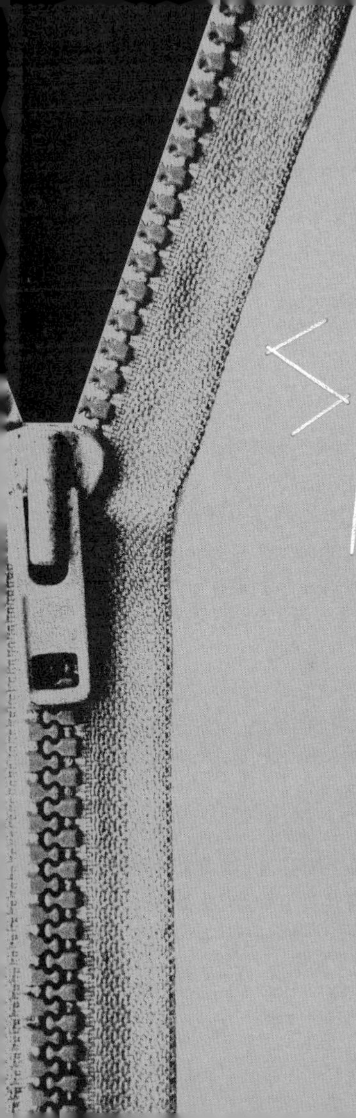

SNOW MAN

PART 1

1980년 11월 5일, 수요일

눈사람

눈이 내리던 날이었다. 아침 11시, 무채색 하늘에서 쏟아지는 함박눈이 외계 행성의 무적함대처럼 로메리케*의 언덕과 정원, 잔디밭을 침공했다. 오후 2시, 릴레스트룀 시에서는 제설기가 가동됐다. 2시 반이 되자, 사라 크비네슬란은 콜로바이엔 가의 드문드문 떨어진 집들 사이로 도요타 코롤라 SR5를 천천히 조심스럽게 몰았다. 완만하게 펼쳐진 시골 풍경 위로 11월의 눈이 오리털 이불처럼 내려앉아 있었다.

낮에 보니 집들이 달라 보인다고 사라는 생각했다. 너무 달라 보여서 하마터면 그의 집을 그냥 지나칠 뻔했다. 급히 브레이크를 밟자, 차가 미끄러지면서 뒷좌석에서 투덜대는 소리가 들렸다. 백미러에 아들의 못마땅한 얼굴이 비쳤다.

"엄마 금방 올게, 우리 아들."

사라가 말했다. 사방이 온통 새하얀 가운데 차고 앞 아스팔트의 큼지막한 검은 사각형 위에만 눈이 쌓여 있지 않았다. 이삿짐

* 오슬로 주 북동쪽 지역

차가 왔다 갔구나. 사라는 목구멍이 오그라들었다. 너무 늦지 않았어야 할 텐데.

"여기 누가 사는데요?" 뒷좌석에서 볼멘소리가 들렸다.

"그냥 아는 사람이야." 사라는 그렇게 대답하고, 기계적으로 거울을 보며 머리를 매만졌다. "10분이면 돼. 시동 켜놓고 갈 테니까 라디오 듣고 있으렴."

그녀는 대답을 기다리지도 않은 채 차 밖으로 나가, 밑창이 매끈한 신발로 현관까지 주르르 미끄러지듯 걸어갔다. 지금껏 숱하게 드나들었던 집이지만 이렇게 대낮에, 엿보기 좋아하는 이웃들의 시선에 완전히 노출된 채 오기는 처음이었다. 심야의 방문이라고 더 순수하게 보였을 리 만무하지만, 그래도 왠지 이런 행동은 어둠이 내린 후에 하는 쪽이 온당하게 느껴졌다.

초인종을 누르자 유리병에 갇힌 뒤영벌 같은 왱 소리가 집 안에 울려 퍼졌다. 사라는 더욱 절박한 심정으로 이웃집 창문을 힐끗 바라봤다. 아무것도 보이지 않았다. 창문이 반사해내는 헐벗은 검은 사과나무와 회색빛 하늘, 우윳빛 지형만이 보일 뿐. 마침내 문 너머로 발소리가 들려와 사라는 안도의 한숨을 쉬었다. 다음 순간 그녀는 집 안에, 그의 품 안에 있었다.

"가지 마." 그녀의 목소리에 이미 울먹임이 배어 있었다.

"가야 해." 남자의 단조로운 음성은 이미 오래전에 같은 말을 반복하는 데 질려버린 듯했다. 그의 양손은 익숙한 길, 그들이 한 번도 싫증 낸 적 없는 길을 찾고 있었다.

"아니, 그렇지 않잖아. 당신이 원해서 가는 거잖아. 더는 우리 관계를 지속할 용기가 없는 거지?" 그녀가 속삭였다.

"이 일은 우리와 상관없어."

사라는 그의 음성에서 어렴풋이 짜증을 감지했다. 그와 동시에 강인하면서도 부드러운 그의 손이 그녀의 등을 훑어 내리며 스커트의 허리밴드를 지나 스타킹 속으로 들어왔다. 그의 양손은 파트너의 모든 동작과 스텝, 호흡, 리듬까지 꿰뚫고 춤추는 한 쌍의 숙련된 커플 같았다. 처음에는 달콤한 백색 애무. 그다음에는 고통스러운 흑색 애무가 뒤따랐다.

남자의 손은 그녀의 코트를 쓰다듬으며 두꺼운 천 아래로 젖꼭지를 찾았다. 그는 항상 그녀의 젖꼭지에 매료되었고, 늘 그곳으로 돌아갔다. 아마도 그에게는 젖꼭지가 없기 때문일 것이다.

"차고 앞에 주차했어?" 그가 젖꼭지를 세게 비틀며 물었다.

사라는 고개를 끄덕이며, 통증이 쾌락의 화살이 되어 머릿속을 관통하는 걸 느꼈다. 그녀의 아래쪽은 곧 맞이할 손가락을 위해 활짝 열려 있었다. "아들이 차 안에서 기다리고 있어."

그의 손길이 뚝 멈췄다.

"그 애는 아무것도 몰라." 그의 손길이 멈춘 걸 알고 사라가 불만스럽게 신음했다.

"남편은? 남편은 지금 어디 있어?"

"어디긴. 당연히 직장에 있지."

이제는 그녀가 짜증을 냈다. 그가 남편 이야기를 꺼냈기 때문이기도 하고, 그녀의 몸이 지금 당장 그를 원하고 있기 때문이기도 했다. 남편 이야기만 나오면 사라는 저절로 짜증이 났다. 사라 크비네슬란은 남자의 바지 지퍼를 내렸다.

"이러지 말고……." 남자가 그녀의 허리를 끌어안으며 말문을 여는데, 사라가 다른 손으로 그의 뺨을 갈겼다. 그의 볼에 빨간 손자국이 번지는 동안, 남자는 놀란 눈으로 그녀를 바라보았다. 사라는 미소를 지으며, 숱이 많은 남자의 검은색 머리카락을 움켜쥔 채 그의 얼굴을 자신의 얼굴 앞으로 끌어당겼다.

"날 떠나도 좋아. 하지만 나랑 먼저 하기 전에는 못 갈 줄 알아. 알았어?"

남자의 숨결이 그녀의 얼굴에 닿았다. 이제 그의 숨결은 거친 헐떡임으로 변해갔다. 그녀가 또 한 번 그의 뺨을 갈기자, 그녀의 다른 손 안에 있던 그의 성기가 더욱 커졌다.

남자는 매번 더 세게 밀어 넣었지만, 이제는 끝났다. 그녀는 아무런 감각도 없었다. 마법은 사라졌고, 긴장감은 녹아버렸다. 남은 것은 절망뿐이었다. 그가 그녀의 곁을 떠나려 하고 있었다. 침대에 누워 있는 지금, 그는 그녀의 남자가 아니었다. 그를 탐했던 그 모든 세월, 그녀가 흘린 그 모든 눈물, 이 남자 때문에 필사적으로 저질렀던 일들. 이 모든 것에 대해 어떤 보상도 받지 못했다. 한 가지만 제외하고.

그는 침대 발치에 서서 눈을 감은 채 그녀를 범하고 있었다. 사라는 그의 가슴을 바라보았다. 처음에는 젖꼭지가 없는 그의 가슴이 이상했지만, 시간이 흐르자 아무것도 없는 순백색 흉근을 바라보는 게 좋아졌다. 풍기문란을 막기 위해 젖꼭지를 만들지 않았던 고대의 조각상이 생각났다.

그의 신음이 점차 커졌다. 이제 곧 그의 입에서 격렬한 고함이 터져 나올 것이다. 그녀는 그 소리가 좋았다. 마치 그의 큰 기대를 매번, 한 번도 어김없이 능가하는 오르가슴이 늘 놀랍고 황홀하며 고통스럽기까지 하다고 말하는 듯했다. 이제 그녀는 마지막으로 듣게 될 그 고함을 기다렸다. 그림도, 커튼도, 카펫도 사라진 이 냉랭한 방에게 큰 소리로 고하는 작별 인사를 기다렸다. 그러고 나면 그는 옷을 입고 노르웨이의 다른 도시로 떠날 것이다. 도저히 거절할 수 없는 일자리를 제안받았다는 게 그 이유였다. 그렇다면 이 일, 지금 하고 있는 이 일은 거절할 수 있다는 뜻이다. 그래도 그는 쾌락에 들떠 고함을 지르겠지.

그녀는 눈을 감았다. 고함이 들리지 않았다. 그가 동작을 멈춘 것이다.

"왜 그래?" 그녀가 눈을 뜨며 물었다. 그의 얼굴은 뒤틀려 있었지만, 쾌감 때문은 아니었다.

"얼굴." 그가 속삭였다.

그녀는 움찔했다. "어디?"

"창문 밖에."

창문은 침대 머리맡, 그녀의 머리 위에 있었다. 몸을 돌리자 이미 축 늘어진 그의 물건이 그녀의 몸 안에서 빠져나가는 게 느껴졌다. 누운 상태로는 창문이 너무 높아서 밖을 내다볼 수 없었다. 사실 창문은 누군가 밖에 서서 안을 들여다보기에는 너무 높은 위치였다. 벌써 해가 저무는 중이라 그녀의 눈에는 창문에 비친 천장 램프밖에 보이지 않았다.

"창문에 비친 당신 얼굴이었겠지." 그녀가 간청하듯 말했다.

"나도 처음에는 그렇게 생각했어." 그는 여전히 창문에서 시선을 떼지 못했다.

사라는 무릎을 짚고 일어서서 창밖의 정원을 내다보았다. 거기에 정말로 얼굴이 있었다.

그녀는 안도감에 큰 소리로 웃었다. 그것은 검은 조약돌로 만든 눈과 입이 달린 하얀 얼굴이었다. 아마 진입로에 있던 조약돌일 것이다. 그리고 사과나무에서 꺾은 가지로 만든 두 팔이 달려 있었다.

"참나." 그녀가 휴 하고 안도의 한숨을 쉬었다. "저건 그냥 눈사람이잖아."

그 웃음은 눈물로 변했고, 곧 무력한 흐느낌이 이어졌다. 마침내 그가 양팔로 그녀를 끌어안았다.

"이제 가야겠어." 그녀가 흐느꼈다.

"조금만 더 있어." 그가 말했다.

그녀는 조금만 더 있었다.

주차장으로 가던 사라는 벌써 40분이나 지났다는 걸 깨달았다.

그는 가끔씩 전화하기로 약속했다. 늘 거짓말을 잘하는 사람이었지만, 이번만큼은 그 거짓말이 마음에 들었다. 뒷좌석에서 그녀를 바라보고 있는 아들의 창백한 얼굴이 보였다. 사라는 차 문의 손잡이를 잡아당겼다. 놀랍게도 차 문은 잠겨 있었다. 그녀는 김이 서린 차창 너머로 아들을 바라보았다. 그녀가 유리창을 두드리자 그제야 문이 열렸다.

사라는 운전석에 앉았다. 라디오는 꺼져 있었고, 차 안의 공기는 얼음장처럼 차가웠다. 차 열쇠는 조수석에 놓여 있었다. 사라는 몸을 돌려 아들을 바라보았다. 아이는 창백한 얼굴로 아랫입술을 떨고 있었다.

"무슨 일 있었니?" 그녀가 물었다.

"네, 봤어요." 아이가 말했다.

겁에 질려 가늘고 새된 음성이었다. 예전에 아이가 그녀와 남편 사이에 앉아 두 손으로 눈을 가리고 텔레비전을 보던 때 이후로 한동안 들은 적이 없는 음성이었다. 이제 아들은 변성기였고, 더는 자기 전에 엄마를 껴안아주지 않았으며, 자동차 엔진과 여자아이들에게 관심을 갖기 시작했다. 언젠가는 그 여자아이들 중의 하나를 차에 태우고 그녀의 곁을 떠날 것이다.

"보다니, 뭘?" 그녀는 차 열쇠를 점화 스위치에 밀어 넣고 돌렸다.

"눈사람을요……."

엔진은 아무런 반응이 없었고, 사라는 갑작스런 패닉 상태에 빠졌다. 정확히 뭐가 두려운지는 그녀도 몰랐다. 창밖을 내다보며 다시 시동을 걸었다. 배터리 수명이 다 됐나?

"눈사람이 어떻게 생겼는데?" 그녀는 액셀러레이터를 밟으며 필사적으로, 열쇠가 부서져라 돌려댔다. 아이가 뭐라고 대답했지만, 엔진의 굉음에 묻혀버렸다.

사라는 급하게 도망치려는 사람처럼 자동차 기어를 올리고, 클러치를 풀었다. 부드럽고 질척한 눈 속에서 바퀴가 회전했지만, 차 뒷부분이 옆으로 미끄러졌다. 그러더니 마침내 타이어가 아스팔트에 닿으면서 앞으로 굴러갔고, 도로에 진입했다.

"아빠가 기다리셔. 서둘러야 해." 그녀가 말했다.

사라는 라디오를 켜고 음량을 키워, 자신의 음성 아닌 다른 소리로 냉랭한 차 안을 가득 채웠다. 뉴스 앵커는 간밤에 미국 대선에서 로널드 레이건이 지미 카터를 눌렀다는 소식을 전했다. 오늘 하루 귀에 못이 박히도록 들은 뉴스였다.

아이가 다시 뭐라고 말하자, 사라는 백미러를 힐끗했다.

"뭐라고 했니?" 그녀가 큰 소리로 말했다.

아이는 다시 한 번 말했지만 이번에도 들리지 않았다. 그녀는 라디오 소리를 줄이고, 두 개의 음울한 검은색 줄무늬처럼 전원 풍경을 가로지른 주도로와 강을 향해 차를 몰았다. 그러다가 앞좌석 사이로 몸을 내민 아이를 보고 깜짝 놀랐다. 아들의 목소리는 메마른 속삭임처럼 들렸다. 마치 다른 사람은 절대 들으면 안 된다는 듯이.

"우린 이제 죽을 거라고요."

2004년 11월 2일, 1일째

눈은 조약돌

해리 홀레는 깜짝 놀라 눈을 번쩍 떴다. 뼛속까지 추웠다. 어둠 속에서 그를 깨운 목소리가 들렸다. 그 목소리는 오늘 미국인들이 앞으로 4년간 다시 조지 워커 부시를 대통령 자리에 앉힐지 결정할 거라고 말했다. 11월. 해리는 그들이 분명 암흑의 시대로 향할 거라고 생각했다. 이불을 젖히고, 바닥을 밟았다. 리놀륨 장판이 어찌나 차가운지 발바닥이 얼얼했다. 알람기능이 있는 라디오에서 뉴스가 크게 울려 퍼지도록 내버려둔 채, 욕실로 들어가 거울에 비친 얼굴을 바라보았다. 거기도 11월이 있었다. 초췌하고 회색빛이 돌며 잔뜩 흐렸다. 늘 그렇듯이 눈동자는 충혈됐고, 큼지막한 코의 모공에는 검은색 피지가 박혀 있었다. 알코올에 쩌든, 연푸른색 홍채가 자리한 눈 밑의 다크서클은 뜨거운 물로 세수하고, 수건으로 닦고, 아침을 먹고 나면 사라질 것이다. 어디까지나 그의 짐작이었지만. 이제는 마흔이 되었기에 낮이면 어떤 얼굴이 될지 그도 알 수 없었다. 며칠간 악몽에 시달리고 깨어날 때의 그 쫓기는 표정에도 평화가 내려앉고, 찡그렸던 미간도 말끔히 펴질지 아니면 그대로일지 알 수 없었다. 왜냐하면 소피스 가에 있는 작고 간소한 아파트를 나가 오슬로 경찰청, 강력반의 홀레 반장으로 지내는 동안에는 거울을 피해 다니기 때문이다. 대신 타인의 얼굴을 들여다보며 그 안에서 그들의 고통, 약점, 악몽, 스스로 속이는 동기와 이유를 찾아내려 했다. 그들의 피곤한 거짓말을 들으며, 이미 마음의 감옥에 갇힌 사람들을 감옥에 집어넣는 자신의 일에서 의미를 찾으려 노력했다. 미움과 자기혐오의 감옥이 어떤 것인지 그는 매우 잘 알고 있었다. 얼어붙은 발바닥에서 정확히 192센티미터 위에서 자라는, 빡빡 깎은 금발을 한 손으로 훑어 내렸다. 살갗 밑으로 툭 튀어나온 쇄골은 마치 옷걸이 같았다. 지난번 사건 이후로 그는 운동을 많이 했다. 미친 듯이, 라고 몇몇 사람들은 말하기도 했다. 사이클링뿐 아니라 경찰청 지하실에 있는 체력단련실에서 근력 운동도 했다. 타는 듯한 근육의 통증과 억눌린 생각들이 좋았다. 그런데도 점점 더 여위어 갔다. 지방은 쏙 빠지고, 뼈와 살갗 사이에는 근육뿐이었다. 전에는 어깨가 떡 벌어져서 라켈의 말마따나 타고난 운동선수처럼 보였지만, 이제는 예전에 봤던 사진 속의 비쩍 마른 북극곰 같았다. 근육질이지만 충격적일 정도로 마른 포식자. 한마디로 그는 시들고 있었다. 별 상관은 없었지만. 해리는 한숨을 내쉬었다. 11월. 어둠이 더욱 기승을 부릴 것이다.

그는 부엌으로 들어가 두통을 가라앉히기 위해 물을 한 잔 마시고, 깜짝 놀라 창밖을 뚫어지게 내다보았다. 소피스 가 반대편에 있는 대형 건물의 지붕이 온통 순백색이었다. 햇빛에 반사된 섬광이 그의 눈을 찔렀다. 간밤에 내린 올해의 첫눈이다. 해리는 편지를 생각했다. 그런 편지는 가끔씩 받았지만, 그 편지는 특별했다. 투움바를 언급했기 때문이다.

라디오에서는 동물 프로그램이 시작됐고, 열띤 목소리가 바다표범에 대해 서정적인 설명을 늘어놓았다. "매년 여름이 되면 베르하우스 바다표범이 짝짓기를 위해 베링 해협에 모여듭니다. 수컷의 수가 압도적으로 많다 보니, 암컷을 두고 벌이는 경쟁이 아주 치열하죠. 그래서 간신히 암컷을 확보한 수컷은 번식기 내내 암컷 옆에 붙어 있습니다. 새끼들이 태어나 혼자 생활할 수 있을 때까지 배우자를 잘 돌보죠. 암컷을 사랑해서가 아니라, 자신의 유전자와 유전형질을 사랑해섭니다. 진화론자들의 이론대로라면 베르하우스 바다표범이 일부일처제를 지키는 것은 도덕성이 투철해서가 아니라, 자연도태 때문이죠."

과연 그럴까. 해리는 생각했다.

이제 라디오의 음성은 잔뜩 흥분해서 가성이 나올 정도였다. "하지만 바다표범들이 바다에 나가 먹이를 찾기 위해 베링 해협을 떠날 때가 오면, 수컷은 암컷을 죽이려고 할 겁니다. 왜냐고요? 베르하우스 암컷 바다표범은 절대 같은 수컷과 두 번 짝짓기를 하지 않으니까요! 암컷 입장에서는 유전형질의 생물학적 위험성을 분산시켜야 하거든요. 주식의 분산투자와 마찬가지죠. 생물학적으로 볼 때 암컷은 상대를 가리지 않고 짝짓기를 하는 게 당연하고, 수컷은 그 사실을 알고 있습니다. 수컷은 다른 아기 바다표범들이 자신의 자손과 같은 먹이를 두고 경쟁하는 걸 막고자, 암컷을 죽이는 겁니다."

"진화론 이야기까지 나왔는데요, 그렇다면 왜 인간들은 바다표범처럼 살지 않을까요?" 또 다른 목소리가 말했다.

"천만에요, 이미 그렇게 살고 있습니다! 우리 사회는 겉으로 보이는 것처럼 일부일처제가 아닙니다. 한 번도 그랬던 적이 없죠.

최근 스웨덴의 한 연구 결과에 따르면, 세상에 태어나는 아이들의 15퍼센트에서 20퍼센트 정도가 자신이 아버지라고 믿거나 짐작하는 사람이 친부가 아니라고 합니다. 무려 20퍼센트나요! 다섯 명 중 한 명꼴이죠! 거짓된 삶을 사는 겁니다. 한편으로는 생물학적 다양성을 추구하는 일이기도 하고요."

해리는 들을 만한 음악을 찾으려 라디오 다이얼을 이리저리 돌리다가, 늙은 조니 캐시의 '데스페라도Desperado'가 흘러나오는 채널에 다이얼을 고정했다.

현관문을 힘차게 두드리는 소리가 났다.

해리는 침실로 가서 청바지를 입고, 다시 현관으로 이어지는 복도로 나가 문을 열었다.

"해리 홀레 씨?" 문밖에는 푸른색 작업복을 입은 남자가 두꺼운 안경알 너머로 해리를 바라보고 있었다. 어린아이처럼 맑은 눈동자였다.

해리는 고개를 끄덕였다.

"균이 있습니까?" 남자는 무표정한 얼굴로 물었다. 길고 가느다란 머리카락 한 줌이 그의 이마를 가로질러 찰싹 달라붙어 있었다. 겨드랑이에는 글자가 빼곡히 인쇄된 종이가 꽂힌 플라스틱 클립보드를 끼고 있었다.

해리는 부연 설명이 나오기를 기다렸으나 그뿐이었다. 남자는 그저 천진난만하고 투명한 표정으로 그를 바라볼 뿐이었다.

"엄밀히 말해서, 그건 개인적인 문제입니다." 해리가 말했다.

남자는 지겹도록 들은 그 농담에 웃는 시늉을 했다. "홀레 씨 아파트에 있는 균 말입니다. 곰팡이요."

"딱히 있다고 믿을 만한 이유는 없습니다만."

“그게 바로 곰팡이의 특징이죠. 딱히 곰팡이가 있다고 믿을 만한 증상이 없어요.” 남자는 이 사이로 쓰읍 하는 소리를 내더니 양 뒤꿈치를 탁 붙였다.

“그런데요?” 마침내 해리가 물었다.

“그런데 사실은 있다는 거죠.”

“왜 그렇게 생각하는 겁니까?”

“이웃집에서 곰팡이가 나왔거든요.”

“그래서요? 곰팡이가 퍼진단 말입니까?”

“곰팡이는 퍼지지 않습니다. 마름썩음병이 퍼지죠.”

“그럼……?”

“이 구역의 벽을 따라 설치된 환기장치에 구조상의 결함이 있습니다. 그 때문에 마름썩음병이 창궐할 수 있죠. 부엌을 잠깐 볼 수 있을까요?”

해리는 옆으로 비켜섰다. 남자는 씩씩하게 부엌으로 들어가더니 오렌지색 드라이어처럼 생긴 기구를 벽에 댔다. 기구에서 삐삐 소리가 났다.

“습기 감지기죠.” 남자는 그렇게 말하며 표시기로 보이는 무언가를 골똘히 바라보았다. “제 짐작대로군요. 뭔가 수상쩍은 걸 봤거나, 이상한 냄새를 맡은 적이 정말 없나요?”

해리는 대체 뭘 말하는 건지 감을 잡을 수 없었다.

“썩은 빵의 표면 같은 거요. 퀴퀴한 냄새라든가.”

해리는 고개를 저었다.

“눈이 따갑지는 않나요? 피곤하다거나, 두통은요?”

해리는 어깨를 으쓱였다. “그거야 늘 그렇죠. 내 기억으로는.”

“이곳에 이사 온 후로 계속 그랬단 말씀이세요?”

"그럴지도 모르죠. 이봐요……."

하지만 남자는 그에게 시선을 주지 않은 채 벨트에서 칼을 꺼내 들었다. 해리는 뒤로 물러서서, 남자가 칼을 들어 올려 힘차게 밀어 넣는 걸 보았다. 칼날이 벽지 뒤의 플라스터보드로 들어가며 신음 비슷한 소리가 났다. 남자가 칼을 뽑았다가 다시 밀어 넣었다. 이번에는 칼끝에 가루가 날리는 회반죽 덩어리가 딸려 나오더니, 벽에 커다란 구멍이 생겼다. 남자가 재빨리 펜라이트를 꺼내 들어 구멍 속을 비췄다. 커다란 안경알 뒤로 점차 잔뜩 찌푸린 표정이 나타났다. 남자는 구멍 속에 코를 들이밀고는 킁킁거렸다.

"그렇군. 안녕, 아가들아." 남자가 말했다.

"누구 보고 안녕이라는 겁니까?" 해리가 조금 더 다가가며 물었다.

"누룩곰팡이요. 곰팡이의 한 속屬이죠. 곰팡이 균은 3~400가지쯤 되고, 녀석들은 단단한 표면에 워낙 얇게 퍼지는 터라 눈으로 분간할 수 없습니다. 하지만 냄새만큼은 틀림없죠."

"그렇다면 골치 아프게 됐다는 뜻이군요, 그렇죠?" 해리는 아버지와 함께 여동생의 스페인 여행 자금을 대준 뒤로 은행 잔고가 얼마나 남았는지 기억을 더듬어보았다. 그의 여동생은 본인의 말대로 하자면 '미약한 다운증후군 환자'였다.

"다행히 마름썩음병은 아니라서 이 구역 전체가 무너지는 일은 없겠네요. 하지만 거주자는 큰 타격을 받을 수 있습니다."

"나요?"

"곰팡이에 민감하다면요. 곰팡이와 같은 공기를 호흡하는 바람에 병에 걸리는 사람도 있습니다. 그런 사람들은 몇 년씩 시름시름 앓는데도 딱히 원인도 없고, 다른 식구들은 멀쩡하니까 건강염

려증 환자라는 핀잔만 듣죠. 그러다가 병균이 벽지와 플라스터보드를 먹어치웁니다."

"음, 그럼 어떻게 해야 합니까?"

"당연히 병균을 박멸해야죠."

"그러는 동안 내 은행 잔고는요?"

"비용은 이 건물의 보험사에서 지불됩니다. 그러니까 홀레 씨는 한 푼도 낼 필요가 없어요. 그저 앞으로 며칠간 제가 이 집에 드나들게만 해주세요."

해리는 부엌 서랍에서 여벌의 열쇠 꾸러미를 찾아내 남자에게 건넸다.

"저 혼자 일할 겁니다. 말 나온 김에 말씀드려야 할 것 같아서요. 요즘엔 세상이 하 수상해서."

"그런가요?" 해리는 서글픈 미소를 지으며 창밖을 내다보았다.

"예?"

"아닙니다. 어차피 이 집에는 훔칠 만한 물건도 없어요. 전 이만 가보죠."

낮게 드리운 태양이 오슬로 경찰청사의 모든 유리에 비쳐 번쩍거렸다. 지난 30년간 오슬로 경찰청사는 중심가인 그뢴란슬라이레 가 옆에 위치한 산등성이 정상에 자리 잡고 있었다. 딱히 의도된 바는 아니었지만 그곳은 오슬로 동부에서 범죄율이 가장 높은 지역과도 가까웠고, 옛 양조장 자리에 세워진 감옥이 가장 가까운 이웃이었다. 경찰청사 주위로 시들시들한 갈색 잔디밭과 단풍나무, 린덴나무들이 펼쳐져 있었는데, 지금은 간밤에 내린 회백색 눈이 그 위에 얇게 쌓여 있었다. 그 때문에 공원은 수의壽衣를 입은 것처럼 보였다.

해리는 경찰청사 정문으로 이어지는 검은 아스팔트 도로를 걸어 올라가 중앙 현관으로 들어섰다. 현관에는 경찰청사의 영원한 비밀을 속삭이는, 물이 흐르는 도자기 벽장식이 있었다. 유명 도예가 카리 크리스텐센의 작품이었다. 해리는 안내 데스크를 지키는 수위에게 고개를 까닥이고 7층의 강력반으로 올라갔다. 레드존 구역의 새 사무실로 발령된 지 6개월이 다 되어가는데도, 종종 예전 사무실로 발걸음이 향하곤 했다. 그가 잭 할보르센 경관과 함께 썼던, 갑갑하고 창문도 없는 그 사무실은 이제 망누스 스카레가 쓰고 있다. 잭 할보르센은 베스트레 아케르 공동묘지의 차가운 땅속에 묻혀 있다. 처음에 잭의 부모는 아들의 시신을 고향인 스테인셰르에 묻으려고 했다. 과학수사과의 최고 책임자인 베아테 뢴과 잭은 아직 결혼한 사이가 아니었기 때문이다. 두 사람은 동거조차 하지 않았다. 하지만 베아테가 임신 중이고 내년 여름에 잭의 아기가 태어날 예정이라는 사실을 알고, 잭의 부모는 아들을 오슬로에 묻는 데 동의했다.

해리는 새 사무실로 들어갔다. 그에게 이곳은 영원히 '새 사무실' 일 것이다. 50년이나 된 바르셀로나 축구팀의 홈구장이 아직도 카탈루냐어로 새 운동장을 뜻하는 '캄프 노우' 로 불리는 것처럼. 그는 의자에 털썩 주저앉아 라디오를 켜고 책장 위, 벽에 기대어놓은 사진들에게 아침 인사를 했다. 불확실한 미래의 언젠가, 압정을 사는 일이 생각나면 저 사진들을 벽에 걸 것이다. 엘렌 옐텐, 잭 할보르센, 비아르네 묄레르.* 세 사람은 죽거나 실종된 순

* 엘렌 옐텐과 잭 할보르센은 이전 책에 등장했다 사망한 해리의 파트너들이며, 비아르네 묄레르는 해리의 옛 상관이다.

서대로 나란히 놓여 있었다. 그야말로 죽은 경관의 사회였다.

라디오에서는 노르웨이 정치가들과 사회학자들이 미국 대통령 선거에 대한 견해를 피력하고 있었다. 그중에는 해리가 아는 목소리도 있었다. 인기 잡지 〈리베랄〉의 소유주이자, 노르웨이에서 가장 박식하고 거만하며 유머 있는 오피니언 리더로 유명한 사람이다. 해리는 라디오 소리가 벽돌로 된 벽에 반사될 정도로 음량을 높인 다음, '새 책상'에 놓여 있던 피어리스 수갑을 집어 들었다. 그러고는 책상 다리를 상대로 재빠르게 수갑을 채우는 연습을 했다. 시카고에서 FBI 훈련을 받을 때부터 시작된 나쁜 습관이었다. 카브리니 그린*의 지저분한 원룸에서 말다툼하는 이웃들의 고함소리와 짐 빔을 벗 삼아 외로운 밤을 보내는 동안 이 습관은 더욱 완벽해졌다. 덕분에 책상 다리에는 이미 금이 가 있었다. 이 연습의 목적은 체포되는 사람의 손목에 수갑을 탁 치는 동시에 스프링이 장착된 고리가 손목에 채워지고, 반대쪽의 자물쇠까지 철컥 잠기게 하는 것이었다. 적절한 힘과 정확성만 있으면, 체포되는 사람이 어떤 반응을 보일 틈도 없이 단 한 번의 동작만으로 나와 상대의 손에 수갑을 채울 수 있다. 실전에서는 아직 써본 적이 없는 기술이다. 그가 미국에서 배운 또 다른 기술인 연쇄살인범을 잡는 법도 딱 한 번 써봤을 뿐이다. 책상 다리에 수갑이 철컥 채워졌고, 라디오 음성이 단조롭게 웅얼거렸다.

"노르웨이 국민들이 왜 조지 부시에게 그토록 회의적이라고 생각하십니까, 아르베 스퇴프 씨?"

"우린 어떤 전쟁에도 참가해본 적이 없는 과잉보호된 국가이기

* 시카고의 저소득자 임대 아파트가 몰려 있는 지역

때문입니다. 영국이나 소련, 미국과 같은 다른 국가들에게 기꺼이 우리를 대신해서 싸우게 하죠. 그렇습니다, 나폴레옹 전쟁 이후로 우린 형들의 등 뒤에 숨어서 지냈어요. 노르웨이는 상황이 힘들어질 때마다 다른 나라에게 책임을 떠넘기는 걸 안보의 기반으로 삼아왔죠. 그런 현상이 너무 오래 지속되다 보니 현실감각이 사라져서, 이 지구에는 기본적으로 우리가 잘되기를 바라는 사람들만 있다고 믿게 된 겁니다. 비유하자면 노르웨이는 머리가 텅 비고, 헛소리만 지껄이는 금발의 아가씨랄까요. 근데 이 아가씨가 브롱크스 뒷골목에서 길을 잃고, 이제는 자신의 경호원에게 강도를 너무 함부로 대한다며 분개하는 겁니다."

해리는 라켈의 전화번호를 눌렀다. 여동생의 번호를 제외하고 해리가 유일하게 외우는 번호였다. 풋내기 경관 시절에는 나쁜 기억력이 경찰 일에 장애가 될 거라고 생각했다. 하지만 지금은 그 반대라는 걸 알고 있었다.

"그 경호원이 조지 부시와 미국이라는 말씀인가요?" 사회자가 물었다.

"그렇습니다. 린든 B. 존슨 대통령은 미국이 경호원의 역할을 자처하지는 않았지만, 달리 할 나라가 없다고 말한 적이 있는데 그 말이 맞습니다. 우리의 경호원은 독실한 기독교 신자에 파더 콤플렉스가 있고, 술주정뱅이고, 지적 한계가 있는데다, 명예롭게 군복무를 마칠 근성이 부족합니다. 한마디로 우리 마음에 꼭 드는 사람이 오늘 대통령으로 재선될 겁니다."

"반어적으로 하신 말씀이겠죠?"

"아닙니다. 그렇게 나약한 대통령은 고문들의 말에 귀 기울이는 법이고, 백악관은 최고의 고문진을 자랑합니다. 그렇다마다요. 백악관 집무실을 비웃는 방송 프로그램을 보면, 민주당이 지성인들을 독점하고 있는 것 같지만, 놀랍게도 가장 예리한 지성인들은 공화당의 극우파에 있습니다. 노르웨이의 안보는 최상의 손에 맡겨진 셈이죠."

"내 친구의 친구가 당신과 잔 적이 있지."

"정말?" 해리가 말했다.

"당신 말고, 다른 남자에게 한 말이야. 스퇴프." 라켈이 말했다.

"미안." 해리는 라디오 소리를 줄였다.

"트론헤임*에서 강연이 끝난 후에 그랬다나 봐. 스퇴프가 그 친구에게 자기 방으로 가자고 했대. 그 친구도 마음이 있었지만, 유방절제술을 받았다고 고백했어. 그랬더니 스퇴프가 좀 생각해보겠다면서 술을 마시러 갔대. 그러더니 다시 와서 그 친구를 방으로 데려갔다지 뭐야."

"음. 기대가 충족됐기를 바라."

"전혀 충족되지 않았다던대."

"그래?" 해리는 지금 두 사람이 무슨 이야기를 하는 건지 아리송했다.

"오늘 저녁에 어디서 보는 거야?" 라켈이 물었다.

"팔라스 그릴에서 8시가 좋겠어. 근데 왜 거긴 예약이 안 되지?"

"그래야 뭔가 있어 보이잖아."

두 사람은 우선 팔라스 그릴의 바에서 만나기로 했다. 전화를 끊은 뒤 해리는 생각에 잠겼다. 라켈은 즐거운 듯했다. 혹은 명랑하거나. 명랑하고 활기가 넘쳤다. 그는 라켈이 행복하니 자신도

* 노르웨이 중부 도시

행복한지, 자신이 그토록 사랑하는 여자가 다른 남자와 행복해졌으니 자신도 행복한지 생각해보았다. 라켈과 해리는 오랫동안 사귀었고, 그는 여러 번 기회가 있었지만 그 기회를 죄다 날려버렸다. 그러니 그녀의 행복에 기뻐하지 않을 이유가 뭐가 있겠는가? 상황이 달라졌을 수도 있다는 생각 따위는 그만 접고, 계속 열심히 살아가는 게 낫지 않을까? 그는 좀 더 노력하기로 마음먹었다.

아침회의는 금방 끝났다. 강력반 최고 책임자인 군나르 하겐 경정은 현재 수사 중인 사건들을 죽 훑었다. 사건은 많지 않았고, 한동안은 새로운 살인사건도 없었다. 이 부서의 맥박을 고동치게 하는 것은 살인사건뿐이었다. 실종자수사과의 제복 경관인 토마스 헬레가 참석해 1년 전, 한 여성이 집에서 실종된 사건을 보고했다. 폭력의 흔적도, 침입자의 흔적도, 실종된 여자의 흔적도 없었다. 평범한 주부인 그녀는 아침에 아들과 딸을 유치원에 데려다준 다음 모습을 감췄다. 남편을 비롯해 그녀와 가까운 지인들은 모두 알리바이가 있었고, 용의선상에서 제외됐다. 강력반에서 이 사건을 맡아 수사를 이어가기로 합의했다.

망누스 스카레가 울레볼 병원에 입원 중인 스톨레 에우네(강력반에 상주하는 정신과 의사)를 만나고 왔다면서, 안부를 전해왔다. 해리는 양심의 가책을 느꼈다. 스톨레 에우네는 단순히 범죄사건의 고문일 뿐만 아니라, 그가 알코올중독에서 벗어나도록 응원해주었으며, 그나마 속내를 가장 많이 털어놓을 수 있는 친구였다. 에우네가 아픈 게 사실이라고 인정한 지 일주일이 지났는데도 해리는 아직 발걸음이 떨어지지 않았다. 워낙 병원을 싫어하기 때문이다. 내일은 꼭 가리라. 아니면 목요일이나.

"새로 온 경관을 소개하겠다." 하겐 경정이 발표했다. "이쪽은 카트리네 브라트 경관이다."

첫 줄에 앉아 있던 젊은 여자가 자발적으로, 그러나 웃음기 없는 얼굴로 자리에서 일어났다. 아주 매력적인 여자였다. 애써 꾸미지 않아도 매력적인 여자라고 해리는 생각했다. 숱이 적은 머리카락은 얼굴 양옆으로 맥없이 늘어졌고, 창백한 얼굴에 이목구비가 수려했다. 다른 사람들의 시선을 받는 데 이골이 나서 더는 그것이 싫지도, 좋지도 않게 된 매력적인 여자들 특유의 진지하면서도 피곤한 표정을 짓고 있었다. 몸매가 드러나는 푸른색 치마 정장을 입었지만, 스커트 밑으로 보이는 두꺼운 검은색 스타킹과 실용적인 겨울 부츠는 그녀가 자신의 몸매를 이용하고 있을지 모른다는 의심을 지워주었다. 그녀는 마치 사람들에게 자신을 보여주기 위해서가 아니라, 자신이 그들을 보려고 일어났다는 듯 모인 이들을 눈으로 훑었다. 해리는 그녀가 출근 첫날에 대비해 옷차림이며 이 짧은 등장을 미리 준비하고 연습했을 거라 짐작했다.

"카트리네는 베르겐 경찰청에서 4년간 일하며 주로 풍기문란 범죄를 다뤘지만, 강력반에서도 일정 기간 근무했다." 하겐 경정은 추측컨대 카트리네의 이력서로 보이는 종이를 내려다보고 있었다. "1999년 베르겐 대학에서 법학과 학사 학위를 받았고, 경찰대학을 졸업했으며, 이젠 여기서 일할 거다. 현재로서는 아이가 없지만 기혼이다."

카트리네의 가느다란 한쪽 눈썹이 보일 듯 말 듯 위로 올라갔다. 하겐 경정은 그걸 봤는지, 아니면 마지막 정보가 불필요하다고 생각했는지, "혹시라도 관심이 있다면 말이야……"라고 덧붙였다.

불쾌하고 의미심장한 침묵이 이어졌다. 하겐 경정은 자신이 사태를 악화시켰다고 생각했는지, 큰 소리로 기침을 두 번 했다. 그러고는 크리스마스 파티 신청서에 사인하지 않은 사람은 수요일 전까지 반드시 사인하라고 말했다.

의자 끌리는 소리와 함께 모두 자리에서 일어섰을 무렵 해리는 이미 복도를 걸어가고 있었다. 뒤에서 그를 부르는 소리가 들렸다.

"전 반장님 소속이에요."

뒤를 돌아보자 카트리네 브라트가 있었다. 잘 꾸미면 얼마나 더 매력적일지 궁금했다.

"아니면 반장님이 제 소속이거나요." 카트리네는 가지런한 이를 드러냈지만 눈은 웃지 않았다. "어느 쪽이든 간에요." 베르겐 억양이 들어가고, 'r'을 적당히 굴리는 표준 노르웨이어는 그녀가 파나*나 칼파레**, 혹은 다른 중산층 알부자 동네 출신임을 암시했다.

해리는 가던 길을 계속 갔고, 카트리네는 서둘러 그를 따라잡았다. "경정님께서 깜박 잊고 말씀을 안 해주신 모양이에요."

그녀는 경정이라는 단어를 약간 지나칠 정도로 강조했다.

"그래도 앞으로 며칠간은 반장님이 이곳을 안내해주시고, 절 돌봐주셔야 해요. 제가 제대로 일할 때까지요. 그렇게 해주실 수 있나요?"

해리의 얼굴에서 미소가 가셨다. 지금까지는 카트리네가 마음에 들었지만, 그 생각이 바뀔 여지도 당연히 열어두었다. 해리는 누구나 그의 블랙리스트에 올라갈 수 있도록 기꺼이 기회를 주곤

* 베르겐의 자치 도시 가운데 하나

** 베르겐의 부유한 동네

했다.

"잘 모르겠군." 해리는 그렇게 말하며 커피 자판기 앞에 멈췄다. "이것부터 시작하지."

"전 커피 안 마시는데요."

"그래도 알아두라고. 이건 따로 설명이 필요 없을 거야. 여기 있는 대부분의 물건이 다 그렇지. 아까 그 부녀자 실종사건을 어떻게 생각하지?"

해리는 아메리카노 버튼을 눌렀다. 이 자판기에서 아메리카노란 노르웨이 페리에서 파는 커피와 같은 맛을 뜻했다.

"어떤 점에 대해서요?" 카트리네가 물었다.

"실종된 여자가 아직 살아 있을까?" 해리는 이것이 테스트라는 걸 카트리네가 눈치채지 못하도록 아무렇지도 않은 투로 말했다.

"제가 바보인 줄 아세요?" 자판기가 쿨럭이며 하얀 플라스틱 컵에 검은 액체를 퉤퉤 뱉어내는 과정을 그녀는 경멸 어린 표정으로 지켜보았다. "제가 4년 동안 성범죄수사과에서 일했다는 경정님의 말씀, 못 들으셨어요?"

"음. 그럼 죽었을까?"

"죽어도 진작에 죽었죠." 카트리네 브라트가 말했다.

해리는 하얀 컵을 꺼내 들었다. 어쩌면 꽤 쓸 만한 동료가 들어온 건지도 모르겠다.

그날 오후, 퇴근길 거리는 눈이 말끔히 사라져 있었다. 허공에서 팔랑이던 얇고 가벼운 눈송이는 땅에 닿자마자 젖은 아스팔트에게 먹혀버렸다. 해리는 아케르스의 단골 음반 가게에 들러 닐 영의 최신 음반을 샀다. 이번 앨범은 왠지 형편없을 거란 느낌이 들었지만, 그냥 사기로 했다.

아파트 문을 열고 들어가자 뭔가 달라졌다는 느낌이 들었다. 소리가 달라졌다. 아니면 냄새일까? 그는 부엌 문지방 앞에 우뚝 멈춰 섰다. 벽 하나가 통째로 사라졌다. 그러니까 오늘 아침만 해도 밝은색의 꽃무늬 벽지에 플라스터보드가 있었던 곳에 이제는 적갈색 벽돌과 회색 모르타르, 못 구멍이 다닥다닥 뚫린 희끄무레한 노란색 합판이 있었다. 바닥에는 오늘 아침에 왔던 남자의 연장통이 있었고, 작업대에는 내일 다시 오겠다고 적힌 쪽지가 있었다.

해리는 거실로 가서 닐 영의 시디를 집어넣었다. 그러다 15분 후에 침울한 표정으로 다시 꺼내고 대신 라이언 아담스의 음반을 밀어 넣었다. 갑자기 술 생각이 났다. 그는 눈을 감고, 피와 완벽한 어둠이 만들어내는 무늬를 응시했다. 다시 그 편지가 생각났다. 첫눈. 투움바.

라이언 아담스의 '9번가의 약탈Shakedown on 9th Street'을 방해하며 전화벨이 울렸다.

전화를 건 여자는 자신을 오다라고 소개했다. 토크쇼 〈보세〉의 관계자인데, 다시 통화하게 돼서 반갑다고 했다. 여자는 기억나지 않았지만 그 토크쇼만은 똑똑히 기억했다. 예전에 연쇄살인범에 대한 토론에 그를 초대하고 싶다며 섭외 전화를 걸어온 적이 있었다. 노르웨이 경찰들 가운데 FBI에서 훈련받고 온 사람은 해리가 유일했으며, 실제로 연쇄살인범을 추적한 경험도 있기 때문이다. 해리는 출연하겠다고 약속했다. 멍청하게도. 당시에는 살인범들에 대해 뭔가 중요하고도 훌륭한 발언을 하기 위해서일 뿐, 결코 이 나라에서 가장 인기 있는 토크쇼에 출연하기 위해서가 아니라고 생각했다. 하지만 돌이켜보건대, 과연 정말로 그 이유 때문이었는지 확실치 않았다. 가장 큰 문제는 그가 방송 전에 술을 마셨다는 것이다. 분명 딱 한 잔밖에 마시지 않았는데, 화면상으로는 꼭 다섯 잔은 마신 사람처럼 보였다. 평상시처럼 또박또박한 발음이었지만, 눈이 게슴츠레했고, 분석력은 떨어졌으며, 어떤 결론도 끌어내지 못했다. 결국 사회자는 유럽 꽃꽂이대회의 새로운 우승자라는 다음 초대 손님을 소개할 수밖에 없었다. 해리는 아무 말도 하지 않았지만, 그의 몸짓은 그가 꽃에 관한 토론을 어떻게 생각하는지 확연히 보여주었다. 사회자가 슬쩍 미소를 지으며, 살인사건 형사로서 꽃꽂이를 어떻게 생각하는지 물었다. 그러자 해리는 노르웨이 장례식에 쓰이는 화환은 분명 국제적으로 높은 수준을 유지한다고 대답했다. 살짝 나사가 풀린 무덤덤한 그의 말투 때문이었는지 스튜디오 객석에서 웃음이 터졌고, 방송이 끝난 후에는 스태프들이 만족스럽다는 듯 그의 등을 가볍게 두드려주었다. 그가 기대에 부응했다는 뜻이었다. 녹화가 끝난 후에는 방송국 관계자들 몇 명과 함께 쿤스트네르네스 후스 바에 가서 진탕 퍼마셨다. 다음 날 아침에 눈을 뜨자 온몸의 세포들이 술을 달라고 비명을 질러댔고 그는 또 마셨다. 그날이 금요일이었는데 주말 내내 술을 마셨다. 폐점시간이 된 슈뢰데르 바에서 손님들에게 나가라고 조명을 껐다 켰다 하는 동안에도, 해리는 자리에 앉아 맥주를 더 가져오라고 소리를 질렀다. 그러자 웨이트리스인 리타가 다가와 지금 나가지 않으면 앞으로 이곳에 영영 출입하지 못하게 될 거라고 말했다. 월요일 아침, 해리는 8시 정각에 출근했다. 수사에 도움이 되는 일은 하나도 하지 않은 채 아침회의 후에 세면대에 토하고, 사무실 의자에만 붙어 있다가 커피를 마시고, 담배를 피우고, 다시 토했다. 그래도 이번에는 제대로 변기에 토했다. 그가 마지막으로 술에 굴복했던 때였다. 그 후로는 한 방울도 입에 대지 않았다.

그리고 이제 방송국에서는 그를 다시 토크쇼에 출연시키고 싶어 했다.

전화기 너머의 여자는 이번 토론의 주제에 대해 "중동 국가의 테러, 그리고 높은 수준의 교육을 받은 중산층이 살인 기계로 변하는 원인"이라고 말했다. 해리는 그녀가 말을 끝내기도 전에 끼어들었다.

"싫습니다."

"저희는 반장님을 꼭 모시고 싶어요. 반장님은 뭐랄까…… 로큰롤 같잖아요!" 그녀는 신나게 웃었다. 진심으로 하는 말인지는 알 수 없었지만, 그제야 해리는 그 목소리가 기억났다. 그날 밤 쿤스트네르네스 후스에 이 여자도 함께 있었다. 어리고 별 매력 없어 보이는 미인이었는데, 말투도 어리고 매력이 없었다. 그녀는 마치 줄곧 먹고 싶었던 이국적인 음식을 앞에 둔 것처럼 허기진 시선으로 해리를 바라봤었다. 그가 너무 이국적인 걸까?

"다른 사람이나 알아보쇼." 해리는 그렇게 말하고 전화를 끊어버렸다. 그러고는 눈을 감고, "오, 베이비, 왜 나는 이리도 당신을 그리워할까요?"라고 묻는 라이언 아담스의 노래를 들었다.

부엌 조리대 앞에 선 소년은 옆에 선 남자를 올려다보았다. 눈 내린 정원에서 들어오는 빛이 아빠의 커다란 두개골 위의 머리카락 없는 팽팽한 두피를 환하게 비췄다. 엄마는 아빠의 머리가 그렇게 큰 이유는 똑똑스러워서라고 했다. 소년이 엄마에게 왜 '똑똑해서'가 아니라 '똑똑스러워서'라고 말했는지 묻자, 엄마는 웃으며 소년의 이마를 쓰다듬더니 원래 물리학 교수에게는 그렇게 말하는 거라고 했다. 그 똑똑스러운 사람이 지금 수돗물을 틀고 감자를 씻은 다음, 곧장 냄비에 넣고 있었다.

"감자 껍질 안 벗길 거예요, 아빠? 엄마는 항상……."

"엄마는 지금 집에 없다, 요나스. 그러니까 아빠 식대로 해."

언성을 높이지는 않았지만 짜증스러운 아빠의 말투에 요나스는 움찔했다. 아빠가 왜 저렇게 화가 났는지 알 수 없었다. 가끔은 아빠가 화가 났는지 아닌지도 알 수 없었다. 보통은 걱정스럽게 양쪽 입꼬리가 축 처진 엄마의 얼굴을 보고서야 아빠가 화났다는 걸 알 수 있다. 아빠는 엄마의 그런 표정을 보면 더 짜증이 나는 듯했다. 요나스는 엄마가 빨리 돌아오기를 바랐다.

"그건 안 쓸 접시예요, 아빠!"

아빠가 선반 문을 쾅 닫자 요나스는 아랫입술을 깨물었다. 아빠의 얼굴이 요나스의 코앞으로 다가왔다. 종잇장처럼 얇은 사각형 안경이 번득였다.

"'안 쓸' 이 아니라 '안 쓰는' 이라고 했지? 대체 몇 번을 말해줘야 알아듣겠니, 요나스?"

"하지만 엄마는……."

"엄마는 제대로 말할 줄 몰라. 알겠니? 엄마는 문법에 신경 쓰지 않는 집안 출신이란 말이야." 아빠의 입에서 썩은 해초의 짭짤한 냄새가 났다.

현관문이 쾅하고 열렸다.

"나 왔어요." 엄마가 복도에서 외쳤다.

요나스는 엄마에게 달려가려고 했지만, 아빠가 요나스의 어깨를 잡더니 아직 식사 준비가 되지 않은 식탁을 가리켰다.

"어머나, 착하기도 하지."

요나스가 최대한 민첩하게 유리컵과 식기를 식탁에 차리자, 엄마가 부엌 문간에 서서 그를 칭찬해주었다. 숨을 몰아쉬는 엄마의 목소리에서 미소가 느껴졌다.

"게다가 둘이서 대형 눈사람을 만들었네요!"

요나스는 깜짝 놀라 엄마를 돌아보았다. 엄마는 코트 단추를 푸는 중이었다. 요나스처럼 갈색 머리에 갈색 피부를 한 엄마는 무척이나 매력적이었다. 두 눈은 늘 다정한 빛을 띠었다. 거의 늘. 아빠와 함께 찍은 결혼식 사진에서처럼 날씬하지는 않지만, 지금도 엄마와 함께 마을을 산책할 때면 남자들의 시선이 엄마에게 향했다.

"우린 눈사람 안 만들었어요." 요나스가 말했다.

"그랬어?" 엄마는 눈살을 찌푸리며, 요나스에게 크리스마스 선물로 받은 두툼한 핑크색 목도리를 풀었다.

아빠가 창가로 다가갔다. "이웃집 아이들이 만든 모양이군."

요나스는 식탁 의자에 올라가 밖을 내다보았다. 정말로 집 앞 잔디밭에 눈사람이 있었다. 엄마의 말처럼 커다란, 대형 눈사람이었다. 눈과 입은 조약돌로 코는 당근으로 만들었다. 모자도, 목도리도 두르지 않은 채 산울타리에서 꺾은 나뭇가지로 만든 듯한, 앙상한 팔 하나만 있었다. 하지만 어딘지 모르게 이상했다. 바라보는 방향이 잘못됐다. 이유는 알 수 없지만 눈사람이란 원래 길가 쪽, 그러니까 열린 공간을 바라보며 서 있는 법인데.

"왜 눈사람이……?" 요나스가 입을 열었지만 아빠가 끼어들었다.

"내가 따끔히 일러줘야겠어."

"왜요?" 엄마가 복도에서 말했다. 허벅지까지 올라오는 가죽 부츠의 지퍼를 내리는 소리가 들렸다. "뭐가 어때서요?"

"저런 조잡한 물건이 우리 집에 있는 게 싫어. 돌아오면 말해야겠어."

"근데 왜 눈사람이 길을 보고 있지 않아요?"

아무도 요나스의 말을 들어주지 않았다.

엄마가 복도에서 한숨을 쉬었다. "언제 돌아오는데요?"

"내일 아무 때나."

"몇 시요?"

"왜? 데이트 약속이라도 있어?" 대수롭지 않게 말하는 아빠의 말투에 요나스는 몸을 떨었다.

"저녁을 준비하려고 그러죠." 엄마는 그렇게 말하며 부엌으로 들어오더니, 전기레인지 앞으로 가서 냄비를 열어보고는 온도를 높였다.

"그냥 차려놔." 아빠는 조리대 위의 신문더미로 몸을 돌렸다. "내가 알아서 올 테니까."

"알았어요." 엄마는 아빠의 등 뒤로 가서 아빠를 껴안았다. "꼭 오늘 밤에 베르겐으로 가야 해요?"

"강의가 내일 아침 8시야. 공항에서 학교까지 한 시간이 걸리니까, 내일 첫 비행기를 타도 시간을 맞출 수 없어."

요나스는 아빠의 목 근육이 풀어지는 걸 보고 아빠의 마음이 누그러졌음을 알 수 있었다. 이번에도 엄마가 아빠의 마음을 풀어준 것이다.

"왜 눈사람이 우리 집을 보고 있어요?" 요나스가 물었다.

"가서 손 씻고 오렴." 엄마가 말했다.

식탁에는 침묵이 흘렀다. 학교는 어땠는지 묻는 엄마의 소소한 질문과 짧고 애매한 요나스의 대답만이 오갔다. 시시콜콜 대답했다가는 아빠에게 '학교를 핑계로' 뭘 배우는지, 혹은 뭘 배우지 않는지 불쾌한 질문을 받기가 일쑤이기 때문이다. 아니면 요나스가 함께 놀았다는 친구가 어떤 아이인지, 부모님 직업은 뭔지, 어떤 집안 출신인지 속사포 같은 심문을 받을 수도 있다. 절대 아빠를 만족시킬 만한 대답을 내놓을 수 없는 질문들이었다.

요나스가 침대에 누웠을 무렵, 아래층에서 아빠가 엄마에게 작별 인사를 하는 소리가 들렸다. 이내 문 닫는 소리가 나고, 집 밖에서 시동 거는 소리가 들리더니 엔진 소리가 멀리 사라져 갔다. 다시 그들 모자만 남았다. 엄마가 텔레비전을 켰다. 요나스는 엄마가 했던 질문을 생각했다. 왜 요즘은 친구들을 집에 데려오지 않니? 요나스는 뭐라고 대답해야 할지 몰랐다. 엄마를 슬프게 하고 싶지 않았기 때문이다. 그랬더니 이제는 요나스가 슬퍼졌다. 볼 안쪽을 씹었더니 달콤쌉쌀한 통증이 귀까지 번졌다. 천장에 달린, 금속 대롱으로 만든 풍경을 바라보았다. 요나스는 침대에서 나와 발을 질질 끌고 창가로 다가갔다.

정원에 쌓인 눈에서 반사되는 빛 덕분에 창밖의 눈사람이 보였다. 눈사람은 외로워 보였다. 누군가 모자나 목도리를 둘러줘야 한다. 아니면 손에 빗자루라도 쥐어주든가. 순간 구름 뒤에서 달이 스르르 모습을 드러내자, 가지런히 늘어선 눈사람의 새까만 이빨이 눈에 들어왔다. 그리고 두 눈동자도. 요나스는 자기도 모르게 숨을 헉 들이쉬며, 뒤로 두 발짝 물러섰다. 조약돌 눈이 반짝였다. 그리고 그 눈은 집 안을 들여다보지 않고, 올려다보고 있었다. 요나스의 방을. 요나스는 황급히 커튼을 치고 침대로 기어 들어갔다.

1일째

코치닐

해리는 팔라스 그릴의 바에 앉아 벽에 붙은 글들을 읽고 있었다. 외상 금지, 피아니스트에게 물건을 던지지 마시오, 혹은 얌전히 있기 싫으면 꺼지시오, 라고 상냥하게 적힌 문구들. 아직 이른 시간이라 다른 손님이라고는 테이블에 앉아 휴대전화의 버튼을 미친 듯 눌러대는 어린 아가씨 두 명과 다트를 던지며 노는 두 청년들뿐이었다. 청년들은 숙달된 자세로 표적을 겨누며 다트를 던졌지만 결과는 형편없었다. 커다란 스피커에서 돌리 파튼이 코맹맹이 미국 남부 억양으로 칭얼대는 노래가 흘러나왔다. 훌륭한 컨트리와 웨스턴 음악을 알아보는 사람들 덕분에 돌리 파튼의 노래는 최근 새롭게 각광받고 있었다. 해리는 다시 손목시계를 본 뒤, 정확히 8시 7분이 되면 라켈 페우케가 문 앞에 나타날 거라고 확신했다. 그녀와 만날 때마다 동반되던 짜릿한 긴장이 이번에도 느껴졌다. 그저 조건반사적인 반응일 뿐이다. 종소리만 들으면 음식이 없어도 침을 줄줄 흘리던 파블로프의 개처럼. 그들 또한 오늘 저녁에는 음식을 먹지 못할 것이다. 물론 저녁식사는 하지만, 그뿐이다. 거기에 요즘 어떻게 지내는지에 대한 유쾌한 잡담뿐. 더 정확히 말하면, 요즘 라켈이 어떻게 지내는지, 그리고 올레그는 어떤지에 대한 잡담이다. 올레그는 라켈이 모스크바의 노르웨이 대사관에서 근무할 때 만났던 러시아인 전남편과의 사이에서 태어난 아들이다. 해리와 비슷하게 폐쇄적이고 사람을 경계하는 아이였지만, 둘은 점차 가까워져 여러모로 올레그의 친아빠보다 더 강한 유대감을 쌓게 됐다. 마침내 라켈이 더 참지 못하고 그와 헤어졌을 때, 해리는 누구를 잃은 것이 더 가슴 아픈지 알 수 없을 정도였다. 하지만 이제는 알 수 있었다. 지금은 8시 7분이고, 라켈이 그녀 특유의 꼿꼿이 등을 세운 자세로 출입문 옆에 서 있었기 때문이다. 곧 나긋한 곡선을 이루는 그녀의 등이 그의 손끝에 느껴지고, 그녀의 윤기 나는 피부 아래 숨은 높은 광대뼈가 그의 볼에 닿을 것이다. 그는 그녀가 너무 좋아 보이지 않기를 바랐다. 너무 행복해 보이지는 않기를.

라켈이 다가와 두 사람의 볼이 마주 닿았다. 해리는 일부러 먼저 몸을 뗐다.

"뭘 그렇게 빤히 쳐다봐?" 라켈이 코트 단추를 풀었다.

"알잖아." 자신의 갈라진 목소리를 들으니 목청부터 가다듬을 걸 그랬다는 후회가 들었다.

라켈이 낄낄거렸다. 그녀의 웃음소리는 짐 빔을 첫 잔으로 쭉 들이켰을 때와 같은 효과를 발휘했다. 해리는 몸이 따뜻해지며 긴장이 풀렸다.

"그러지 마." 라켈이 말했다.

아주 부드럽게, 거의 들리지 않을 정도로 한 말이었지만, 해리는 호되게 따귀를 맞은 기분이었다. '그러지 마'가 무슨 의미인지 정확히 알고 있었기 때문이다. 그러지 마, 난처하게 하지 마, 우린 이제 그런 사이 아니야.

"말랐네."

"그렇다고들 하더군."

"우리 테이블은……?"

"이따 웨이터가 안내해줄 거야."

라켈은 해리의 옆 스툴에 앉아 식전주를 주문했다. 두말할 것 없이 캄파리*였다. 해리는 톡 쏘면서도 달달한, 이 와인 특유의 빛깔을 만들어내는 천연 원료의 이름을 따서 라켈을 '코치닐'이라 부르곤 했다. 라켈이 선홍색 옷을 즐겨 입기 때문이다. 경고의 의미로 그렇게 입는다고 했다. 동물들이 강한 색을 이용해 적들에게 가까이 다가오지 말라고 경고하듯이.

해리는 콜라를 한 잔 더 시켰다.

"왜 그렇게 말랐어?"

"곰팡이."

"뭐?"

"곰팡이가 날 먹어치우고 있어. 뇌, 눈, 폐, 집중력. 내 혈색과 기억을 빨아먹고 있다고. 곰팡이는 퍼지고, 나는 사라지는 중이야. 곰팡이가 내가 되고, 내가 곰팡이가 되는 거지."

"뭐라는 거야?" 그녀는 한심하다는 표시로 얼굴을 찡그리며 말했지만, 해리는 그 눈동자 속에서 미소를 보았다. 라켈은 그의 이야기를 좋아했다. 설사 전문용어가 난무해 당최 무슨 말인지 알아들을 수 없는 이야기일지라도. 해리는 아파트에서 발견된 곰팡이에 대해 이야기했다.

* 이탈리아산 붉은색 리큐르

"당신은 어떻게 지내?" 해리가 물었다.

"좋아. 잘 지내고 있어. 올레그도 잘 지내고. 하지만 당신을 보고 싶어 해."

"올레그가 그렇게 말했어?"

"알면서 그래. 그 애한테 신경 좀 써줘."

"내가?" 해리는 어이없다는 표정으로 그녀를 바라보았다. "헤어지자고 한 건 내가 아닐 텐데."

"그래서?" 바텐더가 캄파리를 내밀었다. "우리가 사귀지 않는다고 해서 당신과 올레그 사이도 끝났다는 뜻은 아냐. 둘 다 타인에게 마음을 잘 못 여는 사람들이잖아. 그러니까 기존의 관계라도 잘 챙겨야지."

해리는 콜라를 한 모금 마셨다. "올레그랑 당신 의사 선생은 어떻게 지내?"

"마티아스라니까." 라켈이 한숨을 쉬었다. "둘 다 노력하고 있어. 둘은…… 너무 달라. 마티아스는 열심히 노력하는데, 올레그가 협조를 잘 안 하네."

해리는 달콤한 만족감을 느꼈다.

"마티아스도 야근이 잦아."

"일 많이 하는 남자는 싫어하는 줄 알았는데." 해리는 그렇게 말해놓고 금방 후회했다. 하지만 라켈은 화를 내는 대신 서글픈 한숨을 내쉬었다.

"일을 많이 하는 게 싫은 게 아냐, 해리. 당신은 일에 '집착' 했어. 당신이 곧 일이었지. 게다가 당신의 원동력은 사랑이나 책임감 같은 게 아니었어. 개인적인 야망은 더더욱 아니고. 그저 분노였지. 그리고 복수심. 그건 옳지 않아, 해리. 그런 식은 곤란해. 그 결과가 어땠는지 당신도 알잖아."

그래, 당신 집에도 곰팡이가 들어가도록 내버려뒀지. 해리는 생각했다.

그는 목청을 가다듬었다. "그래서 당신 의사 선생은…… 훌륭한 삶의 원동력을 가지고 계신가?"

"마티아스는 지금도 응급실 야간근무를 자진해서 맡고 있어. 해부학 연구소에서 전임 강사로 강의도 하고."

"거기다 헌혈도 하시고, 국제사면위원회 회원이시기도 하고 말이야."

라켈은 한숨을 쉬었다. "B 네거티브는 흔치 않은 혈액형이야, 해리. 그리고 당신도 국제사면위원회를 지지하잖아. 아닌 척하지 마."

그녀는 꼭대기에 말이 달린 오렌지색 플라스틱 스틱으로 캄파리를 휘휘 저었다. 육각형 얼음 주위로 붉은색 혼합물이 빙글빙글 돌아갔다. 코치닐.

"해리."

라켈의 억양에 깃든 뭔가가 해리를 긴장시켰다.

"크리스마스가 지나면 마티아스가 우리 집으로 이사 올 거야."

"그렇게 빨리?" 해리는 수분을 찾아 혀로 입천장을 훑었다. "사귄 지 얼마 안 됐잖아."

"이 정도면 충분해. 내년 여름에 결혼할 생각이야."

망누스 스카레는 자신의 손을 지나 세면대로 떨어지는 뜨거운 물을 유심히 바라보았다. 물은 배수구 속으로 사라졌다. 아니다. 사라지는 것은 없다. 그저 다른 곳으로 흘러갈 뿐이다. 지난 몇 주

동안 조사해온 이 실종자들처럼. 홀레 반장의 지시를 받아 하는 일이었다. 반장은 여기에 뭔가가 있을 거라면서 주말 전에 보고서를 제출하라고 명령했다. 그 말인 즉슨, 야근을 해야 한다는 뜻이었다. 요즘처럼 파리만 날리는 시기에도 일손을 놀리지 않도록 던져준 일이라는 건 알고 있었다. 세 명의 제복 경관으로 구성된 실종자수사과는 옛날 사건들을 더 깊이 파고드는 일은 사양하겠다고 했다. 새로운 사건들만 수사하기도 벅차기 때문이었다.

인적 없는 복도를 따라 사무실로 돌아가던 스카레는 사무실의 문이 빠끔 열린 것을 발견했다. 분명 닫고 나온 문이었다. 게다가 9시가 넘은 시간이라 청소부들도 진작 퇴근하고 없었다. 2년 전, 오슬로 경찰청은 도둑들로 골머리를 앓은 적이 있다. 망누스 스카레는 있는 힘껏 문을 열어젖혔다.

사무실 한가운데 서 있던 카트리네 브라트가 눈살을 찌푸린 채 그를 힐끗 바라보았다. 마치 남의 사무실에 들어온 사람이 바로 스카레라는 듯한 표정으로. 그녀는 등을 돌리며 벽으로 시선을 던졌다.

"그냥 둘러보고 싶어서요."

"뭘 둘러봐?" 스카레는 주위를 둘러봤다. 그의 사무실은 창문이 없다는 점을 제외하고는 다른 사무실과 똑같았다.

"여기가 그분 사무실이었죠? 맞죠?"

스카레는 얼굴을 찡그렸다. "뭔 소리야?"

"홀레 반장님 말예요. 여기가 오랫동안 반장님 사무실이었잖아요. 오스트레일리아 연쇄살인사건을 조사할 때도 여기서 근무했죠?"

스카레는 어깨를 으쓱였다. "그럴걸. 근데 왜?"

카트리네 브라트는 한 손으로 책상 위를 훑었다. "왜 사무실을 바꿨을까요?"

스카레는 그녀를 돌아 책상 뒤에 놓인 회전의자에 털썩 주저앉으며 대답했다. "창문이 없잖아."

"이 사무실을 파트너와 함께 썼죠. 처음에는 엘렌 옐텐, 그다음에는 잭 할보르센. 그리고 둘 다 죽었죠."

망누스 스카레는 두 손을 머리 뒤로 가져가 깍지를 꼈다. 이 신참 경관에게는 기품이 있었다. 그보다 한두 부류 위의 사람이었다. 이 여자의 남편은 분명 어딘가의 사장이고 돈도 많을 것이다. 그녀가 입고 있는 정장도 비싸 보였다. 하지만 자세히 들여다보면 어딘가 결함이 있다. 아주 사소한데, 정확히 짚어낼 수 없는 흠이었다.

"반장님이 죽은 동료의 목소리라도 들은 걸까요? 그래서 사무실을 옮겼을까요?" 카트리네는 벽에 걸린 노르웨이 지도를 찬찬히 들여다보며 물었다. 지도에는 1980년 이후로 동부에서 실종자가 나온 지역마다 스카레가 표시해둔 동그라미가 있었다.

스카레는 웃기만 할 뿐 아무 대답도 하지 않았다. 그녀의 허리는 잘록했고, 등은 나긋한 곡선을 이루었다. 그가 추파를 던지고 있다는 사실을 그녀 또한 알 것이다.

"반장님은 어떤 사람이에요?" 카트리네 브라트가 물었다.

"그런 걸 왜 묻는데?"

"새 상관이 생기면 누구나 궁금하지 않나요?"

맞는 말이다. 단지 그는 홀레 반장을 한 번도 상관이라고 생각한 적이 없었다. 물론 반장은 그들에게 일을 지시하고 수사를 이끌어 가지만, 그 외에는 그저 자신을 방해하지 않기만을 바랄 뿐이다.

"반장님은 아마 너도 알 테지만, 꽤나 유명하신 분이지." 스카레가 대답했다.

그녀는 어깨를 으쓱했다. "알코올중독자라는 얘기는 들었어요. 동료가 그 사실을 고발했다는 이야기도 들었고요. 그래서 윗분들께서 다들 쫓아내려고 했는데, 예전 경정님이 감싸줬다는 이야기도요."

"비아르네 묄레르 경정." 스카레의 눈은 지도로, 베르겐 주위에 쳐진 동그라미로 향했다. 묄레르 경정이 실종되기 전에 마지막으로 목격된 곳이 베르겐이었다.

"그리고 경찰은 언론이 반장님을 인기 스타로 만드는 걸 탐탁지 않아 하고요."

스카레는 아랫입술을 잘근잘근 깨물었다. "반장님은 빽 가게 훌륭한 형사야. 나한텐 그걸로 충분해."

"반장님을 좋아하세요?"

스카레는 씩 웃고는 몸을 돌려 그녀의 눈을 똑바로 바라보았다.

"좋다, 싫다로 딱 잘라서 말할 수 없어."

그는 의자를 뒤로 밀며 두 발을 책상에 올린 뒤, 기지개를 켜면서 하품하는 시늉을 했다. "근데 왜 이렇게 늦은 시간까지 일하고 있지?"

기선을 제압하려는 시도였다. 어쨌거나 카트리네는 하급 경관에 불과하다. 게다가 신출내기고.

하지만 카트리네 브라트는 마치 그가 아주 재미있는 말이라도 했다는 듯 빙긋 웃더니 문으로 나가버렸다.

사라져버렸다. 그 생각이 들자, 스카레는 갑자기 자신이 하던 일이 생각나서 욕설을 중얼거리며 책상에서 발을 내리고 다시 컴퓨터를 들여다보았다.

잠에서 깬 해리는 침대에 누운 채 천장을 응시했다. 얼마나 잤을까? 고개를 돌려 머리맡 테이블에 놓인 시계를 바라보았다. 3시 45분. 저녁식사는 고문이었다. 그는 라켈의 입이 말을 하고, 와인을 마시고, 고기를 씹고, 마티아스와 보스니아에서 2년간 살 예정이라면서 그를 집어삼키는 걸 바라보았다. 그곳에 정부가 에이즈 환자들을 위한 훌륭한 시설을 지어놓았는데, 의사들이 부족하다고 했다. 라켈은 해리에게 최근 누구를 만났느냐고 물었다. 그는 죽마고우인 외위스타인과 트레스코를 만났다고 답했다. 외위스타인은 알코올중독자에 택시 운전사인 컴퓨터광이다. 트레스코 역시 알코올중독자에 도박꾼인데, 만약 다른 사람들의 포커페이스를 읽는 만큼만 자신의 포커페이스를 유지했더라면 아마도 세계 포커 챔피언이 됐을 것이다. 해리는 트레스코가 라스베이거스에서 열린 세계 선수권대회에서 패한 이야기를 시작하다가, 이미 한 이야기라는 걸 깨달았다. 그리고 그들을 만났다는 말은 사실이 아니었다. 해리는 아무도 만나지 않았다.

웨이터가 옆 테이블에서 술을 따랐다. 그걸 본 해리는 한순간 술병을 낚아채 자기 입에 쑤셔 넣으려다 참았다. 해리는 그 충동을 따르는 대신, 올레그가 가고 싶다고 졸라댄다는 콘서트에 자기가 데려가겠다고 약속했다. 슬립낫의 콘서트였다. 해리는 슬립낫이 어떤 밴드인지 굳이 라켈에게 설명하지 않았다. 그 자신도 슬립낫의 콘서트에 가고 싶었기 때문이다. 비록 그 밴드의 가래 끓는 소리와 사탄의 상징, 그리고 빠른 속도로 두드려대는 베이스

드럼의 연주를 들으면 웃음이 나올 때가 많았지만, 사실 슬럽낫은 재미있는 밴드였다.

해리는 이불을 젖히고 부엌으로 갔다. 차가운 수돗물을 틀고 손을 둥글게 모아 물을 받아 마셨다. 이렇게 손으로 떠서 마시는, 자신의 살갗에 닿았던 물이 늘 더 맛있는 것 같았다. 그러다 갑자기 물이 계속 흐르도록 내버려둔 채 검은 벽을 바라보았다. 뭐가 보였나? 뭔가 움직였나? 아니다. 개미 새끼 한 마리 없다. 그냥 움직임일 뿐이다. 수면 아래서 해초를 어루만지는, 눈에 보이지 않는 너울거림 같은 것. 죽은 섬유에 기생하는 포자는 공기의 조그만 움직임에도 날아올라 새로운 곳에 자리 잡고는, 먹고 빨아들이기 시작한다지. 해리는 라디오를 켰다. 미국 대통령 선거의 개표 결과가 흘러나왔다. 조지 W. 부시가 백악관에서 또 한 번의 임기를 맡게 됐다.

해리는 다시 침대에 누워 이불을 머리 위까지 끌어당겼다.

어떤 소리에 잠이 깬 요나스는 얼굴을 덮었던 이불을 끌어내렸다. 적어도 요나스는 그게 소리라고 생각했다. 뽀드득 소리. 조용한 일요일 아침, 집들 사이에 쌓인 눈을 밟을 때 발밑에서 나는 소리. 아무래도 꿈을 꾼 것 같았다. 하지만 눈을 감아도 다시 잠들지 못했다. 대신 꿈의 파편들만 생각났다. 꿈에서 아빠가 아무 말없이, 미동도 않고 요나스 앞에 서 있었다. 빛이 반사된 안경 표면은 절대 뚫을 수 없는 얼음장 같았다.

왠지 무서운 걸 보니 분명 악몽이었다. 요나스는 다시 눈을 뜨고, 천장에 매달린 금속 풍경의 움직임을 바라보았다. 그러다가 침대에서 튀어나와 문을 열고 복도를 가로질러 달렸다. 1층으로 내려가는 계단 옆을 지날 때는 어둠 속을 내려다보고 싶은 마음을 간신히 참았다. 쉬지 않고 달려 부모님의 침실 앞에 도착해, 아주 조심스럽게 손잡이를 돌렸다. 그러다 아빠가 집에 없다는 사실이 기억났다. 아무리 조심해도 어차피 엄마는 잠에서 깰 것이다. 요나스는 살그머니 침실로 들어갔다. 사각형의 새하얀 달빛이 아무도 없는 더블 침대에 드리워져 있었다. 디지털 알람시계를 밝힌 숫자는 01시 11분. 한순간 요나스는 어리둥절해져 그저 우두커니 서 있었다.

다시 복도로 나와 계단 쪽으로 갔다. 계단 밑의 어둠은 거대한 공백처럼 요나스를 기다리고 있었다. 아래층에서는 아무 소리도 들리지 않았다.

"엄마!"

짧고 거칠게 메아리치는 자신의 목소리에서 공포를 들은 순간, 요나스는 소리 지른 걸 후회했다. 이제는 어둠도 요나스가 겁에 질렸음을 알 것이다.

아무 대답도 없다.

요나스는 침을 삼켰다. 까치발을 들고 계단을 내려갔다.

세 번째 계단을 밟았을 때 발밑에서 뭔가 축축한 것이 느껴졌다. 여섯 번째 계단도 마찬가지였다. 그리고 여덟 번째 계단도. 마치 누군가 젖은 신발을 신고, 혹은 젖은 발로 계단을 올라간 것 같았다.

거실에는 불이 켜져 있었지만, 엄마는 없었다. 요나스는 창가로 다가가 이웃의 벤딕센 씨 집을 바라보았다. 엄마는 가끔 에바 아줌마를 만나러 옆집에 가곤 했다. 하지만 옆집 창문은 죄다 캄캄했다.

요나스는 일부러 아무 생각도 하지 않으면서 어둠이 머릿속에 들어오지 못하도록 했다. 부엌으로 가서 전화기를 집어 들고, 엄마의 휴대전화 번호를 눌렀다. 전화기에서 엄마의 부드러운 목소리가 흘러나오자 요나스는 뛸 듯이 기뻤다. 하지만 단지 이름을 남겨달라는, 그리고 좋은 하루를 보내라는 내용의 녹음된 음성 메시지였다.

좋은 하루를 보내라니. 지금은 한밤중인데.

요나스는 현관으로 가 아빠의 커다란 구두 속에 발을 넣고, 잠옷 위에 패딩 점퍼를 걸친 다음 밖으로 나갔다. 내일이면 눈이 녹을 거라고 엄마가 말했지만 아직 추웠다. 산들바람이 대문 옆의 떡갈나무 속에서 속삭이며 웅얼거렸다. 벤딕센 씨 집까지는 100미터밖에 되지 않았고, 다행히 두 개의 가로등이 환히 길을 밝혀주었다. 엄마는 벤딕센 씨 집에 있어야 한다. 자신을 말릴 사람이 아무도 없는지 확인하기 위해 요나스는 좌우를 힐끗 살폈다. 그러자 눈사람이 시야에 들어왔다. 눈사람은 아까와 마찬가지로 차가운 달빛 속에서 집을 바라보며, 꼼짝 않고 그 자리에 서 있었다. 하지만 뭔가가 달라 보였다. 왠지 사람처럼 느껴졌고 친숙한 기분이 들었다. 요나스는 벤딕센 씨 집을 바라보며 뛰기로 결심했다. 하지만 뛰지 않았다. 대신 칼바람이 품 안에 파고드는 걸 느끼며 우두커니 서 있었다. 요나스는 천천히 눈사람을 향해 몸을 돌렸다. 그제야 알았다. 눈사람이 그토록 친숙해 보인 이유. 그 목에 목도리가 둘러져 있었다. 핑크색 목도리. 요나스가 크리스마스 선물로 엄마에게 준 바로 그 목도리.

2일째

실종

한낮이 되자 오슬로 도심의 눈은 모두 녹았다. 하지만 해리 홀레와 카트리네 브라트를 태운 차가 지나가는 호프 지역에는 아직 도로 양쪽으로 군데군데 눈이 쌓여 있었다. 라디오에서는 마이클 스타이프의 노래가 흘러나왔다. 한없이 가라앉는 기분과 뭔가 잘못됐다는 걸 아는데 왜 이렇게 됐는지에 관해, 그리고 우물 속의 소년에 대한 노래였다. 조용한 주택가 중심의 한층 더 조용한 거리에서 해리는 울타리 옆에 주차된, 번쩍이는 은색 도요타 코롤라를 가리켰다.

"스카레 차야. 저 뒤에 세우지."

커다란 주택은 노란색으로 칠해져 있었다. 세 식구가 살기에는 너무 크지 않나 생각하며 해리는 카트리네와 함께 자갈길을 걸어 올라갔다. 주위의 모든 것들이 똑똑, 방울져 떨어지며 탄식했다. 정원에는 옆으로 살짝 기운 눈사람이 서 있었다. 얼마 후면 다 녹아버릴 듯했다.

스카레가 문을 열고 그들을 맞았다. 해리는 허리를 숙이고 자물쇠를 들여다봤다.

"어디에도 강제 침입의 흔적은 없습니다." 스카레가 말했다.

스카레는 그들을 거실로 안내했다. 한 소년이 등을 돌린 채 바닥에 앉아 텔레비전에서 나오는 만화를 보고 있었다. 한 여자가 소파에서 일어나 해리와 악수하더니, 이웃에 사는 에바 벤딕센이라고 자신을 소개했다.

"비르테답지 않은 일이에요. 우리가 알고 지낸 후로 이런 적은 한 번도 없었답니다."

"두 분이 알고 지낸 지 얼마나 됐죠?" 해리가 주위를 둘러보며 물었다. 텔레비전 앞에는 두꺼운 가죽을 씌운 커다란 가구들과 검은 색유리를 깔아놓은 팔각형 커피 테이블이 있었다. 식탁과 함께 놓인 금속 의자들은 가볍고도 우아했다. 라켈이 좋아하는 타입의 의자였다. 벽에는 그림 두 점이 걸려 있었는데, 둘 다 은행장처럼 생긴 남자가 엄숙하고 권위적인 표정으로 내려다보는 초상화였다. 그 옆에는 모던하지 않으면서도 한편으로 상당히 모던해 보이는 현대 추상화 같은 작품이 걸려 있었다.

"10년이죠. 요나스가 태어난 날 여기로 이사 왔으니까요." 에바 벤딕센은 그렇게 말하며 소년을 향해 고갯짓했다. 소년은 앉은 그대로 미동도 없이, 질주하는 새들과 폭발하는 늑대를 바라볼 뿐이었다.

"어젯밤 경찰에 신고한 사람이 부인이시죠?"

"네, 맞아요."

"부인 말로는 어제 새벽 1시 15분에 저 애가 초인종을 눌렀답니다." 스카레가 수첩을 바라보며 말했다. "경찰에서는 1시 반에 신고를 받았고요."

"저희 부부는 요나스와 함께 다시 이 집으로 와서, 먼저 집 안

곳곳을 찾아봤어요." 에바 벤딕센이 설명했다.

"어디를 살펴보셨나요?" 해리가 물었다.

"지하실이랑 욕실, 그리고 차고도요. 전부 다 뒤졌어요. 이런 식으로 줄행랑을 치는 사람은 없잖아요."

"줄행랑이요?"

"사라진다고요. 실종되는 거요. 저랑 통화한 경찰관이 요나스를 돌봐줄 수 있는지 묻더군요. 그러면서 비르테가 아는 사람들, 혹은 함께 있을 만한 사람들에게 전부 전화해보라고 했어요. 오늘 아침까지 기다렸다가, 직장으로 전화해서 비르테가 출근했는지도 알아보고요. 그 경찰 말로는 실종자들의 십중팔구는 몇 시간 후에 다시 돌아온다고 했어요. 우린 필리프에게……."

"남편입니다." 스카레가 끼어들었다. "강의 때문에 베르겐에 갔어요. 무슨 교수라고 하더군요."

"물리학 교수죠." 에바 벤딕센이 빙그레 웃었다. "어쨌거나 필리프의 휴대전화는 꺼져 있었고, 우린 필리프가 어떤 호텔에 묵는지도 몰랐어요."

"베르겐에 있는 필리프 베케르와는 오늘 아침에 연락이 닿았습니다. 곧 이리로 올 겁니다." 스카레가 말했다.

"네, 천만다행이죠. 그래서 오늘 아침 비르테의 직장에 전화해봤는데, 늘 오던 시간에 출근하지 않았다는 말을 듣고 다시 경찰에 신고했어요."

스카레는 에바의 말이 맞다는 뜻으로 고개를 끄덕였다. 해리는 스카레에게 에바와 이야기를 더 나눠보라고 눈짓한 뒤, 텔레비전이 있는 곳으로 가서 소년 곁에 앉았다. 화면 속 늑대가 다이너마이트 도화선에 불을 붙이고 있었다.

"안녕, 요나스? 아저씨 이름은 해리야. 사라진 사람들은 대개 무사히 돌아온다는 이야기, 경찰 아저씨들이 해줬니? 어른들은 스스로 어디론가 떠났다가 다시 돌아오곤 한다는 거 말야."

소년은 고개를 저었다.

"정말이야. 우리 한번 맞혀볼까. 엄마는 지금 어디에 계실까?"

"저도 몰라요." 소년은 어깨를 으쓱했다.

"네가 모른다는 거 알아, 요나스. 지금 당장은 누구도 몰라. 하지만 엄마가 집이나 직장에 없다면 어디에 있을지 제일 먼저 떠오르는 데가 있니?"

소년은 아무 대답도 않은 채 손바닥에 붙은 다이너마이트를 필사적으로 떼어내는 늑대만 바라보았다.

"너희 가족이 즐겨 가는 별장이라든가."

요나스는 고개를 저었다.

"엄마가 혼자 있고 싶을 때 잘 가는 특별한 장소라든가."

"엄마는 혼자 있고 싶어 하지 않아요. 나하고 함께 있고 싶어 해요."

"너하고만?"

소년은 고개를 돌려 해리를 바라보았다. 올레그와 똑같은 갈색 눈동자. 그 안에는 해리가 예상했던 공포가 있었고, 예상하지 못했던 분노도 있었다. 소년이 입을 열었다.

"왜 떠나는 거죠? 나중에 다시 돌아올 거면서?"

똑같은 눈동자, 똑같은 질문이라고 해리는 생각했다. 중요한 질문이었다.

"여러 이유가 있지. 길을 잃은 사람도 있고. 사람들은 아주 여러 가지 이유로 길을 잃는단다. 그냥 좀 쉬면서 마음의 평화를 얻으려고 훌쩍 떠나는 사람도 있어."

현관문이 쾅 닫히자 소년이 움찔했다.

그 순간 늑대의 손에 있던 다이너마이트가 폭발했고, 거실 문이 열렸다.

"안녕하십니까." 목소리는 날카로우면서도 어딘가 억눌려 있었다. "새로운 소식 있나요?"

해리가 몸을 돌리자, 양복을 입은 50대 남자가 커피 테이블을 향해 걸어와 리모컨을 집어 드는 모습이 보였다. 다음 순간, 텔레비전에서 항의하는 듯한 쉿 소리가 나더니 화면이 하얀 점으로 줄어들어버렸다.

"아빠가 낮에 텔레비전 보면 어떻게 한다고 했지?"

남자가 체념한 어조로 말했다. 마치 집 안에 있는 모든 사람들에게 요즘 아이를 키우는 게 얼마나 짜증나는 일인지 항변하는 듯했다.

해리는 자리에서 일어나 자신과 망누스 스카레, 카트리네 브라트를 소개했다. 카트리네는 지금까지 문가에 서서 이 상황을 지켜보고만 있었다.

"필리프 베케르라고 합니다." 남자는 그렇게 말하며 이미 콧대 높이 자리한 안경을 한 번 더 추켜올렸다. 해리는 그와 시선을 마주치려고 했다. 혹시라도 유력한 용의자가 될지 모를 사람의 중요한 첫인상을 얻기 위해서였다. 하지만 그의 눈동자는 안경에 반사되는 빛 뒤에 숨어 있었다.

"아내와 연락이 닿았을 만한 사람들에게 죄다 연락해봤지만, 아무도 아내의 행방을 모르더군요. 뭐 알아내신 거라도 있습니까?" 필리프 베케르가 말했다.

"아무것도 없습니다. 하지만 우선 사라진 수트케이스나 배낭, 옷이 있는지 찾아봐주시겠습니까? 그래야 저희가 가설을 세울 수 있거든요." 해리는 베케르를 뜯어본 후에 말을 이었다 "이 실종이 충동적인 건지, 계획된 건지."

베케르는 자신을 살펴보는 해리의 눈을 마주본 뒤, 고개를 끄덕이며 2층으로 올라갔다.

해리는 아직도 캄캄한 텔레비전을 바라보고 있는 요나스 곁에 쪼그리고 앉았다.

"너 로드러너를 좋아하는구나?"

아이는 말없이 고개를 저었다.

"왜 싫은데?"

"와일 E. 코요테가 불쌍해서요." 요나스가 모기만 한 목소리로 속삭였다.

5분 뒤, 베케르는 다시 아래층으로 내려와 가방이고 옷이고 사라진 건 아무것도 없다고 말했다. 그가 떠날 때 아내가 입고 있던 옷과 코트, 부츠, 목도리만 제외하고.

"음." 해리는 면도하지 않은 턱을 긁으며, 건너편에 있는 에바를 힐끗 보았다. "함께 부엌으로 좀 가실까요, 베케르 씨?"

베케르가 앞장섰고, 해리는 카트리네에게 함께 가자고 눈짓했다. 베케르는 부엌에 들어서자마자 커피를 떠서 머신에 넣고 물을 부었다. 카트리네가 문 옆에 서 있는 동안, 해리는 창가로 가서 밖을 내다보았다. 눈사람의 머리가 양 어깨 사이로 내려앉아 있었다.

"어젯밤 몇 시에 떠나셨나요? 그리고 몇 시 비행기를 타셨죠?" 해리가 물었다.

"9시 반쯤 집에서 나갔습니다." 베케르가 조금도 망설임 없이 대답했다. "11시 5분 비행기였고요."

"집을 떠난 후로 아내에게 연락하신 적이 있나요?"

"없습니다."

"왜 이런 일이 일어났다고 생각하십니까?"

"전혀 모르겠습니다, 반장님. 감이 안 잡혀요."

"흠." 해리는 창밖의 거리를 훑어보았다. 이 집에 온 후로 차가 지나가는 소리를 단 한 번도 듣지 못했다. 정말이지 조용한 동네다. 시내 한복판에 이렇게 조용하고 한적한 집이라면 아마도 50만 크로네는 될 것이다. "부인과의 결혼생활은 어땠나요?"

필리프 베케르가 동작을 멈추자, 해리는 이렇게 덧붙였다. "배우자가 갑자기 집을 나가는 경우가 있기 때문에 묻는 겁니다."

필리프 베케르는 헛기침을 했다. "우리 부부의 결혼생활은 완벽했다고 할 수 있습니다."

"부인이 선생님 모르게 바람을 피울지도 모른다는 생각은 안 해 보셨나요?"

"그건 말도 안 됩니다."

"꽤 강한 부정이군요, 베케르 씨. 혼외관계는 흔한 일입니다."

필리프 베케르는 슬쩍 미소를 지었다. "난 순진한 사람이 아닙니다, 반장님. 비르테는 매력적인 여자고, 나보다 훨씬 어리죠. 게다가 비교적 자유분방한 집안에서 자랐다는 것도 부인할 수 없고요. 하지만 아내는 그런 여자가 아닙니다. 그리고 전 아내가 직업을 가진 것도 비교적 긍정적으로 생각했고요."

해리가 자신의 요점을 강조하려고 입을 여는 순간 커피머신이 불길하게 덜컥거렸다. 해리는 마음을 바꿨다.

"최근 아내 분의 기분이 달라진 일은 없나요?"

"비르테는 우울증에 시달리지 않았습니다, 반장님. 숲 속에 들어가 목을 매거나, 호수에 뛰어들 리 없어요. 아내는 분명 어딘가에 멀쩡히 살아 있을 겁니다. 사람들은 늘 실종됐다가 다시 나타나서는, 꽤나 진부하고 자연스러운 이유들을 댄다고 읽었습니다. 안 그런가요?"

해리는 천천히 고개를 끄덕였다. "집 안을 좀 둘러봐도 되겠습니까?"

"왜 그러시죠?"

필리프 베케르의 퉁명스러운 반문은 그가 매사를 '통제'하는데 익숙한 사람이라는 인상을 풍겼다. 뭐든 보고받아야 직성이 풀리는 사람. 아내가 한 마디 말도 없이 떠났다는 것은 분명 그의 그런 성향에 위배되는 행위다. 하지만 해리는 비르테 베케르가 말도 없이 자발적으로 떠났을 가능성을 이미 배제했다. 정신적으로 안정되고 건강한 엄마가 한밤중에 열 살짜리 아들을 두고 떠나는 일은 없다. 그렇다면 나머지 가능성만 남는다. 원래 실종사건의 초기 단계에서는 범죄 혹은 극적인 뭔가와 연관된 조짐이 없는 한, 대개 최소한의 수사 인력만 동원된다. 그런데도 해리가 직접 이 먼 동네까지 차를 몰고 온 것은 바로 그 '나머지 가능성' 때문이었다.

"가끔은 어떤 물건을 발견한 후에야, 비로소 자기가 뭘 찾고 있었는지 알게 되거든요. 방법론이죠." 해리가 대답했다.

그제야 안경 너머에 있던 베케르의 눈과 시선이 마주쳤다. 아들과 달리 연한 푸른색 눈동자가 강렬하고 맑게 번득였다.

"그렇다면 어서 둘러보시죠."

침실은 서늘했고, 아무런 향기도 나지 않았으며 깔끔했다. 더블 침대에는 크로셰 뜨개질로 만든 조각보 이불이 깔려 있었다. 한쪽 협탁에 노부인의 사진이 보였다. 그 모습이 필리프 베케르와 닮은 것으로 보아 그쪽에 남편이 눕는 모양이었다. 다른 쪽의 협탁에는 요나스의 사진이 있었다. 여자 옷이 걸린 옷장에서 희미한 향수 냄새가 풍겼다. 옷걸이들은 한동안 사람의 손길이 닿지 않은 것처럼 똑같은 간격으로 걸려 있었다. 뒤가 트인 검은 드레스, 반짝이가 달린 요란한 무늬의 핑크색 짧은 점퍼. 옷장 아래에는 서랍이 있었다. 첫 번째 서랍을 열어보니, 검은색과 빨간색 속옷이 나왔다. 다음 서랍에는 멜빵과 스타킹. 세 번째 서랍에는 구멍 뚫린 선홍색 펠트 천에 보석들이 꽂혀 있었다. 요란하게 번쩍이는 보석들이 박힌 큼지막하고 촌스러운 반지 하나가 눈에 들어왔다. 서랍 안의 보석들은 죄다 약간 라스베이거스 같은 분위기였다. 펠트 천에 빈 구멍은 없었다.

침실에는 새로 실내장식을 마친 욕실로 이어지는 문이 있었고, 욕실에는 스팀 샤워기와 스테인리스 스틸로 만든 세면대 두 개가 있었다.

요나스의 방에 들어선 해리는 작은 책상 옆에 놓인 작은 의자에 앉았다. 책상에는 복잡한 수학기능이 탑재된 계산기가 있었다. 아직 쓰지 않은 새것 같았다. 책상 위 벽에는 파도 속의 돌고래 일곱 마리를 그린 그림과 1년짜리 달력이 걸려 있었다. 몇몇 날짜에는 동그라미가 쳐져 있고, 조그만 글씨로 무슨 날인지 적혀 있었다. 엄마와 할아버지 생일, 덴마크로 여행 가는 날, 오전 10시에 치과 같은 글귀들이었다. 7월에는 두 군데 날짜에 병원이라고 적혀 있었다. 하지만 축구 시합이라든가 영화 관람, 생일파티 같은 일정은 없었다. 침대 위에 놓인 핑크색 목도리가 눈에 띄었다. 요나스 나이의 소년들이라면 죽었다 깨어나도 고르지 않을 색깔이었다. 해리는 목도리를 집어 들었다. 축축했지만 살갗과 머리칼, 여자 향수 냄새가 섞인 독특한 냄새가 났다. 아까 옷장에서 맡은 것과 같은 향수 냄새였다.

해리는 다시 아래층으로 내려갔다. 부엌 앞에서 걸음을 멈추니, 스카레가 베케르에게 실종사건 절차를 장황하게 설명하는 소리가 들렸다. 커피잔이 달그락거리는 소리도 들렸다. 거실의 소파는 유달리 커 보였는데, 거기 앉아 책을 읽는 아이의 가냘픈 체구 때문이었을 것이다. 해리가 아이 옆으로 다가가자, 잘 차려입은 찰리 채플린의 사진이 보였다. 해리는 요나스 옆에 앉았다.

"채플린이 기사 작위를 받은 거 알고 있니? 그러니까 '찰리 채플린 경' 이었지." 해리가 말을 붙이자 요나스는 고개를 끄덕였다.

"하지만 미국에서 쫓겨났잖아요."

아이는 책장을 주르륵 넘겼다.

"올해 여름에 아팠니, 요나스?"

"아뇨."

"근데 병원에 갔던데. 두 번이나."

"엄마가 검사를 하라고 해서요. 엄마는……." 갑자기 요나스가 말을 멈췄다.

"엄마는 곧 돌아오실 거야. 두고 봐라." 해리는 요나스의 좁은 어깨에 손을 올렸다. "목도리도 두고 가셨잖니. 네 침대에 있는 핑크색 목도리 말이야."

"눈사람의 목에 둘러져 있던 걸 제가 가져온 거예요."

"눈사람이 추울까 봐 엄마가 둘러줬나 보구나."

"엄마가 제일 아끼는 목도리를 눈사람에게 줬을 리가 없어요."

"그럼 아빠가 그랬겠지."

"아뇨, 아빠가 나간 후에 누군가 한 짓이에요. 어젯밤에 엄마를 데려간 사람이요."

"그래…… 눈사람을 누가 만들었지?"

"몰라요."

해리는 창문 너머 정원을 바라보았다. 그가 여기 온 이유가 바로 그 때문이다. 살을 에는 외풍이 벽을 통과해 집 안으로 들어오는 것만 같았다.

해리와 카트리네는 쇠르세달스바이엔 가를 따라 마요르스투엔으로 향했다.

"그 집에 들어갔을 때 제일 처음 떠오른 생각이 뭐였지?" 해리가 물었다.

"그 집에 사는 부부가 딱히 천생연분은 아니겠다는 생각요." 카트리네가 브레이크를 밟지 않은 채 톨게이트를 통과하며 말했다. "아마도 결혼생활은 불행했을 테고, 그랬다면 여자 쪽이 좀 더 힘들었을 거라고 생각했어요."

"흠. 왜 그런 생각을 했지?"

"눈에 빤히 보였으니까요." 카트리네는 미소 지으며, 거울을 힐끗했다. "두 사람의 취향이 충돌하는 거."

"설명해봐."

"그 흉물스러운 소파와 커피 테이블 못 보셨어요? 90년대 남자가 구입한 전형적인 80년대 스타일이죠. 반면 여자가 선택한 식탁은 알루미늄 다리가 달린 하얀 떡갈나무 식탁이고요. 거기다 비트

라까지."

"비트라?"

"식탁 의자요. 스위스제죠. 비싸요. 얼마나 비싼가 하면, 만약에 좀 더 저렴한 가격의 모조품을 샀더라면 거기서 아낀 돈으로 그 집의 빌어먹을 가구 전부를 바꿀 수 있을 정도죠."

카트리네 브라트의 입에서 나온 '빌어먹을'은 전혀 상스럽게 들리지 않았다. 오히려 그녀가 상류층 출신임을 한층 강조하는, 언어적 대위법 같았다.

"무슨 뜻이지?"

"오슬로의 그 동네에서 그렇게 큰 집에 살 정도면 돈이 문제가 아니라는 거죠. 남편이 소파와 테이블을 바꾸도록 허락하지 않은 거예요. 보는 눈도 없고, 인테리어에 딱히 관심도 없는 남자가 그런 짓을 하는 걸 보면 알 수 있죠. 누가 누구 위에 군림하는지."

해리는 고개를 끄덕였다. 동의라기보다 카트리네의 말을 머릿속에 새겨두기 위해서였다. 그녀의 첫인상은 틀리지 않았다. 제법이었다.

"이젠 반장님 생각을 말해주세요. 배워야 할 사람은 저잖아요."

해리는 창밖을 바라보았다. 전통적이고 낡았지만, 그렇다고 딱히 고색창연하지는 않은 카페가 보였다.

"비르테 베케르가 제 발로 떠났다고는 생각하지 않아."

"왜요? 폭력의 흔적이 없잖아요."

"치밀하게 계획됐으니까."

"그럼 누가 범인이죠? 남편? 항상 남편이 범인이죠?"

"그렇지." 해리는 자신의 마음이 자꾸 다른 생각에 빠지는 것을 느꼈다. "항상 남편이 범인이지."

"이번 사건의 경우, 범행시간에 남편이 베르겐에 있었다는 것만 제외하고요."

"그렇게 보일 뿐이지. 맞아."

"남자는 베르겐 행 마지막 비행기를 탔어요. 그러니까 다시 오슬로로 돌아왔다면 첫 강의시간을 맞출 수 없었을 거예요." 노란불이 켜지자, 카트리네는 액셀러레이터를 밟아 마요르스투엔 교차로를 통과했다. "게다가 필리프 베케르가 유죄였다면, 왜 반장님의 미끼를 물지 않았겠어요?"

"미끼?"

"네, 미끼요. 최근 부인의 기분에 변화가 없었느냐고 물어보셨잖아요. 반장님이 베케르에게 부인이 자살로 의심된다는 눈치를 주셨죠."

"그래서?"

카트리네는 깔깔 웃었다. "왜 이러세요, 반장님. 자살로 의심될 경우, 경찰이 수사 인력을 투입하지 않는다는 건 누구나 아는 사실이잖아요. 베케르도 알고 있고요. 한마디로 반장님은 베케르에게 아내가 자살했다는 가설을 뒷받침할 수 있는 기회를 줬어요. 베케르가 유죄일 경우, 여러모로 문제가 간단히 해결될 수 있는 가설이죠. 하지만 베케르는 아내가 종달새처럼 행복하다고 했어요."

"흠. 그러니까 내가 베케르를 떠보려고 그런 질문을 했다?"

"반장님은 늘 사람들을 떠보잖아요. 저를 포함해서."

보그스타바이엔 가로 내려올 때까지 해리는 아무 말도 하지 않았다.

"사람들은 대개 자네가 생각하는 것보다 똑똑해."

해리는 그렇게 대꾸한 뒤, 경찰청 주차장에 도착할 때까지 아무 말도 하지 않았다.

"오늘은 나 혼자 일해야겠어."

해리는 핑크색 목도리를 생각하며 결론 내렸다. 지금 당장 스카레가 작성한 실종자 보고서를 훑어보고, 자신의 끈질긴 의심을 서둘러 확인해야 한다는 결론이었다. 만약 그가 두려워하는 바가 맞다면 당장 편지를 들고 군나르 하겐 경정에게 달려가야 할 것이다. 그 망할 놈의 편지.

1992년 11월 4일

토템폴

1946년 8월 19일, 아칸소 주의 호프라는 작은 마을에서 윌리엄 제퍼슨 블라이스 4세가 태어났다. 그의 아버지가 교통사고로 사망한 지 정확히 석 달째 되던 날이었다. 4년 뒤에 윌리엄의 어머니는 재혼했고, 윌리엄은 새아버지의 성을 따르게 된다. 그리고 46년 뒤인 1992년 11월의 어느 밤, 하얀색 종잇조각이 호프의 거리에 눈처럼 떨어지며 마을의 희망이자 이 마을 출신인 윌리엄, 혹은 빌 클린턴이 미국의 마흔두 번째 대통령이 된 것을 축하해주었다. 같은 날 밤, 베르겐에 내린 눈은 여느 때처럼 거리에 닿기도 전에 녹아버렸고, 비로 변해 마을을 적셨다. 9월 중순 이후로는 늘 그랬다. 하지만 다음 날 아침이 되자, 이 아름다운 도시를 지키는 일곱 개의 봉우리는 꼭대기에 설탕을 뿌린 듯 멋지게 반짝거렸다. 게르트 라프토 형사는 이미 그 봉우리들 가운데 가장 높은 울리켄 산에 도착한 상태였다. 라프토는 몸을 부르르 떨며 산의 공기를 들이마신 후 어깨를 잔뜩 웅크렸다. 주글주글 주름진 그의 평퍼짐한 얼굴은 꼭 바람 빠진 축구공 같았다.

베르겐 경찰청 현장감식반원 세 명과 라프토 형사가 시내에서

642미터 위에 자리한 이곳까지 타고 온 노란색 케이블카는 단단한 강철 전선에 매달린 채 부드럽게 흔들렸다. 오늘 아침, 이 발길이 끊이지 않는 산에 도착한 첫 관광객들이 비상경보를 누른 순간부터 케이블카 운행은 중단됐다.

"산으로, 들로." 한 감식반원의 입에서 그 말이 나왔다.

베르겐의 관광 표어였던 그 말이 노르웨이인들 사이에서 베르겐 사람들의 패러디가 되자, 베르겐에서는 그 표어를 더 쓰지 않았다. 하지만 두려움에 압도당하는 상황에서는 마음속 가장 깊은 곳에 있던 어휘가 튀어나오는 법이다.

"그래. 산으로, 들로." 라프토는 냉소적으로 그 말을 반복했다. 흘러내린 팬케이크 반죽 같은 얼굴 속에서 눈동자가 반짝였다.

눈 속에 놓인 시신은 상당히 심하게 난도질되어 있었다. 젖가슴이 드러난 덕에 성별을 파악할 수 있어 다행일 정도였다. 시신의 나머지 부분은 작년 아이드스봉네세에서 있었던 교통사고를 연상시켰다. 당시 화물 트럭이 모퉁이를 빨리 도는 바람에 싣고 있던 알루미늄 시트 상당수가 와르르 떨어졌고, 그 시트가 말 그대로 뒤에서 오던 차를 얇게 저며버렸다.

"범인은 여기서 여자를 죽이고 시신을 잘랐군요." 감식반원 하나가 말했다.

라프토에게는 들을 필요도 없는 정보였다. 시신 주위의 눈에 온통 피가 튀어 있었고, 옆으로 흐르는 굵은 핏줄기로 보건데 아직 심장이 뛰고 있을 때 최소한 동맥 하나를 자른 것이 분명했다. 라프토는 어젯밤, 언제 눈이 그쳤는지 알아봐야겠다고 생각했다. 마지막 케이블카는 오후 5시에 내려갔다. 물론 희생자와 범인이 케이블카 아래 구불구불하게 펼쳐진 산길을 따라 이곳까지 올라왔을 가능성도 있다. 혹은 플뤼엔 산으로 가는 산악철도를 타고 정상으로 가서, 여기까지 걸어왔을 수도 있다. 하지만 그 길은 너무 험해서 라프토는 그들이 케이블카를 타고 왔을 거라 직감했다.

눈에 발자국 두 개가 찍혀 있다. 작은 발자국이 당연히 여자의 발자국이었다. 물론 여자의 신발은 어디에도 없었지만. 또 다른 발자국이 범인의 것이리라. 그 발자국은 길로 이어졌다.

"발자국이 크네요. 최소 48사이즈*는 되겠어요. 덩치가 꽤 큰 놈인 게 분명해요." 볼이 홀쭉한, 소트라 출신의 젊은 검시관이 말했다.

"꼭 그렇다고 할 수는 없어." 라프토가 킁킁거리며 말했다. "땅은 평평한데 발자국은 삐뚤삐뚤하잖아. 남자의 발이 신발보다 작다는 뜻이야. 아마 우리를 속이려고 꾸민 짓이겠지."

라프토는 모두의 시선이 자기에게 쏠리는 걸 느꼈다. 그들이 무슨 생각을 할지 알고 있었다. 언론의 사랑을 받았던 왕년의 대스타께서 또 잘난 척하기 시작하는군. 커다란 아가리, 강인한 얼굴, 그에 걸맞은 추진력. 한마디로 그는 헤드라인을 장식하기에 안성맞춤인 남자였다. 하지만 어느 순간 라프토는 모든 이들에게, 그러니까 언론에게나 경찰에게나 지나치게 거물이 돼버렸다. 그러자 라프토가 대중의 주목을 받을 궁리만 한다는 둥, 이기심 때문에 많은 사람들의 빈축을 사고 제멋대로 군다는 둥의 풍문이 돌기 시작했다. 하지만 라프토는 어떤 경고도 받지 않았다. 딱히 꼬투리를 잡을 만한 일이 없었기 때문이다. 하나 있기는 했다. 범죄 현장에서 자질구레한 장신구들이 사라진 것이다. 피해자의 보석이

* 310밀리미터

나 시계처럼 없어져도 아무도 모를 물건들. 그러던 어느 날, 라프토의 동료가(적어도 그의 주장대로라면) 볼펜을 찾다가 라프토의 책상 서랍을 열게 됐다. 그리고 반지 세 개를 찾았다. 라프토는 경정의 호출을 받았고 상황을 설명했다. 경정은 이 일을 비밀로 하라고 명령했고, 그걸로 끝이었다. 하지만 소문이 돌았다. 언론에서도 이 소문을 듣게 됐다. 따라서 베르겐 경찰청이 지나친 폭력 행사로 고소를 당했을 때, 곧바로 한 남자에게 불리한 결정적 증거가 나왔다는 사실은 아마도 그다지 놀랄 일이 아닐 것이다. 그 주인공은 물론, '헤드라인을 장식하기에 안성맞춤인 남자' 였다.

게르트 라프토는 명백한 유죄였다. 아무도 그걸 의심하지 않았다. 하지만 그가 베르겐 경찰 내부에 오랫동안 만연했던 문화의 희생자라는 사실 또한 다들 알고 있었다. 단지 그는 감방으로 가는 낡은 철 계단에서 굴러떨어져, 몸 이곳저곳에 멍이 든 죄수들(대부분 아동성범죄자와 마약상)의 보고서 몇 장에 서명했을 뿐이었다.

언론은 가차 없이 그를 물어뜯었다. 그들이 라프토에게 지어준 아이언Iron이라는 별명은 딱히 독창적이지는 않았지만 어쨌거나 아주 잘 어울렸다. 언젠가 한 기자가 법의 양지와 음지 모두에서 오랫동안 라프토와 적대관계에 있었던 사람들을 인터뷰한 적이 있었다. 물론 그들은 원한을 갚아줄 기회를 놓치지 않았다. 곧 라프토의 딸은 같은 학교 아이들의 놀림을 받고 울면서 집에 돌아왔고, 아내는 더는 이렇게 못 살겠노라고 선언했다. 자기 때문에 가족 전체가 진흙탕으로 들어가는 상황을 목도한 라프토는 아내에게 더 참아주기만을 기대할 순 없다는 걸 알았다. 하지만 종종 그랬듯 그는 참을성을 잃고 화를 냈다. 아내는 딸을 데리고 나가버렸고, 영영 돌아오지 않았다.

힘든 시기였지만, 그는 결코 자신이 누구인지 잊지 않았다. 그는 '아이언' 라프토였다. 정직 기간이 끝나자마자 라프토는 잃어버린 명예를 되찾기 위해 밤낮으로 쉬지 않고, 뼈 빠지게 일했다. 하지만 아무도 그를 용서하려 들지 않았다. 상처가 너무 깊었던 것이다. 게다가 경찰 내부에서도 그의 성공을 막으려 했다. 경찰로서는 당연한 일이었다. 그가 유명해지면 언론은 경찰이 필사적으로 묻으려 했던 것들, 즉 수갑을 찬 채 난타당한 사람들의 사진을 떠올릴 것이기 때문이다. 하지만 라프토는 보여줄 것이다. 자신이 이렇게 일찍 매장될 사람이 아니라는 것을. 발아래 펼쳐진 이 도시가 사회사업가들이나 줏대 없는 놈들, 그리고 입만 나불대는 놈들의 것이 아님을. 어차피 하루 종일 사무실에 앉아, 그 긴 혀로 지방 정치가들과 빨갱이 언론인들의 똥구멍이나 핥아주는 놈들이다.

"사진 몇 장 찍고, 신원 확인해." 라프토가 카메라를 든 감식반원에게 말했다.

"시신이 이런 상태인데 신원을 어떻게 확인합니까?" 감식반원이 대꾸했다.

라프토는 그의 말투가 마음에 들지 않았다. "이 여자의 실종 신고가 들어왔거나, 곧 들어올 거야. 그쪽으로 알아보게."

라프토는 봉우리 꼭대기로 가서 베르겐 사람들이 비덴*이라 부르는 곳을 다시 바라보았다. 전원 풍경을 훑던 그의 시선이 언덕에서 멈췄다. 언덕 정상에 사람처럼 보이는 뭔가가 있었다. 하지만 사람이라기에는 움직임이 전혀 없었다. 돌을 쌓아 만든 석총인

* vidden, 고원

가? 라프토는 눈을 가늘게 떴다. 아내와 딸을 데리고 수백 번도 넘게 간 곳이지만, 석총을 본 기억은 없었다. 그는 케이블카로 내려가 운전기사에게 쌍안경을 빌렸다. 15초 후, 그는 그것이 석총이 아니라 누군가 쌓아 올린 커다란 눈덩이 세 개라는 결론을 내렸다.

라프토는 피엘시덴이라고 알려진 베르겐의 경사진 동네를 좋아하지 않았다. 이곳에는 햇볕이 절대 들지 않는 좁은 골목길에 지하실이 딸린 2층 목조 가옥들이 자리 잡고 있었다. 겉보기에는 그림처럼 예쁘지만, 단열재도 내장되지 않은, 기울어진 집들이었다. 유행을 따르기 좋아하는 부잣집 자녀들은 종종 몇 백만 크로네에 베르겐 스타일의 집을 구입해서 원래 목재가 하나도 남지 않을 때까지 개조하곤 했다. 이 동네에서 자갈밭을 뛰어다니는 아이들의 발소리를 더는 들을 수 없었다. 집값이 너무 오른 탓에 베르겐의 젊은 부부들이 산 반대편의 교외로 쫓겨난 지 오래이기 때문이다. 게다가 이곳은 초라한 상점가처럼 적적했다. 그런데도 돌계단에 올라서서 초인종을 누르던 게르트 라프토는 누군가 자신을 지켜보는 느낌이 들었다.

잠시 후, 문이 열리더니 창백하고 불안한 얼굴이 깜짝 놀란 표정으로 그를 바라보았다.

"온뉘 헤틀란 씨?" 라프토가 경찰 신분증을 내보이며 물었다. "친구분 일로 찾아왔습니다. 라일라 오센 씨요."

아담한 아파트는 구조 배치가 엉망이어서, 이를 테면 목욕탕이 부엌 뒤이자 침실과 거실 사이에 위치한 식이었다. 무늬가 있는 와인색 벽지를 바른 거실은 초록색과 오렌지색이 섞인 안락의자와 소파만으로도 미어터질 지경이었고, 얼마 남지 않은 바닥 공간은 주간지와 책, 시디들로 발 디딜 틈이 없었다. 라프토는 뒤집어진 물접시와 고양이를 넘어 소파로 갔다. 온뉘 헤틀란은 안락의자에 앉아 목걸이를 만지작거렸다. 초록색 돌이 달린 목걸이였는데, 돌에는 검은색으로 금이 가 있었다. 깨진 걸까? 어쩌면 처음부터 저렇게 만들었을 수도 있다.

온뉘 헤틀란은 그날 아침 일찍, 라일라의 남편 바스티안에게서 친구의 사망 소식을 들은 상태였다. 하지만 라프토가 세부사항들을 적나라하게 설명하는 동안, 그녀의 표정은 몇 차례 극적으로 변했다.

"끔찍해라." 온뉘 헤틀란이 중얼거렸다. "바스티안에게서 그런 말은 전혀 듣지 못했어요."

"저희 쪽에서 대중에게 알리기를 원치 않았기 때문입니다. 남편 말로는 부인이 라일라 오센 씨와 제일 친한 친구라더군요."

온뉘는 고개를 끄덕였다.

"친구 분이 울리켄 산에 왜 갔는지 아십니까? 아시다시피 남편은 그 이유를 전혀 모르더군요. 게다가 어제는 아이들을 데리고 플뢰르에 있는 어머님 댁에 가 있었고요."

온뉘는 고개를 저었다. 단호한 동작이었다. 상대로 하여금 어떤 의심도 들게 하지 않는 도리질. 문제는 그 도리질이 아니라 도리질이 시작되기 전, 100분의 1초간의 머뭇거림이었다. 게르트 라프토에게는 100분의 1초면 충분했다.

"이건 살인사건입니다, 헤틀란 부인. 중요한 사건이니만큼 부인께서 아시는 걸 전부 말해주시지 않으면 큰 위험이 닥칠 수 있습니다."

그녀는 당황한 불도그 같은 표정으로 그를 바라보았다. 라프토는 그녀에게서 먹잇감의 냄새를 맡았다.

"피해자의 가족을 배려해서 비밀을 지키는 거라면, 착각하신 겁니다. 비밀은 어차피 곧 밝혀지기 마련입니다."

온뉘는 침을 꿀꺽 삼켰다. 겁먹은 표정이었다. 문을 열 때부터 이미 겁먹은 표정이었다. 그래서 라프토는 마지막으로 그녀를 찔러보기로 했다. 사실 참 시시한 협박이지만, 죄가 있는 사람뿐 아니라 결백한 사람에게도 놀라우리만치 효과가 좋았다.

"지금 말하지 않으면, 나중에 심문을 받으러 경찰서에 오셔야 합니다."

온뉘 헤틀란의 눈에 눈물이 고이더니, 목구멍 안쪽 어딘가에서 모기만 한 목소리가 새어 나왔다. "누굴 만나러 간 거예요."

"누구요?"

온뉘 헤틀란은 몸을 떨며 숨을 들이쉬었다. "라일라는 이름하고 직업만 말해줬어요. 그리고 비밀이라고, 아무에게도 말하면 안 된다고 했어요. 특히 남편에게는요."

라프토는 흥분을 감추기 위해 수첩을 내려다보았다. "이름과 직업이 뭔가요?"

그는 온뉘의 말을 받아 적고 수첩을 바라보았다. 비교적 흔한 이름이었고, 비교적 흔한 직업이었다. 하지만 베르겐 또한 비교적 작은 도시이니, 이것만으로도 충분할 것이다. 그는 자신의 존재 전체로 지금 옳은 길에 들어섰다고 확신했다. 게르트 라프토에게 '존재 전체' 라 함은 지난 30년의 경찰생활, 그리고 막연한 염세주의를 바탕으로 한 인간에 대한 이해를 의미했다.

"한 가지만 약속해주십시오. 방금 제게 한 이야기를 다른 누구에게도 말하면 안 됩니다. 가족도 안 되고, 언론도 안 돼요. 다른 경찰에게도 비밀로 하셔야 합니다. 아시겠습니까?"

"경찰도…… 안 된다고요?"

"물론입니다. 이번 사건의 담당자는 저고, 이 정보는 오로지 저만 알고 있어야 합니다. 제가 다른 지시를 내리기 전까지는 이 일에 대해 아무것도 모르시는 겁니다."

집 밖으로 나와 다시 계단에 선 라프토는 마침내 기회가 왔다고 생각했다. 오솔길 저 아래쪽에 있는 창문 하나가 활짝 열리면서 유리가 반짝거렸고, 이번에도 누군가 자신을 바라보고 있다는 느낌이 들었다. 하지만 무슨 상관인가? 복수는 그의 것, 오로지 그만의 것이다. 게르트 라프토는 코트의 단추를 채웠다. 조용한 승리감에 취한 탓에 비가 오는 줄도 모르고, 베르겐의 도심으로 이어지는 미끄러운 길을 성큼성큼 내려갔다.

오후 5시, 갑자기 잔뜩 찌푸린 하늘에서 똑똑 떨어지는 비가 베르겐을 적셨다. 게르트 라프토의 책상 위에는 직업협회에 요청해서 받아놓은 명단이 있었다. 그는 온뉘 헤틀란이 말해준 이름과 일치하는 용의자 후보들을 찾기 시작했다. 지금까지는 세 명뿐이었다. 온뉘 헤틀란을 만난 지 겨우 두 시간 만에 라일라 오센을 죽인 범인의 윤곽이 드러나고 있었다. 열두 시간도 되지 않아 사건이 해결된 셈이다. 그리고 누구도 이 공로를 빼앗아갈 수 없다. 영광은 오로지 그만의 것이었다. 그가 직접 언론에 이 정보를 알릴 생각이었기 때문이다. 노르웨이의 주요 언론사들은 이미 사건 현장에 다녀갔고, 베르겐 경찰청사를 포위하고 있었다. 경찰청장은 시체에 대한 어떤 정보도 새어 나가서는 안 된다고 명령을 내렸으나, 독수리들은 이미 피 냄새를 맡고 있었다.

“정보가 새어 나간 게 분명해.” 경찰청장은 라프토를 바라보며 말했다. 라프토는 아무 말도 하지 않았다. 씩 웃고 싶어서 얼굴이 근질거렸다. 하지만 지금은 다들 모여서 경찰청장에게 보고하는 시간이니 참아야 했다. 이제 곧 게르트 라프토는 베르겐 경찰청의 왕이 될 것이다.

그는 신문사에 전화하기 위해, 가을이 올 때마다 당신을 사랑하겠노라는 휘트니 휴스턴의 노래가 흘러나오는 라디오 소리를 줄였다. 하지만 그가 전화기를 들기 직전에 전화가 울렸다.

“라프토입니다.” 라프토는 어서 신문사에 전화하고픈 마음에 조바심과 짜증 섞인 목소리로 말했다.

“당신이 찾는 사람은 나요.”

그 목소리를 듣자마자, 라프토는 이게 절대 장난전화가 아니라는 느낌이 들었다. 사무적으로 또박또박 말하면서도, 서늘하고 억눌린 이 목소리는 절대 괴짜나 술주정뱅이가 아니었다. 하지만 그 목소리에는 뭐라 꼬집어서 말할 수 없는, 또 다른 무언가도 있었다.

라프토는 큰 소리로 두 번 기침했다. 그러고는 자신이 허를 찔렸다는 걸 감추기 위해 천천히 말했다. “당신 누구야?”

“아실 텐데.”

라프토는 눈을 감고 마음속으로 욕을 퍼부었다. 젠장, 젠장, 젠장. 범인이 자수할 모양이다. 범인이 자수하는 것과 그가 직접 범인을 체포하는 것은 천지 차이다.

“왜 내가 널 찾고 있다고 생각하지?” 라프토는 이를 악문 채 말했다.

"그냥 알아. 만약 내가 하라는 대로 하면, 당신은 원하는 걸 얻을 수 있어." 전화기 너머의 목소리가 말했다.

"내가 뭘 원하는데?"

"날 체포하고 싶잖아. 그렇게 될 거야. 그것도 당신 혼자서. 내 말 듣고 있어?"

라프토는 무심코 고개를 끄덕이다가, 정신을 차리고 그렇다고 대답했다.

"노르네스 공원에 있는 토템폴 옆에서 만나. 정확히 10분 후에." 목소리가 말했다.

라프토는 머리를 굴렸다. 노르네스 공원은 수족관 옆이다. 그곳이라면 채 10분도 걸리지 않았다. 하지만 왜 하필이면 곶 맨 끝에 있는 공원에서 보자고 했을까?

"그래야 당신이 혼자 오는지 아닌지 볼 수 있으니까." 마치 라프토의 생각에 대답이라도 하듯이 목소리가 말했다. "다른 경찰이 오는 게 보이거나, 늦으면 난 가버릴 거야. 영원히."

라프토의 머리가 분주히 돌아갔고, 상황을 계산한 끝에 결론을 내렸다. 10분 안에 체포팀을 꾸릴 수는 없었다. 나중에 왜 혼자 범인 체포에 나섰는지 보고서를 제출할 때 이는 완벽한 핑계가 돼줄 것이다.

"좋아. 그럼 어떻게 하면 되지?" 라프토가 말했다.

"내가 당신에게 모든 걸 말해주고, 날 체포할 수 있는 조건을 알려주지."

"무슨 조건?"

"재판정에서 수갑을 차고 싶지 않아. 언론 매체는 재판을 참관할 수 없어. 그리고 다른 죄수들과 섞이지 않는 곳에서 복역하고 싫어."

라프토는 목이 막힐 뻔했다. "좋아." 그는 그렇게 말하고, 손목 시계를 봤다.

"잠깐, 조건이 더 있어. 내 감방에는 텔레비전과 내가 읽고 싶은 책들이 모두 있어야 해."

"그렇게 하도록 하지."

"내 조건을 따른다는 계약서에 사인하면, 난 순순히 당신을 따라가겠어."

"하지만……." 라프토는 운을 뗐지만, 상대가 이미 끊어버린 전화기에서는 뚜뚜 소리만 났다.

라프토는 베르겐 조선소 옆에 주차했다. 약속 장소에서 가장 가까운 주차장은 아니었지만, 이쪽으로 들어가면 공원 전체를 더 잘 볼 수 있었다. 물결치는 지형 위에 세워진 이 커다란 공원에는 잘 다져진 길과 누렇게 시든 잔디가 깔린 낮은 언덕들이 있었다. 나무들의 옹이 진 검은 손가락은 아셰위 섬 뒤의 바다에서 몰려오는 먹구름을 가리켰다. 한 남자가 팽팽해진 개줄을 붙잡고 흥분한 로트와일러의 뒤를 따라 서둘러 지나갔다. 라프토는 코트 주머니에 든 스미스앤드웨슨 리볼버를 만지며, 노르네스 해수 풀장 옆을 성큼성큼 지나갔다. 텅 빈 하얀색 풀장은 물가에 있는 대형 욕조 같았다.

모퉁이 너머로 10미터 높이의 토템폴이 보였다. 베르겐 탄생 900주년을 기념해 시애틀에서 보내준 2톤짜리 선물이었다. 라프토의 귀에 자신의 숨소리와 신발 밑에서 젖은 낙엽이 철벅거리는 소리가 들렸다. 비가 내리기 시작했다. 압핀처럼 조그만 빗방울이 그의 얼굴로 들이쳤다.

토템폴 옆에 누군가 서서 라프토를 바라보고 있었다. 마치 그가 반대편이 아니라, 이쪽에서 오리라는 걸 알고 있었다는 듯이.

걸음을 멈추기 몇 발짝 전, 라프토는 리볼버를 꽉 쥐었다. 그러고는 상대와 2미터를 남겨두고 걸음을 멈췄다. 상대를 본 그는 빗속에서 눈을 가늘게 떴다. 그럴 리가 없었다.

"놀랐어?" 목소리가 말했다. 라프토는 이제야 저 목소리가 기억났다.

라프토는 아무 대답도 하지 않았다. 그의 머리가 다시 바쁘게 돌아가기 시작했다.

"당신은 내가 누군지 안다고 생각했겠지만, 내가 당신을 알고 있었던 거야. 그래서 당신이 혼자 오리라는 걸 알았지."

라프토는 상대방을 바라보았다.

"이건 게임이야." 상대가 말했다.

라프토는 헛기침을 했다. "게임?"

"그래. 당신, 게임 좋아하잖아."

라프토는 리볼버의 손잡이를 감싸 쥐었다. 그래야 재빨리 총을 빼들 경우, 주머니에 걸리는 일이 없기 때문이다.

"왜 하필 나지?" 라프토가 물었다.

"당신이 최고니까. 난 최고만 상대하거든."

"미쳤군." 라프토는 그렇게 중얼거렸다가 바로 후회했다.

"그건," 상대방이 엷은 미소를 지으며 말했다. "맞는 말이야. 하지만 형씨도 미쳤잖아. 우리 모두 미쳤지. 다들 집으로 가는 길을 찾지 못한 불안한 영혼들이야. 영혼들은 늘 그렇지. 인디언들이 왜 이걸 만들었는지 알아?"

라프토의 앞에 선 사람이 장갑 낀 손의 집게손가락을 구부려 토템폴을 톡톡 두드렸다. 토템폴 속에 조각된 인물들은 서로의 어깨를 밟고 올라서서, 앞이 보이지 않는 커다란 검은 눈동자로 피오르 맞은편을 응시하고 있었다.

"영혼들을 감시하기 위해서야." 상대방이 말을 이었다. "그래야 영혼들이 길을 잃지 않으니까. 하지만 토템폴의 문제는 썩는다는 거지. 썩어야만 해. 그게 바로 토템폴을 만든 이유이기도 하니까. 토템폴이 사라지면 영혼은 새 집을 찾아야 하지. 가면 속이 될 수도 있고, 거울 속이 될 수도 있어. 새로 태어난 아이의 몸속이 될 수도 있고."

수족관의 펭귄 우리에서 목 쉰 비명이 새어 나왔다.

"왜 여자를 죽였는지 말해주겠나?" 라프토가 말했다. 그의 목소리도 쉬어 있었다.

"유감스럽지만 게임은 끝났어, 라프토. 즐거웠어."

"내가 쫓고 있다는 걸 어떻게 알았지?"

상대방이 손을 들어 올렸고, 라프토는 자기도 모르게 뒤로 한 발짝 물러섰다. 상대의 손에서 무언가가 대롱거렸다. 목걸이였다. 목걸이에는 눈물 모양의 초록색 돌이 달려 있었고, 돌에는 검은색 금이 가 있었다. 라프토의 가슴이 방망이질 쳤다.

"사실 온뉘 헤틀란은 처음에는 아무 말도 안 하려고 했어. 하지만 결국엔…… 뭐랄까…… 설득당했지."

"거짓말." 라프토는 숨을 멈춘 채 자신 없이 말했다.

"그 여자 말이 당신이 다른 경찰들에게도 말하지 말라고 했다더군. 그 말을 듣고 당신이 내 제안을 받아들이리라는 걸 알았어. 당신은 이 일이 당신 영혼의 새 집, 당신의 부활이 되리라고 생각했으니까. 안 그래?"

차갑고 가느다란 빗줄기가 라프토의 얼굴을 땀처럼 뒤덮었다. 그는 손가락을 리볼버의 방아쇠에 걸친 상태에서 천천히, 조심스럽게 말하는 데 집중했다.

"장소를 잘못 골랐어. 넌 지금 바다를 등지고 서 있는데, 여기서 나가는 모든 길에 경찰차가 깔려 있다고. 아무도 도망 못 가."

상대는 코를 킁킁거렸다. "냄새가 나, 라프토."

"무슨 냄새?"

"두려움의 냄새. 아드레날린은 냄새가 꽤 독특하지. 하지만 당신도 잘 알 텐데. 당신이 두들겨 팬 죄수들에게서 분명 그 냄새를 맡았을 거야. 라일라한테도 그런 냄새가 났지. 특히 내가 가져온 도구들을 봤을 때 말이야. 온뉘 헤틀란은 훨씬 더했어. 아마 당신에게 이야기를 들어서 그랬을 거야. 자기가 어떻게 죽을지 알았던 거지. 꽤나 자극적인 냄새야, 안 그래? 어떤 육식동물들은 이 냄새를 이용해 먹잇감을 찾는다더군. 벌벌 떨며 숨으려고 하지만, 바로 그 두려움의 냄새 때문에 결국 잡아먹히는 먹잇감을 상상해봐."

라프토는 장갑을 낀 상대의 손이 아래로 내려가는 걸 보았다. 상대의 손에는 아무런 무기도 없었다. 지금은 환한 대낮이고, 여기는 노르웨이에서 두 번째로 큰 도시인 베르겐의 도심과도 가까웠다. 작년에 술을 입에 대지 않은 덕분에 나이에 비해 체력도 좋았다. 반사신경도 빨랐고, 그의 전투 기술은 다분히 본능적이었다. 리볼버를 뽑아드는 데는 1초도 걸리지 않을 터였다. 그런데도 왜 이렇게 이가 딱딱 부딪칠 정도로 무서운 걸까?

2일째

휴대전화

망누스 스카레 경관은 회전의자에 등을 기댄 채 눈을 감았다. 그러자 정장을 입은 여자의 뒷모습이 즉시 떠올랐다. 스카레는 다시 눈을 번쩍 뜨고 시간을 확인했다. 6시였다. 이젠 좀 쉬기로 했다. 실종사건 발생 시의 기본 절차를 모두 마쳤기 때문이다. 모든 병원에 전화해 비르테 베케르라는 환자가 있는지 알아봤고, 택시회사인 노르게스 택시와 오슬로 택시에도 전화해 어젯밤 호프 근처에서 장거리 손님을 태운 적이 있는지 확인했다. 비르테 베케르가 이용하는 은행으로부터 그녀가 사라지기 전에 거액의 돈을 인출한 기록이 없으며, 어제 저녁이나 오늘도 인출한 기록이 없다는 확인을 받았다. 가르데모엔 공항에 근무하는 경찰이 어젯밤의 탑승객 명단을 확인했지만, 베케르라는 이름의 승객은 베르겐 행 비행기에 탑승한 필리프 베케르뿐이었다. 경찰이 확인한 바로는 비르테 베케르의 여권은 남편이 보관 중이었기에 사실상 그녀가 해외로 나갈 방법은 없지만, 그래도 덴마크와 영국으로 운항하는 페리회사에도 전화를 해봤다. 야심만만한 망누스 스카레 경관은 오슬로 주와 아케슈스 주의 모든 호텔에 팩스를 보내두었고, 마지막으로 순찰 경관을 포함해 근무 중인 모든 경관들에게 눈을 부릅뜨고 다니라는 명령을 내렸다.

이제 남은 것은 휴대전화를 찾는 일뿐이다.

스카레는 홀레 반장에게 전화해 지금까지의 수사 상황을 보고했다. 반장은 숨을 헐떡거렸고, 뒤에서 새가 날카롭게 지저귀는 소리가 들렸다. 홀레 반장은 휴대전화에 대해 한두 가지 질문을 던진 다음 전화를 끊었다. 스카레는 자리에서 일어나 복도로 나갔다. 카트리네 브라트의 사무실 문은 열려 있었고 불도 켜져 있었지만, 안에는 아무도 없었다. 스카레는 위층의 구내식당으로 가는 층계를 올랐다.

영업시간은 끝났어도, 식당 문 옆의 손수레에는 보온병에 담긴 미지근한 커피와 비스킷, 잼이 상비되어 있다. 식당에는 네 사람뿐이었는데, 그중에는 벽 옆의 테이블에 앉은 카트리네 브라트도 있었다. 그녀는 링 바인더 안의 서류를 읽는 중이었다. 앞에는 물 한 컵과 오픈 샌드위치 두 개가 담긴 도시락이 놓여 있었다. 카트리네는 안경을 쓰고 있었는데, 안경테나 알이 어찌나 얇은지 안경을 썼다는 것도 잘 모를 정도였다.

스카레는 커피 한 잔을 따라 카트리네가 있는 테이블로 갔다.

"야근할 작정이로군?" 스카레는 그렇게 물으며 자리에 앉았다.

얼핏 한숨 소리가 들리는 듯하더니, 카트리네가 고개를 들었다.

"어떻게 알았느냐고?" 스카레가 미소를 지었다. "집에서 만들어 온 샌드위치를 보고 알았지. 넌 구내식당이 5시면 문을 닫는다는 걸 알고 미리 샌드위치를 싸온 거야. 이런 게 바로 형사의 직업병이지. 매사에 추리하는 거."

"그래요?" 그녀는 눈 하나 깜박하지 않고 다시 읽던 서류로 시선을 돌렸다.

"그럼." 스카레는 커피를 후루룩 마시며, 그녀를 자세히 들여다볼 수 있는 이 기회를 놓치지 않았다. 상체를 숙인 그녀의 블라우스 위로 브래지어의 레이스가 살짝 보였다. "오늘 실종사건만 해도 그래. 나만 아는 특별한 정보는 없어. 하지만 실종된 여자가 아직 호프에 있을 거라고 추리했지. 아마 어딘가의 눈 속에, 낙엽 속에 누워 있겠지. 아니면 근처에 있는 수많은 작은 호수나 개울 속일 수도 있고."

카트리네 브라트는 아무 대답도 하지 않았다.

"내가 왜 그렇게 생각하는지 알아?"

"몰라요." 그녀는 파일에서 고개를 들지 않은 채 단조로운 음성으로 대답했다.

스카레는 테이블 위로 팔을 뻗어 그녀 앞에 휴대전화를 놓았다. 카트리네는 포기한 표정으로 고개를 들었다.

"이건 휴대전화야. 아마 넌 이게 꽤 현대의 발명품이라고 생각하겠지. 하지만 자그마치 1973년 4월에 휴대전화의 아버지인 마틴 쿠퍼가 처음 휴대전화로 아내와 통화를 했어. 물론 쿠퍼는 이 발명품이 경찰에서 실종자를 찾는 데 가장 중요한 수단이 되리라고는 꿈에도 몰랐지. 훌륭한 형사가 되고 싶다면 이런 이야기를 잘 듣고 배워두는 게 좋을 거야."

카트리네는 안경을 벗고 엷은 미소를 띤 채 스카레를 바라보았다. 스카레는 그 미소가 마음에 들었지만, 무슨 의미인지 도통 알 수가 없었다. "열심히 듣고 있어요." 그녀가 말했다.

"좋아. 비르테 베케르는 휴대전화를 가지고 있어. 그리고 휴대전화는 자신이 위치한 지역의 기지국으로 전파를 보내지. 전화를 걸 때만이 아니라 그냥 가지고 다닐 때도 그래. 그래서 처음부터 미국인들이 휴대전화를 셀룰러 폰cellular phone이라고 한 거야. 셀cell이라고 부르는 작은 지역의 기지국들이 휴대전화를 연결해주니까. 내가 텔레노르*에 전화해봤는데, 호프 기지국에서 아직 비르테가 쓰는 휴대전화의 전파가 잡힌다는 거야. 하지만 우린 이미 집 안을 다 뒤져봤고, 전화는 발견하지 못했잖아? 비르테가 집 근처에서 휴대전화를 잃어버렸을 리도 없지. 그건 지나친 우연이니까. 고로……." 스카레는 마술을 성공시킨 후의 마술사처럼 양손을 들어 올렸다. "이 커피를 마신 후에 긴급 대책본부에 연락해서 수색팀을 보내달라고 할 거야."

"행운을 빌어요." 카트리네는 그렇게 말하고는 휴대전화를 스카레에게 주고 서류를 넘겼다.

"그건 홀레 반장님이 옛날에 맡았던 사건 파일들 아냐?"

"네, 맞아요."

"반장님은 연쇄살인마가 판을 치고 다닌다고 생각하시지."

"알아요."

"알아? 그럼 반장님 생각이 틀렸다는 것도 알겠네? 연쇄살인범 타령을 하는 게 이번이 처음이 아니라는 것도. 반장님은 연쇄살인범에게 병적으로 집착해. 여기가 미국인 줄 아나 봐. 하지만 반장님도 아직 이 나라에서는 연쇄살인범을 찾아내지 못했지."

"스웨덴에는 연쇄살인범이 몇 명 있어요. 토마스 크비크, 욘 아소니우스, 토레 헤딘……."

망누스 스카레는 웃음을 터뜨렸다. "숙제를 열심히 했군. 하지만

* 노르웨이 국영 통신사

제대로 된 범죄수사를 배우고 싶다면 나랑 맥주 한잔하러 가지."

"말은 고맙지만……."

"요기도 좀 하고 말이야. 이 도시락은 너무 부실하잖아." 스카레의 말에 마침내 카트리네가 고개를 들고, 그의 눈을 똑바로 바라봤다. 그녀의 눈이 이상하게 번득였다. 마치 눈 안쪽에서 불길이 검은 연기를 내며 타오르는 듯했다. 그는 그 불길이 자기 때문이라고 생각했다. 자신이 그 불을 붙인 장본인이며, 방금 전의 대화를 통해 자신이 그녀만큼 수준이 높아졌다고 생각했다.

"일종의……." 스카레는 그렇게 운을 떼고 적절한 단어를 찾는 척했다. "훈련으로 봐도 좋을 거야."

카트리네가 미소를 지었다. 활짝.

스카레는 맥박이 빨라지는 걸 느꼈다. 벌써부터 자신의 몸에 밀착되는 그녀의 몸, 손끝에 와 닿는 스타킹 아래의 무릎, 그의 손이 미끄러지듯이 위로 올라갈 때의 감촉이 느껴지는 것만 같아서 몸이 달아올랐다.

"원하는 게 뭐예요? 팀에 새로 들어온 여직원 간 보기?" 카트리네의 미소는 한층 더 환해졌고, 눈의 번득임은 더욱 강렬해졌다. "그래서 가능한 빨리 그 여자 따먹기? 남자아이들이 제일 큰 케이크 조각에 침을 뱉어뒀다가, 나중에 다른 아이들 앞에서 혼자 유유히 그 케이크를 먹는 것처럼?"

망누스 스카레의 입이 딱 벌어졌다.

"제가 좋은 뜻에서 충고 몇 마디 해드리죠, 선배님. 직장에서 여자 동료는 멀리하세요. 중요한 단서를 잡았다 싶으면, 구내식당에 앉아 커피나 마시면서 시간 낭비도 하지 마시고요. 그리고 선배가 긴급 대책본부에 전화할 수 있다는 거짓말은 하지 마세요. 선배는 홀레 반장에게 전화할 테고, 수색팀을 보낼지 말지 결정하는 사람은 반장님이에요. 보내기로 결정을 내렸다면, 반장님은 사람들이 대기 중인 비상작전 센터에 전화하겠죠. 경찰청에서 수색팀을 보내는 게 아니라요."

카트리네는 샌드위치를 쌌던 파라핀 종이를 구깃구깃 구겨서, 스카레 뒤에 있는 쓰레기통을 향해 휙 던졌다. 스카레는 뒤돌아보지 않아도 그 종이가 쓰레기통에 들어갔으리라는 걸 알 수 있었다. 카트리네는 서류를 챙겨 자리에서 일어났지만, 그때쯤에는 스카레도 어느 정도 진정된 상태였다.

"대체 무슨 상상을 하는 거야? 아줌마 주제에. 집에서 제대로 욕구 충족이 안 되나 본데, 감히 나 같은 남자가 황송하게…… 황송하게……." 스카레는 적당한 말을 찾을 수 없었다. 제길, 적당한 말을 찾을 수가 없었다. "난 그냥 한두 가지 가르쳐주려고 했을 뿐이야, 이 걸레야."

그러자 카트리네의 얼굴이 변했다. 마치 양옆으로 커튼이 갈라지면서, 불길 속이 들여다보이는 듯했다. 순간 스카레는 카트리네가 자신의 따귀를 때릴 거라고 확신했지만, 아무 일도 일어나지 않았다. 카트리네가 다시 입을 열었을 때, 스카레는 모든 것이 오로지 그녀의 눈 속에서만 일어났을 뿐 그녀는 실상 손가락 하나 까딱하지 않았고, 언성조차 높이지 않는다는 걸 깨달았다.

"제가 오해한 거라면 미안해요." 비록 그녀의 얼굴은 절대 오해일 리가 없다는 표정이었지만, 입으로는 그렇게 말했다. "그건 그렇고, 마틴 쿠퍼가 전화한 사람은 부인이 아니었어요. 벨 실험실에 근무하는 자신의 라이벌 조엘 엥겔이었죠. 엥겔에게 한두 가지 가르쳐주려고 전화했을까요, 선배님? 아니면 자랑하려고?"

스카레는 그녀의 뒷모습을, 구내식당 문을 향해 가는 그녀의 몸이 정장 밑에서 좌우로 씰룩이는 걸 바라보았다. 제길, 저 여자는 제정신이 아니다! 그는 자리에서 일어나 카트리네에게 뭔가 던지고 싶었다. 하지만 빗나갈 게 뻔했다. 게다가 아직도 빳빳하게 서 있는 아랫도리를 들킬까 봐 움직이고 싶지 않았다.

해리는 폐가 갈비뼈에 닿는 걸 느꼈다. 호흡은 가라앉기 시작했지만, 심장은 아직 그의 몸 안에서 토끼처럼 달리고 있었다. 트레이닝복은 땀에 흠뻑 젖었다. 지금 그가 서 있는 곳은 에케베르그 레스토랑 옆에 있는 숲 가장자리였다. 1차대전과 2차대전 사이, 기능주의에 입각해 오슬로 동쪽의 가파른 산등성이에 지은 이 레스토랑은 오슬로 시내를 굽어보고 있다. 이곳은 한때 오슬로의 자부심이자 기쁨이었으나, 손님들은 차츰 도심에서 멀리 떨어진 이 숲 속까지 오기를 꺼렸고 레스토랑은 수익이 나지 않아 쇠락의 길을 걸었다. 한동안 그곳은 퇴물 춤꾼이나 중년의 술꾼, 그리고 외로운 영혼을 찾아 나선 또 다른 외로운 영혼들의 소굴이었고, 결국 문을 닫았다. 해리는 도심의 노란 배기가스 위에 자리한 이곳까지 차를 몰고 와, 가파른 지형을 따라 난 길을 달리는 게 좋았다. 체력을 시험해볼 기회였고, 근육 속의 젖산도 연소시킬 수 있었다. 또 이 허물어진 아름다운 레스토랑에 들러, 비에 젖고 잡초가 무성한 테라스에 앉아 도시를 내려다보는 것도 좋았다. 한때는 그의 도시였으나, 이제는 감정적으로 피폐해졌고 재산 분할도 끝났으며 서로 다른 사람을 사랑하는 옛 연인과 같은 존재였다.

발아래의 도시는 사방이 산등성이로 둘러싸인, 움푹 파인 지대였고, 피오르가 있는 곳만 예외였다. 지질학자들은 오슬로가 죽은 화산 분화구라고 했다. 그리고 이런 밤이면 해리는 상상했다. 도심의 불빛은 곧 밝게 타오르는 용암을 간직한 지표면의 구멍이라고. 그는 반대편 산등성이에 조명을 받은 하얀 쉼표처럼 놓인 홀멘콜렌 스키 점프대를 기점으로 라켈의 집이 어디쯤일지 찾아봤다.

해리는 편지를 생각했다. 그리고 방금 전, 스카레와의 통화에서 들었던 말도 생각했다. 비르테의 휴대전화 전파가 계속 잡히고 있다는 말. 이제는 그의 심장 박동도 느려졌다. 심장은 혈액을 분출하며, 아직 살아 있다는 차분하고도 규칙적인 신호를 뇌에 보냈다. 휴대전화가 기지국에 전파를 보내듯이. 심장. 전파. 편지. 말도 안 되는 생각이었다. 그런데도 왜 떨쳐버리지 못하는 걸까? 왜 이미 머릿속으로는, 차가 있는 곳까지 뛰어가서 호프까지 차를 몰아, 그게 얼마나 미친 생각인지 확인하는 데 몇 분이나 걸릴지 생각하고 있는 걸까?

라켈은 부엌의 창문 옆에 서서 마당 가장자리의 전나무를 바라보았다. 전나무에 가려 주위 풍경은 더 보이지 않았다. 그녀는 동네 주민회의에서 집 안에 빛이 좀 더 들어오도록 전나무 일부를 베어내자고 제안했다. 하지만 사람들의 반응이 어찌나 냉랭하던지, 안건을 투표에 붙이자고 요청할 엄두조차 나지 않았다. 전나무는 다른 사람들이 집 안을 들여다보지 못하게 막아주었고, 동네 사람들은 그런 이유로 홀멘콜렌 리지에 사는 걸 좋아했다. 도심 위에 자리한 이곳에는 아직도 눈이 남아 있었다. BMW와 볼보들은 구불구불한 길을 부드럽게 돌고 돌아 집으로 올라갔다. 리모컨으로 차고 문을 열고 집으로 들어가면, 헬스장에 다니는 날씬한 아내가 잠시 직장을 쉬면서 보모의 도움을 받아 마련한 저녁식사가 기다리고 있었다.

아버지에게 물려받은 이 목재 가옥의 마룻바닥은 꽤나 두꺼웠는데도, 2층에 있는 올레그의 방에서 나오는 음악 소리가 들렸다. 레드 제플린과 후Who였다. 그녀가 열한 살일 때는 부모 세대의 음악을 듣는다는 건 있을 수 없는 일이었다. 하지만 올레그는 해리에게서 그 시디들을 받았고, 진심으로 그 음악들을 좋아했다.

라켈은 깡마른 해리의 모습을 떠올렸다. 마치 그에 대한 그녀의 기억이 줄어든 것처럼, 그도 줄어들어 있었다. 한때 그토록 가까웠던 누군가가 희미해지고 사라질 수 있다는 게 무서울 지경이었다. 한때 늘 붙어 다녔던 사람과 멀어지면서, 함께했던 시간들이 비현실적으로 느껴지는 것도 그 때문인지 모른다. 그 시간들은 마치 머릿속에서만 일어났기 때문에 금방 잊히는 꿈처럼 느껴진다. 그래서 그를 다시 보는 일이 그토록 충격적이었으리라. 그를 껴안고, 그의 냄새를 맡고, 그 냉정하고 주름살이 늘어난 얼굴과 대조적으로 이상하게 부드러운 입술에서 새어 나오는 음성을 전화기 너머로가 아니라 직접 듣는 일이 그토록 충격적이었으리라. 예전처럼 말하는 동안 강도가 변하는 광채를 내뿜는 그 푸른색 눈동자를 들여다보는 일도 그토록 충격적이었으리라.

그래도 라켈은 그와의 만남이 끝나서, 그 만남을 뒤로할 수 있어서 기뻤다. 그 남자가 그녀와 미래를 함께할 사람이 아니라서, 그의 지저분한 현실이 그들의 삶에 개입되지 않을 거라 생각하니 기뻤다.

지금이 더 좋았다. 훨씬 더 좋았다. 그녀는 손목시계를 확인했다. 곧 그가 올 것이다. 그는 해리와 달리 제시간에 오는 편이다.

마티아스는 어느 날, 불쑥 그녀 앞에 나타났다. 홀멘콜렌 주민회 후원으로 열린 가든파티에서였다. 그는 이 동네에 살지도 않았다. 친구들의 초대로 왔다가 라켈을 만났고, 두 사람은 저녁 내내 앉아서 이야기를 나눴다. 사실은 거의 라켈 혼자서 떠들었고, 마티아스는 열심히 들어주었다. 그 모습이 약간은 환자의 말을 들어주는 의사 같다고 라켈은 생각했었다. 그로부터 이틀 후, 그가 전화해 회비코덴에 있는 헤니 온스타 미술관의 전시회를 보러 가자고 청했다. 아이들을 위한 전시회도 있으니 올레그도 함께 데려가자고 했다. 날씨는 잔뜩 흐렸고, 전시회는 그저 그랬으며, 올레그는 짜증을 냈다. 하지만 마티아스의 유머감각과 예술가의 재능에 대한 촌철살인의 발언 덕분에 분위기는 화기애애했다. 두 모자를 집으로 데려다준 마티아스는 전시회를 보러 가자고 한 걸 사과했고, 다시는 두 사람을 어디에도 데려가지 않겠다고 웃는 얼굴로 약속했다. 물론 그들이 데려가달라고 하는 경우는 제외하고. 그 후로 마티아스는 일주일 동안 보츠와나에 갔고, 돌아온 날 저녁에 바로 전화해 다시 만날 수 있는지 물었다.

차 한 대가 속도를 줄여 가파른 진입로를 내려오는 소리가 들렸다. 마티아스의 차는 구형의 혼다 어코드였다. 왠지 몰라도 라켈은 그 점이 마음에 들었다. 그는 차를 차고 안이 아닌 차고 앞에 주차했는데, 그 점도 마음에 들었다. 그녀의 집에서 잘 때면 큰 가방에 갈아입을 속옷과 세면도구를 가져와, 다음 날 아침에 그 물건들을 모두 챙겨 가는 점도 좋았다. 그녀에게 언제 다시 만나고 싶은지 묻고, 그녀를 만나는 걸 당연하게 여기지 않는 점도 좋았다. 물론 같이 살게 되면 그런 부분은 변하겠지만, 그녀는 준비가 되어 있었다.

마티아스가 차에서 내렸다. 그도 해리만큼이나 키가 컸다. 분명 살인적으로 긴 교대근무를 마친 터라 쓰러지기 일보직전일 텐데도, 천진난만하고 소년 같은 얼굴로 부엌 창문을 향해 미소를 지었다. 그렇다, 그녀는 준비가 되어 있었다. 늘 곁에 있어주고, 그녀를 아껴주고, 그녀와 올레그를 가장 우선시하는 이 남자를 맞아들일 준비가 되어 있었다. 현관에서 열쇠 돌아가는 소리가 들렸다. 지난주에 그녀가 마티아스에게 준 열쇠였다. 처음 열쇠를 받았을 때 마티아스는 하나의 거대한 물음표처럼 보였다. 초콜릿 공장으로 들어가는 입장권을 받은 아이 같았다.

문이 열리고, 마티아스가 안으로 들어왔을 때 라켈은 그의 품에 있었다. 심지어 그의 모직 코트 냄새조차 좋았다. 그녀의 볼에 닿는 코트는 부드러웠고 가을 공기처럼 서늘했다. 하지만 코트 안에서 새어 나오는 든든한 온기가 벌써 그녀의 몸에까지 전달됐다.

"무슨 일이야?" 마티아스가 라켈의 머리카락 속에 얼굴을 묻으며 웃었다.

"이 순간을 아주 오랫동안 기다렸거든." 라켈이 속삭였다.

그녀는 눈을 감았고, 두 사람은 잠시 그렇게 서 있었다.

그녀는 마티아스를 풀어준 뒤, 그의 미소 띤 얼굴을 올려다보았다. 잘생긴 얼굴이었다. 해리보다 잘생긴 얼굴.

마티아스는 코트의 단추를 풀고 코트를 옷걸이에 건 뒤, 대걸레를 빠는 개수대에 손을 씻었다. 진짜 시신을 다루는 해부학 연구소의 강의를 마치고 돌아오면 늘 저렇게 손을 씻었다. 해리도 살인사건을 조사하고 돌아오는 길이면 곧장 저렇게 손을 씻었다. 마티아스는 싱크대 밑의 선반을 열어 봉지에 든 감자를 싱크대에 모두 붓고 수돗물을 틀었다.

"오늘은 별일 없었어?"

대부분의 남자라면 '어젯밤'에 별일 없었는지 물었을 거라고 라켈은 생각했다. 그는 어젯밤 그녀가 해리를 만난 걸 알고 있었다. 라켈은 마티아스의 그런 점 또한 좋았다. 그녀는 창밖으로 시선을 던지며 오늘 하루 있었던 일을 들려주었다. 그녀의 시선은 전나무를 가로질러, 빛이 반짝거리기 시작하는 그 밑의 도심으로 향했다. 해리는 지금 그 도심 어딘가에 있을 것이다. 지금까지도 찾지 못했고, 앞으로도 결코 찾지 못할 무언가를 헛되이 쫓아다니면서. 라켈은 그런 해리가 가여웠다. 그녀에게 남은 감정은 연민뿐이었다. 사실 어젯밤, 둘 다 아무 말 없이 서로를 바라보기만 했을 때 잠시 서로에게서 눈을 뗄 수 없었던 순간이 있기는 했다. 전기에 감염된 것처럼 짜릿했지만, 그 짜릿함은 이내 사라졌다. 완전히 사라졌다. 마법은 오래가지 않았다. 라켈은 마음의 결정을 내렸다. 그녀는 마티아스 뒤로 가서 양팔로 그를 껴안고 그의 널찍한 등에 머리를 기댔다.

그의 셔츠 아래로 움직이는 근육과 힘줄이 느껴졌다. 그는 감자 껍질을 벗겨 냄비에 집어넣었다.

"서너 개 더 넣어도 되겠어." 마티아스가 말했다.

라켈은 부엌 문 근처에서 인기척을 느끼고 돌아보았다.

올레그가 부엌 문 앞에 서서 그들을 바라보고 있었다.

"지하실에서 감자 좀 가져다줄래?" 그렇게 말한 라켈은 올레그의 갈색 눈동자에 그늘이 드리우는 걸 보았다.

마티아스가 돌아보았다. 올레그는 여전히 제자리에 서 있었다.

"내가 갔다 올게." 마티아스가 싱크대 밑에서 빈 바구니를 꺼내 들었다.

“아니에요.” 올레그가 두 걸음 남짓 다가왔다. “제가 갈게요.”

올레그는 마티아스에게서 바구니를 받아들고, 뒤를 돌아 부엌에서 나갔다.

“왜 그래?” 마티아스가 물었다.

“올레그는 어둠을 좀 무서워해.” 라켈이 한숨을 쉬었다.

“그런 것 같았어. 근데 무섭다면서 왜 가는 거지?”

“해리가 그래야 한다고 했거든.”

“뭘 그래야 해?”

라켈은 고개를 절레절레 흔들었다. “두려운 일일수록 부딪쳐야 한다고. 그래서 두려움을 떨쳐내야 한다고. 이 집에서 살았을 때 해리는 늘 올레그를 지하실로 내려 보내곤 했어.”

마티아스는 눈살을 찌푸렸다.

라켈은 서글픈 미소를 지었다. “해리가 아동심리학자는 아니니까. 올레그는 일단 해리의 의견을 듣고 나면 내 말은 안 들어. 어차피 지하실에는 괴물도 없고.”

마티아스는 전기레인지의 손잡이를 돌리며 나지막이 말했다. “그걸 어떻게 알아?”

“뭐야?” 라켈이 깔깔 웃었다. “자기도 어릴 때 어둠이 무서웠어?”

“누가 어릴 때만이래?” 마티아스가 장난스럽게 씩 웃었다.

그렇다, 라켈은 이 남자가 좋았다. 이편이 낫다. 더 나은 삶이다. 라켈은 마티아스가 좋았다. 좋고말고. 정말로 좋았다.

해리는 비르테 베케르의 집 앞에 차를 세웠다. 차 안에 앉은 채로 창문에서 정원으로 흘러넘치는 노란 불빛을 바라보았다. 눈사람은 이제 난쟁이만 하게 줄어 있었지만, 그 그림자는 여전히 나무를 지나 울타리 너머까지 뻗어 있었다.

해리는 차에서 내렸다. 철문에서 나는 신음에 놀라 몸이 움찔했다. 전화를 먼저 하고 왔어야 했다. 정원은 집이나 마찬가지로 엄연히 개인 소유지다. 하지만 해리는 마음이 급했고, 베케르 교수와 의논하고픈 마음은 눈곱만큼도 없었다.

눈에 젖은 땅이 질척거렸다. 해리는 눈사람 앞에 쪼그려 앉았다. 마치 뿌연 유리로 만들어진 것처럼 눈사람이 빛을 반사했다. 낮 동안에 눈이 녹으면서 조그만 눈 결정체들이 엉겨 붙어 더 큰 결정체로 변했고, 이제 온도가 다시 내려가면서 수증기가 응축하여 다른 결정체로 얼어붙었다. 그 결과 오늘 아침에는 그렇게 곱고, 새하얗고, 가볍던 눈이 이제는 거칠고, 검실검실하고, 단단해져 있었다.

해리는 오른손을 들어 올려 주먹을 쥔 다음 앞으로 날렸다.

눈사람의 머리가 부서지더니 누런 잔디로 굴러떨어졌다.

해리는 다시 주먹을 날렸다. 이번에는 위에서 아래로, 눈사람의 목을 통해 몸통 속으로 손을 집어넣었다. 그러고는 손가락을 갈고리 모양으로 만들어 눈을 파고 들어가다가 마침내 찾던 물건을 발견했다.

이윽고 그는 손을 끄집어내 눈사람 앞에 자랑스럽게 내밀었다. 마치 영화 속 이소룡의 포즈처럼. 방금 적의 가슴에서 꺼낸 심장을 상대에게 보여주기 위해서였다.

빨간색과 은색이 어울린 노키아 휴대전화였다. 아직 전원이 켜져 있었다.

하지만 의기양양한 승리감은 이내 사그라졌다. 이것이 이번 수사의 돌파구가 아니라는 사실을 이미 알고 있었기 때문이다. 그저 제3자가 눈에 보이지 않는 줄을 잡아당기며 연출한 인형극의 한 장면에 불과했다. 너무 간단했다. 어차피 이 휴대전화는 발견됐을 것이다.

해리는 현관으로 걸어가 초인종을 눌렀다. 필리프 베케르가 문을 열었다. 머리는 부스스했고, 넥타이는 비뚤어져 있었다. 마치 자다가 일어난 사람처럼 눈을 세게 껌벅거렸다.

"네. 아내가 쓰던 휴대전화도 그런 기종이었습니다." 그가 해리의 질문에 대답했다.

"부인의 휴대전화로 전화를 걸어주시겠습니까?"

필리프 베케르는 집 안으로 사라졌고, 해리는 기다렸다. 갑자기 베란다 문간에서 요나스가 얼굴을 내밀었다. 해리가 요나스에게 인사를 건네려는 찰나, 빨간 휴대전화에서 동요가 흘러나왔다. "블루맨, 블루맨, 내 염소야." 해리는 학교에서 배운 그 동요의 다음 소절을 기억했다. 네 어린 아들을 생각해라.

해리는 요나스의 얼굴이 환해지는 걸 보았다. 그러나 이내 소년의 머릿속에서 가혹한 추론이 진행됐다. 처음의 즉각적인 당혹감이 엄마의 벨소리를 들은 기쁨으로, 그다음에는 강렬하고 적나라한 두려움으로 바뀌어 갔다. 해리는 침을 꿀꺽 삼켰다. 그 두려움이 어떤 것인지 그는 너무도 잘 알고 있었다.

해리가 아파트 안에 들어서자, 회반죽과 톱밥 냄새가 풍겼다. 복도 쪽 벽의 플라스터보드가 몽땅 뜯어져 바닥에 쌓여 있었다. 플라스터보드가 있던 자리 뒤의 벽돌 벽에는 연한 얼룩이 있었다. 해리는 마루에 떨어진 하얀색 가루를 손가락으로 훑어 혀에 대보았다. 소금 맛이 났다. 곰팡이가 소금 맛이던가? 아니면 그냥 이 건물이 땀을 흘리면서 생긴 소금 가루일까? 해리는 손전등을 켜서 벽 안을 들여다보았다. 아무 냄새도 나지 않았고, 아무것도 보이지 않았다.

해리는 침대에 누워 방 안의 밀폐된 어둠을 응시하며 요나스를 생각했다. 그리고 자신의 어머니를 생각했다. 병의 냄새와 하얀 베개 속으로 천천히 스러져 가던 어머니의 얼굴. 그 후로 며칠 그리고 몇 주 동안 그는 여동생 쇠스와 놀았다. 아버지는 아무 말도 없었고, 다들 아무 일도 없는 것처럼 행동했다. 문밖의 복도에서 바스락 소리가 희미하게 들리는 듯했다. 마치 눈에 보이지 않는 꼭두각시 줄이 번식하고 길어지더니, 몰래 돌아다니며 어둠을 탕진하고, 희미하게 반짝이며 떨리는 불빛을 만드는 듯했다.

3일째

알려지지 않은 통계

희미한 아침 햇살이 블라인드 사이로 새어 들어와 두 남자의 얼굴을 회색빛으로 덮었다. 하겐 경정은 숱이 많은 검은색 양 눈썹을 모아 미간에 깊은 주름을 만든 채 해리의 말을 듣고 있었다. 경정 사무실의 널찍한 책상에는 작은 주추가 세워져 있었고, 그 위에 흰 뼈가 놓여 있었다. 주추에 새겨진 대로라면, 일본인 대대장이었던 요시토 야스다의 손가락 마디뼈였다. 육군 사관학교에 재직하던 시절, 하겐은 야스다가 1944년 미얀마에서 퇴각할 때 부하들 앞에서 절박한 심정으로 잘랐다는 이 새끼손가락에 대해 강의했다. 하겐이 옛 직장인 경찰청 강력반의 책임자로 돌아온 지도 1년이 지났다. 그간 해리와의 불편한 감정도 많이 사라졌다. 그랬기에 그는 비교적 인내심을 발휘해 노련한 부하 직원이 '실종자들'을 주제로 늘어놓는 장황한 이야기를 듣고 있었다.

"오슬로에서만 매해 600명이 넘는 실종자들이 신고됩니다. 한두 시간 후에도 발견되지 않는 실종자는 손으로 꼽을 정도고, 이틀 후에도 발견되지 않는 사람은 거의 없다고 봐야죠."

하겐은 양쪽 눈썹이 모여 있는 미간을 손가락으로 쓰다듬었다.

곧 경찰청장의 사무실에서 열릴 예산회의를 준비해야 했다. 예산 감축에 대한 회의였다.

"대부분의 실종자들은 정신병원을 탈출한 환자들이거나 치매에 걸린 노인들입니다." 해리는 보고를 계속했다. "하지만 코펜하겐으로 도망친 비교적 정신이 온전한 사람들이나 자살한 사람들조차 나중에는 발견됐습니다. 이름이 승객 명단에 올라와 있거나, ATM에서 현금을 인출한 흔적이 있거나, 해변가로 시신이 밀려오죠."

"요점이 뭔가?" 하겐은 손목시계를 힐끗 보았다.

"이겁니다." 해리는 노란색 파일을 책상 위로 툭 던졌다.

하겐은 몸을 내밀어 스테이플러가 찍힌 보고서를 훑어보았다. "별일이군, 해리. 자네는 보고서 체질이 아니잖나."

"스카레가 작성한 겁니다." 해리가 단도직입적으로 말했다. "하지만 결론은 제가 썼고, 지금부터 그 결론을 말씀드리겠습니다."

"부탁이니 짧게 해주게."

해리는 무릎에 놓인 손을 내려다보다가 다리를 의자 앞으로 길게 뻗으며 숨을 깊이 들이쉬었다. 일단 이 이야기를 내뱉으면, 다시 돌이킬 수 없었다.

"실종자 수가 너무 많습니다."

하겐의 오른쪽 눈썹이 껑충 올라갔다. "설명해보게."

"6페이지를 보면 아실 겁니다. 1994년부터 지금까지, 스물다섯 살에서 쉰 살까지 실종된 여자들의 명단이 있습니다. 지난 10년간 행방불명된 여자들이죠. 실종자수사과하고도 얘기해봤는데, 그쪽도 동의했습니다. 수치가 너무 많습니다."

"뭐에 비해 많다는 건가?"

"전에 비해, 덴마크나 스웨덴에 비해, 다른 인구 집단에 비해서요. 기혼이거나 동거 중이었던 여성들이 압도적으로 많습니다."

"요즘 여자들은 예전보다 독립적이잖나. 가족들 곁을 떠나서 혼자 살고 싶은 거겠지. 남자와 도망쳤을 수도 있고. 그건 통계학계에서 연구해야 할 일이지. 그래서?"

"덴마크와 스웨덴의 여성들도 독립적이기는 마찬가집니다. 하지만 그쪽 실종자들은 결국 돌아왔죠."

하겐은 한숨을 쉬었다. "자네 말대로 그 수치가 평균 이상으로 높아졌다면, 왜 전에는 아무도 이 사실을 몰랐을까?"

"왜냐하면 스카레는 노르웨이 전체의 통계를 낸 반면, 대개의 경찰은 자신들이 담당한 구역의 실종자들만 조사하니까요. 크리포스*에 1천 800명에 달하는 전국 실종자 명단이 있기는 합니다만, 지난 50년간의 실종자들을 종합한 수치입니다. 거기에는 알렉산데르 실란 같은 사고**를 당했거나, 난파를 당한 사람들도 포함돼 있습니다. 한마디로 전국적인 패턴을 살펴본 사람은 아무도 없었다는 말이죠. 지금까지는."

"좋아, 하지만 우리 관할은 이 나라 전체가 아니라 오슬로라고." 하겐은 이제 그만 듣겠다는 뜻으로 양 손바닥을 들어 책상을 내려쳤다.

"문제는 그게 오슬로로 오고 있다는 겁니다." 해리가 턱을 문지르며 말했다.

"그거라니?"

"어젯밤 눈사람 안에서 비르테 베케르의 휴대전화를 발견했습

* 노르웨이 법무 경찰부 산하의 특별 경찰부서

** 석유 굴착장치인 알렉산데르 실란이 폭풍우에 붕괴되어 123명이 사망한 사건

니다. 그게 정확히 뭔지는 저도 모릅니다, 경정님. 하지만 우리가 찾아내야 할 것 같습니다. 빨리요."

"이 통계치는 흥미롭군." 하겐은 아무 생각 없이 야스다 대대장의 새끼손가락을 집어 들어 엄지로 꾹 눌렀다. "얼마 전의 실종사건이 예사롭지 않다는 것도 이해하네. 하지만 그것만으로는 부족해. 그러니 말해보게. 스카레에게 이런 보고서를 쓰게 한 진짜 이유가 뭔가?"

해리는 하겐을 바라보았다. 그러더니 재킷 안주머니에서 모퉁이가 접힌 봉투 하나를 꺼내 하겐에게 건넸다.

"9월 초, 제가 토크쇼에 출연한 후에 우편함에 이게 들어 있었습니다. 지금까지는 미친놈의 장난이라고만 생각했죠."

하겐은 봉투에서 편지를 꺼내 여덟 개의 문장을 읽었다. 그러고는 해리를 향해 고개를 저었다. "눈사람? 무리Murri는 또 뭐야?"

"바로 그겁니다. 유감스럽게도 이게 제가 우려하는 겁니다."

경정은 당혹스런 표정으로 해리를 바라보았다.

"저도 제가 틀렸기를 바랍니다. 하지만 앞으로 지옥 같은 날들이 기다리고 있는 것 같습니다."

"원하는 게 뭔가, 해리."

"수사팀을 꾸려주십시오."

하겐은 해리의 얼굴을 빤히 응시했다. 경찰청의 대다수 여론과 마찬가지로 하겐 역시 해리를 거만하고, 따지기 좋아하고, 불안정한 알코올중독자에 독불장군이라고 생각했다. 그래도 해리가 자신과 같은 편이고, 따라서 자신의 발목을 물 일이 없다는 게 다행스러웠다.

"몇 명이나 필요한가? 기간은?" 마침내 하겐이 물었다.

"열 명입니다. 두 달 주십시오."

"두 주요?" 망누스 스카레가 말했다. "게다가 고작 네 명? 이거 살인사건 수사 아닌가요?"

스카레는 못마땅한 표정으로 해리의 사무실에 있는 다른 세 명을 둘러봤다. 카트리네 브라트와 해리 홀레, 그리고 과학수사과의 비에른 홀름이었다.

"경정님 명령이야." 해리는 그렇게 말하며 의자에 등을 기댔다. "그리고 이건 살인사건 수사가 아니야. 당분간은."

"그럼 무슨 사건인가요? 당분간은?" 카트리네가 물었다.

"실종사건. 하지만 최근의 다른 사건들과 유사성이 있는 사건." 해리가 말했다.

"늦가을의 어느 날 갑자기 사라진 아줌마들?" 비에른 홀름이 질문하는 말투에는 토텐 지방의 시골 사투리가 남아 있었다. 사투리는 홀름이 작은 마을인 스크레이아를 떠날 때 가지고 온 것들 중 하나로, 그 외에도 엘비스와 정통 힐빌리*, 섹스 피스톨스, 제이슨 앤드 더 스코처스에 이르는 가수들의 음반과 내슈빌에서 구입한 핸드메이드 양복 세 벌, 영어로 된 성경, 약간 작은 사이즈의 소파 겸 침대와 홀름 가家에서 3대째 쓰고 있는 거실 가구들이 있었다. 홀름은 이 물건들을 모조리 트레일러에 넣고, 1970년에 볼보에서 생산한 마지막 아마존으로 그 트레일러를 끌고 수도 오슬로까지 왔다. 1천 200크로네를 주고 홀름이 구입한 아마존은 당시에도 주행거리가 얼마인지 알 수 없었다. 주행거리 기록계의

* 초기 컨트리 음악

최고치가 10만 킬로미터밖에 되지 않았기 때문이다. 하지만 그 차는 비에른 홀름과 그가 믿는 모든 걸 상징했다. 게다가 인조 가죽과 금속, 엔진 오일, 빛바랜 트렁크 발판, 볼보 공장, '개성의 땀방울'이 스며든 좌석, 이 모든 것이 뒤섞인 냄새는 그가 아는 어떤 냄새보다 좋았다. 홀름의 설명에 의하면 '개성의 땀방울'이란 그냥 몸에서 나오는 일반적인 땀이 아니라, 예전에 이 차를 소유했던 사람들의 영혼, 업보, 식습관, 생활 방식이 담긴 엄선된 외피였다. 백미러에 달린 복슬복슬한 퍼지 다이스*는 변형되지 않은 오리지널 제품으로, 옛 미국 문화와 미학을 진정으로 아끼는 동시에 그로부터 거리를 두려는 홀름의 냉소적 태도를 나타냈다. 한 귀로는 짐 리브스**를, 다른 귀로는 레이먼스***를 듣고, 두 음악 모두를 사랑하며 어린 시절을 보낸 노르웨이 농부의 아들과 옛 미국 문화의 정서는 궁합이 잘 맞았다. 지금 머리에 달라붙는 비니를 쓰고 해리의 사무실에 앉아 있는 홀름은 과학수사 요원이라기보다 위장 잠입한 마약단속반 같았다. 비니 아래의 둥그렇고 통통한 얼굴은 가장자리에 소방차처럼 새빨간 색깔의 구레나룻이 커틀릿 모양으로 자리했고, 약간 튀어나온 눈은 늘 감탄하는 붕어 같은 인상을 주었다. 해리가 자신의 수사팀에 꼭 넣어달라고 요구한 사람이 바로 홀름이었다.

"그리고 하나 더 있어." 해리는 그렇게 말하며, 책상의 서류들 사이에 놓인 오버헤드 프로젝터의 스위치로 손을 뻗었다. 갑자기 망누스 스카레의 얼굴 위로 희미한 글씨가 비치자, 스카레가 욕설

* 천으로 만든 폭신한 주사위로 미국인들이 자동차 실내를 장식하는 데 사용한다

** 미국의 컨트리 싱어송라이터

*** 미국의 4인조 펑크록 밴드

을 뱉으며 눈을 가렸다. 그가 자리를 이동하자 프로젝터 뒤에서 해리의 목소리가 들렸다.

"이건 정확히 두 달 전, 내 우편함에 들어 있던 편지야. 주소는 없고, 오슬로 소인만 찍혀 있어. 평범한 잉크젯 프린터로 뽑은 거야."

해리가 부탁하기도 전에 카트리네가 문 옆에 있는 전등 스위치를 껐다. 방 안이 어둠에 잠기더니 하얀 벽에 사각형 빛이 나타났다.

그들은 말없이 편지를 읽었다.

곧 첫눈이 내리고 그가 다시 나타나리라. 눈사람. 그리고 눈사람이 사라질 때 그는 누군가를 데려갈 것이다. 당신이 생각해봐야 할 질문은 이것이다. "누가 눈사람을 만들었을까? 누가 눈사람들을 만들지? 누가 무리Murri를 낳았지? 눈사람은 모르기 때문이다."

"시적이군." 비에른 홀름이 중얼거렸다.

"무리가 뭐죠?" 스카레가 물었다.

대답 대신 프로젝터의 단조로운 웅웅 소리만 들렸다.

"가장 흥미로운 부분은 누가 눈사람이냐는 거예요." 카트리네 브라트가 말했다.

"당연히 정신감정을 받아야 할 사람이겠죠." 비에른 홀름이 말했다.

스카레의 외로운 웃음소리가 울려 퍼지다가 금세 뚝 그쳤다.

"무리는 지금은 죽고 없는 사람의 별명이야." 어둠 속에서 해리가 말했다. "오스트레일리아 퀸즈랜드 출신의 아보리진이지. 살아 있을 때 오스트레일리아 전역의 여자들을 죽이고 다녔어. 정확히 몇 명이나 죽였는지는 아무도 몰라. 그의 본명은 로빈 투움바야."

팬이 윙윙 소리를 내며 돌아갔다.

"반장님이 죽인 연쇄살인범이군요." 비에른 홀름이 말했다.

해리는 고개를 끄덕였다.

"그렇다면 지금 우리가 잡으려는 놈도 연쇄살인범이라는 뜻인가요?"

"이 편지를 보면 그럴 가능성도 배제할 수 없지."

"워, 잠깐만요. 좀 진정하시죠!" 스카레가 양 손바닥을 들어 보였다. "반장님이 오스트레일리아의 그 사건으로 유명인사가 된 후에 연쇄살인범이라고 들먹였다가 허탕친 적이 몇 번이나 되죠?"

"세 번. 최소한 세 번이지." 해리가 말했다.

"그리고 아직도 노르웨이에서는 연쇄살인범이 나오지 않았어요." 스카레는 마치 카트리네가 자신의 말을 제대로 이해하고 있는지 확인하려는 듯이 그녀를 힐끗 바라보았다. "FBI에서 받은 연쇄살인범 훈련 때문에 그러시는 건가요? 그것 때문에 늘 연쇄살인범 타령을 하시는 거예요?"

"그럴지도 몰라."

"제가 분명히 말씀드리죠. 쭈그렁 할아버지 둘에게 극약을 투입한 그 간호사를 제외하고, 노르웨이에서는 아직 단 한 명의 연쇄살인범도 나오지 않았어요. 게다가 그 할아버지들이야 어차피 거의 죽은 목숨이었죠. 역사상 한 번도 없었어요. 그런 연쇄살인범들은 미국에나 있다고요. 미국에서도 주로 영화 속에만 있고요."

"틀렸어요." 카트리네 브라트가 말했다.

다른 사람들이 일제히 그녀를 향해 고개를 돌렸다. 카트리네는 하품이 나오려는 걸 참았다.

"스웨덴, 프랑스, 벨기에, 영국, 이탈리아, 네덜란드, 덴마크, 러시아, 핀란드. 게다가 지금 우린 해결된 사건만 이야기하고 있잖아요. 알려지지 않은 통계에 대해선 한마디도 안했다고요."

해리는 어둠 속에 있는 스카레의 얼굴이 붉어지는 걸 보지 못했다. 그저 스카레가 카트리네가 있는 쪽을 향해 공격적으로 턱을 내미는 옆모습만 보였다.

"아직 시신도 안 나왔어. 그리고 저런 편지는 서랍에 잔뜩 쌓여 있다고. 저…… 저…… 눈사람 어쩌고 하는 놈보다 훨씬 미친놈들이 보낸 편지지."

"한 가지 다른 점은 이 정신병자는 용의주도하다는 거야." 해리는 그렇게 말하며 자리에서 일어나 창가로 어슬렁어슬렁 걸어갔다. "무리라는 이름은 당시 언론에 유출된 적이 없어. 그건 로빈 투움바가 유랑 서커스단에서 권투선수로 일했을 때 썼던 별명이거든."

해가 저물기 직전의 마지막 햇살이 구름 사이로 새어 나왔다. 해리는 손목시계를 확인했다. 올레그는 슬레이어의 공연도 볼 수 있도록 일찍 가자고 했다.

"그럼 어디서부터 시작해야 하죠?" 비에른 홀름이 웅얼거렸다.

"뭐라고?" 스카레가 물었다.

"그럼 어디서부터 시작해야 하냐고요?" 홀름이 지나칠 정도로 또박또박 말했다.

해리는 다시 책상으로 돌아갔다.

"홀름은 베케르의 집과 정원을 살인사건 현장이라 생각하고 살펴봐. 특히 휴대전화와 목도리를 조사하도록. 스카레, 자넨 살인 전과자, 강간범의 명단을 만들어. 특히……"

"비슷한 사건에서 용의선상에 올랐던 놈들과 출소한 다른 쓰레기들을 대상으로요." 스카레가 해리의 말을 대신 끝맺어주었다.

"브라트, 자넨 실종자들 보고서를 훑어보고 어떤 패턴이 보이는지 살펴봐."

해리는 으레 따라올 질문을 기다렸다. 어떤 패턴이요? 하지만 그 질문은 나오지 않았다. 카트리네는 그저 고개를 까딱였다.

"좋아. 시작하지." 해리가 말했다.

"반장님은요?" 카트리네가 물었다.

"난 공연을 보러 갈 거야."

마침내 사무실이 텅 비자 해리는 수첩을 내려다보았다. 거기에는 그가 유일하게 적어둔 단어가 있었다. '알려지지 않은 통계.'

쉴비아는 최대한 빨리 달렸다. 점점 더 짙어지는 어둠 속에서 나무가 가장 울창하게 우거진 곳을 향해 달렸다. 죽을힘을 다해 달렸다.

부츠 끈을 묶지 않아서 부츠 안은 눈으로 가득 찼다. 앞에 든 작은 손도끼로 낮게 드리운 헐벗은 나뭇가지를 헤치며 나아갔다. 잘라도, 잘라도 나뭇가지는 계속 나왔다. 도끼날은 시뻘건 피로 번득였다.

시내에서는 어제 내린 눈이 다 녹았을 테지만, 이곳 숄리회위다는 시내에서 차로 불과 30분 거리인데도 봄이 올 때까지 눈이 계속 쌓여 있을 것이다. 지금 이 순간, 쉴비아는 인적 드문 이곳, 시내 옆의 이 황무지로 이사 오지 않았더라면 얼마나 좋았을까 싶었다. 지금 자신이 도시의 검은 아스팔트 위를 달리는 것이라면 얼마나 좋았을까 생각했다. 도시에서라면 자신의 발소리는 소음에 묻혔을 테고, 그녀는 안전한 군중들 속에 숨을 수 있었을 것이다. 하지만 이곳에서는 철저하게 혼자였다.

아니다.

철저하게 혼자는 아니다.

3일째

백조 목

쉴비아는 숲 속으로 뛰어들었다. 밤이 다가오고 있었다. 평소에는 해가 빨리 지는 11월이 싫었지만 오늘은 밤이 더디게 오는 것만 같았다. 그녀는 숲 속 깊은 곳의 어둠을 찾았다. 눈 위에 찍힌 그녀의 발자국을 지워주고, 그녀를 숨겨줄 어둠을 찾았다. 이곳 지리는 잘 알고 있었다. 자신의 위치를 알고 있었기에 농장으로 돌아가거나…… 그것이 있는 곳으로 돌아가지는 않을 것이다. 문제는 눈이 내리는 바람에 하룻밤 사이에 풍경이 바뀌어버리고, 길이며 익숙한 바위들이 모두 눈에 뒤덮여 주변의 윤곽선이 평평해져 버렸다는 것이다. 그리고 땅거미…… 땅거미가 내리면 어둠이, 그녀의 공포심이 모든 사물을 비틀고 일그러뜨렸다.

쉴비아는 걸음을 멈추고 귀를 기울였다. 그녀의 헐떡이는 거친 숨소리가 정적을 갈랐다. 숨소리가 꼭 딸들의 도시락을 쌀 때 사용하는 유산지를 찢는 소리 같았다. 쉴비아는 간신히 호흡을 진정했다. 들리는 소리라고는 귀에서 울리는 박동 소리와 시냇물이 낮게 졸졸거리는 소리뿐이었다. 시냇물! 쉴비아의 가족들은 열매를 따거나, 덫을 설치하거나, 여우가 훔쳐간 닭을 찾아다닐 때 주로 시냇물을 따라갔다. 시냇물은 자갈길로 이어졌고, 자갈길에 있으면 조만간 차가 지나갈 것이다.

발소리는 더 들리지 않았다. 나뭇가지가 부러지는 소리도, 눈을 밟는 뽀드득 소리도 들리지 않았다. 탈출에 성공한 걸까? 쉴비아는 상체를 웅크린 채 졸졸거리는 소리를 향해 민첩하게 움직였다.

시냇물은 땅의 함몰된 부분을 따라 하얀색 침대 시트 위를 흐르는 것처럼 보였다.

쉴비아는 곧장 시냇물 속으로 들어갔다. 발목 위까지 오는 시냇물이 곧 부츠를 뚫고 들어왔다. 물이 어찌나 차가운지 다리 근육이 얼어붙었다. 그래도 그녀는 다시 달리기 시작했다. 물이 흐르는 방향으로. 요란하게 철벅철벅 소리를 내며 다리를 들어 길게 뻗었다. 이러면 발자국이 남지 않겠지. 그녀는 의기양양하게 생각했다. 한창 달리는데도 맥박이 느려졌다.

작년에 헬스장에서 러닝머신을 열심히 달린 결과였다. 덕분에 6킬로그램이나 감량했고, 동갑내기 서른다섯 살 여자들 중에서는 자신의 몸매가 좋은 편이라고 우길 수도 있었다. 어쨌든 잉베도 그렇게 말했다. 잉베는 작년에 소위 동기부여 세미나라는 곳에서 만난 남자였다. 그 세미나에서 그녀는 지나친 동기부여를 받았다. 맙소사, 시간을 돌릴 수만 있다면 얼마나 좋을까. 10년 전으로. 그러면 많은 것들이 달라질 텐데! 롤프와 결혼하지도 않았을 테고, 그녀가 그토록 공들여 만든 이 감옥에 갇히는 일도 없었을 것이다. 그리고 낙태도 하지 않았을 것이다. 그렇고말고. 쌍둥이들이 태어난 후로 낙태는 생각도 할 수 없는 일이 됐다. 하지만 그전에는, 엠마와 올가가 태어나기 전에는 낙태가 가능했다.

쉴비아가 시냇물 위로 드리운 나뭇가지를 젖히자, 시야의 한쪽 구석에 무언가가 보였다. 짐승이었다. 깜짝 놀란 짐승이 숲의 회색빛 어둠 속으로 사라졌다.

손도끼가 다리에 닿지 않도록 팔을 휘두를 때 조심해야겠다는 생각이 들었다. 헛간에 서서 닭을 잡은 지 불과 몇 분밖에 지나지 않았는데도, 그 몇 분이 영원처럼 느껴졌다. 그녀가 닭 두 마리의 머리를 내려치고, 세 마리째 내려치려는데 뒤에서 헛간 문이 삐걱하는 소리가 들렸다. 당연히 그녀는 깜짝 놀랐다. 집에는 그녀 혼자였고, 밖에서 어떤 발소리나 차 소리도 듣지 못했기 때문이다. 맨 처음 그녀의 눈에 띈 것은 이상한 기구였다. 얇은 철사로 만든 올가미였는데 손잡이가 달려 있었다. 여우를 잡을 때 사용하는 덫처럼 생겼다. 그 기구를 든 사람이 말을 시작했을 때 그녀는 자신이 사냥감이며, 곧 죽게 될 것임을 서서히 깨달았다.

그리고 그 이유도 들었다.

말도 안 되는 그 명쾌한 논리를 듣는 동안 혈관 속의 피가 벌써 응고되는 것처럼 느리게 흘러갔다. 그다음에는 자신이 어떻게 죽을 것인지도 들었다. 세세하게. 그러더니 올가미가 처음에는 빨갛게, 이내 하얗게 달아오르기 시작했다. 순간 그녀는 공포심에 팔을 내둘렀고, 잘 갈린 도끼날이 상대의 옆구리를 가르는 게 느껴졌다. 마치 지퍼를 내린 것처럼 상대의 재킷과 스웨터가 벌어지더니, 맨살에 손도끼가 남긴 붉은 선이 보였다. 상대가 뒤로 비틀거리다가 바닥에 고인 닭피에 미끄러져 넘어지는 틈을 타서, 쉴비아는 헛간 뒷문으로 달려갔다. 숲으로, 어둠으로 이어지는 문이었다.

이제 냉기가 무릎까지 올라와 무감각해졌고, 배꼽 아래까지 물에 흠뻑 젖었다. 하지만 곧 자갈길이 나올 것이다. 거기서 가까운 농장까지는 15분도 안 걸린다. 개울이 옆으로 방향을 틀었다. 수면 위로 삐죽 튀어나와 있던 뭔가가 그녀의 왼발에 차였다. 이내 철컥 소리가 나더니 누가 그녀의 발목을 붙잡는 것 같았고, 다음 순간 쉴비아 오테르센은 앞으로 고꾸라졌다. 배를 깔고 누운 채 썩은 나뭇잎과 흙의 맛이 나는 냇물을 꿀꺽꿀꺽 삼키다가 무릎을 딛고 일어섰다. 주위에 아무도 없음을 확인하자 공포심이 사라졌다. 그제야 발이 무언가에 걸렸다는 걸 깨달았다. 아마도 엉킨 나무뿌리일 거라 생각하며, 물속에 손을 넣어 발치를 더듬었다. 하지만 그녀의 예상과 달리 손에 닿는 것은 매끄럽고 단단한 금속이었다. 금속 고리. 쉴비아는 아까 발에 차였던 물건을 찾아 주위를 둘러보았다. 눈 쌓인 둑 위에 그것이 있었다. 눈이 달렸고 깃털로 뒤덮였으며 연붉은색 벼슬이 있었다. 쉴비아는 다시 공포에 휩싸였다. 그것은 닭의 머리였다. 아까 그녀가 헛간에서 자른 닭의 머리가 아니라, 남편 롤프가 미끼로 쓰는 닭의 머리. 작년 한 해 동안 여우가 죽인 닭이 열여섯 마리나 된다고 지방의회에 보고했더니, 농장의 일정 반경 내에서 사람들이 잘 다니지 않는 곳에 제한된 수의 여우 덫(일명 백조 목)을 설치할 수 있다는 허가가 나왔다. 덫을 숨겨놓기에 가장 좋은 장소는 냇물 속이었다. 여우가 수면 위로 나와 있는 미끼를 무는 순간, 덫이 철컥 물리면서 목이 부러져 즉사한다. 적어도 이론상으로는 그랬다. 그녀는 손으로 덫을 만져보았다. 드람멘에 가서 덫을 사오는 길에 그들은 덫의 스프링이 너무 튼튼해서 어른의 다리도 두 동강 나겠다고 말했었다. 하지만 그녀의 꽁꽁 언 발은 아무런 통증도 느끼지 못했다. 덫에 붙은 가느다란 철사가 만져졌다. 덫을 벌리기 위해서는 지렛대가 필요했는데, 지렛대는 농장의 공구 창고에 있었다. 하지만 어차피 반쯤 죽은 여우나 다른 짐승들이 이 값비싼 덫을 달고 도망가지 못하도록 대개 덫에 철사를 연결해 나무에 묶어두기 마련이다. 손으로 철사를 따라가니 시냇물 밖으로 나가 강둑으로 이어져 있었다. 둑에는 규정대로 그들의 이름이 적힌 금속 명패가 있었다.

쉴비아의 몸이 굳어졌다. 방금 멀리서 들린 저 소리는 나뭇가지가 부러지는 소리일까? 칠흑 같은 어둠을 응시하자 그녀의 심장이 다시 쿵쾅거렸다.

그녀는 곱은 손가락으로 눈에 파묻힌 철사를 따라 강둑 위로 기어 올라갔다. 어린 자작나무의 단단한 줄기에 철사가 감겨 있었다. 눈 속을 더듬거리니 철사 매듭이 나왔다. 매듭은 얼어서 뻣뻣하고 단단하게 엉겨 붙어 있었다. 어떻게든 이 매듭을 풀고 여기서 빠져나가야 한다.

똑. 또다시 나뭇가지가 부러지는 소리가 났다. 이번에는 더 가까이서 들렸다.

쉴비아는 나무에 몸을 기대고 소리가 들리는 방향과 반대되는 쪽으로 돌아갔다. 스스로에게 겁먹지 말라고, 몇 번 세게 잡아당기면 매듭은 느슨해질 거고, 다리도 아무 이상 없을 거라고, 점점 가까워지는 저 소리는 사슴이 내는 소리일 거라고 말했다. 그녀는 매듭의 한쪽 끝을 잡아당겼고, 그러다 손톱이 부러졌는데도 아무런 통증도 느낄 수 없었다. 하지만 매듭은 꿈쩍도 하지 않았다. 이번에는 허리를 숙여 이빨로 철사를 우드득 물어뜯어 보았다. 젠장! 가볍게 조용히 눈을 밟는 소리가 들리자 그녀는 숨을 죽였다. 그녀가 기댄 나무의 반대쪽 어딘가에서 발걸음이 멈췄다. 그녀의 착각일지도 모르지만, 그것이 공기의 냄새를 맡고 들이마시는 소리가 들리는 듯했다. 그녀는 미동도 하지 않았다. 그것이 다시 움직이기 시작했다. 더 부드러워진 발소리가 멀어져 갔다.

쉴비아는 몸을 부르르 떨며 크게 한숨을 내쉬었다. 이제는 이 덫에서 빠져나가야 한다. 옷이 물에 젖은 터라 이대로 있다가는 밤에 동사하고 말 것이다. 그 순간 좋은 생각이 떠올랐다. 손도끼! 손도끼를 까맣게 잊고 있었다. 철사가 얇으니 돌 위에 올려놓고 잘 겨냥해서 손도끼를 두어 번 내려치면 그녀는 자유의 몸이 될 수 있으리라. 손도끼는 분명 시냇물 속에 떨어졌을 것이다. 쉴비아는 다시 검푸른 물로 기어가 양손을 넣고 돌바닥을 더듬거렸다.

하지만 아무것도 없었다.

절망감에 무릎을 꿇고 양쪽 강둑에 쌓인 눈 위를 훑어보았다. 그러자 전방 2미터 정도 되는 지점에 도끼날이 수면 위로 삐죽 나와 있는 게 보였다. 하지만 그녀는 이미 알고 있었다. 철사가 그녀의 발목을 홱 잡아당기기도 전에, 녹은 눈이 섞인 시냇물에 납작 고꾸라지기도 전에, 물이 얼음장처럼 차가워서 심장이 멎어버리겠다고 생각하며 절박한 거지처럼 손도끼를 향해 팔을 뻗기도 전에 알고 있었다. 도끼가 손에 닿지 않으리라는 것을. 도끼는 그녀의 손끝에서 50센티미터 떨어진 곳에 있었고 손은 허공을 움킬 뿐이었다. 눈물이 핑 돌았지만 꾹 참았다. 우는 건 나중에 해도 된다.

"이걸 찾는 건가?"

아무 소리도 듣지 못했고, 아무 형체도 보지 못했다. 그런데 지금 그녀 앞에 누군가 쪼그리고 앉아 있었다. 그 사람이다. 쉴비아는 뒤로 기어갔지만, 상대는 손도끼를 내민 채 따라왔다.

"받아."

쉴비아는 무릎을 딛고 서서 손도끼를 받았다.

"그걸로 뭘 하려고?" 목소리가 물었다.

쉴비아의 마음속에서 분노, 늘 공포를 동반하는 분노가 솟구쳤고 그 결과는 흉폭했다. 그녀는 도끼를 들어 올린 채 앞으로 달려들어 낮게 도끼를 휘둘렀다. 하지만 철사가 그녀를 잡아당겼고, 손도끼는 그저 어둠만 가를 뿐이었다. 다음 순간, 그녀는 다시 시냇물 속에 누워 있었다.

킬킬거리는 웃음소리가 들렸다.

쉴비아는 옆으로 몸을 돌렸다. "꺼져버려." 그녀는 자갈을 뱉어내며 중얼거렸다.

"네가 눈을 먹었으면 좋겠어." 그가 일어서더니 찢어진 재킷을 가볍게 여미며 말했다.

"뭐라고?" 자기도 모르게 쉴비아가 외쳤다.

"네가 오줌을 지릴 때까지 눈을 먹었으면 좋겠어." 상대가 철사의 반경에서 살짝 벗어나는 곳에 서더니 고개를 기울인 채 쉴비아를 빤히 바라보았다. "위장이 꽁꽁 얼어붙고 눈으로 가득 차서 더는 눈을 녹일 수 없을 때까지. 네 뱃속이 얼음이 될 때까지. 그게 네 본모습이잖아. 아무런 감정도 없는, 짐승만도 못한 것."

쉴비아의 뇌는 단어를 인식할 뿐 의미를 파악할 수 없었다. "싫어!" 그녀가 외쳤다.

상대의 말소리가 졸졸 흐르는 시냇물 소리와 섞였다. "지금 실컷 소리쳐, 불쌍한 쉴비아. 곧 아무도 당신의 말을 듣지 못하게 될 테니까. 영원히."

상대가 무언가를 들어 올리는 게 보였다. 불이 켜진 올가미였다. 올가미의 모양이 꼭, 어둠을 배경으로 붉게 타오르는 빗방울 같았다. 올가미가 시냇물 수면에 닿자 쉬이익 소리가 나며 연기가 피어올랐다. "당신은 눈을 먹게 될 거야. 두고 봐."

쉴비아는 온몸이 마비될 정도로 사무치게 최후의 순간이 다가왔음을 깨달았다. 해가 빨리 져버리기는 했지만 그녀는 몇 분 동안 손으로 도끼의 무게를 가늠하며 나무 사이에 서 있는 그 형체에 시선을 집중하려고 노력했다. 이번이 마지막 기회임을 아는 듯이 피가 거꾸로 흐르며 손가락 끝이 따끔거렸다. 그녀는 딸들과 함께 헛간의 벽에 대고 이 연습을 했었다. 그녀가 손도끼를 던질 때마다, 그리고 헛간 벽에 그려진 여우의 표적에 손도끼가 명중할 때마다 아이들은 환호성을 질러댔다. "엄마가 여우를 죽였어요! 엄마가 여우를 죽였어요!" 쉴비아는 한쪽 발을 살짝 다른 발 앞으로 내밀었다. 한 발짝 내딛고 뛰어오르기, 그것이 힘과 정확성을 제대로 겸비할 수 있는 최적의 조건이다.

"당신 미쳤어." 쉴비아가 속삭였다.

"그건……." 상대가 입을 열었고, 얼굴에 희미한 미소가 번지는 듯했다. "맞는 말이야."

순간 손도끼가 나지막한 웅웅 소리와 함께 거의 손에 묻어날 정도로 진한 어둠을 가르며 빙빙 돌아갔다. 쉴비아는 오른팔을 앞으로 뻗은 상태에서 완벽하게 균형을 잡고 서서 지켜보았다. 손도끼가 쉭쉭 소리를 내며 나무들 사이로 날아가 앙상한 나뭇가지 하나를 톡 자르고, 어둠 속으로 사라지는 모습을. 이내 숲 속 깊은 곳 어딘가에 손도끼가 떨어지는 둔탁한 소리가 들렸다.

쉴비아는 다시 나무에 등을 기댄 채 천천히 주저앉았다. 눈물이 흘렀고, 이번에는 참지 않았다. 이젠 알기 때문이다. 나중은 없으리라는 것을.

"시작할까?" 목소리가 부드럽게 말했다.

3일째

구렁텅이

"정말 끝내줬어요."

올레그가 케밥가게의 지글거리는 기름 소리보다 크고 달뜬 목소리로 말했다. 가게는 오슬로 스펙트럼에서 열린 콘서트가 끝나고 쏟아져 나온 사람들로 발 디딜 틈이 없었다. 해리는 올레그에게 고개를 끄덕여 보였다. 후드 티셔츠 차림의 올레그는 아직도 땀범벅이 된 채 박자에 맞춰 몸을 흔들었다. 그러면서 슬립낫 멤버들의 이름을 거론하며 열심히 조잘거렸다. 해리는 슬립낫의 시디에서 멤버들의 신상 정보가 사라지고, 〈모조〉나 〈언컷〉 같은 음악 잡지에 그들의 기사가 실리지 않은 후로 멤버들의 이름 같은 건 까맣게 잊어버렸다. 햄버거를 주문하고 손목시계를 봤다. 라켈은 차를 가지고 10시까지 가게 앞으로 오기로 했다. 해리는 다시 올레그를 바라봤다. 올레그는 쉬지 않고 떠들어댔다. 언제부터 이렇게 됐을까? 이 아이가 언제 벌써 열한 살이 돼서 죽음의 다양한 단계며 소외감, 말세에 관한 음악을 좋아하게 됐을까? 어쩌면 이런 올레그를 걱정해야 할지 모르지만 해리는 그러지 않았다. 이것은 시작에 불과하다. 반드시 알아내야만 직성이 풀리는 호기심, 맞는지 입어봐야만 직성이 풀리는 옷들이 생기는 시작점인 것이다. 이제 다른 것들도 따라올 것이다. 더 좋은 것들. 더 나쁜 것들.

"아저씨도 좋았죠? 그렇죠?"

해리는 고개를 끄덕였다. 차마 이 공연이 약간 시시했다는 말은 할 수 없었다. 정확히 어떤 점이 그랬는지는 딱 꼬집어 말할 수 없었다. 그냥 오늘 밤에는 신경 쓰이는 일이 많아서 그런지도 모른다. 사람들로 가득 찬 공연장 안에 들어선 순간부터 해리는 편집증에 시달렸다. 원래는 술에 취했을 때 나타나는 증상이었지만 작년부터는 오히려 정신이 멀쩡할 때 나타났다. 해리는 공연장의 분위기에 휩쓸리지 못한 채 누군가 자신을 지켜보고 있다는 느낌을 받았다. 그래서 관중들을 훑어보며 벽처럼 자신을 둘러싼 얼굴들을 찬찬히 바라보았다.

"슬립낫이 짱이에요. 그리고 그 마스크도 완전 멋졌어요. 특히 길쭉하고 가느다란 코가 달린 마스크요. 그건 꼭…… 그 뭐더라……?"

해리는 올레그의 말을 한 귀로 흘려들으며 라켈이 빨리 오기를 바랐다. 갑자기 케밥가게 안의 공기가 너무 진하고 숨 막히게 느껴졌다. 마치 얇은 기름 막이 되어 살갗에 찰싹 달라붙고 입을 턱 막는 것 같았다. 해리는 그다음으로 이어지는 생각을 하지 않으려고 했지만 그 생각은 벌써 모퉁이를 돌아오고 있었다. 술 한잔 들이켜고 싶다는 생각.

"그건 인디언들의 데스마스크란다." 뒤에서 한 여자의 목소리가 말했다. "그리고 슬립낫보다 슬레이어가 나았어."

해리는 깜짝 놀라 몸을 빙글 돌렸다.

"슬립낫은 가식적인 면이 많았어, 안 그러니?" 여자가 말을 이었다. "아이디어들도 다 재탕한 거고, 제스처는 아무런 의미도 없고."

여자는 광택이 나는 검은색 가죽 코트를 입고 있었다. 몸에 꼭 맞는 코트는 발목까지 내려왔고 단추는 목까지 잠갔다. 코트 아래로 보이는 것은 검은색 부츠뿐이었다. 얼굴은 창백했지만 눈 화장은 짙었다.

"정말 뜻밖이군. 자네가 이런 음악을 좋아할 줄이야." 해리가 말했다.

카트리네 브라트는 살짝 미소를 지었다. "그럼 전 반장님이 이런 음악을 좋아할 줄 알았다고 말해야겠죠?"

그녀는 더 설명하는 대신 카운터 앞에 서 있는 직원에게 파리스 생수 한 병을 주문했다.

"슬레이어는 후져요." 올레그가 작은 목소리로 중얼거렸다.

카트리네는 올레그를 돌아봤다. "네가 올레그구나."

"네." 올레그는 뿌루퉁하게 대답하며 군복 스타일의 바지를 추켜올렸다. 그러고는 성인 여자로부터의 관심이 싫으면서도 좋다는 듯한 표정으로 카트리네를 바라보았다. "어케 알았어요?"

카트리네가 미소를 지었다. "'어케 알았어요?' 넌 홀멘콜렌 리지에 사니까 '어떻게 알았어요'라고 말해야 하는 거 아니니? 해리 아저씨가 나쁜 말투를 가르쳐줬구나?"

올레그의 볼이 달아올랐다.

카트리네는 나지막이 웃더니 올레그의 어깨를 다독였다. "미안, 그냥 궁금해서."

소년의 얼굴이 어찌나 붉어졌는지 눈동자의 흰자위가 빛나 보일 지경이었다.

"나도 궁금한 게 있는데." 해리가 올레그에게 햄버거를 건네며 말했다. "자넨 내가 찾으라고 지시한 패턴을 찾았나 보군. 공연을 보러 올 시간이 있는 걸 보니 말이야."

해리는 아이를 놀리지 말라는 경고가 담긴 시선으로 카트리네를 노려보았다.

"찾아낸 게 있기는 하죠." 카트리네는 파리스 생수병의 플라스틱 뚜껑을 비틀어 열었다. "하지만 반장님은 바쁘시니까 내일 말씀드릴게요."

"별로 바쁘지 않아." 해리가 말했다. 기름 막이나 질식할 듯한 기분은 사라진 지 오래였다.

"그건 기밀사항인데 여긴 사람이 너무 많아요. 하지만 핵심 단어만 몇 가지 알려드리죠."

카트리네는 그렇게 말하며 그에게 상체를 내밀었다. 가게에 진동하는 기름 냄새 속에서 남자 향수 같은 그녀의 향기가 풍겼고, 그녀의 따뜻한 숨결이 그의 귀에 와 닿았다.

"방금 전에 은색 폭스바겐 파사트가 가게 앞 보도에 멈춰 섰어요. 운전석에 앉은 여자가 반장님의 시선을 끌려고 애쓰고 있는데 아무래도 올레그의 엄마인가 봐요……."

해리는 황급히 등을 펴고 차가 있는 방향의 커다란 유리창을 바라보았다. 라켈이 차창을 내린 채 그들을 바라보고 있었다.

"흘리지 말고 먹어." 손에 햄버거를 들고 뒷좌석에 올라타는 올레그에게 라켈이 말했다.

해리는 열린 차창 밖에 서 있었다. 라켈은 수수한 하늘색 스웨터를 입고 있었다. 해리에게도 무척이나 익숙한 스웨터였다. 그 냄새며, 손바닥과 볼에 닿는 감촉까지.

"공연은 좋았어?" 라켈이 물었다.

"올레그에게 물어봐."

"무슨 음악을 하는 밴드니?" 라켈이 백미러로 올레그를 바라보며 물었다. "밖에 있는 사람들 옷차림이 죄다 이상해."

"사랑과 기타 등등에 관해 조용한 노래를 하는 밴드죠." 올레그는 그렇게 말해놓고, 라켈이 백미러에서 눈을 떼자 얼른 해리에게 윙크했다.

"고마워, 해리." 라켈이 말했다.

"천만에. 운전 조심해."

"함께 있던 여자는 누구야?"

"직장 동료야. 새로 온 경관."

"그래? 둘이 전부터 잘 아는 사이 같던데?"

"왜?"

"둘이……." 라켈은 말을 멈추더니 천천히 고개를 흔들며 웃었다. 목구멍 안쪽에서부터 나오는 깊고도 명랑한 웃음소리였다. 자신감이 넘치는 동시에 느긋한 웃음소리. 한때 해리로 하여금 사랑에 빠지게 했던 웃음소리.

"아무것도 아니야, 해리. 잘 가."

차창이 위로 올라갔고 은색 차가 미끄러지듯이 굴러갔다. 해리는 길 양쪽으로 바가 늘어선 브루 가를 걸어 내려갔다. 바의 열린 문으로 요란한 음악이 흘러나왔다. 테디스 바에서 커피나 한잔할까 싶었지만 바람직하지 않은 생각이라는 걸 알고 있었다. 그래서 그냥 집에 가기로 마음먹었다.

"커피요?" 카운터 뒤의 바텐더가 어이없다는 듯이 다시 한 번 물었다.

테디스 바의 주크박스에서는 조니 캐시의 노래가 흘러나왔고, 해리는 손가락으로 윗입술을 훑었다.

"달리 추천할 거라도 있습니까?" 자신의 목소리가 익숙하면서도 낯설다.

"글쎄요." 바텐더가 기름으로 떡진 머리칼을 손으로 넘겼다. "커피가 딱히 신선하지 않아서요. 차라리 방금 뽑은 신선한 맥주가 어떨까요?"

조니 캐시가 신과 세례, 새로운 약속을 노래했다.

"좋아요." 해리가 말했다.

바텐더가 씩 웃었다.

순간 주머니에 있던 휴대전화가 진동했다. 해리는 마치 기다리던 전화라도 온 것처럼 서둘러, 게걸스레 휴대전화를 움켜잡았다.

스카레였다.

"방금 전에 실종신고가 들어왔는데, 지금 우리가 조사하는 사건과 같은 유형이에요. 아이가 있는 유부녀가 실종됐대요. 몇 시간 전에 남편과 아이들이 집에 돌아와보니, 여자가 사라지고 없었답니다. 도심에서 떨어진 솔리회위다의 숲에 살아요. 이웃 사람들도 여자를 보지 못했고, 남편이 차를 가져갔기 때문에 여자가 차를 타고 떠날 수도 없었다는군요. 길에 발자국도 없고요."

"발자국?"

"거긴 아직 눈이 안 녹았거든요."

바텐더가 해리 앞에 맥주잔을 탁 내려놓았다.

"반장님? 제 말 듣고 계세요?"

"응, 듣고 있어. 생각 중이야."
"무슨 생각요?"
"거기에도 눈사람이 있대?"
"네?"
"눈사람."
"저도 모르죠."
"그럼 가서 알아보자고. 당장 차 끌고, 구네리우스 쇼핑 센터로 와서 나 태우고 가. 스토로 가에 있어."
"내일 가면 안 될까요, 반장님? 오늘 밤에는 하려던 일도 있고, 이 여자는 그냥 실종된 거예요. 그러니까 그렇게 서둘 필요 없다고요."
해리는 뱀처럼 맥주잔 밖으로 구불구불 흘러내리는 맥주 거품을 바라보았다.
"아니……." 해리가 말했다. "아주 서둘러야 할 필요가 있어."
바텐더는 놀란 표정으로 손도 대지 않은 맥주와 카운터 위에 놓인 50크로네, 그리고 조니 캐시의 노래가 희미해지는 가운데 밖으로 나가는 넓은 어깨의 남자를 바라보았다.

"쉴비아가 그냥 떠났을 리 없어요." 롤프 오테르센이 말했다.
롤프 오테르센은 마른 남자였다. 아니, 더 정확히 말하면 뼈만 남았다. 플란넬 셔츠는 목까지 단추를 꼭꼭 채웠고, 셔츠 위로 앙상한 목과 머리가 튀어나와 있었는데 그 모습이 두루미를 연상시켰다. 셔츠 소매 밑으로 나와 있는 가느다란 손의 길고 비쩍 마른 손가락은 끊임없이 구부러졌다가 뒤틀렸다가 빙빙 돌아가기를 반복했다. 오른손 손톱은 갈고리처럼 길쭉하고 날카롭게 다듬어져 있었다. 1970년대 급진주의자들 사이에서 인기가 있었던 평범하고 둥근 은테 안경을 꼈고, 두꺼운 안경알 뒤의 눈동자는 부자연스러울 정도로 컸다. 겨자색 벽에는 인디언들이 아나콘다를 운반하는 그림이 붙어 있었다. 해리는 그게 히피들이 처음으로 등장했던 시절에 발매된 조니 미첼의 앨범 커버라는 걸 깨달았다. 그 옆에는 유명한 프리다 칼로 자화상의 복사화가 걸려 있었다. 고통받았던 여인이로군. 해리는 생각했다. 여자가 고른 그림이다. 바닥에는 방부처리 되지 않은 소나무 재목이 깔려 있었고, 조명이라고는 구식 파라핀 램프와 찰흙으로 만든 갈색 램프가 전부였는데, 그나마도 집에서 만든 것처럼 조악해 보였다. 거실 한쪽 구석에는 나일론 줄 기타가 벽에 기대어져 있었다. 해리는 롤프 오테르센의 손톱이 그렇게 긴 이유가 이 기타 때문이라고 생각했다.

"그냥 떠났을 리가 없다는 게 무슨 뜻인가요?" 해리가 물었다.

롤프 오테르센 앞에 있는 거실 탁자에는 아내와 열 살짜리 쌍둥이 딸 올가와 엠마가 함께 찍은 사진이 놓여 있었다. 쉴비아 오테르센의 눈은 마치 평생 안경을 끼다가 최근에 콘택트렌즈를 꼈거나 시력수술을 받은 사람처럼 크고 게슴츠레했다. 쌍둥이들의 눈도 엄마와 똑같았다.

"어딜 간다고 미리 말을 했을 겁니다. 쪽지라도 남겼거나, 분명 뭐가 있었을 거라고요."

절망에 빠진 것과 달리 그의 목소리는 조용하고 부드러웠다. 롤프 오테르센은 바지 주머니에서 손수건을 꺼내 얼굴로 가져갔다. 그의 코는 길쭉하고 창백한 얼굴에 어울리지 않게 비정상적으로 커 보였다. 그는 딱 한 번 팽 소리를 내며 코를 풀었다.

스카레가 문을 열고 머리를 내밀었다. "경찰견들이 도착했습니다. 시신 탐지견도 한 마리 데려왔답니다."

"그럼 출발해. 동네 사람들과 다 이야기해봤어?"

"네. 아직은 아무 단서도 못 찾았습니다."

스카레가 문을 닫았고, 해리는 안경 뒤에 있던 롤프의 눈이 한 층 더 커진 걸 보았다.

"시신 탐지견이라고요?" 롤프가 속삭였다.

"그냥 일반적인 명칭입니다." 해리는 마음속으로 스카레에게 조심해서 말하는 요령을 몇 가지 가르쳐야겠다고 다짐했다.

"그럼 그 개들이 산 사람을 찾기도 합니까?" 롤프의 억양은 간청하는 것처럼 들렸다.

"그럼요, 물론입니다." 해리는 거짓말을 했다. 시신 탐지견이란 냄새로 시체가 있는 장소를 찾는 개라고 사실대로 말할 수는 없었다. 약물이나 분실물, 혹은 산 사람을 찾는 것은 시신 탐지견의 일이 아니다. 그 개들의 임무는 시신을 찾는 것뿐이다.

"그러니까 부인을 마지막으로 본 때가 오늘 오후 4시군요." 해리는 수첩을 내려다보며 말했다. "따님들을 데리고 시내로 가기 전에요. 시내에서는 무슨 일을 하셨습니까?"

"딸아이들이 바이올린 수업을 받는 동안 가게를 봤습니다."

"가게요?"

"마요르스투엔에 아프리카 수공예 물건을 파는 조그만 가게를 운영하고 있습니다. 미술품, 가구, 천, 옷, 그 밖의 잡다한 물건들을 팔죠. 아프리카의 장인들에게 적절한 돈을 지불하고 직수입한 물건들입니다. 보통은 실비아가 가게를 보지만, 목요일은 늦게까지 영업을 하기 때문에 실비아가 차를 가지고 집으로 돌아오면 제가 아이들을 데리고 시내로 갑니다. 그리고 아이들이 5시에서 7시까지 바라트 두에 음악협회에서 바이올린 수업을 받는 동안 제가 가게를 보죠. 수업이 다 끝나면 아이들을 차에 태워 집으로 옵니다. 7시 반 조금 넘어서 도착했죠."

"음. 가게에서 일하는 사람은 또 누가 있나요?"

"없습니다."

"그럼 매주 목요일에는 가게 문을 잠깐 닫아둔다는 뜻이겠군요. 한 시간 정도요?"

롤프 오테르센은 쓴웃음을 지었다. "손바닥만 한 가게입니다. 손님도 별로 없고요. 솔직히 말해서 크리스마스 세일 전에는 거의 없다고 봐야죠."

"그럼 어떻게……?"

"노라드NORAD요. 제3세계 국가들을 대상으로 한 정부 무역 프로그램의 일환으로 노라드에서 가게들과 아프리카 장인들을 지원해 줍니다." 그는 나지막이 기침을 했다. "이런 가게가 의미하는 메시지가 돈이나 단기간의 이득보다 중요하니까요, 안 그렇습니까?"

해리는 고개를 끄덕였다. 하지만 머릿속으로는 개발 원조나 아프리카 공정무역이 아닌, 오슬로 시내에서 여기까지 차로 오는데 걸리는 시간과 주행계를 생각하고 있었다. 쌍둥이들이 야식을 먹고 있는 부엌에서 라디오 소리가 흘러나왔다. 집 안에 텔레비전은 보이지 않았다.

"고맙습니다. 계속 알아보겠습니다." 해리는 자리에서 일어나 밖으로 나갔다.

마당에는 차 세 대가 주차되어 있었다. 그중 하나가 비에른 홀름의 볼보 아마존이었다. 검은색으로 다시 칠한 아마존에는 루프와 트렁크에 체크무늬가 그려져 있었다. 해리는 숲 속 공터에 자리한 이 조그만 농가 위의 하늘을 올려다보았다. 별이 총총한 맑은 밤하늘이었다. 그는 밤공기를 들이마셨다. 나무를 때는 연기와 전나무 냄새가 감도는 공기였다. 숲 가장자리에서 개가 헐떡이는 소리와 그런 개를 격려하는 경관의 고함 소리가 들렸다.

혹시라도 발견될 증거가 손상되지 않도록 경찰이 만들어놓은 길을 따라 해리는 헛간으로 갔다. 열린 문 안쪽에서 스카레와 홀름의 목소리가 들렸다. 그는 쪼그리고 앉아 외등 불빛에 의지해 눈에 찍힌 발자국을 곰곰이 들여다보았다. 그러고는 다시 일어나 문틀에 기댄 채 담뱃갑을 꺼냈다.

"살인 현장 같군. 피며 시체에, 뒤집어진 가구까지." 해리가 말했다.

비에른 홀름과 망누스 스카레는 이야기를 멈추고 몸을 돌려 해리의 시선을 따라갔다. 대들보에 둘둘 감긴 전선에 매달린 알전구 하나가 널찍한 헛간 내부를 비추고 있었다. 헛간의 한쪽 끝에는 선반이 있었고, 그 뒤에는 공구들이 걸린 판자가 있었다. 망치, 톱, 펜치, 드릴. 반대쪽에는 철망이 둘러져 있고, 그 안에는 닭들이 벽에 부착된 선반에 앉아 있거나 벋정다리로 지푸라기 위를 거들먹거리며 활보하고 다녔다. 헛간 한가운데는 방부처리를 하지 않은 회색빛 마룻널이 피로 얼룩져 있었고, 머리 없는 닭 세 마리가 놓여 있었다. 해리는 입술 사이에 담배를 밀어 넣고, 불은 붙이지 않은 채 헛간으로 들어갔다. 피를 밟지 않으려고 조심하면서 도마 옆에 쪼그리고 앉아 닭 머리를 들여다보았다. 펜라이트 불빛이 닭의 새까만 눈동자에 반사되어 번쩍거렸다. 일단 반만 남은 하얀 깃털을 집어 들었다. 가장자리가 마치 불에 그을린 것처럼 검게 변해 있었다. 그다음에는 닭 목의 매끈한 절단면을 들여다보았다. 피는 검은색으로 응고되어 있었다. 이 도살은 채 30분도 걸리지 않았을 것이다.

"뭐 재밌는 거라도 있어요?" 비에른 홀름이 물었다.

"이 일을 오래 하다 보니까 머리가 이상해졌나 봐, 홀름. 내가 지금 죽은 닭을 분석하고 있어."

스카레가 웃음을 터뜨리며 허공에 신문 헤드라인을 갈겨썼다. "극악무도한 닭 세 마리 살인사건. 부두교. 해리 홀레 담당."

"여기 있는 물건보다 없는 물건이 더 재미있는데?" 해리가 말했다.

비에른 홀름은 눈썹 한쪽을 들어 올리더니, 주위를 둘러보며 고개를 천천히 끄덕거렸다.

스카레는 의심스러운 눈초리로 두 사람을 바라보았다. "그게 뭔데요?"

"살인도구." 해리가 말했다.

"손도끼." 홀름이 말했다. "닭을 잡는 유일하게 합리적인 방법이죠."

스카레는 콧방귀를 뀌었다. "만약 여자가 닭을 잡았다면 분명 손도끼를 제자리에 뒀을 거예요. 농부들은 정리정돈을 잘하는 사람들이거든요."

"맞는 말이야." 해리가 말했다. 사방에서 닭들이 꼬꼬댁거리는 소리가 들렸다. "그래서 도마가 뒤집어져 있고, 죽은 닭들이 사방에 흩어져 있는 게 이상한 거야. 손도끼는 제자리에 없고."

"제자리요?" 스카레는 홀름을 마주 보며 눈동자를 굴렸다.

"눈을 좀 크게 떠봐, 스카레." 해리가 제자리에서 말했다.

스카레가 여전히 모르겠다는 표정으로 홀름을 바라보자, 홀름은 선반 뒤의 판자를 향해 고개를 까닥였다.

"젠장. 저기였군." 스카레가 말했다.

망치와 녹슨 톱 사이에 작은 손도끼 모양의 빈 공간이 있었다.

밖에서 개가 짖어대고 낑낑거리는 소리가 나더니 경관의 고함이 들렸다. 더는 격려의 고함이 아니었다.

해리는 턱을 문질렀다. "헛간 전체를 살펴본 결과, 지금으로서는 쉴비아 오테르센이 닭을 죽이다가 손도끼를 들고 여기서 나간 것 같군. 홀름, 이 죽은 닭들의 온도를 재서 사망시간을 추정할 수 있겠어?"

"알겠습니다."

"왜요?" 스카레가 물었다.

"쉴비아 오테르센이 언제 이 헛간을 나갔는지 알고 싶어. 밖에 찍힌 발자국에서는 뭐 알아낸 거 없나, 홀름?"

홀름은 고개를 저었다. "마구 짓밟힌 데다가 지금은 너무 어두워요. 롤프 오테르센의 장화자국과 헛간으로 간 다른 발자국 두 개를 발견했어요. 하지만 헛간에서 나온 발자국은 없어요. 범인이 여자를 헛간 밖으로 끌고 갔을까요?"

"음. 그렇다면 끌고 간 사람의 발자국이 더 깊었을 거야. 아무도 피를 밟은 사람이 없는 게 유감이군." 해리는 전구의 불빛이 닿지 않는 어두운 벽을 응시했다. 마당에서 개가 애처롭게 낑낑거리고, 경관이 화를 내며 욕설을 퍼붓는 소리가 들렸다.

"가서 무슨 일인지 보고 와, 스카레." 해리가 말했다.

스카레가 밖으로 나가자, 해리는 다시 펜라이트를 켜고 벽을 향해 걸어갔다. 페인트를 칠하지 않은 벽을 손으로 훑어나갔다.

"저건……?" 홀름이 말문을 연 순간, 둔탁한 쿵 소리와 함께 해리가 발로 벽을 걷어찼다.

별이 총총한 하늘이 시야에 들어왔다.

"뒷문이 있었군." 해리는 먼 도심의 둥그런 노란 불빛을 배경으로 한 전나무의 실루엣과 검은 숲을 바라보았다. 눈밭 위로 펜라이트를 비추자, 빛이 금세 발자국을 찾아냈다.

"두 사람이군." 해리가 말했다.

"개 때문이랍니다. 꼼짝도 안 한대요." 스카레가 돌아와 말했다.

"꼼짝도 안 해?" 해리는 발자국을 따라 펜라이트를 비췄다. 불빛이 눈에 반사되었고, 발자국은 숲 속 어둠으로 사라졌다.

"담당 경관이 이해를 못하겠답니다. 개가 겁을 먹은 것 같대요. 어쨌거나 숲으로 들어가려고 하질 않는다네요."

"여우 냄새를 맡았는지도 모르겠군. 이 숲에는 여우가 많아."

"여우요?" 스카레가 콧방귀를 뀌었다. "저렇게 큰 개는 여우를 무서워하지 않아요."

"아마 여우를 본 적이 없을 거야. 하지만 육식동물의 냄새는 맡을 수 있지. 모르는 걸 두려워하는 건 당연해. 그렇지 않은 개는 오래 못 살지." 해리는 심장 박동이 빨라지는 걸 느꼈다. 그리고 그 이유를 알고 있었다. 숲. 어둠. 비이성적인 공포. 극복해야만 하는 공포였다.

"추후 공지가 있을 때까지 여길 범죄 현장으로 보존하도록. 일 시작해. 난 이 발자국이 어디로 이어지는지 알아봐야겠어."

"알겠습니다."

해리는 침을 꿀꺽 삼킨 뒤, 뒷문 밖으로 발을 내딛었다. 30년도 더 지난 일이다. 그런데도 여전히 온몸의 신경이 곤두섰다.

당시 해리는 가을방학을 맞아 온달스네스에 있는 할아버지 댁에 머무르는 중이었다. 할아버지의 농장은 우뚝 솟은 롬스달 산의 중턱에 자리 잡고 있었다. 열 살 소년이었던 해리는 할아버지의 소를 찾으러 숲으로 들어갔다. 할아버지보다 먼저, 그 누구보다 먼저 소를 찾고 싶어 서둘렀다. 부드러운 블루베리 덤불과 우스꽝스럽게 뒤틀린 난쟁이 자작나무들이 있는 언덕을 미친 듯이 쏘다녔다. 나무들 사이로 들린 것만 같았던 소의 방울 소리를 향해 곧장 달리는 동안 길은 나타나고 또 사라졌다. 그러더니 다시 방울 소리가 들렸다. 이번에는 좀 더 오른쪽이다. 해리는 개울을 건너뛰어 나무 밑에 착지했다. 습지를 가로질러 달리자, 비구름이 다가오면서 장화에서 찰박찰박 소리가 났다. 먹구름 밑으로 베일처럼 드리운 이슬비가 가파른 산중턱을 적시고 있었다.

빗줄기가 너무 가늘어서 해리는 어둠이 내려앉는 줄도 몰랐다. 어둠은 늪에서 슬그머니 기어 나오기도 하고, 나무들 사이로 살금살금 지나가기도 했으며, 검은색 페인트처럼 산중턱의 그림자 사이로 주르륵 흘러내려 골짜기 밑바닥에 고였다. 해리는 하늘 높은 곳에서 원을 그리는 커다란 새를 올려다보았다. 새는 어지러울 정도로 높은 곳에서 날고 있었다. 순간 한쪽 장화가 땅속으로 푹 빠지면서 해리는 앞으로 넘어졌다. 얼굴이 그대로 땅에 처박혔고, 붙잡을 만한 물건은 아무것도 없었다. 사방이 캄캄해지면서, 코와 입은 늪, 죽음, 부패와 어둠의 맛으로 가득 찼다. 늪 속에 빠진 그 짧은 몇 초 동안 해리는 어둠을 맛보았다. 다시 일어난 후에야 해가 완전히 졌다는 걸 알았다. 말없이 근엄하게 그를 내려다보는 산 너머로 아득히 사라져버린 것이다. 산은 이렇게 속삭였다. 넌 네가 어디에 있는지 몰라, 오래전부터 그랬어. 장화 한 짝을 잃어버린 줄도 모른 채 해리는 달리기 시작했다. 곧 눈에 익은 풍경이 보일 것이다. 하지만 숲은 마법에 걸린 것 같았다. 바위는 땅에서 자라나는 생명체의 머리가 되었고, 관목은 그의 다리를 긁어대는 손가락이었으며, 난쟁이 자작나무는 허리를 숙인 채 깔깔대며 길을 가리키는 마녀였다. 이쪽 아니면 저쪽, 집 아니면 지옥, 할아버지의 집 혹은 구렁텅이로. 해리는 어른들에게서 그 구렁텅이에 대해 들은 적이 있다. 가축과 사람들, 짐수레가 통째로 사라졌다가 다시는 돌아오지 못하는, 바닥없는 늪이라고 했다.

해리가 비틀거리며 부엌으로 들어섰을 때는 거의 한밤중이었다. 할머니는 그를 끌어안으며 아빠와 할아버지, 그리고 이웃 농장의 어른들까지 모두 그를 찾아다녔다고 말했다. 대체 어디 있었던 게야?

숲에요.

사람들의 고함을 못 들었니? 다들 네 이름을 부르고 다녔어. 이 할미도 계속 그 소리를 들었는걸.

해리는 뭐라고 대답했는지 기억나지 않지만, 오랜 세월이 흐른 후에 할머니에게서 당시의 상황을 들었다. 그는 난로 앞에 있는 나무 상자에 앉아 추위로 몸을 오들오들 떨며, 무표정한 얼굴로 먼 곳을 응시한 채 이렇게 대답했다고 한다. "내 이름을 부르고 다닌 건 그분들이 아닐 거예요."

"그럼 누가 불렀다는 거냐?"

"다른 것들이요. 어둠에도 맛이 있다는 거 아세요, 할머니?"

숲 속으로 겨우 몇 미터밖에 들어가지 않았는데도, 강렬하면서 부자연스러울 정도의 침묵이 해리를 덮쳤다. 해리는 펜라이트를 아래로 향해 땅을 비췄다. 숲 속을 비출 때마다 암흑 속에서 그림자들이 신경과민의 영혼처럼 나무 사이를 뛰어다녔기 때문이다. 둥그런 불빛 속에 들어가 어둠으로부터 고립되는 것은 전혀 안도감을 주지 않았다. 오히려 그 반대였다. 숲에서 가장 눈에 띄는 물체가 된 탓에 벌거벗고 상처받기 쉬운 존재가 된 기분이었다. 나뭇가지가 그의 얼굴을 할퀴었다. 낯선 이가 누구인지 확인하려고 더듬거리는 장님의 손가락 같았다.

발자국은 개울로 이어졌다. 빨라진 그의 심장 박동 소리가 졸졸거리는 시냇물 소리에 묻혔다. 한 발자국은 사라졌지만, 다른 발자국은 아래쪽에 있는 시내로 이어졌다.

해리는 계속 걸었다. 개울은 이리저리 복잡하게 방향을 틀었지만, 그는 길을 잃을까 걱정하지 않았다. 자기 발자국만 따라서 그대로 돌아가면 된다.

분명 근처에 있는 듯한 올빼미가 해리를 꾸짖듯이 우후후 하고 울어댔다. 손목시계의 불을 켜 보니 숲으로 들어온 지 벌써 15분이 넘었다. 이제는 그만 돌아가서 제대로 된 신발과 장비, 여우를 겁내지 않는 개를 갖춘 수색팀을 보내야 했다.

해리는 가슴이 덜컥 내려앉았다.

무언가가 소리 없이 그의 얼굴 옆으로 지나갔다. 어찌나 빠른지 아무것도 보이지 않았다. 다만 스쳐가는 바람으로 알 수 있었다. 눈 위에서 올빼미가 날개를 퍼덕이는 소리와 올빼미의 먹이가 된 작은 설치류가 애처롭게 끽끽거리는 소리가 들렸다.

해리는 천천히 폐 속의 공기를 내쉬었다. 마지막으로 숲을 향해 펜라이트를 비춰본 뒤, 돌아가려고 몸을 돌렸다. 하지만 한 발을 내딛었다가 멈춰 섰다. 한 발 더 내딛고, 또 한 발 더 내딛어서 이 숲에서 빨리 나가고 싶었다. 하지만 그는 자신이 해야 할 일을 했다. 펜라이트로 뒤쪽을 비춰보았다. 그러자 다시 나타났다. 빛이 무언가에 반사되어 번득거렸다. 칠흑같이 어두운 숲 한가운데서 있을 수 없는 일이다. 그는 그쪽으로 걸어갔다. 뒤를 돌아보며 이곳의 위치가 어떻게 되는지 확인했다. 개울에서 15미터쯤 떨어진 곳이다. 해리는 쪼그리고 앉았다. 쇠붙이만 삐죽 나와 있었지만, 그 위에 쌓인 눈을 털어보지 않아도 무엇인지 알 수 있었다. 손도끼였다. 닭을 죽인 후에는 피가 묻었을지 몰라도 지금은 깨끗했다. 손도끼 주위에 발자국은 전혀 없었다. 펜라이트로 주위를 비춰보니 몇 미터 떨어진 곳에 부러진 나뭇가지가 있었다. 누군가 분명 괴력을 발휘해 도끼를 던진 것이다.

그 순간, 해리는 다시 느꼈다. 아까 저녁에 스펙트럼에서 공연을 볼 때 느꼈던 기분. 누군가 자신을 지켜보는 기분. 본능적으로 펜라이트를 끄자, 어둠이 담요처럼 그를 덮었다. 숨을 죽이고 귀를 기울였다. 안 돼. 말려들지 마. 악은 존재가 아니야. 날 차지할 수 없어. 오히려 그 반대지. 악은 텅 빈 공간, 선의 부재야. 지금 내가 두려워해야 할 유일한 대상은 나 자신이야.

해리는 다시 펜라이트를 켜고 숲을 비추었다.

그녀였다. 그녀가 나무들 사이로 등을 곧게 펴고 서서 미동도 하지 않은 채, 눈도 깜박이지 않고 그를 뚫어지게 바라보았다. 사진에서 본 것과 똑같이 크고 게슴츠레한 눈이었다. 처음에는 그녀가 결혼식의 신부처럼 하얀 드레스를 입고 숲 한가운데인 이곳, 제단 앞에 서 있는 줄 알았다. 펜라이트의 불빛에 그녀가 반짝거렸다. 해리는 몸을 부르르 떨며 숨을 들이쉬고는 코트 주머니에서 휴대전화를 꺼냈다. 신호음이 두 번 울리더니 비에른 홀름이 전화를 받았다.

"이 지역 전체를 봉쇄해." 해리가 말했다. 그의 목구멍은 거칠고 바싹 말라 있었다. "지원 병력을 요청할 거야."

"무슨 일입니까?"

"여기 눈사람이 있어."

"그래서요?"

해리는 설명했다.

"마지막 말을 못 들었어요." 홀름이 외쳤다. "여기 수신 상태가 안 좋아서……."

"눈사람 머리가 실비아 오테르센이라고." 해리가 반복했다.

전화기 너머로 침묵이 흘렀다.

해리는 홀름에게 발자국을 따라오라고 말한 다음 전화를 끊었다. 그러고는 나무에 기댄 채 쪼그리고 앉아 코트 단추를 목까지 채우고, 기다리는 동안 배터리를 아끼기 위해 펜라이트를 껐다. 하마터면 잊을 뻔했다. 어둠이 어떤 맛이었는지.

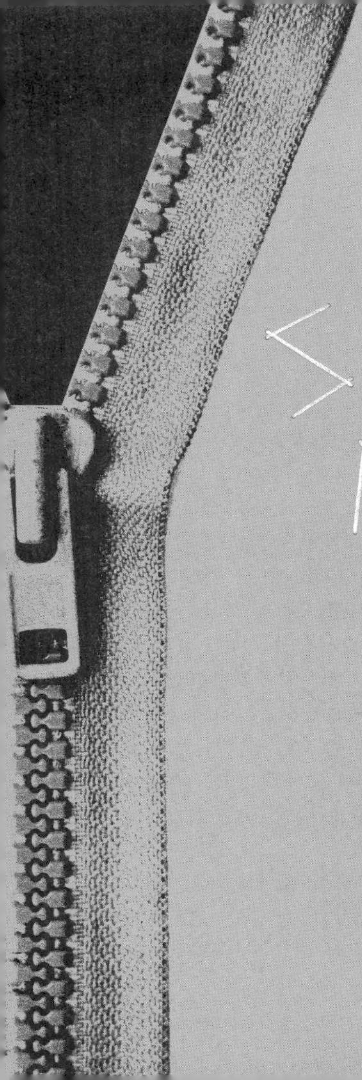

SNOW MAN

PART 2

4일째

분필

새벽 3시 반이 돼서야 해리는 지친 몸을 끌고 아파트 앞에 도착해 문을 열었다. 옷을 벗고 곧장 욕실로 직행했다. 펄펄 끓는 물줄기가 딱딱해진 근육을 풀어주고, 꽁꽁 언 몸을 녹이며, 살갗을 무감각하게 만드는 동안 그는 가급적 아무 생각도 하지 않으려 했다. 롤프 오테르센과 이야기를 나누기는 했지만 공식적인 심문은 아침이 된 후에야 이루어질 것이다. 이웃 사람들을 상대로 한 탐문수사도 서둘러 마무리했다. 사실 물어볼 사람도 많지 않았다. 하지만 감식반원들과 경찰견들은 아직 작업 중이었고, 아마 밤새 일할 것이다. 증거가 오염되거나 녹아버리거나 눈에 묻히기 전까지 시간이 얼마 남지 않았다. 해리는 샤워기를 껐다. 욕실 안은 수증기로 어스레했다. 손으로 거울을 닦자 금세 수증기가 다시 한 겹 내려앉았다. 그 바람에 거울에 비친 그의 얼굴이 일그러졌고 벗은 몸의 윤곽도 흐려졌다.

해리가 양치질을 하고 있을 때 전화벨이 울렸다. "여보세요."

"스토르만입니다. 곰팡이 제거반."

"이 시간에 웬일입니까?" 해리가 깜짝 놀라 말했다.

"홀레 씨가 깨어 있을 거라고 생각했습니다."

"네?"

"심야 뉴스에 나오더군요. 솔리회위다 살인사건 말입니다. 화면에 홀레 씨가 나온 걸 봤습니다. 곰팡이 검사 결과를 알려드리려고요."

"뭡니까?"

"곰팡이가 발견됐습니다. 걸귀 같은 놈이죠. 아스페르길루스 버시칼라."

"그래서요?"

"그건 놈이 어떤 색깔일지 모른다는 뜻입니다. 그리고 제가 선생님의 집 벽을 더 부숴봐야 한다는 뜻이고요."

"흠." 해리는 막연하게나마 자신이 좀 더 걱정하고, 관심을 보이고, 최소한 질문이라도 더 해야 할 것 같은 느낌을 받았다. 하지만 만사가 귀찮았다. 특히나 지금 이 시간에는.

"그렇게 하세요."

해리는 전화를 끊고 눈을 감았다. 귀신이 나타나기를 기다렸다. 귀신의 유일한 특효약인 술을 멀리했으니 피해갈 수 없었다. 이번에는 새로운 귀신일지 모른다. 해리는 그녀가 숲에서 나오기를 기다렸다. 다리 없는 거대한 하얀 몸뚱이, 사람의 머리가 달린 기형의 볼링공 같은 몸뚱이를 끌고 쿵쿵 그에게 다가오기를 기다렸다. 까마귀들이 파먹은 검은 눈구멍에는 눈알의 일부가 남아 있었고, 여우들이 실컷 뜯어먹어 사라진 입술 덕분에 치아가 드러나 있었다. 꿈에 그녀가 나올지는 알 수 없었다. 무의식이란 워낙 예측 불가능하니까. 너무도 예측 불가능하기에 마침내 잠이 든 해리는 욕조에 누워 머리를 물속에 넣고, 부글부글 피어오르는 방울 소리와 여자의 웃음소리를 듣는 꿈을 꿨다. 하얀 에나멜에서 자란 거머리 말은 그를 찾아 헤매는 하얀 손의 녹색 손가락처럼 그를 향해 다가왔다.

아침 햇살이 군나르 하겐 경정의 책상에 놓인 신문 위에 사각형의 햇살을 드리웠다. 햇빛이 쉴비아 오테르센의 미소와 갖가지 신문 1면의 헤드라인을 비췄다. '살해한 뒤 참수', '숲에서 참수', 그리고 가장 짧으면서 아마도 가장 강렬할 '참수 살해' 등이었다.

해리는 아침에 눈을 뜬 순간부터 골치가 지끈거렸다. 지금은 양손으로 조심스럽게 머리를 받친 채 이렇게 골치가 아플 줄 알았으면 차라리 간밤에 술이나 마실걸 그랬다고 후회했다. 눈을 감고 싶었지만 하겐 경정이 뚫어지게 노려보고 있었다. 하겐은 계속 입을 벌렸다가 뒤틀었다가 다물었다. 무슨 말을 하는 게 분명했는데, 해리의 수신 상태가 좋지 않아 알아들을 수가 없었다.

"결론적으로……." 하겐의 입에서 그 말이 나오자, 해리는 이제 귀를 쫑긋 세워야 할 때라고 생각했다. "당분간은 이 사건이 최우선 순위가 될 걸세. 그리고 그건 당연히 자네 수사팀의 인원을 당장 늘려야 한다는 뜻이고……."

"반댑니다." 해리가 말했다. 이 말 한 마디만 했을 뿐인데도 두개골이 깨지는 것 같았다. "인력을 더 요구할 때가 올지도 모르지만, 지금으로선 회의에 다른 사람이 끼는 건 싫습니다. 넷이면 충분합니다."

군나르 하겐은 어이가 없다는 표정이었다. 살인사건은 아주 간단한 사건일 경우에도 최소한 열두 명으로 수사팀이 꾸려진다.

"인원이 적을수록 자유로운 사고가 잘 이뤄지거든요." 해리가 덧붙였다.

"사고?" 하겐이 버럭 소리를 질렀다. "관례적인 경찰 업무는 어쩌고? 법의학 증거들을 조사하고, 제보를 확인하는 건? 그리고 정보 조합은 어떻게 할 건데? 그 전 과정을……."

해리는 하겐의 말을 막기 위해 한 손을 들었다. "바로 그겁니다. 그 과정 속에서 익사하고 싶지 않습니다."

"익사?" 하겐은 믿을 수 없다는 표정으로 해리를 노려보았다. "그렇다면 그 속에서 수영할 수 있는 사람에게 이 사건을 넘겨야겠군."

해리는 양쪽 관자놀이를 문질렀다. 하겐은 지금 당장 강력반에서 홀레 반장을 제외하고는 이런 살인사건을 지휘할 사람이 없다는 걸 알고 있었고, 해리 역시 그 사실을 알고 있었다. 해리가 아는 사실은 하나 더 있었다. 이 사건을 중앙수사국인 크리포스에게 넘기는 건 새로운 경정의 평판에 큰 손해가 될 거고, 따라서 하겐은 그렇게 하느니 차라리 털이 수북한 자신의 오른팔을 내주리라는 사실이었다.

해리는 한숨을 쉬었다. "정상적인 수사팀은 정보의 흐름 속에 떠 있으려고 고군분투하죠. 하지만 그건 어디까지나 일반적인 사건일 경웁니다. 이렇게 신문 1면에 참수라고 나오면……." 해리는 고개를 절레절레 흔들었다. "사람들은 광분하죠. 간밤에 이 뉴스가 나간 후로 100통도 넘는 전화가 걸려왔습니다. 아시잖습니까. 혀가 꼬부라진 술주정뱅이들, 늘 전화하는 미치광이들, 게다가 소수의 새로운 사람들까지. 그 사건이 계시록에 나온 사건이라는 둥의 말을 해대는 사람들이죠. 지금까지 200통의 전화가 걸려왔습니다. 게다가 놈이 다시 모습을 드러낼 때까지 기다렸다가는 시신이 대여섯 구 더 나올 걸요? 제보 전화를 처리하는 데 스무 명의 인력을 배치한다고 치죠. 그 스무 명이 제보를 조사하고 보고서를 씁니다. 수사팀 리더가 매일 두 시간씩 그렇게 얻은 정보를 발로 뛰어서 조사하고, 또 두 시간씩 그 정보들을 조합하고, 두 시간씩 모든 팀원들을 모아 회의를 하고, 새로운 사실을 알려주고, 질문에 대답해주고, 30분씩 기자회견에서 밝힐 정보를 편집한다고 치죠. 기자회견은 45분이 걸리고요. 그게 다가 아닙니다." 해리는 양쪽 집게손가락을 쑤시는 턱 근육에 대고 얼굴을 찌푸렸다. "가장 최악인 건 그나마 일반적인 살인사건일 때는 그게 아마도 경찰 인력을 훌륭하게 사용하는 방법이라는 겁니다. 뭔가를 알거나 뭔가를 들었거나 본 사람은 늘 존재하기 마련이니까요. 그렇게 힘들게 이어 맞춘 정보들 덕분에 사건이 극적으로 해결될 수 있습니다."

"바로 그거야. 그러니까……."

"문제는 이 사건이 그런 부류가 아니라는 겁니다. 범인은 그런 부류의 살인자가 아니에요. 이 사람은 친구에게 범행 사실을 털어놓지도 않고, 살인 현장 근처에 얼굴을 드러내지도 않습니다. 사건에 대해 아는 사람은 아무도 없어요. 그러니까 경찰청으로 걸려오는 전화가 전혀 도움이 안 된다는 겁니다. 오히려 수사를 지연시키기만 하죠. 그리고 법의학적 증거들도 우리를 혼란스럽게 할 뿐입니다. 한마디로 이건 다른 종류의 게임이에요."

하겐은 의자에 등을 기대고는 양손 끝을 모은 채 생각에 잠겼다. 그는 이제 해리를 관찰하고 있었다. 햇볕을 쬐는 도마뱀처럼 눈을 껌벅이더니 이렇게 물었다. "그러니까 자네는 이걸 게임이라고 생각하는 건가?"

해리는 고개를 끄덕이며, 하겐이 무슨 말을 하려는 건지 의아해

했다.

"무슨 종류의 게임이지? 체스?"

"글쎄요. 눈을 가리고 하는 체스 게임이라고 해두죠."

하겐은 고개를 끄덕였다. "그러니까 자네는 전형적인 연쇄살인범을 상상하고 있군. 명석한 두뇌에 재미와 게임, 도전을 좋아하는 냉혈한 살인마?"

이제야 해리는 하겐이 무슨 말을 하려는지 감을 잡았다.

"자네가 FBI에서 공부했던 연쇄살인사건들에서 그대로 튀어나온 듯한 남자? 옛날에 오스트레일리아에서 만났던 그런 연쇄살인범? 기본적으로……" 경정은 단어를 맛보듯이 입맛을 다셨다. "자네의 경력에 걸맞은 그럴 듯한 적수?"

해리는 한숨을 쉬었다. "그런 게 아닙니다, 보스."

"그럴까? 내가 육군 사관학교에서 강의했던 걸 알고 있지? 내가 군사 전략이 세계 역사의 흐름을 어떻게 바꿔놓았는지 설명할 때 그 야심만만한 생도들이 무슨 꿈을 꿀 것 같나? 평화를 바라며 아무 일도 하지 않고 빈둥거리는 삶? 그래서 손자들에게 그냥 숨쉬며 살았다고, 그래서 자신들이 뭘 해낼 수 있었는지 아무도 몰랐다고 말하기를 바랄 것 같나? 입으로는 평화를 원한다고 할지 몰라도 그들 마음속에는 꿈이 있네, 해리. 기회가 찾아오는 꿈. 남자들에게는 필요한 존재가 되고자 하는 강렬한 사회적 욕구가 있어. 지구촌 어디에서 폭탄이 터지자마자 펜타곤의 장성들이 최악의 시나리오를 상상하는 것도 바로 그 때문이야. 자네는 이 사건이 특별하기를 바라고 있어. 그 바람이 너무도 간절하기에 최악의 시나리오를 볼 수 있는 거야."

"눈사람이에요, 보스. 제가 보여드린 편지 기억하시죠?"

하겐은 한숨을 쉬었다. "그 미친놈은 기억하네, 해리."

해리는 이쯤해서 포기해야 한다는 걸 알고 있었다. 이미 생각해 놓은 타협안을 내놓자. 이 사소한 싸움에서 하겐이 이기도록 해주자. 하지만 그의 입에서는 다른 말이 나왔다. "수사팀은 지금 이대로 갈 겁니다, 보스."

하겐의 얼굴이 굳어졌다. "허락할 수 없네, 해리."

"할 수 없다고요?"

두 사람은 계속 서로를 노려보았다. 그러더니 하겐이 눈을 껌벅였고 눈동자가 방황했다. 찰나의 순간이었지만 그걸로 충분했다.

"고려해야 할 사항들은 그뿐이 아니야."

해리는 상황을 더 험악하게 만들면서도, 정작 자신은 아무것도 모른다는 순진한 표정을 유지하려고 노력했다. "어떤 사항들인데요?"

하겐은 자신의 양손을 내려다봤다.

"경찰청 고위 간부들, 언론, 정치인들은 어떻게 할 텐가? 석 달이 지났는데도 살인범을 못 잡으면 우리 부서의 우선 순위에 대해 누가 문책을 당할 거라고 생각하나? 왜 이 사건에 겨우 네 명을 배정했는지 누가 설명해야 할 것 같은가? 인원이 적은 게……." 하겐은 썩은 새우를 뱉듯 단어를 내뱉었다. "자유로운 사고와 체스 게임에 적합하다는 이유로 말이야. 그 생각은 해봤나, 해리?"

"아뇨." 해리는 가슴 앞에서 팔짱을 꼈다. "전 어떻게 하면 범인을 잡을까만 생각하지, 못 잡은 걸 어떻게 변명할까 생각하지는 않으니까요."

해리는 이것이 치졸한 짓임을 알고 있었지만 그 말은 정곡을 찔렀다. 하겐은 눈을 두 번 껌벅이더니 입을 달싹였다. 해리는 즉시 부끄러운 마음이 들었다. 그저 다른 누군가를 엿 먹였다는 만족감을 얻기 위해 왜 늘 이렇게 유치하고 무의미한, 오줌 멀리 싸기 시합을 조장하는 걸까? 예전에 라켈이 해리에게 아예 유별나게 긴 가운뎃손가락을 가지고 태어나지 그랬냐고 말한 적이 있다. 사람들에게 늘 가운뎃손가락을 날릴 수 있도록 말이다.

"크리포스에 에스펜 렙스비크라는 사람이 있습니다. 대규모 수사팀을 이끄는 데 익숙한 사람이죠. 제가 그 사람에게 말해서 수사팀을 꾸리도록 하겠습니다. 그 팀에서 알아낸 사실이 있으면 제게 보고하는 걸로요. 두 팀은 나란히, 그리고 독립적으로 운영될 겁니다. 기자회견은 경정님과 총경님께서 맡아주세요. 어떻습니까, 보스?"

해리는 대답을 기다릴 필요도 없었다. 하겐의 눈에는 고마움이 담겨 있었다. 오줌 멀리 싸기 시합은 해리의 승리였다.

사무실로 돌아온 해리는 맨 먼저 비에른 홀름에게 전화했다.

"하겐이 좋다고 했어. 내가 말한 대로 될 거야. 30분 뒤에 내 사무실에서 회의를 해야겠어. 스카레와 브라트에게도 연락해줘."

해리는 전화기를 내려놓았다. 야심만만한 사람들은 전쟁을 원한다는 하겐의 말이 생각났다. 서랍을 열어 진통제인 디스프릴을 찾았지만, 어디에도 없었다.

"발자국을 제외하고는 범행 현장으로 추정되는 곳에서 범인에 대한 단서를 하나도 발견하지 못했습니다." 망누스 스카레가 말했다. "더 어이가 없는 건 시신의 흔적을 전혀 찾아내지 못했다는 겁니다. 어쨌거나 범인은 여자의 머리를 잘라냈으니까, 어딘가에는 증거가 널려 있는 게 정상인데 말이죠. 하지만 아무것도 없습니다. 탐지견들조차 반응하지 않았다니까요! 미스터리예요."

"개울에서 여자를 죽이고 목을 자른 거예요." 카트리네가 말했다. "여자의 발자국은 개울 상류에서 끝났어요, 그렇죠? 여자는 발자국을 남기지 않으려고 개울 속을 달렸지만, 남자가 여자를 따라잡은 거죠."

"도구는 뭐였을까?" 해리가 물었다.

"손도끼나 톱, 또 뭐가 있었죠?"

"목이 잘린 부근의 탄 자국은 뭘까?"

카트리네는 스카레를 바라보았고 둘은 어깨를 으쓱였다.

"좋아, 홀름에게 알아보라고 해. 그다음엔?" 해리가 말했다.

"그다음엔 아마 개울을 따라 여자를 아래로 운반했을 거예요." 스카레가 말했다. 그는 두 시간밖에 자지 못했고, 스웨터도 앞뒤를 거꾸로 입었지만 아무도 지적하지 않았다. "제가 '아마'라고 한 건 역시 어떤 단서도 나오지 않았기 때문입니다. 나오는 게 정상인데 말이죠. 나무줄기의 핏자국이라든가, 나뭇가지에 걸린 살점이라든가, 옷 조각 같은 게 전혀 나오지 않았어요. 하지만 길 아래쪽, 개울이 흐르는 곳에서 범인의 발자국을 발견했습니다. 그리고 길옆에 눈이 눌린 자국이 있었는데, 아마도 시신이 놓여 있었던 곳 같습니다. 하지만 어이없게도 경찰견들이 그곳을 찾아내지 못했습니다. 그 망할 놈의 시신 탐지견도요! 정말이지……."

"미스터리로군." 해리가 턱을 문지르며 반복했다. "그 개울에서서 여자의 머리를 베는 건 상당히 비효율적이지 않나? 너무 좁잖아. 몸을 움직일 공간이 충분하지 않았을 거야. 그런데도 왜 그 개울을 택했을까?"

"뻔하죠. 증거가 시냇물에 떠내려가니까요." 스카레가 말했다.

"뻔하지는 않아." 해리가 대꾸했다. "범인은 여자의 머리를 남겨뒀고, 따라서 흔적을 남길까 걱정하지 않았어. 근데 왜 길로 이어지는 내리막길에는 여자의 흔적이 전혀 없을까?"

"바디 백!" 카트리네가 말했다. "그런 지형에서 여자를 어떻게 옮겼을까 고민해봤어요. 이라크에서도 군인들이 배낭처럼 줄이 달린 바디 백을 이용했죠."

"흠. 그거라면 왜 시신 탐지견들이 길에서 시신 냄새를 맡지 못했는지 설명이 되는군." 해리가 말했다.

"왜 범인이 여자를 거기에 눕혀놓았는지도 설명이 되죠." 카트리네가 말했다.

"거기에 눕혀놓았다고?" 스카레가 물었다.

"눈이 눌린 자국요. 범인은 차를 가지러 간 동안 여자를 거기에 둔 거예요. 아마 오테르센 농장 근처 어딘가에 차를 세워두었겠죠. 30분쯤 걸렸을 거예요. 안 그래요?"

스카레는 못마땅한 말투로, "그쯤 되겠지"라고 웅얼거렸다.

"바디 백은 검은색이라서 차를 타고 지나가던 사람들에게는 대형 쓰레기봉지로 보였을 거예요."

"차를 타고 지나간 사람은 없었어." 스카레가 하품을 참으며 심술궂게 말했다. "그 빌어먹을 숲에 사는 사람들에게 전부 물어봤다고."

해리는 고개를 끄덕였다. "5시에서 7시까지 가게를 봤다는 롤프 오테르센의 말은 어떻게 생각해야 할까?"

"손님이 없었다면 그 알리바이는 아무 짝에도 쓸모없어요." 스카레가 말했다.

"쌍둥이들이 바이올린 수업을 듣는 동안 집에 다녀왔을 수 있어요." 카트리네가 말했다.

"하지만 살인범으로는 안 보인단 말이야." 스카레가 의자에 등을 기대며 말하고는, 자신의 결론에 수긍한다는 듯이 고개를 끄덕였다.

해리는 일반적으로 경찰들이 살인범을 대면했을 때 알아볼 수 있는 자신의 능력을 과신한다고 말해주고 싶었다. 하지만 지금은 모두가 반박당할 두려움 없이 자기 생각을 털어놓을 단계다. 그의 경험상 가장 좋은 아이디어는 엉뚱하고 설익은 추측과 성급한 오판에서 나왔다.

그때 문이 벌컥 열렸다.

"안녕들하십니까!" 비에른 홀름이 외쳤다. "늦어서 죄송합니다만, 살인 흉기를 추적하고 왔습니다."

홀름은 방수 외투를 벗어 심하게 기울어진 스탠드 옷걸이에 걸었다. 외투 안에는 노란색 자수가 놓아진 핑크 셔츠를 입었는데, 등에 행크 윌리엄스*는 살아 있다(1953년 겨울에 죽었다는 사망진단서가 있는데도)고 적혀 있었다. 홀름은 하나 남은 의자에 털썩 앉더니, 자신에게로 향한 다른 사람들의 얼굴을 바라보았다.

"왜들 그러십니까?" 홀름은 미소를 지었고, 해리는 홀름이 가장 좋아하는 농담이 나오기를 기다렸다. 오래 기다릴 필요도 없었다. "누가 죽기라도 했나요?"

"살인 흉기에 대해서나 말해봐." 해리가 말했다.

홀름은 씩 웃더니 양손을 비볐다. "저도 당연히 쉴비아 오테르센의 목에 왜 화상자국이 있는지 궁금했죠. 검시관은 전혀 모르겠

* 서른 살의 나이에 사망한 미국의 컨트리 음악 가수

다고 했어요. 소동맥을 지진 자국인데, 보통 절단수술을 할 때 그렇게 한다는군요. 톱으로 다리를 잘라내기 전에요. 톱이라는 단어를 들으니까 생각나는 게 있었어요. 아시다시피 저는 어릴 때 농장에서 자랐죠……."

비에른 홀름이 눈을 반짝이며 상체를 숙였다. 꼭 새로 태어난 아들의 크리스마스 선물을 산 아버지가 선물을 풀기 직전의 표정 같다고 해리는 생각했다.

"소가 새끼를 낳다가, 새끼가 뱃속에서 죽어버리는 경우가 있어요. 가끔씩 뱃속의 새끼가 너무 크면 소 혼자서 몸 밖으로 내보내지 못하죠. 게다가 새끼가 몸을 구부린 채 뱃속에 누워 있다면 새끼를 꺼내는 과정에서 어미 소가 상처를 입을 위험이 아주 높아요. 그럴 경우 수의사는 톱을 사용해야 하죠."

스카레가 얼굴을 찡그렸다.

"아주 얇고 유연한 칼날 같은 톱인데요, 그걸 어미 소 안에 집어넣을 수 있어요. 올가미 모양으로 새끼 주위에 집어넣는 거죠. 그 다음에 칼날을 앞뒤로 꾸무럭거리면서 죽은 새끼를 절단하는 겁니다." 홀름은 손으로 시범을 보였다. "그러다 새끼가 두 동강이 나면 절반을 꺼낼 수 있죠. 대개는 그렇게 문제가 해결돼요. 대개는요. 왜냐하면 때로는 칼날이 앞뒤로 움직이는 과정에서 어미 소가 내상을 입고 출혈 과다로 죽기도 하거든요. 그래서 몇 년 전에 프랑스의 한 농부가 이런 문제점을 해결한 실용적인 장치를 발명해냈죠. 살을 태울 수 있는 올가미 모양의 전기 필라멘트예요. 평범한 플라스틱 손잡이 양쪽에 실처럼 가느다랗고, 절대 끊어지지 않는 전깃줄이 올가미 모양으로 장착되어 있죠. 원하는 물건을 올가미 안에 넣고, 열 스위치를 누르면 전선이 15초 동안 새하얗게 달아올라요. 그러다가 손잡이에 있는 버튼을 누르면 올가미가 작게 줄어들면서 가운데에 있는 물건을 절단하죠. 이리저리 움직이지 않으니까 어미 소가 다칠 확률도 적고요. 설사 어미 소가 상처를 입었다 해도 두 가지 장점이 있어요."

"지금 그 물건을 팔려고 나온 거야?" 스카레가 씩 웃으며 해리의 반응을 살폈다.

"전선의 온도가 높기 때문에 철저하게 살균이 되죠." 홀름은 스카레의 말에 아랑곳하지 않고 계속 설명했다. "죽은 새끼로부터 어떤 박테리아나 감염된 피도 옮기지 않아요. 게다가 소동맥을 지져서 출혈을 막아주고요."

"좋아." 해리가 말했다. "범인이 이 도구를 쓴 게 확실해?"

"아뇨. 저도 이걸 구할 수 있었다면 실험해봤을 거예요. 하지만 제가 물어본 수의사 말로는 이 기구가 아직 농림부의 허가를 받지 못했대요." 홀름은 진정 유감스럽다는 표정으로 해리를 보았다.

"음, 설사 이게 범행도구가 아니라고 해도 범인이 어떻게 시냇물에 서서 여자의 머리를 잘랐는지 설명이 되는군. 다른 사람들은 어떻게 생각해?"

"프랑스라니. 처음에는 기요틴이더니 이젠 이런 걸 다 만들어내는군요." 카트리네가 말했다.

스카레는 입을 오므리더니 고개를 저었다. "너무 괴상한데요. 어쨌거나 범인이 이 올가미장치를 어디서 구했을까요? 아직 허가가 나지 않았다면서요."

"거기서부터 조사하면 되겠어. 그걸 좀 알아봐주겠어, 스카레?"

"전 이게 범행도구가 아닌 것 같다고 말씀드렸는데요."

"미안, 내가 말을 잘못했군. 내가 하려던 말은 이거였어. 무조건 조사해, 스카레. 또 다른 건 없나, 홀름?"

"없습니다. 살인 현장은 분명 피바다였을 텐데, 우리가 찾아낸 피는 헛간에서 닭을 잡을 때 나온 피뿐입니다. 닭 이야기가 나왔으니 말인데, 닭의 체온과 방의 온도로 봐서 닭들은 대략 6시 반에 도살됐습니다. 하지만 약간 불확실한 게 닭 한 마리의 체온이 다른 두 마리보다 높았거든요."

"열병에라도 걸렸나 보군." 스카레가 낄낄거렸다.

"눈사람은?"

"원래 눈 결정체는 시간마다 모양이 변하기 때문에 지문이 남지 않아요. 대신 눈 결정체가 날카롭기 때문에 피부 조직이라든가, 장갑을 낀 경우에는 장갑의 섬유 조직이 남기 마련이죠. 하지만 아무것도 없었어요."

"고무장갑을 꼈군요." 카트리네가 말했다.

"아니면 그렇게 깨끗할 수가 없죠." 홀름이 말했다.

"좋아. 적어도 희생자의 머리는 찾았어. 시신의 이에……."

홀름이 화난 표정으로 등을 꼿꼿이 세우며 해리의 말을 잘랐다. "시신의 이에 남은 흔적이 있는지 찾아봤냐고요? 머리카락은요? 목에 지문은요? 저희 과학수사과에서도 그 정도는 생각할 줄 안다고요."

해리는 미안하다는 뜻으로 고개를 끄덕인 다음 손목시계를 확인했다. "스카레, 설사 롤프 오테르센이 살인범으로 안 보이더라도 비르테 베케르가 사라진 시각에 그가 어디에 있었고, 뭘 했는지 알아봐. 카트리네는 이번 두 사건을 포함해 모든 실종사건 파일을 조사해서 일치하는 점이 있는지 찾아보고."

"알겠습니다."

"하나도 빠짐없이 비교해봐. 사망시간, 달의 주기, 텔레비전에서 방송되던 프로그램, 피해자의 머리 색깔, 도서관에서 같은 책을 빌리지는 않았는지, 같은 세미나를 듣지 않았는지, 전화번호를 모두 더한 숫자가 같은지. 범인이 무슨 근거로 피해자들을 선택했는지 알아내야 해."

"잠깐만요." 스카레가 말했다. "벌써 이 사건들이 다 연관이 있는 걸로 결론이 난 건가요? 모든 가능성을 열어둬야 하지 않나요?"

"그 염병할 가능성은 얼마든지 열어둬." 해리가 자리에서 일어나 주머니에 자동차 열쇠가 있는지 확인하며 말했다. "대신 내가 시키는 일은 확실히 하라고. 마지막으로 나가는 사람은 불을 끄고 가도록."

해리는 엘리베이터가 오기를 기다렸다. 누군가 다가오는 발소리가 들리더니 그의 바로 뒤에서 멈췄다.

"오늘 아침에 방학 중인 쌍둥이 중 하나와 얘기했어요."

"그래?" 해리는 카트리네 브라트를 향해 몸을 돌렸다.

"화요일에 뭘 했느냐고 물어봤죠."

"화요일?"

"비르테 베케르가 사라진 날이지요."

"그렇군."

"쌍둥이들은 엄마와 함께 시내에 나갔대요. 병원에 들렀다가 콘티키 박물관에 가서 장난감 구경을 했기 때문에 기억이 난다더군요. 그날 밤에는 엄마가 친구를 만나러 갔기 때문에 이모네 집에서 잤고요. 아빠는 집을 보고 있었대요. 혼자서."

카트리네가 어찌나 가까이 다가왔는지 해리는 그녀의 향수 냄새까지 맡을 수 있었다. 그가 아는 어떤 여자 향수와도 다른 냄새였다. 달콤한 구석이라고는 전혀 없고, 아주 독했다.

"음, 쌍둥이 중에 어떤 아이와 이야기했지?"

카트리네 브라트가 그를 빤히 바라보았다. "모르겠는데요. 그게 중요한가요?"

땡 소리가 엘리베이터의 도착을 알렸다.

요나스는 눈사람을 그리고 있었다. 처음에는 미소 짓고 노래하는 눈사람, 행복한 눈사람을 그릴 작정이었다. 하지만 뜻대로 되지 않았다. 눈사람은 큼지막한 백지 속에서 요나스를 멍하니 응시할 뿐이었다. 요나스가 앉아 있는 대형 강당은 쥐 죽은 듯 조용했다. 그저 아빠의 분필이 사각거리는 소리와 이따금씩 교탁을 탁 치는 소리, 학생들의 볼펜이 종이 위에서 속삭이는 소리뿐이었다. 요나스는 볼펜이 싫었다. 볼펜으로 그리면 지울 수가 없다. 아무것도 바꿀 수가 없다. 한 번 그린 그림이 영원히 남는다. 오늘 아침에 눈을 떴을 때 요나스는 엄마가 돌아왔고, 모든 것이 다시 정상으로 돌아왔다고 생각하며 부모님의 침실로 달려갔다. 하지만 침실에는 옷을 입는 아빠뿐이었다. 아빠는 요나스도 함께 가야 하니까 어서 옷을 갈아입으라고 했다.

강의실은 아빠가 서 있는 곳을 향해 아래로 경사져 있어서 마치 야외극장 같았다. 아빠는 학생들에게 한 마디도 하지 않았다. 요나스를 데리고 강의실에 들어설 때도 한 마디도 하지 않았다. 그저 학생들을 향해 고개를 까닥이고 요나스에게 앉을 자리를 손으로 가리킨 후, 곧장 교단으로 올라가 칠판에 적기 시작했다. 학생들은 아빠의 그런 태도에 익숙했는지 자리에 앉아 곧장 노트를 꺼내기 시작했다. 칠판은 숫자와 작은 글씨들, 그리고 요나스가 알아볼 수 없는 이상한 낙서들로 뒤덮였다. 예전에 아빠가 물리학은 물리학만의 언어가 있고, 아빠는 그 언어로 이야기를 들려준다고 말한 적이 있다. 요나스가 그 이야기는 모험담이냐고 물었더니, 아빠는 웃으면서 물리학은 오로지 진실만을 설명하며, 아무리 애를 써도 거짓을 말할 수 없는 언어라고 했다.

몇몇 낙서들은 웃기기도 했다. 그런가 하면 아주 우아한 낙서들도 있었다.

분필 가루가 아빠의 어깨에 내려앉았다. 고운 하얀색 가루가 눈처럼 아빠의 재킷에 한 겹 쌓였다. 요나스는 아빠의 등을 바라보며 아빠를 그려보려 했다. 하지만 이번에도 행복한 눈사람이 되지 못했다. 갑자기 강의실에 정적이 흘렀다. 모든 펜이 필기를 멈췄다. 분필이 멈췄기 때문이다. 분필은 칠판 맨 위에 못 박힌 듯이 멈춰 있었다. 너무 높은 지점이라 아빠는 머리 위로 팔을 쭉 뻗어야만 했다. 지금은 마치 분필이 칠판에 고정되어 있고, 아빠가 거기에 매달려 있는 것 같았다. 와일 E. 코요테가 아주 아주 높은 절벽의 가느다란 나뭇가지에 매달려 있는 것처럼. 그러더니 아빠의 어깨가 들썩이기 시작했다. 요나스는 아빠가 분필을 다시 움직이려 한다고 생각했지만, 분필은 움직이지 않았다. 마치 모두가 입을 벌리고 일시에 숨을 빨아들인 것처럼 강의실 안에 파동이 퍼져갔다. 마침내 아빠가 분필을 내려놓더니 뒤도 돌아보지 않고 그대로 강의실을 나가버렸다. 분필을 더 가지러 간 모양이라고 요나스는 생각했다. 학생들의 웅성거림이 점점 더 커졌다. 요나스의 귀에 두 단어가 들어왔다. '부인'과 '실종'이었다. 요나스는 거의 다 빽빽하게 채워진 칠판을 바라보았다. 아빠는 엄마가 죽었다고 쓰려고 했지만, 분필은 진실만을 말하기에 더는 움직이지 못한 것이다. 요나스는 지우개로 눈사람을 지웠다. 사람들은 짐을 챙겼고, 요란한 의자 소리와 함께 다들 일어나서 나가버렸다.

백지 위의 실패한 눈사람 위로 그림자가 드리우자 요나스는 고개를 들었다.

키가 크고 못생긴 얼굴에 다정한 눈을 한 경찰 아저씨였다.

"아저씨랑 함께 아빠를 찾아볼까?" 경찰 아저씨가 물었다.

해리는 '필리프 베케르 교수'라고 적힌 사무실 문을 부드럽게 노크했다.

아무 대답이 없자 그냥 문을 열었다.

책상에 앉아 양손에 얼굴을 묻고 있던 남자가 고개를 들었다.

"들어오라고 하지 않았……."

그는 해리를 보더니 말을 멈췄다. 그의 시선이 해리 옆에 서 있는 소년에게로 내려갔다.

"요나스!" 필리프 베케르가 당혹과 질책 사이의 어딘가에 해당되는 어조로 말했다. 그의 눈가는 붉게 물들어 있었다. "아빠가 교실에 얌전히 앉아 있으라고 했지?"

"제가 데려왔습니다." 해리가 말했다.

"아." 베케르는 손목시계를 내려다보며 자리에서 일어섰다.

"학생들이 다 떠났거든요."

"그래요?" 베케르는 다시 의자에 털썩 앉았다. "그냥…… 잠시 쉬는 시간을 준 건데."

"저도 강의실에 있었습니다."

"강의실? 무슨 일로요?"

"누구에게나 가끔씩 쉬는 시간이 필요하니까요. 얘기 좀 나눌 수 있을까요?"

"요나스를 학교에 보내기 싫었습니다." 휴게실에 가서 기다리라고 요나스를 내보낸 다음 베케르가 설명했다. "요나스에게 쏟아질 그 모든 질문과 억측을 견딜 수 없었습니다. 반장님은 이해하시겠죠?"

"네." 해리는 담뱃갑을 꺼내며, 피우겠느냐는 시선으로 베케르를 바라보았다. 베케르가 단호히 고개를 젓자 해리는 담뱃갑을 다시 집어넣었다. "적어도 칠판에 적힌 것보다는 그편이 이해하기 훨씬 쉽죠."

"그건 양자물리학입니다."

"기괴하게 들리는군요."

"원자의 세계가 원래 기괴합니다."

"어떤 면에서요?"

"원자는 가장 기본적인 물리학 법칙들을 깨죠. 한 물체가 동시에 두 장소에 있을 수 없다는 법칙 같은 거요. 닐스 보어가 말하길, 양자물리학을 배우며 심한 충격을 받지 않았다면 제대로 이해하지 못한 거라고 했습니다."

"하지만 선생님은 이해하시잖습니까?"

"아뇨. 미쳤습니까? 양자물리학은 혼돈 그 자체입니다. 하지만 이 혼돈이 그 혼돈보다는 낫네요."

"그 혼돈이라뇨?"

베케르가 한숨을 쉬었다. "우리 세대는 아이들의 하인이자 비서로 전락해버렸습니다. 유감스럽지만 비르테도 거기에 해당되고요. 병원 진료에 생일파티, 좋아하는 음식, 축구 교실 등등 아이에 관련된 사항이 너무 많아서 돌아버릴 지경입니다. 오늘도 뷔그되위에 있는 무슨 병원에서 전화가 왔어요. 진료 예약이 돼 있는데 요나스가 오지 않았다더군요. 또 오후에는 어딘가에서 훈련 연습이 있다는데, 요나스 세대의 아이들에게 버스를 탄다는 건 상상도 할 수 없는 일이죠."

"요나스가 어디 아픈가요?" 해리는 수첩을 꺼내 들었다. 들고 다니기만 할 뿐 실제로 뭔가를 적지는 않지만, 경험상 수첩을 꺼내들면 사람들이 집중을 잘했다.

"아뇨. 그냥 정기 검진일 겁니다." 베케르는 귀찮다는 듯이 손을 저으며 그 이야기를 끝냈다. "반장님은 다른 이유 때문에 오셨을 텐데요?"

"네. 어제 오후와 저녁에 어디 계셨는지 알고 싶습니다."

"뭐라고요?"

"그냥 일상적인 절차입니다, 베케르 씨."

"그 질문이 혹시 그…… 그……." 베케르는 서류더미 맨 위에 놓인 〈다그블라데〉*를 향해 고갯짓을 했다. "그 사건과 관계가 있는 겁니까?"

"저희도 모릅니다. 대답만 해주시죠."

"지금 제정신으로 하는 말입니까?"

해리는 아무 대답 없이 손목시계만 바라보았다.

베케르가 신음했다. "알겠습니다. 저도 돕고 싶으니까 협조하죠. 어젯밤에 여기 앉아서 수소의 주파수에 관한 논문 작업을 했

* 노르웨이의 타블로이드 신문

습니다. 책으로 출간하고 싶은 논문이라서요."

"그걸 증명해줄 만한 다른 동료들이 있습니까?"

"노르웨이의 과학 연구가 세계에 이바지하지 못하는 이유는 노르웨이 학자들이 자기만족에 빠진데다 나태하기까지 하기 때문입니다. 늘 그렇듯이 학교에는 저 혼자뿐이었습니다."

"요나스는요?"

"제가 집에 갈 때까지 끼니를 챙겨 먹고 텔레비전을 봤겠죠."

"몇 시에 귀가하셨습니까?"

"9시 좀 넘었을 겁니다."

"흠." 해리는 수첩에 적는 척했다. "아내 분의 물건은 좀 뒤져봤습니까?"

"네."

"뭐 발견한 거라도 있나요?"

필리프 베케르는 손가락으로 입꼬리를 쓰다듬고는 고개를 저었다. 해리는 그를 빤히 바라보며 침묵으로 대답을 끌어내려 했지만, 베케르는 이미 폐점 상태였다.

"도와주셔서 감사합니다." 해리가 재킷 주머니에 수첩을 넣으며 자리에서 일어났다. "요나스에게 여기로 오라고 하겠습니다."

"조금만 더 있다가 보내주십시오."

해리가 휴게실에 가보니, 요나스는 혀끝을 살짝 빼문 채 그림을 그리고 있었다. 해리는 요나스 옆에 서서 그림을 내려다보았다. 처음에는 크기가 다른 두 개의 원으로 보였다.

"눈사람이구나."

"네." 요나스가 고개를 들었다. "어떻게 알았어요?"

"왜 엄마가 널 병원에 데려간 거지?"

"몰라요." 요나스는 눈사람의 머리를 그렸다.

"의사 선생님 이름이 뭐였어?"

"몰라요."

"병원은 어디에 있지?"

"다른 사람에게 말하면 안 돼요. 아빠한테도 말하지 말라고 했어요." 요나스는 도화지 위로 몸을 숙이더니 눈사람의 머리에 머리카락을 그려 넣었다. 긴 머리였다.

"난 경찰이야, 요나스. 네 엄마를 찾으려고 그러는 거야."

연필을 긋는 소리가 점점 더 커졌고, 머리카락은 점점 더 검어졌다.

"주소는 몰라요."

"근처에 뭐 기억나는 거 없니?"

"왕실의 소."

"왕실의 소?"

요나스가 고개를 끄덕였다. "안내해주는 아줌마의 이름은 보르그힐드였어요. 거기 가면 선물로 사탕을 받았어요. 그 아줌마가 주사기로 내 피를 뽑아갔거든요."

"뭐 특별히 그리는 거라도 있니?" 해리가 물었다.

"아뇨." 요나스가 열심히 속눈썹을 그리며 대답했다.

필리프 베케르는 창가에 서서 주차장을 가로질러 가는 해리 홀레를 바라보았다. 그는 생각에 잠긴 채 작은 검은색 수첩으로 손바닥을 탁탁 쳤다. 그가 강의실에 들어온 줄 몰랐다는 자신의 말을 과연 홀레 반장이 믿었을까? 어젯밤에 논문 작업을 했다는 말은? 비르테의 집에서 아무것도 찾아내지 못했다는 말은? 아내의 책상 서랍에는 이 검은색 수첩이 들어 있었다. 심지어 정교하게 숨겨놓지도 않았다. 그리고 이 수첩 안에 적힌 내용은…….

베케르는 웃음이 나올 것 같았다. 그 아둔한 머리로 날 속일 수 있을 거라 믿었단 말인가.

4일째

데스마스크

카트리네 브라트가 컴퓨터 모니터를 들여다보고 있을 때 해리가 그녀의 사무실로 얼굴을 들이밀었다.

"공통점을 찾았나?"

"별로요. 피해자들은 모두 푸른 눈이었어요. 그것만 빼고는 외모도 제각각이에요. 다들 남편과 자녀가 있고요."

"또 다른 단서를 찾았어. 요나스가 엄마를 따라갔던 병원 근처에서 왕실의 소를 봤대. 뷔그되위에 있는 왕립 콩스고르덴 저택을 말하는 게 분명해. 자네 말로는 쌍둥이들도 병원에 들렀다가 콘티키 박물관에 갔다고 했잖아. 거기도 뷔그되위야. 필리프 베케르는 병원에 대해 아는 게 없지만, 롤프 오테르센은 알지도 몰라."

"전화해볼게요."

"통화 끝나면 내 사무실로 와."

사무실로 간 해리는 수갑을 집어 들어 한쪽은 자신의 손목에, 다른 쪽은 책상 다리에 채우며 음성 메시지를 확인했다. 올레그가 발레 호빈 경기장에 갈 때 친구를 데려갈 거라는 라켈의 메시지였다. 굳이 남기지 않아도 될 메시지였다. 사실 그는 이것이 올레그와의 약속을 상기시키기 위한 라켈의 꼼수라는 걸 알고 있었다. 지금껏 올레그와의 약속을 잊은 적도 없지만, 다른 이들이라면 자신을 믿지 못한다고 불쾌해 했을 이런 옆구리 찌르기를 눈감아주었다. 실은 눈감아주는 정도가 아니라 흐뭇하기까지 했다. 라켈이 좋은 엄마라는 증거이기 때문이다. 또한 그녀가 이런 꼼수를 쓰는 것도 그의 기분을 상하게 하지 않게 하려는 의도였기 때문이다.

카트리네가 노크도 없이 들어왔다.

"괴상한 습관이네요." 카트리네가 해리의 수갑이 채워진 책상다리를 향해 고갯짓을 하며 말했다. "하지만 맘에 들어요."

"한 손으로 수갑 빨리 채우기 연습이지." 해리가 미소를 지었다. "미국에서 배워온 쓸데없는 기술이야."

"새로 나온 하이엇 스피드수갑을 써보세요. 왼쪽에서 접근할지, 오른쪽에서 접근할지 생각할 필요도 없어요. 제대로 치기만 하면 무조건 수갑이 채워져요. 그다음에는 수갑 두 개로 연습하세요. 한 손에 수갑 하나씩 차고요. 그럼 두 배로 연습하는 거죠."

"흠." 해리는 수갑을 풀었다. "알아본 건 어떻게 됐어?"

"롤프 오테르센은 뷔그되위의 어떤 병원에 대해서도 들은 바가 없대요. 사실 베룸에 가족 주치의가 따로 있다네요. 쌍둥이들에게 의사 이름을 기억하는지 물어보면 돼요. 아니면 우리가 직접 뷔그되위의 병원에 전화해서 알아볼 수도 있고요. 뷔그되위에 병원은 딱 네 개뿐이거든요. 여기요."

카트리네가 그의 책상에 노란색 포스트잇을 올려놓았다.

"병원은 환자들의 신상을 밝히지 못하도록 되어 있잖아."

"이따가 쌍둥이들이 학교에서 돌아오면 물어볼게요."

"잠깐만." 해리는 전화기를 집어 들고 첫 번째 번호를 눌렀다.

코맹맹이 소리가 병원 이름을 말하며 전화를 받았다.

"거기 보르그힐드 씨 있습니까?" 해리가 물었다.

보르그힐드라는 사람은 없었다.

두 번째 병원에서도 역시 똑같은 코맹맹이 소리로 자동응답 음성이 흘러나왔다. 정해진 두 시간 동안만 전화를 받는다는 내용이었는데, 그 시간은 벌써 지나 있었다.

마침내 네 번째 병원에서 웃는 듯 쾌활한 목소리가 해리가 원하던 대답을 해주었다.

"네, 전데요."

"안녕하세요, 보르그힐드 씨. 전 오슬로 경찰청의 해리 홀레 반장이라고 합니다."

"생년월일이 어떻게 되시지요?"

"봄쯤 될 겁니다. 살인사건 때문에 전화 드렸습니다. 오늘 신문 읽으셨죠? 지난주에 쉴비아 오테르센이 병원에 왔다 갔는지 알고 싶은데요."

전화기 반대편에서 침묵이 흘렀다.

"잠시만요."

그녀가 자리에서 일어나는 소리가 들리더니, 잠시 후에 다시 전화를 받았다. "죄송합니다, 홀레 씨. 환자에 관한 신상 정보는 기밀사항이에요. 경찰이니까 잘 아실 텐데요."

"알고 있습니다. 하지만 제가 틀리지 않았다면, 환자는 쉴비아가 아니라 그녀의 딸들인 걸로 알고 있는데요."

"마찬가지예요. 지금 요청하신 정보는 우리 환자들의 신상을 간접적으로 드러낼 수 있습니다."

"이게 살인사건이라는 걸 잊으셨나 보군요."

"수색영장을 받아야 한다는 걸 잊으셨나 보군요. 우리 병원이 다른 병원보다 환자들의 신상 정보에 더 까다롭긴 하지만 업무의 특성상 어쩔 수 없습니다."

"업무의 특성?"

"우리 병원의 치료 분야요."

"그게 뭔가요?"

"성형수술과 특수수술이지요. 저희 웹사이트를 방문해보세요. www.kirklinikk.no예요."

"고맙지만, 당분간은 지금까지 알아낸 것만으로도 충분합니다."

"그렇다면 다행이네요."

보르그힐드는 전화를 끊었다.

"뭐래요?" 카트리네가 물었다.

"요나스와 쌍둥이들은 같은 병원을 다녔어." 해리가 의자에 등을 기대면서 말했다. "그리고 그건 우리 수사가 시작됐다는 뜻이고."

해리는 아드레날린이 솟구치는 걸 느꼈다. 범인의 냄새를 처음으로 맡을 때 늘 느끼는 전율이었다. 그리고 그 후에는 위대한 강박증이 뒤따른다. 그것은 모든 것이 공존하는 상태다. 사랑인 동시에 취기이며, 맹목적인 동시에 명료하고, 의미심장한 동시에 미친 짓이다. 다른 형사들도 수사를 하다가 가끔 짜릿한 흥분을 느낀다고 들었지만, 이건 흥분과는 다르다. 뭔가 특별하다. 그는 누구에게도 이런 강박증에 대해 말한 적이 없었고, 이를 분석하려고 한 적도 없었다. 감히 그럴 엄두가 나지 않았다. 그가 아는 사실은 이 강박증이 그를 도와주고 몰아붙이며, 그에게 주어진 일을 하는 데 원동력이 된다는 것뿐이다. 그 이상은 알고 싶지 않았다. 진심으로.

"이젠 뭘 하죠?" 카트리네가 물었다.

해리는 눈을 뜨며 자리에서 벌떡 일어났다. "쇼핑을 해야지."

'아프리카의 멋' 이라는 가게는 마요르스투엔에서 가장 붐비는 거리인 보그스타바이엔 가 근처에 자리 잡고 있었다. 그러나 불행히도 보그스타바이엔 가에서 샛길로 14미터 아래쪽에 위치했던 터라 여전히 변두리에 속했다.

해리와 카트리네가 가게 안으로 들어서자 문에 달린 종이 딸랑거렸다. 약한 조명 아래로(더 정확히 말해 부실한 조명 아래로) 조잡하게 짠 밝은 색깔의 러그며 사롱 같은 천, 서아프리카무늬가 들어간 커다란 쿠션, 다우림의 나무를 그대로 잘라서 만든 듯한 커피 테이블, 마사이 부족과 사바나 대표동물들의 키가 크고 얇은 목각 조각상들이 보였다. 가게 안의 물건들은 모두 신중하게 진열된 듯했다. 가격표도 달려 있지 않고, 서로 잘 어울리는 색깔들끼리 진열되었으며, 모든 상품이 노아의 방주에 들어간 동물들처럼 쌍으로 놓여 있었다. 한마디로 이곳은 가게라기보다 전시회장 같았다. 약간 먼지 쌓인 전시회장. 문이 닫히고, 종소리가 멈춘 후에 감도는 부자연스러울 정도의 침묵이 그런 느낌을 더욱 강하게 했다.

"누구세요?" 가게 안에서 목소리가 들렸다.

해리는 그 소리를 따라갔다. 가게 뒤쪽의 어둠 속에서 들리는 소리였다. 거대한 목각 기린 뒤, 딱 하나 달린 조명등 아래에 한 여자가 등을 돌린 채 의자에 올라가 있었다. 그녀는 씩 웃고 있는 검은 목각 가면을 벽에 걸고 있었다.

"무슨 일이시죠?" 여자가 돌아보지 않은 채 물었다.

그녀는 뜻밖의 사람, 하지만 손님은 아닌 누군가가 찾아올 줄 알고 있었다는 느낌을 풍겼다.

"경찰입니다."

"그래요?" 여자가 뒤를 돌았고, 조명등의 불빛이 그녀의 얼굴에 떨어졌다. 해리는 가슴이 서늘해져서 자기도 모르게 한 걸음 물러섰다. 쉴비아 오테르센이었다.

"왜 그러시죠?" 그녀가 안경알 사이로 눈살을 찌푸리며 물었다. "누구……?"

"아네 페데르센이에요." 그녀는 해리가 당황한 이유를 즉시 파악한 듯 덧붙였다. "쉴비아의 동생이죠. 우린 쌍둥이에요."

해리는 기침을 하기 시작했다.

"이분은 해리 홀레 반장님이세요." 그의 뒤에서 카트리네의 목소리가 들렸다. "그리고 전 카트리네 브라트라고 합니다. 롤프 오테르센 씨를 만날 수 있을까 해서 왔어요."

"형부는 장례식장에 갔어요." 아네 페데르센은 말을 멈췄고, 그 순간 세 사람은 서로가 무슨 생각을 할지 훤히 알고 있었다. 어떻게 달랑 머리 하나만 가지고 장례식을 하겠다는 걸까?

"그래서 대타로 나섰군요." 카트리네가 말했다.

아네 페데르센이 슬며시 미소를 지으며 "네"라고 대답했다. 그러고는 손에 목각 가면을 쥔 채 조심스럽게 의자에서 내려왔다.

"제사용인가요, 아니면 혼령이 담긴 건가요?" 카트리네가 물었다.

"제사용이에요. 콩고 동부에 사는 후투 족의 가면이죠."

해리는 손목시계를 보았다. "롤프 오테르센 씨는 언제쯤 돌아올까요?"

"모르겠어요."

"짐작이라도."

"말씀드렸다시피 전……."

"정말 아름다운 가면이네요." 카트리네가 끼어들었다. "콩고에 다녀오셨군요. 이 가면도 본인이 직접 사신 거 맞죠?"

아네는 놀랍다는 시선으로 카트리네를 바라보았다. "어떻게 아셨어요?"

"가면 잡는 법을 보고 알았어요. 눈이나 입을 가리지 않게 잡았잖아요. 혼령을 존중한다는 뜻이죠."

"가면에 관심이 있으세요?"

"그런 셈이죠." 카트리네는 그렇게 대답하더니 검은 가면을 가리켰다. 양옆에 조그만 팔이, 밑에는 다리가 달린 가면이었는데 반은 인간, 반은 짐승의 얼굴을 하고 있었다. "저건 크펠리 가면이죠?"

"네, 아이보리코스트에 사는 세누포 족의 가면이에요."

"권력 가면인가요?" 카트리네는 가면 맨 위의 코코넛 껍데기에 달린 뻣뻣하고, 기름기가 도는 동물 털을 손으로 훑어 내렸다.

"권력 가면이 뭐야?" 해리가 물었다.

"사람들 말로는 이런 아프리카 가면은 단순한 상징이 아니라고 해요. 로Lo 부족 사회에서 이런 가면을 쓴 사람은 자동적으로 자신에게 부여된 모든 행정권과 사법권을 행사할 수 있죠. 아무도 가면을 쓴 사람의 권위를 의심하지 않아요. 가면이 권력을 부여하는 셈이죠." 아네가 대답했다.

"문 옆에 데스마스크 두 개가 걸려 있는 걸 봤어요. 아주 아름답던데요." 카트리네가 말했다.

그 말에 아네가 미소를 지었다. "몇 개 더 있어요. 레소토에서 가져왔죠."

"좀 볼 수 있을까요?"

"물론이죠. 여기서 잠깐 기다리세요."

아네가 사라지자, 해리는 카트리네를 바라보았다.

"아네와 이야기를 나누면 도움이 될 거예요." 묻지도 않은 해리의 질문에 카트리네가 대답했다. "집안의 비밀이 있는지 알아보려고요. 이해하시죠?"

"이해해. 혼자서 할 수 있지?"

"어디 가시게요?"

"사무실에 있을게. 롤프 오테르센을 만나거든, 환자의 신상 정보 보호를 철회한다는 서면 꼭 작성하고."

가게를 나가려던 해리는 문 옆에 걸린 사람의 얼굴을 힐끗 바라보았다. 가죽처럼 질겨 보이는 피부는 주름져 있었고, 비명을 지르는 상태로 정지되어 있었다. 설마 진짜 사람 얼굴은 아니겠지.

엘리 크발레는 울레볼 스타디움 근처에 있는 ICA 슈퍼마켓의 선반 사이로 쇼핑 카트를 밀며 나아갔다. 이곳은 대형 슈퍼마켓이었다. 다른 슈퍼보다 조금 비싸지만 종류가 훨씬 다양했다. 엘리는 어쩌다 특별한 식사를 준비하고 싶을 때만 이곳을 찾았다. 그리고 오늘은 아들 트뤼그베가 미국에서 돌아오는 날이다. 트뤼그베는 몬태나 주에 있는 대학에서 경제학을 전공하는데, 올 가을에는 시험이 없어서 1월까지 집에 머물 예정이다. 남편 안드레아스가 교회에서 가르데모엔 공항으로 곧장 아들을 마중 나갈 것이다.

집에 도착할 때쯤이면 두 부자는 플라이 낚시며 카누 여행에 대한 이야기를 나누느라 정신이 없을 것이다.

한기가 올라오는 냉동고 위로 엘리가 몸을 숙인 순간, 그림자 하나가 지나갔다. 고개를 들지 않아도 그녀는 그게 똑같은 그림자임을 알고 있었다. 아까 야채 코너에 서 있을 때 옆으로 지나갔던 그림자, 주차장에서 차 문을 잠글 때 지나갔던 바로 그 그림자. 아무 의미도 없다. 그저 고질병이 도진 것뿐이다. 엘리는 자신의 공포심이 절대 사라지지 않으리라는 사실과 화해했다. 비록 그 일이 반평생 전의 일일지라도. 그녀는 계산대로 가서 제일 긴 줄을 골랐다. 그녀의 경험상 가장 긴 줄이 가장 빠른 줄이었다. 적어도 그녀의 경험으로는 그랬다. 남편은 그녀의 착각이라고 했지만. 누군가 그녀의 뒤에 섰다. 그러니까 착각하는 사람은 그녀만이 아닌 것이다. 엘리는 돌아보지 않았다. 그저 뒤에 선 사람이 냉동식품을 잔뜩 싣고 왔나 보다고 생각했다. 등 뒤로 한기가 느껴졌기 때문이다.

하지만 막상 돌아보니 아무도 없었다. 엘리는 다른 줄을 샅샅이 찾아보고 싶었다. 또 시작이군. 그녀는 생각했다. 또 시작이야.

일단 슈퍼에서 나온 다음에는 주위를 둘러보지 않고 차로 천천히 걸어가서 차 문을 열고, 장 본 물건들을 차에 집어넣은 다음 운전석에 앉아 주차장을 빠져나왔다. 도요타가 노르베르그의 복층 아파트로 이어지는 긴 언덕을 천천히 기어가는 동안 엘리의 마음은 아들 트뤼그베에게로, 그리고 두 부자가 현관문을 열고 들어오는 순간, 준비되어 있어야 할 저녁식사로 향했다.

해리는 전화기에서 흘러나오는 에스펜 렙스비크의 말을 들으며, 죽은 동료들의 사진을 올려다보았다. 벌써 수사팀을 꾸린 렙스비크는 해리에게 모든 관련 자료를 볼 수 있게 해달라고 요청하는 중이었다.

"IT팀장이 비밀번호를 알려줄 겁니다. 그다음에는 강력반 네트워크에서 '스노우맨'이라는 이름의 폴더로 들어가십시오." 해리가 말했다.

"스노우맨?"

"뭐라고 부르긴 해야 하니까요."

"알았습니다. 고마워요, 홀레 반장. 보고는 얼마나 자주 할까요?"

"새로 알아낸 정보가 있을 때만 하면 됩니다. 그리고 하나 더."

"뭡니까?"

"우리 영역에는 발을 들여놓지 마십시오."

"정확히 어디까지가 당신들 영역인데요?"

"당신 팀은 제보와 증인, 연쇄살인을 저지를 가능성이 있는 전과자들에게만 집중하세요. 그게 당신들이 주력해야 할 분야입니다."

해리는 노련한 크리포스의 형사가 무슨 생각을 하고 있을지 잘 알고 있었다. 한마디로 영양가 없는 일이었다.

렙스비크는 헛기침을 했다. "그럼 이 실종사건들 간에 연관이 있는 걸로 우리가 합의한 겁니까?"

"합의할 필요 없습니다. 당신은 당신의 직관을 따르면 됩니다."

"알겠습니다."

해리는 전화를 끊고 앞에 있는 모니터를 바라보았다. 보르그힐드가 알려준 웹사이트로 들어가 예쁜 여자들과 모델처럼 생긴 남자들의 사진을 보는 중이었다. 그들의 얼굴과 몸에는 원한다면 그

완벽한 외모도 더 다듬을 수 있다고 말해주는 점선이 그려져 있었다. 사진 속에서 그를 바라보며 미소를 짓는 이 병원의 원장, 이다르 베틀레센도 남자 모델들에게 별로 뒤지지 않는 외모였다.

이다르 베틀레센의 사진 밑에는 그가 받은 학위와 공부한 과정들이 프랑스어와 영어로 쓰여 있었다. 해리가 알기로는 두 달이면 마칠 수 있는 과정들이었지만, 그래도 박사 학위에 새로운 라틴어 약자를 집어넣을 수 있는 권리를 주었다. 구글에서 이다르 베틀레센을 검색해보니 컬링대회와 관련된 자료는 물론, 예전에 그가 일했던 병원인 마리엔뤼스트 클리닉의 웹사이트까지 나왔다. 그 웹사이트에서 이다르 베틀레센과 나란히 적힌 이름을 보았을 때 해리는 사람들의 말이 사실일지도 모르겠다고 생각했다. 노르웨이는 너무 작아서 두 다리만 건너면 온 국민이 다 아는 사이라는 말.

카트리네 브라트가 사무실로 들어오더니, 해리 맞은편 의자에 풀썩 앉으며 땅이 꺼져라 한숨을 쉬고는 다리를 꼬았다.

"선남선녀들이 못생긴 사람들보다 아름다움에 더 관심이 많다는 말이 사실일까? 그래서 잘생긴 사람들이 외모에 집착하는 걸까?" 해리가 물었다.

"모르겠어요. 하지만 일리 있는 말 같은데요. 아이큐가 높은 사람들은 아이큐에 집착해서 자신들만의 클럽까지 만들었잖아요. 사람들은 자기가 가진 것에 초점을 맞추는 거 같아요. 반장님도 본인의 수사능력이 꽤나 자랑스럽지 않나요?"

"쥐새끼를 잡아내는 유전자 말이야? 정신이 이상하고, 뭔가에 중독되어 있고, 평균보다 훨씬 떨어지는 지적 능력에, 평균보다 훨씬 불우한 어린 시절을 보낸 사람들을 감옥에 처넣는 선천적 능력?"

"우리가 쥐새끼를 잡는 사람들인가요?"

"그럼. 그래서 가뭄에 콩 나듯이 이런 사건이 주어지면 너무나 행복한 거지. 큰 사냥감을 잡을 수 있는 기회니까. 사자나 코끼리, 빌어먹을 공룡 같은 거."

카트리네는 웃지 않았다. 오히려 진지하게 고개를 끄덕였다.

"쉴비아의 쌍둥이 동생이 뭐래?"

"하마터면 그 여자와 단짝 친구가 될 뻔했어요." 카트리네가 한숨을 쉬며 무릎에 양손을 포갰다.

"말해봐."

"흠." 카트리네의 입에서 그 말이 나오자, 해리는 그녀가 자신의 말버릇을 흉내 내고 있다는 걸 깨달았다. "아네 말로는 쉴비아와 롤프가 결혼했을 때 두 사람 다 쉴비아가 밑지는 결혼이라고 생각했대요. 하지만 다른 사람들은 다들 그 반대로 생각했다는군요. 당시 롤프는 베르겐의 공대에서 엔지니어 과정을 마치고, 오슬로로 이사 와서 크베르네르 엔지니어링에 취직한 상태였어요. 쉴비아는 매일 아침 눈을 뜰 때마다 앞으로 무슨 일을 하면서 살지 새로운 아이디어가 떠오르는 타입이었고요. 대학에서 예비 과정을 여섯 번이나 바꿔서 들었고, 한 직장에 6개월 이상 다닌 적이 없어요. 고집 세고, 성질 급하고, 제멋대로고, 공공연한 사회주의자인데다, 에고의 소멸을 설파하는 이상주의자들에게 매력을 느꼈더군요. 그녀가 조종했던 몇 안 되는 여자친구들과 그녀와 사귀었던 남자들은 그녀의 그런 성격을 견디지 못하고 금방 떠났어요. 아네는 형부가 언니를 끔찍이 사랑했다고 생각해요. 언니가 모든 면에서 형부와 반대이기 때문이라나요. 생각해보세요. 롤프는 아버지의 전철을 밟아 엔지니어가 됐어요. 자본주의의 보이지 않는 자비로운 손과 중산층의 행복을 믿는 집안에서 자랐죠. 반대로 쉴비아는 서구인들이 물질적이며 인간으로서 타락했고, 진정한 정체성과 행복의 원천으로부터 멀어졌다고 생각했죠. 또 에티오피아의 어떤 왕이 부활한 메시아라고 믿었고요."

"하일레 셀라시에를 말하는군. 라스타파리아니즘*이야." 해리가 말했다.

"모르시는 게 없군요."

"밥 말리** 덕분이지. 그렇게 아프리카와 인연을 맺게 됐군."

"그런가 봐요." 카트리네가 자세를 바꿔 이번에는 왼발을 오른발 위로 올렸다. 해리는 시선을 다른 곳으로 돌렸다. "어쨌거나 롤프와 쉴비아는 1년간 휴가를 내고 서아프리카 부근을 여행했어요. 그런데 그게 두 사람 모두에게 인생의 전환점이 된 거예요. 롤프는 아프리카가 잘 살도록 돕는 것이 자신의 소명임을 깨달았고, 등에 큼지막한 에티오피아 국기 문신을 새긴 쉴비아는 심지어 아프리카에서도 다들 자기 이익만 생각한다는 걸 깨달았죠. 그래서 두 사람은 가게를 시작했어요. 롤프는 가난한 대륙을 돕기 위해서였고, 쉴비아는 싸구려 수입품과 정부 보조금으로 쉽게 돈을 벌 수 있을 것 같아서였죠. 마리화나가 잔뜩 든 배낭을 메고 라고스***에서 귀국하다 세관에서 걸린 것도 같은 이유에서였어요."

"저런."

"쉴비아는 의심의 여지가 있다는 이유로 단기간의 조건부 판결을 받았어요. 그녀는 배낭에 뭐가 들었는지 몰랐다. 노르웨이에

* 하일레 셀라시에를 재림한 그리스도로 섬기는 신앙 운동

** 레게 음악의 대표적인 가수이자 작곡자로 라스타파리안으로 개종했다

*** 나이지리아의 가장 번화한 도시

사는 한 나이지리아인에게 고향 식구들의 선물을 운반해줬을 뿐이다, 라고 말했거든요."

"흠. 그 외에는?"

"아네는 롤프를 좋아해요. 친절하고 사려 깊은데다 아이들을 끔찍이 아낀다는군요. 하지만 그런 롤프도 쉴비아에게 있어서만큼은 맹목적인가 봐요. 쉴비아가 바람이 나서 두 번이나 도망갔다가 남자들에게 버림을 받았는데, 롤프가 두 번 다 기꺼이 다시 받아줬대요."

"왜 쉴비아는 계속 롤프에게 돌아갔을까?"

카트리네 브라트는 슬픔이 서린 미소를 짓더니, 손으로 스커트의 안단을 쓰다듬으며 허공을 응시했다. "뻔한 거 아닐까요? 멋진 섹스를 했던 상대와는 헤어질 수 없죠. 헤어지려고 시도할 수는 있지만, 늘 다시 돌아가죠. 인간이란 그렇게 단순한 영혼 아니겠어요?"

해리는 천천히 고개를 끄덕였다. "그럼 쉴비아의 곁을 떠나 다시 돌아오지 않은 남자들은?"

"남자들은 달라요. 시간이 흐르면서 자신의 잠자리 능력에 대한 불안으로 괴로워하는 남자들도 있죠."

해리는 그녀를 바라보았다. 더는 이 주제에 대해 이야기하지 말아야겠다고 생각했다.

"롤프 오테르센은 만났나?"

"네. 반장님이 떠나신 지 10분 후에 왔더라고요. 지난번보다 좋아 보였어요. 뷔그되위에 있는 성형외과에 대해서는 들어본 적이 없대요. 하지만 환자의 신상 정보 비밀 유지를 철회해도 좋다는 허가서에 서명했어요." 카트리네는 책상에 반으로 접힌 종이를 올려놓고 나갔다.

발레 호빈 경기장의 아래쪽 좌석에 칼바람이 불어닥쳤다. 해리는 그곳에 앉아서 스케이트를 타는 사람들이 미끄러지듯 트랙을 돌아가는 모습을 바라보고 있었다. 올레그는 작년보다 더 유연하고 능률적으로 스케이트를 탔다. 친구들에게 따라잡히려고 할 때마다 몸을 더 숙이고, 스케이트 날을 더 세게 밟으며 유유히 나아갔다.

해리는 에스펜 렙스비크에게 전화를 걸었고, 두 사람은 새로운 정보를 교환했다. 에스펜 렙스비크는 비르테가 사라지던 날 밤, 검은색 세단 한 대가 호프스바이엔 가에 들어가는 걸 본 사람이 있다고 말했다. 그 세단은 잠시 후에 다시 나갔다고 했다.

"검은색 세단이라." 해리가 추위로 몸을 부르르 떨며 말했다. "그날 밤 늦은 시간에 나타났단 말이죠."

"그래요. 별 대단한 정보가 아니란 건 압니다." 렙스비크가 한숨을 쉬었다.

해리가 휴대전화를 재킷 주머니에 넣었을 때 뭔가가 조명을 가렸다.

"늦어서 미안합니다."

해리는 고개를 들어 명랑하게 미소 짓는 마티아스 룬 헬게센의 얼굴을 바라보았다.

라켈의 사절단이 자리에 앉았다. "겨울 스포츠 좋아해요, 해리?"

해리는 마티아스가 심지어 말할 때조차도 상대의 말을 듣는 것 같은 아주 진지한 표정으로 사람을 똑바로 바라보는 습관이 있다는 걸 깨달았다.

"별로요. 스케이트만 좀 타죠. 당신은요?"

마티아스는 고개를 저었다. "하지만 일생의 과업을 마치고, 너무 병들어서 차라리 죽고 싶은 때가 오면 리프트를 타고 저 언덕 위에 있는 스키 점프대 꼭대기로 올라갈 겁니다."

마티아스는 자신의 어깨 너머로 손가락질을 했고, 해리는 굳이 돌아보지 않아도 그것이 무엇인지 알고 있었다. 오슬로 시내 어디에서나 보이는 오슬로의 상징이자 최악의 스키 점프대인 홀멘콜렌이었다.

"그런 다음 뛰어내리는 거죠. 스키를 신지 않은 채로."

"극적이군요."

마티아스는 미소를 지었다. "40미터 자유낙하죠. 몇 초면 끝납니다."

"아직 먼 훗날의 일이잖습니까."

"제 피의 항Scl 70항체의 수치로 봐서는 모르죠." 마티아스가 씁쓸한 미소를 지었다.

"항Scl 70?"

"네, 항체는 좋은 거지만 이 녀석들이 나타날 때는 꼭 의심을 해봐야죠. 그냥 나오는 녀석들이 아니니까요."

"흠. 의사들에게 자살은 이단인 줄 알았는데요."

"병에 걸리면 어떻게 되는지 의사들보다 잘 아는 사람은 없죠. 전 죽음이 삶보다 더 매력적인 순간이 올 때 자살을 가치 있는 행동이라고 말한 제논의 생각에 동의합니다. 제논은 아흔여덟 살 때 엄지발가락이 탈구됐는데, 그 일로 너무 속상한 나머지 집으로 가서 목을 맸죠."

"당신도 번거롭게 홀멘콜렌 스키 점프대 꼭대기까지 올라가지 말고 그냥 목을 매지 그래요?"

"글쎄요, 죽음은 삶에 대한 일종의 오마주가 되어야죠. 어쨌거나 고백하자면, 그렇게 죽어서라도 사람들의 관심을 받는다고 생각하면 기분이 좋아요. 유감스럽게도 제 연구는 사람들의 관심을 별로 받지 못해서요." 빠르게 움직이는 스케이트 날의 쉭쉭 소리가 마티아스의 유쾌한 웃음소리를 난도질했다. "그건 그렇고, 올레그에게 새 스케이트를 사줘서 미안합니다. 나중에서야 당신이 올레그 생일선물로 스케이트를 사주려고 했다는 말을 들었어요."

"상관없어요."

"그래도 올레그는 당신에게 받는 걸 더 좋아했을 겁니다."

해리는 아무 대답도 하지 않았다.

"당신이 부러워요, 해리. 당신은 여기 앉아서 신문도 읽고, 전화도 하고, 다른 사람들과 이야기도 할 수 있죠. 올레그에게는 당신이 그저 여기 있다는 것만으로 충분하니까요. 하지만 나는 환호성을 보내고, 격려하고, 좋은 아빠가 되기 위해 책에 적힌 대로 다 해도 올레그는 짜증만 내죠. 당신이 매일 밤마다 스케이트를 닦았다는 이유로 올레그도 똑같이 한다는 거 알아요? 라켈이 스케이트를 집 안에 보관하라고 하기 전까지는 늘 계단 밖에 내놓았죠. 당신이 예전에 스케이트 날은 항상 차가운 곳에 보관해야 한다고 말했기 때문에요. 당신은 올레그의 롤모델이에요."

해리는 그 말에 몸서리를 쳤다. 하지만 마음 깊은 곳(아니, 그렇게 깊이 들어갈 필요도 없었다)에서는 기쁘기도 했다. 그는 올레그의 환심을 사려는 마티아스를 은근히 저주하고 싶을 정도로 질투심에 불타는 나쁜 놈이었기 때문이다.

마티아스는 코트 단추를 만지작거렸다. "요즘처럼 이혼이 만연한 시대에 아이들이 자기의 뿌리를 그렇게 또렷이 인식하고 있다는 게 신기해요. 새아버지는 절대 친아버지를 대신할 수 없죠."

"올레그의 친아버지는 러시아에 있습니다."

"서류상으로는 그렇죠." 마티아스는 한쪽 입꼬리를 비틀며 미소를 지었다. "하지만 현실에서는 아니에요."

올레그가 두 사람 곁을 지나가며 손을 흔들었다. 마티아스도 손을 흔들어주었다.

"이다르 베틀레센이라는 의사와 함께 일한 적이 있더군요." 해리가 말했다.

놀란 마티아스의 눈이 왕방울만 해졌다. "이다르, 맞아요. 마리엔뤼스트 클리닉에서 일했죠. 맙소사, 이다르를 알아요?"

"아뇨, 인터넷으로 그의 이름을 검색했다가 오래된 웹사이트를 발견했는데, 거기에 그 병원에서 일했던 의사들의 명단이 있더군요. 당신 이름도 거기 있었습니다."

"벌써 몇 년 전 일이네요. 하지만 마리엔뤼스트에서 일하는 동안 아주 즐거웠어요. 사설병원을 짓기만 하면 돈을 긁어모을 거라고 믿던 시절에 개업했던 병원이죠. 그랬다가 당연히 그렇게 되지 않자 문을 닫았고요."

"파산했나요?"

"구조 조정이 정확한 표현일 겁니다. 이다르에게 치료를 받나요?"

"아뇨, 사건과 관련해서 그의 이름이 나왔을 뿐입니다. 어떤 사람인지 말해줄 수 있나요?"

"이다르 베틀레센이요?" 마티아스는 웃음을 터뜨렸다. "네, 이다르에 대해서는 할 말이 꽤 많죠. 우린 함께 공부했고, 같은 패거리들과 오랫동안 함께 어울렸어요."

"그럼 이젠 연락이 끊겼다는 말인가요?"

마티아스는 어깨를 으쓱였다. "우린, 이다르와 전 많이 달라요. 우리 패거리에 있던 친구들은 대부분 의학을…… 뭐랄까, 삶의 소명으로 받아들였죠. 이다르만 제외하고요. 이다르는 그런 것에 개의치 않았어요. 의대생이 된 것도 의사가 가장 존경받는 직업이기 때문이었죠. 어쨌거나 전 이다르의 그런 솔직한 태도를 높이 평가합니다."

"그러니까 이다르 베틀레센이 명성을 얻는 데 집착했다는 겁니까?"

"물론 돈도 빠질 수 없죠. 이다르가 전공으로 성형외과를 선택했을 때 아무도 놀라지 않았어요. 부자와 유명인사들을 상대로 병원을 개업했을 때도요. 이다르는 언제나 그런 부류에게 끌렸거든요. 그들처럼 되고 싶어 했죠. 그들의 영역에 들어가고 싶어 했어요. 문제는 이다르가 약간 지나칠 정도로 노력했다는 겁니다. 그 유명인사들이 이다르 앞에서는 미소를 지어도, 뒤돌아서는 이다르를 잘난 척하는 진드기 머저리라고 부를 게 뻔하거든요."

"목표를 이루기 위해 무슨 짓이든 할 사람이라는 겁니까?"

마티아스는 그 말을 곰곰이 생각했다. "이다르는 늘 자신을 유명하게 만들어줄 무언가를 찾아 헤맸어요. 이다르의 문제는 에너지는 넘치는데 삶의 목표를 찾지 못했다는 겁니다. 마지막으로 통화했을 때 목소리가 절망적이더군요. 우울한 것 같기도 했고요."

"그 사람이 자신을 유명하게 해줄 임무를 찾았을 수도 있을까요? 의학 이외의 분야에서요."

"그런 생각은 해본 적 없지만 그럴 수도 있겠네요. 딱히 타고난 의사는 아니라서."

"어떤 면에서요?"

"성공한 사람들을 동경하고, 약하고 우유부단한 사람들을 무시하는 면에서요. 그런 의사가 이다르만 있는 건 아니지만, 대놓고 그렇게 말하는 사람은 이다르뿐이죠. 하하. 우리 패거리들은 다들 처음에는 철저한 이상주의자들이었다가, 어느 시점부터는 승진과 새 차고, 야근 수당에 집착하게 됐죠. 이다르는 적어도 자신의 이상을 배신하지 않았어요. 처음부터 그랬으니까요."

이다르 베틀레센은 웃음을 터뜨렸다. "마티아스가 정말 그렇게 말했나요? 내가 내 이상을 배신하지 않았다고?"

호감 가는 그의 얼굴은 언뜻 여성스럽기까지 했다. 눈썹은 어찌나 가는지 직접 뽑아서 손질한 게 아닐까 의심스러웠고, 고르고 새하얀 이는 틀니가 아닐까 의심스러웠다. 피부는 부드럽고 매끈했으며, 머리카락은 숱이 많고 건강했다. 한마디로 서른일곱이라는 실제 나이보다 예닐곱 살은 어려 보였다.

"무슨 뜻으로 한 말인지는 모릅니다." 해리는 거짓말을 했다.

두 사람은 하얗고 널찍한 집의 서재에 놓인 푹신한 안락의자에 파묻혀 있었다. 위엄이 넘치는 옛 뷔그되위 스타일로 지은 집이었다. 이다르 베틀레센은 자신이 어릴 적부터 살던 집이라고 설명하며, 어둡고 광활한 두 개의 거실을 지나 사방에 책들이 즐비하게 꽂힌 이 서재로 해리를 안내했다. 미셸 퀸후스*며 셸 에우크루스트**, 아이나르 게르하르센***의 《노조 대표》 등 인기 있는 소설과 정치가들의 자서전이 다양하게 꽂혀 있었다. 한 선반에는 처음부터 끝까지 누렇게 바랜 〈리더스 다이제스트〉가 꽂혀 있었다. 해리는 1970년 이후로 〈리더스 다이제스트〉를 본 적이 없었다.

"난 무슨 뜻인지 알죠." 이다르가 큭큭 웃었다.

해리는 마리엔뤼스트 클리닉에서 일하는 동안 아주 즐거웠다는 마티아스의 말이 무슨 뜻인지 어렴풋이 짐작이 갔다. 아마 둘 다 누가 더 많이 웃는지 시합했을 것이다.

"마티아스, 성자 같은 놈이죠. 운 좋은 놈이라고 하는 게 더 맞겠네요. 아뇨, 둘 다예요." 이다르 베틀레센의 웃음소리가 커졌다. "사람들은 신을 믿지 않는다고 하지만, 신을 두려워하는 제 동료들은 겁에 질려서 선행을 하려고 안간힘을 쓰죠. 마음 깊은 곳에서는 지옥불에 타게 될까 두려워하거든요."

"당신은 아닌가요?" 해리가 물었다.

이다르는 우아하게 다듬은 한쪽 눈썹을 치켜세우며 흥미롭다는 시선으로 해리를 바라보았다. 신발 끈이 풀어진 하늘색 모카신에 청바지, 하얀색 테니스 셔츠 차림이었다. 셔츠 왼쪽에는 폴로 선수가 수놓아져 있었는데, 해리는 저게 무슨 브랜드였는지 기억나지 않았다. 그저 왠지 따분한 사람들이 주로 입는 옷이라는 생각만 들었다.

"전 합리적인 집안에서 태어났습니다, 형사님. 아버지는 택시 운전사셨죠. 우린 눈에 보이는 것만 믿습니다."

"흠. 택시 운전사치고는 좋은 집에 사셨군요."

"아버지는 택시회사 사장이셨고, 자격증을 세 개나 가지고 계셨죠. 하지만 여기 뷔그되위에서 택시 운전사는 지금도 그렇고, 앞

* 노르웨이의 기자이자 소설가

** 노르웨이의 작가이자 시인

*** 노르웨이의 15대 수상

으로도 늘 평민일 겁니다."

해리는 이다르를 바라보며 서두르는 구석이나 다른 무언가가 있는지 알아내려 했다. 이다르는 과장되게 편안한 자세로 의자에 기댄 채 앉아 있었다. 마치 불안하거나 흥분한 마음을 감추려고 애쓰는 사람 같았다. 아까 해리가 전화를 걸어 몇 가지 질문을 하고 싶다고 했을 때도, 지나치게 열성적으로 자기 집에 초대하는 태도가 그렇게 느껴졌다.

"하지만 당신은 택시 운전사가 되고 싶어 하지 않았죠. 사람들을…… 더 멋있게 바꿔주고 싶었나요?"

이다르는 미소 지었다. "허영의 시장에서 일한다고 할 수 있죠. 아니면 내면의 고통을 달래주기 위해 외면을 고쳐준다고 할 수도 있고요. 원하는 대로 생각하세요. 난 신경 안 쓰니까." 이다르는 해리가 충격을 받았을 거라 예상하며 껄껄 웃었다. 하지만 예상했던 반응이 없자 그의 표정은 한층 진지해졌다. "전 제가 조각가라고 생각합니다. 소명의식 같은 건 없어요. 사람들의 외모를 바꿔주고, 얼굴을 바꿔주는 일이 좋을 뿐입니다. 늘 그랬죠. 소질도 있고. 사람들은 그 대가로 돈을 지불하는 것뿐입니다."

"흠."

"하지만 그렇다고 해서 내가 아무런 원칙도 없는 건 아닙니다. 환자들의 신상 정보를 보호하는 것도 그 원칙에 속하죠."

해리는 아무 대답도 하지 않았다.

"보르그힐드에게 들었습니다. 반장님이 뭘 원하는지 알아요. 중요한 사건과 관련된 일이라는 것도 알고요. 하지만 도와드릴 수 없습니다. 선서를 지켜야 하거든요."

"더는 지킬 필요 없습니다." 해리는 재킷 안주머니에서 접힌 종이를 꺼내, 두 사람 사이에 있는 탁자에 내려놓았다. "쌍둥이들의 아버지가 서명한 이 서면이 선생님의 의무를 면제해줄 겁니다."

이다르는 고개를 저었다. "그렇다고 달라지는 건 없습니다."

해리는 놀라서 눈살을 찌푸렸다. "네?"

"누가 병원에 찾아왔고 무슨 말을 했는지는 말할 수 없지만, 일반적으로 자녀를 데리고 병원에 찾아온 사람들이 히포크라테스 선서의 보호를 받는다는 건 말해드리죠. 설사 배우자가 간절히 알고 싶어 한다고 해도 알려줄 수 없습니다."

"실비아 오테르센은 왜 쌍둥이들을 데리고 병원에 다닌다는 사실을 남편에게 숨겼을까요?"

"우리 병원이 까다롭게 구는 것처럼 보일지 모르겠지만, 우리 고객들의 상당수는 시시껄렁한 가십과 언론의 도마에 오르기 쉬운 유명인사들입니다. 금요일 밤에 쿤스트네르네스 후스에 가서 둘러보세요. 그 사람들 중에 우리 병원에서 여기저기 살짝 손본 사람들이 얼마나 많은지 모르실 겁니다. 우리 병원에 왔었다는 사실이 대중들에게 알려진다고 생각만 해도 기절할 사람들이죠. 우리 병원의 명성은 비밀 보장에 바탕을 둡니다. 우리가 고객들의 정보를 질질 흘리고 다닌다는 말이 조금이라도 나왔다가는 병원 문을 닫게 될 겁니다. 충분히 이해하시리라 믿습니다."

"두 명이 살해됐고, 한 가지 공통점이 발견됐습니다. 둘 다 당신의 환자였죠."

"그건 확인해드릴 수도 없고, 확인하지도 않을 겁니다. 하지만 편의상 그렇다고 가정해보죠." 베틀레센은 허공에서 손목을 빙빙 돌렸다. "그래서요? 노르웨이는 인구가 적고 의사들의 수는 더 적습니다. 몇 다리만 건너면 다 아는 사이죠. 그런 상황에서 같은 의사에게 치료받을 확률은 언젠가 같은 트램*을 타게 될 확률과 비슷합니다. 트램에서 친구를 만난 적 없나요?"

해리는 그런 적이 없었다. 애초에 트램을 잘 타지 않았다.

"아무것도 말해줄 수 없다는 말을 하려고 이렇게 먼 길을 오라고 하셨군요."

"미안합니다. 여기로 초대하지 않으면 경찰청으로 출두하라고 할 것 같아서 그랬습니다. 지금은 기자들이 밤낮으로 경찰청을 지키고 있잖습니까. 네, 기자들이 어떤 사람들인지 잘 알죠……."

"제가 수색영장을 받아오면 환자의 비밀을 지켜줘야 하는 당신의 선서는 무효가 된다는 걸 알고 있습니까?"

"얼마든지 그렇게 하시죠. 수색영장을 받아오면 우리 병원도 정의의 편에 서겠습니다. 하지만 그전까지는……." 이다르는 입술에 지퍼를 잠그는 시늉을 했다.

해리는 의자에 앉은 채 자세를 바꿨다. 그가 알고 있는 사실을 이다르도 알고 있는 게 분명했다. 아무리 살인사건이라고 해도, 환자의 비밀을 지키는 선서를 철회하라는 법원의 명령이 떨어지기 위해서는 의사의 정보가 중요하다는 명백한 증거가 필요하다. 하지만 그들에게는 아무런 증거도 없었다. 이다르가 말했듯이 같은 트램을 탈 확률에 불과했다. 해리는 뭔가 하고 싶은 강렬한 욕구를 느꼈다. 술을 마셔야 했다. 아니면 바벨이라도 들어 올려야 했다. 해리는 이를 악문 채 숨을 들이쉬었다.

"그래도 11월 2일과 4일 밤에 어디에 있었는지는 물어봐야겠군요."

* 노면 경전철

"그 질문을 할 줄 알았습니다." 이다르가 미소를 지었다. "그래서 생각해봤죠. 전 이 집에서…… 네, 마침 여기 오시네요."

쥐색 머리칼을 커튼처럼 늘어뜨린 노부인이 쥐새끼 같은 걸음걸이로 서재에 들어왔다. 손에 든 은색 쟁반 위의 커피잔 두 개가 요사스럽게 달그락거렸다. 얼굴 표정으로 봐서는 십자가와 가시 면류관이라도 운반하는 사람 같았다. 노부인은 자리에서 벌떡 일어나 쟁반을 받아드는 아들을 힐끗 바라보았다.

"고마워요, 엄마."

"신발 끈 매렴." 노부인은 해리에게로 반쯤 몸을 돌렸다. "내 집에 누가 들고나는지 말도 안 해줄 거니?"

"이쪽은 홀레 반장님이세요, 엄마. 어제 그리고 사흘 전에 제가 어디 있었는지 알고 싶으시대요."

해리는 자리에서 일어나 손을 내밀었다.

"기억나는구나." 노부인은 체념한 표정으로 해리를 바라보며 기미로 뒤덮인 손을 내밀었다. "우린 네 컬링 친구가 나오는 토론 프로그램을 봤었지. 그 사람이 왕실에 대해 말도 안 되는 소리를 했어. 이름이 뭐였더라?"

"아르베 스퇴프요." 이다르가 한숨을 쉬었다.

노부인은 해리에게로 몸을 숙였다. "그 사람이 왕실을 폐지해야 한다고 주장했다우. 그렇게 끔찍한 일을 상상이나 하겠수? 2차대전 때 왕실이 없었다면 지금 우리가 어디에 있겠느냔 말이지."

"지금 이 자리에 있었겠죠. 전쟁 때 국가 원수가 하는 일은 거의 없어요. 아르베는 군주제도에 대한 전폭적인 지원이야말로 대다수의 사람들이 트롤과 요정을 믿고 있다는 결정적인 증거라고도 했죠." 이다르가 말했다.

"정말 끔찍하지 않수?"

"사실이에요, 엄마." 이다르는 미소를 지으며 한 손을 노부인의 어깨에 올리는 동시에 손목시계를 힐끗 바라보았다. 브라이틀링 시계였다. 그의 가느다란 손목에는 너무 크고 버거워 보였다. "이런! 지금 나가봐야겠네요, 홀레 반장님. 이 커피는 빨리 마셔야겠는데요."

해리는 고개를 저으며 베틀레센 부인에게 미소를 지었다. "맛있는 커피는 다음을 기약해야겠네요."

노부인은 크게 한숨을 쉬더니, 알아들을 수 없는 말을 구시렁거리며 쟁반을 들고 서재에서 나갔다.

복도에 나왔을 때 해리가 이다르에게로 몸을 돌렸다. "운이 좋다는 건 무슨 뜻으로 한 말인가요?"

"네?"

"마티아스 룬 헬게센이 성자일 뿐 아니라 운 좋은 놈이라고 하셨잖아요."

"아, 그거요! 그 친구가 만나는 여자 때문이죠. 마티아스는 전반적으로 연애에 소질이 없지만, 그 여자는 나쁜 남자들하고 사귀었던 것 같더라고요. 분명 마티아스 같은 도덕군자를 만나고 싶어 했을 겁니다. 마티아스에게는 내가 이런 말을 했다는 말은 마세요. 그런 얘기는 아예 꺼내지도 마세요."

"그건 그렇고, 항Scl 70이 뭔지 아십니까?"

"피에서 형성되는 항체죠. 경피증硬皮症에 걸렸을 가능성이 있습니다. 누가 경피증에 걸렸나요?"

"난 경피증이 뭔지도 모릅니다." 이 일에 신경 쓰지 말아야 했다. 머리로는 알고 있지만 마음이 따르지 않았다. "그러니까 마티아스가 자기 여자친구가 나쁜 남자들과 사귀었다고 말했군요."

"제 해석이죠. 성자 마티아스는 사람에게 나쁘다는 표현은 안 씁니다. 모든 사람은 더 나은 사람이 될 수 있는 잠재력을 가졌다고 보는 친구거든요." 이다르 베틀레센의 웃음소리가 어두운 방들 사이로 메아리쳤다.

해리는 고맙다고 말한 뒤, 신발을 신고 집 밖의 계단에 서서 뒤를 돌아보았다. 열린 문틈 사이로 이다르가 의자에 앉아 허리를 숙인 채 신발 끈을 매는 모습이 보였다.

돌아가는 길에 해리는 스카레에게 전화했다.

"병원 웹사이트에서 이다르의 사진을 출력해서 마약반에 가져가. 잠복근무 중인 경찰들 중에 혹시 이다르가 각성제를 사는 걸 본 적이 있는지 알아봐."

"길에서요? 의사들은 병원에서 그런 약을 얼마든지 구할 수 있지 않나요?"

"그렇지. 하지만 이젠 약품 공급을 신고해야 하는 규칙이 너무 까다로워서, 의사라도 차라리 시페르 가의 딜러들에게 각성제를 사는 편이 나을 거야."

해리는 전화를 끊은 다음 이번에는 카트리네에게 전화했다.

"지금으로선 알아낸 게 없어요. 퇴근하는 길이에요. 반장님도 집으로 가세요?"

"응." 해리는 머뭇거렸다. "법정에서 이다르 베틀레센에게 히포크라테스 선서를 철회하라는 판결을 내릴 확률이 얼마나 될까?"

"지금 우리가 가진 증거들로요? 물론 제가 초미니스커트를 입고 법정에 들러 젊은 판사를 찾아볼 수는 있죠. 하지만 솔직히 말해서 포기하는 게 나을 거예요."

"동감이야."

해리는 아파트가 있는 비스렛으로 향했다. 벽이 뜯어진 헐벗은 아파트를 생각했다. 그러다가 손목시계를 보고 마음을 바꿔 경찰청이 있는 필레스트레데 가로 돌아섰다.

새벽 2시에 해리는 다시 졸린 목소리의 카트리네와 통화했다.

"이번에는 또 뭐예요?"

"지금 사무실인데 자네가 찾아낸 자료들을 살펴봤어. 실종된 여자들은 전부 아이가 있는 유부녀야. 거기에 뭔가가 있는 거 같아."

"뭐가요?"

"나도 몰라. 그냥 그 말이 어떻게 들리는지 알아보고 싶었어. 그래야 바보 같은 소린지 아닌지 알 수 있잖아."

"그래서 들어보니 어때요?"

"완전 바보 같아. 잘 자."

엘리 크발레는 말똥말똥한 눈으로 침대에 누워 있었다. 옆에서는 남편 안드레아스가 세상모르고 씩씩거리며 자고 있었다. 커튼 사이로 들어온 달빛 한 줄기가 벽 위로, 그녀가 신혼여행을 갔던 로마에서 산 십자가 위로 가느다란 선을 그었다. 왜 잠에서 깼을까? 트뤼그베가 일어났나? 저녁식사는 그녀가 바라던 대로 진행됐고, 엘리는 촛불에 비친 행복으로 반짝이는 두 부자의 얼굴을 바라보았다. 다들 동시에 떠들어댔다. 할 이야기가 어찌나 많은지! 대개는 트뤼그베가 이야기했다. 그 애가 몬태나 주며 자신이 하는 공부와 그곳에서 사귄 친구들 이야기를 할 때면 엘리는 그저 입을 다물고 아들을 바라보았다. 성년이 된 이 청년은 자기가 원하는 사람이 되어 자신만의 인생을 살아갈 것이다. 엘리는 그 점이 가장 기뻤다. 트뤼그베가 마음껏 자유롭게 미래를 선택할 수 있다는 점. 몰래 조용히 살아야 했던 그녀와 달리.

집이 삐걱거리고, 벽들이 서로 이야기하는 소리가 들렸다.

하지만 다른 소리, 낯선 소리도 있었다. 집 밖에서 들리는 소리였다.

엘리는 침대에서 내려와 창가로 다가가 커튼을 빠끔 젖혔다. 정원에는 눈이 쌓여 있었다. 사과나무 가지마다 하얀 솜이 덧대어졌고, 눈이 얇게 쌓인 땅에 달빛이 반사되어 정원의 세세한 것들까지 또렷이 부각되었다. 엘리는 뭘 찾는지도 모른 채 대문에서부터 차고까지 훑어보았다. 그녀의 시선이 멈췄고, 놀라움과 두려움에 숨이 막혔다. 또 시작이구나. 그녀는 스스로에게 말했다. 분명 트뤼그베일 거야. 시차 때문에 잠이 안 와서 밖에 나간 걸 거야. 대문에서 시작된 발자국은 그녀가 서 있는 창문 바로 밑에서 멈춰 있었다. 얇게 쌓인 눈에 찍힌 한 줄의 검은 점 같았다. 그 점은 극적으로 멈춰 있었다.

돌아가는 발자국은 없었다.

7일째

컨버세이션

"마약반 형사 하나가 이다르를 알아봤습니다." 스카레가 말했다. "이다르의 사진을 보더니, 시페르 가와 톨부 가 사거리에서 그자를 몇 번 봤다더군요."

"그 사거리에 뭐가 있는데?" 하겐 경정이 물었다. 그는 해리의 사무실에서 열리는 월요일 아침회의에 자신도 참가하겠다고 부득부득 우긴 참이었다.

스카레는 그 말이 농담인지 아닌지 확인하기 위해 경정을 살펴보았다.

"마약상, 창녀, 도박꾼들이죠. 플라타에서 놈들을 싹 몰아냈더니 거기로 옮겨 갔습니다."

"거기뿐이야?" 하겐 경정이 턱을 내밀며 물었다. "이제는 시내 전체로 퍼졌다고 들었는데."

"그래도 거기가 본거지죠. 물론 증권거래소 아래쪽이나, 중앙은행 위쪽에도 있습니다. 아스트룹 피언리 박물관과 감레 로겐 콘서트홀, 선교 교회 카페 근처에도……." 해리의 요란한 하품 소리에 스카레는 말을 멈췄다.

"미안. 주말에 힘들었거든. 계속해."

"마약반 형사 말로는 이다르가 마약을 산 기억은 안 난답니다. 레온 호텔을 들락거리는 것만 봤다는군요."

그 순간, 카트리네 브라트가 문을 열고 들어왔다. 부스스한 차림에 얼굴은 창백하고 눈은 부어 있었지만, 베르겐 억양으로 쾌활하게 인사를 건네며 의자를 찾아 사무실을 둘러보았다. 비에른 홀름이 자리에서 일어나 팔을 휘두르며 자기 자리를 양보하고는 다른 의자를 찾으러 갔다.

"시페르 가의 레온 호텔? 거기서도 마약을 파나?" 하겐 경정이 물었다.

"그럴 수도 있죠." 스카레가 대답했다. "하지만 흑인 창녀들이 숱하게 드나드는 걸로 봐서 소위 안마 시술소라는 곳이 분명합니다."

"아닐 걸요." 카트리네 브라트가 그들에게 등을 돌린 채 스탠드 옷걸이에 코트를 걸며 말했다. "안마 시술소는 실내 영업이고, 요즘엔 베트남 사람들이 꽉 잡고 있어요. 주로 교외의 한적한 주택가에 진을 치고 동양 여성들을 고용하죠. 아프리카인들의 실외 매춘시장은 건드리지 않아요."

"숙박비가 싼 호텔들의 포스터를 본 적이 있는 것 같군. 하룻밤에 400크로네였어." 해리가 말했다.

"맞아요. 그런 호텔들은 방이 작고, 공식적으로는 하루 단위로 대여하지만 사실은 시간 단위로 대여하죠. 검은 돈이에요. 손님들이 딱히 영수증을 요구하는 것도 아니고요. 하지만 돈을 가장 많이 버는 호텔 주인은 백인이죠." 카트리네가 말했다.

"숙녀 분께서 어찌 그리 잘 아실까." 스카레는 하겐 경정을 보며 씩 웃었다. "언제부터 베르겐 성범죄과가 오슬로 윤락업소에 그렇게 빠삭하게 됐지?"

"어디나 마찬가지예요. 저랑 내기하실래요?"

"호텔 주인이 파키스탄인이라는 데 200크로네 걸지."

"좋아요."

"자, 자. 왜들 앉아 있는 거야? 어서 움직여." 해리가 박수를 치며 말했다.

레온 호텔 주인인 뵈레 한센은 노르웨이 동부의 솔뢰르 출신으로, 소위 투숙객들이 신발창에 묻혀서 카운터 앞의 쪽마루에 남기고 가는 질척한 눈과 같은 회백색 피부의 남자였다. 카운터 위에는 검은 글씨로 '리샙션' 이라고 적힌 간판이 달려 있었다. 주인이나 손님이나 특별히 맞춤법에 관심이 없었기에, 그 간판은 뵈레가 이 호텔을 경영해온 지난 4년간 아무 문제없이 그곳에 달려 있었다. 이 호텔을 경영하기 전에는 성경을 팔며 스웨덴을 남북으로 누비고 다녔고, 한편으로는 스비네순*을 통해 폐기된 포르노 영화를 노르웨이에 들여오는 일에 손대기도 했다. 그 과정에서 뵈레는 댄스 가수와 목사를 합쳐놓은 듯한 억양을 갖게 됐다. 클럽에서 춤추는 러시아인 댄서 나타샤를 만난 곳도 스비네순이었다. 두 사람은 나타샤의 러시아인 매니저로부터 아슬아슬하게 도망쳤고, 현재 나타샤는 새 이름으로 뵈레와 함께 살고 있다. 뵈레는 몇몇 이유로 더는 이 나라에 머물 수 없게 된 세 명의 세르비아인들로부터 레온 호텔을 인수했고, 그들이 하던 일을 계속했다. 굳이 이

* 스웨덴과 노르웨이 국경에 위치한 해협

호텔의 업종을 바꿀 이유가 없었다. 단기간으로, 혹은 아주 짧은 시간 단위로 호텔 방을 빌려주는 것이 이 호텔의 업종이다. 수입은 대개 현찰로 들어왔고, 시설이나 보수 관리 문제로 불평하는 손님도 없었다. 아주 좋은 돈벌이였다. 뵈레는 이 돈벌이를 잃고 싶지 않았다. 그랬기에 지금 그의 앞에 서 있는 두 사람이 마음에 들지 않았다. 특히 그들의 신분증이.

빡빡 머리에 키 큰 남자가 카운터에 사진을 내밀었다. "이 남자 본 적 있어?"

뵈레 한센은 그나마 이들이 원하는 사람이 자기가 아니라는 데 안도하며 고개를 저었다.

"확실해?" 남자가 카운터에 팔꿈치를 올리고 몸을 앞으로 숙이며 말했다.

뵈레는 다시 한 번 사진을 보며, 아까 신분증을 더 자세히 살펴볼 걸 그랬다고 후회했다. 이 남자는 경찰이라기보다 거리를 배회하는 마약중독자처럼 생겼다. 그리고 남자 뒤에 서 있는 여자도 도무지 경찰 같아 보이지 않았다. 그랬다, 저 여자의 날카로운 눈빛은 창녀 같았다. 하지만 눈빛을 제외한 나머지는 숙녀였다. 완벽한 숙녀. 만약 저 여자가 제대로 대우해주는 포주만 구한다면 지금 월급의 다섯 배는 벌 수 있을 것이다. 최소한.

"이곳이 윤락업소라는 거 알고 왔어." 남자가 말했다.

"여긴 합법적인 호텔입니다. 허가증도 있고, 필요한 서류도 다 있어요. 보시겠습니까?" 뵈레는 카운터 바로 뒤에 있는 작은 사무실을 가리켰다.

남자는 고개를 저었다. "호텔 방을 매춘부와 고객들에게 대여해주고 있잖아. 그건 불법이야."

"이봐요." 뵈레는 침을 꿀꺽 삼켰다. 그가 두려워하던 방향으로 대화가 흘러가고 있었다. "난 돈만 내면 손님들이 무슨 짓을 하든 관심 없어요."

"하지만 난 관심 있어." 남자가 나지막이 말했다. "그러니까 좀 더 자세히 봐."

뵈레는 사진을 노려보았다. 몇 년 전에 찍은 사진이 분명했다. 사진 속의 남자가 너무 젊어 보였기 때문이다. 젊고 태평하며 어떤 절망이나 고뇌의 흔적도 없어 보였다.

"내가 알기로 노르웨이에서 성매매는 불법이 아닌데요." 뵈레 한센이 말했다.

"아니죠. 하지만 윤락업소를 운영하는 건 불법이에요." 여자가 말했다.

뵈레 한센은 최대한 화난 표정을 지었다.

이번에는 다시 남자가 입을 열었다. "알다시피 경찰에서는 정기적으로 호텔이 규정을 따르고 있는지 단속해야 해. 예를 들어, 화재를 대비해 모든 방마다 비상구가 있는지……."

"외국인 투숙객의 숙박계를 제출했는지……." 여자가 덧붙였다.

"경찰이 투숙객을 조사할 경우를 대비해 팩스가 있는지……."

"부가가치세 장부가 있는지."

뵈레 한센의 마음이 흔들렸다. 그때 남자 경찰이 최후의 일격을 날렸다.

"사기전담반 친구들을 데려와서, 최근 몇 주 동안 이 호텔을 들락거리는 게 목격된 특정 투숙객들의 거래장부를 조사할까 생각 중이야."

뵈레 한센은 속이 울렁거렸다. 나타샤. 대출금. 그리고 칠흑처럼 어두운 겨울밤에 겨드랑이에 성경책을 끼고 추위에 떨며 돌아다닐 생각을 하니 점차 공포가 밀려왔다.

"물론 조사를 안 할 수도 있어. 우선순위란 게 있으니까. 제한된 경찰 인력을 어떻게 쓸 것인가가 문제지. 안 그래, 카트리네?"

여자가 고개를 끄덕였다.

"일주일에 두 번씩 왔습니다. 늘 같은 방을 빌렸죠. 저녁 내내 있다가 갔습니다."

"저녁 내내?"

"손님들이 꽤 여러 명이었거든요."

"흑인인가요, 백인인가요?" 여자가 물었다.

"흑인입니다. 흑인만 왔어요."

"몇 명이나 왔지?"

"모르겠어요. 매번 달라요. 여덟 명일 때도 있고, 열두 명일 때도 있고."

"동시에?" 여자가 소리쳤다.

"아뇨, 번갈아 가면서요. 둘이 함께 오는 경우도 있고. 길에도 종종 둘이 함께 서 있잖아요."

"맙소사." 남자가 말했다.

뵈레 한센은 고개를 끄덕였다.

"숙박부에는 이름이 뭐라고 되어 있나?"

"기억이 안 나요."

"하지만 숙박부를 뒤져보면 나오겠지? 회계장부도?"

뵈레 한센의 반지르르한 양복 재킷 아래 셔츠가 땀에 흠뻑 젖었다. "닥터 화이트라고 부르더군요. 그를 찾아오는 여자들이."

"닥터?"

"저하고는 상관없습니다. 그 남자는……." 뵈레 한센은 머뭇거렸다. 필요 이상으로 많은 말을 하고 싶지는 않았다. 하지만 또 한편으로는 기꺼이 협조할 마음이 있다는 걸 보여주고 싶었다. 어차피 더는 안 올 손님이다. "그 남자는 커다란 왕진 가방을 들고 왔습니다. 그리고 늘…… 타월을 추가로 더 달라고 했죠."

"와." 여자가 말했다. "왠지 수상한데요. 청소할 때 피를 본 적 있나요?"

뵈레는 대답하지 않았다.

"청소는 당신이 하나?" 남자가 고쳐 물었다.

그는 한숨을 쉬었다. "그렇게 많은 양은 아니었어요. 그냥……." 뵈레는 뜸을 들였다.

"보통이다?" 여자가 빈정거리며 물었다.

"의사가 그 여자들을 괴롭히는 것 같지는 않아요." 뵈레는 서둘러 그렇게 말했다가 곧 후회했다.

"왜지?" 남자가 냉큼 물었다.

뵈레는 어깨를 으쓱였다. "그랬다면 그 여자들이 다시 오지 않았을 테니까요."

"다 여자들이었어?"

뵈레는 고개를 끄덕였다. 하지만 남자는 무언가를 눈치챘는지 턱의 근육이 긴장하며 팽팽해졌고, 충혈된 눈의 점막이 살짝 실룩거렸다.

"남자는?"

뵈레는 고개를 저었다.

"10대 소년은요?" 동료와 마찬가지로 무언가를 눈치채고 이번에는 여자가 물었다.

뵈레는 다시 고개를 저었지만, 거의 알아차릴 수 없을 정도로 살짝 망설였다. 뇌가 양자택일을 해야 할 때 발생하는 현상이었다.

"어린아이는?" 남자가 비난하려는 듯이 이마를 낮추며 물었다. "그 의사가 어린아이도 불렀어?"

"아닙니다!" 뵈레가 소리쳤다. 온몸에서 땀이 비 오듯 흘렀다. "그런 적은 한 번도 없습니다! 제가 분명히 선을 그었어요. 딱 두 번 왔는데…… 방으로 올려 보내지 않았습니다. 제가 밖으로 쫓아냈어요!"

"아프리카 아이들?" 남자가 물었다.

"네."

"남자아이, 여자아이?"

"둘 다요."

"아이들이 혼자 왔나요?" 여자가 물었다.

"아뇨, 여자와 함께 왔어요. 아마 엄마겠죠. 하지만 말씀드렸다시피 제가 그 남자의 방에 올려 보내지 않았습니다."

"남자가 일주일에 두 번 온다고 했는데, 정해진 날에 오는 건가?"

"월요일하고 목요일. 8시부터 12시까지. 항상 제시간에 옵니다."

"그럼 오늘 밤도 오겠군." 남자는 동료를 바라보며 말했다. "알았어. 도와줘서 고마워."

뵈레 한센은 가슴 깊은 곳에서부터 한숨을 토해냈다. 다리가 후들거렸다. 내내 까치발로 서 있었던 것이다. "도움이 됐다니 다행이네요."

두 경찰은 문을 향해 걸어갔다. 뵈레는 아무 말도 하면 안 된다는 걸 알고 있었지만, 확답을 받지 못하면 발을 뻗고 자지 못할 것이다.

"근데……." 뵈레는 나가려는 그들에게 말했다. "거래는 이걸로 끝난 거죠?"

남자는 놀라서 한쪽 눈썹을 치켜세운 채 돌아섰다. "무슨 거래?"

뵈레는 침을 삼켰다. "경찰 단속 말입니다."

남자는 턱을 문질렀다. "뭔가 켕기는 거라도 있나?"

뵈레는 눈을 두 번 끔벅이다가 갑자기 긴장된 고음의 웃음소리를 터트렸다. "아뇨, 아뇨, 당연히 없죠! 하하! 여긴 아무 문제도 없습니다."

"잘됐군. 그러면 경찰이 단속하러 와도 걱정할 거 없어. 경찰 단속은 내 소관이 아니니까."

뵈레는 입을 딱 벌린 채 항의하려고, 무언가 따지려고 했지만 무슨 말을 해야 할지 몰랐다. 두 사람은 그런 뵈레를 남겨둔 채 가버렸다.

사무실에 돌아온 해리를 전화벨이 맞아주었다.

라켈의 전화였다. 그에게서 빌려간 디브이디를 돌려주고 싶다고 했다.

"〈뒤로 가는 연인들The Rules of Attraction〉?" 해리는 깜짝 놀라 다시 한 번 물었다. "그걸 당신이 가지고 있었어?"

"당신 말로는 가장 과소평가받은 현대영화에 포함되는 작품이라며."

"맞아. 하지만 당신은 그 영화 싫어했잖아."

"내가 언제?"
"〈스타십 트루퍼스Starship Troopers〉도 싫어하잖아."
"그건 마초 쓰레기 영화니까."
"풍자라니까."
"무슨 풍자?"
"미국 사회의 태생적인 파시즘에 대한 풍자. 하디 보이스*와 히틀러의 아이들**이 합쳐진 거지."
"말도 안 돼. 외딴 행성에서 거대한 곤충들과 전쟁을 벌이는 내용이?"
"외국인에 대한 두려움이야."
"어쨌거나 그 70년대 영화는 맘에 들었어. 그 도청에 관한 영화 있잖아……."
"〈컨버세이션Conversation〉. 코폴라의 걸작이지."
"그 영화. 그게 과소평가됐다는 데는 나도 동의해."
"그건 과소평가되지 않았어." 해리가 한숨을 쉬었다. "그냥 잊혔지. 아카데미 영화제 작품상 후보였다고."
"오늘 저녁에 친구들하고 저녁 먹기로 했어. 집에 가는 길에 디브이디 주고 갈게. 12시까지 안 잘 거지?"
"아마도. 차라리 친구들을 만나러 가는 길에 들르지 그래?"
"그건 더 신경 쓰이지만, 봐서 그럴 수도 있고."
라켈이 재빨리 대답했다. 하지만 해리가 듣지 못할 정도는 아니었다.
"음. 어차피 잠은 못 잘 거야. 곰팡이를 들이마시고 있어서 숨을

* Hardy boys, 프랭크 하디와 조 하디라는 두 형제 소년탐정이 등장하는 추리소설
** Hitler Youth, 1933년에서 1945년까지 히틀러를 추종했던 어린이와 10대들로 이루어진 나치 단체

제대로 쉴 수 없거든."

"그럼 이렇게 해. 아래층 우편함에 넣어둘게. 그럼 당신도 일어날 필요 없잖아."

"좋아."

해리는 전화를 끊었다. 손이 떨리고 있었다. 니코틴이 부족해서라는 결론을 내리고 엘리베이터로 향했다.

마치 그가 지나가는 걸 알고 있었던 것처럼 카트리네가 사무실 문을 열고 나왔다. "에스펜 렙스비크와 통화했어요. 오늘 밤 일에 그쪽 사람 한 명을 쓸 수 있대요."

"잘됐군."

"좋은 일 있어요?"

"왜?"

"웃고 있잖아요."

"내가? 행복해서 그래."

"뭐 때문에요?"

해리는 주머니를 톡톡 쳤다. "담배."

엘리 크발레는 커피 한잔을 앞에 둔 채 식탁에 앉아 있었다. 식기세척기의 편안한 소음을 들으며 정원을 내다보았다. 조리대 위에는 검은색 전화가 있었다. 아까 그녀는 전화기가 뜨거워질 정도로 세게 움켜쥐었지만, 잘못 걸린 전화였다. 트뤼그베는 그녀가 만들어준 생선 그라탱을 맛있게 먹었다. 제가 제일 좋아하는 거예요, 라면서. 하지만 그 애는 뭘 만들어주든 대개 그렇게 말한다. 착한 녀석. 창밖으로 생기 없는 누런 풀들이 보였다. 어젯밤에 눈이 왔다는 흔적은 어디에도 없었다. 어쩌면 그 모든 게 꿈이었을

지도 모른다.

엘리는 아무 생각 없이 잡지를 뒤적였다. 그녀는 아들과 함께 시간을 보내려고 처음 며칠간 휴가를 냈다. 두 모자는 단 둘이서 수다를 떨었다. 하지만 이제 트뤼그베는 거실에 남편과 함께 있었고, 그녀는 일부러 빠졌다. 괜찮다. 부자간에 나눌 이야기가 더 많으니까. 어쨌거나 두 사람은 무척이나 닮았다. 그리고 사실 엘리는 실제로 수다를 떠는 것보다 수다에 대한 생각이 더 좋았다. 대화는 늘 어딘가에서 멈춰야 하기 때문이다. 넘어설 수 없는 거대한 벽 앞에서.

남편이 아들에게 시아버지의 이름을 붙여주자고 했을 때 당연히 그녀도 동의했다. 적어도 아들에게 시댁 쪽의 이름이라도 붙여주고 싶었다. 출산을 며칠 앞두고 하마터면 비밀을 털어놓을 뻔했다. 아무도 없던 주차장과 어둠, 눈에 찍힌 검은 발자국에 대해서. 목에 와 닿던 칼과 볼에 와 닿던 얼굴 없는 숨결에 대해서. 집으로 돌아가던 그녀는 팬티 속에서 남자의 정액이 흘러내리는 걸 느꼈고, 그 정액이 계속 흘러 몸에서 모두 빠져나가게 해달라고 하느님께 기도드렸다. 하지만 그녀의 기도는 응답받지 못했다.

훗날 그녀는 종종 생각했다. 만약 남편이 성직자가 아니고, 낙태에 대한 그의 신념이 그토록 확고하지 않았다면 어떻게 됐을까? 그리고 그녀가 그렇게 겁쟁이가 아니었다면? 트뤼그베가 태어나지 않았다면? 하지만 그때쯤에는 이미 굳건한 침묵의 벽이 세워진 후였다.

아들이 남편의 판박이라는 사실이 그나마 다행이었다. 심지어 작은 희망의 불씨마저 일었다. 그래서 엘리는 자신을 알아보는 사람이 아무도 없는 병원으로 가서, 남편과 아들의 베개에서 떼어낸 머리카락 두 가닥을 내밀었다. 머리카락만으로도 일종의 유전자 발자국인 DNA 코드를 알아낼 수 있다고 읽었기 때문이다. 병원에서는 그 머리카락을 오슬로 국립병원의 법의학 연구소로 보냈다. 그곳에서는 이 새로운 방법으로 친자 확인을 해주고 있었다. 두 달 후에 엘리가 받은 결과는 모든 의심을 종식시켰다. 주차장도, 검은 발자국도, 헐떡거림도, 통증도, 그 모두가 꿈이 아니었다.

엘리는 다시 전화기를 바라보았다. 물론 잘못 온 전화였다. 전화기 너머에서 들린 숨소리는 예상 밖의 목소리를 들어서 당황한 반응, 전화를 끊어야 할지 말아야 할지 고민하던 반응일 것이다. 그뿐이다.

해리는 현관으로 가서 인터폰을 들었다.

"여보세요?" 거실 스테레오에서 프란츠 퍼디난드의 음악이 울려 퍼지는 가운데 해리가 외쳤다.

아무 대답도 없다. 소피스 가의 차들이 휙휙 지나다니는 소리뿐이었다.

"여보세요?"

"나야, 라켈. 자고 있었어?"

목소리를 들으니 술을 마신 듯했다. 많이는 아니고, 목소리를 반음계 높여줄 정도로만. 그 아름답고 깊은 웃음소리가 그녀의 말속에 물결쳤다.

"아니. 재미있었어?"

"응."

"11시밖에 안 됐는데."

"친구들이 일찍 파장하고 싶대. 내일 출근해야 하니까."

"음."

해리는 라켈의 모습을 그려보았다. 장난스러운 표정, 알코올 기운에 번득이는 눈동자.

"디브이디 가져왔어. 우편함에 두고 간다고 말해줘야 할 것 같아서."

"그래."

해리는 라켈이 들어오도록 아파트 출입문을 열어주기 위해 손가락을 들어 올렸다가 멈칫했다. 지금이 기회였다. 그들에게는 2초라는 시간이 있었고, 지금으로서는 온갖 핑계를 댈 수 있었다. 하지만 마음 한편으로는 그 일이 일어나기를 원치 않는다는 것도 잘 알고 있었다. 일이 너무 복잡해질 것이고, 다시 헤어 나오려면 너무 고통스러울 것이다. 그런데 왜 마치 심장이 두 개라도 되는 것처럼 가슴이 들썩거리는 걸까? 왜 바로 버튼을 눌러서 라켈이 아파트에 들어왔다가 나가도록, 더불어 그의 머릿속에서도 나가도록 하지 않을까? 해리는 손가락 끝을 버튼의 단단한 플라스틱 표면에 대며 지금 누르리라고 생각했다.

"아니면 내가 가지고 올라갈까?" 라켈이 말했다.

해리는 말하기도 전에 자신의 목소리가 이상하게 들리리라는 걸 알고 있었다.

"그럴 필요 없어. 아무 이름도 없는 우편함이 내 거야. 잘 가."

"그래. 잘 자."

해리는 버튼을 누른 후, 거실로 가서 프란츠 퍼디난드의 음악을 크게 키웠다. 음악으로 머릿속의 생각을 날려버리고, 바보처럼 곤두선 신경을 무시하고, 그냥 소리를 흡수하고 싶었다. 기타의 깔쭉깔쭉한 공격을 흡수하고 싶었다. 잔뜩 성나고 연약하지만 특별히 뛰어나지는 않은 기타 연주. 스코틀랜드의 기운. 하지만 열띤 기타 연주 사이로 다른 소리가 끼어들었다.

해리는 음량을 줄이고 귀를 기울였다. 다시 음량을 키우려던 찰나에 다시 소리가 들렸다. 사포로 나무를 문지르는 듯한 소리. 혹은 마룻바닥에서 신발을 질질 끄는 소리. 현관으로 나갔더니, 현관문의 올록볼록한 불투명 유리 너머로 형체가 보였다.

해리는 문을 열었다.

"내가 초인종을 눌렀어." 라켈이 미안하다는 시선으로 해리를 바라보며 말했다.

"왜?"

그녀는 디브이디 상자를 흔들었다. "우편함에 안 들어가서."

해리는 뭔가를 말하려고 했다. 뭔가를 말하고 싶었다. 하지만 그의 팔이 먼저 나갔고, 그녀를 붙잡아 끌어당겼다. 그녀를 꼭 껴안자 그녀가 놀라서 숨을 들이쉬는 소리가 들렸고, 그녀의 입이 벌어지며 조롱하는 빨간색 혀가 그에게로 다가오는 것이 보였다. 그리고 원래 할 말도 없었다.

라켈의 부드럽고 따뜻한 몸이 그의 품을 파고들었다.

"이런." 그녀가 속삭였다.

해리는 그녀의 이마에 키스했다.

두 사람의 몸을 뒤덮은 땀이 그들을 갈라놓은 동시에 붙어 있게 했다.

섹스는 정확히 그가 예상했던 대로였다. 둘의 첫 섹스와 똑같았다. 다만 긴장감과 더듬거림, 무언의 질문들만 없었을 뿐이다. 또 마지막 섹스와도 똑같았다. 슬프지 않았을 뿐이다. 섹스 후에 라켈이 울지 않았을 뿐이다. 멋진 섹스를 한 사람과도 헤어질 수 있다. 하지만 카트리네의 말이 옳다. 늘 다시 돌아가게 된다. 그러나 이번은 다르다는 것 또한 해리는 알고 있었다. 라켈에게 이것은 꼭 거쳐야 할 마지막 방문이자, 두 사람 모두가 일생일대의 사랑이라 불렀던 것에 대한 작별 인사였다. 이걸 거쳐야만 라켈의 새로운 시대가 열릴 것이다. 덜 열정적인 사랑의 시대? 그럴지도 모른다. 그러나 더 오래가는 사랑이다.

라켈은 고양이처럼 신음하며 그의 배를 쓰다듬었다. 해리는 라켈의 몸이 아직도 긴장되어 있는 걸 느꼈다. 일을 어렵게 만들 수도 있고, 쉽게 만들 수도 있었다. 해리는 후자를 선택했다.

"양심에 찔려?" 해리는 자신의 질문에 라켈이 움찔하는 것을 느꼈다.

"그 얘긴 하고 싶지 않아."

해리 역시 그 이야기는 하고 싶지 않았다. 그냥 죽은 듯이 누워서 라켈의 숨소리를 듣고, 자신의 배를 쓰다듬는 그녀의 손길을 느끼고 싶었다. 하지만 라켈이 떠나야 한다는 걸 알고 있었고, 더는 그 일을 늦추고 싶지 않았다. "그 사람이 기다리고 있어, 라켈."

"아냐. 마티아스와 연구원들은 내일 아침 해부학 연구소의 수업을 위해 시신을 준비하고 있어. 내가 그이에게 시체를 만진 다음에는 곁에 오지 말라고 했거든. 오늘 밤은 자기 집에서 잘 거야."

"그럼 난? 나도 시체를 만졌을 수 있잖아?" 해리는 라켈이 이 모든 일을 작정했으며, 일이 이렇게 될 줄 알고 있었다는 생각에 미소를 지었다.

"만졌어?"

"아니." 해리는 침대 맡 테이블 서랍에 든 담배를 생각했다. "이번 사건에는 시체가 없어."

두 사람은 조용해졌다. 라켈의 손이 해리의 배에 점점 더 큰 원을 그렸다.

"뭔가가 내 삶에 침투한 기분이야." 느닷없이 해리가 말했다.

"무슨 뜻이야?"

"나도 잘 모르겠어. 누군가 하루 종일 나를 바라보는 것 같아. 지금도 그렇고. 난 누군가 세운 계획의 일부가 됐어. 이해하겠어?"

"아니." 라켈은 그의 품에 더 바싹 파고들었다.

"지금 맡은 사건 때문이야. 마치 내 몸이……."

"쉿." 라켈이 그의 귀를 깨물었다. "당신은 늘 사건 생각이야, 해리. 그게 문제라고. 긴장 풀어."

라켈의 손이 그의 축 처진 부위로 내려갔다. 해리는 눈을 감은 채 그녀의 속삭임을 들었고, 다시 발기가 되는 걸 느꼈다.

라켈은 새벽 3시에 침대에서 나갔다. 창문으로 새어드는 가로등 불빛에 그녀의 등이 보였다. 나긋한 곡선을 이루는 등과 척추의 그림자. 해리는 카트리네가 했던 말을 생각했다. 쉴비아 오테르센의 등에 에티오피아 국기의 문신이 있다고 했다. 회의할 때 잊지 말고 그 점을 언급해야겠다. 라켈의 말이 맞았다. 그는 늘 사건을 생각했다. 사건에서 벗어날 수가 없었다.

해리는 현관까지 그녀를 배웅했다. 라켈은 그의 입술에 재빨리 입을 맞추고는 쏜살같이 계단을 내려갔다. 딱히 할 말이 없었다. 막 문을 닫으려는데, 문 밖에 찍힌 젖은 발자국이 보였다. 발자국은 계단의 어둠 속으로 사라졌다. 분명 아까 문 밖에 서 있던 라켈의 발자국일 것이다. 해리는 베르하우스 바다표범을 생각했다. 번식기에 짝짓기를 끝낸 암컷 바다표범이 그 후의 번식기에는 두 번 다시 같은 수컷을 찾아가지 않는다는 이야기. 생물학적으로 불합리한 일이기 때문이다. 베르하우스 바다표범은 분명 똑똑한 짐승이다.

8일째

종이

아침 9시 반, 고속도로 위의 셸뤼스트 고가차도 로터리를 빠져나오는 한 차량 위로 햇살이 부서졌다. 차는 뷔그되위바이엔 가로 나왔다. 시청 광장에서 차로 불과 5분 거리에 위치한 전원 풍경의 반도로 이어지는 길이었다. 거리는 조용했고 차량 통행도 거의 없었으며, 콩스가르덴 저택에는 소나 말도 없었다. 여름이면 사람들이 해변으로 순례 여행을 떠나는 좁은 인도에도 인적이 없었다.

해리는 운전대를 꺾어 물결치듯 오르락내리락거리는 지형의 모퉁이를 돌며 카트리네의 말을 듣고 있었다.

"눈." 카트리네가 말했다.

"눈?"

"반장님 말대로 했어요. 아이가 있는 유부녀들의 실종사건을 집중적으로 조사했죠. 그러다가 사건이 발생한 날짜를 알아보기 시작했어요. 대부분이 11월과 12월이더군요. 그 사건들만 분리해 지형 분포를 알아봤더니 대부분이 오슬로였어요. 그러다 반장님이 받은 편지 때문에 눈 생각이 나더군요. 첫눈이 올 때 눈사람이 나타난다고 적혀 있었잖아요. 비르테 베케르가 실종된 날이 오슬로에 첫눈이 내린 날이었죠."

"정말?"

"기상청에 실종사건이 발생한 장소의 날씨를 알아봤어요. 그 결과가 뭐였는지 아세요?"

해리는 알 수 있었다. 진작 알았어야 했다.

"첫눈이 내린 날이었군. 범인은 첫눈이 오는 날에 사람들을 죽였어."

"맞아요."

해리는 운전대를 내리쳤다. "젠장. 그걸 확인했어야 했는데. 그렇게 해서 죽은 여자들이 몇 명이나 되지?"

"1년에 한 명씩 열한 명이에요."

"그런데 올해는 두 명이 죽었군. 놈이 패턴을 깼어."

"1992년 베르겐에 첫눈이 내렸을 때 살인사건이 일어났고 두 명이 실종됐어요. 거기서부터 시작해야 할 것 같아요."

"왜?"

"피해자가 아이가 있는 유부녀이니까요. 그리고 실종된 여자는 피해자의 단짝 친구였어요. 그러니까 우린 시신 하나와 사건 현장 하나, 사건 파일을 확보한 거죠. 갑자기 사라져서 그 후론 모습을 드러내지 않은 용의자도 한 명 있고요."

"그게 누군데?"

"게르트 라프토라는 경찰이에요."

해리는 재빨리 머리를 굴렸다. "아, 그 사건이로군. 맞아. 그 남자, 사건 현장에서 물건을 훔쳤던 사람 아니야?"

"그렇다는 풍문이 돌았죠. 피해자의 단짝 친구인 온뉘 헤틀란이 실종되기 몇 시간 전에 라프토가 그 여자의 집에 간 걸 본 증인들이 있어요. 대대적인 수색작전이 펼쳐졌지만 아무것도 찾아내지 못했죠. 라프토는 연기처럼 사라져버렸어요."

해리는 헐벗은 가로수들이 늘어선 후크 아베뉘 가를 응시했다. 바다로, 그리고 노르웨이인들이 생각하는 이 나라의 가장 위대한 업적이 전시된 박물관들로 이어지는 길이었다. 업적이라고 해봐야 뗏목 하나로 태평양을 건너고, 처음으로 북극에 도달하려다 실패한 업적이었지만.*

"지금 라프토가 실종된 게 아니란 말이야? 매년 첫눈이 올 때마다 그자가 다시 나타난다고?"

카트리네는 어깨를 으쓱했다. "시간을 투자해서 그 사건을 조사해볼 가치가 있다는 거죠."

"흠. 그럼 베르겐 경찰청에 지원 요청을 해야겠군."

"저라면 안 그러겠어요." 카트리네가 냉큼 말했다.

"왜?"

"라프토 사건은 베르겐 경찰에게 아직도 엄청나게 민감한 이슈예요. 그 사건을 조사하기보다 묻는 데 많은 인력과 자원을 투입했죠. 경찰은 자신들이 밝혀낼 사실을 두려워했어요. 게다가 그 사람 혼자서 실종됐기 때문에……." 카트리네는 허공에 커다랗게 가위표를 그렸다.

"그렇군. 그럼 어떻게 해야 할까?"

"반장님과 제가 베르겐으로 짧게 출장을 떠나서 직접 알아보는 거죠. 어차피 그 사건은 이제 오슬로 살인사건의 일부가 됐으니

* 인류학자 토르 헤이에르달이 남미에서 폴리네시아로의 문화이동설을 증명하기 위해 태평양을 건너는 데 사용했던 뗏목 콘티키 호가 전시된 콘티키 박물관과 난센의 북극 탐사선이 전시된 프람 박물관을 말한다

까요."

해리는 주소에 적힌 4층짜리 벽돌 건물 앞에 차를 세웠다. 건물은 보트 정박지에 둘러싸인 채 바다를 코앞에 두고 있었다. 해리는 시동을 껐지만, 차에 남아 프롱네르실렌 만을 가로지르는 필리프스타 항구를 바라보았다.

"어떻게 라프토 사건까지 조사하게 됐지? 첫째, 그 사건은 내가 알아보라고 시킨 것보다 훨씬 더 이전의 사건이잖아. 둘째로, 그건 실종사건이 아니라 살인사건이고."

해리는 고개를 돌려 카트리네를 바라보았다. 그녀는 눈도 깜짝하지 않은 채 해리를 마주 보았다.

"라프토 사건은 베르겐에서는 꽤 유명해요. 그리고 결정적인 사진도 있고요."

"사진?"

"네. 베르겐 경찰청의 신입 경찰들은 누구나 봐야 하는 사진이죠. 울리켄 산 꼭대기에서 벌어진 살인사건 현장을 찍은 건데, 일종의 신고식이에요. 대부분의 사람들은 끔찍한 사체에 질려서 배경은 보지도 않았을 거예요. 아니면 울리켄 산 꼭대기에 한 번도 안 가봤을 수도 있고요. 어쨌거나 사건 현장에서 멀리 떨어진 곳에 이상한 흙무더기가 있었어요. 확대해보면 그게 뭔지 확실히 알 수 있죠."

"뭔데?"

"눈사람이죠."

해리는 천천히 고개를 끄덕였다.

"사진 이야기가 나왔으니 말인데……." 카트리네는 가방에서 A4 용지만 한 봉투를 꺼내 해리의 무릎에 던졌다.

병원은 3층이었고, 거금을 쏟아부은 대기실은 이탈리아제 가구와 페라리만큼이나 높이가 낮은 커피 테이블, 니코 비데르베르그의 유리 조각품, 연기가 피어나는 권총을 그린 로이 리히텐슈타인의 진품으로 완벽하게 장식되어 있었다.

유리 칸막이로 된 대부분의 접수실과 달리, 여기는 대기실 한가운데 놓인 아름답고 오래된 책상에 여자가 앉아 있었다. 여자는 푸른색 정장 위에 하얀 가운을 걸친 채 환영하는 미소를 지었다. 해리가 자기소개를 한 다음 찾아온 목적을 밝히고, 보르그힐드가 아니냐고 묻는 동안에도 그 미소는 변함이 없었다.

"여기서 잠시 기다려주시겠어요?" 보르그힐드는 비상 출구를 가리키는 여승무원처럼 숙달되고 우아한 태도로 소파를 가리켰다. 해리는 에스프레소나 차, 혹은 물을 마시겠느냐는 제안을 모두 거절했고, 두 사람은 자리에 앉았다.

테이블에 놓인 잡지들은 모두 최신호였다. 〈리베랄〉을 펼쳐 들자, 아르베 스퇴프가 쓴 논설이 눈에 들어왔다. 스퇴프는 정치가들이 오락 프로그램에 기꺼이 출연해 '자신들을 과시하고', 광대 역할을 하는 것이야말로 궁극적으로 정부를 상대로 한 국민의 승리라고 주장했다. 국민들이 왕좌에 앉고, 정치가들이 궁정의 어릿광대로 전락했다는 것이다.

그때 '닥터 이다르 베틀레센'이라는 명패가 붙은 문이 열리며, 한 여자가 대기실을 재빨리 가로질러 갔다. 그녀는 보르그힐드에게 짤막하게 "잘 있어요."라는 인사만 건네고는, 뒤도 돌아보지 않고 가버렸다.

카트리네가 그녀를 뚫어지게 바라보았다. "저 여자 TV2 뉴스에 나오는 여자 아니에요?"

그 순간, 보르그힐드가 들어가도 된다고 말하더니 원장실로 가서 그들을 위해 문을 열어주었다.

원장실은 장관 사무실만큼이나 널찍했고, 피오르가 훤히 보였다. 책상 뒤의 벽에는 액자에 끼워 넣은 학위가 줄줄이 걸려 있었다.

"잠깐만요." 이다르가 컴퓨터 모니터에 시선을 고정시킨 채 자판을 치며 말했다. 그러더니 의기양양한 표정으로 마지막 키를 누르고는 의자를 빙글 돌려 안경을 벗었다.

"주름 제거수술을 하러 오셨나요? 아니면 페니스 확대? 지방흡입?"

"말씀은 고맙습니다만 사양하죠. 이쪽은 카트리네 브라트 경관입니다. 쉴비아 오테르센과 비르테 베케르에 관한 정보를 주실 수 있는지 다시 한 번 부탁하려고 왔습니다."

이다르 베틀레센은 한숨을 쉬더니 손수건으로 안경을 닦기 시작했다. "어떻게 설명해야 제 말을 알아들으실까요, 홀레 반장님? 제가 아무리 경찰을 돕고자 하는 순수한 열망으로 불타고, 근본적으로 원칙 따위는 무시하는 사람이라 해도 신성불가침한 영역이 있는 법입니다." 이다르는 검지를 들어 올렸다. "지금까지 의사로 일하면서 저는 단 한 번도……." 그의 손가락이 좌우로 움직였다. "히포크라테스 선서를 어긴 적이 없습니다. 이제 와서 어길 마음도 없고요."

긴 침묵이 흐르는 동안 이다르는 말없이 그들을 바라보았다. 분명 자신의 말이 미친 효과에 흡족해 하고 있었다.

해리는 헛기침을 했다.

"어쩌면 경찰을 돕고자 하는 선생의 열망을 충족시킬 기회가 아직 남아 있을지도 모릅니다. 지금 저희가 오슬로의 소위 호텔이라는 곳에서 자행된 아동 매춘을 조사하고 있습니다. 레온 호텔이라는 곳이죠. 어젯밤 저희 형사 두 명이 차에서 잠복근무를 하면서, 그 호텔에 들락거리는 사람들을 찍었습니다."

해리는 아까 카트리네에게 받은 갈색 A4 봉투를 열고, 상체를 내밀어 그 안의 사진을 의사 앞에 놓았다.

"이 사람, 당신 맞죠?"

이다르는 목구멍에 무언가가 막힌 듯한 표정이었다. 두 눈은 팽창되고, 목의 힘줄이 툭 튀어나왔다.

"난…… 난…… 어떤 나쁜 짓이나 불법적인 일도 하지 않았습니다." 그가 더듬거렸다.

"물론 그러시겠죠. 우린 그저 선생을 증인으로 소환하려는 것뿐입니다. 그 호텔 안에서 무슨 일이 벌어지고 있는지 말해줄 수 있는 증인으로요. 레온 호텔이 창녀들의 온상이라는 거야 새삼스러울 게 없죠. 하지만 최근에 그곳에서 아이들이 목격됐습니다. 그리고 다른 매춘 행위와 달리 아동 매춘은, 아시다시피 불법이죠. 그래서 이 모든 사실을 언론에 공개하기 전에 선생님께 미리 알려드려야겠다고 생각한 겁니다." 해리가 말했다.

이다르는 얼굴을 세게 문지르며 사진을 뚫어지게 바라보았다.

"그건 그렇고, 방금 나간 손님이 TV2 뉴스의 앵커우먼 아닌가요? 그분 이름이 뭐였죠?" 해리가 물었다.

이다르는 대답하지 않았다. 마치 그들의 눈앞에서 매끈한 젊음이 순식간에 빨려 나간 것처럼 그의 얼굴은 몇 초 만에 폭삭 늙어버렸다.

"그 히포크라테스 선서에 허점이라도 발견되면 전화주십시오."

해리가 말했다.

해리와 카트리네가 문 쪽으로 반쯤 걸어갔을 때 이다르가 그들을 불렀다.

"그 사람들은 검사를 받으러 저희 병원에 왔습니다. 그것뿐입니다."

"무슨 검사요?" 해리가 물었다.

"병이 있는지 알아보는 검사요."

"둘 다 같은 병이었단 말입니까? 그게 무슨 병이죠?"

"별 거 아닙니다."

"알겠습니다." 해리는 다시 문 쪽으로 걸어갔다. "증인으로 소환됐을 때도 계속 그렇게 생각하십시오. 이것도 별 거 아니니까요. 어쨌거나 불법적인 건 하나도 발견 못했거든요."

"잠깐만요!"

해리는 몸을 돌렸다. 이다르는 양손에 얼굴을 파묻은 채 팔꿈치로 몸을 지탱하고 있었다.

"파르 증후군입니다."

"파더 증후군?"

"파르요. F-a-h-r. 아주 희귀한 유전병인데 알츠하이머와 약간 비슷하죠. 운동능력이 퇴화되고, 특히 인지능력이 떨어집니다. 발작 증상도 좀 있고요. 대다수는 서른 이후에 증상이 나타나는데, 어릴 때부터 나타날 수도 있습니다."

"흠. 그래서 비르테와 실비아는 자식들이 그 병에 걸렸다는 걸 알고 있었다는 겁니까?"

"우리 병원에 왔을 때는 혹시 걸리지 않았을까 의심하는 상태였습니다. 파르 증후군은 진단이 어렵습니다. 비르테 베케르와 쉴비아 오테르센은 이미 다른 병원도 몇 군데 들러봤지만 확답은 듣지 못한 상태였습니다. 두 사람 다 아이들의 증상을 인터넷으로 검색하다가 파르 증후군과 놀랍도록 일치한다는 걸 알게 됐나 보더군요."

"그래서 당신을 찾아왔다는 겁니까? 성형외과 의사에게?"

"전 본의 아니게 파르 증후군 전문가거든요."

"본의 아니게?"

"노르웨이에는 대략 1만 8천 명의 의사가 있습니다. 근데 이 세상에 얼마나 많은 병이 있는지 아십니까?" 이다르는 학위가 걸린 벽을 향해 고갯짓을 했다. "우연히 제가 스위스에서 공부했던 신경계 과정에 파르 증후군이 포함되어 있었습니다. 그때 배운 하찮은 지식이 절 노르웨이의 파르 증후군 전문가로 만들어주었죠."

"비르테 베케르와 쉴비아 오테르센에 대해 아는 대로 말해봐요."

이다르는 어깨를 으쓱했다. "두 사람은 1년에 한 번씩 아이들을 데리고 왔습니다. 전 그 애들을 검사했고, 어떤 퇴화 증상도 발견하지 못했죠. 그걸 제외하고는 그 사람들이 어떻게 살았는지 전혀 모릅니다. 물론……." 그는 자기 앞머리를 뒤로 넘겼다. "어떻게 죽었는지도요."

"의사 선생의 말을 믿어?" 두 사람이 탄 차가 인적 없는 벌판을 가로지르는 동안 해리가 물었다.

"반쯤요." 카트리네가 말했다.

"나도 마찬가지야. 당분간 베르겐 일은 미뤄두고 여기에만 집중해야 할 것 같아."

"안 돼요."

"안 돼?"

"여기 어딘가 연결고리가 있어요."

"그게 뭔데?"

"저도 몰라요. 미친 소리처럼 들리겠지만, 어쩌면 이다르와 라프토가 연결되어 있는지도 몰라요. 그래서 라프토가 지금까지 숨어서 살 수 있었는지도 모르죠."

"무슨 뜻이야?"

"라프토가 가면을 썼을 수도 있다고요. 성형수술을 해서 만든 진짜 가면을요."

"이다르에게 성형수술을 받았다?"

"그럼 두 피해자가 같은 병원을 다녔다는 우연이 설명되잖아요. 라프토는 병원에서 비르테와 실비아를 봤고, 두 사람을 죽이기로 결심한 거예요."

"넘겨짚지 마."

"넘겨짚는다고요?"

"이런 살인사건 수사는 퍼즐 맞추기와 같아. 초반에는 퍼즐 조각을 모으고, 가지고 놀면서 인내심을 발휘해야 해. 지금 자넨 퍼즐 조각을 억지로 끼워 맞추려 하고 있어. 그러기에는 아직 너무 일러."

"그냥 누군가에게 말해본 것뿐이에요. 바보처럼 들리는지 보려고요."

"완전 바보처럼 들려."

"이건 경찰청으로 가는 길이 아닌데요?"

해리는 호기심으로 떨리는 카트리네의 목소리를 듣고 그녀를 바라보았지만, 그녀의 표정은 무덤덤했다.

"이다르가 한 말이 사실인지 내가 아는 사람에게 확인 좀 하려고. 이다르를 아는 사람이야."

마티아스는 하얀 가운을 입고 규정상 착용하는 노란색 고무장갑을 낀 채 주차장에서 해리와 카트리네를 맞이했다. 주차장은 게우스타 병원에서도 3번 순환도로를 마주 보는 갈색 건물, 흔히들 전임상前臨床이라 부르는 건물 바로 밑에 위치했다.

마티아스가 그들의 차를 주차하도록 안내한 곳은 알고 보니 그의 주차구역이었다.

"가능한 한 자전거를 자주 타고 다니려고 합니다." 마티아스는 그렇게 설명하며 출입카드를 긁어 주차장에서 해부학 연구소 지하 복도로 이어지는 문을 열었다. "이런 출입 방식이 시신을 운반하기 더 쉽거든요. 커피라도 권하고 싶지만, 방금 학생들 한 팀과 해부를 끝낸데다 곧 다음 해부가 시작될 거라서요."

"성가시게 해서 미안합니다. 오늘 아주 피곤하겠군요." 해리가 말했다.

마티아스가 어리둥절한 표정으로 해리를 바라보았다.

"오늘 라켈과 통화했는데, 어제 당신이 야근했다고 들었거든요." 해리는 그렇게 덧붙이며 마음속으로 자신에게 욕을 퍼부었다. 그저 아무런 내색도 하지 않았기를 바랐다.

"아, 라켈." 마티아스는 고개를 저었다. "라켈도 어제 밤늦게 들어왔던데요. 여자친구들과 밤새서 노는 바람에 오늘 휴가까지 냈죠. 그런데 아까 전화했더니 대청소를 하고 있지 뭡니까. 여자들이란! 누가 말리겠어요?"

해리는 경직된 미소를 지으며 이런 말에는 대체 어떤 반응을 보여야 할지 생각했다.

초록색 유니폼을 입은 한 남자가 금속으로 된 수레를 밀며 주차장 문 쪽으로 가고 있었다.

"또 트롬쇠 대학으로 보내는 거야?" 마티아스가 물었다.

"셸센 선생님께 작별 인사하세요." 초록색 유니폼의 남자가 미소 지었다. 그의 한쪽 귀에는 작은 링이 수북이 달려 있었다. 마사이 족 여자들이 목에 끼우는 고리와 약간 비슷했지만, 이 남자의 경우에는 얼굴이 심한 불균형을 이뤄 보였다.

"셸센 선생님?" 마티아스가 외치더니 걸음을 멈췄다. "정말이야?"

"30년간 근무하셨죠. 이젠 트롬쇠 대학에서 해부할 차례예요."

마티아스가 담요를 들추자 슬쩍 시신이 보였다. 두개골을 덮은 팽팽한 피부는 주름살마저 매끈하게 펴져서 성별을 알아볼 수 없었고, 회반죽 가면처럼 핏기 없는 하얀색이었다. 해리는 그 이유가 시신을 보존해두었기 때문임을 알고 있었다. 즉 포르말린과 글리세린, 알코올을 섞은 액체를 몸의 혈관에 잔뜩 집어넣어 시신이 내부에서 부패하지 않도록 한 것이다. 한쪽 귀에는 세 자리 숫자가 새겨진 금속 꼬리표가 붙어 있었다. 마티아스는 우두커니 서서 셸센 선생이 누운 수레가 주차장 문 쪽으로 가는 걸 지켜보더니, 다시 정신을 차렸다.

"미안합니다. 셸센 선생님은 오랫동안 이 병원에 근무하셨거든요. 해부학 연구소가 시내에 있을 때부터 이곳에서 교수로 계셨죠. 근육질 몸매의 뛰어난 해부학자였습니다. 보고 싶을 거예요."

"시간을 많이 빼앗지는 않을 겁니다." 해리가 말했다. "혹시 이다르와 여자 환자들과의 관계에 대해 들을 수 있을까 해서 왔습니다. 그리고 여자 환자들의 아이들과의 관계에 대해서도요."

마티아스는 고개를 들고 놀란 표정으로 해리와 카트리네를 바라본 다음 다시 해리를 바라보았다.

"지금 제가 생각하고 있는 걸 물어보는 게 맞습니까?"

해리는 고개를 끄덕였다.

마티아스는 잠긴 문을 하나 더 열고, 두 사람을 안내했다. 문 안쪽에는 여덟 개의 금속 테이블과 한쪽에 칠판이 있었다. 테이블마다 램프와 싱크대가 구비됐고, 하얀색 수건에 쌓인 직사각형 모양의 물건이 놓여 있었다. 모양과 크기로 보아 오늘의 해부 대상은 허리에서 발 사이 어딘가인 모양이었다. 표백제 냄새도 살짝 풍겼지만, 예전에 해리가 법의학 연구소의 부검실에서 맡았던 냄새만큼 강하지는 않았다. 마티아스는 의자에 털썩 앉았고, 해리는 교탁의 한쪽 모서리에 걸터앉았다. 카트리네는 테이블에 놓인 세 개의 뇌를 찬찬히 뜯어봤다. 진짜 뇌인지 모조품인지 분간하기 힘들었다.

마티아스는 한참 생각한 끝에 입을 열었다. "개인적으로는 이다르와 환자 간의 관계에 관한 어떤 것도 보거나 듣지 못했습니다."

마티아스가 '환자'라는 단어에 힘을 주어 말하는 것이 해리의 귀에 들어왔다. "그럼 환자가 아닌 사람들하고는요?"

"그걸 알 만큼 이다르와 친하지는 않습니다. 하지만 설사 안다 해도, 그에 대해 말하고 싶지 않을 만큼은 친하죠." 마티아스가 망설이는 듯한 미소를 지었다. "그래도 괜찮다면요."

"물론입니다. 궁금한 게 하나 더 있습니다. 파르 증후군이라는 건데, 혹시 그게 뭔지 압니까?"

"피상적으로만요. 끔찍한 병이죠. 그리고 불행히도 대단히 유전적인 병이라서……."

"노르웨이에 이 병의 전문가가 있나요?"

마티아스는 생각에 잠겼다. "제가 아는 바로는 없는데요. 딱히 떠오르는 사람이 없네요."

해리는 목을 긁적거렸다. "알았어요. 고마워요, 마티아스."

"천만에요. 도움이 되었다니 기쁩니다. 파르 증후군에 대해 더 알고 싶으면 오늘 밤에 전화주세요. 책을 찾아볼 수 있을 겁니다."

해리는 일어나서 카트리네에게 갔다. 그녀는 벽 앞에 놓인 큼지막한 금속 상자 네 개 가운데 하나의 뚜껑을 벗기고, 그 안을 들여다보고 있었다. 해리도 카트리네의 어깨 너머를 바라보았다. 순간 혀가 얼얼해지며 온몸이 반응했다. 투명한 알코올에 담긴 신체 부위 때문이 아니었다. 그건 그저 정육점에서 파는 고깃덩어리로밖에 안 보였다. 오히려 알코올 냄새 때문이었다. 농도 40퍼센트의 알코올.

"처음에는 온전한 상태에서 해부를 시작하다가 필요한 대로 각각의 신체 부위를 잘라 나가죠."

해리는 카트리네의 얼굴을 바라보았다. 그녀는 전혀 동요하지 않는 듯했다. 그들 뒤로 문이 열리더니 학생들이 들어와 푸른색 가운을 입고, 하얀 라텍스 장갑을 끼기 시작했다.

마티아스는 그들을 다시 주차장까지 배웅했다. 주차장 문 앞에서 마티아스는 해리의 팔을 잡더니 그를 멈춰 세웠다.

"아주 약간 마음에 걸리는 게 있어요. 이걸 말해야 할지, 말아야 할지 모르겠네요."

"말해봐요." 해리는 드디어 올 것이 왔구나 생각했다. 그와 라켈의 일을 마티아스가 알고 있는 것이다.

"약간 도덕적 딜레마에 빠지게 되네요. 이다르에 관한 겁니다."

"그래요?" 놀랍게도 안도감보다 실망감이 밀려들었다.

"분명 별 상관도 없는 일이겠지만, 그 결정은 내 소관이 아니라는 생각이 들어서요. 이런 끔찍한 사건 앞에서 의리를 우선시할 수는 없다는 생각도 들고요. 어쨌거나 작년에 지금처럼 응급실에서 일하고 있을 때의 일입니다. 역시 이다르를 알고 있는 동료와 함께 당직근무를 마치고, 아침을 먹으러 포스트카펜에 들렀습니다. 꼭두새벽부터 문을 열고 맥주를 파는 카페죠. 덕분에 이른 아침부터 갈증을 느끼는 사람들이 많이 모입니다. 물론 다른 불쌍한 영혼들도요."

"어딘지 압니다." 해리가 말했다.

"그런데 놀랍게도 거기서 이다르를 봤어요. 수프를 후루룩 마시던 어떤 더러운 소년과 함께 앉아 있더군요. 이다르는 우리를 보더니 깜짝 놀라 벌떡 일어났고, 이런저런 핑계를 댔죠. 그 후로는 그 일을 잊어버렸어요. 그러니까 잊어버린 줄 알았습니다. 당신에게서 그런 말을 듣기 전까지는요. 그리고 그때 당시 내가 무슨 생각을 했는지도 기억이 났어요. 어쩌면…… 알죠?"

"압니다." 해리는 상대의 괴로워하는 표정을 보고 이렇게 덧붙였다. "옳은 일을 한 겁니다."

"고마워요." 마티아스는 억지로 미소를 지었다. "하지만 유다가 된 기분이 드는군요."

해리는 무언가 재치 있는 말을 하려고 했지만, 그저 "고맙습니다."라고 웅얼거리며 악수를 청하는 것밖에 할 수 없었다. 고무장갑을 낀 마티아스의 차가운 손을 잡으니 몸이 부르르 떨렸다.

유다. 유다의 키스. 차를 몰아 슬렘달스바이엔 가를 내려가며 해리는 자신의 입 속으로 들어오던 라켈의 굶주린 혀, 그녀의 부드러운 허벅지, 내지르던 신음, 그의 골반이 라켈의 골반과 부딪칠 때 느꼈던 통증, 섹스를 오래 끌기 위해 그가 멈췄을 때 그녀가 내지르던 절망적인 울부짖음을 생각했다. 라켈은 섹스가 오래가는 걸 원치 않았기 때문이다. 그녀는 악마를 쫓아내고, 자신의 몸을 정화하기 위해 그에게 왔다. 그리하여 집으로 돌아가고, 자신의 영혼을 정화하고, 집 안을 대청소하기 위해서. 그러니 빨리 끝날수록 좋았다.

"병원에 전화해봐." 해리가 말했다.

카트리네의 손가락이 잽싸게 움직이며 조그맣게 삑삑거리는 소리가 났다. 이윽고 카트리네가 휴대전화를 건네주었다.

보르그힐드가 상냥함과 유능함이 뒤섞인 목소리로 전화를 받았다.

"해리 홀레 반장입니다. 만약 파르 증후군 환자가 있다면 어느 병원에 가야 합니까?"

침묵이 흘렀다.

"그거야 상황에 따라 다르겠죠." 보르그힐드가 머뭇거리며 대답했다.

"무슨 상황이요?"

"아버지의 증후가 어떤가에 따라서요." *

"그렇군요. 이다르 베틀레센 선생 있나요?"

"퇴근하셨습니다."

* 보르그힐드가 '파르'를 '파더'로 잘못 알아듣고 대답한 것이다

"벌써요?"

"오늘 컬링 시합이 있거든요. 내일 다시 전화주세요."

보르그힐드는 조바심을 내는 기색이 역력했다. 아마도 퇴근하려던 참이었나 보다고 해리는 짐작했다.

"뷔그되위 컬링 경기장인가요?"

"아뇨, 사설 경기장입니다. 김레 경기장."

"고마워요."

해리는 카트리네에게 휴대전화를 돌려주었다.

"경찰청으로 데려가야겠어."

"누구요?"

"자기 비서도 모르는 병을 치료한다고 주장하는 의사."

길을 물어물어 그들은 호화로운 사유지인 빌라 그란데를 찾아갔다. 2차대전 동안 이 집을 소유했던 노르웨이인은 뗏목을 타고 태평양을 횡단한 학자나, 북극 탐험가와 달리 전 세계적으로 이름을 널리 알렸다. 바로 매국노 크비슬링이다.*

건물 남쪽에 위치한 경사면 아래에는 옛 군대 막사처럼 생긴 사각형의 목재 가옥이 있었다. 가옥 안으로 들어서는 순간에 한기가 느껴지고, 다음 문을 열고 들어가면 기온은 한층 더 떨어진다.

빙판 위에는 네 남자가 있었다. 그들의 고함 소리가 나무 벽에 부딪혔고, 다들 해리와 카트리네가 들어온 줄도 모르고 있었다. 남자들은 얼음 위에서 미끄러지는, 반짝이는 스톤**을 향해 소리를 지르고 있었다. 애일사 크레이그라는 스코틀랜드의 섬에서 채

* Quisling, 노르웨이 정치가인 크비슬링은 여러 언어권에서 매국노를 뜻하는 보통명사로 쓰인다

** 컬링에 사용되는 원반 형태의 두꺼운 돌

취한 화강암으로 만든 20킬로그램짜리 스톤이었다. 스톤은 빙판의 시트 한쪽 끝에 그려진 두 개의 원 중에서 바깥쪽 원 가장자리에 놓인 다른 세 개의 스톤과 부딪치며 멈췄다. 남자들은 브룸*에 몸을 기댄 채 한쪽 발로만 균형을 잡고, 다른 발로 빙판을 차며 링크 주위를 돌았다. 그 상태에서 서로 상의를 하며 다음 스톤을 던질 준비를 했다.

"속물들의 스포츠죠. 저 사람들을 봐요." 카트리네가 속삭였다.

해리는 대답하지 않았다. 그는 컬링을 좋아했다. 스톤이 천천히 나아가는 모습을 지켜보는 데는 명상과도 같은 요소가 있었다. 마찰이 없는 우주에서 빙글빙글 돌아가는 스톤의 모습은 스탠리 큐브릭의 영화 〈2001 스페이스 오디세이〉에 나왔던 우주선과 비슷했다. 다만 리하르트 슈트라우스의 음악이 아닌, 스톤의 고요한 웅웅거림과 브룸의 맹렬한 빗질 소리가 동반될 뿐이다.

그제야 남자들의 시선이 그들을 향했다. 방송에서 많이 본 얼굴이 둘이나 있었다. 그 가운데 하나는 아르베 스퇴프였다.

이다르 베틀레센이 그들을 향해 다가왔다.

"우리와 게임이라도 하러 왔나요, 반장님?"

마치 해리가 아닌 자신의 일행에게 말하는 것처럼 이다르가 멀리서 외쳤다. 그러고는 즐거운 듯이 웃음을 터뜨렸지만 턱 주변의 긴장된 근육은 그의 속내를 그대로 드러내었다. 이다르는 그들 앞에 멈춰 섰다. 그의 입에서 하얀 입김이 뿜어져 나왔다.

"게임은 끝났습니다." 해리가 말했다.

"아닐 걸요." 이다르가 미소를 지었다.

* 스톤이 잘 나가도록 빙판을 문지르는 도구로 빗자루 모양이다

해리는 벌써 빙판의 냉기가 신발창을 뚫고 다리까지 올라오는 걸 느낄 수 있었다.

"우리와 함께 경찰청에 가줘야겠습니다. 지금 당장." 해리가 말했다.

이다르 베틀레센의 미소가 증발했다. "왜죠?"

"우리에게 거짓말을 했으니까요. 무엇보다도 당신은 파르 증후군 전문가가 아닙니다."

"누가 그럽디까?" 이다르는 다른 선수들이 자신의 말을 듣지 못할 만큼 멀리 떨어져 있는지 확인하기 위해 뒤를 힐끗 보았다.

"당신 비서. 그 병을 들어본 적도 없더군요."

"이봐요." 이제 이다르의 목소리에는 새로운 어조, 절망의 어조가 스며들어 있었다. "그냥 이렇게 와서 날 끌고 갈 수는 없어요. 특히나 여기……."

"당신 고객들 앞에서?" 해리는 그렇게 말하며 이다르의 어깨 너머를 바라보았다. 아르베 스퇴프가 스톤 바닥에서 얼음을 털어내며 카트리네를 뜯어보고 있었다.

"반장님이 뭘 원하는지 모르겠지만, 기꺼이 협력하겠습니다. 하지만 반장님이 의도적으로 절 모욕하고 파멸시키려 한다면 도와드릴 수 없어요. 이 사람들은 저와 가장 친한 친구들이란 말입니다." 이다르가 말했다.

"그럼 그냥 우리들끼리 계속하지, 이다르……." 낮은 바리톤 목소리가 울려 퍼졌다. 아르베 스퇴프였다.

해리는 슬픔에 잠긴 의사 선생을 바라보았다. '친한' 친구라는 말이 무슨 뜻으로 한 말인지 궁금했다. 이다르의 소원을 들어줌으로써 무언가를 얻을 기회가 조금이라도 있다면, 들어줄 가치가 있을 것이다.

"좋아요. 우린 그냥 갈 테니 정확히 한 시간 뒤에 그뢴란에 있는 경찰청사로 출두하십시오. 안 그랬다가는 우리가 사이렌과 트럼펫 팡파르를 울려대며 찾으러 갈 겁니다. 뷔그되위에서는 그 소리가 잘 들리겠죠. 안 그렇습니까?"

이다르는 고개를 끄덕였고, 한순간 습관적으로 웃으려는 것처럼 보였다.

올레그는 쾅 소리가 나게 현관문을 닫고는, 신발을 벗어던지고 쏜살같이 계단을 올라갔다. 집 안에는 레몬과 비누의 신선한 향이 진동했다. 올레그는 우당탕탕 방으로 들어갔다. 바지를 벗어던지고 트레이닝 바지로 갈아입는 동안, 천장에 달린 풍경이 놀라 땡그랑거렸다. 올레그는 다시 방 밖으로 뛰쳐나갔고, 긴 보폭으로 두 걸음 만에 계단을 내려가려고 난간을 붙잡았다. 그 순간, 문이 열려 있던 엄마의 침실에서 그를 부르는 소리가 들렸다.

침실로 가보니, 긴 손잡이가 달린 솔을 들고 침대 앞에 네 발로 기고 있는 엄마가 보였다.

"청소는 지난 주말에 했잖아요."

"했지. 근데 집이 더러워서." 엄마는 일어나서 손으로 이마를 훔쳤다. "어디 가는 거니?"

"경기장에요. 스케이트 타려고요. 카르스텐이 밖에서 기다려요. 차 마실 시간에 돌아올게요." 올레그는 침실 문을 밀치고는 양말을 신은 발로 마룻바닥을 미끄러지듯이 가로질렀다. 발레 호빈 경기장에서 스케이트를 잘 타는 사람 가운데 하나인 에리크에게 배운 기술이었다.

"잠깐 기다려, 아들. 스케이트 이야기가 나왔으니 말인데……."

올레그는 걸음을 멈췄다. 맙소사, 엄마가 스케이트를 찾아냈나 보다.

엄마는 머리를 기울인 채 문간에 서서 올레그를 빤히 바라보았다. "숙제는 어쩌고?"

"얼마 없어요." 올레그는 안도의 미소를 지었다. "차 마시고 나서 할게요."

올레그는 엄마가 머뭇거리는 걸 보고 재빨리 덧붙였다. "그 원피스 입으니까 너무 예뻐요, 엄마."

엄마는 고개를 숙여 하얀 꽃무늬의 낡은 하늘색 원피스를 바라보았다. 그러고는 나무라는 표정을 지었지만 입꼬리에서는 웃음이 새어 나왔다. "조심해라, 올레그. 이젠 말하는 게 꼭 네 아빠 같구나."

"어? 아빠는 러시아어밖에 못하는 거 아니었어요?"

아무 생각 없이 한 올레그의 말에 엄마의 표정이 달라졌다. 굉장한 충격을 받은 듯한 표정이었다.

올레그는 까치발로 섰다. "이제 가도 되죠?"

"네, 가도 됩니다?" 카트리네 브라트의 목소리가 경찰청 지하에 있는 체력단련실 벽을 후려쳤다. "정말로 그렇게 말하셨어요? 이다르 베틀레센에게 그냥 가라고요?"

해리는 자신이 누운 벤치 위에서 굽어보는 그녀의 얼굴을 올려다보았다. 천장에 달린 돔 모양의 등이 그녀의 머리 뒤로 후광을 만들어주었다. 해리는 숨을 거칠게 몰아쉬었다. 쇠막대기에 가슴이 눌려 있었기 때문이다. 95킬로그램짜리 바벨을 막 들어 올린 순간, 카트리네가 쳐들어오는 바람에 실패하고 말았다.

"어쩔 수 없었어." 해리는 쇠막대가 흉곽에 오도록 간신히 위로 살짝 밀어 올렸다. "요한 크론이라는 변호사와 함께 왔더라고."

"그래서요?"

"크론이 우리가 무슨 방법을 써서 자신의 고객을 협박했는지 묻기 시작하더라고. 그러더니 노르웨이에서 매매춘은 합법이다, 존경받는 의사에게 히포크라테스 선서를 깨도록 강요하는 경찰의 작태는 신문의 헤드라인 감이라고 하더군."

"젠장!" 카트리네가 소리쳤다. 그녀의 음성은 분노로 떨렸다. "하지만 이건 살인사건이라고요!"

해리는 카트리네가 이성을 잃은 모습을 처음 보았기에 최대한 부드러운 목소리로 대답했다.

"진정해. 아직은 그 살인사건을 파르 증후군과 연결시킬 수 없어. 심지어 연결되어 있을 가능성이 있다고 주장하는 것조차 불가능해. 요한 크론도 그 점을 알고 있는 거야. 그래서 이다르를 붙잡아둘 수 없었어."

"하지만 그렇다고 그렇게…… 누워서…… 손을 놓고 있을 수는 없잖아요!"

해리는 흉곽의 통증을 느꼈고, 카트리네의 말이 전적으로 옳다는 생각이 들었다.

그녀는 양손을 얼굴로 가져갔다. "죄송해요……. 전 그냥…… 오늘 좀 이상하네요."

"괜찮아." 해리가 신음했다. "이 바벨을 들어 올리도록 도와주겠어? 이러다가……."

"반대쪽 끝!" 카트리네가 얼굴에서 손을 떼며 외쳤다. "우린 반대쪽 끝에서 시작해야 해요. 베르겐이요!"

"아냐." 해리는 폐에 남아 있던 마지막 숨을 짜내 속삭였다. "베르겐은 끝이 아니야. 나 좀……?"

해리는 카트리네를 올려다보았다. 그녀의 갈색 눈동자에 눈물이 그렁그렁했다.

"생리 중이라서 그래요." 카트리네가 속삭이더니 싱긋 미소를 지었다. 너무 갑작스러운 변화라 마치 다른 사람이 그를 내려다보는 듯했다. 눈이 이상하게 희번덕거리고, 지극히 차분한 목소리로 말하는 사람. "반장님, 그러다 죽겠어요."

카트리네의 구두 소리가 점점 멀어졌다. 해리의 두개골에 금이 가는 소리가 들렸고, 그의 눈앞에서 빨간 점들이 춤추기 시작했다. 해리는 욕설을 지껄이며, 양손으로 바벨의 쇠막대를 감싸 쥐고 신음과 함께 들어 올렸다. 하지만 바벨은 꿈쩍도 하지 않았다.

카트리네의 말이 맞다. 이러다 죽을 수도 있다. 선택해야 했다. 웃기지만 사실이다.

해리는 몸을 비틀어 바벨을 한쪽으로 기울였고, 마침내 바벨의 원판이 미끄러지며 귀가 먹먹할 정도의 소음과 함께 바닥에 떨어졌다. 쇠막대기는 반대쪽 바닥으로 떨어졌다. 해리는 일어나 앉아 원판이 굴러가는 걸 바라보았다.

샤워를 하고 옷을 입은 다음 7층에 있는 사무실로 가서 회전의자에 털썩 앉았다. 벌써부터 몸에 아릿한 통증이 느껴지는 걸 보니 내일 아침에는 온몸이 뻐근할 것이다.

음성사서함에 가능한 빨리 전화해달라는 비에른 홀름의 메시지가 있었다.

홀름이 전화를 받자 페달 스틸 기타의 미끄러지는 선율과 함께 애절한 흐느낌이 들렸다.

"뭐야?" 해리가 물었다.

"드와이트 요아캄이에요." 홀름이 음악 소리를 줄이며 말했다. "진짜 섹시한 놈이죠?"

"그거 말고. 전화 왜 했냐고?"

"스노우맨이 보낸 편지의 분석 결과가 나왔어요."

"그런데?"

"글씨에 관해서는 특별한 게 없어요. 평범한 레이저 프린터를 썼고요."

해리는 기다렸다. 홀름이 뭔가 알아낸 것이 분명했기 때문이다.

"오히려 종이가 특별해요. 여기 실험실에 있는 사람들도 그런 종이는 다들 처음 본다고 해서 알아내는 데 시간이 좀 걸렸죠. 일본의 파피루스라고 할 수 있는 삼지닥나무로 만든 종이예요. 냄새로 구별할 수 있죠. 일일이 손으로 만들기 때문에 값이 어마어마해요. 코노 지紙라고 한대요."

"코노?"

"이런 물건들을 전문적으로 다루는 가게에서만 팔아요. 1만 크로네짜리 볼펜이나 고급 잉크, 가죽으로 장정된 노트 같은 걸 파는 가게 있잖아요."

"난 몰라. 그런 가게."

"저도 몰라요." 홀름도 시인했다. "어쨌거나 감레 드람멘스바이엔 가에 코노 지를 파는 가게가 하나 있어요. 거기 물어봤는데 요즘엔 그런 물건 안 판대요. 그러니까 다시 주문할 일도 없죠. 주인 말로는 요즘 사람들은 옛날만큼 질을 따지지 않는다는군요."

"그럼……?"

"네, 유감스럽게도 마지막으로 코노 지를 팔았던 때가 언제인지 기억나지 않는답니다."

"흠. 코노 지를 파는 가게는 거기뿐이고?"

"네. 베르겐에도 하나 있기는 한데, 거기도 몇 년 전부터 팔지 않는대요."

일생일대의 사랑을 무덤으로 만들었다는 드와이트 요아캄의 요들이 조그맣게 흘러나오는 동안 해리는 대답을 기다렸다. 더 정확히 말하면 질문을 기다렸다. 하지만 아무것도 떠오르지 않았다.

"반장님?"

"응. 생각 중이야."

"대단하시네요!"

시간이 흐른 후에, 심지어 왜 웃긴지도 모른 채 해리를 껄껄 웃게 만드는 게 바로 이런 식의 느린 시골 유머였다. 하지만 지금 이 순간에는 전혀 웃기지 않았다.

해리는 목청을 가다듬었다.

"자신이 잡히기를 원하지 않고서야 이런 종이를 형사에게 보냈다는 게 아주 이상하잖아? 우리가 그 종이를 조사하리라는 건 범죄영화를 보지 않았어도 알 텐데."

"그렇게 귀한 종이인 줄 몰랐나 보죠. 그자가 직접 사지 않았을 수도 있고요."

"물론 그럴 가능성도 있지. 하지만 왠지 스노우맨은 이런 실수를 하지 않을 것 같아서."

"하지만 했잖아요."

"그러니까 실수가 아니라는 거지."

"그럼……."

"그래, 놈은 우리가 자기를 찾아내기를 원했던 거야."

"왜요?"

"범죄자의 전형적인 심리지. 자아도취에 빠진 연쇄살인범이 게임의 무대를 설치하고, 자기는 천하무적의 막강한 정복자가 되어 결국에 승리하는 주인공을 맡는 거야."

"뭘 상대로 하는 승리죠?"

"글쎄. 왕자병 환자로 보일 위험을 무릅쓰고 말하자면, 나 아닐까?" 해리는 처음으로 그 생각을 입 밖에 내었다.

"반장님을요? 왜요?"

"나도 모르겠어. 어쩌면 내가 연쇄살인범을 잡은 적이 있는 노르웨이 유일의 경찰이기 때문인지도 모르지. 날 도전 상대로 본 거야. 놈은 편지에서 투움바를 언급했거든. 나도 모르겠어, 홀름. 그건 그렇고, 베르겐에서 코노 지를 판다는 가게 이름이 뭐야?"

"플랩 골동품가게입니다!"

적어도 그렇게 들렸다. 원래 발음인 플레스크flæsk에 베르겐식 억양과 무게가 들어간 결과, 'l'은 부드러워지고, 'æ'는 길어지고, 's' 발음은 희미해진 것이다. 자신의 성을 플랩으로 발음한 페테르 플레스크는 숨을 헐떡이며 큰 소리로 공손하게 전화를 받았다. 그는 기꺼이 해리와 이야기를 나누었다. 그렇소, 우리 가게는 예전부터 온갖 골동품을 팔았지. 하지만 주로 담배 파이프와 라이터, 펜, 가죽 서류 가방, 문구류 전문이었소. 낡은 것도 있고, 새것도 있고. 대부분의 손님은 평균 연령이 나와 비슷한 단골이외다.

코노 지에 관한 해리의 질문에 그는 후회하는 어조로 그런 종이는 이제 취급하지 않는다고 했다. 사실 그렇게 된 지 꽤 오래됐다고 덧붙였다.

"좀 무리한 부탁일 수도 있는데, 주로 단골들을 상대하셨다니까 묻겠습니다. 혹시 코노 지를 사갔던 사람들 중에 기억나는 사람이 있으신가요?"

"몇몇은 기억나는군. 묄레르도 있었고, 묄라렌에 살던 늙은이 시쿠센도 있었고. 일일이 기록하진 않지만, 우리 마누라가 꽤 기억력이 좋다오."

"그러면 기억나는 손님들의 성과 이름, 대략적인 나이, 주소를 적어서 이메일로……."

전화기 반대편에서 쯧쯧 혀를 차는 소리가 들렸다. "우린 이메일 없수다. 앞으로도 쓸 일 없고. 팩스번호를 알려주는 게 나을 거요."

해리는 경찰청의 팩스번호를 알려주었다. 그러고도 전화를 끊지 않고 머뭇거렸다. 갑자기 영감이 떠올랐기 때문이다. 이유 없이 찾아오는 영감은 없다.

"혹시 몇 년 전 손님들 가운데 게르트 라프토라는 이름이 있었습니까?" 해리가 물었다.

"아이언 라프토 말하는 거요?" 페테르 플레스크가 껄껄 웃었다.

"들어보셨습니까?"

"이 동네에서 라프토를 모르는 사람이 어디 있소? 하지만 그 사람은 우리 가게 손님이 아니라오."

해리의 옛 상사였던 묄레르 경정은 가능한 것이 무엇인지 알아내기 위해서는 불가능한 모든 것을 지워가야 한다고 입버릇처럼 말했다. 그렇기 때문에 해결책으로 이어지지 않는 단서를 지워 나갈 때마다 절망하지 말고, 오히려 기뻐해야 한다고 했다. 게다가 이건 그냥 문득 떠오른 생각이었을 뿐이다.

"어쨌든 감사합니다. 안녕히 계세요."

"라프토가 손님이 아니라, 내가 손님이었지."

"네?"

"라프토가 이런저런 물건들을 우리 가게로 가져왔소. 은으로 된 라이터라든가 금으로 된 펜 같은 거 말이오. 가끔씩 내가 물건을 사기도 했지. 물론 그 물건들이 어디서 왔는지 모를 때의 일이지만……."

"어디서 왔는데요?"

"모르시오? 자기가 일하던 범죄 현장에서 훔쳐온 거라오."

"라프토가 어르신 가게에서 물건을 산 적은 없고요?"

"라프토에게는 우리가 파는 물건들이 필요 없지."

"하지만 종이는요? 종이는 누구나 쓰지 않습니까?"

"흠. 잠깐 기다려보시오. 마누라에게 물어볼 테니."

플레스크가 한 손으로 전화기를 가렸지만, 해리는 고함 소리와 그 뒤를 이은 낮은 이야기 소리를 들을 수 있었다. 이윽고 플레스크가 전화기에서 손을 떼고 의기양양한 베르겐 억양으로 떠들썩하게 말했다. "마누라 말로는 우리가 그 종이를 더는 취급하지 않았을 때 라프토가 남아 있던 재고를 몽땅 가져간 것 같다는구만. 부러진 은제 펜홀더와 바꿨대. 우리 마누라는 참 별 걸 다 기억한다니까."

해리는 베르겐으로 가야겠다고 생각하며 전화를 끊었다. 다시 베르겐이다.

밤 9시인데도 저녁 햇살이 오슬로 브륀살렌 6번가에 있는 건물의 2층을 붉게 물들였다. 현대적인 빨간 벽돌과 회색 강철로 된 외관의 이 7층짜리 건물은 겉보기에 다른 회사 건물과 다를 바가 없었다. 따지고 보면 건물 내부도 마찬가지였다. 400명이 넘는 대다수의 직원들이 엔지니어, IT 전문가, 사회학자, 실험실 연구원, 사진사 등으로 일하고 있기 때문이다. 그러나 사실 이곳은 '조직적인 강력범죄를 소탕하는 국립 경찰부서'로, 옛 명칭인 '강력범죄 센터Kriminalpolitisentralen', 혹은 그 약자인 크리포스Kripos로 불렸다.

에스펜 렙스비크는 방금 살인사건 수사의 진척 과정을 보고받은 뒤, 부하 직원들을 퇴근시킨 참이었다. 지나치게 밝은 조명 아래의 썰렁한 회의실에는 이제 두 사람뿐이었다.

"정보가 좀 빈약하군요." 해리 홀레가 말했다.

"사실은 아무것도 없다고 봐야죠." 에스펜 렙스비크가 엄지와 검지로 눈꺼풀을 문지르며 말했다. "당신이 알아낸 것도 들을 겸 나가서 맥주나 한잔할까요?"

해리가 말하는 동안, 에스펜 렙스비크는 도심으로 차를 몰아 유스티센 카페 앞에 차를 세웠다. 둘 모두에게 집으로 가는 길목에 있는 카페였는데, 주류 판매 허가를 받은 카페라서 술이 고픈 학생에서부터 그보다 더 술이 고픈 변호사와 경찰에 이르기까지 모든 이가 즐겨 찾았다. 두 사람은 붐비는 카페의 뒤쪽 테이블로 향했다.

"베르겐에 스카레 대신 카트리네 브라트를 데려갈까 생각 중입니다." 해리가 병에 든 탄산수를 한 모금 마시며 말했다. "여기 오기 전에 카트리네의 근무기록을 조사해봤죠. 아직 풋내기지만 베르겐에서 발생한 두 건의 살인사건 수사에 참가했더군요. 둘 다 당신이 맡은 사건이었죠."

"카트리네, 네, 기억합니다." 에스펜 렙스비크가 씩 웃더니, 검지를 들어 올려 맥주를 한 잔 더 주문했다.

"카트리네가 잘했나요?"

"대단히 잘했죠. 그녀는…… 대단히…… 유능합니다." 렙스비크는 해리에게 윙크했다. 벌써 맥주를 세 잔은 마신 듯한 지친 형사의 멍한 표정으로. "만약 우리 둘 다 미혼이었다면, 난 아마 카트리네에게 덤벼들었을 겁니다."

렙스비크는 단숨에 잔을 쭉 비웠다.

"그보다 제가 궁금한 건 카트리네의 성격입니다. 그녀의 성격이 안정적이라고 생각합니까?"

"안정적이냐고요?"

"네, 카트리네에게는 뭐랄까…… 어떻게 설명해야 할지 잘 모르겠군요. 뭔가 지나치게 열성적인 면이 있어요."

"무슨 말인지 압니다." 렙스비크가 천천히 고개를 끄덕이며, 해리의 얼굴에 초점을 맞추려 했다. "카트리네의 이력은 흠잡을 데 없죠. 하지만 우리끼리 하는 말인데, 베르겐에 있을 때 어떤 녀석이 카트리네와 그녀의 남편에 대해 하는 말을 들었소."

렙스비크는 해리의 얼굴에서 어서 말해보라는 신호를 찾으려고 했지만 찾을 수 없었다. 그래도 이야기를 계속했다.

"뭐랄까…… 그런 거 있잖아요……. 가죽과 고무, 사디즘이나 마조히즘 같은 거. 약간 변태적인 클럽에 갔나 보더군요."

"그건 내가 알 바 아닙니다."

"그렇다마다요. 나도 알 바 아닙니다." 렙스비크가 방어 자세로 손을 들어 올리며 외쳤다. "그냥 뜬소문입니다. 그리고 이거 압니까?" 렙스비크가 테이블 위로 몸을 숙이며 킬킬거렸다. 덕분에 해리는 그의 입에서 나는 맥주 냄새를 맡을 수 있었다. "카트리네는 언제든 날 차지할 수 있죠."

해리의 눈빛에 무언가가 있었는지, 렙스비크는 얼른 몸을 뒤로 빼고 좀 더 사무적인 말투로 말을 이었다.

"카트리네는 프로예요. 영리하죠. 지나치게 열성적이고 성실합니다. 미해결된 사건 두 개를 해결하도록 내가 자기를 도와야 한다고 지나칠 정도로 고집을 부리기도 했죠. 하지만 절대 불안정하지는 않습니다. 오히려 반대죠. 카트리네는 폐쇄적이고 뚱한 타입입니다. 하지만 그런 사람이야 많죠. 네, 사실 난 당신과 카트리네가 완벽한 팀이 될 거라고 생각합니다."

해리는 렙스비크의 빈정거리는 말투에 빙긋 웃으며 자리에서 일어섰다. "귀띔해줘서 고맙군요."

"나한테는 귀띔 안 해줄 겁니까? 당신과 카트리네는…… 어디까지 갔소?"

"내가 귀띔해줄 말은 이거요." 해리는 200크로네 지폐를 테이블에 던지며 말했다. "오늘 밤에는 운전하지 마시오."

9일째

베르겐

정확히 아침 8시 26분, DY604기의 바퀴가 베르겐 플레스란 공항의 아스팔트 도로에 닿았다. 어찌나 세게 닿았는지 해리는 별안간 정신이 번쩍 들었다.

"안녕히 주무셨어요?" 카트리네가 물었다.

해리는 고개를 끄덕이며 눈을 비비고는, 빗줄기가 무겁게 내려앉은 이른 아침의 풍경을 내다보았다.

"잠꼬대를 하시던데요?" 카트리네가 싱긋 웃었다.

"응." 해리는 뭐라고 잠꼬대를 했는지 물어보고 싶지 않았다. 대신 자신이 무슨 꿈을 꿨는지 얼른 되짚어보았다. 라켈의 꿈은 아니었다. 며칠째 라켈이 나오는 꿈은 꾸지 않았다. 해리는 그녀를 추방해버렸다. 대신 예전 상사이자 멘토인 비아르네 묄레르의 꿈을 꿨다. 묄레르는 베르겐의 고원으로 걸어 들어갔다가 2주 후에 레부르셰른 호수에서 발견됐다. 엄지발가락을 다친 제논처럼 묄레르 역시 자신의 삶이 더 살 가치가 없다고 생각하여 내린 결정이었다. 게르트 라프토도 같은 결정을 내린 걸까? 아니면 정말 아직도 어딘가에 계속 살아 있는 걸까?

"라프토의 전 부인에게 전화했어요." 해리와 나란히 공항 복도를 걸어 나가며 카트리네가 말했다. "전 부인도, 딸도 경찰과 다시 이야기하고 싶지 않대요. 옛 상처를 다시 건드리기 싫은 거죠. 하지만 상관없어요. 당시의 경찰 보고서만으로도 충분하거든요."

그들은 공항 터미널 밖에서 택시에 올라탔다.

"고향에 와서 좋아?" 요란하게 쏟아지는 빗소리와 자동차 유리창을 연신 닦아대는 와이퍼의 리드미컬한 소리를 뚫고 해리가 큰 소리로 물었다.

카트리네는 무덤덤한 표정으로 어깨를 들썩였다. "전 비가 싫어요. 그리고 노르웨이 동부 사람들이 생각하는 것보다 베르겐에는 비가 많이 오지 않는다고 주장하는 베르겐 사람들도 싫고요."

택시가 단마르크스 광장을 지나자, 해리는 눈 덮인 울리켄 산의 정상을 올려다보았다. 운행 중인 케이블카도 보였다. 이윽고 택시는 스토레 룽에고르스반 만灣 옆의 좁은 길을 지나 도심에 도착했다. 베르겐을 찾아오는 손님들로서는 칙칙한 풍경 뒤에 보이는 도심이 늘 반가울 수밖에 없다.

그들은 항구 근처인 브뤼겐에 위치한 사스 호텔로 들어갔다. 해리는 호텔을 잡기 전에 혹시 카트리네에게 부모님 댁에 묵고 싶은지 물었지만, 카트리네는 하룻밤만 부모님 댁에 묵는 것은 너무 스트레스받는 일이며 괜히 부모님만 성가시게 할 거라고 답했다. 사실 베르겐에 왔다는 것조차 알리지 않았다고 했다.

두 사람은 각자의 카드키를 받아 엘리베이터에 탔다. 엘리베이터에 정적이 감돌자, 카트리네는 마치 그 정적이 성적 암시가 깃든 농담이라도 된다는 듯이 빙긋 웃었다. 해리는 바닥만 바라보며 자신의 몸이 잘못된 신호를 보내지 않기를, 혹은 본심이 드러나는 신호를 보내지 않기를 바랐다.

마침내 엘리베이터 문이 열렸고, 카트리네의 엉덩이가 으스대듯이 복도로 나아갔다.

"5분 뒤에 로비에서 봐." 해리가 말했다.

"우리 일정이 어떻게 되지?" 6분 뒤, 두 사람이 로비에 자리를 잡았을 때 해리가 물었다.

푹신한 안락의자에 앉아 있던 카트리네는 상체를 앞으로 내밀어 가죽으로 장정된 다이어리를 뒤적였다. 그녀는 우아한 회색 정장으로 갈아입은 상태였고, 따라서 호텔의 다른 직장인 투숙객들과 자연스럽게 융화됐다.

"우선 강력반과 실종자수사과 책임자인 크누트 뮐레르 닐센을 만나셔야 해요."

"나 혼자?"

"제가 가면 경찰청 사람들에게 일일이 인사를 하고, 이야기를 나눠야 해요. 그랬다가는 하루가 다 갈 걸요. 반장님께서 아예 제 이름을 입에 올리지 않는 게 좋아요. 제가 베르겐에 왔는데도 들르지 않은 걸 알면 다들 화낼 테니까요. 전 외위요스바이엔 가에 가서 라프토를 마지막으로 본 목격자와 이야기를 나눠보려고요."

"흠. 라프토가 마지막으로 목격된 곳이 어딘데?"

"부둣가요. 목격자 말로는 라프토가 차에서 내려 노르네스 공원으로 걸어갔다네요. 그 후로 아무도 차를 가지러 오지 않았어요. 그 지역을 이 잡듯이 샅샅이 뒤졌지만 아무것도 발견하지 못했고요."

"그다음 일정은?" 해리는 엄지와 검지로 턱을 쓰다듬으며 이곳에 오기 전에 면도를 할걸 그랬다고 후회했다.

"반장님은 당시 라프토 사건에 참가했다가 아직 베르겐 경찰청에 남아 있는 형사들과 당시 보고서를 훑어보세요. 필요한 정보를 모두 얻고, 사건을 다른 각도에서 보시면 어때요?"

"아니."

다이어리를 보고 있던 카트리네가 고개를 들었다.

"당시 형사들은 그들만의 결론을 내렸을 테고, 그걸 변호하려고만 할 거야." 해리가 설명했다. "오슬로에 가서 혼자 조용히 훑어보고 싶어. 여기서는 게르트 라프토를 좀 더 아는 데 시간을 보내고 싶군. 그의 소지품을 볼 수 있는 곳이 있을까?"

카트리네는 고개를 저었다. "라프토의 가족은 그가 가지고 있던 물건을 전부 구세군에 기증했어요. 얼마 되지도 않은 모양이지만. 가구 몇 점과 옷 몇 벌이 전부인가 봐요."

"그가 살았거나, 잠시 머물렀던 곳은?"

"이혼 후에 산비켄의 아파트에서 혼자 살았지만, 그 아파트는 이미 오래전에 팔렸어요."

"흠. 그럼 어릴 때 살았던 집이나, 아직 가족 소유인 시골 오두막, 통나무집도 없다는 건가?"

카트리네가 머뭇거렸다. "보고서에 경찰들의 여름별장 구역에 있는 작은 오두막이 나오기는 해요. 페디에의 핀뇌위 섬에 있는 오두막이죠. 그럴 경우 오두막은 가족 소유니까, 어쩌면 살펴볼 수도 있을 거예요. 제가 라프토 부인의 전화번호를 알아요. 연락해볼게요."

"그 부인은 경찰들을 상대하기 싫다고 했다며."

카트리네는 해리에게 음흉한 미소를 지어 보이며 윙크했다.

해리가 호텔 프런트 데스크에서 간신히 빌린 우산은 노천 어시장을 지나기도 전에 돌풍에 뒤집어졌고, 그가 고개를 숙인 채 베르겐 경찰청 출입문으로 뛰어들었을 때는 박쥐 모양으로 마구 엉켜버렸다.

해리가 로비에 서서 크누트 묄레르 닐센 경정을 기다리는 동안, 카트리네에게서 전화가 왔다.

"핀뇌위 섬의 오두막은 아직 라프토의 가족 소유가 맞대요. 하지만 부인은 라프토가 실종된 후로 그 오두막에 발을 들여놓지 않았답니다. 딸도 마찬가지일 거라더군요."

"거길 가야겠어. 여기 일은 1시면 끝날 거야."

"알았어요. 그럼 보트를 구해놓을게요. 사카리아스 부두에서 만나요."

크누트 묄레르 닐센 경정은 킬킬 웃는 곰인형 같은 남자였다. 눈은 늘 웃고 있었으며, 손은 테니스 라켓만 했다. 사무실 곳곳에 높이 쌓인 서류들 덕분에 그는 마치 책상에 앉은 채로 눈 속에 갇힌 사람 같았다. 라켓 같은 양손은 그의 머리 뒤에 포개어져 있었다.

"라프토라…… 흠." 묄레르 닐센은 베르겐에는 노르웨이 동부 사람들이 생각하는 것만큼 비가 많이 오지 않는다고 설명한 뒤에 그렇게 말했다.

"이곳 경찰들은 사라지길 좋아하는 것 같군요." 해리는 무릎에 놓인 보고서에 첨부되어 있던 게르트 라프토의 사진을 들어 올리며 말했다.

"그게 무슨 뜻이오?" 묄레르 닐센이 물었다. 해리는 사무실에서 유일하게 서류가 쌓여 있지 않은 구석에서 굴대 등받이 의자에 앉아 있었다.

"비아르네 묄레르." 해리가 말했다.

"아." 하지만 묄레르 닐센은 누구인지 잘 모르는 듯했다.

"플뢰옌 산에서 실종된 경찰 말입니다."

"아, 그 사람." 묄레르 닐센은 이마를 탁 쳤다. "비극적인 사건이었소. 이곳으로 발령되자마자 그렇게 실종된 바람에 기억이 잘…… 길을 잃어서 그렇게 된 걸로 결론 났죠?"

"그랬죠." 해리는 창밖을 내다보며, 이상주의에서 부패로 추락한 비아르네 묄레르의 삶을 생각했다. 더불어 오로지 해리만 알고 있는 그의 훌륭한 의도와 비극적인 실수에 대해서도. "게르트 라프토는 어떤 사람입니까?"

내 영혼의 도플갱어로군. 묄레르 닐센의 설명을 들은 해리는 그렇게 생각했다. 위험한 음주 습관과 까다로운 성격, 외톨이, 믿음직스럽지 못하며 의심스러운 도덕성, 그리고 오점투성이의 인사 기록까지 그와 똑같았다.

"하지만 라프토는 분석력과 직관이 남달랐소. 게다가 강철 같은 의지 하며……. 그 사람은…… 뭔가에 내몰리는 사람 같았죠. 그걸 뭐라고 표현해야 할지 모르겠군요. 라프토는 극단적이었소. 사건의 내막을 아는 우리로서는 새삼스러울 것도 없지만."

"그 내막이라는 게 뭡니까?" 해리는 서류더미 사이로 재떨이를 발견했다.

"라프토는 폭력적이었소. 온뉘 헤틀란이 사라지기 직전에 그녀의 아파트에 있었던 사람도 라프토였고, 헤틀란은 라일라 오센을 죽인 범인에 관한 정보를 알고 있었을지도 모르죠. 게다가 라프토는 그녀를 방문한 직후에 사라져버렸소. 투신자살을 했을 가능성도 충분하고. 어쨌거나 수사를 대규모로 확대해야 할 이유가 없었소."

"해외로 도주하지는 않았을까요?"

뮐레르 닐센은 빙긋 웃으며 고개를 저었다.

"왜죠?"

"이 사건에서 우리 경찰 측의 이점은 용의자를 아주 잘 알고 있다는 거요. 설사 이론상으로는 그가 베르겐을 떠났을 가능성이 농후하다고 해도, 그는 그럴 사람이 아니오. 간단해요."

"그가 살아 있다고 신고한 친척이나 친구들도 없습니까?"

뮐레르 닐센은 고개를 저었다. "라프토의 부모님은 돌아가셨고 친구도 별로 없었소. 전 부인과의 관계도 껄끄럽고. 어차피 살아 있다고 해도 전 부인에게 연락하지는 않았을 거요."

"딸은요?"

"딸과는 가까웠소. 아주 좋은 애지. 똑똑하고. 그 애가 겪은 어린 시절을 생각하면 아주 잘 풀렸소, 당연한 말이지만."

해리는 그 말에 담긴 뜻을 알아차렸다. '아주 잘 풀렸소, 당연한 말이지만'은 작은 도시에서 벌어지는 거의 모든 일들을 알기 마련인 경찰들이 흔히 쓰는 말이다.

"핀뇌위 섬에 라프토의 오두막이 있죠?"

"그렇소. 그곳도 물론 도피하기 좋은 곳이오. 지나간 일들을 곱씹어보기에도 좋고. 하지만……." 뮐레르 닐센은 큼지막한 손으로 목을 자르는 시늉을 했다. "오두막도 뒤지고, 개들을 풀어서 섬 전체를 수색하고, 바다 밑바닥도 훑어봤지만 아무것도 없었소."

"그곳을 한번 들여다볼 생각입니다."

"별로 볼 것도 없소. 아이언 라프토의 집 바로 맞은편이 내 오두막인데, 불행히도 그 집은 폐허가 됐소. 부인이 왜 팔지 않는지 모르겠더군. 가지도 않으면서." 뮐레르 닐센은 시계를 보았다. "난 회의에 가야 하지만, 그 사건에 참여했던 상급 경관 중 한 명이 당신에게 보고서의 내용을 검토해줄 거요."

"그럴 필요 없습니다." 해리가 무릎에 놓인 사진을 바라보며 말했다. 별안간 라프토의 얼굴이 이상하게 낯이 익었다. 마치 최근에 본 사람 같았다. 변장한 사람인가? 길에서 스쳐 지나간 사람? 소피스 가 근처를 기웃거리는 교통경찰이라든가, 빈모노폴*의 점원처럼 그가 눈여겨보지 않은 사소한 역할을 맡은 사람? 끝내 생각이 나지 않자 해리는 포기했다.

"그럼 게르트는 아니군요."

"뭐라고요?" 뮐레르 닐센이 말했다.

"아이언 라프토라고 하셨잖습니까. 그럼 그냥 게르트라고는 안 부르는 거죠?"

뮐레르 닐센은 의심쩍은 시선으로 해리를 바라보더니 큭큭 웃다가, 쓴웃음으로 마무리 지었다. "그렇소. 그 생각은 미처 한 번도 못했군."

"알겠습니다. 도와주셔서 감사합니다."

사무실 밖으로 나간 해리를 뮐레르 닐센이 불러 세웠다. 해리가 뒤를 돌아보자, 뮐레르 닐센 경정은 복도 맨 끝에 위치한 자신의 사무실 문간에 서 있었다. 그의 말이 양쪽 벽 사이로 살짝 메아리쳤다.

"라프토도 게르트라고 불리는 걸 좋아하지 않았을 거요."

* 나라에서 허가한 주류 판매점

경찰청을 나온 해리는 허리를 잔뜩 숙인 채 비바람을 헤치고 가는 사람들을 바라보았다. 그 느낌이 사라지지 않았다. 무언가 혹은 누군가가 여기에, 이 근처에, 내부에 있다는 느낌. 상황을 올바르게 보기만 한다면, 그것이 보이리라는 느낌.

카트리네는 약속대로 사카리아스 부두에서 해리를 보트에 태웠다.

"친구에게 빌렸어요." 카트리네가 6미터짜리 모터보트를 끌고 좁은 항구 입구를 빠져나오며 말했다. 보트가 노르네스 반도를 도는 동안 해리는 보트의 소음 때문에 현기증이 났다. 토템폴이 눈에 들어왔다. 나무 기둥 안에 조각된 얼굴들이 입을 벌린 채 그에게 고래고래 소리를 지르고 있었다. 보트 위로 차가운 돌풍이 불었다.

"저건 수족관의 물개들이에요." 카트리네가 말했다.

해리는 코트 자락을 더 단단히 여몄다.

핀뇌위는 작은 섬이었다. 늘 비가 쏟아지는 이 땅덩어리에 히더를 제외한 초목은 찾아볼 수 없었다. 그래도 부두가 있어, 카트리네는 능숙한 솜씨로 배를 정박시켰다. 주거지는 모두 합쳐 60개의 통나무집이었는데 다들 인형의 집처럼 조그마했다. 그걸 본 해리는 소웨토*에서 봤던 광부들의 막사가 떠올랐다.

카트리네는 통나무집 사이의 자갈길로 그를 안내하더니 그중 한 집으로 다가갔다. 벽의 페인트가 벗겨져 있어서 눈에 띄는 집이었다. 창문 하나는 금이 가 있었다. 카트리네는 까치발로 서서

* 남아프리카공화국의 흑인 거주지역

현관 위에 달린 전구를 돌리기 시작했다. 전구 안쪽에서 긁히는 소리와 함께 죽은 곤충들이 팔랑팔랑 떨어졌다. 더불어 열쇠도. 카트리네는 허공에서 열쇠를 붙잡았다.

"전 부인이 날 좋아하거든요." 카트리네가 문에 열쇠를 밀어 넣으며 말했다.

집 안에서는 곰팡이와 축축한 나무 냄새가 났다. 해리는 어둠과 빛이 섞인 공간을 바라보았다. 스위치를 딸칵 올리는 소리가 나더니 불이 들어왔다.

"사는 사람도 없는데 전기가 들어오는군." 해리가 말했다.

"공용이에요. 경찰에서 내죠." 카트리네가 천천히 주위를 둘러보며 말했다.

7평 반쯤 되는 통나무집은 거실 겸 부엌 겸 침실로 이루어졌다. 조리대와 거실 탁자에는 빈 맥주병이 수북했다. 벽에는 아무것도 걸려 있지 않았고, 창턱에도 아무런 장식품이 없었으며, 선반에는 책 한 권도 찾아볼 수 없었다.

"지하실도 있어요." 카트리네가 바닥에 있는 문을 가리키며 말했다. "이제 뭘 하죠?"

"찾아야지."

"뭘요?"

"뭘 찾을지는 생각하지 마."

"왜요?"

"뭔가를 찾는다고 생각하면 다른 중요한 걸 놓치기 쉬우니까. 마음을 비워. 발견하고 나면, 자기가 뭘 찾고 있었는지 알게 될 거야."

"알겠습니다." 카트리네가 과장되게 느린 말투로 답했다.

"자넨 여길 맡아." 해리는 그렇게 말하고는, 바닥의 문으로 가서 문에 끼워진 놋쇠고리를 잡아당겼다. 어둠으로 이어지는 좁은 계단이 나왔다. 해리는 자신의 머뭇거림을 카트리네가 눈치채지 못했기를 바랐다.

흙과 썩은 판자 냄새가 풍기는 축축한 암흑 속으로 내려가자, 오래전에 죽은 거미가 친 버석한 거미줄이 그의 얼굴에 들러붙었다. 지하실 전체가 지하에 위치했다. 계단 끝에서 찾아낸 스위치를 켜보았지만 아무 변화도 없었다. 측벽에 위치한 냉동고 맨 위의 빨간색 불빛만이 유일한 조명이었다. 해리가 휴대용 플래시를 켜자 원추형 불빛이 저장실 문에 떨어졌다.

저장실로 들어가는 문을 여니 경첩이 비명을 질러댔다. 그곳은 연장들이 가득한 목수의 공간이었다. 살인범을 잡는 것 말고도 무언가 의미 있는 일을 하겠다는 야망을 품은 남자의 공간이라고 해리는 생각했다.

하지만 연장들은 그다지 많이 쓴 흔적이 없었다. 어쩌면 라프토는 결국 자신은 달리 잘하는 일이 아무것도 없음을, 자신은 일을 벌이는 부류가 아니라 뒤처리를 하는 부류임을 깨달았는지 모른다. 갑작스런 소리에 해리는 뒤를 홱 돌아보았다. 그 소리가 냉동고의 온도 조절장치에 따라 팬이 돌아가는 소리임을 알고 안도감에 한숨을 내쉬었다. 해리는 두 번째 저장실로 갔다. 그곳에는 모든 물건들 위에 천이 덮여 있었다. 천을 벗겨내자 습기와 곰팡이 냄새가 코를 찔렀다. 플래시 불빛 아래로 부식된 파라솔, 플라스틱 탁자, 쌓여 있는 냉동고 서랍, 색이 바랜 플라스틱 의자와 크로케 세트가 모습을 드러냈다. 지하실에 있는 물건은 이게 전부였다. 위층에서 카트리네가 뒤지고 다니는 소리가 들렸다. 해리가 저장실 문을 닫으려는데, 아까 덮개를 벗길 때 미끄러진 냉동고 서랍 하나가 문에 걸렸다. 발로 서랍을 밀치려다가 동작을 멈추고 서랍을 들여다보았다. 플래시의 불빛 덕분에 서랍 측면에 볼록하게 새겨진 글씨가 보였다. 일렉트로룩스.* 해리는 아직 팬이 돌아가고 있는 냉동고로 다가갔다. 이 냉동고도 일렉트로룩스 제품이었다. 냉동고의 손잡이를 잡아당겼지만 꿈쩍도 하지 않았다. 손잡이 밑에 설치된 자물쇠를 보고서야 이 냉동고가 잠겼다는 걸 깨달았다. 그는 옆의 연장실로 들어가 쇠지레를 집어왔다. 다시 냉동고로 가려는데, 카트리네가 계단을 내려왔다.

"위에는 아무것도 없어요. 그냥 가야겠어요. 근데 뭐하세요?"

"무단 침입." 해리는 쇠지레의 끝을 자물쇠 바로 위, 냉동고 문틈에 집어넣었다. 문은 열리지 않았다. 해리는 손을 고쳐 잡고, 한 발로 계단을 밀면서 냉동고 문을 열었다.

"젠장!"

메마른 툭 소리와 함께 냉동고 문이 활짝 열렸고 해리는 앞으로 고꾸라졌다. 플래시가 벽돌로 된 바닥에 떨어지며 쨍그랑 소리가 났고, 마치 빙하에서 뿜어져 나오는 듯한 한기가 그를 덮쳤다. 해리가 플래시를 찾으려고 마룻바닥을 더듬거리는데, 카트리네의 비명 소리가 들렸다. 뼛속까지 오싹해지는 비명 소리, 목구멍 깊은 곳에서 터져 나와 마치 웃는 것 같은 신경질적인 흐느낌으로 변하는 비명 소리였다. 그러더니 2~3초간 정적이 흘렀고, 숨을 들이쉰 카트리네가 다시 비명을 내질렀다. 아까와 똑같이 길고, 늘여 빼는 비명 소리, 출산을 하는 여성의 고통을 표현한

* 스웨덴의 가전제품 브랜드

극사실주의적이고, 엄숙한 노래 같은 비명이었다. 하지만 그때쯤에는 해리도 상황을 파악했고, 카트리네가 왜 비명을 지르는지 알았다. 12년이라는 세월이 흐른 후에도 냉동고는 여전히 완벽하게 작동했고, 냉동고 안쪽의 불빛이 그 안에 쑤셔 박힌 무언가를 환하게 비춰주었기 때문이다. 앞쪽에 나와 있는 팔과 구부러진 무릎, 한쪽으로 억지로 밀어 넣은 머리를. 시체에는 마치 시체를 먹고 사는 하얀 곰팡이 같은 새하얀 성에가 한 꺼풀 덮여 있었다. 그리고 시신의 뒤틀린 모양은 카트리네의 비명을 시각적으로 표현한 듯했다. 하지만 해리의 속을 울렁거리게 만든 것은 그게 아니었다. 냉동고 문이 열린 몇 분 후, 시신이 앞으로 고꾸라졌고, 이마가 냉동고 문 가장자리에 부딪히면서 얼굴을 덮고 있던 성에가 바닥으로 우수수 떨어졌다. 덕분에 해리는 그것이 씩 웃고 있는 게르트 라프토의 얼굴임을 알아볼 수 있었다. 하지만 그것은 입이 만들어내는 미소가 아니었다. 그의 입은 삼 같은 거친 실로 윗입술과 아랫입술을 들쭉날쭉 오가며 꿰매져 있었다. 턱을 가로질러 볼까지 올라간 미소는 볼 안에 박아 넣은 일련의 검은 못들이 만들어낸 미소였다. 특히 해리의 시선을 끈 것은 코였다. 그는 순전히 반항심에서 끓어오르는 분노를 억눌렀다. 우선 코뼈와 연골이 제거됐을 것이다. 당근은 냉동고의 냉기에 색이 바래져 있었다. 완벽한 눈사람이었다.

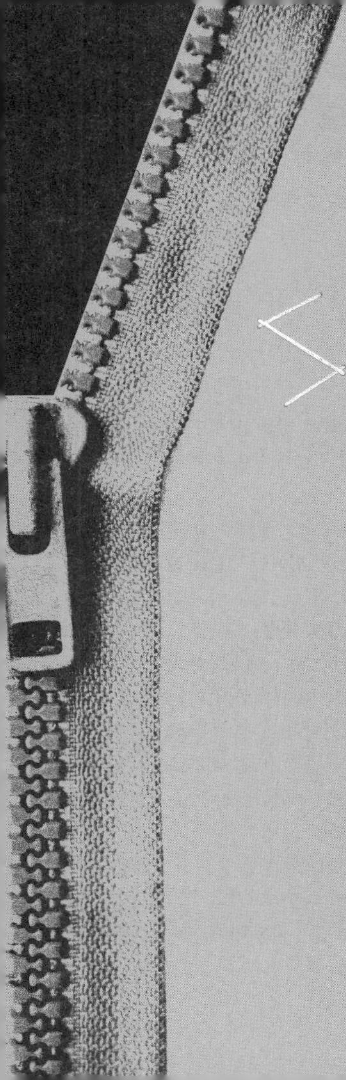

SNOW MAN

PART 3

9일째

숫자 8

저녁 8시였는데도 그뢴란슬라이레 가를 지나가는 사람들은 경찰청사의 7층 전체가 대낮처럼 환하게 불이 밝혀진 걸 볼 수 있었다.

K1실에는 스카레, 에스펜 렙스비크, 군나르 하겐 경정과 총경이 해리 앞에 앉아 있었다. 핀뇌위 섬에서 게르트 라프토가 발견된 지 여섯 시간 반, 해리가 베르겐 공항으로 가기도 전에 회의를 소집해야 한다고 전화한 지 네 시간 후였다.

해리는 시신의 발견에 대해 보고했다. 베르겐 경찰청이 이메일로 보내준 현장 사진을 공개했을 때는 총경마저도 움찔했다.

"부검 결과는 아직 나오지 않았습니다. 하지만 입의 화기와 총알이 입천장을 통과해 머리 뒤로 나온 걸 볼 때 사인은 명백합니다. 베르겐 경찰들이 저장실 벽에서 총알을 찾아냈습니다." 해리가 말했다.

"혈흔이나 뇌의 파편은요?" 스카레가 물었다.

"없어."

"그렇게 오랜 세월이 지났는데 남아 있을 리가 없지. 쥐에, 곤충에……." 렙스비크가 말했다.

"잔여 흔적이 남았을 수도 있지만 검시관과 얘기해본 결과, 우리 둘 다 의견이 같았습니다. 아마 라프토의 도움으로 깔끔하게 끝났을 겁니다." 해리가 말했다.

"네?" 스카레가 물었다.

"으윽." 렙스비크가 생각하기도 싫다는 듯이 신음했다.

스카레는 그제야 상황을 파악하고, 충격으로 얼굴을 찡그렸다. "젠장……."

"미안하지만, 지금 다들 무슨 이야기를 하는지 설명해줄 수 없나?" 하겐 경정이 말했다.

"자살사건을 수사하다 보면 가끔 있는 일입니다." 해리가 설명했다. "자살을 결심한 가여운 영혼이 총을 쏘기 전에 총신의 공기를 빨아들이는 거죠. 그렇게 진공 상태가 되면……." 해리는 적합한 단어를 찾았다. "덜 지저분해지거든요. 그러니까 아마도 범인이 라프토에게 공기를 빨아들이라고 명령했을 겁니다."

렙스비크는 고개를 절레절레 저었다. "그리고 라프토 같은 경찰은 분명 그 이유를 정확히 알았을 거고요."

하겐 경정의 얼굴이 하얗게 질렸다. "하지만 왜…… 대체 왜 라프토는 범인이 하라는 대로 한 거지?"

"아마도 선택의 여지를 줬을 겁니다." 해리가 의견을 내놓았다. "자기 입에 총을 쏘는 것보다 더 끔찍하게 죽는 방법들이었겠죠." 다들 충격을 받아 아무 말도 하지 못했다. 해리는 정적이 공백을 채우도록 내버려두었다가, 몇 초 후에 말을 이었다.

"지금까지는 이 사건과 관련된 시신이 한 구도 발견되지 않았습니다. 라프토의 시체 역시 숨겨져 있었죠. 하지만 라프토의 일가 친척들이 그 오두막을 기피하지만 않았다면, 시신은 더 빨리 발견됐을 겁니다. 따라서 라프토는 범인의 프로젝트에 가담하지 않은 게 분명합니다."

"그리고 이게 연쇄살인범의 짓이다?" 총경의 말투에 무시하는 기색은 전혀 없었다. 단지 사실 확인을 위한 질문이었다.

해리는 고개를 끄덕였다.

"만약 라프토가 소위 이 프로젝트에 가담하지 않았다면, 범인이 그를 살해한 동기가 뭔가?"

"아직 모릅니다. 하지만 형사가 살해됐을 때는, 살인범에게 협박을 받았다고 보는 것이 자연스럽죠."

에스펜 렙스비크는 기침을 했다. "때로는 시신을 다룬 방식이 살인범의 동기에 대해 말해주기도 합니다. 예를 들어, 이번 경우에는 코를 당근으로 바꿔놓았죠. 다시 말해, 그자는 우리를 조롱하는 겁니다."*

"참견하지 말라는 뜻일 수도 있죠."** 홀름이 머뭇거리며 말했다.

"그렇군! 다른 사람들에게 다가오지 말라는 경고의 뜻이야." 하겐 경정이 외쳤다.

총경은 고개를 숙이고 치뜬 눈으로 해리를 바라보았다. "실로 꿰맨 입은 뭔가?"

"입 다물라는 메시지죠." 스카레가 의기양양하게 말했다.

"맞아!" 하겐 경정이 외쳤다. "만약 라프토가 부패 경찰이었다면, 라프토와 살인범은 아마 어떤 식으로든 한패였을 거야. 라프토가 범인의 정체를 밝히겠다고 협박한 거지."

* thumb one's nose, 직역하면 엄지를 코 옆에 대고, 나머지 손가락을 흔드는 행위를 말한다
** stick one's nose in, 직역하면 코를 들이밀다

다들 해리를 바라보았다. 해리는 지금까지 나온 어떤 의견에도 반응을 보이지 않았다.

"어떤가?" 총경이 퉁명스럽게 물었다.

"물론 지금 나온 의견들이 맞을 수도 있습니다. 하지만 범인이 남기고 싶어 했던 메시지는 오직 스노우맨이 거기 있었다는 것, 그리고 그자가 눈사람을 만들기 좋아한다는 것뿐이라고 생각합니다."

형사들은 힐끔힐끔 시선을 교환했지만 아무도 해리의 말에 반박하지 않았다.

"그리고 또 다른 문제가 있습니다. 베르겐 경찰은 핀뇌위 섬에서 시체가 발견됐다고만 발표했습니다. 제가 더 상세한 정보는 이틀 후에 발표해달라고 부탁했으니까요. 따라서 그 시신이 발견됐다는 사실이 스노우맨의 귀에 들어가기 전까지의 이틀간 우리는 단서를 찾을 수 있습니다. 하지만 불행히 그 이틀이라는 시간도 믿을 게 못 됩니다. 경찰청이라는 곳이 그렇게 기밀 유지가 잘 되는 곳이 아니니까요."

"언론에서는 벌써 라프토의 이름을 알아내서, 내일 조간신문에 내보낸다고 했습니다. 〈베르겐스 티덴데〉와 〈베르겐사비센〉에 내가 아는 사람들이 있거든요." 에스펜 렙스비크가 말했다.

"틀렸어요." 그들 뒤에서 목소리가 들렸다. "오늘 밤 TV2의 심야뉴스에 나갈 거예요. 이름뿐 아니라 범죄 현장의 세부사항, 그리고 스노우맨과의 연관성까지지요."

다들 뒤를 돌아보았다. 문간에 카트리네 브라트가 서 있었다. 그녀는 여전히 창백했지만, 경찰이 올 때까지 기다리겠다는 해리를 남겨두고 보트를 몰아 핀뇌위 섬을 빠져나갈 때보다는 덜 창백했다.

"TV2에 아는 사람들이 있는 거야?" 에스펜 렙스비크가 한쪽 입꼬리를 비틀며 미소를 지었다.

"아뇨. 베르겐 경찰청을 알죠." 카트리네가 자리에 앉으며 대답했다.

"어디 갔었나, 카트리네 브라트? 몇 시간 동안 안 보였던 것 같은데." 하겐 경정이 물었다.

카트리네가 해리를 힐끗 바라보자, 해리는 보일락 말락 고개를 끄덕이고는 목청을 가다듬었다. "제가 몇 가지 일을 시켰습니다."

"중요한 일이었겠군. 그게 뭐였는지 어디 좀 들어보세."

"지금 그 이야기를 할 필요는 없습니다." 해리가 말했다.

"궁금해서 그러네." 하겐이 물고 늘어졌다.

쥐뿔도 모르면서 잘난 척만 하는 인간 같으니. 해리는 생각했다. 시간을 엄수하고, 브리핑에서 보고받는 것밖에 모르면서 저 애를 그냥 내버려두면 안 돼? 카트리네가 아직도 충격을 받은 상태인 게 안 보여? 사진을 봤을 때 당신도 얼굴이 창백했잖아. 카트리네는 모든 것으로부터 도망치기 위해 집에 간 거야. 그래서 뭐? 어쨌든 이제 돌아왔잖아. 당신이 해야 할 일은 동료들 앞에서 카트리네를 망신 주는 게 아니라 등을 토닥여주는 일이라고. 이런 생각이 크고 분명하고 또렷한 어조로 해리의 마음속에 떠오르는 동안, 해리는 하겐의 시선을 끌어 그를 이해시키려고 노력했다.

"뭐하나, 브라트? 말해보라니까." 하겐 경정이 말했다.

"몇 가지 사항들을 확인했습니다." 카트리네가 턱을 내밀며 말했다.

"예를 들면?"

"예를 들면, 라일라 오센이 살해되고, 온뉘 헤틀란과 라프토가 실종됐을 당시 이다르 베틀레센이 의대생이었다는 거요."

"그게 관계가 있나?" 총경이 물었다.

"관계있습니다. 이다르 베틀레센은 베르겐 대학을 다니고 있었으니까요." 카트리네가 말했다.

회의실이 조용해졌다.

"의대생이라고?" 총경은 해리를 바라보았다.

"안 될 거 없죠. 훗날 이다르는 성형외과 의사가 됐고, 자기 말로도 얼굴을 고치는 게 좋다고 했으니까요." 해리가 말했다.

"이다르 베틀레센이 인턴으로 일했던 병원과 나중에 취직했던 병원들을 확인해봤어요. 스노우맨이 죽였다고 추정되는 여자들의 실종 장소와 일치하지는 않더군요. 하지만 젊은 의사는 여행을 많이 다니죠. 세미나에, 임시직에." 카트리네가 말했다.

"그 망할 놈의 변호사 때문에 이다르와 얘기도 못해보겠군요." 스카레가 말했다.

"상관없어. 이다르를 구속할 거야." 해리가 말했다.

"무슨 죄목으로? 베르겐에서 의학 공부를 했다고?" 하겐 경정이 말했다.

"미성년자 매매춘으로요."

"무슨 근거라도 있나?" 총경이 물었다.

"목격자가 있습니다. 레온 호텔 주인이죠. 그리고 이다르가 그 호텔을 들락거린 사진도 있고요."

"이런 말하기는 싫지만, 내가 그 주인을 압니다." 에스펜 렙스비크가 말했다. "그자는 절대 증언하지 않을 거고, 이다르 베틀레센은 기소유예될 겁니다. 보나마나 24시간 안에 석방해야 될 거라고요."

"압니다." 해리가 손목시계를 보며 말했다. 뷔그되위까지 차로 얼마나 걸릴지 계산하는 중이었다. "그 시간이면 아주 많은 걸 알아낼 수 있죠."

해리는 다시 한 번 초인종을 누르며, 꼭 어린 시절 여름방학으로 되돌아간 것 같다고 생각했다. 여름방학이 되면 다들 어디론가 떠나고 동네에 남은 아이는 해리뿐이었다. 해리는 외위스타인이나 다른 친구들의 집 앞에 서서 초인종을 누르며 제발 기적이 일어나기를 바랐다. 할렌에 사는 할머니 집이나, 손Son의 여름별장, 덴마크의 캠핑장으로 놀러가지 않고 집에 남아 있는 아이가 하나라도 있기를 바랐다. 그렇게 이 집 저 집 초인종을 누르고 다니다 보면 하나의 가능성밖에 없다는 걸 알게 된다. 트레스코. 외위스타인과 해리는 절대 트레스코와 놀아주지 않았지만, 그래도 트레스코는 그림자처럼 따라다니며 그들의 마음이 바뀌기를, 잠시라도 그를 따뜻한 집 안으로 불러주기를 기다렸다. 트레스코가 해리와 외위스타인을 택한 이유는 그 두 사람도 별로 인기가 없었기 때문임이 분명하다. 따라서 만약 자신을 받아주는 무리가 생긴다면, 그 두 사람일 확률이 가장 높다고 생각한 것이다. 그리고 그때가 트레스코에게는 절호의 기회였다. 마을에 남은 아이는 해리를 제외하면 트레스코뿐이었고, 해리는 트레스코가 늘 집에 있다는 사실을 알고 있었다. 트레스코네 집은 살림이 넉넉지 않아 아무데도 놀러가지 않았고, 트레스코에게는 함께 놀 친구가 없었기 때문이다.

집 안쪽에서 슬리퍼를 질질 끄는 소리가 들리더니 문이 빼꼼 열렸다. 해리를 본 노부인의 얼굴이 환해졌다. 마치 해리를 본 트레스코의 엄마 얼굴이 환해졌던 것처럼. 트레스코의 엄마는 절대 해리를 집 안으로 초대하지 않았고 그냥 트레스코를 불러주었다. 트레스코를 데려와 잔소리를 늘어놓고 보기 흉한 점퍼를 입혀서는 트레스코를 계단으로 떠밀었다. 집 밖으로 떠밀려 나온 트레스코는 뚱한 표정으로 해리를 바라보았다. 해리가 여기 올 수밖에 없었던 이유를 트레스코도 알고 있었던 것이다. 함께 구멍가게로 걸어가면서 해리는 마음속으로 트레스코를 미워했다. 하지만 괜찮다. 이렇게라도 하면 시간을 때울 수 있다.

"미안하지만 이다르는 집에 없다우. 들어와서 기다리겠수? 잠깐 드라이브나 하고 온다고 했으니까 곧 올 게야." 베틀레센 부인이 말했다.

해리는 고개를 저었다. 그의 뒤로 뷔그되위의 저녁 어둠을 가르는 푸른 불빛을 노부인도 봤을지 궁금했다. 분명 스카레의 짓일 것이다. 눈치 없는 놈.

"언제 나갔습니까?"

"5시 직전이었수."

"그럼 시간이 꽤 지났잖습니까? 어디 가는지 말했나요?"

노부인은 고개를 저었다. "걔는 절대 내게 말하는 법이 없어요. 어떻게 생각하시우? 아들이 어디서 뭘 하고 다니는지 엄마가 모른다는 게 말이 되나?"

해리는 베틀레센 부인에게 고맙다고 말하고 나중에 다시 찾아오겠다고 했다. 그러고는 자갈길과 계단을 내려가 쪽문으로 갔다. 이미 병원 사무실과 레온 호텔을 찾아봤지만 이다르 베틀레센은 없었다. 컬링 경기장은 영업이 끝나 캄캄했다. 해리는 등 뒤로 쪽

문을 닫고 차로 걸어갔다. 제복을 입은 경관이 차창을 내렸다.

"경광등 꺼." 해리는 뒷좌석에 앉은 스카레를 돌아보며 말했다. "이다르가 집에 없다는군. 사실일 거야. 자넨 여기서 기다렸다가 이다르가 돌아오는지 지켜봐. 당직 경관들에게 전화해서 그를 찾으라고 해. 절대 경찰 무전기는 사용하지 말고, 알았어?"

차를 몰아 시내로 돌아가는 길에 해리는 텔레노르 교환원에게 전화했다. 교환원은 이다르 베틀레센의 휴대전화 위치를 추적하는 일은 내일 아침 일찍 공식적인 통로를 거쳐야만 가능하다고 말했다. 해리는 전화를 끊고 슬립낫의 '버밀리온Vermilion'을 크게 키웠지만 지금은 그런 음악을 들을 기분이 아니었다. 그래서 잃어버린 줄 알았다가 얼마 전 자동차 수납함 맨 뒤에서 다시 찾은 길 에반스의 시디로 바꾸기 위해 꺼냄 버튼을 눌렀다. 시디케이스를 열려고 만지작거리는데, 라디오에서 NRK* 뉴스가 흘러나왔다.

"경찰이 뷔그되위에 거주하는 30대 남자 의사를 수배 중입니다. 스노우맨 살인사건과 연관이 있는 남자로 알려졌습니다."

"이런 염병할!" 해리가 소리를 지르며 길 에반스의 시디를 앞유리창에 집어던지자 차 안에 플라스틱 파편이 쏟아져 내렸다. 시디는 좌석 밑으로 굴러 들어갔다. 화가 난 해리는 액셀러레이터를 힘껏 밟았고, 왼쪽 차선에 있던 유조차를 추월했다. 20분. 언론이 그걸 알아내는 데 고작 20분이 걸렸다. 아예 경찰청에 확성기를 달고 생방송으로 내보내시지?

경찰청 구내식당은 영업이 끝났고 저녁 내내 아무도 없었다. 하

* 노르웨이 공영방송

지만 해리가 그녀를 발견한 곳은 바로 거기였다. 2인용 탁자에 그녀와 샌드위치가 있었다. 해리는 맞은편 의자에 앉았다.

"핀뇌위에서 제가 넋이 나갔던 일을 비밀로 해주셔서 고마워요." 카트리네가 부드럽게 말했다.

해리는 고개를 끄덕였다. "뭐했어?"

"체크아웃을 하고 3시 정각에 출발하는 비행기를 탔어요. 거길 빨리 벗어나야겠더라고요." 카트리네는 찻잔을 내려다보았다. "죄송…… 해요."

"괜찮아." 해리는 고개 숙인 카트리네의 가느다란 목, 핀으로 고정시킨 머리, 테이블에 놓인 조그마한 손을 바라보았다. 이제 그녀가 달리 보였다. "평상시에 냉철하던 사람이 무너질 때는 더 요란한 법이야."

"왜요?"

"아마도 자제력을 잃는 연습을 충분히 하지 않았기 때문이겠지."

카트리네는 경찰 스포츠팀의 로고가 새겨진 찻잔을 계속 바라보며 고개를 끄덕였다.

"반장님도 자제력으로 똘똘 뭉쳤잖아요. 한 번이라도 넋이 나간 적 있으세요?"

카트리네가 눈을 들어 해리를 바라보았고, 해리는 카트리네의 흰자위가 푸르스름하게 번득이는 이유는 분명 홍채의 강렬한 빛 때문일 거라고 생각했다. 그는 손을 더듬어 담배를 찾았다. "숱하게 겪었지. 정신줄을 놓는 훈련만 받았다고 해도 과언이 아니야. 자제력을 잃는 일에 있어서라면 난 검은 띠라고."

그 말에 카트리네가 슬쩍 웃었다.

"과학자들이 경험이 많은 권투선수들의 뇌 활동을 측정한 적이 있어. 권투선수들이 시합 도중에 꽤 여러 번 의식을 잃는 거 알아? 1초도 안 되는 짧은 시간에 여기서 잠깐, 저기서 잠깐 의식을 잃는다지. 그런데 몸은 마치 그게 일시적이라는 걸 아는 듯이, 통제력을 발휘해서 다시 의식이 들 때까지 버틴다는 거야." 해리는 담배 끝을 톡톡 쳤다. "그 오두막에서 나도 넋이 나갔어. 단지 차이점이라면 오랜 경험상 그게 일시적이라는 걸 내 몸이 알았을 뿐이야."

"하지만 첫 방에 나가떨어지지 않으려면 어떻게 해야 하죠?" 카트리네가 얼굴에서 머리카락을 떼어내며 말했다.

"권투선수들처럼 맞는 대로 휘청거려야지. 저항하지 마. 일의 어떤 부분이 조금이라도 신경을 건드린다면, 건드리게 내버려둬. 어차피 막아낸다 해도 오래가지 못하니까. 조금씩 조금씩 받아들인 다음 댐처럼 풀어놔. 벽에 금이 갈 때까지 담아두지 말라는 말이야."

해리는 불이 붙지 않은 담배를 입술 사이에 밀어 넣었다.

"그래, 알아. 경찰대학 생도 시절에 정신과 의사에게 다 들은 이야기겠지. 내 요점은 설사 그렇게 조금씩 풀어놓는다고 해도, 이 일이 자신에게 어떤 영향을 미치는지 알아야 한다는 거야. 이 일이 자신을 파괴하는지 알아야 한다고."

"알았어요. 근데 만약 이 일이 날 파괴한다는 걸 알았으면 어떻게 해야 하죠?"

"그땐 다른 직장을 찾아야지."

카트리네는 오랫동안 해리를 바라보았다.

"반장님은 어떻게 하셨어요? 이 일이 반장님을 파괴한다는 걸 알았을 때요?"

해리는 담배의 필터를 가볍게 물었다. 부드럽고 메마른 섬유가 이에 닿는 게 느껴졌다. 카트리네가 자신의 동생이나 딸일 수도 있겠다는 생각이 들었다. 둘 다 똑같이 강인한 재료로 만들어졌기 때문이다. 단단하고, 무겁고, 크게 금이 가도 꿈쩍하지 않는 재료.

"난 다른 직장을 찾는 걸 잊어버렸어."

카트리네가 환하게 웃었다. "그거 아세요?" 그녀가 속삭였다.

"뭐?"

그녀가 팔을 뻗어 해리가 물고 있던 담배를 잡더니 상체를 숙였다.

"제 생각에는……."

식당 문이 벌컥 열렸다. 홀름이었다.

"지금 TV2에서 라프토와 이다르의 사진과 이름이 나오고 있어요." 홀름이 말했다.

그 뉴스와 함께 아수라장이 되었다. 밤 11시였는데도, 30분이 지나자 경찰청사 앞은 기자들과 사진기자들로 바글거렸다. 다들 크리포스 쪽 담당자인 에스펜 렙스비크나 강력반 책임자인 하겐 경정, 혹은 총경, 혹은 경찰청장, 아니면 누구든 나와서 뭐라도 말해주기를 기다리고 있었다. 기자들은 이렇게 심각하고 충격적이며, 발행 부수를 높여주는 사안에 대해서는 경찰이 대중에게 알려줄 책임이 있다고 쑥덕거렸다.

해리는 아트리움의 난간에 서서 아래를 내려다보았다. 기자들은 안절부절못하는 상어떼처럼 경찰청사 주위를 맴돌며 상의하고, 속고 속이고, 서로 돕고, 허풍을 치고, 재미있는 뉴스거리를 찾아냈다. 뭐 들은 거 있어? 오늘 밤에 기자회견이 열릴까? 최소한 즉석 브리핑이라도 있어야 하는 거 아냐? 이다르 베틀레센이 벌써 태국으로 가는 중이라고? 데드라인deadline이 다가오고 있었고, 무슨 일이라도 일어나야 했다.

해리는 예전에 데드라인의 어원이 미국 남북전쟁의 전쟁터에서 비롯됐다는 글을 읽은 적이 있다. 당시에는 포로들을 가둬둘 만한 자원이 부족했기에, 포로들을 한데 모아놓고 그들 주위로 땅에 선을 하나 그렸다고 한다. 그게 데드라인이 되었고, 그 선을 넘는 포로는 무조건 총에 맞았다. 지금 경찰청 앞에 모여 있는 저 기자들이 꼭 그 포로들 같았다. 데드라인에 갇혀 있는 전쟁 포로들.

해리가 다른 사람들과 함께 회의실로 가는데 휴대전화가 울렸다. 마티아스였다.

"내가 남긴 음성 메시지 들었나요?" 마티아스가 물었다.

"못 들었습니다. 지금 여기가 정신이 없어서. 이야기는 나중에 하죠."

"하지만 이다르에 관한 겁니다. 이다르가 수배 중이라는 뉴스를 봤거든요."

해리는 전화기를 다른 손으로 바꿔 잡았다. "그렇다면 지금 말해봐요."

"오늘 아침에 이다르에게 전화가 왔습니다. 카나드리옥사이드에 대해 묻더군요. 이다르가 그 방면에 취약해서 원래 전화로 약에 대해 잘 물어보기 때문에, 이번에도 별 생각 없이 알려줬습니다. 그런데 카나드리옥사이드가 워낙 위험한 약이라서 전화했습니다. 당신이 알고 싶어 할 것 같아서요."

"물론입니다." 해리는 여러 군데의 주머니를 뒤져 반쯤 남은 연필과 트램 티켓을 찾아냈다. "카나……?"

"카나드리옥사이드요. 청자고둥에서 추출한 독이 들어 있는데, 암이나 에이즈 환자의 진통제로 쓰입니다. 모르핀보다 천 배는 강력하고 한 방울만 들어가도 근육이 즉각 마비되죠. 호흡기와 심장이 멈추고 금방 사망합니다."

해리는 마티아스의 말을 메모했다. "알겠어요. 이다르가 또 뭐라고 했나요?"

"다른 말은 없었어요. 뭔가에 쫓기는 사람 같더군요. 고맙다고 하고 바로 끊었습니다."

"혹시 이다르가 어디에서 전화했는지 압니까?"

"모르겠습니다. 하지만 소리가 좀 이상했어요. 분명 병원에서 한 건 아니었어요. 마치 교회나 동굴에서 말하는 것 같았죠. 이해가 가십니까?"

"알겠습니다. 고마워요, 마티아스. 더 알고 싶은 게 있으면 다시 전화하죠."

"언제든……."

해리는 그 뒷말을 듣지 못했다. 이미 종료 버튼을 눌러 통화가 끊겼기 때문이다.

K1실에는 소규모 수사팀의 인원 전부가 모여 있었다. 다들 커피 한잔씩을 앞에 두었고(커피포트에는 방금 내린 신선한 커피가 부글거렸다), 의자마다 재킷이 걸려 있었다. 스카레는 방금 뷔그되위에서 돌아온 참이었다. 그는 이다르 베틀레센의 어머니와 나누었던 대화를 보고했는데, 노부인은 자신은 아무것도 모르며 무언가 대단한 오해가 있는 게 분명하다는 말만 되풀이했다고 한다.

카트리네는 이다르의 비서인 보르그힐드 모엔과 통화를 했는데, 그녀 역시 그럴 리 없다는 말을 했다고 보고했다.

"필요하다면 내일 두 사람을 심문하도록 하지. 자, 유감스럽게도 급한 문제가 하나 더 생겼어." 해리가 말했다.

해리가 마티아스와의 통화를 요약하는 동안 다른 세 사람은 해리를 바라보았다. 해리는 트램 티켓 뒷면에 적힌 단어를 읽었다. 카나드리옥사이드.

"그 마비시키는 약물로 이다르가 여자들을 죽였을까요?" 홀름이 물었다.

"바로 그거였군." 스카레가 끼어들었다. "그래서 이다르가 시신을 숨긴 거야. 부검할 때 그 약물이 발견돼서 경찰이 자신을 찾아내지 못하도록."

"우리가 아는 사실은 이다르 베틀레센이 지금 건잡을 수 없는 상태라는 거야. 만약 그자가 스노우맨이라면 패턴을 깰 거야." 해리가 말했다.

"문제는 지금 그자가 누굴 노리느냐는 거죠. 곧 그 약물로 누군가를 죽일 거예요." 카트리네가 말했다.

해리는 목을 문질렀다. "이다르의 통화 내역 출력해왔나, 카트리네?"

"네. 이름과 전화번호를 알아내서 보르그힐드에게 확인했어요. 대부분이 환자들이었고, 변호사인 크론에게 두 번, 그리고 방금 전 반장님께서 말씀하신 마티아스 룬 헬게센에게 한 번 전화했더군요. 그리고 포페르 출판사로 등록된 번호도 있었어요."

"그럼 이젠 할 일이 별로 없군. 계속 여기 앉아 커피나 마시면서 안 돌아가는 머리를 긁적일 수도 있지. 아니면 집에 가서 자고, 여전히 안 돌아가지만 그래도 좀 덜 피곤한 머리로 내일 아침에 출근하거나."

다들 해리를 빤히 바라보았다.
"농담 아냐. 빨리 퇴근들 해."

해리는 카트리네에게 그뤼네르뢰카에 있는 집까지 데려다주겠다고 했고, 그녀의 길 안내를 따라 세일덕스 가에 있는 5층짜리 건물 앞에 멈췄다.
"몇 층이야?" 해리가 상체를 앞으로 내밀며 물었다.
"3층 오른쪽이에요."
해리는 3층을 올려다봤지만, 창문은 모두 캄캄했고 커튼도 쳐 있지 않았다. "남편이 집에 없는 모양인데. 아니면 자고 있거나."
"아마 그러겠죠." 카트리네는 내릴 채비를 하지 않았다. "반장님?"
해리는 의아한 표정으로 그녀를 바라보았다.
"제가 문제는 지금 스노우맨이 누굴 노리느냐는 거라고 했을 때 누구를 염두에 두고 한 말인지 아세요?"
"대충은."
"우리가 핀뇌위에서 발견한 시신은 그냥 너무 많이 아는 누군가가 우연히 죽은 게 아니에요. 아주 오래전부터 범인이 계획했던 일이라는 거예요."
"무슨 말이야?"
"만약 라프토가 범인을 쫓고 있었다면, 그의 죽음 역시 범인이 계획했던 일이라는 거죠."
"카트리네……."
"잠깐만요. 라프토는 베르겐 최고의 형사였어요. 반장님은 오슬로 최고의 형사고요. 범인은 반장님이 이 사건을 맡으리라는 걸 예상했을 거예요. 그래서 그 편지를 보낸 거고요. 그냥 조심하시라고요."

"지금 날 겁주려는 거야?"

카트리네는 어깨를 으쓱였다. "만약 반장님이 겁을 먹었다면, 그게 무슨 의미인지 아세요?"

"모르겠는데?"

카트리네는 차 문을 열었다. "다른 직업을 찾아봐야 한다는 뜻이에요."

해리는 아파트 문을 열고 신발을 벗은 다음 거실로 들어가는 문지방 앞에 멈춰 섰다. 이제 거실은 완전히 해체되어, 예전의 부품 상태로 돌아간 듯했다. 헐벗은 붉은 벽에 적힌 하얀색 글자 위로 달빛이 떨어졌다. 그는 거실로 들어갔다. 벽의 글자는 분필로 쓴 숫자 8이었다. 팔을 뻗어 숫자를 만져보았다. 그 곰팡이 제거반이 한 짓이 분명했지만, 대체 무슨 뜻일까? 어떤 약품을 써야 할지 기억하기 위해 써놓은 암호일까?

그날 밤 내내 심한 악몽이 그의 육체를 고문해 이리저리 뒤척이게 만들었다. 무언가가 억지로 입 안에 들어오는 꿈을 꾸었다. 질식하지 않기 위해서는 어떤 구멍으로 숨을 쉬어야 했는데, 그 구멍에서는 기름과 금속, 화약의 맛이 났다. 결국에는 구멍 안의 공기가 다 사라지고 진공 상태가 됐다. 입 안에 있던 물건을 뱉어봤더니, 그가 숨을 쉬던 구멍은 총신이 아니라 숫자 8이었다. 밑에 있는 동그라미는 크고, 위의 동그라미는 작은 8. 밑의 커다란 원과 위의 작은 원. 점차로 8에 새로운 원, 맨 위에 더 작은 원이 생겨났다. 머리였다. 실비아 오테르센의 머리. 그녀는 비명을 지르려고 했다. 자신이 어떤 일을 당했는지 해리에게 말해주려고 했지만 그럴 수 없었다. 입술이 실로 꿰매졌기 때문이다.

잠에서 깨자 눈은 끈적거렸고, 머리는 지끈거렸으며, 입술에는 분필과 담즙 맛의 막이 한 꺼풀 덮여 있었다.

10일째

컬링

뷔그되위의 쌀쌀한 아침, 아스타 요한센은 평상시대로 8시에 컬링 경기장의 문을 열었다. 이제 곧 칠순을 앞둔 이 미망인은 일주일에 두 번씩 이곳을 청소했는데, 다섯 명 남짓만 사용하는 사설 경기장이다 보니 그걸로도 충분했다. 게다가 샤워장도 없었다. 아스타는 불을 켰다. 목재로 된 벽에는 트로피와 상장, 라틴어가 적힌 우승기, 수염을 기르고 트위드 양복을 입은 채 근엄한 표정을 짓고 있는 남자들의 오래된 흑백 사진이 걸려 있었다. 아스타는 사진 속의 남자들이 우스꽝스럽다고 생각했다. 상류층 사람들에 관한 영국 텔레비전 드라마 속의 여우 사냥꾼들 같았다. 그녀는 컬링 경기장으로 들어가는 문을 열었다. 안쪽에서 느껴지는 냉기로 봐서, 직원들이 빙판 온도를 올려놓는 걸 잊은 모양이었다. 전기세를 절약하기 위해 보통 퇴근 전에는 빙판 온도를 올려놓기 때문이다. 아스타 요한센이 조명 스위치를 켜자, 네온 튜브가 깜빡거리며 불을 들어오게 할지 말지 고민하느라 몸부림을 쳤다. 아스타가 돋보기를 쓰고 냉각 케이블의 온도계를 보니, 아니나 다를까 너무 낮은 온도였다. 그녀는 온도를 높였다.

빙판의 회색빛 표면 위로 불빛이 반짝거렸다. 경기장 맨 끝에 무언가가 얼핏 보이는 듯해서 그녀는 돋보기를 벗었다. 서서히 시야의 초점이 잡혔다. 사람인가? 빙판을 가로질러 가보고 싶었지만 망설여졌다. 아스타 요한센은 절대 소심한 성격이 아니었으나, 혹시라도 빙판에서 다리가 부러져 여우 사냥꾼들이 올 때까지 꼼짝없이 누워 있게 될까 두려웠다. 그녀는 벽에 세워진 브룸 하나를 집어 들고, 그걸 지팡이 삼아 종종걸음으로 비틀비틀 빙판을 가로질렀다.

컬링 시트 맨 끝에 죽은 남자가 머리를 원 한가운데 둔 채 누워 있었다. 인상을 쓴 채 뻣뻣해진 남자의 얼굴 위로 네온 튜브의 푸르스름한 불빛이 떨어졌다. 어딘가 낯익은 얼굴이었다. 유명한 사람인가? 생기 없는 남자의 눈동자는 그녀 뒤에 있는 무언가를, 여기를 넘어선 곳의 무언가를 찾는 듯했다. 뒤틀린 오른손에는 빨간색 액체 잔여물이 남은 빈 플라스틱 주사기가 쥐어져 있었다.

아스타 요한센은 죽은 남자를 위해 자신이 할 일은 아무것도 없다는 결론을 차분하게 내린 다음 빙판을 가로질러 가장 가까운 공중전화로 가는 일에만 집중했다.

연락을 받은 경찰은 곧장 달려왔고, 아스타는 집으로 돌아가 모닝커피를 마셨다.

〈아프텐포스텐〉 신문을 집어 들었을 때에야 비로소 자신이 발견한 남자가 누구인지 알게 됐다.

해리는 쪼그리고 앉아 이다르 베틀레센의 신발을 뜯어보았다.

"검시관은 사망시간이 언제인 것 같대?" 해리는 비에른 홀름에게 물었다. 홀름은 하얀 곰인형에서 뜯어낸 털을 가장자리에 붙인 듯한 데님 재킷을 입고 해리 옆에 서 있었다. 그가 신은 뱀가죽으로 만든 부츠는 빙판 위를 걸어 다녀도 거의 소리가 나지 않았다. 아스타 요한센이 경찰에 전화한 지 채 한 시간이 안 됐지만, 기자들은 벌써 컬링 경기장 주위에 두른 빨간색 폴리스라인 밖에 모여 있었다.

"알아내기 힘들다는데요. 실내 온도가 빙판의 온도에 비해 훨씬 높은 상태에서 빙판에 누워 있었으니, 시신의 온도가 급격히 떨어졌을 거랍니다." 홀름이 말했다.

"그래도 대충 짐작은 갈 거 아니야?"

"어제 저녁 5시에서 7시 사이요."

"흠. 이다르에 대한 뉴스가 나오기 전이군. 자물쇠 봤지?"

홀름은 고개를 끄덕였다. "전형적인 예일Yale 자물쇠더군요. 청소부 할머니가 도착했을 때는 잠겨 있었대요. 반장님이 부츠 보시는 거 봤어요. 저도 신발자국을 확인해봤는데, 쉴비아 오테르센의 헛간 주위에 있었던 발자국과 동일해요."

해리는 부츠 밑창의 무늬를 곰곰이 들여다보았다. "그러니까 자넨 이 남자가 범인이라고 생각한다는 거지?"

"그런 것 같아요, 네."

해리는 고개를 끄덕이며 생각에 잠겼다. "이다르가 왼손잡이던가?"

"아닐 걸요. 보시다시피 오른손에 주사기를 쥐고 있잖아요."

해리는 고개를 끄덕였다. "그렇군. 그래도 확인해봐."

해리는 자신이 맡은 사건이 결론에 도달하거나, 해결되거나, 종결됐을 때 기쁨을 느낀 적이 한 번도 없었다. 사건을 수사 중인 한 그에게는 목표가 있지만, 일단 그 목표에 도달하고 나면 이곳이 여정의 끝이 아니라는 생각만 들었다. 혹은 그가 상상했던 끝이 아니라는 생각. 혹은 끝이 바뀌었거나, 그가 변했거나, 뭐가 뭔지 알 수 없다는 생각만 들었다. 사실 그는 공허했고, 성공은 약속했던 맛이 아니었으며, 범인을 잡으면 늘 '그래서 뭐 어쩔 건데?' 라는 의문이 뒤따랐다.

저녁 7시가 되자 증인 심문도 끝나고, 법의학적 증거들도 다 수집됐으며, 강력반 복도에서 기자회견까지 열렸다. 경찰청에는 파티 분위기가 감돌았다. 하겐 경정은 케이크와 맥주를 주문했고, 렙스비크와 해리의 수사팀을 K1실로 소집해 자축하기로 했다.

해리는 누군가 그의 무릎에 두고 간 큼지막한 케이크 조각을 바라보며 의자에 앉아 있었다. 하겐이 연설하는 소리가 들렸고 웃음소리와 박수가 뒤따랐다. 누군가 지나갈 때 그의 등을 슬쩍 치기는 했어도 다들 그를 내버려두었다. 주위에서 두런두런 이야기를 나누는 소리가 들렸다.

"병신 같은 새끼. 우리가 잡으러 가는 걸 알고 겁에 질린 거야."

"우리에게서 도망친 거지."

"우리? 자네가 속한 렙스비크 팀이……."

"만약 그놈을 생포했으면, 법원에서 미친놈이라고 판단하고……."

"잘된 일이지 뭐. 어차피 우리에게는 결정적인 증거가 하나도 없었잖아. 죄다 정황 증거뿐이었지."

다른 방에서 에스펜 렙스비크의 목소리가 우렁차게 울려 퍼졌다. "좋다, 제군들. 입 닥쳐라! 8시에 펜리스 바에 모여 코가 삐뚤어지게 마셔보자는 동의안이 상정됐고, 통과됐다. 이건 명령이다,

알겠나?"

요란한 함성이 터져 나왔다.

해리가 케이크를 바닥에 내려놓고 일어서자 누군가 그의 어깨를 살짝 잡았다. 홀름이었다.

"확인해봤어요. 제 말대로 이다르는 오른손잡이예요."

누군가 맥주병을 따자 탄산가스가 부글거리며 흘러넘쳤다. 벌써 살짝 취한 스카레가 홀름의 어깨에 팔을 둘렀다.

"오른손잡이가 왼손잡이보다 오래 산다던데, 이다르 베틀레센에겐 적용되지 않았군 그래. 하하하!"

스카레가 자신의 이 명언을 다른 사람들에게 들려주기 위해 가버리자 홀름이 물었다. "가시려고요?"

"산책이나 하려고. 이따가 펜리스 바에 갈지도 몰라."

해리가 막 문을 열려는데, 하겐 경정이 그의 팔을 잡았다.

"아직은 아무도 자리를 뜨지 않았으면 좋겠네만." 그가 나지막이 말했다. "청장님이 내려와 한마디 하실 걸세."

해리는 하겐 경정을 바라보았고, 자신의 눈빛에 무언가가 있음을 깨달았다. 하겐 경정이 마치 불에 덴 것처럼 해리의 팔에서 얼른 손을 뗐기 때문이다.

"그냥 화장실 좀 가는 겁니다."

하겐은 얼른 미소를 짓더니 고개를 끄덕였다.

해리는 사무실로 가서 재킷을 집어 들고 천천히 계단을 내려가 경찰청사 밖으로 나갔다. 그뢴란슬라이레 가를 걸어 내려가자 허공에 눈송이 서너 개가 흩날렸다. 에케베르그 언덕에 불빛이 깜박거렸고, 멀리서 들리는 고래의 노래처럼 사이렌 소리가 커졌다가 작아졌다. 파키스탄인 두 명이 상점 앞에서 유쾌한 토론을 나누는 동안 눈송이가 상점에 진열된 오렌지에 내려앉았고, 술에 취해 비틀비틀 걸어가는 남자는 그뢴란 광장에서 뱃노래를 불렀다. 야행성동물들은 코를 킁킁거리며 나가도 안전한지 살피고 있었다. 아, 그는 이 도시가 좋아서 미칠 지경이었다.

"너 여기 있었니?"

엘리 크발레는 아들 트뤼그베가 식탁에 앉아 잡지를 읽는 걸 보고 깜짝 놀랐다. 라디오에서 웅얼거리는 소음이 흘러나왔다.

엘리는 트뤼그베에게 왜 아빠와 함께 거실에 있지 않고 여기 있는지 물어보려다가, 아들로서는 당연히 엄마와도 이야기하고 싶을 거라는 생각이 들었다. 그녀의 착각이었지만.

엘리는 차를 한잔 따라서, 식탁에 앉아 말없이 아들을 바라보았다. 어쩜 저렇게 잘생겼는지. 자기 눈에는 아이가 절대 예뻐 보이지 않을 거라고 생각했는데, 그녀의 예상은 완전히 빗나갔다.

라디오에서 누군가가 여자들이 기업의 중역으로 발탁되지 못하는 원인이 더는 남자 때문이 아니라고 주장했다. 기업들이 사회적으로 지탄을 받거나, 힘든 업무를 맡거나, 방패막이로 내세울 여자들이 없는 걸 고질적으로 혐오하는 탓에 법률적으로 정해진 여성 중역의 비율을 채우려고 안간힘을 쓰기 때문이라는 것이다.

"여자들은 피스타치오를 달라고 울면서 떼를 쓰다가, 막상 피스타치오를 입 속에 넣어주면 뱉어내는 어린아이들과 같습니다. 정말 꼴불견이죠. 이제는 여자들도 책임을 지고, 배짱 있게 행동해야 할 땝니다."

맞아, 그럴 때야. 엘리는 생각했다.

"오늘 ICA 슈퍼마켓에서 누가 제게 말을 걸었어요." 트뤼그베가 말했다.
"그랬어?" 엘리는 덜컥 겁이 났다.
"내가 엄마 아들인지 물어보더라고요. 엄마와 아빠의 아들인지."
"응." 엘리가 지나치게 부드러운 어조로 말했다. 현기증이 났다. "그래서 뭐라고 대답했니?"
"뭐라고 대답했냐고요?" 트뤼그베는 보고 있던 잡지에서 시선을 들었다. "당연히 그렇다고 대답했죠."
"그걸 물어본 남자는 누구였어?"
"뭐 잘못됐어요, 엄마?"
"무슨 말이니?"
"안색이 창백하잖아요."
"아무것도 아니다, 얘야. 그 남자가 누구였어?"
트뤼그베는 다시 잡지로 시선을 돌렸다. "남자라고 말한 적 없는데요."
엘리는 자리에서 일어나 라디오 소리를 줄였다. 여자 앵커가 토론에 참가해준 산업부 장관과 아르베 스퇴프에게 감사 인사를 했다. 엘리는 어둠 속을 응시했다. 여기저기서 눈송이들이 중력과 자기 의지에 아랑곳없이 빙글빙글 돌아갔다. 눈송이들은 운이 닿는 곳에 떨어질 것이고, 녹아서 사라질 것이다. 그렇게 생각하니 조금 위안이 되었다.
엘리는 기침을 했다.
"왜 그러세요?"
"아무것도 아니야. 감기에 걸렸나 봐."

해리는 오슬로의 거리를 정처 없이, 아무 생각 없이 걸어 다녔다. 레온 호텔 앞에 도착한 후에야 자신의 목적지가 이곳이었음을 깨달았다. 창녀들과 마약상들은 벌써 근처 거리에 자리를 잡았다. 지금이 러시아워였다. 손님들은 섹스든 마약이든 자정 전에 거래를 마치고 싶어 한다.

해리는 호텔의 안내 데스크로 걸어갔다. 뵈레 한센의 겁에 질린 얼굴을 보니, 해리를 기억하는 모양이었다.

"거래했잖습니까!" 호텔 주인이 눈썹에 맺힌 땀을 닦으며 항의했다.

타인들의 충동으로 먹고사는 사람들은 왜 늘 저렇게 번들거리는 땀으로 한 겹 덮여 있는지 궁금했다. 마치 자신들의 파렴치함을 거짓으로 부끄러워하는 가식 같았다.

"의사 선생 방의 열쇠를 주시오. 어차피 오늘 밤에는 오지 않을 테니까." 해리가 말했다.

호텔 방은 갈색과 오렌지색의 환각적인 무늬가 그려진 70년대 벽지로 삼면이 도배됐다. 욕실 벽은 검은색으로 칠해졌으며, 회반죽이 떨어진 곳에는 회색 금과 얼룩이 있었다. 더블 침대는 한가운데가 푹 꺼져 있었다. 니들 펠트로 만든 카펫은 표면이 딱딱했는데, 아마도 물과 정액이 스며들지 못하게 하려고 그랬을 것이다. 침대 발치에 놓인 의자에는 수건이 걸려 있었다. 해리는 수건을 치우고 그 의자에 앉아 짜릿한 흥분을 기대하는 도심의 요란한 소리에 귀 기울였다. 개들이 돌아왔다는 걸 느낄 수 있었다. 개들은 쇠사슬을 끌며 으르렁대고 날카롭게 짖어댔다. 딱 한잔만, 딱 한 모금만 마시면 널 건드리지 않고, 네 발치에 얌전히 누워 있겠다고 외쳐댔다. 해리는 웃을 기분이 아니었는데도 웃음이 나왔다. 악령은 몰아내야 하고, 통증은 익사시켜야 한다. 해리는 담배에 불을 붙였다. 구불구불한 담배 연기가 얇은 종이로 된 등이 걸린 곳까지 올라갔다.

이다르 베틀레센은 어떤 악령과 싸웠을까? 악령을 이곳으로 데려왔을까, 아니면 이곳이 성역이나 피난처였을까? 아마 그도 몇 가지 해답은 얻었겠지만, 모든 해답을 얻지는 못했을 것이다. 이를테면, 광기와 악이 전혀 다른 두 개체인지 혹은 더는 파괴의 목적을 이해할 수 없을 때 단순히 그걸 광기라고 불러야 하는지 같은 질문의 해답들. 우리는 무고한 민간인이 사는 도시에 원자폭탄을 떨어뜨릴 수밖에 없었던 사람은 이해하지만, 런던의 슬럼가에 질병과 도덕적 타락을 퍼뜨린다는 이유로 매춘부들을 토막 내야만 했던 살인자는 이해하지 못한다. 그리하여 전자는 현실이라 부르고, 후자는 광기라 부른다.

맙소사, 정말로 술이 필요했다. 이 고통, 오늘 하루, 오늘 밤을 무디게 해줄 딱 한잔.

그때 노크 소리가 들렸다.

"들어와." 해리는 소리를 질렀고 자신의 성난 목소리에 깜짝 놀랐다.

문이 열리며, 검은 얼굴이 나타났다. 해리는 여자를 훑어보았다. 아름답고 단단한 두상과 목 아래로 짧은 재킷이 보였는데, 어찌나 짧은지 꽉 끼는 바지 위로 삐져나온 살이 다 보일 정도였다.

"닥터?" 여자가 영어로 물었다. 두 번째 음절에 억양이 들어가 프랑스어처럼 들렸다.

해리는 고개를 저었다. 여자는 해리를 바라보더니, 문을 닫고 가버렸다.

2~3초 후, 해리는 의자에서 일어나 문으로 갔다. 여자는 벌써

복도 끝에 다다라 있었다.

"잠깐만!" 해리가 영어로 소리쳤다. "잠깐 이야기 좀 합시다."

여자는 걸음을 멈추고 경계하는 눈빛으로 해리를 바라보았다.

"200크로네." 마지막 음절에 강세를 두며 여자가 말했다.

해리는 고개를 끄덕였다.

여자는 침대 끝에 앉아 어리둥절한 표정으로 해리의 질문을 들었다. 사악한 인간인 닥터에 대해. 그가 몇몇 여자들과 벌인 난잡한 섹스파티에 대해. 그가 그 파티에 끌어들이고 싶어 했던 아이들에 대해. 해리가 질문을 할 때마다 여자는 이해할 수 없다는 표정으로 고개를 저었다. 마침내 여자는 해리에게 경찰이냐고 물었다.

해리는 고개를 끄덕였다.

여자가 미간을 찌푸렸다. "왜 그런 질문해요? 닥터는 어디 있죠?"

"닥터는 사람들을 죽였소."

여자는 의심스러운 시선으로 해리를 바라보았다. "거짓말." 마침내 여자가 말했다.

"왜지?"

"닥터는 좋은 사람이니까. 우리를 도와줬어요."

해리는 닥터가 그들을 어떻게 도와줬는지 물었다. 이젠 그가 앉아서 듣는 쪽이었고, 흑인 여자가 이야기했다. 그녀는 매주 월요일과 목요일마다 닥터가 큰 가방을 들고 이 방에 와서 그들을 진찰하고, 화장실에 가서 소변을 받아오게 하고, 혈액을 채취해서 성병 검사도 해줬다고 했다. 성병이 발견되는 경우에는 약을 주고 치료도 해주었다. 전염병에 걸렸을 경우에는 병원 주소를 알려주었다. 그 외에도 어디가 아프면 그 증상에 맞는 약을 주었다. 닥터는 절대 돈을 받지 않았고, 그 대가로 길거리의 동료들을 제외하고 누구에게도 이 사실을 말하지 않겠다는 약속만 지켜달라고 했다. 몇몇 여자들은 아픈 아이들을 데려오기도 했지만, 호텔 주인이 들여보내지 않았다.

여자의 말을 듣는 동안 해리는 담배를 피웠다. 이건 이다르의 면죄부였을까? 균형을 잡기 위해 필요했던 악의 대척점이었을까? 아니면 이것이 오히려 악한 기운을 두드러지게 하고 부각시켰을까? 닥터 요제프 맹겔레*도 아이들을 끔찍이 예뻐했다고 하지 않는가.

입 속에서 혀가 점점 더 부풀어 올라, 빨리 술을 마시지 않으면 질식할 것 같았다.

여자는 말을 멈추고, 200크로네짜리 지폐를 손으로 만지작거렸다.

"닥터가 돌아올까요?" 마침내 여자가 물었다.

해리는 대답하려고 입을 열었지만 혀 때문에 말을 할 수가 없었다. 마침 휴대전화가 울려 전화를 받았다.

"홀레입니다."

"반장님? 저 오다 페울센이에요. 기억하세요?"

기억나지 않았다. 게다가 너무 어린 여자의 목소리였다.

"NRK 방송국이에요. 지난번에 제가 〈보세〉에 반장님을 섭외했잖아요."

미인계를 펼치는 방송작가였다.

* 2차대전 중 유대인을 상대로 잔인한 생체실험을 자행했다

"혹시 내일 방송에 또 나오실 의향이 있는지 알아보려고 전화 드렸어요. 반장님께 이번 스노우맨 사건을 듣고 싶거든요. 네, 물론 범인은 죽었지만 그래도요. 그런 사람의 머릿속에는 대체 뭐가 들었는지 궁금해요. 그런 사람을……."

"싫소."

"네?"

"나가고 싶지 않다고요."

"반장님, 이건 〈보세〉예요. NRK 방송국요." 오다 페울센이 진심으로 어이가 없다는 어조로 말했다.

"생각 없소."

"하지만 반장님, 정말 재미있을 거 같지 않아요? 여기 출연해서……."

해리는 전화기를 검은색 벽에 던져버렸다. 회반죽 파편 하나가 벽에서 떨어졌다.

해리는 양손에 얼굴을 묻고, 머리가 폭발하지 않도록 두 손으로 꽉 붙잡았다. 술이 필요했다. 아무 술이든. 다시 고개를 들었을 때 방 안에는 그 혼자뿐이었다.

만약 펜리스 바에서 술을 팔지 않았다면, 해리는 그곳에 가지 않았을 것이다. 바텐더 뒤의 선반에 놓인 짐 빔은 위스키에 절은 거친 목소리로 널 무감각하게 만들어 사면해주겠노라고 외쳐댔다. "해리! 어서 와서 옛 추억에 잠겨보자고. 그때 우리 함께 끔찍한 귀신들을 쫓아냈잖아. 잠도 잘 자고."

어쩌면 술을 팔지 않았어도, 이곳에 왔을지 모른다.

해리는 동료들을 모른 척했고 그들도 해리를 무시했다. 해리가 빨간색 플러시 천으로 꾸민 덴마크 페리 내부 같은 요란한 실내로 들어섰을 때는 다들 한잔 걸친 상태였다. 서로 어깨동무를 하고 술 냄새가 펄펄 나는 입김을 뿜어대며, 스티비 원더의 노래를 따라 "I just call to say I love you"라고 외쳐댔다. 그 모습이 꼭 우승컵을 차지한 축구팀 같았다. 스티비 원더가 자기 사랑은 마음 깊은 곳에서 나온 거라고 주장하며 노래를 마칠 때쯤, 해리는 세 번째 잔을 앞에 두고 있었다.

첫 잔은 모든 걸 무감각하게 만들었다. 그는 숨을 쉴 수가 없었다. 카나드리옥사이드가 주입될 때 분명 이런 기분일 것이다. 두 번째 잔은 속을 울렁거리게 했다. 하지만 몸은 처음의 충격을 이겨내고, 그토록 오랫동안 바라던 물질이 들어왔음을 알아차렸다. 그리하여 이젠 행복감에 젖어 웅얼거렸다. 몸 안에서 열이 확 솟구쳤다. 이것이야말로 영혼을 위한 음악이었다.

"술 마시는 거예요?"

그의 옆에 카트리네가 서 있었다.

"마지막 잔이야." 해리의 혀는 더는 두껍지 않았다. 매끄럽고 유연했다. 알코올이 들어가니 발음도 잘 나왔다. 원래 그는 어느 정도까지는 취해도 티가 나지 않았다. 그래서 아직 해고되지 않은 것이다.

"마지막 잔이 아니라 이제 시작이겠죠."

"그건 금주 모임에서 하는 말인데." 해리는 고개를 들어 카트리네를 바라보았다. 강렬한 푸른 눈동자, 작은 콧구멍, 도톰한 입술. 젠장, 너무 아름답군. "자네 알코올중독자야?"

"저 말고, 아버지요."

"흠. 그래서 베르겐에 갔을 때 부모님을 만나지 않은 거야?"

"반장님은 병이 있다는 이유로 사람을 피하시나요?"
"모르겠어. 아버지 때문에 어린 시절이 불행했겠군."
"아버지 때문이 아니에요. 태어날 때부터 그렇게 생겨 먹었죠."
"불행하게?"
"그럴 거예요. 반장님은요?"
해리는 어깨를 움크렸다. "나야 말할 것도 없지."
카트리네는 반짝이는 액체를 홀짝거렸다. 진이 아니라 보드카일 거라고 해리는 결론 내렸다.
"반장님은 뭐 때문에 불행한데요?"
해리가 생각하기도 전에 말이 먼저 튀어나왔다. "날 사랑하는 사람을 사랑하는 거."
카트리네가 웃었다. "가여워라. 어릴 때는 인생이 순조롭고 성격도 명랑했는데, 나중에 망가진 거예요? 아니면 처음부터 그랬던 거예요?"
해리는 잔에 담긴 금갈색 액체를 응시했다. "가끔은 나도 의아해. 자주는 아니고. 그래서 다른 생각을 하려고 노력하지."
"어떤 생각이죠?"
"그냥 다른 생각."
"가끔 제 생각도 하세요?"
누군가 카트리네를 치고 가자, 그녀가 해리에게 더 가까이 다가왔다. 그녀의 향수가 짐 빔의 향기와 뒤섞였다.
"아니." 해리는 그렇게 말하며, 잔을 붙잡고 재빨리 들이켰다. 그러고는 앞을, 술병들 뒤로 보이는 거울을 응시했다. 거울에 카트리네 브라트와 해리 홀레가 너무 가까이 서 있는 게 보였다. 카트리네가 상체를 앞으로 내밀었다.

"거짓말."

해리가 그녀에게로 몸을 돌렸다. 카트리네의 눈동자는 노랗게 너울거리며 타오르는 듯했다. 앞에서 다가오는 차의 안개등처럼. 그녀는 팽창된 콧구멍으로 거친 숨을 몰아쉬었다. 마치 보드카 안에 든 라임이라도 먹은 것처럼 라임 냄새가 풍겼다.

"지금 뭘 하고 싶은지 정확히, 자세하게 말해주세요, 반장님." 그녀가 갈라지는 목소리로 말했다. "전부 다요. 그리고 이번에는 거짓말하지 마세요."

해리는 요전번에 에스펜 렙스비크에게서 들었던 뜬소문, 카트리네 브라트 부부의 성적 취향에 대한 뜬소문을 떠올렸다. 젠장, 떠올리고 자시고 할 것도 없었다. 그 생각은 늘 그의 대뇌피질 맨 앞쪽에 자리 잡고 있었으니까. 해리는 숨을 들이쉬었다. "좋아. 나는 단순한 남자라서 원하는 것도 단순해."

몇몇 동물들이 항복의 뜻을 보일 때처럼 카트리네가 머리를 뒤로 기울였다. 해리는 잔을 들어 올렸다. "난 술이 마시고 싶어."

경찰 동료 하나가 비틀비틀 걷다가 뒤에서 밀치는 바람에 카트리네가 해리 쪽으로 쓰러졌다. 해리는 잔을 잡지 않은 손으로 그녀의 왼쪽 옆구리를 붙잡았다. 카트리네의 얼굴이 고통으로 일그러졌다.

"미안. 옆구리에 상처가 있어?" 해리가 물었다.

카트리네는 갈비뼈를 붙잡았다. "펜싱을 하다 다친 자리예요. 신경 쓰지 마세요. 미안해요, 반장님."

카트리네는 해리에게 등을 돌린 채 동료들 사이를 천천히 걸어갔다. 몇몇 남자들의 시선이 그녀를 따라갔다. 카트리네는 화장실로 들어갔다. 해리는 실내를 훑어보다가, 그와 시선이 마주친 렙스비크가 얼굴을 돌리는 걸 봤다. 여기에 있으면 안 된다. 짐 빔과 이야기를 나눌 곳은 여기 말고도 많다. 그는 계산을 하고 나가려고 했다. 술잔에는 아직 술이 남아 있었다. 하지만 렙스비크와 두 동료가 바의 반대쪽에서 해리를 지켜보고 있었다. 이건 자제력 문제였다. 해리는 다리를 움직이고 싶었지만, 두 다리는 풀을 붙인 듯이 바닥에서 떨어지지 않았다. 그는 술잔을 잡고 입으로 가져가 나머지를 들이켰다.

벌겋게 달아오른 얼굴에 닿는 차가운 밤공기가 기분 좋게 느껴졌다. 이 도시에 키스라도 할 수 있을 것 같았다.

집에 도착한 해리는 싱크대에 대고 자위를 하려 했지만 오히려 토하고 말았다. 토한 후에 고개를 들어보니 선반 밑에 걸린 달력이 보였다. 몇 년 전, 라켈이 크리스마스 선물로 준 달력이었다. 세 사람의 사진으로 꾸며졌는데, 달마다 사진이 한 장씩 있었다. 11월. 라켈과 올레그가 그를 보며 깔깔 웃고 있었고, 뒤로 노란 낙엽과 창백한 푸른 하늘이 보였다. 라켈이 입고 있는 원피스, 작은 하얀색 꽃무늬가 있는 원피스만큼이나 푸른 하늘이었다. 오늘 밤에는 반드시 저 하늘이 나오는 꿈을 꾸리라. 해리는 조리대 아래 선반을 열고, 빈 콜라병들을 옆으로 밀쳤다. 요란한 소리를 내며 유리병들이 쓰러졌고, 바로 뒤에 그가 찾던 물건이 있었다. 개봉하지 않은 짐 빔 한 병. 해리는 절대 집에 술이 떨어지는 위험을 감수하지 않았다. 술을 가장 멀리할 때조차도 그랬다. 일단 술에 취하고 나면, 짐 빔을 구하기 위해 무슨 짓이든 하리라는 걸 알고 있기 때문이다. 마치 피할 수 없는 순간을 조금이라도 더 늦추려는 듯 그는 술병 라벨을 쓰다듬었다. 그러고는 병을 땄다. 얼마를 마셔야 충분할까? 이다르가 썼던 주사기는 약물을 주입한 후에도 계속 붉은색으로 물들어 있어, 한때 주사기가 꽉 차 있었음을 보여주었다. 코치닐처럼 빨간색으로. 내 사랑, 코치닐.

해리는 숨을 들이쉬고 술병을 들어 올려 입에 댔다. 몸이 긴장하며 충격에 대비하는 게 느껴졌다. 그는 마시기 시작했다. 마치 이 일을 빨리 해치우고 싶다는 듯이 탐욕스럽게, 절박하게. 꿀꺽꿀꺽 들이켤 때마다 목구멍에서 흐느낌 같은 소리가 났다.

14일째

좋은 소식

군나르 하겐은 빠른 속도로 복도를 성큼성큼 걸어가고 있었다.

오늘은 월요일이었고, 스노우맨 사건이 해결된 지 나흘째 되는 날이었다. 행복한 나흘이어야 마땅했고, 실제로도 그랬다. 축하 인사가 빗발치고, 상관들은 싱글벙글이었으며, 언론에서도 긍정적인 기사를 써주었고, 심지어 여러 외국 언론으로부터 이번 사건의 뒷이야기와 수사 과정을 처음부터 끝까지 알려달라는 요청까지 들어왔다. 바로 거기서 문제가 발생했다. 하겐에게 이 성공담의 세부사항을 알려줘야 할 인물이 나타나지 않은 것이다. 나흘이 지났건만, 해리 홀레를 보거나 그의 소식을 들은 사람은 아무도 없었다. 그 이유는 뻔했다. 그가 펜리스 바에서 술을 마시는 걸 본 사람들이 있었다. 하겐은 그 사실을 혼자만 알고 있기로 했지만 소문은 총경의 귀에까지 들어갔다. 그리고 오늘 아침 하겐은 총경의 호출을 받았다.

"더는 이 일을 좌시하지 않겠네, 하겐."

군나르 하겐은 다른 사정이 있을 거라고 설명했다. 홀레 반장은 원래 외근을 할 때 즉각즉각 보고하는 사람이 아니며, 범인을 찾기는 했어도 스노우맨 사건에 대해 아직 조사해야 할 일이 많을 거라고 핑계를 댔다.

그러나 총경은 마음의 결정을 내린 상태였다. "홀레 반장의 거취에 대해서는 이미 결정 났네."

"홀레 반장은 오슬로 경찰청 최고의 형사입니다, 총경님."

"동시에 망신스러운 인물이기도 하지. 젊은 경관들이 그런 자를 모범으로 삼았으면 좋겠나? 그자는 알코올중독자야. 그자가 펜리스 바에서 술을 마셨다는 건 경찰청 사람들이 다 아는 사실이네. 그리고 그 후로 출근하지 않았다는 것도. 만약 이번에도 봐준다면, 우리 스스로 경찰의 수준을 떨어뜨리는 일이고, 그로 인한 피해는 돌이킬 수 없을 걸세."

"하지만 해고라뇨? 그냥……."

"이제 경고만으로는 안 돼. 공무원의 알코올중독에 대한 규정은 분명히 정해져 있네."

아까 총경과 나눴던 대화가 머릿속에 생생한 가운데 하겐은 다시 한 번 총경실의 문을 노크했다.

"본 사람이 있답니다." 하겐이 말했다.

"누굴?"

"홀레 반장을요. 방금 리 형사에게서 홀레가 사무실에 들어가는 걸 봤다는 전화가 왔습니다."

"잘됐군." 총경은 자리에서 일어났다. "그렇다면 지금 당장 가서 홀레와 이야기를 나누세."

두 사람은 경찰청 7층에 자리 잡은 강력반 구역을 성큼성큼 가로질러 걸어갔다. 다른 직원들은 무슨 낌새라도 눈치챈 듯이 사무실 문 틈으로 나와 머리를 내민 채, 엄격하고 굳은 표정으로 나란히 걸어가는 두 사람을 바라보았다.

616이라고 적힌 문 앞에 도착하자 두 사람은 걸음을 멈췄다. 하겐은 숨을 크게 들이쉬었다.

"총경님……." 하겐이 운을 뗐지만, 총경은 이미 문손잡이를 잡고 벌컥 열어젖혔다.

사무실 문간에 서 있던 두 사람은 믿지 못할 광경에 눈이 휘둥그레졌다.

사무실 안에는 티셔츠 차림의 해리 홀레가 팔에 고무줄을 단단히 감고, 머리를 앞으로 숙인 채 책상에 앉아 있었다. 고무줄 바로 밑의 살갗에 주사기가 꽂혀 있었다. 주사기 안의 액체는 투명했으며, 문간에서도 그의 뽀얀 팔 군데군데에 빨간 주사바늘 자국이 보였다.

"대체 이게 뭐하는 짓인가?" 총경이 하겐을 앞으로 밀치고 문을 쾅 닫으며 말했다.

해리가 고개를 번쩍 들더니 멍한 시선으로 그들을 바라보았다. 하겐 경정은 해리가 손에 스톱워치를 쥐고 있는 걸 보았다. 해리는 갑자기 주사기를 확 빼더니, 주사기에 남은 양을 확인하고는 주사기를 옆으로 던지고 종이에 무언가를 적었다.

"차, 차라리 잘됐네, 홀레." 총경이 더듬었다. "자네에게 나쁜 소식을 전해주려던 참이었으니까."

"저도 나쁜 소식을 전해드려야겠습니다." 해리가 봉지에서 솜뭉치를 떼어내 팔을 살짝 누르며 말했다. "이다르 베틀레센은 자살한 게 아닙니다. 그리고 그게 무슨 의미인지는 아시겠죠?"

군나르 하겐은 갑자기 웃음이 터져 나올 것 같았다. 이 모든 상황이 너무나 어처구니없었기 때문에, 웃음만이 그의 뇌가 생각해낼 수 있는 유일하게 만족스러운 반응이었다. 총경의 얼굴을 보니 그도 마찬가지인 듯했다.

해리는 손목시계를 확인한 뒤 자리에서 일어섰다. "정확히 한 시간 뒤에 회의실로 오시면 그 이유를 아시게 될 겁니다. 지금은 제가 해결해야 할 문제들이 몇 가지 있어서요."

홀레 반장은 얼이 빠진 두 상관들을 지나 문을 열고 복도 아래로 사라졌다. 성큼성큼, 힘찬 걸음걸이로.

한 시간하고도 4분 뒤, 군나르 하겐은 총경과 경찰청장을 대동하고 K1실로 우르르 들어갔다. 조용한 회의실에는 해리 홀레의 목소리만 울려 퍼졌고, 렙스비크와 홀레의 수사팀 직원들로 가득했다. 세 사람은 맨 뒤, 서 있을 수 있는 공간으로 갔다. 스크린에는 컬링 경기장에서 발견됐을 당시에 찍은 이다르 베틀레센의 사진이 있었다.

"보시다시피 이다르는 오른손에 주사기를 들고 있습니다." 해리가 말했다. "그가 오른손잡이라는 사실을 고려할 때 자연스러운 일이죠. 하지만 제 호기심을 자극한 건 그가 신은 부츠였습니다. 여길 보십시오."

스크린에는 이다르가 신은 부츠를 확대해서 찍은 사진이 떴다.

"이 부츠만이 우리의 유일한 법의학적 증거입니다. 하지만 이걸로 충분합니다. 이 부츠의 발자국이 실비아 오테르센의 헛간 주변에서 발견된 발자국과 일치하니까요. 하지만 신발 끈을 보세요." 해리가 지시봉으로 신발 끈을 가리켰다. "어제 제가 부츠를 신고 실험을 해봤는데, 저렇게 매듭을 짓기 위해서는 신발 끈을 반대로 묶어야 합니다. 왼손잡이처럼요. 아니면 다른 사람의 신발 끈을 매줄 때처럼 신발을 앞에 두고 매야 하죠."

방 안에 불편한 기운이 퍼져갔다.

"난 오른손잡이지만, 나도 신발 끈을 저렇게 맵니다." 에스펜 렙스비크의 목소리였다.

"뭐, 이건 그냥 특이한 습관일 수도 있습니다. 하지만 바로 이런 것들이 절……." 홀레 반장은 단어를 고르기 전에 맛을 보는 듯한 표정이었다. "불편하게 했죠. 그리고 그 불편함은 계속 다른 질문을 던지게 만들었습니다. 이게 정말로 이다르 베틀레센의 부츠일까? 이 부츠는 싸구려입니다. 어제 이다르의 집에 가서 그의 신발을 보여달라고 했는데 죄다 명품이더군요. 단 한 켤레도 예외가 없었습니다. 그리고 제 예상대로 그도 다른 사람들처럼 가끔은 신발 끈을 풀지 않은 채 그냥 벗어던졌더군요. 따라서……." 해리는 지시봉으로 스크린을 탁 쳤다. "이다르 베틀레센이 자기 신발 끈을 이렇게 묶지 않았다는 결론을 내릴 수 있는 겁니다."

하겐은 총경의 얼굴을 힐끗했다. 그의 이마에 깊은 주름이 패여 있었다.

"다음 질문은 그렇다면 누가 이다르에게 부츠를 신겼느냐는 거겠죠. 이건 쉴비아 오테르센의 살인 현장에서 범인으로 의심되는 사람이 신었던 것과 같은 부츠입니다. 그 부츠를 이다르에게 신긴 동기는 물론 그를 스노우맨으로 위장하기 위해서죠."

"겨우 신발 끈과 싸구려 부츠 하나만으로 그런 결론을 내리는 겁니까?" 렙스비크 팀에 속한 형사 하나가 외쳤다. "그놈은 어린 아이를 상대로 매춘을 하는 정신병자에, 여기 오슬로에서 피해자들 모두와 아는 사이이고, 알리바이도 없어요. 반장님의 말은 전부 추측일 뿐이잖습니까?"

장신의 홀레 반장이 빡빡 깎은 머리를 숙였다. "맞는 말입니다. 하지만 이제 확실한 사실을 말씀드리죠. 겉보기에 이다르 베틀레센은 주사기로 카나드리옥사이드를 혈관에 주입해 자살했습니다. 부검 결과, 체내의 카나드리옥사이드 농도가 워낙 높아서 20밀리미터는 주입된 걸로 밝혀졌죠. 그건 주사기에 남아 있던 잔여물과도 일치하고, 주사기에 약물이 가득 차 있었다는 걸 말해줍니다. 알다시피 카나드리옥사이드는 몸을 마비시키는 물질로, 소량만 투입되어도 심장과 호흡기가 즉시 멈추면서 사망하게 되죠. 검시관의 말에 따르면, 이다르 베틀레센처럼 카나드리옥사이드가 혈관으로 투입될 경우, 성인은 길어야 3초가 지나면 사망한다고 합니다. 바로 그 점이 앞뒤가 안 맞는 겁니다."

해리는 종이 한 장을 흔들어 보였다. 아까 하겐이 그의 사무실로 찾아갔을 때 해리가 연필로 숫자를 적어 넣었던 바로 그 종이였다.

"전 이다르가 썼던 것과 똑같은 주사기와 바늘로 실험을 해봤습니다. 카나드리옥사이드 대신 소금물 용액을 주입했는데, 둘 다 적어도 95퍼센트가 물이라는 점에서는 일치하죠. 그리고 계속 시간을 쟀습니다. 하지만 아무리 주사기를 세게 눌러도 바늘이 워낙 가늘어서 20밀리리터를 주입하려면 최소 8초가 걸립니다. 따라서……." 해리는 사람들이 이로 인한 불가피한 결론을 이해할 때까지 기다렸다가 말을 이었다. "이다르 베틀레센은 주사기에 든 카나드리옥사이드가 3분의 1도 주입되기 전에 마비되었습니다. 한마디로 다른 사람의 도움 없이 주사기에 든 용액을 전부 주입하는 건 불가능합니다."

하겐은 침을 꿀꺽 삼켰다. 예상보다 힘든 하루가 돼가고 있었다.

회의가 끝나자 경찰청장이 총경의 귀에 무언가를 속삭였고, 총경은 다시 하겐에게 몸을 숙였다.

"홀레 반장과 그 팀을 당장 내 사무실로 호출하게. 렙스비크 때거리들에게는 입단속 시키고. 이 일에 관해 한 마디도 새어 나가면 안 되네. 알겠나?"

하겐은 알고도 남았다. 5분 후, 그들은 널찍하고 썰렁한 총경의 사무실에 모여 앉았다.

카트리네 브라트가 문을 닫고 마지막으로 자리에 앉았다. 의자에 앉은 해리의 쭉 뻗은 두 다리는 총경의 책상 바로 앞에 놓여 있었다.

"간단히 말하겠네." 총경은 한 손으로 얼굴을 쓸어내렸다. 마치 자기 눈앞의 풍경, 다시 출발점에 선 수사팀의 모습을 지워버리고 싶은 듯했다. "좋은 소식은 없나, 홀레? 자네가 아무도 모르게 사라진 동안, 우린 경찰의 끈질긴 노력 끝에 스노우맨이 죽었다고 언론에 발표했단 말일세. 그 씁쓸함을 덮어줄 만한 소식은 없나?"

"글쎄요, 이다르 베틀레센은 알아서는 안 되는 걸 알았기 때문에 죽었다고 볼 수 있습니다. 범인은 우리가 추적하는 걸 알고 정체가 탄로 날까 봐서 그런 일을 벌인 거고요. 만약 그렇다면, 이다르는 경찰의 끈질긴 노력 끝에 죽은 게 맞습니다."

열을 받은 총경의 뺨이 붉게 달아올랐다. "내가 말하는 좋은 소식은 그게 아닐세, 홀레."

"아뇨, 우리가 목표물에 점점 다가가고 있다는 건 좋은 소식이 맞습니다. 그렇지 않다면, 스노우맨이 굳이 이다르를 범인으로 위장할 이유가 없죠. 범인은 우리가 사건을 해결했다고 생각하고 수사를 종결하길 원했던 겁니다. 한마디로 목을 조여온다고 느낀 거죠. 그리고 바로 그럴 때 스노우맨 같은 살인자들은 실수를 저지르기 시작합니다. 게다가 감히 다시 피바다를 만들지도 못할 테고요."

총경은 이 사이로 공기를 쓺쓺 빨아들이며 생각에 잠겼다. "그러니까 그건 자네의 생각인가, 아니면 바람인가?"

"글쎄요." 해리는 청바지의 찢어진 구멍 사이로 손가락을 넣어 무릎을 긁었다. "좋은 소식을 달라고 하신 건 총경님이잖습니까."

하겐은 조용히 신음했다. 창밖을 내다보니 구름이 잔뜩 끼어 있었다. 일기예보에 의하면 눈이 올 거라고 했다.

필리프 베케르는 텔레비전 화면에 시선을 고정시킨 채 거실 바닥에 앉아 있는 요나스를 내려다보았다. 아내가 실종된 후로, 아이는 매일 오후마다 몇 시간씩 저렇게 앉아 있었다. 마치 텔레비전이 더 나은 세상, 뚫어져라 바라보기만 하면 엄마를 발견할 수 있는 세상으로 들어가는 창문이라도 된다는 듯이.

"요나스."

아이는 순순히 고개를 들었지만 무관심한 표정이었다. 그러다 칼을 보자, 아이의 얼굴이 겁에 질려 굳어졌다.

"그걸로 절 찌르실 거예요?" 아이가 물었다.

아이의 표정과 새된 목소리가 너무 웃겨서 필리프 베케르는 하마터면 웃음을 터뜨릴 뻔했다. 커피 테이블 위에 달린 램프의 불빛이 칼날에 번득였다. 스토로 쇼핑몰에 있는 철물점에서 구입한 칼이었다. 이다르 베틀레센에게 전화를 건 직후에.

"살짝만 찌를게, 요나스. 아주 살짝만."

그리고 칼날이 요나스를 베었다.

15일째

전망

오후 2시, 카밀라 로시우스는 헬스장을 나와 집으로 차를 몰았다. 평상시처럼 오슬로 시내를 가로질러 헬스장과 정반대편인 오슬로 이스트로 향했다. 굳이 이 먼 곳까지 운동을 다니는 이유는 이 헬스장에 무슨 특별한 기구가 있어서가 아니었다. 이곳 사람들이 그녀와 더 비슷하기 때문이었다. 그들은 웨스트엔드 사람들이었다. 트바이타로 이사를 가는 것은 에리크와의 결혼에 포함되는 일이었다. 카밀라는 그 일을 결혼의 일부로 고려해야 했다. 카밀라의 차가 그녀의 집이 있는 길로 들어섰다. 이웃집 창문에 불이 켜진 것이 보였다. 인사를 나누기는 했지만 제대로 말을 나눈 적은 없는 이웃들이었다. 그들은 남편의 친구들이었다. 카밀라는 브레이크를 밟았다. 트바이타의 이 거리에서 차 두 대가 들어가는 차고가 있는 집은 이 집만이 아니었다. 하지만 차고에 자동문이 달린 집은 여기뿐이었다. 남편은 이런 것들에 집착했지만, 그녀로서는 관심 밖이었다. 카밀라가 리모컨을 누르자 차고 문이 뒤로 넘어가며 위로 올라갔다. 그녀는 클러치를 풀고 차고 안으로 미끄러져 들어갔다. 예상대로 남편의 차는 없었다. 아직 퇴근 전인 것이다.

카밀라는 조수석으로 몸을 내밀어 운동 가방과 ICA 슈퍼마켓에서 장을 본 물건들을 집어든 다음, 습관적으로 백미러에 비친 자신의 얼굴을 힐끗 바라보았다. 친구들은 그녀에게 좋아 보인다고들 했다. 서른도 안 됐는데 단독주택에 살고, 차도 두 대에, 니스 외곽에 별장까지 있으니 얼마나 좋으냐고 했다. 그러고는 이스트엔드에 사는 소감이 어떤지, 파산한 부모님은 잘 지내시는지 물었다. 그 두 가지 질문을 자동으로 연결시키는 그들의 머리가 참으로 신기했다.

카밀라는 다시 한 번 거울을 보았다. 그들의 말이 맞았다. 그녀는 정말로 좋아 보였다. 거울 가장자리로 무언가가, 어떤 움직임이 보인 것 같았다. 아니다, 그냥 차고 문이 제자리로 돌아가는 것이다. 카밀라는 차에서 내려 집 열쇠를 찾다가 휴대전화를 차 안의 거치대에 두고 나왔음을 깨달았다.

카밀라가 몸을 돌린 순간, 입에서 짧은 비명이 터져 나왔다.

그녀의 뒤에 한 남자가 서 있었다. 카밀라는 겁에 질려 손으로 입을 막은 채 한 발짝 물러섰다. 그러고는 웃으며 사과하려 했다. 사과할 만한 짓을 해서가 아니라, 남자가 아무런 악의도 없어 보였기 때문이다. 그때 남자의 손에 들린 총이 보였다. 총구는 그녀를 향해 있었다. 가장 먼저 든 생각은 총이 꼭 장난감 같아 보인다는 것이었다.

"내 이름은 필리프 베케르요. 전화했는데 아무도 없더군요." 남자가 말했다.

"원하는 게 뭐죠?" 카밀라가 떨리는 목소리를 진정시키려 애쓰며 물었다. 본능적으로 자신의 두려움을 드러내서는 안 된다는 생각이 들었기 때문이다. "뭐 때문에 이러시는 거예요?"

남자가 씩 웃었다. "갈보짓 때문이죠."

해리는 말없이 하겐 경정을 바라보았다. 하겐 경정은 해리 팀의 회의 도중에 들어와 이다르의 살인에 관한 '가설'이 어떤 상황에서도, 심지어 배우자나 애인에게도 새어 나가면 안 된다는 총경의 명령을 또다시 반복했다. 마침내 하겐 경정은 해리와 눈이 마주쳤다.

"내가 하려던 말은 그뿐이네." 하겐은 서둘러 결론을 내리고는 밖으로 나갔다.

"계속 해봐." 해리가 비에른 홀름에게 말했다. 홀름은 살인사건 현장인 컬링 경기장에서 습득한 물건들에 관해 설명하는 중이었다. 더 정확히 말해, 습득한 물건들이 거의 없다고 설명하는 중이었다.

"우린 자살로 판명 난 후에야 그곳에 갔거든요. 애초부터 법의학적 증거들은 하나도 없었고, 이제 사건 현장은 훼손됐죠. 오늘 아침에 가보고 왔는데, 유감스럽게도 별로 볼 게 없더군요."

"흠. 카트리네?" 해리가 말했다.

카트리네는 수첩을 내려다보았다. "네, 이다르와 살인범이 컬링 경기장에서 만났고, 분명 미리 약속을 잡았을 거라는 게 반장님의 추측이었죠. 따라서 그들이 통화를 했으리라는 결론이 나오고요. 반장님이 제게 이다르의 통화 목록을 조사해달라고 명령하셨죠."

"그랬지." 해리가 하품을 참으며 말했다.

카트리네가 수첩을 주르르 넘겼다. "텔레노르에서 이다르의 병원 전화와 휴대전화의 통화 목록을 받았어요. 그걸 보르그힐드의 집에 가져갔죠."

"집?" 스카레가 물었다.

"당연하죠. 보르그힐드는 이제 실직자 신세니까요. 그 여자 말로는 이다르가 죽기 전 마지막 이틀간, 환자를 제외한 다른 방문객은 없었대요. 여기 리스트요."

카트리네는 파일에서 종이 한 장을 꺼내 두 사람 사이에 두었다.

"제 생각대로 보르그힐드는 이다르의 직업적 인맥과 개인적 인맥 모두를 잘 알고 있었어요. 사실상 통화 목록에 있는 사람들을 전부 확인해줬죠. 우린 이 사람들을 직업적 인맥과 개인적 인맥, 두 부류로 나눴어요. 둘 다 전화번호와 시간, 날짜, 수신인지, 발신인지, 얼마나 오랫동안 통화했는지 적혀 있어요."

나머지 세 사람은 머리를 맞대고 리스트를 들여다보았다. 카트리네의 손이 해리의 손에 닿았다. 해리는 카트리네에게서 어떤 당혹감도 감지할 수 없었다. 어쩌면 그 모든 것, 펜리스 바에서 그녀가 했던 제안은 꿈이었는지 모른다. 하지만 사실 그는 술을 마실 때 절대 꿈을 꾸지 않는다. 그게 술을 마시는 가장 큰 이유였다. 그렇기는 해도, 그 다음 날 잠에서 깼을 때에는 위스키 병을 비우던 기계적인 손놀림과 잠이 깨는 무자비한 순간 사이의 어딘가에서 싹을 틔운 생각이 떠올랐다. 약물이 가득 들어 있던 이다르의 주사기와 코치닐에 대한 생각이었다. 덕분에 해리는 곧장 테레세스 가에 있는 빈모노폴로 달려가는 대신, 다시 일에 뛰어들 수 있었다. 중독 대상이 바뀐 것이다.

"이건 누구 번호지?" 해리가 물었다.

"어떤 거요?" 카트리네가 상체를 내밀었다.

해리는 사회적 인맥에 속한 한 번호를 가리켰다.

"특별히 이 번호에 관심이 가는 이유라도 있나요?" 카트리네가 궁금하다는 시선으로 그를 올려다보았다.

"사회적 인맥 중에 이다르에게 전화를 건 사람이니까. 그 반대가 아니라. 이 만남을 주선한 사람은 아무래도 범인일 테니까 범인이 전화했을 거야."

카트리네는 이름이 적힌 명단에서 그 번호의 주인을 확인했다. "죄송하지만 이 사람은 양쪽 명단에 다 있어요. 환자이기도 하거든요."

"그래도 어디서부터 시작은 해야 할 거 아냐. 누군데? 남자야, 여자야?"

카트리네는 쓴웃음을 지었다. "여자일 수가 없죠."

"무슨 말이지?"

"너무 남자다워서 마초일 정도니까요. 아르베 스퇴프요."

"아르베 스퇴프?" 홀름이 외쳤다. "그 유명한 아르베 스퇴프?"

"우리가 만나봐야 할 사람들 명단 맨 위에 적어둬." 해리가 말했다.

그들은 조사해야 할 전화번호 일곱 개를 추려냈고, 누구의 번호인지 모두 알아냈다. 하나만 제외하고. 이다르가 죽던 날 아침, 스토로 쇼핑몰의 공중전화에서 걸려온 전화였다.

"우린 정확한 통화시간을 알고 있어. 공중전화 옆에 감시 카메라가 있나?" 해리가 말했다.

"없을 걸요. 하지만 입구마다 카메라가 있어요. 보안팀에게 가서 그날의 필름을 가지고 있는지 알아볼게요." 스카레가 말했다.

"통화시간 30분 전후로 쇼핑몰에 들락거린 사람들 얼굴을 전부 확인해."

"오래 걸릴 텐데요." 스카레가 말했다.

"누구의 도움이 필요한지 알지?" 해리가 말했다.

"베아테 뢴이겠죠." 홀름이 말했다.

"그래. 안부 전해줘."

홀름은 고개를 끄덕였고, 해리는 양심의 가책을 느꼈다. 스카레의 휴대전화에서 라ᅟᅡ의 '저기 그녀가 가네' 벨 소리가 흘러나왔다.

그들은 스카레가 통화하는 모습을 바라보았다. 해리는 오랫동안 베아테에게 전화하는 일을 미뤄왔다. 베아테의 출산 직후인 여름에 찾아간 후로는 그녀를 만난 적이 없었다. 그녀가 할보르센의 죽음을 해리 탓으로 돌리지 않는다는 건 알고 있었다. 그래도 그로서는 할보르센의 아기, 정작 아기 아빠인 젊은 형사는 미처 보지 못한 그 아이를 보기가 좀 버거웠다. 마음 깊은 곳에서 베아테의 생각이 틀렸다는 사실, 자신이 할보르센을 구할 수 있었고, 구해야 했다는 사실과 대면하는 것도 그랬고.

스카레가 전화를 끊었다.

"트바이타에 사는 여자의 실종신고가 들어왔답니다. 이름은 카밀라 로시우스. 스물아홉이고, 결혼은 했지만 아이는 없대요. 신고가 들어온 지 두세 시간밖에 안 됐지만 몇 가지 걸리는 점이 있다네요. 싱크대에 장바구니가 있는데, 냉장고 안에는 물건을 전혀 넣지 않았답니다. 또 휴대전화를 차에 두고 갔는데, 남편 말에 따르면 절대 휴대전화를 두고 나가는 사람이 아니라는군요. 그리고 어떤 남자가 마치 누구를 기다리는 것처럼 그 집과 차고 주위를 어슬렁거리는 게 이웃 사람에게 목격됐답니다. 남편은 없어진 물건이 있는지 잘 모르겠다고 했대요. 심지어 화장품이나 수트케이스 같은 것도요. 이 사람들은 니스 외곽에 별장이 있고, 가진 물건이 너무 많아서 뭐가 없어진 줄도 모르는 부류거든요. 무슨 말인지 아시죠?"

"응. 실종자수사과 사람들은 어떻게 생각한대?" 해리가 물었다.

"여자가 돌아올 거라고 생각하고 있어요. 그냥 우리에게 알려주고 싶었대요."

"좋아. 그럼 계속하지."

회의가 계속되는 동안, 아무도 그 사건을 언급하지 않았다. 하지만 해리는 멀리서 들리는 천둥소리처럼 그 사건이 공기 중에 감도는 걸 느꼈다. 천둥소리는 가까워질 수도 있고, 가까워지지 않을 수도 있다. 전화 명단에 있는 이름을 각자 배분받은 뒤, 다들 해리의 사무실을 나갔다.

해리는 창가로 다가가 공원을 내려다보았다. 밤이 점점 빨라지고 있었다. 날이 갈수록 피부로 느껴질 정도였다. 해리는 이다르 베틀레센의 어머니에게 이다르가 밤마다 아프리카 창녀들을 무료로 치료해주었다고 말한 일을 생각했다. 처음으로 노부인의 가면이 벗겨지면서(슬픔이 아니라 분노로) 거짓말이라고 울부짖었다. 자신의 아들은 흑인 창녀들을 치료하지 않는다고. 어쩌면 거짓말을 하는 편이 나았을 것이다. 어제 총경에게 당분간 피바다가 되는 일은 없을 거라고 했던 말을 생각했다. 점점 진해지는 어둠 속에서 창문 아래로 그것이 보였다. 근처 유치원에서는 종종 저기서 야외수업을 했다. 특히 어젯밤처럼 눈이 내린 다음 날에는. 오늘 아침 출근길에 그것을 보았을 때 적어도 해리는 그렇게 생각했다. 그 회백색의 커다란 눈사람을 보았을 때.

아케르 브뤼게에 있는 〈리베랄〉 편집국 위층인 건물 꼭대기 층에는 오슬로 피오르와 아케슈스 요새, 네소드탕엔 마을이 보이는 전망 좋은 집이 자리하고 있다. 70평에 달하는 그 집은 오슬로에서 개인이 소유한 최고가의 주택으로, 집 주인은 〈리베랄〉의 발행인이자 편집자인 아르베 스퇴프였다. 혹은 해리가 초인종을 누를 때 문패에 적힌 대로 그냥 아르베이거나. 계단과 층계참은 기능적이고 심플한 스타일로 장식했지만, 떡갈나무로 된 문 양쪽에는 손으로 그림을 그려 넣은 도자기 항아리가 놓여 있었다. 해리는 이 항아리 하나를 들고 도망가면 팔아서 얼마나 받을 수 있을지 궁금했다.

다시 한 번 초인종을 누르자, 마침내 집 안에서 목소리가 들렸다. 하나는 명랑하게 지저귀는 목소리, 다른 하나는 차분한 저음의 목소리였다. 문이 열리자 여자의 웃음소리가 새어 나왔다. 여자는 하얀 털(인조털일 거라고 해리는 추측했다)로 된 샤프카*를 썼고, 그 아래로 긴 금발이 폭포수처럼 흘러내렸다.

"그럼 고대하고 있을게요!" 그렇게 말하며 몸을 돌린 여자는 그제야 해리를 보았다.

"안녕하세요." 여자는 처음에는 무덤덤한 어조로 말하더니, 해리를 알아보고 다시 달뜬 어조로 인사했다. "어머, 안녕하세요!"

"안녕하세요." 해리도 인사했다.

"잘 지내시죠?" 여자의 질문에 해리는 둘의 마지막 대화를 떠올렸다. 그 대화는 레온 호텔의 검은 벽에 휴대전화를 던지면서 끝났다.

"서로 아는 사이요?" 아르베 스퇴프가 팔짱을 낀 채 현관에 서

* 러시아인들이 주로 쓰는 털모자

서 말했다. 스퇴프는 맨발에 루이비통 로고가 흐릿하게 보이는 티셔츠, 초록색 린넨 바지를 입고 있었다. 다른 남자가 입었더라면 여성스럽게 보였을 옷차림이었다. 하지만 스퇴프는 해리만큼 키도 크고, 어깨도 넓었으며, 미국 대통령 후보자들이 탐낼 만한 얼굴을 가지고 있었다. 단호한 턱선, 소년처럼 장난기 있는 푸른 눈동자에 웃어서 생긴 눈주름, 숱이 많은 잿빛 머리칼.

"인사만 나눈 사이죠. 예전에 그 토크쇼에 출연한 적이 있거든요." 해리가 말했다.

"전 그만 가볼게요." 오다는 급히 허공에 키스를 날렸다. 그러고는 마치 계단을 내려가는 일에 목숨이 달린 사람처럼 우당탕탕 내려갔다.

"그렇군, 오늘도 그 망할 놈의 토크쇼 때문에 온 거라오." 스퇴프는 그렇게 말하며 해리에게 들어오라고 손짓하고 나서 그와 악수했다. "유감스럽게도 내 과시벽이 아주 한심한 수준에 달했거든. 이번에는 토론 주제가 뭔지 묻지도 않고 출연하겠다고 했으니 말이오. 오다는 자료 조사차 온 거지. 뭐, 반장도 출연했었으니까 일이 어떤 식으로 진행되는지 아시겠군."

"저한테는 그냥 전화만 하던데요." 해리가 말했다. 스퇴프와 악수한 손에서 아직도 열기가 느껴졌다.

"아까 통화할 때 목소리가 아주 심각하더군, 반장. 이 한심한 언론인이 뭘 도와드릴까?"

"선생님의 주치의이자 컬링 동료인 이다르 베틀레센에 관한 일입니다."

"아! 이다르. 물론이지. 들어오시겠소?"

해리는 발을 꿈지럭거려 신발을 벗은 뒤, 스퇴프를 따라 거실로 이어지는 복도를 걸어갔다. 거실은 집 안의 다른 공간보다 두 계단 아래에 자리했다. 한눈에 봐도 이다르가 병원 대기실을 지을 때 어디에서 영감을 받았는지 알 수 있었다. 창밖으로 달빛이 피오르에 반사되어 반짝거렸다.

"일종의 아프리오리a priori 조사를 나온 거요?" 스퇴프가 가장 작은 의자에 털썩 앉으며 말했다. 싱글 몰드 플라스틱으로 만든 의자였다.

"뭐라고요?" 해리가 소파에 앉으며 물었다.

"해답에서부터 시작해 무슨 일이 있었는지 반대로 조사해 나가는 거 말이오."

"그게 아프리오리의 뜻인가요?"

"알게 뭐요. 그냥 라틴어 발음이 좋아서 쓰는 거지."

"흠. 우리의 해답이 뭐라고 생각하십니까? 그 해답을 믿으십니까?"

"나 말이오?" 스퇴프가 웃었다. "나는 아무것도 믿지 않소. 물론 직업병이지. 뭔가가 진실 비슷하게 확정되기 시작하는 순간부터 거기에 반박하는 일이 내 직업이오. 그게 곧 자유주의지."

"이번 경우는요?"

"음, 이다르에게는 어떤 합리적인 동기도 없다고 생각하오. 그렇다고 해서 이다르가 딱히 미쳤다고 생각하지도 않고."

"그래서 이다르 베틀레센이 살인범이 아니라는 말입니까?"

"지구가 둥글다는 믿음에 반박한다고 해서 꼭 지구가 평평하다고 믿는 건 아니지. 경찰에게는 증거가 있을 텐데. 술 한잔하시겠소? 아니면 커피?"

"커피로 하죠."

"농담한 거요." 스퇴프가 미소를 지었다. "물과 와인밖에 없소. 아니, 그것도 거짓말이야. 아베디엥엔 농장에서 만든 달착지근한 사이다가 좀 있지. 싫든 좋든 반장은 맛을 보셔야 해."

스퇴프는 부엌으로 총총 달려갔고, 해리는 주위를 둘러보기 위해 자리에서 일어섰다.

"아주 멋진 집이군요, 스퇴프 씨."

"사실 집 세 개를 합친 거요." 스퇴프가 부엌에서 소리쳤다. "하나는 성공한 선박업자가 주인이었는데, 권태를 이기지 못해 목을 맸지. 아마 지금 반장이 앉아 있는 곳쯤 될 거요. 이 부엌은 주식 중계인의 집이었는데, 그 사람은 내부자거래로 결국 쇠고랑을 찼지. 하지만 감옥이 피난처라는 걸 깨닫고 집을 내게 판 다음, 그 돈을 몽땅 목사에게 줘버렸어. 그것도 일종의 내부자거래라오. 내 말을 이해할지 모르겠지만. 그래도 그는 지금 훨씬 행복한 상태라고 들었으니, 잘한 짓이지."

스퇴프는 연한 황갈색 액체가 든 잔 두 개를 들고 나와 해리에게 하나를 건넸다.

"세 번째는 외스텐세에서 온 배관공의 집이었지. 그 남자는 아케르 브뤼게의 항구 건설에 참여했다가 앞으로 계속 이곳에서 살겠노라고 결심했소. 일종의 신분 상승을 꿈꾼 거지. 10년간 근검절약해서 돈을 모은 끝에, 사실은 암시장에서 손님들에게 바가지를 씌워서 모은 돈이었지만 배관공은 이 집을 샀지. 하지만 집값에 돈을 너무 많이 쓴 나머지, 이삿짐 센터를 부를 돈이 없어서 친구 두세 명과 직접 짐을 옮겼소. 헌데 배관공에게는 400킬로그램짜리 금고가 있었어. 암시장에서 번 돈을 넣어두었던 금고겠지. 금고를 나르던 배관공 일행은 드디어 마지막 층계참에 도달했소.

겨우 열여덟 계단만 남았을 때, 그 지긋지긋한 금고가 미끄러진 거야. 배관공은 금고에 깔려 허리가 부러졌고 몸이 마비돼버렸지. 지금은 자기 고향에 있는 요양원에서 지낸다오. 외스텐쇠반 호수가 보이는 전망 좋은 요양원이지." 스퇴프는 창가에 서서 잔에 든 사이다를 마시며 생각에 잠긴 채 피오르 너머를 응시했다. "겨우 호수만 보이는 전망이지만, 그래도 그 정도면 좋은 편이지."

"그렇군요. 우린 당신이 이다르 베틀레센과 어떤 연관이 있는지 알아보는 중입니다."

스퇴프가 과장되게 몸을 빙글 돌렸다. 스무 살 청년의 몸짓처럼 민첩했다. "연관? 그거 꽤 강한 단어군. 이다르는 내 주치의였소. 그리고 우연히 컬링도 함께했고. 더 정확히 말하면 우린 컬링을 하고, 이다르는 기껏해야 스톤을 밀고 빙판을 닦는 정도였지만." 스퇴프는 손을 내저었다. "알아, 알고말고. 죽은 사람을 그런 식으로 말하면 안 되지. 하지만 사실인 걸 어쩌나."

해리는 입에 대지 않은 사이다 잔을 탁자에 내려놓았다. "두 분은 주로 무슨 이야기를 하셨나요?"

"대개 내 몸에 대해서지."

"네?"

"이다르는 내 주치의잖소."

"그래서 신체 일부를 조금 바꾸고 싶으셨나요?"

아르베 스퇴프는 배를 잡고 웃었다. "그런 필요성은 한 번도 느낀 적 없소. 물론 이다르가 그런 바보 같은 성형수술이며 지방 흡입, 그 밖에 여러 가지를 한다는 건 알고 있지. 하지만 난 수리보다는 예방을 권하고 싶군. 그래서 운동을 하지. 반장, 사이다가 싫은가?"

"알코올이 들어 있어서요."

"그래?" 스퇴프가 자신의 잔을 바라보았다. "그건 금시초문이로군."

"그래서 몸의 어떤 부분에 대해 이야기를 나누셨습니까?"

"팔꿈치. 내가 테니스 엘보*가 있거든. 컬링을 할 때마다 방해가 되지. 이다르가 훈련 전에 진통제를 처방해줬소. 바보 같은 짓이었지. 진통제는 염증도 억제하니까. 덕분에 매번 근육을 지나치게 사용했소. 죽은 의사에 대해 이야기하는 자리에서 의학적인 경고를 할 필요는 없지만, 그래도 진통제는 먹지 마시오. 통증은 좋은 거요. 통증이 없었다면 인간은 절대 살아남지 못했을 거야. 우린 통증에 감사해야 한다고."

"그런가요?"

스퇴프는 약지로 창유리를 톡톡 쳤다. 창유리는 어찌나 두꺼운지 도심에서 나는 소리가 조금도 새어 들지 않았다. "그보다 더 감사해야 할 게 있다면, 그건 바다가 보이는 전망이겠지. 안 그런가, 반장?"

"전망 좋은 집에 살아보지 않아서 모르겠군요."

"그런가? 전망 좋은 집에서 살아볼 필요가 있지. 좋은 전망은 균형 있는 관점을 갖게 해주거든."

"관점 이야기가 나와서 말인데, 이다르 베틀레센의 최근 통화 목록을 입수했습니다. 이다르가 죽기 전날, 전화로 무슨 이야기를 하셨습니까?"

스퇴프는 호기심 어린 시선을 해리에게 고정시킨 채 등을 뒤로

* 팔꿈치 관절에 생기는 통증으로 테니스를 자주 치는 사람에게 주로 발병해서 붙은 이름이다

젖히며 남아 있던 사이다를 비웠다. 그러고는 큰 소리로 만족스런 한숨을 내쉬었다. "우리가 통화한 것도 잘 기억이 안 나지만, 아마 내 팔꿈치에 대한 얘기였겠지."

예전에 트레스코가 상대방이 블러핑*을 하는지 직감적으로 알아내는 능력만으로 포커에서 이기려는 사람은 반드시 지게 되어 있다고 말한 적이 있었다. 누구나 거짓말을 할 때마다 나타나는 특정한 버릇이 있는 것은 사실이다. 하지만 그런 모든 버릇을 각 개인에 따라 냉정하고 계산적으로 분석하지 않는 한, 블러핑을 절대 가려낼 수 없다는 게 트레스코의 의견이었다. 해리는 트레스코의 말이 맞는다고 생각했다. 그래서 스테프의 표정이나 목소리, 몸짓만으로 그가 거짓말을 하고 있다고 확신하지 않기로 했다.

"이다르 베틀레센이 죽던 날, 4시부터 8시까지 어디에 계셨습니까?" 해리가 물었다.

"잠깐!" 스퇴프가 한쪽 눈썹을 치켜세웠다. "잠깐만! 이 사건에서 나와 내 독자들이 알아야 하는 뭔가가 있는 건가?"

"어디 계셨습니까?"

"그건 명백하게 스노우맨을 잡지 못했다는 말로 들리는군. 맞나?"

"그냥 제 질문에만 대답해주시면 감사하겠습니다, 스퇴프 씨."

"좋소, 나는……."

스퇴프가 말을 멈췄다. 갑자기 그의 얼굴이 환해지며 소년 같은 미소가 떠올랐다.

"아니지, 잠깐만. 그 질문은 지금 내가 이다르의 죽음에 뭔가 관

* 카드 게임에서 패가 좋은 것처럼 과장해서 배팅하는 것

련이 있다고 암시하는 거잖소. 만약 내가 이 질문에 대답한다면, 그 질문의 전제를 인정하는 셈이 될 텐데."

"그냥 당신이 내 질문에 대답하기를 거부하는 게 될 수도 있습니다, 스퇴프 씨."

스퇴프는 건배하듯 잔을 들어 올렸다. "익숙한 대응이군, 반장. 우리 같은 언론인들이 매일 쓰는 방법. 거기서 언론인press people이라는 이름이 나온 거 아니겠소. 사람들을 들들 볶아라.* 하지만 내가 대답을 거부하진 않았다는 걸 명심해주게. 그냥 이 순간에 대답하지 않았을 뿐이야. 다시 말해, 생각을 좀 하는 중이라오." 스퇴프는 다시 창가로 돌아가 고개를 끄덕였다. "대답을 거부하는 게 아니라, 대답을 해야 할지 혹은 뭐라고 대답해야 할지 결정을 내리지 못했을 뿐이야. 그동안 반장이 기다려주셔야겠소."

"전 남는 게 시간밖에 없는 사람입니다."

스퇴프는 몸을 돌렸다. "시간을 낭비할 생각은 없소, 반장. 하지만 난 예전에 〈리베랄〉의 유일한 자본이자 생산 수단은 내 개인적 청렴이라고 말한 바 있지. 언론인으로서 내게는 이 상황을 이용할 의무가 있다는 걸 이해해주시오."

"이용한다고요?"

"내가 지금 특종의 작은 원자폭탄 위에 앉아 있다는 걸 모르는 줄 아나? 아직까지 어떤 신문사도 이다르의 죽음에 미심쩍은 구석이 있다는 정보는 입수하지 못한 걸로 알고 있소. 지금 내가 내 혐의를 벗겨줄 대답을 한다면, 그건 내 패를 보여주는 거나 마찬가지잖아. 대답한 후에는 관련 정보를 물어봐도 너무 늦을 거고.

* 압박하고 괴롭힌다는 press의 중의적 의미를 담고 있다

안 그런가, 반장?"

해리는 이 대화가 어떤 방향으로 흘러가는지 감을 잡았다. 스퇴프는 예상했던 것보다 똑똑한 놈이었다.

"지금 당신에게 필요한 건 정보가 아니라, 공무집행방해로 처벌받을 수도 있다는 사실을 아는 겁니다."

"제법이군." 스퇴프가 웃었다. 이젠 아주 진지한 자세였다. "하지만 언론인이자 자유주의자로서 내게는 지켜야 할 원칙들이 있소. 여기서 문제는 반체제주의 감시인이라고 선언한 내가 집권 세력의 강압적인 법과 질서에 무조건적으로 봉사해야 하느냐는 것이지."

스퇴프는 빈정거리는 기색을 숨기지 않은 채 말을 내뱉었다.

"그럼 당신이 원하는 조건이 뭡니까?"

"당연히 배경 정보에 대한 독점권이지."

"독점권을 드릴 순 있습니다. 그 정보를 어느 누구에게도 말해서는 안 된다는 금지령과 함께요."

"글쎄, 그런 정보는 우리에게 아무 소용도 없지. 유감이군." 스퇴프는 린넨 바지 주머니에 양손을 찔러 넣었다. "하지만 이미 경찰이 엉뚱한 사람을 범인으로 잡은 것은 아닌지 의문이 들기 시작했어."

"입조심 하는 게 좋을 겁니다."

"고맙지만, 경고는 이미 했소." 스퇴프는 한숨을 쉬었다. "하지만 지금 반장이 상대하는 사람이 누구인지 한 번 생각해봐. 이번 토요일에 우리 잡지사는 플라자 호텔에서 대대적인 파티를 열 거요. 600명의 하객들이 〈리베랄〉의 창간 25주년을 축하해주는 자리지. 언론의 자유가 갖는 한계를 늘 조금씩 넓혀온 출판사치고는,

창간된 이래 매 순간마다 법적으로 오염된 물속을 돌아다닌 출판사치고는 대단한 거라오. 25년이야, 반장. 그리고 우린 아직 법정에서 단 한 건도 진 적이 없지. 난 이 일을 변호사인 요한 크론과 상의할 거요. 경찰에서도 이미 크론 변호사를 만난 걸로 알고 있소만."

해리는 침울하게 고개를 끄덕였다. 스퇴프는 이야기가 끝났다는 뜻으로 문을 향해 점잖게 손을 휘둘렀다.

"가능한 어떤 방법으로든 돕는다고 약속하지." 스퇴프가 현관에 서서 말했다. "권력을 가진 반장이 우리 잡지사를 돕기만 해준다면."

"그런 계약은 불가능하다는 걸 잘 아실 텐데요."

"지금까지 우리 잡지사가 어떤 계약을 해왔는지 상상도 못할 걸." 스퇴프는 미소를 지으며 문을 열었다. "못하고말고. 곧 또 봅시다."

"이렇게 빨리 다시 보게 될 줄은 몰랐는데." 해리가 열린 문을 붙잡은 채 말했다.

라켈이 그의 아파트로 이어지는 마지막 계단을 종종걸음으로 올라왔다.

"흥, 알고 있었으면서." 라켈은 슬그머니 그의 품에 안겼다. 그러더니 해리를 집 안으로 밀어 넣고, 구두 굽으로 문을 밀어 닫은 다음 양손으로 그의 얼굴을 붙잡고 탐욕스럽게 키스했다.

"미워 죽겠어." 라켈이 해리의 벨트를 풀며 말했다. "지금 내 삶에 이게 얼마나 불필요한 짓인지 당신도 알지?"

"그럼 그냥 가." 해리가 라켈의 코트 단추를, 그다음에는 블라우스 단추를 풀며 말했다. 라켈의 바지는 지퍼가 옆에 달려 있었다. 그는 지퍼를 내리고, 바지 안으로 손을 집어넣었다. 그녀의 척추 맨 끝에 걸쳐진 서늘하고 매끄러운 실크 팬티가 그의 손에 닿았다. 조용한 현관에는 두 사람의 숨소리와 라켈이 해리를 받아들이기 위해 발을 움직이면서 구두 굽이 딱 한 번 또각 하는 소리만 들렸다.

나중에 침대에 누워 담배 하나를 나눠 피우며 라켈은 해리를 마약상이라고 비난했다.

"그 사람들 그렇게 장사하잖아. 처음에는 언제나 공짜지. 중독될 때까지 말이야." 라켈이 말했다.

"중독된 다음부터는 돈을 내야지." 해리가 담배 연기로 커다란 원 하나를, 그다음에는 작은 원 하나를 천장에 올려 보냈다.

"그것도 거금을." 라켈이 말했다.

"당신은 그냥 섹스 때문에 온 거잖아. 아니야? 난 그렇게 알고 있는데."

라켈이 그의 가슴을 쓰다듬었다. "당신 너무 말랐다."

해리는 대답하지 않고 기다렸다.

"마티아스랑 잘 안 돼. 그이는 아무 문제없어. 완벽하지. 문제는 나야."

"뭐가 문젠데?"

"그걸 알면 좋게? 마티아스를 볼 때면 여기 내가 꿈꾸던 남자가 있구나 싶어. 그 사람은 내 마음에 불을 지르지. 난 그의 마음에 불을 지르려다가 하마터면 그이를 때릴 뻔했다니까. 너무 심심했거든. 이해가 가? 모든 게 너무 좋고, 너무 올바르지만, 난 못하겠어……."

"흠. 상상은 안 되지만, 듣고는 있어."

라켈은 해리의 귓불을 세게 잡아당겼다. "우리가 늘 서로에게 굶주렸다는 사실이 꼭 우리 관계의 질이 높았다는 뜻은 아니야, 해리."

해리는 담배 연기로 된 작은 원이 큰 원을 따라잡아 8모양이 되는 걸 바라보았다. 맞는 말이었다.

"난 어느새 핑계거리를 찾고 있더라고. 예를 들면, 마티아스가 아버지에게서 물려받은 재미있는 신체적 특징 같은 거."

"그게 뭔데?"

"대단한 건 아냐. 하지만 마티아스는 그걸 아주 부끄러워해."

"뭔데, 말해봐."

"아냐, 아냐. 정말 아무것도 아냐. 처음에는 그이가 그걸 부끄러워하는 게 귀엽다고 생각했는데, 지금은 짜증나. 마치 내가 마티아스의 그런 사소한 결점을 트집 잡아서……." 라켈이 잠잠해졌다.

"날 만나러 오는 걸 정당화하려는 것처럼." 해리가 라켈의 말을 대신 끝마쳤다.

라켈은 그를 꼭 끌어안더니 침대에서 일어났다.

"이젠 안 올 거야." 라켈이 입을 삐죽거리며 말했다.

라켈이 해리의 아파트를 나선 시간은 거의 자정 무렵이었다. 조용히 내리는 이슬비에 젖은 아스팔트 도로가 가로등 불빛 아래에서 반짝거렸다. 라켈은 차를 주차해둔 스텐스베르그 가로 접어들었다. 차에 올라타 막 시동을 걸려는데, 와이퍼 밑에 끼어 있는 쪽지가 보였다. 그녀는 차 문을 빼꼼 열고 쪽지를 빼낸 다음 빗물에 거의 다 씻겨 내려간 글씨를 읽었다.

우린 이제 죽을 거야, 이 창녀야.

라켈은 움찔해서 주위를 둘러보았지만 아무도 없었다. 거리에는 주차된 차들뿐이었다. 다른 차에도 이런 쪽지가 끼워져 있을까? 하지만 어떤 차에도 쪽지는 없었다. 우연일 뿐이다. 그녀의 차가 여기에 주차됐다는 걸 아는 사람은 아무도 없다. 라켈은 창문을 내리고, 두 손가락 사이에 쪽지를 들고 있다가 놓아버렸다. 그러고는 시동을 걸고 차를 뺐다.

울레볼스바이엔 가 끝에 다다랐을 때, 라켈은 갑자기 뒷좌석에서 누군가 자신을 바라보고 있다는 느낌이 들었다. 백미러를 바라보니 소년의 얼굴이 보였다. 올레그가 아닌, 다른 낯선 소년의 얼굴이었다. 라켈은 급히 브레이크를 밟았고 타이어가 아스팔트 위에서 비명을 질렀다. 뒤에서 성난 경적 소리가 들렸다. 세 번. 라켈은 가슴을 들썩이며 백미러를 들여다보았다. 그 안에는 바로 뒤 차에 탄 청년의 겁에 질린 얼굴이 있었다. 라켈은 몸을 부르르 떨며 다시 기어를 올렸다.

엘리 크발레는 못 박힌 듯이 복도에 서 있었다. 그녀의 손에는 여전히 전화기가 들려 있었다. 이건 절대 그녀의 상상이 아니었다.

남편 안드레아스가 그녀의 이름을 두 번째로 불렀을 때 비로소 엘리는 정신을 차렸다.

"누군데 그래?" 남편이 물었다.

"아무도 아니에요. 잘못 걸린 전화예요."

침대에 누웠을 때 엘리는 남편을 껴안고 싶었다. 하지만 그럴 수 없었다. 도저히 그럴 용기가 나지 않았다. 그녀는 불결했기 때문이다.

“우린 이제 죽을 거야.” 전화 속의 목소리는 그렇게 말했다. “우린 이제 죽을 거라고, 이 창녀야.”

16일째

텔레비전

다음 날 아침, 해리의 수사팀이 모였을 때는 카트리네 브라트의 명단에 있던 일곱 개의 이름 가운데 여섯 개를 조사한 후였다. 하나는 아직 조사가 끝나지 않은 상태였다.

"아르베 스퇴프요?" 비에른 홀름과 망누스 스카레가 동시에 외쳤다.

카트리네 브라트는 아무 말도 하지 않았다.

"그래. 내가 크론 변호사와 통화했어. 크론은 알리바이가 있는지 묻는 경찰의 질문에 스퇴프가 대답하고 싶어 하지 않는다고 분명히 밝히더군. 그 외의 어떤 질문에도 대답하지 않겠다고 했어. 스퇴프를 체포할 수도 있지만, 그는 얼마든지 묵비권을 행사할 수 있지. 체포해봤자 우리가 얻는 건 스노우맨이 아직 살아 있다고 세상에 알리는 것뿐이야. 문제는 스퇴프의 말이 사실이냐, 아니면 이 모든 게 쇼에 불과하느냐는 거야."

"하지만 일급 유명인사가 살인범이라뇨." 스카레가 찡그린 얼굴로 말했다. "그런 경우가 또 있나요?"

"O. J. 심슨. 필 스펙터.* 마빈 게이의 아버지.**" 비에른 홀름이 말했다.

"필 스펙터는 또 뭐하는 놈이야?"

"자네들의 생각을 다 말해주면 좋겠어. 그냥 툭 까놓고, 떠오르는 대로 말해봐. 스퇴프가 뭘 숨기는 걸까? 홀름?" 해리가 말했다.

비에른 홀름은 커틀릿 모양의 짧은 구레나룻을 쓰다듬었다. "이다르의 사망시간에 어디 있었느냐는 구체적인 질문에 대답하길 거부한다는 게 좀 의심스러워요."

"카트리네?"

"제 생각에 스퇴프는 이런 혐의를 받는 걸 즐기는 것 같아요. 그리고 그 사람의 잡지는 이런 일에는 끄떡없어요. 오히려 정반대죠. 〈리베랄〉의 아웃사이더 이미지만 강화해줄 거예요. 다시 말해, 대세에 꿋꿋이 맞서는 위대한 성자의 이미지요."

"동감이에요. 전 생각이 바뀌었어요. 만약 스퇴프가 정말로 유죄라면 이런 위험을 감수하지 않았을 겁니다. 그자는 특종을 노리는 거예요." 홀름이 말했다.

"스카레?" 해리가 물었다.

"허세를 부리는 겁니다. 다 구라예요. 언론과 원칙에 대해 그자가 한 말이 정말로 이해가는 사람 있어요?"

아무도 대답하지 않았다.

"좋아. 다수결의 원칙에 따라 스퇴프가 진실을 말하는 걸로 하지. 그렇다면 스퇴프를 가능한 빨리 제외시키고 다음 단계로 넘어가야 해. 이다르가 죽던 시간에 스퇴프와 함께 있었을 만한 사람이 누가 있을까?"

* 유명한 음반 제작자로 여배우를 살해했다

** 목사인 마빈 게이의 아버지는 말다툼 끝에 소울 가수인 아들을 총으로 쏘아 죽였다

"모르겠어요. 제가 아는 〈리베랄〉의 여기자에게 전화해봤는데, 그 친구 말로는 스퇴프가 근무시간을 제외하고는 딱히 사교적인 사람이 아니래요. 대개 아케르 브뤼게에 있는 집에서 혼자 시간을 보낸다네요. 그러니까 여자들과 함께 있는 시간은 제외하고요." 카트리네가 말했다.

해리는 카트리네를 바라보았다. 그녀는 늘 가르치는 사람보다 한 학기 앞서 있는 열성적인 학생을 연상시켰다.

"여자들이라면 복수야?" 스카레가 물었다.

"친구 말을 인용하자면, 스퇴프는 예쁜 여자들에게 껄떡대기로 악명이 높대요. 제 친구가 스퇴프의 접근을 거절했더니, 대뜸 언론인으로서 그녀의 자질이 기대에 못 미친다며 다른 직업을 알아보는 게 어떠냐고 아주 직설적으로 말했다고 했어요."

"이중인격자로군." 스카레가 콧방귀를 뀌었다.

"제 친구도 선배와 같은 결론이었어요. 하지만 사실 그 친구는 아주 형편없는 기자거든요."

홀름과 해리는 웃음을 터뜨렸다.

"자네 친구에게 스퇴프가 만나는 여자들 중에 이름을 아는 사람이 하나라도 있는지 물어봐." 해리가 자리에서 일어나며 말했다. "그다음에는 잡지사의 다른 직원들에게 전부 전화해서 또 물어봐. 우리가 스퇴프의 목을 죄고 있다는 느낌을 줘야겠어. 자, 시작하지."

"반장님은요?" 카트리네가 계속 자리에 앉은 채 말했다.

"나?"

"스퇴프가 허세를 부리는지, 아닌지 말씀 안 해주셨잖아요."

"글쎄." 해리가 미소를 지었다. "물론 스퇴프가 전부 사실만 말한 건 아니야."
나머지 세 사람이 해리를 바라보았다.
"스퇴프는 이다르와의 마지막 통화에서 무슨 말을 했는지 기억이 안 난다고 했어."
"그래서요?"
"전날 통화했던 사람이 알고 보니 자살까지 한 연쇄살인범이었다면 당장 그 통화가 생각나지 않겠어? 세세한 것까지 곱씹으면서, 내가 조금이라도 눈치챘어야 하는 게 아닐까 자문하겠지."
카트리네가 고개를 천천히 끄덕였다.
"또 하나 궁금한 건 말이야, 왜 스노우맨이 내게 편지를 보내 자신을 찾아내라고 했느냐는 점이야. 그러다가 그의 예상대로 내가 점점 가까이 다가가니까, 그때는 왜 또 필사적으로 이다르를 스노우맨으로 위장했느냐는 거지."
"어쩌면 그 모든 게 다 스노우맨의 계획이었는지도 모르죠. 아마 스노우맨에게는 이다르를 지목할 만한 동기가 있을 거예요. 두 사람간의 풀리지 않은 앙금 같은 거요. 스노우맨은 처음부터 반장님을 그쪽으로 이끈 거고요." 카트리네가 말했다.
"아니면 그런 식으로 반장님을 이기려고 한 건지도 몰라요. 반장님이 실수를 하도록 유도한 다음 혼자서 승리를 음미하는 거죠." 홀름이 말했다.
"말도 안 돼." 스카레가 콧방귀를 뀌었다. "그 말은 마치 스노우맨과 반장님이 뭔가 개인적으로 얽혀 있다는 거처럼 들리잖아."
세 사람의 시선이 말없이 해리에게 향했다.
스카레가 얼굴을 찡그렸다. "진짜 그런 거예요, 반장님?"
해리는 옷걸이에서 코트를 집어 들었다. "카트리네, 보르그힐드에게 한 번 더 가서, 환자들의 의료기록을 열람할 수 있는 영장을 발부받았다고 해. 뒷감당은 내가 할 테니까. 아르베 스퇴프에 대해 캐낼 만한 게 있는지 보라고. 나 가기 전에 더 할 말 있어?"

"트바이타에서 실종됐다는 여자요. 카밀라 로시우스." 홀름이 말했다. "여전히 행방불명이랍니다."

"자네가 가서 살펴봐, 홀름."

"반장님은 뭐하실 건데요?" 스카레가 물었다.

해리가 희미하게 미소를 지었다. "포커 치는 법 배우려고."

프롱네르 광장의 유일한 아파트 건물 7층에 있는 트레스코의 집 앞에 서서 해리는 어린 시절, 옵살의 모든 아이들이 놀러가고 없던 때와 똑같은 기분을 느꼈다. 이곳이 다른 모든 집의 초인종을 눌러본 후에 찾아오는 최후의 수단이었고, 최후의 절박한 선택이었다. 트레스코(혹은 본명인 아스비에른 트레쇼브)가 문을 열고 뚱한 표정으로 해리를 바라보았다. 예전에 그랬듯이 지금도 알고 있기 때문이다. 자신이 최후의 수단임을.

현관문을 열면 바로 9평 정도의 주거 공간이 나왔다. 좋게 말하면 오픈형 부엌이 딸린 거실이었고, 나쁘게 말하면 단칸방이었다. 해리는 악취에 숨이 막혔다. 축축한 발에서 생장하는 박테리아와 썩은 공기의 냄새였다. 여기에서 사투리지만 정확한 노르웨이 용어인 토피스táfis, 즉 발가락 방귀라는 말이 유래했다. 땀이 많이 나는 트레스코의 발은 아버지에게 물려받았다. 나막신을 뜻하는 별명인 트레스코tresko 역시 아버지에게 물려받았는데, 트레스코는 나무가 발 냄새를 흡수한다는 믿음으로 늘 이상한 나막신을 신고 다녔다.

트레스코에게서 나는 발 냄새의 유일한 장점이라면, 덕분에 싱크대에 쌓인 접시며, 담배꽁초가 흘러넘치는 재떨이, 혹은 의자 등받이에 널어서 말리는 땀에 전 티셔츠의 냄새가 묻힌다는 것뿐이다. 해리는 트레스코가 라스베이거스에서 열리는 세계 포커 선수권대회 준결승까지 올라간 이유는 십중팔구 트레스코의 발 냄새가 상대의 정신을 혼미하게 했기 때문일 거라고 생각했다.

"오랜만이네." 트레스코가 말했다.

"그래. 마침 네가 시간이 나서 다행이야."

해리의 말이 재미있는 농담이라도 된다는 듯이 트레스코가 웃었다. 이 단칸방에서 한시라도 서둘러 나가고 싶었던 해리는 곧장 본론으로 들어갔다.

"왜 포커가 상대방이 거짓말을 하는지 알아내는 게임이라고 했지?"

트레스코는 해리의 그런 무례한 태도에 개의치 않는 듯했다.

"사람들은 포커가 확률과 통계, 가능성의 게임이라고 생각하지. 하지만 고수들과 경기를 하다 보면, 확률은 다들 알고 있어. 그러니까 확률로 승부가 갈리진 않아. 최고의 선수들이 다른 선수들과 차별화되는 점은 상대를 읽을 수 있는 능력에 있지. 난 라스베이거스에 가기 전에 내가 최고 선수들을 상대하게 되리라는 걸 알았어. 위성 텔레비전으로 볼 수 있는 갬블러스 채널에서 그 최고 선수들이 나오는 경기를 중계해줬지. 그래서 그 경기를 녹화했다가 한 명, 한 명씩 블러핑을 할 때 어떤 반응을 보이는지 연구했어. 느린 화면으로 돌려보면서, 그들이 하는 말과 행동, 반복적인 동작, 얼굴에 나타나는 변화를 아주 세세한 것까지 기록했지. 한참 연구한 끝에 블러핑을 할 때는 언제나 뭔가가, 반복적인 습관이 나온다는 걸 알게 됐어. 오른쪽 콧구멍을 긁는 놈도 있고, 카드 뒷면을 쓰다듬는 놈도 있지. 노르웨이를 떠나면서 나는 내가 이번 대회에서 이기리라 확신했어. 하지만 슬프게도 정작 내가 블러핑을 할 때는 안면 경련이 일어나 상대방이 눈치챈다는 걸 몰랐지."

트레스코의 두루뭉술한 체구가 흔들리며 음울한 웃음소리가 흘러나왔다. 웃음이라기보다 흐느낌처럼 들리는 소리였다.

"그러니까 만약 내가 심문 중인 남자를 데려온다면, 넌 그 남자가 거짓말을 하는지 아닌지 알 수 있는 거지?"

트레스코는 고개를 저었다. "그렇게 간단하지 않아. 우선 녹화테이프가 있어야 해. 둘째로 상대의 카드를 보면서 그 사람이 언제 블러핑을 하는지 알아야 해. 그다음에는 테이프를 다시 뒤로 감아서 달라진 행동이 뭔지 분석해야 하지. 거짓말탐지기를 조정할 때도 그렇게 하지 않아? 거짓말 테스트를 하기 전에 먼저 자신의 이름처럼 확실한 사실을 말하게 하잖아. 그다음에는 확실한 거짓말을 하게 하지. 그래야 평가 기준이 생겨서 판독할 수 있으니까."

"확실한 사실." 해리가 중얼거렸다. "확실한 거짓말. 녹화 테이프."

"하지만 전화로 말했듯이, 아무것도 장담할 순 없어."

해리는 '고통의 집House of Pain'에서 베아테 뢴을 발견했다. 이 방은 그녀가 강도수사과에서 일할 때 거의 대부분의 시간을 보낸 곳이었다. 고통의 집은 창문 없는 사무실로 CCTV 필름을 보고, 편집하며, 이미지를 확대하고, 흐릿한 사진 속 사람들, 혹은 웅얼거리는 전화 속 목소리의 신원을 알아내는 장비들이 갖추어져 있었다. 하지만 이제 베아테는 브뢴살렌에 있는 과학수사과의 최고 책임자였으며, 게다가 출산 휴가 중이었다.

기계들이 웅웅거리며 돌아갔고, 마른 열기가 투명할 정도로 창백한 그녀의 뺨에 장미꽃을 피웠다.

"잘 지냈어?" 해리가 등 뒤로 철문이 닫히도록 내버려둔 채 말했다.

체구가 작고 민첩한 베아테가 자리에서 일어났다. 두 사람은 약간 어색함을 느끼며 껴안았다.

"마르셨네요." 베아테가 말했다.

해리는 어깨를 으쓱였다. "지내기가…… 어때?"

"그레게르는 자야 할 때 자고, 먹어야 할 때 먹고, 거의 안 울어요." 베아테가 미소를 지었다. "지금으로선 그게 제 삶의 전부죠."

해리는 할보르센에 대해 무언가 말해야 한다고 생각했다. 자신이 그를 잊지 않았음을 보여줄 만한 말. 하지만 적당한 말이 떠오르지 않았다. 베아테는 그런 해리의 마음을 이해한다는 듯이 어떻게 지내느냐고 물었다.

"잘 지냈다가, 그럭저럭 지냈다가, 끔찍했다가 그래." 해리는 의자에 털썩 주저앉았다. "언제 묻느냐에 따라 달라."

"그럼 오늘은요?" 베아테는 텔레비전 모니터로 몸을 돌려 버튼을 눌렀다. 화면 속 사람들이 스토로 쇼핑몰을 향해 뒤로 가기 시작했다.

"오늘은 편집증에 시달리고 있어. 날 뒤에서 조종하는 놈을 추적하는 기분이야. 모든 게 엉망이고, 나는 정확히 그놈이 원하는 대로 하고 있지. 그런 기분 알아?"

"알죠. 저한테는 그레게르가 그런 존재예요." 베아테는 텔레비전 화면의 뒤로감기를 멈추었다. "제가 뭘 찾아냈는지 아세요?"

해리는 의자를 좀 더 가까이 가져갔다. 베아테 뢴에게 특별한 재능이 있다는 말은 거짓이 아니었다. 그녀는 뇌에서 사람의 얼굴을 저장하고 알아보는 부분인 방추상회가 고도로 발달하고 민감해서, 걸어 다니는 범죄자 색인 목록으로 불린다.

"이 사건과 관련된 사람들의 사진을 모두 훑어봤어요. 피해자의 남편들, 아이들, 목격자 등. 전과자들 얼굴도 물론 알고 있고요."

베아테는 프레임 별로 화면을 움직였다. "저기." 화면을 정지하며 베아테가 말했다.

정지된 이미지가 앞으로 튀어나오며, 거친 흑백 입자로 이루어진 한 무리의 흐릿한 사람들을 보여주었다.

"어디?" 해리는 베아테와 사진을 들여다볼 때면 늘 그랬던 것처럼 바보가 된 기분이었다.

"저기요. 이 사진과 같은 인물이에요." 베아테는 파일에서 사진 한 장을 꺼냈다.

"이 사람이 반장님을 미행하는 사람일 수도 있을까요?"

해리는 깜짝 놀라 사진을 바라보았다. 그러더니 천천히 고개를 끄덕이고는 휴대전화를 꺼냈다. 카트리네 브라트가 2초 만에 전화를 받았다.

"코트 입고 주차장으로 나와. 드라이브 좀 가야겠어."

해리는 교통체증이 심한 보그스타바이엔 가를 피해 우라니엔보르그바이엔 가와 마요르스투바이엔 가로 차를 몰았다.

"정말로 그 사람이 맞대요? 감시 카메라의 화질이 그다지……." 카트리네가 말했다.

"내 말 믿어. 베아테 뢴이 맞는다면, 무조건 맞는 거야. 전화국에 전화해서 그자의 번호를 알아봐."

"제 휴대전화에 저장해뒀어요." 카트리네가 휴대전화를 꺼내며 말했다.

"저장해둬?" 해리는 카트리네를 힐끗 바라보았다. "한 번 만난 사람은 전부 번호를 저장해두나?"

"네. 그룹으로 나눠서요. 그러다 사건이 해결되면 그 그룹을 삭제하죠. 반장님도 해보세요. 삭제 버튼을 누를 때 기분이 얼마나 좋은데요. 끝났다는 게…… 정말 실감 난다니까요."

해리는 호프에 자리한 노란색 저택 맞은편에 차를 세웠다.

노란색 저택의 창문은 모두 캄캄했다.

"필리프 베케르라니. 정말 놀랐어요."

"우린 그냥 이야기만 나누러 왔다는 걸 명심해. 아마 베케르에게는 이다르에게 전화할 수밖에 없었던 이유가 있었을 거야."

"스토로 쇼핑몰의 공중전화로요?"

해리는 카트리네를 바라보았다. 목의 얇은 살갗이 눈에 띄게 고동쳤다. 해리는 시선을 돌려 거실의 창문을 바라보았다.

"가지." 해리가 자동차 문의 손잡이를 잡은 순간, 휴대전화가 울렸다. "네?"

전화기 반대편의 목소리는 흥분한 듯했지만, 그래도 간결하고 정확한 문장으로 보고했다. 해리는 두 번의 "응"과 깜짝 놀란 "뭐?", "언제?"라는 말만 할 뿐 상대가 말하도록 내버려두었다.

마침내 상대방이 조용해졌다.

"긴급 대책본부에 전화해." 해리가 말했다. "호프스바이엔 가에서 가장 가까운 곳에 있는 경찰차 두 대만 보내달라고 해. 사이렌

켜지 말고, 주거지역의 양 끝을 지키라고 해……. 뭐……? 집 안에 어린아이가 있으니까. 베케르를 필요 이상으로 겁먹게 하고 싶지 않아. 알았어?"

상대는 군말 없이 동의했다.

"훌륭이야." 해리가 카트리네 앞으로 몸을 숙이더니 수납함을 열어 수갑 하나를 꺼냈다. "과학수사과 사람들이 로시우스 부부 차고에 있던 차에서 꽤 많은 지문을 찾아냈나 봐. 그 지문들을 이번 사건 관련자들의 지문과 대조해봤대."

해리는 점화 스위치에서 열쇠뭉치를 빼내고는, 허리를 숙여 좌석 밑에서 금속 상자 하나를 꺼냈다. 자물쇠에 열쇠를 밀어 넣고, 상자를 열어 총신이 짧은 검은색 스미스앤드웨슨을 꺼냈다. "그런데 자동차 앞유리에 찍힌 지문 하나가 일치했다는군."

카트리네는 말없이 '오' 하는 입 모양을 만들더니, 고갯짓으로 노란 저택을 가리키며 저 집 주인의 지문인지 물었다.

"그래. 필리프 베케르 교수의 지문이었대." 해리가 대답했다.

카트리네의 눈이 휘둥그레졌다. 하지만 그녀의 목소리는 전과 다름없이 차분했다. "곧 삭제 버튼을 누르게 될 것 같은 예감이 드네요."

"아마도." 해리는 리볼버의 탄창을 휙 열어 약실에 총알이 다 들어 있는지 확인했다.

"이런 식으로 여자들을 납치하는 남자가 또 있을 리 없죠." 카트리네는 권투 시합에 나가기 전에 몸을 풀듯이 고개를 좌우로 기울였다.

"맞는 말이야."

"여기 처음 왔을 때 알았어야 했는데."

해리는 카트리네를 바라보며 왜 자신은 그녀와 같은 흥분을 느끼지 못하는지, 왜 범인을 체포하는 데서 아찔한 기쁨을 느끼지 못하는지 의아해 했다. 그 기쁨과 흥분이 곧 너무 늦게 도착했다는 허전함, 잿더미가 된 집을 들여다보는 소방관의 심정으로 바뀌리라는 걸 알기 때문일까? 그것도 맞는 말이지만, 그게 전부는 아니었다. 이건 다른 감정이었고, 해리는 이제 그게 무엇인지 알 수 있었다. 그는 의심을 떨칠 수가 없었다. 지문이나 스토로 쇼핑몰의 전화기록은 법정에서 큰 도움이 될 테지만, 이건 너무 쉬웠다. 이 살인범은 그런 평범한 실수를 저지르는 부류가 아니다. 눈사람 위에 실비아 오테르센의 머리를 올려두는 사람, 경찰을 그의 집 냉동실에 얼려버리는 사람, 해리에게 '당신이 생각해봐야 할 질문은 이것이다. 누가 눈사람을 만들었을까?' 와 같은 편지를 보내는 사람이 저지를 만한 실수가 아니다.

"이젠 어떻게 하죠? 우리가 직접 베케르를 체포하나요?" 카트리네가 물었다.

카트리네의 억양만으로는 질문인지, 제안인지 알 수 없었다.

"당분간은 기다려. 지원 병력이 도착하면 그때 초인종을 누르도록 하지."

"만약 베케르가 집에 없으면요?"

"집에 있어."

"그래요? 어떻게……?"

"거실 창문을 봐. 거기를 계속 바라보라고."

카트리네는 해리의 말대로 창문을 바라봤다. 창문에서 나오던 하얀 빛이 변하자, 이제야 알겠다는 표정을 지었다. 텔레비전에서 나오는 빛이었다.

두 사람은 말없이 기다렸다. 아무 소리도 없었다. 까마귀 한 마리가 까악까악 울더니 다시 조용해졌다. 해리의 휴대전화가 울렸다.

지원 병력이 도착했다는 전화였다.

해리는 그들에게 간략히 지시를 내렸다. 자신이 호출하기 전까지는 제복 경관들이 집 주위에 얼씬거리지 못하도록 했다. 총성이나 비명을 들었을 때는 제외하고.

"전화기 무음으로 해두세요." 해리가 전화를 끊자 카트리네가 말했다.

해리는 슬쩍 웃으며 카트리네의 말대로 하고는 그녀를 힐끗 훔쳐보았다. 냉동실 문이 활짝 열렸을 때의 그녀 얼굴이 생각났다. 하지만 지금 카트리네의 얼굴에는 어떤 두려움이나 긴장감도 보이지 않았다. 그저 집중한 기색만 있었다. 해리가 휴대전화를 주머니에 넣자, 리볼버와 부딪히며 탁 소리가 났다.

두 사람은 차에서 내려 길을 건너 대문을 열었다. 젖은 보도블록이 그들의 신발을 탐욕스럽게 빨아들였다. 해리는 커다란 창문에 시선을 고정시킨 채 하얀 벽을 향한 어떤 움직임이나 그림자가 있는지 살폈다.

이윽고 현관 계단 앞에 도착했다. 카트리네가 해리를 바라보자, 해리는 고개를 끄덕였다. 카트리네가 초인종을 눌렀다. 저음의 머뭇거리는 딩동 소리가 집 안에서 들렸다.

기다려도 발소리는 들리지 않았다. 현관문 옆, 직사각형 모양의 올록볼록한 유리 너머로 아무 그림자도 보이지 않았다.

해리는 앞으로 다가가 유리에 귀를 댔다. 집 안 상황을 알아볼 수 있는, 간단하면서도 놀라울 정도로 효과적인 방법이었다. 하지만 아무 소리도 들리지 않았다. 심지어 텔레비전 소리조차도. 해리는 세 발짝 뒤로 물러나서 현관 계단 위로 튀어나온 처마를 양손으로 붙잡아 홈통에 의지하며 몸을 위로 끌어올렸다. 그러자 창문을 통해 거실 전체가 들여다보였다. 회색 코트를 입은 사람이 해리를 등진 채 양반 다리를 하고 마룻바닥에 앉아 있었다. 큼지막한 헤드폰이 검은색 후광처럼 두개골을 감싸고 있었다. 헤드폰의 줄은 텔레비전에 연결되어 있었다.

"헤드폰을 쓰고 있어서 초인종 소리를 못 듣는 거야." 해리가 그렇게 말하며 아래로 내려오자, 카트리네가 현관문 손잡이를 돌리는 모습이 보였다. 현관문 가장자리에 달린 고무가 빨아들이는 듯한 소리를 내며 문에서 떨어졌다.

"우리를 환영하는 것 같은데요." 카트리네가 부드럽게 말하며 안으로 들어갔다.

허를 찔린 해리는 조용히 욕을 내뱉으며 카트리네를 따라 안으로 들어갔다. 카트리네는 이미 거실로 들어가는 문 옆에 서 있었다. 그녀는 문을 열고 해리가 올 때까지 제자리에 서 있었다. 뒤로 물러서던 카트리네가 장식대에 부딪히는 바람에 장식대 위의 꽃병이 아슬아슬하게 흔들리다가 멈췄다.

두 사람과 그들을 등진 채 앉아 있는 사람의 거리는 최소 6미터였다.

텔레비전 화면에서는 어린 아기가 미소 지은 여인의 양 검지를 쥔 채 아장아장 걷고 있었다. 텔레비전 아래로 디브이디 플레이어 버튼의 푸른 불빛이 반짝였다. 순간적으로 해리는 기시감이 들었다. 비극이 되풀이되는 느낌이었다. 늘 이런 식이다. 정적, 가족들의 행복한 한때를 보여주는 홈비디오, 행복했던 시절과는 천지 차이인 현실, 비극은 벌써 시작됐고 결론이 필요했다.

카트리네가 손가락으로 가리키기도 전에 해리는 이미 그것을 보았다.

마룻바닥에 앉아 있는 사람 뒤로, 반쯤 하다 만 퍼즐과 게임보이 사이에 장난감처럼 보이는 권총이 놓여 있었다. 글록21이라고 해리는 짐작했다. 몸의 기어가 올라가고, 더 많은 아드레날린이 혈액 속으로 분비되면서 속이 울렁거렸다.

그들에게는 선택의 여지가 있었다. 계속 문 옆에 서서 베케르의 이름을 부른 다음 무장한 남자와 대면하는 위험을 감수하든가, 아니면 베케르가 보기 전에 그의 무기를 뺏든가. 해리는 카트리네의 어깨를 잡아 자기 몸 뒤쪽으로 밀었다. 한편으로는 베케르가 몸을 돌려 권총을 집어 들고, 그에게 겨눠 발사할 때까지 몇 분이 걸릴지 머릿속으로 계산해보았다. 큰 보폭으로 네 걸음이면 충분할 것이다. 해리의 등뒤에는 빛이 없어서 그림자를 먼저 드리울 위험도 없다. 텔레비전 화면도 무척 밝기에 그의 모습이 화면에 반사될 일도 없었다.

해리는 숨을 깊이 들이쉰 다음 발걸음을 떼었다. 쪽마루를 깐 바닥에 가능한 부드럽게 발을 내딛었다. 눈앞의 등은 아무런 반응도 없었다. 해리가 두 번째 걸음을 뗐을 때 뒤에서 와장창 깨지는 소리가 들렸다. 꽃병이 깨지는 소리라는 걸 본능적으로 알 수 있었다. 급히 뒤를 돌아보는 필리프 베케르의 괴로워하는 표정이 보였다. 해리는 그 자리에 얼어붙었고, 두 남자는 서로를 응시했다. 베케르 뒤의 텔레비전 화면이 검은색으로 변했다. 그가 무언가 말하려는 듯이 입을 벌렸다. 그의 눈동자 흰자위에는 실핏줄이 섰고, 뺨은 마치 울고 있었던 사람처럼 부어 있었다.

"총!"

카트리네의 고함 소리에 자동적으로 해리의 시선이 올라갔고, 텔레비전의 검은 화면에 반사된 그녀의 모습이 보였다. 그녀는 두 다리를 벌린 채 문가에 서서 팔을 앞으로 뻗고 있었으며, 양손은 리볼버를 움켜쥔 상태였다.

시간이 느리게 흐르는 것 같았다. 시간은 아무런 형체도 없는 진한 물질이 되고, 그 안에서 오로지 그의 감각만이 실시간으로 작용하는 것 같았다.

해리처럼 숙련된 경찰이라면 본능적으로 몸을 날려 땅에 엎드리고, 총을 뽑아 들었어야 했다. 하지만 거기엔 다른 무언가가 있었다. 그의 본능보다는 느리지만 더 엄청난 힘을 발휘하는 무언가가. 나중에는 생각이 바뀌었지만, 처음에 해리는 자신이 또 다른 기시감 때문에 그렇게 행동한다고 생각했다. 막다른 길에 도달했다는 걸 알기에, 더 많은 유령들과 씨름할 기운이 없기에 경찰의 총을 맞고 마룻바닥에 쓰러진 채 죽은 한 남자의 영상이 보였던 것이다.

해리는 오른쪽으로 발을 옮겨 카트리네의 총구와 일직선을 이루는 지점에 섰다.

그의 등 뒤에서 매끄럽고 부드러운 딸칵 소리가 들렸다. 리볼버의 공이치기가 다시 뒤로 물러가고, 방아쇠를 누르고 있던 손가락에서 힘이 빠지는 소리였다.

베케르는 권총 근처의 바닥을 손으로 짚고 있었다. 새하얗게 변한 그의 손가락과 손가락 마디들은 그 손에 체중이 실려 있다는 표시였다. 다른 손, 그의 오른손에는 리모컨이 들려 있었다. 만약 베케르가 지금처럼 앉아 있는 자세에서 오른손으로 총을 집으려

했다면, 균형을 잃고 쓰러졌을 것이다.

"꼼짝 마." 해리가 큰 소리로 외쳤다.

베케르는 마치 눈앞에 나타난 해리와 카트리네를 지워버리고 싶다는 듯이 눈만 두 번 껌벅였다. 해리는 차분하면서도 빠르게 앞으로 걸어갔다. 허리를 숙여 총을 집어 들었다. 총은 놀랍도록 가벼웠다. 너무 가벼워서 탄창 안에 총알이 들어 있을 것 같지 않았다.

해리는 자신의 리볼버가 든 재킷 주머니 속에 총을 넣고 쪼그려 앉았다. 텔레비전에 비친 카트리네는 총구를 그들에게 겨눈 채 초조하게 양발에 번갈아 무게를 실었다. 해리는 겁먹은 짐승처럼 뒤로 물러난 베케르에게 손을 뻗어 머리에 쓰고 있던 헤드폰을 벗겼다.

"요나스 어디 있어?" 해리가 물었다.

베케르는 마치 지금의 상황도, 해리가 하는 말도 이해가 안 간다는 듯이 해리를 뚫어지게 바라보았다.

"요나스 어디 있냐고?" 해리는 이내 소리쳤다. "요나스! 요나스, 너, 어디 있니?"

"쉿." 베케르가 말했다. "요나스는 잠들었어요." 그의 목소리는 마치 안정제를 먹은 것처럼 나른했다.

베케르는 헤드폰을 가리켰다. "깨우면 안 됩니다."

해리는 침을 삼켰다. "요나스 어디 있어?"

"어디요?" 베케르는 머리를 갸우뚱 기울이더니 해리를 바라보았다. 그제야 해리를 알아본 듯했다. "당연히 침대에 있죠. 모든 아이들은 자기 침대에서 자야 합니다." 베케르의 목소리는 마치 노래의 한 구절을 인용하듯 오르락내리락거렸다.

해리는 재킷의 다른 쪽 주머니에 손을 찔러 넣어 수갑을 꺼냈다. "손 내밀어."

베케르가 다시 눈을 깜박거렸다.

"당신의 안전을 위해서야." 해리가 말했다.

이는 체포되는 사람의 긴장을 풀어주기 위해 많이 쓰는 말로, 경찰이라면 경찰대학 시절부터 입에 붙도록 연습하는 말이었다. 하지만 그 말이 입에서 나왔을 때 해리는 왜 자기가 카트리네의 총구를 가로막고 섰는지 알게 되었다. 귀신들 때문이 아니었다.

베케르는 간청하듯이 해리에게 양손을 내밀었고, 가늘고 털이 수북한 그의 팔목에 강철 수갑이 철컥 채워졌다.

"여기 그대로 있어요. 저 여경관이 지켜볼 겁니다." 해리가 말했다.

해리는 몸을 일으켜 문간에 서 있는 카트리네에게 갔다. 이미 총을 내리고 있던 카트리네는 눈에서 이상한 광채를 뿜으며 해리에게 미소를 지었다. 눈동자 안에서 석탄이 새카만 연기를 내며 타는 듯했다.

"괜찮아, 카트리네?" 해리가 나지막이 물었다.

"물론이죠." 카트리네가 웃었다.

해리는 머뭇거리다가 2층으로 가는 계단을 올라갔다. 요나스의 방이 어딘지 기억하고 있었지만 다른 방들을 먼저 열어보았다. 끔찍한 순간을 최대한 미루고 싶어서였다. 베케르의 침실에는 불이 꺼져 있었지만 그래도 더블 침대가 보였다. 마치 아내가 다시는 돌아오지 않으리라는 걸 이미 알고 있다는 듯이 침대에는 이불 한 채만 덩그러니 놓여 있었다.

이제 해리는 요나스의 방 앞에 섰다. 마음속에서 온갖 생각과 영상을 몰아낸 뒤 문을 열었다. 어둠 속에서 음정이 맞지 않는 섬세한 음들이 딸랑거렸다. 비록 아무것도 보이지는 않았지만, 해리는 그 소리가 문이 열리면서 불어온 바람에 가느다란 금속 파이프들이 흔들리며 연주하는 음악임을 알고 있었다. 올레그의 방 천장에도 똑같은 풍경이 걸려 있기 때문이다. 해리는 방으로 들어가 이불 속의 형체를 힐끗 바라보았다. 숨소리가 들리기를 기다렸지만, 지치지도 않고 울려대는 풍경 소리만이 들릴 뿐이었다. 해리는 이불 위에 손을 올렸다. 순간적으로 공포심에 몸이 굳었다. 그를 신체적 위험에 빠뜨릴 만한 물건은 방 안에 없었지만 그는 자신이 무엇을 두려워하는지 알고 있었다. 다른 누군가가, 그의 예전 상사인 비아르네 묄레르 경정이 그 정체가 무엇인지 정확히 말해준 적이 있다. 그는 자신의 인간미가 두려웠다.

해리는 조심스럽게 이불을 걷어내고 그 아래 누운 사람을 바라보았다. 요나스였다. 어둠 속의 요나스는 정말로 잠든 것 같았다. 두 눈을 뜬 채 천장을 응시한다는 점만 제외하고. 해리는 요나스의 팔에 반창고가 붙어 있는 걸 보았다. 반쯤 벌어진 소년의 입 위로 몸을 숙이고, 소년의 이마를 짚어본 해리는 따뜻한 체온과 귀에 와 닿는 숨결에 깜짝 놀랐다. 요나스가 졸린 목소리로 "엄마?" 라고 웅얼거렸다.

해리는 어떤 반응을 보여야 할지 전혀 준비되어 있지 않았다. 어쩌면 올레그가 생각났기 때문인지도 모른다. 아니면 자신의 어린 시절, 잠에서 깨어 아직 엄마가 살아 있는 줄로만 알고 부모님의 침실로 달려갔다가, 이불 한 채만 덩그러니 놓인 더블 침대를 봤던 때가 생각나서일 수도 있다.

갑자기 해리의 눈에서 주체할 수 없이 눈물이 솟구쳤다. 급기야 요나스의 얼굴마저 흐릿하게 보일 정도였다. 눈물은 뜨거운 흔적을 남기며 볼을 타고 내려오다가 입꼬리로 흘러 들어갔고, 해리는 짭조름한 자신의 눈물을 맛보았다.

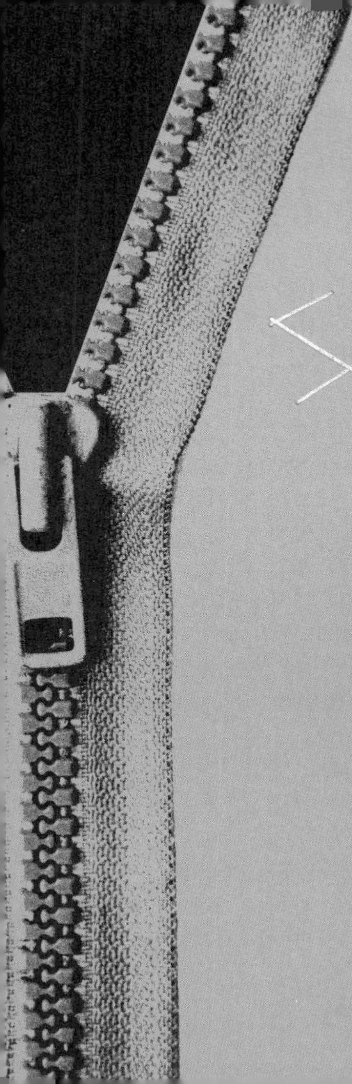

SNOW MAN

PART 4

17일째

선글라스

아침 7시, 해리는 구치소에 있는 23호 감방의 문을 열었다. 옷을 다 차려입은 베케르가 감방 침대에 앉아 멍한 표정으로 해리를 바라보았다. 해리는 경찰청에서 하룻밤을 새야 하는 손님이나 구속 수감된 용의자들에게 배정되는 한 평 반 정도의 공간 한가운데에 숙직실에서 가져온 의자를 내려놓았다. 그러고는 의자 등받이가 앞으로 오게 해서 두 다리를 벌린 채 의자에 앉아, 꾸깃꾸깃해진 카멜 담뱃갑에서 담배를 꺼내 베케르에게 건넸다.

"여기선 흡연이 불법일 텐데요." 베케르가 말했다.

"만약 내가 여기 앉아서 종신형을 기다리는 처지라면, 그런 건 무시할 겁니다."

베케르는 말없이 해리를 응시했다.

"어서요. 몰래 피우기에 여기만큼 좋은 곳은 없습니다." 해리가 말했다.

베케르는 씩 웃더니 해리가 내민 담배를 받아들었다.

"요나스는 잘 있습니다." 해리가 라이터를 꺼내며 말했다. "벤딕센 부부와 통화했는데, 그분들이 며칠간 요나스를 데리고 있기로 했습니다. 사회복지사들과 입씨름을 하기는 했지만, 그 사람들도 허락했습니다. 그리고 당신이 체포됐다는 소식은 언론에 나가지 않을 겁니다."

"왜죠?" 라이터로 붙이는 불을 조심스럽게 빨아들이며 베케르가 물었다.

"그건 나중에 다시 말씀드리죠. 확실한 건 당신이 협조하지 않으면, 나로서도 뉴스가 나가는 걸 계속 막을 수 없다는 겁니다."

"아하, 그러니까 당신은 좋은 경찰이군요. 어제 날 심문했던 경찰은 나쁜 경찰이고. 맞죠?"

"맞습니다, 베케르 씨. 난 좋은 경찰입니다. 그래서 당신에게 비공식적으로 몇 가지 질문을 하고 싶군요. 당신이 하는 말은 어떤 식으로든 당신에게 불리하게 사용되지 않을 것이며, 사용될 수도 없습니다. 제 질문에 사실대로 답해주시겠습니까?"

베케르가 어깨를 으쓱했다.

"어제 당신을 심문한 에스펜 렙스비크 형사는 당신이 거짓말을 한다고 생각합니다." 해리는 천장에 달린 화재경보기를 향해 푸른색 담배 연기를 뿜어냈다.

"뭐에 대해서요?"

"당신이 카밀라 로시우스와 차고에서 이야기만 나눈 뒤 떠났다는 증언 말입니다."

"사실입니다. 그 사람은 어떻게 생각하는데요?"

"어제 당신에게 말한 대로요. 당신이 그 여자를 납치해서 죽이고, 어딘가에 숨겨놓았다고요."

"말도 안 됩니다!" 베케르가 버럭 소리를 질렀다. "우린 이야기만 나눴어요. 그게 답니다. 그게 진실이라고요!"

"그럼 무슨 이야기였는지 왜 말하지 않는 겁니까?"

"개인적인 문제니까요. 말했잖습니까."

"그리고 당신은 이다르 베틀레센이 죽던 날, 그에게 전화했다는 사실도 인정했어요. 하지만 그 대화 역시 개인적인 문제라며 말하지 않았습니다. 맞죠?"

베케르는 감방 안 어딘가에 분명 재떨이가 있을 거라고 생각하는 사람처럼 주위를 두리번거렸다. "이봐요, 난 법에 어긋나는 일은 하나도 하지 않았어요. 하지만 내 변호사가 오기 전까지는 어떤 질문에도 대답하지 않을 겁니다. 내 변호사는 오늘 오후에나 올 거예요."

"어젯밤에 우리가 당장 경찰청에 올 수 있는 변호사를 불러드리겠다고 제안했는데요."

"난 제대로 된 변호사를 원합니다. 그런…… 국선변호사 말고요. 이쯤 되면 왜 당신네 경찰들이 내가 에리크 로시우스의 부인에게 무슨 짓을 했을 거라고 생각하는지 말해줘야 하는 거 아닙니까?"

해리는 베케르의 표현에 깜짝 놀랐다. 정확히 말하자면, 카밀라를 에리크 로시우스의 부인이라고 언급하는 데 놀랐다.

"만약 그 여자가 실종됐다면 에리크 로시우스를 체포해야죠." 베케르가 말을 이었다. "항상 남편이 범인 아닌가요?"

"맞습니다. 하지만 남편에게는 알리바이가 있습니다. 여자가 사라진 시간에 회사에서 근무 중이었죠. 당신이 여기 앉아 있는 이유는 우리가 당신을 스노우맨이라고 생각하기 때문입니다."

베케르의 입이 반쯤 벌어지더니 어젯밤 그의 집 거실에서 그랬던 것처럼 눈을 깜박거렸다. 해리는 자신의 손가락 사이로 나선형을 그리며 올라가는 담배 연기를 가리켰다. "화재경보가 울리지 않도록 당신이 숨을 좀 들이쉬어야겠네요."

"스노우맨?" 베케르의 입에서 그 말이 튀어나왔다. "그건 이다르 베틀레센 아닌가요?"

"아닙니다. 아닌 걸로 밝혀졌어요."

베케르는 눈을 두 번 끔벅이더니 웃음을 터뜨렸다. 너무 메마르고 씁쓸해서 기침 소리처럼 들리는 웃음이었다. "그래서 언론에 아무것도 내보내지 않는 거군요. 당신네들의 수사가 틀렸다는 사실이 들통 나면 안 되니까. 그리고 그동안에 필사적으로 진범을, 최소한 진짜 유력한 용의자라도 잡으려는 거고요."

"맞습니다." 해리가 담배를 빨아들이며 말했다. "그리고 현재로선 그 유력한 용의자가 당신입니다."

"현재로선? 이미 모든 걸 다 알고 있으니 당장 실토하라고 설득하는 게 당신 역할인 줄 알았는데요?"

"하지만 난 모든 걸 알지 못합니다."

베케르는 한쪽 눈을 찡그렸다. "이거 무슨 함정인가요?"

해리는 어깨를 으쓱했다. "그냥 직감입니다. 당신이 무죄라는 걸 내가 믿도록 해보세요. 지금까지의 짧은 만남으로는 당신이 숨기는 게 많은 사람이라는 인상만 더욱 강해졌습니다."

"난 아무것도 숨기지 않았어요. 지금도 마찬가지고. 그리고 내가 잘못한 일도 없는데, 왜 당신에게 내 개인적인 일까지 말해줘야 합니까?"

"잘 들어요, 베케르 씨. 난 당신이 스노우맨도 아니고, 카밀라 로시우스를 죽이지도 않았다고 생각합니다. 당신이 이성적이고, 제대로 생각할 줄 아는 사람이라고 생각해요. 내일 아침 신문에 필리프 베케르 교수가 노르웨이에서 가장 악명 높은 살인사건의 용의자로 체포됐다는 기사가 나가는 것보다는, 지금 이 자리에서 그 개인적인 일을 털어놓는 편이 더 낫다는 걸 이해할 수 있는 사람이라고 말이죠. 설사 당신이 무죄로 밝혀져서 모레에 석방된다 해도, 당신 이름에는 영원히 그 헤드라인이 따라다닐 테니까요. 당신 아들에게도요."

해리는 면도를 하지 않은 베케르의 목에서 울대뼈가 올라갔다 내려오는 걸 바라보았다. 베케르의 두뇌가 합리적인 결론을 도출하는 것도 바라보았다. 사실 간단한 결론이었다. 이윽고 고뇌에 찬 목소리가 흘러나왔다. 처음에 해리는 베케르가 익숙하지 않은 담배를 펴서 그런 목소리가 나오는 줄 알았다.

"내 아내인 비르테는 창녀였습니다."

"네?" 해리는 놀라움을 감추려 했다.

베케르는 담배를 바닥에 버리더니, 상체를 앞으로 내밀어 바지 뒷주머니에서 검은색 수첩 하나를 꺼냈다. "아내가 사라진 날, 이 수첩을 발견했습니다. 아내의 책상 서랍에 있더군요. 심지어 숨겨놓지도 않았죠. 처음에는 꽤나 평범한 수첩 같아 보였어요. 메모를 하고, 전화번호를 적어두는 수첩으로만 보였습니다. 하지만 전화국에 물어보니 그런 번호는 없더군요. 그제야 그게 암호란 걸 알았죠. 하지만 유감스럽게도 아내는 암호를 만드는 데 별 소질이 없었어요. 한나절 만에 그 암호를 모두 풀었죠."

에리크 로시우스는 '뤼드앤드플뤼트' 이삿짐 센터의 소유주이자 경영자였다. 그는 획일화된 가격, 공격적인 마케팅, 저렴한 외국인 노동력, 그리고 목적지로 출발하기 전, 이삿짐 트럭에 짐을 신자마자 현찰로 보수를 받는 계약 조건을 내세워 별로 돈이 되지 않는 이삿짐 업계에서 자리를 잡았다. 그는 고객에게 돈을 배상해 준 적이 없었다. 가장 작은 글씨로 적힌 약관에 물건의 파손이나 절도에 관한 모든 불만사항은 이사한 지 이틀 안에 접수해야 한다고 적혀 있었기 때문이다. 실제로 상당수의 불만사항 가운데 90퍼센트가 이틀 후에 접수되기 때문에 무시해버릴 수 있었다. 나머지 10퍼센트에 대해서는 사장인 자신과 직접 이야기할 수 없거나, 일반적인 보상 절차가 아주 느리게 진행되는 방법을 고안해냈다. 그리하여 이사 도중에 플라스마 텔레비전이 분실되거나, 피아노가 파손된 고객들도 결국에는 지쳐서 포기하게 됐다.

에리크 로시우스는 어릴 때부터 이 사업에 뛰어들었다. 뤼드앤드플뤼트의 전 소유주가 아버지의 친구였던 덕분에 이곳에 취직할 수 있었다.

"우리 아들내미는 공부를 하기에는 집중력이 부족하고, 나쁜 길로 빠지기에는 머리가 너무 좋다네. 자네가 이 아이를 받아줄 수 있겠나?" 에리크의 아버지는 그렇게 말했다.

수수료를 받고 일하는 세일즈맨이 된 에리크는 타고난 매력과 능력, 가혹한 성격으로 금세 두각을 나타냈다. 그는 어머니에게서 갈색 눈동자를, 아버지에게서는 숱이 많은 곱슬머리를 물려받았고 체격이 건장했다. 특히 여자들은 다른 이사 업체와 가격을 비교해보지도 않고, 그 자리에서 계약서에 사인을 했다. 게다가 그는 똑똑했고, 셈과 계략에 밝아 가끔씩 회사가 큰 프로젝트에 입찰하는 흔치 않은 기회를 잘 이용했다. 가격은 낮게 책정하고, 분실했거나 파손된 물건에 대한 자기부담금은 높게 설정한 것이다. 5년 후, 회사는 상당한 이익을 올렸고 에리크는 사업의 거의 모든 분야에서 사장의 오른팔이 되었다. 하지만 크리스마스 직전의 비교적 수월한 이사(2층에 있는 사장의 사무실 옆으로 옮긴 에리크의 새 사무실에 테이블을 운반하는 이사) 도중에 사장이 심장마비로 쓰러져 사망하게 됐다. 그 다음 날부터 에리크는 죽은 사장의 미망인을 지극정성으로 위로했으며(그리고 그의 솜씨는 아주 탁월했다), 장례식이 끝나고 일주일이 지나자 미망인은 턱없이 낮은 양도금에 회사를 에리크에게 넘겼다. 에리크가 누누이 강조했던 말, "높은 위험성과 얼마 안 되는 이윤으로 인해 별로 돈이 되지 않는 이사 업계에서 이 회사는 구멍가게 수준"이라는 말을 반영해 책정한 양도금이었다. 하지만 에리크는 자신에게 가장 중요한 일은 돌아가신 부군이 평생 일궈온 사업을 계속 유지하는 것이라고 역설했다. 이 말을 할 때 에리크의 갈색 눈동자에는 눈물이 어렸으며, 미망인은 떨리는 손으로 에리크의 손을 잡고 앞으로도 계속 찾아와 꼭 소식을 전해달라고 했다. 그렇게 에리크는 뤼드앤드플뤼트의 사장이 되었다. 그는 제일 먼저 고객들의 항의편지를 모조리 쓰레기통에 버리고, 계약서를 다시 작성했으며, 오슬로의 부촌인 웨스트엔드의 각 가정집에 광고지를 보냈다. 그들이야말로 가장 자주 이사를 다니며, 가격에 가장 민감한 사람들이었다.

그리하여 서른이 됐을 무렵, 에리크 로시우스는 BMW 두 대와 칸느 북쪽의 여름별장, 그가 어린 시절을 보낸 고층 아파트 같은 건물이 햇볕을 가릴 일이 없는 트바이타에 150평의 단독주택을 구입할 만큼의 돈을 벌게 됐다. 한마디로 그는 카밀라 산덴을 부양할 능력이 있었다.

카밀라는 의류사업을 하다가 파산한 귀족 집안 출신으로, 웨스트엔드의 블로멘홀름 출신이었다. 노동자의 아들인 에리크에게

블로멘홀름이란 프랑스 와인만큼이나 동떨어진 세상이었다. 그 프랑스 와인도 지금은 지하 창고에 몇 미터 높이로 쌓아두고 있었지만. 그 대저택에 들어가 옮겨야 할 짐을 보았을 때 에리크는 자신이 아직 갖지 못한 것, 그래서 가져야만 하는 것이 무엇인지 깨달았다. 바로 품격, 스타일, 빛바랜 웅장함, 그리고 예절 바른 태도와 미소로 더욱 강화되는 자연스러운 우월함이었다. 이 모든 것이 구현된 사람이 바로 이 집의 딸 카밀라였다. 카밀라는 발코니에 앉아 큼지막한 선글라스를 쓴 채 피오르를 바라보고 있었다. 에리크가 알기로는 동네 주유소에서 파는 선글라스였지만, 그녀가 얼굴에 걸치니 구찌, 돌체앤드가바나, 혹은 다른 명품 브랜드의 선글라스가 됐다.

이제 에리크는 다른 모든 명품 브랜드의 이름도 알고 있다.

그는 덜 멋진 동네의 더 작은 집으로 그들의 이삿짐을 모두 옮겨주었다. 팔아야 한다는 그림 두 점만 제외하고. 하지만 그가 슬쩍한 물건에 대한 분실신고는 들어오지 않았다. 카밀라 로시우스가 웨딩드레스를 입은 신부가 되어 고층 아파트들을 말없는 증인으로 삼아 트바이타의 교회 앞에 섰을 때도, 그녀의 부모는 딸의 선택이 못마땅해 한껏 얼굴을 찌푸렸을지언정 어떤 불만도 제기하지 않았다. 아마도 에리크와 카밀라가 어느 정도 서로의 부족한 점을 채워준다는 걸 알고 있었기 때문일 것이다. 에리크에게는 세련미가 부족했고, 카밀라에게는 돈이 부족했다.

에리크는 카밀라를 공주 대접했고, 그녀는 그런 그를 말리지 않았다. 그는 카밀라가 원하는 것을 주었으며, 그녀가 원치 않을 때는 침대에서 그녀를 건드리지 않았다. 그가 그녀에게 요구하는 것은 오로지 그들이 외출하거나, "친하게 지내는 부부들(다시 말해,

그가 어릴 때부터 알고 지낸 친구들)"을 초대해 저녁을 먹을 때 그녀가 잘 차려입는 것뿐이었다. 카밀라는 가끔씩 남편이 정말로 자신을 사랑하는지 알고 싶어 했고, 오슬로 이스트엔드 출신의 야심만만하고 활기찬 남편에 대한 애정은 서서히 깊어졌다.

에리크는 더할 나위 없이 행복했다. 그는 처음부터 카밀라가 쉽게 달아오르는 타입이 아니라는 걸 알고 있었다. 그의 눈에는 그런 점조차도 그가 알고 지내는 다른 여자들보다 카밀라를 우월해 보이게 했다. 그의 육체적 욕구는 어차피 가까운 고객들로부터 충족하고 있었다. 이사는 뭐랄까 사람을 감상에 젖게 하고, 침울하게 하며, 새로운 경험에 마음을 열게 한다고 에리크는 생각했다. 어쨌든 그는 독신 여성, 별거 중인 여성, 동거 중이거나 결혼한 여성들과 식탁 위에서, 층계참에서, 비닐을 씌운 매트리스 위에서, 막 청소한 쪽마루 바닥 위에서, 테이프로 봉해놓은 상자들과 소리가 울리는 헐벗은 벽에 둘러싸인 채 관계를 가졌다. 카밀라의 다음 선물은 뭘로 할까 생각하면서.

이런 관계의 좋은 점은 상대를 다시 볼 일이 없다는 점이다. 그들은 이사를 가고 사라진다. 그의 인생에서도 사라진다. 한 명만 제외하고.

비르테 올센은 갈색 머리의 상냥한 여자로, 〈펜트하우스〉에 나오는 모델 같은 몸매의 소유자였다. 에리크보다 어렸으며, 높은 톤의 목소리와 그 목소리가 구사하는 단어는 그녀를 한층 더 어려 보이게 했다. 처음 만났을 때 그녀는 임신 2개월로 에리크가 사는 트바이타에 살고 있었다. 곧 아이 아빠가 될 남자, 그녀와 결혼할 웨스트엔드의 남자와 함께 호프스바이엔 가로 이사 갈 예정이었다. 에리크 로시우스는 그녀에게 동질감을 느꼈다. 그리고 텅 빈

방 한가운데 놓인, 볼품없는 굴대 등받이 의자에서 섹스를 한 뒤에는 이 여자와의 섹스 없이는 살 수 없음을 깨달았다.

한마디로 맞수를 만난 것이다.

정말로 그랬다. 그는 비르테가 다른 여자들과 달리 자신과 같은 것, 즉 상대의 혼을 빼놓는 섹스만을 원한다고 생각했고, 실제로 그들은 그런 섹스를 했다. 이사를 갔거나, 아직 이삿짐이 들어오지 않은 텅 빈 아파트에서 적어도 한 달에 한 번씩 만나기 시작했고, 그 만남에는 늘 발각될지 모른다는 위험이 존재했다. 그들은 민첩했고 효율적이었으며, 이런 만남의 의식은 변동 없이 일정했다. 그래도 에리크 로시우스는 크리스마스를 기다리는 아이처럼, 다시 말해 순수하면서도 단순한 기쁨의 심정으로 이 밀회를 고대했다. 모든 게 예전과 똑같을 것이며, 기대가 충족되리라는 확신은 그 즐거움을 더욱 증가시킬 뿐이었다. 그들은 평행의 삶, 평행의 현실 속에서 살았고, 비르테 못지않게 그에게도 그런 삶이 적합한 듯했다. 그리하여 두 사람은 비르테가 출산(다행히도 제왕절개였다)을 하고, 각자 꽤 긴 휴가를 떠나고, 그가 누구에게서 옮은 것인지 추적할 수도 없고, 추적할 마음도 없는 성병에 걸렸던 때를 제외하고 계속 만났다. 그렇게 10년이 흘렀고, 이제 토르스호브의 반쯤 빈 아파트의 상자에 앉아 있는 에리크 앞에 빡빡 머리의 꺽다리 남자가 나타났다. 그는 잔디 깎는 기계 같은 목소리로 비르테 베케르를 아느냐고 물었다.

에리크 로시우스는 침을 꿀꺽 삼켰다.

남자는 자신을 강력반의 해리 홀레 반장이라고 소개했지만, 형사반장이라기보다는 에리크의 이삿짐 센터에서 일하는 일꾼처럼 생겼다. 카밀라의 실종신고를 한 후로 에리크가 만났던 경찰들은 실종자수사과 사람들이었다. 하지만 이 남자의 신분증을 처음 봤을 때 에리크는 그가 카밀라의 소식을 전해주려 왔다고 생각했다. 게다가 전화로 하지 않고, 여기까지 직접 온 것으로 보아 나쁜 소식인 것 같았다. 에리크는 방에 있던 직원들을 모두 내보냈다. 반장에게 자리에 앉으라고 권한 다음 담배를 찾아 자신이 듣게 될 이야기에 마음의 준비를 했다.

"어서 대답해주시죠." 형사반장이 말했다.

"비르테 베케르요?" 에리크 로시우스는 다시 한 번 물으며, 담배에 불을 붙이고 재빨리 머리를 굴리려 했다. 하지만 담배에 불을 붙일 수도 머리를 굴릴 수도 없었다. 젠장, 머리는 아예 정지 상태였다.

"일단 진정하시죠." 형사반장이 담뱃갑을 꺼내며 말했다. "서두르실 거 없습니다."

형사반장은 카멜 담배에 불을 붙인 뒤, 상체를 내밀어 에리크에게 라이터를 건넸다.

"고맙습니다." 에리크는 웅얼거리며, 담배에서 빠지직 소리가 날 정도로 세게 빨아들였다. 담배 연기가 그의 폐를 가득 채웠다. 니코틴이 혈액 속에 주입되자 모든 장애물이 사라지는 듯했다. 에리크는 언제고 이런 날이 올 줄 알았다. 경찰이 그와 비르테의 관계를 알아내고, 질문을 하러 올 날이 올 줄 알았다. 예전에는 이 사실을 카밀라에게 어떻게 숨길까 고민했지만 이젠 모든 게 달라졌다. 더 정확히 말하면, 이 순간부터 모든 게 달라졌다. 이젠 경찰에서 이 두 실종사건 간에 연관성이 있다고 생각하기 때문이다.

"비르테 베케르의 남편인 필리프 베케르 씨가 아내의 수첩을 발견했습니다." 형사반장이 말했다. "그 안에 비교적 해독하기 쉬운 암호로 전화번호며 날짜, 짧은 메모가 적혀 있었죠. 그녀가 다른 남자들을 만나고 다녔다는 사실에 의심의 여지가 없었습니다."

"남자들?" 에리크의 입에서 그 말이 튀어나왔다.

"위로가 될지 모르겠지만, 베케르 씨는 아내가 가장 자주 만난 남자가 당신이라고 생각하더군요. 그것도 아주 다양한 곳에서요." 해리가 덧붙였다.

에리크는 아무 대답도 하지 않았다. 표류하는 보트 위에서 몰려오는 해일을 바라보는 심정이었다.

"그래서 베케르 씨는 당신의 주소를 찾아냈죠. 아들의 장난감 총을 들고(글록21을 본떠서 만든, 꼭 진짜 같은 장난감 총이죠), 트바이타로 가서 당신이 귀가하기를 기다렸습니다. 당신 눈에 공포가 서리는 걸 보고 싶었다더군요. 당신을 협박해서 알고 있는 사실을 모두 털어놓게 한 다음 경찰에 당신 이름을 알려주려고 했답니다. 베케르 씨는 차를 따라 차고로 들어갔지만 차를 운전하던 사람은 당신 부인이었죠."

"그럼 그 남자가…… 아내에게……."

"전부 말했답니다, 네."

에리크는 상자에서 일어나 창가로 걸어갔다. 이 아파트에서는 토르스호브 공원과 희미한 아침 햇살에 잠긴 오슬로가 보였다. 에리크는 이렇게 전망 좋고 오래된 아파트가 싫었다. 전망이 좋다는 것은 곧 층계를 의미했다. 전망이 좋을수록 층계가 많고 고급 아파트였다. 이는 곧 무겁고 값비싼 물건들이 더 많으며, 물건이 파손될 시 물어야 할 배상금이 더 많고, 직원들이 병가를 내는 날이 더 많다는 뜻이다. 하지만 낮은 가격을 유지하기 위해서는 그런 위험 부담을 감수해야 했다. 그래야 늘 가장 힘든 이사를 따낼 수 있었다. 시간이 흐르며 이런 모든 위험 부담에 대한 대가가 생겨났다. 에리크는 숨을 깊이 들이쉬었다. 형사반장이 나무 바닥 위로 발을 질질 끌며 걸어 다니는 소리가 들렸다. 에리크는 알고 있었다. 시간 끌기 작전 따위는 이런 형사에게 절대 먹히지 않으리라는 것을. 이 사건은 그가 결코 쓰레기통에 던져버릴 수 없는 손해배상 청구서였다. 비르테 올센, 이제 비르테 베케르는 그가 손해배상을 해야 할 첫 고객이 될 것이다.

"그러면서 10년간 자신이 비르테 베케르와 불륜관계였다고 하더군." 해리가 말했다. "비르테가 남편과 임신한 상태였을 때 만나서 처음으로 관계를 가졌대."

"남편의 아이를 임신한 상태였다고 해야지." 라켈이 해리의 말을 정정하며, 그를 좀 더 잘 보기 위해 베개를 탁탁 쳤다. "남편과 임신한 상태라는 건 틀린 말이야."

"응." 해리는 팔을 짚고 몸을 일으킨 다음, 라켈의 몸 너머로 손을 뻗어 테이블에 놓인 담뱃갑을 집어 들었다. "80퍼센트가 안 된대."

"뭐가?"

"라디오에서 그러는데, 스칸디나비아에서 태어나는 모든 아이들의 15퍼센트에서 20퍼센트는 자신이 생각하는 아버지가 친부가 아니라더군." 해리는 담뱃갑을 흔들어 담배 한 개비를 빼냈다. 그러고는 블라인드 밑으로 스며드는 오후 햇살을 배경으로 담배를 들어 올렸다. "함께 피우겠어?"

라켈은 말없이 고개만 끄덕였다. 그녀는 담배를 피우지 않았지만, 담배 한 개비를 나눠 피우는 것은 두 사람이 사랑을 나눈 뒤에

늘 하는 의식이었다. 맨 처음 라켈이 그의 담배를 맛보고 싶다고 했던 이유는 그와 같은 기분을 느끼고 싶어서였다. 해리처럼 나쁜 것으로 몸이 더럽혀지고 자극받는 기분을 느끼기 위해서, 가능한 그와 가까워지고 싶어서였다. 해리는 자신이 만났던 모든 소녀 마약쟁이들이 하나같이 말도 안 되는 이유로 마약을 시작했다는 사실이 생각나서 라켈의 부탁을 거절했다. 하지만 라켈의 설득에 넘어갔고, 결국 그것은 두 사람의 의식이 됐다. 천천히 사랑을 나누고, 가능한 그 시간을 오래 늘린 뒤에 함께 피우는 담배는 섹스의 연장선과 같았다. 또 어떤 때는 싸운 후에 화해의 의미로 나눠 피우는 담배 같기도 했다.

"하지만 비르테가 실종된 날 저녁에 에리크에게는 알리바이가 있었어. 트바이타에서 남자들만의 파티가 있어서 오후 6시부터 밤새 놀았대. 적어도 열 명의 증인이 있고, 대부분 취해 있었지만 아무도 새벽 6시 전에는 그곳을 뜰 수 없었다더군." 해리가 말했다.

"왜 이다르가 스노우맨이 아니라는 걸 비밀로 하는 거야?"

"우리가 범인을 잡은 걸로 생각해야 진짜 스노우맨이 몸을 사리고, 더는 살인을 저지르지 않을 테니까. 더는 자기를 쫓지 않는다고 생각하면 경계도 늦출 테고. 그동안에 우린 느긋하게 범인에게 다가가는……."

"지금 비꼬는 거야?"

"아마도." 해리는 라켈에게 담배를 건넸다.

"그럼 그렇게 생각하지 않는 거야?"

"윗선에서는 여러 이유로 이다르가 범인이 아니라는 사실을 숨겨야 한다고 생각해. 그때 총경과 하겐이 기자회견을 열고 사건을 해결했다고 자축했으니까……."

라켈은 한숨을 쉬었다. "그래도 가끔씩 경찰청이 그리워."

"흠."

라켈은 담배를 빤히 바라보았다. "바람피운 적 있어, 해리?"

"어디까지가 바람인데?"

"사귀는 사람을 두고 다른 사람과 섹스 하는 거."

"응."

"나랑 사귀는 동안에 말이야."

"백 퍼센트 확신할 수 없다는 거 알잖아."

"그럼 술에 취하지 않은 상태일 때에 한해서."

"없어. 한 번도."

"그럼 이런 날 보면서 어떤 생각이 들어? 여기 이렇게 와 있는 나를 보면?"

"지금 나 떠보는 건가?"

"진지하게 묻는 거야, 해리."

"알아. 그냥 별로 대답하고 싶지 않아."

"그럼 이 담배 내가 다 피울 거야."

"음, 알았어. 대답할게. 당신은 가슴으로는 날 원하지만, 머리로는 그 사람을 원해야 한다고 생각하는 거 같아."

해리의 말이 어둠 속에 찍힌 듯 그들 머리 위에 걸려 있었다.

"어쩌면 그렇게…… 무심해?" 라켈이 툭 내뱉더니 해리에게 담배를 건네주고, 가슴 앞에서 팔짱을 꼈다.

"이런 얘기는 그만하는 게 어때?" 해리가 제안했다.

"하지만 난 해야 해! 모르겠어? 안 그러면 미쳐버릴 거야. 아니, 벌써 미쳤어. 지금 여기에 이렇게 있는 걸 보면……." 라켈은 턱 밑까지 이불을 끌어올렸다.

해리는 몸을 돌려, 그녀의 몸 위로 올라갔다. 그가 만지기도 전에 그녀는 벌써 눈을 감고, 고개까지 살짝 뒤로 젖혔다. 그녀의 벌어진 입술 사이로 가빠진 호흡이 들렸다. 해리는 생각했다. 이 여자는 어쩌면 이럴 수가 있지? 수치심을 느끼다가, 어떻게 순식간에 성적 욕망에 굴복할 수가 있지? 어쩌면 이렇게…… 무심할까? 해리가 아무런 애무도 하지 않자, 라켈이 놀라움과 실망이 뒤섞인 얼굴로 눈을 뜨고 천장을 바라보았다.

"혹시…… 우리가 양심의 가책을 느끼기 때문에 더 음탕해지는 걸까? 수치스러운데도 바람을 피우는 게 아니라, 수치심 때문에 더 바람을 피우는 건 아닐까?" 해리가 말했다.

라켈이 눈을 두 번 깜박였다.

"아주 틀린 말은 아니야." 마침내 그녀가 말했다. "하지만 꼭 그것만이라곤 할 수 없어. 이 경우에는."

"이 경우?"

"응."

"전에 물었을 때 바람피운 적 없다고……."

"거짓말이야. 전에 바람피운 적 있어."

"음."

둘은 말없이 누운 채 필레스트레데 가에서 아련히 들려오는 오후 러시아워의 소음에 귀를 기울였다. 라켈은 퇴근하고 곧장 해리에게 왔다. 해리는 라켈과 올레그의 하루 일과를 알고 있었고, 따라서 그녀가 곧 가야 한다는 사실도 알고 있었다.

"당신의 싫은 점이 뭔지 알아?" 마침내 라켈이 해리의 귀를 꼬집으며 말했다. "너무도 거만하고 고집스러워서 그게 당신과 사귈 때의 일인지조차 묻지 않는다는 거야."

"글쎄." 해리는 침대에서 뛰어내리는 라켈의 벌거벗은 몸을 흠모의 눈빛으로 바라보며, 반쯤 피우다 만 담배를 집어 들었다. "내가 왜 알고 싶어 해야 하지?"

"비르테의 남편과 같은 이유에서지. 거짓말을 밝히기 위해서. 진실을 공표하기 위해서."

"진실을 알면 필리프 베케르가 덜 비참해졌을 거라고 생각해?"

라켈이 머리 아래로 스웨터를 끌어내리자, 거친 털실로 짠 몸에 딱 달라붙는 검은색 스웨터가 그녀의 부드러운 살갗을 감쌌다. 해리가 질투하는 대상이 있다면, 그건 바로 저 스웨터일 것이다.

"이거 알아요, 홀레 씨? 불쾌한 진실을 밝히는 걸 직업으로 삼은 사람치고는 거짓된 삶을 꽤나 즐기시네요."

"알았어." 해리가 재떨이에 담배를 비벼 끄며 말했다. "그럼 말해봐."

"모스크바에서 표도르와 사귈 때야. 내가 일하던 대사관에 노르웨이인 담당관이 있었어. 우린 미친 듯이 사랑에 빠졌지."

"그래서?"

"그에게도 여자친구가 있었어. 우리는 각자의 애인과 헤어지고 정식으로 사귀려고 했는데, 여자가 선수를 쳐서 임신했다고 말한 거야. 그리고 난 전반적으로 남자 보는 눈이 있었던 터라……." 라켈이 부츠를 끌어당기며 윗입술을 삐죽거렸다. "당연히 책임감이 투철한 사람을 골라 사귀었지. 그 남자는 오슬로로 전근 신청을 했고, 우린 그 후로 두 번 다시 보지 못했어. 그리고 난 표도르와 결혼했지."

"그리고 바로 임신한 건가?"

"응." 라켈은 코트의 단추를 채우고 해리를 내려다보았다. "가끔씩 그 남자를 잊기 위해 결혼한 게 아닌가 싶어. 또 올레그가 사랑의 결실이 아니라, 상사병의 결실인가 싶기도 하고. 정말 그럴까?"

"모르겠어. 올레그가 훌륭한 결실이라는 것만 알아."

라켈은 고마운 마음에 해리에게 미소를 지으며, 허리를 굽혀 그의 이마에 키스했다. "앞으론 다시 볼 일 없을 거야."

"물론이지." 해리는 침대에 앉아 헐벗은 벽을 응시했다. 라켈이 길가 쪽에 있는 아파트 출입문으로 나가면서 둔탁한 소리와 함께 육중한 출입문이 닫히는 소리가 들렸다. 그제야 해리는 부엌으로 걸어가 수돗물을 틀고, 맨 윗 선반에서 유리컵을 꺼냈다. 수돗물이 차가워질 때까지 기다리는 동안, 그의 시선은 하늘빛 드레스를 입은 라켈과 올레그의 사진이 있는 달력으로 향했다가 바닥으로 떨어졌다. 리놀륨 장판 위에 젖은 신발자국 두 개가 있었다. 라켈의 발자국일 것이다.

해리는 코트를 입고 부츠를 신은 다음, 집을 나서려다가 몸을 돌렸다. 경찰청에서 지급한 스미스앤드웨슨 리볼버를 선반 맨 위에서 꺼내 코트 주머니에 넣었다.

섹스의 여운이 행복의 진동처럼, 알딸딸한 취기처럼 아직 그의 몸에 남아 있었다. 거리로 나가는 현관 앞에 도달했을 때 어디선가 딸칵 하는 소리가 들렸다. 해리는 몸을 빙글 돌려 거리보다 더 짙은 어둠이 내린 안뜰을 응시했다. 그냥 가던 길을 갈 생각이었고, 평상시였다면 그랬을 것이다. 부엌의 리놀륨 장판에 찍힌 발자국만 아니었다면. 그래서 그는 안뜰로 들어갔다. 머리 위의 창문에서 흘러나오는 노란 불빛이, 햇볕이 잘 들지 않는 응달에 남아 있던 눈에 반사됐다. 지하실 창고로 내려가는 출입문 옆에 그것이 서 있었다. 비뚤어진 머리에 조약돌 눈, 자갈로 된 입으로 그를 향해 씩 웃고 있는 기형의 형체. 벽돌 벽 사이로 소리 없는 웃음소리가 울려 퍼지다가, 이내 히스테리컬한 비명 소리와 뒤섞였다. 바로 해리의 비명 소리였다. 해리는 지하실 계단 옆에 세워져 있던 삽을 집어 들고 분노에 차서 휘둘러댔다. 삽의 날카로운 금속 가장자리가 눈사람의 머리 아래를 가격하면서, 머리가 땅으로 굴러떨어졌고, 젖은 눈의 파편이 벽에 튀었다. 두 번째로 힘차게 휘두른 삽은 눈사람의 몸을 두 동강 냈고, 세 번째 삽은 남아 있던 눈을 뜰 한가운데의 검은색 아스팔트 위에 흩뿌렸다. 해리가 숨을 헐떡이고 있을 때 뒤에서 또 딸칵 소리가 들렸다. 리볼버의 공이치기를 젖히는 듯한 소리. 해리는 한 번의 매끄러운 동작으로 몸을 빙글 돌려 삽을 내려놓는 동시에 검은색 리볼버를 꺼내 들었다.

어린 무하마드와 살마가 나무 울타리 옆, 늙은 자작나무 아래서서 겁에 질려 휘둥그레진 눈으로 이웃집 아저씨를 바라보고 있었다. 아이들의 손에는 마른 나뭇가지가 들려 있었다. 살마가 겁에 질려 두 동강 내지만 않았다면 눈사람에게 아주 우아한 팔이 되어주었을 것이다.

"우리…… 누, 눈사람." 무하마드가 더듬거렸다.

해리는 리볼버를 다시 코트 주머니에 넣고 눈을 질끈 감았다. 마음속으로 자신에게 욕을 퍼부으며 침을 삼키고, 두뇌에게는 당장 개머리판에서 손을 떼라고 명령했다. 다시 눈을 뜨자, 눈물이 그렁그렁한 살마의 갈색 눈동자가 보였다.

"미안하구나. 아저씨가 다시 만들어줄게." 해리가 속삭였다.

"집에 갈래요." 살마가 울먹이는 목소리로 말했다.

무하마드는 동생의 손을 잡고 해리를 피해 집으로 갔다.

해리는 손에 닿는 리볼버 손잡이의 감촉을 느꼈다. 딸칵. 해리는 그것이 공이치기가 앞으로 나갈 때의 소리라고 생각했다. 하지만 당연히 틀린 생각이다. 공이치기가 앞으로 나가며 격발되는 과정에서는 아무 소리도 나지 않는다. 소리는 공이치기를 뒤로 젖힐 때 난다. 발포되지 않은 총성의 소리, 살아 있음을 알리는 소리다. 해리는 리볼버를 다시 꺼냈다. 총구를 바닥으로 향한 채 방아쇠를 당겼다. 공이치기는 여전히 움직이지 않았다. 방아쇠를 3분의 2가 되는 지점까지 끌어당기고, 이제 곧 총알이 발사될 것만 같다는 생각이 들 때야 비로소 공이치기가 앞으로 나가기 시작했다. 해리는 방아쇠에서 손을 뗐다. 공이치기가 다시 뒤로 가며 딸칵 소리가 났다. 그때와 같은 소리였다. 누구든 공이치기가 앞으로 나갈 정도로 방아쇠를 바싹 끌어당겼다면, 그 사람은 총을 쏠 의도였다는 걸 깨달았다.

해리는 3층에 있는 자신의 방 창문을 올려다보았다. 캄캄한 창문을 보니, 문득 자신이 없을 때 저 안에서 무슨 일이 벌어지는지 전혀 모르겠다는 생각이 들었다.

에리크 로시우스는 맥없이 사무실에 앉아 창밖을 내다보며 생각에 잠겨 있었다. 비르테의 갈색 눈동자 뒤에서 벌어지는 일에 대해 자신이 얼마나 무지했나 하는 생각. 비르테가 다른 남자도 만났다는 사실이 그녀가 실종됐고, 어쩌면 죽었을지도 모른다는 사실보다 더 기분 나쁘다는 생각. 이런 식으로 카밀라를 잃을 바에는 차라리 살인자의 손에 아내를 잃는 게 더 나았으리라는 생각. 하지만 에리크 로시우스의 머릿속을 가장 많이 차지한 생각은 자신이 분명 카밀라를 사랑했다는 사실이었다. 지금도 마찬가지였다. 이미 처가에도 전화했지만 그들도 카밀라의 연락을 받지 못했다. 아마 만난 적은 없고 카밀라에게 듣기만 했던, 웨스트엔드의 여자친구 집에 있을 것이다.

에리크는 그로루달렌 계곡에 서서히 내려앉은 땅거미가 점점 짙어지며 세세한 풍경들을 지워가는 모습을 응시했다. 오늘의 업무는 다 마쳤지만 집에 가기는 싫었다. 너무 크고, 너무 텅 빈 집. 아직은 가고 싶지 않았다. 그의 뒤에 있는 선반에는 다양한 술을 모아둔 상자가 있다. 술이 든 진열장을 날라주며 조금씩 모은 일종의 비자금이었다. 하지만 술에 섞어서 마실 믹서는 없었다. 에리크가 커피잔에 진을 따라 홀짝홀짝 마시는데, 책상 위의 전화가 울렸다. 전화기에 뜬 번호는 프랑스의 국제전화 코드였다. 불만사항을 접수한 고객 명단에 있는 번호가 아니었기에 그는 전화를 받았다.

상대가 입을 열기도 전에 숨소리만 듣고도, 에리크는 전화한 사람이 아내라는 걸 알 수 있었다.

"어디야?" 그가 물었다.

"어디일 거 같아?" 전화감이 아주 멀게 느껴졌다.

"이 전화는 어디서 하는 거야?"

"캐스퍼."

그곳은 그들의 별장에서 3킬로미터 떨어진 곳에 있는 카페였다.

"카밀라, 경찰이 당신을 찾고 있어."

"그래?"

그녀의 목소리는 마치 일광욕을 하며 졸고 있는 사람 같았다. 관심 있는 척하는 지루한 목소리. 그 오래전 블로멘홀름의 발코니에서 그를 사로잡았던, 정중하지만 무심한 태도.

"난……." 에리크는 운을 뗐지만 말을 잇지 못했다. 입이 열 개라도 할 말이 없었다.

"우리 변호사가 당신에게 전화하기 전에 내가 먼저 전화하는 게 순서인 거 같아서."

"우리 변호사?"

"우리 집안 변호사. 유감스럽게도 이런 일에 있어서는 최고의 변호사지. 그 사람이 당신 돈과 재산의 딱 절반을 요구할 거야. 집도 요구할 거고, 결국엔 내가 갖게 될 거야. 설사 내가 그 집을 팔아버릴 심산이라는 걸 공공연히 떠들어댄다고 해도 말이지."

당연히 그러겠지. 에리크는 생각했다.

"닷새 후면 집에 갈 거야. 그때까지는 집을 비워주는 걸로 알게."

"닷새는 너무 빠듯해."

"할 수 있어. 뤼드앤드플뤼트만큼 싸고 빠른 이사 업체도 없다던데."

카밀라의 말투가 어찌나 경멸에 가득 차 있었는지 에리크는 움츠러들었다. 홀레 반장과 대화를 나눈 후에 움츠러들었던 것처럼. 그는 세탁법을 무시한 채 지나치게 고온으로 세탁해버린 담요였고, 카밀라가 덮기에는 너무 작아져서 무용지물이 됐다. 그리고 그것만큼이나 분명하게 알 수 있는 또 다른 사실은 지금 이 순간, 에리크는 그 어느 때보다도 그녀를 사랑했으며, 그녀는 절대 그에게 다시 돌아오지 않을 것이고, 화해하지 않으리라는 사실이었다. 전화를 끊자, 눈을 가늘게 뜨고 선글라스 너머로 코트다쥐르의 노을을 바라보는 카밀라의 모습이 눈앞에 선했다. 20유로에 산 선글라스였지만, 그녀가 쓰면 3천 크로네짜리 구찌, 혹은 돌체앤드가 바나 혹은…… 이젠 그가 잊어버린 다른 모든 명품 브랜드로 보이는 선글라스 너머로…….

해리는 도심 서쪽에 자리한 홀멘콜렌 리지의 꼭대기로 차를 몰았다. 스포츠 센터의 텅 빈 주차장에 차를 세운 뒤, 홀멘콜렌을 걸어서 올라갔다. 그러고는 스키 점프대 옆, 도심이 내려다보이는 낭떠러지에 섰다. 해리 말고도 흔치 않은 겨울 관광객 두세 명이 스키 점프대의 경사면 양쪽으로 텅 빈 미소를 짓고 있는 관람석과 맨 아래의 호수, 그리고 피오르까지 펼쳐진 도심을 내려다보았다. 겨울이라 호수는 말라붙어 있었다. 좋은 전망은 균형 있는 관점을 갖게 해준다고 했던가. 구체적인 증거는 하나도 없었다. 그들은 스노우맨의 코앞까지 다가갔고, 그저 손만 뻗어 체포하면 될 것 같았다. 하지만 그 순간, 스노우맨은 미꾸라지처럼 다시 그들의 손아귀에서 빠져나갔다. 해리는 늙고, 무겁고, 둔해진 기분이었다. 관광객 한 명이 그를 바라보았다. 주머니에 든 리볼버의 무게 때문에 코트 오른쪽이 아래로 더 처졌다. 그리고 시체, 시체는 대체 어디에 있는 걸까? 암매장한 시체도 결국은 발견되는 법이다. 산酸으로 전부 부식시키기라도 했을까?

해리는 체념이 꿈틀대는 걸 느꼈다. 아니, 그래선 안 된다! FBI에서 범인을 잡는 데 10년 이상 걸린 사건들을 분석한 적이 있다. 대개 사건을 해결한 것은 아주 사소한 단서였다. 그러나 사실 사건 해결의 열쇠는 포기를 몰랐던 그들의 집념이었다. 15라운드를 다 뛰고도, 상대가 아직 쓰러지지 않았으면 다시 싸우자고 고래고래 소리를 질러대는 근성이었다.

오후의 어둠이 발아래 펼쳐진 도심의 상층부를 훔쳐갔고, 주위에서 하나둘씩 불이 들어오기 시작했다.

빛이 있는 곳에서부터 시작해야 했다. 그것은 진부하면서도 중요한 절차상의 법칙이었다. 단서가 있는 곳에서부터 시작하라. 이번 사건의 경우, 그것은 가장 범인이 아닐 것 같은 사람, 생각할 수 있는 최악의 가설, 말도 안 되는 가설에서부터 시작해야 한다.

해리는 한숨을 쉬고 휴대전화를 꺼내들어, 통화 목록을 거슬러 올라갔다. 통화 내역이 많지 않았기에 그 통화, 레온 호텔에서 짧게 끝나버린 그 통화기록은 아직 남아 있었다. 그는 발신 버튼을 눌렀다.

〈보세〉의 작가인 오다 페울센이 행복하면서도, 기운이 넘치는 목소리로 재깍 전화를 받았다. 자신에게 걸려오는 모든 전화가 흥미진진하며 새로운 기회라고 생각하는 사람의 목소리였다. 그리고 이번에는 그녀의 생각이 맞았다.

18일째

대기실

그 방에는 안절부절못하는 기운이 감돌았다. 어쩌면 그래서 몇몇 사람들이 그곳을 치과에서처럼 '대기실'이라고 부르는지도 모른다. 혹은 두 개의 소파 사이에 자리한 육중한 문 너머로 무언가 중요한 공간, 심지어 성스럽기까지 한 공간이 있다는 의미에서 대기실이라고 하는지도 모른다. 하지만 오슬로의 마리엔뤼스트 구에 위치한 노르웨이 국영 방송국인 NRK의 평면도에는 이 방이 그저 제1스튜디오 라운지로 표기되어 있었다. 참 단순하면서도 지루한 명칭이다. 하지만 오다 페울센에게 그곳은 세상에서 가장 흥미진진한 공간이었다.

오늘 방송의 게스트는 이미 대부분 도착한 상태였다. 일반적으로 가장 덜 유명하고, 방송 분량이 가장 적은 게스트가 가장 먼저 도착한다. 그들은 메이크업을 마치고 소파에 앉아, 긴장감에 상기된 얼굴로 다른 게스트와 이야기를 나누거나, 차나 와인을 홀짝거린다. 그들의 시선은 어김없이 문 너머의 스튜디오를 보여주는 모니터로 향했다. 스튜디오에는 방청객들이 앉아 있었고, 무대감독이 그들에게 박수치고, 웃고, 환호하는 법을 알려주었다. 또한 모니터에는 사회자와 네 명의 게스트가 앉을 의자도 보였다. 빈 의자들은 거기에 앉을 사람들과 만족감, 재미를 기다리고 있었다.

오다는 생방송이 시작되기 전의 이 강렬하고 긴장된 순간을 사랑했다. 매주 금요일, 이 프로그램이 방송되는 40분 동안, 이곳은 노르웨이에서 세상의 중심과 가장 가까웠다. 노르웨이 전체 인구의 20퍼센트에서 25퍼센트가 이 프로그램을 시청했는데, 이는 토크쇼로서는 경이적으로 높은 시청률이었다. 이곳의 스태프들은 단지 시청률이 높은 프로에서 일하는 게 아니었다. 그들은 높은 시청률을 만드는 사람들이다. 이곳은 유명세의 자성을 띤 북극처럼 모든 사람과 사물을 끌어당겼다. 유명세는 중독성이 강한 약물이었고, 북극에서 나침반이 가리키는 방향은 오로지 남극, 아래쪽뿐이었기에 그들은 하나같이 이 일에 목숨을 걸었다. 오다 같은 프리랜서는 다음 시즌에도 계속 일하기 위해 성과를 내야 했다. 그랬기에 어제 오후 늦게, 편집회의 바로 직전에 전화가 걸려왔을 때 그녀는 뛸 듯이 기뻤다. 보세 에겐조차 그녀에게 미소를 지으며 이건 특종이라고 했다. 그녀가 잡은 특종.

오늘 토론의 주제는 성인용 컴퓨터 게임이었다. 이는 〈보세〉의 대표적인 토론 주제였는데, 지나치게 무겁지 않으면서 적당히 진지했다. 모든 게스트가 반전문가로서 의견을 피력할 수 있는 주제이기도 했다. 게스트 중에는 이 주제에 관해 논문을 쓴 여성 심리학자도 있었지만, 오늘의 메인 게스트는 아무래도 아르베 스퇴프였다. 스퇴프는 내일 〈리베랄〉의 25주년 기념행사를 앞두고 있었다. 오다가 그의 집에 찾아가 예비 미팅을 가졌을 때, 대중에게 비춰진 자신의 바람둥이 이미지를 굳이 부인하지 않았다. 오다가 그를 늙은 휴 헤프너(가운을 입고, 입에는 파이프를 문 채 자신의 집에서 영원한 총각파티를 여는 휴 헤프너)에 비유했을 때도 그냥 웃을 뿐이었다. 그녀는 스퇴프의 호기심 어린 눈길이 자신을 샅샅이 훑어보는 걸 느꼈다. 그러다가 스퇴프에게 자녀, 즉 이 왕국을 물려줄 후계자가 없는 게 후회되지 않느냐고 물었다.

"아가씨는 아이가 있나?" 스퇴프가 물었다.

오다가 없다고 대답하자, 놀랍게도 스퇴프는 순식간에 그녀에게 흥미를 잃는 듯했다. 아울러 그녀와 나누는 대화에도 시큰둥했다. 그리하여 오다는 얼른 그에게 일반적인 정보를 알려주며 방문을 마무리 지었다. 몇 시까지 도착해야 하고, 메이크업은 몇 시에 받아야 하며, 기왕이면 줄무늬 옷은 피해주고, 이 프로그램은 시국을 반영하는 프로라서 갑작스럽게 토론 주제와 게스트가 바뀔 수 있다는 등의 말이었다.

그리고 이제 아르베 스퇴프는 막 메이크업을 마치고, 제1스튜디오 라운지에 있었다. 숱이 많은 반백의 머리카락은 짧게 다듬어져 있었지만, 그래도 머리카락 끝이 적당히 반항적으로 물결칠 정도의 길이었다. 그가 입은 평범한 회색 정장이 실은 얼마나 비싼 옷인지 다들 알고 있었다. 그걸 어떻게 아는지 말하는 사람은 아무도 없었지만. 그의 구릿빛 손은 소파에 앉아 땅콩을 곁들여 와인을 마시고 있던 여성 심리학자와 악수를 하고 있었다.

"세상에 이렇게 아름다운 심리학자가 있는 줄 미처 몰랐습니다. 시청자들에게 박사님의 말이 귀에 들어올지 모르겠네요." 스퇴프가 심리학자에게 말했다.

오다는 심리학자가 잠시 머뭇거리다가 환하게 웃는 걸 보았다. 심리학자 또한 스퇴프의 칭찬이 농담이라는 걸 분명 알고 있었지만, 눈에서 반짝이는 광채로 볼 때 스퇴프의 칭찬이 먹힌 게 분명했다.

“안녕하십니까, 여러분. 이렇게 와주셔서 감사합니다.” 보세 에겐이 대기실로 들어와 말했다. 그는 왼쪽부터 차례로 게스트들과 악수를 나누고, 그들의 눈을 들여다보며 이렇게 모시게 되어 얼마나 기쁜지 모른다고 말했다. 아울러 다른 게스트가 말할 때 언제든 질문을 하거나, 의견을 밝혀도 된다고 덧붙였다. 그래야 대화가 활기를 띠기 때문이다.

프로듀서인 구베가 스퇴프와 보세에게 옆방으로 가라고 신호를 보냈다. 오늘 저녁의 메인 인터뷰와 프로그램 도입부에 관한 이야기를 하기 위해서였다. 오다는 손목시계를 확인했다. 방송 시작하기 8분 30초 전이었다. 안내 데스크에 전화를 해서 혹시 그 사람, 오늘의 진정한 메인 게스트가 거기에 있는 건 아닌지 알아봐야 하나 걱정되기 시작했다. 그가 오늘의 특종이었다. 하지만 오다가 시선을 들자, 그가 보조작가 한 명과 그녀 앞에 서 있었다. 오다는 심장이 멎는 줄 알았다. 딱히 잘생긴 얼굴은 아니었다. 어쩌면 못생겼다고 해야 할지도 모른다. 하지만 오다는 그에게 끌린다는 사실이 전혀 부끄럽지 않았다. 그리고 그에게 끌리는 이유는 현재 이 남자가 스칸디나비아의 모든 방송국이 가장 섭외하고 싶어 하는 인물이라는 것과 연관이 있었다. 왜냐하면 이 남자는 지난 몇 년간 노르웨이에서 가장 큰 화제가 된 살인사건의 범인인 스노우맨을 잡았기 때문이다.

“늦을 거라고 했잖소.” 그녀가 뭐라고 말하기도 전에 해리 홀레가 선수를 쳤다.

오다는 코를 킁킁거려 그의 입 냄새를 맡았다. 지난번에 출연했을 때 그는 취한 기색이 역력했고, 노르웨이의 전 국민을 짜증 나게 했다. 적어도 전 국민의 20퍼센트에서 25퍼센트는 짜증 나게 했다.

"이렇게 와주셔서 다행이에요. 반장님은 두 번째로 소개될 거예요. 그다음에는 끝날 때까지 앉아 계시면 돼요. 다른 게스트들이 차례로 돌아가면서 말할 거거든요." 그녀가 재잘거렸다.

"알았소."

"분장실로 모셔가." 오다가 보조작가에게 말했다. "구리에게 부탁해."

구리는 유능한 메이크업 아티스트 이상이었다. 몇 가지 간단하고, 몇 가지 복잡한 방법을 이용해 아무리 지친 얼굴이라도 카메라를 잘 받는 얼굴로 바꿔놓는 법을 알고 있었다.

모두가 떠난 대기실에서 오다는 숨을 깊이 들이쉬었다. 그녀는 생방송 직전의 이 초조한 순간을 미칠 듯이 사랑했다. 모든 것이 엉망인 듯하지만, 결국에는 모든 것이 제자리를 찾아간다.

보세와 스퇴프가 옆방에서 나왔다. 그녀는 보세에게 양 엄지를 치켜세워 보였다. 스튜디오 문이 양옆으로 닫히면서 방청객의 박수 소리가 들렸다. 모니터로 보세가 자리에 앉는 모습이 보였다. 보이지는 않지만 무대감독이 카운트다운을 시작했을 것이다. 이제 곧 시그널 음악이 나가고 방송이 시작됐다.

오다는 무언가 어긋났음을 깨달았다. 지금까지 방송은 물 흐르듯 순조롭게 진행됐다. 아르베 스퇴프는 명석했고, 보세는 그의 명석함을 마음껏 즐겼다. 스퇴프는 자신이 엘리트이기 때문에 사회에서도 엘리트 대접을 받는다고 했다. 그리고 처절한 실패 한두 가지를 하지 않는 한, 역사에서 잊힐 거라고 했다.

"좋은 이야기는 연이은 성공이 아니라, 처절한 실패에서 나옵니다." 스퇴프가 말했다. "비록 로알 아문센이 남극에 먼저 도달했지만, 노르웨이를 제외한 세계가 기억하는 사람은 로버트 스콧이죠. 사람들은 나폴레옹의 어떤 승리보다도 워털루 전쟁의 패배를 먼저 떠올립니다. 세르비아의 국가적 자존심은 1389년의 코소보 폴레 전투에 바탕을 두는데, 세르비아가 터키에게 대패한 전투였죠. 그리고 예수를 보십시오! 죽음을 상대로 승리했다고 주장하는 예수의 상징은 무덤 밖에서 양손을 치켜든 모습이 되어야 마땅합니다. 하지만 기독교는 시종일관 예수의 처절한 패배를 더 선호해 왔습니다. 예수가 십자가에 못 박혀 포기하기 직전의 모습을요. 우리에게 가장 큰 감동을 주는 것은 언제나 실패의 이야기이기 때문입니다."

"그래서 예수님처럼 될 작정인가요?"

"아뇨." 방청객에서 웃음이 터지자, 스퇴프는 미소를 지으며 시선을 내리깔았다. "전 겁쟁이거든요. 역사에서 가뿐히 잊힐 성공을 추구하는 중입니다."

스퇴프는 그 악명 높은 거만함 대신 뜻밖의 호감 가는 면, 심지어 겸손하기까지 한 면을 보여주었다. 보세는 그에게 오랫동안 독신으로 살아왔는데, 이제는 한 여자에게 정착하고 싶지 않느냐고 물었다. 스퇴프가 그렇다고 대답하자, 오다는 앞으로 그에게 청혼이 쏟아지겠다고 생각했다. 스퇴프의 대답에 방청객은 오랫동안 따뜻한 박수를 보냈다. 그러자 보세가 과장된 어조로 선언했다. "이번에는 사냥을 멈추지 않는, 오슬로 경찰청의 외로운 늑대, 해리 홀레 반장님입니다." 카메라에 잡힌 스퇴프의 얼굴에 잠깐 놀란 표정이 스쳤다.

보세는 앞선 질문에 대한 방청객의 반응이 마음에 들었는지 그 질문을 해리에게도 이어가려 했다. 해리 역시 독신이라는 걸 알고 있었기 때문이다. 반장님도 한 여자와 정착하고 싶지 않으신가요? 해리는 씩 웃으며 고개를 저었다. 하지만 보세는 포기하지 않고, 이번에는 마음을 얻기 위해 오랫동안 기다려온 특별한 상대가 있는지 물었다.

"없습니다." 해리가 짤막하게 대답했다.

대개 이런 식의 거부 발언을 들으면 보세는 더욱 자극을 받아 게스트를 몰아붙이지만, 오늘은 파티를 망치면 안 된다는 걸 알고 있었다. 스노우맨. 그래서 보세는 해리에게 노르웨이의 전 국민이 떠들어대는 사건, 노르웨이의 첫 연쇄살인범에 대해 말해줄 수 있느냐고 물었다. 해리는 마치 자신의 기다란 몸에 비해 의자가 너무 작다는 듯 몸을 꼼지락거리며, 잘 다듬은 문장들로 일련의 살인사건을 간략히 요약했다.

"최근 몇 년간 뚜렷한 유사점이 보이는 실종사건들이 발생했습니다. 실종된 여자들은 모두 유부녀로 자녀가 있고, 시신이 발견되지 않았죠."

보세는 자신의 근엄한 표정이 시청자들에게 지금은 방정을 떨 때가 아니라는 사실을 알려줄 거라고 생각했다.

"올해 들어, 비르테 베케르가 오슬로의 호프에 있는 자신의 집에서 실종됐습니다. 다른 실종자들과 비슷한 상황이었죠. 그리고 그 후 얼마 되지 않아, 쉴비아 오테르센이 오슬로 외곽에 있는 솔리회위다에서 죽은 채로 발견됐습니다. 시신을 찾은 건 그때가 처음이었습니다. 시신의 일부이긴 했지만 말입니다."

"네, 반장님께서 머리를 발견하셨죠?" 보세가 끼어들었다. 그 사실을 몰랐던 사람들에게는 유용한 정보이자, 알고 있었던 사람들에게는 핏빛 타블로이드 기사를 떠올리게 하는 발언이었다. 보세의 프로다운 태도가 오다는 매우 만족스러웠다.

“그다음에는 베르겐 교외에서 실종됐던 경찰의 시신을 발견했습니다.” 해리가 이야기를 계속했다. “12년간 행방불명됐던 경찰이죠.”

“아이언 라프토 말씀이시군요.”

“게르트 라프토입니다.” 해리가 고쳐 말했다. “그리고 며칠 전에는 뷔그되위에서 이다르 베틀레센의 시신을 발견했습니다. 우리가 발견한 시신은 그게 전부죠.”

“이 사건에서 최악의 요소가 뭐라고 생각하십니까?” 오다는 보세의 목소리에 초조함이 묻어나는 걸 느꼈다. 아마 해리가 ‘머리’에 관한 떡밥도 물지 않았고, 유혈이 낭자한 살인사건 현장을 세세히 묘사해주지도 않았기 때문일 것이다.

“이 실종사건들 간의 유사점을 너무도 오랜 세월이 흐른 후에야 깨달았다는 점이죠.”

이번에도 재미없는 대답이었다. 무대감독은 보세에게 다음 화제와의 연관성을 생각하라고 신호를 보냈다.

보세는 양손 끝을 마주 모았다. “이제 사건은 해결되고 반장님은 다시 스타가 됐습니다. 기분이 어떠신가요? 팬레터도 받으시나요?” 보세는 상대의 마음을 누그러뜨리는 소년 같은 미소를 지었다. 이젠 방정을 떨어도 되는 때였다.

해리는 고개를 끄덕이더니, 마치 어떤 대답을 하느냐가 매우 중요하다는 듯이 열심히 입술에 침을 묻혔다. “글쎄요. 올 가을에 한 통 받기는 했죠. 하지만 팬레터에 대해서라면 스퇴프 씨가 더 잘 아실 것 같군요."

호기심 어린 표정으로 해리를 바라보는 스퇴프의 얼굴이 클로즈업되었다. 2초간의 침묵이 흘렀다. 방송에서는 한없이 길게만 느껴지는 2초였다. 오다는 아랫입술을 깨물었다. 대체 무슨 뜻으로 한 말이지? 그러자 보세가 끼어들어 상황을 정리했다.

"네, 스퇴프 씨야 당연히 팬레터를 엄청나게 받죠. 오빠 부대도 있고요. 반장님은 어떠신가요? 반장님에게도 오빠 부대가 있나요? 경찰도 나름의 오빠 부대가 있는 거 아닌가요?"

방청석에서 조심스런 웃음이 터져 나왔다.

해리 홀레는 고개를 저었다.

"말씀해보시죠." 보세가 말했다. "분명 신입 여경들이 가끔씩 찾아와 몸수색에 대한 보충수업을 요구할 텐데요."

이제 스튜디오는 웃음바다가 됐다. 다들 배를 잡고 웃어댔다. 보세는 만족스러운 듯이 씩 웃었다.

해리 홀레는 조금도 미소 짓지 않았다. 그저 체념한 표정으로 출구 쪽만 바라보았다. 한순간, 오다는 그가 벌떡 일어나 나가버리는 건 아닐까 생각했다. 하지만 해리는 옆자리에 앉은 스퇴프에게 몸을 돌렸다.

"트론헤임에서 강연이 끝난 뒤, 어떤 여자가 찾아와서 자기는 가슴이 하나뿐이지만 당신과 섹스를 하고 싶다고 했다면, 스퇴프 씨는 어떻게 하시겠습니까? 그 여자를 호텔방으로 초대해서 과외 수업을 하시겠습니까?"

방청석은 찬물을 끼얹은 듯 조용해졌고 보세마저도 당황한 표정이었다.

이 질문이 재미있다고 생각하는 사람은 아르베 스퇴프뿐인 듯했다. "아뇨, 그러지는 않을 것 같군요. 가슴 하나만 있는 여자와의 섹스가 재미없을 것 같아서가 아니라, 트론헤임의 호텔 침대들은 하나같이 너무 좁거든요."

방청객들이 웃음을 터뜨렸다. 어딘가 어설픈 웃음이었고, 대화가 더 민망한 방향으로 흘러가지 않은 안도감에서 나온 웃음이었다. 보세는 심리학자를 소개했다.

보세와 심리학자는 성인 게임에 빠진 어른들에 대해 이야기했고, 오다는 보세가 해리 홀레를 대화에서 제외시키는 걸 눈치챘다. 보세는 어디로 튈지 모르는 이 형사가 오늘은 상태가 별로 좋지 않다는 결론을 내린 게 분명했다. 그리하여 누가 봐도 상태가 좋은 아르베 스퇴프가 방송에 훨씬 더 많이 나왔다.

"여가시간에는 뭘 하고 노십니까, 스퇴프 씨?" 보세는 순진한 표정으로 물었다. 그의 순진한 표정은 이 질문의 이면에 감춰진 성적 의미를 더욱 강조했다. 오다는 기분이 좋았다. 자신이 직접 작성한 질문이었기 때문이다.

하지만 스퇴프가 대답하기 전에, 해리 홀레가 상체를 앞으로 내밀더니 크고 분명한 어조로 물었다. "눈사람이라도 만드시나요?"

오다가 무언가 어긋났음을 깨달은 것은 바로 그때였다. 해리 홀레의 말투는 강압적이고 화가 나 있었으며, 몸짓은 공격적이었다. 깜짝 놀란 스퇴프의 한쪽 눈썹이 위로 올라갔고, 얼굴이 굳으며 움츠러드는 듯했다. 보세도 동작을 멈췄다. 오다는 지금 상황이 어떻게 돌아가는지 알 수 없었지만, 벌써 4초가 지났다. 생방송에서 4초는 영원과도 같은 시간이다. 순간 오다는 보세가 일부러 끼어들지 않는다는 걸 깨달았다. 비록 패널들 간의 좋은 분위기를 형성하는 게 보세의 의무이기는 해도 가장 중요한 것, 최우선적인 의무는 시청자들을 즐겁게 하는 것이다. 그리고 방송에서 가장 재미있는 구경거리는 많은 방청객이 지켜보는 앞에서 화를 내고, 통제력을 상실하고, 울고불고 난리를 치거나, 다른 어떤 식으로든 감정을 드러내는 사람이다. 그리하여 보세는 그냥 고삐를 내려놓고 스퇴프를 바라보았다.

"물론 눈사람도 만듭니다." 4초가 지난 후에 스퇴프가 대답했다. "우리 집 옥상 테라스의 수영장 옆에서 만들죠. 하나같이 왕실 사람들과 비슷하게요. 그러면 봄이 왔을 때 그 철 지난 물건들이 녹아서 사라지기를 고대할 수 있으니까요."

그날 저녁 처음으로 방청객은 스퇴프의 말에 웃지도, 박수를 치지도 않았다. 기본적으로 왕족에게 반기를 드는 의견은 절대 방청객들의 호응을 얻지 못한다는 걸 스퇴프는 알았어야 했다.

이 어색한 상황에 굴하지 않고 보세가 다음 게스트인 여가수를 소개했다. 그녀는 무대에서 있었던 실수담을 이야기하고, 월요일에 발매될 예정인 싱글 앨범 수록곡을 부르며 프로그램을 마무리 지을 예정이었다.

"대체 왜 저러는 거야?" 프로듀서인 구베가 오다 바로 뒤에 서서 물었다.

"또 취했나 봐요." 오다가 말했다.

"맙소사, 무슨 경찰이 저래!"

순간 오다는 해리가 자신의 담당이라는 사실이 기억났다. 그녀의 특종이었다. "그래도 제 몫을 해냈잖아요, 참나."

프로듀서는 아무 말도 하지 않았다.

여가수는 자신의 심리적 문제들에 대해 이야기하며, 그게 부모님으로부터 물려받은 거라고 설명했다. 오다는 손목시계를 봤다.

벌써 40초가 지났다. 금요일 밤에 듣기에는 너무 진지한 이야기였다. 43초. 46초가 되자, 보세가 끼어들었다.

"당신은 어떤가요, 아르베?" 방송이 끝나갈 때쯤 보세는 메인 게스트를 이름으로 불렀다. "심각한 유전적 질병이나 정신질환에 시달린 적 있나요?"

스퇴프는 미소를 지었다. "아뇨, 보세. 없습니다. 절대적 자유에 대한 갈망을 병으로 치면 모를까요. 사실 그게 우리 집안의 흠이죠."

이제 방송을 마무리 지을 시간이 됐기에 보세는 다른 게스트들과 마지막 이야기를 나눈 뒤, 노래를 소개해야 했다. 그리하여 심리학자와 삶의 유희에 대해 마지막으로 몇 마디를 나눈 다음 해리에게 질문을 던졌다.

"이제 스노우맨이 잡혔으니 반장님께서도 며칠간 놀 수 있겠군요?"

"아뇨." 해리는 너무 깊이 몸을 묻고 앉은 터라, 긴 다리가 여가수의 발에 닿을락말락했다. "스노우맨은 잡히지 않았습니다."

보세는 얼굴을 찡그렸다가 미소를 지으며 해리의 말이 이어지기를 기다렸다. 결정적인 한 방이 나오기를 기다렸다. 오다는 제발, 이번 발언은 해리의 첫 발언보다 낫기를 기도했다.

"전 이다르 베틀레센이 스노우맨이라고 한 적 없습니다. 오히려 그 반대죠. 모든 증거가 스노우맨이 아직 활보하고 다닌다는 사실을 말해줍니다."

보세는 킬킬 웃었다. 게스트가 어설프게 웃기려고 했다가 실패했을 때 분위기를 좋게 만들기 위한 웃음이었다.

"우리 마누라가 두 발 뻗고 자기 위해서라도 지금 반장님 말이 농담이기를 바랍니다." 보세가 장난스럽게 말했다.

"아뇨. 농담 아닙니다." 해리가 말했다.

오다는 손목시계를 흘깃했고, 이제 무대감독은 그녀 뒤에 와서 초조하게 서성였다. 오다는 손으로 목을 긋는 시늉을 하며 보세에게 시간이 초과했고, 크레디트 자막이 올라가기 전에 1절이라도 내보내려면 지금 바로 노래를 시작해야 한다고 알렸다. 하지만 보세는 최고의 방송인이었다. 그는 지금 해리의 발언이 세상의 어떤 노래보다도 중요하다는 걸 알고 있었다. 그리하여 지휘봉을 치켜든 악단 지휘자를 무시하고, 상체를 내밀어 이게 대체 무슨 일인지 의아해 하는 사람들에게 보여주기로 했다. 이것이 특종임을, 나라를 발칵 뒤집어놓을 발언임을. 그것도 다름 아닌 지금 여기, 자신의 프로그램에서. 그의 떨리는 목소리는 가식이 아니었다.

"지금 여기서 경찰이 거짓말을 했다고 말씀하시는 겁니까? 스노우맨이 아직 잡히지 않았고, 더 많은 사람들을 죽일 수 있다고요?"

"아뇨. 경찰은 거짓말을 하지 않았습니다. 다만 새로운 사실이 밝혀졌을 뿐입니다."

보세는 앉아 있던 의자를 빙글 돌렸다. 기술감독이 1번 카메라에게 지르는 소리가 오다의 귀에 들릴 듯했다. 이제 보세의 얼굴이 화면에 잡혔고, 그의 눈이 정면으로 그들을 응시했다.

"아마도 이에 관한 더 자세한 소식은 오늘 밤 뉴스에서 들을 수 있을 것 같군요. 〈보세〉는 다음 주 금요일에 다시 찾아옵니다. 시청해주셔서 감사합니다."

악단이 음악을 연주하자, 오다는 눈을 질끈 감았다.

"세상에." 그녀의 뒤에서 프로듀서가 씨근거리는 소리가 들렸다. 그러더니 다시 "하느님 맙소사."라는 소리가 들렸다. 오다는 울부짖고 싶었다. 너무 좋아서 울부짖고 싶었다. 여기, 여기가 바로 최북단이다. 우리는 시청률이 높은 프로에서 일하는 게 아니다. 우리가 높은 시청률을 만드는 거다.

18일째

일치

군나르 하겐 경정은 슈뢰데르 바의 출입문 안쪽에 서서 실내를 둘러보고 있었다. 그는 〈보세〉의 크레디트 자막이 올라간 지 정확히 32분 후에 집을 나섰다. 이미 세 통의 전화통화를 마친 상태였다. 해리는 아파트에도, 쿤스트네르네스 후스에도, 경찰청 사무실에도 없었다. 비에른 홀름이 해리가 사는 동네 술집인 슈뢰데르에 가보라고 귀띔해주었다. 대부분 젊고 아름다운 유명인사들이 손님이었던 쿤스트네르네스 후스와 달리 슈뢰데르의 손님들은 다들 알코올중독자들처럼 보였다. 그중에서 뒤쪽 구석, 창가 자리에 혼자 앉아 있는 사람이 눈에 들어왔다. 해리였다. 그의 앞에는 큼직한 술잔이 놓여 있었다.

하겐은 테이블로 다가갔다.

"전화를 몇 통이나 했는지 알아? 휴대전화는 왜 꺼놨나?"

해리가 흐리멍덩한 눈으로 올려다보았다. "너무 성가셔서요. 갑자기 염병할 기자들이 떼거지로 전화를 해대잖아요."

"NRK에서는 〈보세〉 스태프들과 게스트들이 녹화 후에는 대개 쿤스트네르네스 후스에 간다고 하더군."

"방송국 앞에 기자들이 진을 치고 있어서 전 빠졌죠. 여긴 웬일이세요, 보스?"

하겐은 의자에 털썩 앉아서 해리가 잔을 입으로 가져가는 걸 바라보았다. 황갈색 액체가 그의 목구멍으로 미끄러져 내려갔다.

"총경님하고 통화했네. 심각한 상황이야, 해리. 스노우맨이 아직 잡히지 않았다는 사실을 발설한 건 총경님의 명령을 대놓고 어긴 거야."

"맞는 말씀입니다." 해리가 또다시 꿀꺽꿀꺽 들이켰다.

"맞는 말씀입니다? 한다는 말이 고작 그건가? 대체 왜 그런 건가, 해리? 이유나 들어보세."

"국민들은 알 권리가 있습니다. 민주주의는 모든 사실을 공개하는 데 바탕을 두고 있으니까요."

하겐은 주먹으로 테이블을 내려쳤다. 주위에 앉아 있던 몇몇 사람들이 부추기는 눈길을 던졌고, 500시시 컵을 한 아름 들고 지나가던 웨이트리스는 경고의 눈길을 던졌다.

"장난치지 말게, 해리. 우린 기자회견을 열어서 사건이 해결됐다고 발표했어. 그런데 이제 자네가 경찰의 위신을 떨어뜨렸단 말일세. 알고 있나?"

"제 일은 범죄자들을 잡아들이는 겁니다. 경찰의 위신을 높이는 게 아닙니다."

"그 두 개는 동전의 양면이란 말일세! 우리의 근무 환경은 대중들이 우리를 어떻게 보느냐에 달려 있어. 언론의 역할이 결정적이란 말이야!"

해리는 고개를 저었다. "지금까지 언론이 어떤 사건 해결에 도움을 주거나, 방해한 적은 단 한 번도 없습니다. 언론은 대중의 주

목을 얻고자 하는 사람에게만 결정적 역할을 하죠. 경정님의 보고를 받는 그 윗분들은 오로지 언론의 호평을 받을, 혹은 악평을 막을 구체적 결과에만 관심이 있습니다. 전 스노우맨을 잡고 싶을 뿐입니다."

"자네는 동료들까지 위험에 빠뜨렸어. 그거 아나?"

해리는 그 말을 곰곰이 생각하는 듯하더니 천천히 고개를 끄덕였다. 그러고는 잔을 다 비우고 웨이트리스에게 한 잔 더 가져오라고 손짓했다.

"총경님, 그리고 청장님과 통화했네." 하겐은 마음의 준비를 했다. "즉시 자네에게 연락해 언론에 더 떠들어대는 것을 막으라고 하셨네. 이 순간부터 자네는 언론과 접촉 금지야. 알겠나?"

"알겠습니다, 보스."

하겐은 놀라서 눈을 껌벅거렸지만, 해리의 얼굴에는 아무런 감정도 드러나 있지 않았다.

"이 순간부터 나는 자네의 일거수일투족을 감시할 거라네. 하루 24시간 내내. 정기적으로 보고서를 제출하게. 자네는 보고서를 쓰는 위인이 아니니까, 카트리네 브라트에게 그 일을 대신 맡겼네. 불만 있나?"

"그럴 리가 있겠습니까, 보스."

하겐은 해리가 보기보다 많이 취한 게 분명하다고 생각했다.

"카트리네 말로는 자네가 이다르 베틀레센의 비서를 찾아가 아르베 스퇴프의 파일이 있는지 알아보라고 시켰다더군. 검사에게 영장 청구도 하지 않고서 말이야. 대체 둘이서 뭐하는 짓거린가? 만약 스퇴프가 그걸 알았다면, 경찰이 또 무슨 비난을 받겠나?"

경계를 늦추지 않는 동물처럼 해리가 머리를 번쩍 들어 올렸다.

"무슨 뜻입니까? 스퇴프가 그걸 알았다면, 이라뇨?"

"다행히 스퇴프의 파일은 없었네. 이다르 베틀레센의 비서 말로는 스퇴프의 파일은 처음부터 없었다는군."

"그래요? 왜죠?"

"난들 아나, 해리. 난 그저 한숨 돌렸네. 이젠 더는 문제를 일으키지 말게. 아르베 스퇴프라니! 정신 나갔나? 그건 그렇다 치고, 이제부터는 카트리네가 보고서를 쓰기 위해서라도 자네를 계속 따라다닐 걸세."

"흠." 해리는 새로 가져온 잔을 내려놓는 웨이트리스에게 고개를 끄덕였다. "카트리네는 이미 그런 명령을 받은 거 아닌가요?"

"무슨 뜻인가?"

"카트리네가 처음 경찰청에 왔을 때 경정님께서 제가 카트리네의……." 해리는 말을 멈췄다.

"카트리네의 뭐?" 하겐이 퉁명스럽게 물었다.

해리는 고개를 저었다.

"뭐야? 뭐가 잘못됐나?"

"아닙니다." 해리는 그렇게 말하고는 한입에 술잔의 반을 비우고 100크로네 지폐를 테이블에 올려놓았다. "좋은 밤 보내세요, 보스."

하겐은 해리가 술집에서 나갈 때까지 자리에 계속 앉아 있었다. 그제야 해리가 남긴 잔에 거품이 전혀 없다는 걸 깨달았다. 하겐은 주위를 한두 번 힐끔거리다가 반쯤 남은 잔을 조심스럽게 입으로 가져갔다. 톡 쏘는 맛, 이건 무알코올 사이다였다.

해리는 조용한 거리를 걸어 집으로 향했다. 낡고 야트막한 건물들의 창문이 한밤중의 고양이 눈처럼 빛났다. 트레스코에게 전화해 어떻게 돼가는지 물어보고 싶었지만, 약속한 대로 오늘 밤까지는 기다리기로 했다. 해리는 모퉁이를 돌아 소피스 가로 접어들었다. 인적이 없었다. 아파트를 향해 가던 해리는 인기척과 티끌만 한 반짝임을 느꼈다. 안경알에 반사된 불빛이었다. 인도를 따라 주차된 차들 옆에 누군가 서서 차 문을 열려고 씨름하는 중이었다. 해리는 이 길 끝에 대개 어떤 차들이 주차되는지 알고 있었는데 지금 이 차, 푸른색 볼보 C70은 처음 보는 차였다.

너무 어두워서 상대의 얼굴이 제대로 보이지는 않았지만, 고개가 돌아간 방향으로 보아 해리의 시선을 피하고 있었다. 기자인가? 해리는 차 옆을 지나갔다. 다른 차의 사이드미러로 그림자가 힐끗 보였다. 그림자는 차들 사이를 스쳐 지나 뒤에서 다가오고 있었다. 해리는 조금도 주저하지 않고 코트 안쪽으로 손을 슥 집어넣었다. 발소리가 점점 가까워짐에 따라 그의 분노도 점점 커졌다. 해리는 셋을 센 다음 뒤로 돌아섰다. 뒤에서 쫓아오던 사람은 도로에서 얼어붙었다.

"지금 날 쫓는 건가?" 해리는 총을 치켜든 채 앞으로 걸어가며 소리쳤다. 그러고는 남자의 멱살을 잡아 옆으로 끌고 가서 주먹을 날렸다. 상대가 균형을 잃고 비틀거리자 해리는 그를 향해 몸을 던졌고, 두 사람은 자동차 보닛 위로 떨어졌다. 해리는 팔로 남자의 목을 누른 채 총신을 남자의 한쪽 안경알 위로 내리눌렀다.

"원하는 게 나야?" 해리가 속삭였다.

자동차경보기가 시끄럽게 울리는 소리에 남자의 대답이 묻혀버렸다. 경보기 소리가 온 거리를 가득 채웠다. 남자는 해리의 손아귀에서 빠져나가려고 했지만, 해리가 멱살을 꽉 잡고 놓아주지 않자 결국 포기했다. 남자의 머리가 부드러운 쿵 소리를 내며 보닛에 떨어지자 가로등 불빛이 그의 얼굴을 비췄다. 그제야 해리는 남자를 놓아주었다. 남자는 몸을 일으키며 기침을 했다.

"이쪽으로." 경보기가 끈질기게 울어대는 가운데 해리가 소리쳤다. 그러고는 남자의 겨드랑이를 잡아 길가로 끌고 갔다. 해리는 아파트 출입문을 열고 남자를 건물 안으로 밀어 넣었다.

"대체 여기서 뭐하는 겁니까? 내가 사는 곳은 또 어떻게 알아냈습니까?"

"오늘 저녁 내내 당신이 알려준 번호로 전화했습니다. 결국에는 전화국에 전화해서 당신 주소를 물어봤죠."

해리는 남자를 바라보았다. 사람이라기보다 유령 같았다. 필리프 베케르 교수는 구치소에 있을 때보다 훨씬 야위어 있었다.

"휴대전화를 켜둘 수가 없었습니다." 해리가 말했다.

해리가 앞장서서 자신의 아파트로 올라갔다. 현관문을 열고 신발을 내던져서 벗은 뒤, 부엌으로 가서 주전자의 스위치를 켰다.

"오늘 저녁에 당신이 〈보세〉에 나온 걸 봤습니다." 베케르가 말했다. 그는 신발도, 코트도 벗지 않은 채 부엌으로 들어왔다. 얼굴은 죽은 사람처럼 핏기가 없었다. "아주 용감하더군요. 그래서 나도 용감해지기로 했어요. 당신에게 빚을 졌으니까."

"빚을 져요?"

"당신은 유일하게 날 믿어준 사람이잖습니까. 덕분에 사람들 앞에서 망신당하는 일을 모면했죠."

"흠." 해리는 베케르가 앉을 수 있도록 의자를 가져왔지만 그는 고개를 저었다.

"금방 갈 겁니다. 하지만 당신 외에는 아무도 알아서는 안 되는 사실을 말해주러 왔어요. 이게 사건과 무슨 연관이 있는지는 잘 모르겠지만, 요나스에 관한 겁니다."

"요나스요?"

"카밀라 로시우스를 찾아갔던 날, 나는 요나스에게서 피를 뽑았어요."

해리는 요나스의 팔에 붙어 있던 반창고를 떠올렸다.

"그리고 입에 면봉을 넣어 구강세포도 채취했죠. DNA 검사를 위해 그걸 법의학 연구소의 친자 확인부서에 보냈습니다."

"그래요? 그런 건 변호사를 거쳐야 하는 줄 알았는데요."

"예전에는 그랬지만 지금은 돈만 내면 누구나 할 수 있죠. 1인당 2천 800크로네, 결과를 빨리 알고 싶으면 돈을 좀 더 내면 됩니다. 나도 그렇게 했는데, 오늘 결과가 나왔어요. 요나스는……." 베케르는 말을 멈추고 숨을 깊이 들이쉬었다. "요나스는 내 아들이 아닙니다."

해리는 고개를 주억거렸다.

베케르는 마치 도움닫기를 하려는 사람처럼 두 발꿈치에 체중을 실었다.

"법의학 연구소의 데이터베이스에 있는 모든 DNA와 요나스의 DNA를 비교해달라고 부탁했는데, 요나스와 완벽하게 일치하는 DNA가 나왔습니다."

"완벽하게? 그렇다면 요나스의 DNA가 이미 그곳의 데이터베이스에 있었단 말입니까?"

"그렇습니다."

해리는 생각에 잠겼다. 그게 무슨 뜻인지 점점 감이 잡혔다.

"다시 말해, 누군가 이미 요나스의 DNA 샘플을 보낸 거죠. 그 사람들 말로는 예전 샘플이 7년 전에 왔다고 하더군요."

"연구소에서 그게 요나스의 샘플이라고 확인해주던가요?"

"아뇨, 그 샘플은 익명으로 돼 있었습니다. 하지만 검사를 의뢰한 고객의 이름은 알고 있더군요."

"그게 누군가요?"

"지금은 폐업하고 없는 병원입니다." 해리는 베케르의 말을 듣기도 전에 그게 어딘지 알 수 있었다. "마리엔뤼스트 클리닉."

"이다르 베틀레센이군요." 해리는 마치 벽에 걸린 그림이 똑바로 걸렸는지 알아보려는 사람처럼 고개를 갸우뚱 기울이며 말했다.

"그렇습니다." 베케르는 양손으로 박수를 탁 치더니 힘없이 웃었다. "그게 전부예요. 내가 하고 싶었던 말은…… 내게는 아들이 없다는 것입니다."

"유감입니다."

"사실 오래전부터 그런 느낌이 들었어요."

"흠. 그런데 왜 그렇게 서둘러서 제게 말해주려고 한 겁니까?"

"모르겠습니다."

해리는 기다렸다.

"오늘 밤에는…… 뭐라도 해야만 했어요. 이런 일이라도. 달리 뭘 해야 할지 몰랐으니까. 난……." 베케르는 잠시 뜸을 들였다. "난 이제 혼자입니다. 이제 내 삶은 별 의미가 없어요. 만약 그 총이 진짜였다면……."

"그런 생각은 하지도 마십시오. 절대. 그런 생각은 쓰다듬을수록 더 유혹적으로 다가올 뿐입니다. 그리고 당신이 한 가지 잊은 게 있어요. 설사 당신의 삶이 당신에게는 의미가 없을지라도, 다른 사람들에게는 의미가 있습니다. 예를 들면, 요나스에게요."

"요나스?" 베케르는 쓴웃음을 지으며 콧방귀를 뀌었다. "그 남의 자식 말입니까? 그 생각을 쓰다듬지 말라니, 그런 말은 경찰대학에서 가르쳐주나요?"

"아뇨."

두 사람은 서로를 바라보았다.

"어쨌거나 내가 하려던 말은 다 했습니다."

"고맙습니다."

베케르가 떠난 뒤, 해리는 여전히 부엌에 앉아 그림이 똑바로 걸렸는지 알아내려고 노력했다. 주전자의 물이 다 끓어서 저절로 스위치가 꺼지고, 버튼 아래 작은 빨간 등이 서서히 꺼져가고 있다는 것은 전혀 모른 채.

19일째

모자이크

풍성하고 복슬복슬한 구름이 여명을 가릴 무렵, 해리는 프로그네르에 위치한 고층 아파트의 7층 복도에 들어섰다. 트레스코 집의 현관문은 빙긋 열려 있었다. 해리가 안으로 들어가자, 트레스코는 소파에 앉아 두 발을 커피 테이블에 올려둔 채 왼손에 리모컨을 쥐고 있었다. 되감기되던 브라운관의 영상이 깨지며 모자이크를 이뤘다.

"정말 맥주 안 마실 거야?" 트레스코가 반만 남은 자신의 맥주병을 들어 올리며 재차 물었다. "오늘 토요일인데."

해리는 공기 중에 떠도는 박테리아가스의 냄새를 구별할 수 있을 것 같았다. 재떨이 두 개는 담배꽁초로 가득 찼다.

"고맙지만 됐어." 해리는 자리에 앉았다. "어떻게 됐어?"

"겨우 하룻밤 봤는데 뭐." 트레스코가 디브이디 플레이어를 중지시켰다. "대개 이삼일은 걸려."

"하지만 이 사람은 전문 포커꾼이 아니잖아."

"그렇다고 만만하게 보면 안 돼." 트레스코는 맥주를 쭉 들이켰다. "이자는 대다수의 포커꾼보다 허세를 훨씬 많이 부린다고. 여기가 저 사람에게서 거짓말을 끌어내기 위해 네가 질문을 던진 부분이지?"

트레스코가 재생 버튼을 눌렀고, 해리는 텔레비전 화면 속의 자신을 보았다. 스웨덴 브랜드의 가는 세로줄무늬 양복 재킷을 입고 있었는데, 살짝 작아 보였다. 재킷 안에는 라켈에게 선물받은 검은색 티셔츠를 입었고, 디젤 청바지에 닥터 마틴 신발을 신었다. 마치 의자 등받이에 못이라도 박힌 것처럼 이상하게 불편한 자세로 앉아 있었다. 텔레비전 스피커에서 나오는 자신의 질문이 공허하게 들렸다. "그 여자를 호텔방으로 초대해서 과외수업을 하시겠습니까?"

"아뇨, 그러지는 않을 것 같군요." 트레스코가 정지 버튼을 누르자, 대답하던 스퇴프의 모습이 정지됐다.

"여기가 스퇴프가 거짓말을 하는 부분이란 거지?" 트레스코가 물었다.

"응. 저자는 라켈의 친구와 잤어. 여자들은 그런 일을 지어내지 않잖아. 뭐가 좀 보여?"

"만약 이 화면을 컴퓨터로 봤다면, 눈을 확대할 수 있었을 테지만 굳이 그럴 필요도 없어. 딱 봐도 동공이 확장됐잖아." 트레스코는 손톱 끝에 씹힌 자국이 있는 검지로 화면을 가리켰다. "이건 스트레스를 받았을 때 나타나는 전형적인 증상이야. 그리고 콧구멍을 봐. 약간 팽창된 게 보여? 스트레스를 받고 두뇌가 더 많은 산소를 필요로 할 때 나타나는 증상이지. 하지만 그렇다고 해서 스퇴프가 거짓말을 하고 있다는 뜻은 아냐. 사실을 말하면서도 스트레스를 받는 사람들이 많거든. 그런가 하면 거짓말을 하면서도 스트레스를 안 받는 사람도 있고. 예를 들면, 스퇴프의 손은 움직이지 않잖아."

해리는 트레스코의 목소리가 변했다는 걸 눈치챘다. 쉿소리는 사라지고, 음색은 부드럽고 유쾌하게 변했다. 해리는 화면을 바라보았다. 스테프의 왼손은 오른손 위에 포개진 채 허벅지 위에 얌전히 놓여 있었다.

"유감스럽게도 거짓말을 할 때마다 나타나는 불변의 신호는 없어." 트레스코가 말을 이었다. "모든 포커꾼들마다 다 달라. 그러니까 차이점을 알아내야 해. 상대가 거짓말을 할 때와 사실을 말할 때의 차이가 뭔지 알아내야 하는 거지. 삼각측량과 같아. 정해진 두 개의 점이 필요해."

"거짓말 하나와 정직한 대답 하나라. 간단한 것 같은데."

"듣기에만 그렇지. 회사 설립 과정과 정치가들을 싫어하는 이유를 말한 스테프의 설명이 사실이라고 가정한다면, 우린 두 번째 점을 갖게 되는 거야." 트레스코는 화면을 앞으로 감아 재생 버튼을 눌렀다. "봐."

해리는 화면을 보았지만, 어디를 봐야 할지 알 수가 없어 고개를 저었다.

"손. 손을 보라고." 트레스코가 말했다.

해리는 팔걸이에 놓인 트레스코의 그을린 손을 보았다.

"움직이질 않는데." 해리가 말했다.

"그래, 하지만 손을 감추지 않았어. 실력 없는 포커꾼들이 나쁜 패를 받았을 때 나타나는 전형적인 증상이 카드를 손 뒤로 감추려 한다는 거야. 그런 사람들은 블러핑을 할 때도 입으로 손을 가려서 표정을 감추려고 하지. 그런 자들을 하이더hider라고 해. 그런가 하면 등을 똑바로 펴거나, 뒤로 몸을 기대 더 커 보이려고 하면서

블러핑을 과장하는 사람도 있어. 그런 사람들은 블러퍼bluffer라고 하지. 스퇴프는 하이더야."

해리는 상체를 앞으로 기울였다. "혹시……?"

"그래, 다 살펴봤어. 그리고 스퇴프의 그런 성향은 처음부터 끝까지 나타나. 스퇴프는 거짓말을 할 때 양손을 팔걸이에서 떼고 오른손을 감추지. 아마 오른손잡이일 거야."

"내가 눈사람을 만드냐고 물었을 때는 스퇴프의 반응이 어땠어?" 해리는 열띤 어조로 물었다.

"거짓말을 했어."

"어떤 부분에서? 눈사람을 만든다고 했던 부분이야, 아니면 눈사람을 옥상 테라스에서 만든다고 했던 부분이야?"

트레스코는 짧은 끅끅 소리를 냈고, 해리는 그게 웃음소리임을 깨달았다.

"이건 정확한 과학이 아니야. 말했듯이 스퇴프는 훌륭한 포커꾼이야. 네가 질문한 후의 처음 몇 초 동안은 손을 팔걸이에 올려뒀어. 마치 사실을 말하려는 사람처럼. 동시에 스트레스를 받았는지 콧구멍이 커졌지. 그러다가 마음을 바꾸고, 오른손을 가리면서 거짓말을 지어냈어."

"맞아. 그럼 그건 스퇴프가 뭔가 숨기는 게 있다는 뜻이야?"

트레스코는 그 질문이 까다로운 질문이라는 걸 나타내기 위해 입술을 굳게 다물었다. "동시에 일부러 뻔한 거짓말을 했다는 뜻일 수도 있어. 자신이 얼마든지 사실대로 말할 수 있었다는 걸 숨기기 위해서."

"무슨 말이야?"

"프로 포커꾼들은 좋은 패를 얻게 되면 가끔씩 판돈을 올리려

하지 않고, 처음에 높게 비딩하고 자신이 블러핑을 했다는 작은 신호를 보내지. 경험이 없는 초짜들을 낚기 위해서야. 초짜들은 상대가 블러핑하는 걸 알아냈다고 생각하고, 속아서 자기들도 비딩을 하거든. 스퇴프의 그 발언도 그런 것 같아. 블러핑인 척하는 거지."

해리는 고개를 천천히 끄덕였다. "네 말은 스퇴프가 내게 뭔가 숨기는 척하려고 했다는 뜻이야?"

트레스코의 시선이 빈 맥주병으로 갔다가 다시 냉장고로 가더니, 육중한 몸을 소파에서 일으키려다 한숨을 쉬었다.

"말했듯이 이건 정확한 과학이 아니야. 맥주 좀……?"

해리는 자리에서 일어나 냉장고로 갔다. 부아가 치밀었다. 오다에게 전화했을 때 그는 방송에 출연하겠다는 자신의 제안이 받아들여지리라는 걸 알고 있었다. 또한 아무 제재 없이 스퇴프에게 직접 질문할 수 있다는 것도 알았다. 그게 〈보세〉의 방송 포맷이기 때문이다. 또한 카메라가 대답하는 사람을 클로즈업, 또는 상반신을 보여주는 미디엄 숏으로 잡는다는 것도 알고 있었다. 이 모두가 트레스코의 분석 자료가 되기에 안성맞춤이었다. 그런데도 그들은 실패했다. 이게 마지막 남은 한 줄기 희망, 그나마 빛이 있는 마지막 장소였다. 나머지는 온통 암흑이었다. 아마도 앞으로 10년간 더 헤매고, 행운이 따르거나, 뭔가를 우연히 발견하거나, 범인이 실수하기를 기다려야 할 것이다.

해리는 냉장고 안에 가지런히 진열된 링그네스 맥주병을 바라보았다. 난장판이 된 집 안과 우스꽝스러운 대조를 이룰 정도로 가지런했다. 잠시 망설이다가 맥주 두 병을 집어 들었다. 너무 차가워 손바닥에서 불이 날 지경이었다. 냉장고 문이 제자리를 향해 서서히 돌아갔다.

"스퇴프가 거짓말을 한다고 단언할 수 있는 부분은," 소파에 앉아 있던 트레스코가 말했다. "집안에 내려오는 어떤 유전적 질병이나 정신질환에도 시달린 적이 없다고 말한 부분이야."

해리는 닫히려는 냉장고 문을 간신히 발로 막았다. 냉장고 안쪽에서 새어 나오는 불빛이 커튼이 쳐져 있지 않은 검은 창문에 반사됐다.

"다시 한 번 말해봐."

트레스코는 다시 말했다.

25초 후, 해리는 계단을 반쯤 내려가는 중이었고, 트레스코는 해리가 던져주고 간 맥주를 반쯤 마신 상태였다.

"그래. 그리고 하나 더 있어, 해리." 트레스코가 혼자서 중얼거렸다. "보세가 네게 마음을 얻기 위해 오랫동안 기다려온 특별한 상대가 있는지 물었을 때 넌 아니라고 대답했지." 트레스코는 트림을 했다. "넌 포커할 생각 마."

해리는 차에 타서 전화를 했다.

자신이 누군지 밝히기도 전에 상대가 대답했다. "무슨 일인가요, 해리?"

마티아스 룬 헬게센이 자신의 번호를 알고 있거나, 휴대전화에 저장해두었다고 생각하니 몸서리가 났다. 멀찌감치 라켈과 올레그의 목소리가 들렸다. 주말이었다. 가족과 함께 보내는 날.

"마리엔뤼스트 클리닉에 대해 물어볼 게 있어요. 그 병원의 환자기록이 아직도 남아 있나요?"

"없을 걸요. 규정상 병원을 인수하는 사람이 없으면 그런 문서는 폐기해야 하는 걸로 알고 있어요. 하지만 중요한 일이면 알아봐줄 수 있어요."

"고마워요."

해리의 차는 빈데렌 트램역을 지났다. 옆으로 펄럭이며 날아가는 유령이 얼핏 보였다. 자동차 추격, 충돌사고, 죽은 동료, 당시 해리가 운전했기 때문에 음주 측정을 했어야 했다는 루머. 오래전 일이다. 다 지나간 일. 아문 흉터. 색깔이 변해버린 영혼.

15분 뒤, 마티아스에게 다시 전화가 왔다.

"마리엔뤼스트 클리닉의 원장이었던 그레게르센과 통화했습니다. 유감스럽게도 모든 문서는 다 파기되거나 삭제됐다는군요. 하지만 이다르를 포함한 몇몇 의사들은 환자기록을 가져갔나 봅니다."

"당신은요?"

"난 개업할 생각이 없어서 전혀 가져오지 않았습니다."

"혹시 이다르의 환자들 중에 기억나는 이름 있어요?"

"약간은요. 많지는 않고. 하도 오래전이라서."

"알았어요. 어쨌든 고마워요."

해리는 전화를 끊고 오슬로 국립병원 표지판을 따라갔다. 눈앞에 보이는 여러 채의 건물들이 낮은 산등성이를 뒤덮고 있었다.

게르다 넬비크는 가슴이 풍만하고 친절한 40대 중반 여자로, 국립병원 법의학 연구소의 친자 확인부서에서 이번 주 토요일에 유일하게 근무하는 직원이었다. 그녀는 안내 데스크에서 해리를 맞이해 실내로 안내했다. 이곳이 노르웨이의 흉악범들을 쫓는 곳임을 암시하는 물건들은 별로 없었다. 아늑하게 꾸며진 환한 실내는 오히려 여기 직원들이 거의 전부 여자라는 사실만 말해주었다.

해리는 예전에 이곳을 와본 적이 있어서 DNA 확인 과정을 알고 있었다. 평일이었다면 실험실 창문 뒤로 하얀색 가운을 입고 하얀 모자에 일회용 장갑을 낀 여자들이 용액과 기계 장비 위로 몸을 숙인 채 모발 실험이다, 혈액 실험이다, 확대다 하는 작업들을 하느라 분주했을 것이다. 그 모든 실험들은 최종적으로 열다섯 개 항목의 수치라는 형태의 결론이 실린 짤막한 보고서가 된다.

두 사람은 선반이 있는 방을 지났다. 선반에는 노르웨이 곳곳의 경찰서 이름이 적힌 갈색 완충봉투들이 놓여 있었다. 해리는 그 봉투 안에 성분을 분석하기 위해 제출한 천 조각, 머리카락, 가구 덮개, 혈액 및 다른 유기물질들이 들어 있음을 알고 있었다. 모두가 DNA라는 신비한 고리의 특정 지점을 나타내는 숫자 코드를 뽑아, 99하고도 소수점 뒤에 다수의 9가 적힌 퍼센트의 정확성으로 DNA의 주인을 알아내기 위한 것이었다.

게르다 넬비크의 사무실은 딱 선반과 책상만 들어갈 수 있는 크기였다. 선반에는 고리가 달린 파일이 꽂혀 있었고, 책상에는 컴퓨터와 서류더미, 큼지막한 사진이 놓여 있었다. 사진 속에는 스노보드를 든 두 소년이 미소를 짓고 있었다. "아드님인가요?" 해리가 자리에 앉으며 물었다.

"아마 그럴 거예요." 게르다가 미소를 지었다.

"네?"

"우리끼리 하는 농담이죠. 누가 검사를 의뢰했는지 알아보고 싶다고 하셨죠?"

"네. 특정한 단체에서 의뢰한 모든 DNA 검사에 대해 꼭 알아야 합니다. 12년 전부터 시작됐죠. 그리고 누구의 DNA를 의뢰한 건지도요."

"알겠어요. 어떤 단체인가요?"

"마리엔뤼스트 클리닉입니다."

"마리엔뤼스트 클리닉? 확실한가요?"

"왜 그러시죠?"

게르다는 어깨를 으쓱였다. "친자 확인검사는 보통 법원이나 변호사가 검사를 의뢰하거든요. 아니면 개인이 직접 의뢰하거나요."

"이건 친자 확인소송이 아니라, 유전적 질병의 위험 때문에 가족력이 있는지 알아보기 위한 검사라서요."

"아하. 그러면 우리 병원의 데이터베이스에 있겠네요."

"지금 당장 확인해볼 수 있나요?"

"반장님에게 기다릴 시간이 있느냐에 달렸죠." 게르다가 손목시계를 보았다. "대략 30초쯤요."

해리는 고개를 끄덕였다.

게르다가 철자를 부르며 자판을 두드렸다.

"M-a-r-i-e-n-l-y-s-t C-l-i-n-i-c."

그녀가 의자에 등을 기대자, 컴퓨터가 알아서 돌아가기 시작했다.

"가을 날씨가 정말 끔찍하죠?" 게르다가 말했다.

"네, 그러네요." 해리는 멍한 상태에서 건성으로 대답했다. 마치 하드디스크의 웅웅 소리에 자신이 원하는 결과가 달렸다는 듯이 그 소리에 귀를 곤두세웠다.

"어둠은 정신 건강에 안 좋아요. 빨리 눈이 왔으면 좋겠네요. 그럼 최소한 환해지기라도 할 텐데요." 게르다가 말했다.

"네."

웅웅 소리가 멈췄다.

"나왔네요." 게르다가 컴퓨터 모니터를 바라보며 말했다.

해리는 숨을 깊이 들이쉬었다.

"네, 마리엔뤼스트 클리닉은 우리 고객이었어요. 하지만 꽤 오래전에 의뢰가 끊겼어요."

해리는 머리를 굴려보았다. 이다르 베틀레센이 그 병원을 그만둔 때가 언제지?

게르다가 미간을 찌푸렸다. "하지만 끊기기 전까지는 정말 많이 의뢰했네요."

게르다가 머뭇거렸다. 해리는 그녀의 대답을 기다렸다.

"그러니까 병원에서 의뢰한 것치고는 꽤 많아요." 게르다가 말했다.

해리는 느낌이 왔다. 이 길이 그들이 가야 할 길, 미로 밖으로 이끌어줄 길이다. 아니 더 정확히 말하자면, 미로 안으로 데려다줄 길이다. 어둠의 한가운데로.

"검사받은 사람들의 이름이나 신상 정보가 있나요?"

게르다는 고개를 저었다. "대개는 신상 정보가 있는데, 이 경우에는 병원 측에서 익명을 요구했네요."

젠장! 해리는 눈을 질끈 감고 골똘히 생각했다.

"그래도 검사 결과는 아직 남아 있죠? 그러니까 친부가 맞는지, 아닌지요."

"그거야 그렇죠."

"결과가 어떻게 나왔나요?"

"지금 당장 알 수는 없어요. 각각의 파일을 살펴봐야 해서 시간이 좀 더 걸릴 거예요."

"알겠습니다. 하지만 검사를 의뢰했던 사람들의 DNA 프로파일은 보관하고 있죠?"

"네."

"친자 확인검사도 범인을 잡을 때처럼 포괄적으로 이뤄지나요?"

"더 포괄적이죠. 의심의 여지없는 친자 확인을 성립하기 위해서는 더 많은 유전자 표지가 필요해요. 유전자의 절반만 엄마에게서 오니까요."

"그럼 만약에 제가 특정인의 구강세포를 채취해서 여기 보내면, 그 사람의 유전자가 마리엔뤼스트 클리닉에서 의뢰한 DNA 샘플과 조금이라도 유사점이 있는지 알아낼 수 있나요?"

"아마도 그렇겠죠?" 게르다는 무슨 일인지 설명 좀 해주면 고맙겠다는 투로 대답했다.

"잘됐군요. 제 동료들이 최근에 실종된 여자들의 남편과 아이들의 구강세포를 채취해서 보낼 겁니다. 마리엔뤼스트 클리닉에서 예전에 검사를 의뢰한 적이 있는지 알아내기 위해서요. 최우선으로 조사할 수 있도록 상부의 허가를 받겠습니다."

그러자 게르다 넬비크의 눈동자에 불이 반짝 켜졌다. "이제야 반장님을 어디서 봤는지 알겠네요! 〈보세〉에 나오셨죠. 혹시 이게……?"

사무실 안에는 둘뿐이었는데도 게르다는 목소리를 낮췄다. 마치 그들이 괴물에게 지어준 이름이 큰 소리로 말해서는 안 되는 저주이자 음담패설이며, 주문이라는 듯이.

해리는 카트리네에게 전화해 상크트 한스헤우겐에 있는 자바 카페로 나오라고 했다. 그러고는 낡아 빠진 아파트 건물 앞에 차를 세웠다. 아파트 출입문에는 이 앞에 주차하면 견인될 거라고 협박하는 문구가 걸려 있었다. 하지만 출입문은 잔디 깎는 기계도 간신히 들어갈 정도로 좁았다. 울레볼스바이엔 가는 토요일 아침의 쇼핑을 위해 서둘러 오가는 사람들로 북적거렸다. 살을 에는 북풍이 상크트 한스헤우겐에서부터 보르 프렐세르스 공동묘지로 불어닥치자, 고개를 숙이고 있던 장례식 조문객들의 검은 모자가 바람에 날아갔다.

해리는 더블 에스프레소와 코르타도*를 사서 인도에 놓인 테이블에 앉았다. 길 반대편의 연못에 하얀 백조 한 마리가 연못 위를 유유히 떠다니고 있었다. 물음표처럼 생긴 백조의 목을 보고 있자니, 여우 잡는 덫의 이름이 '백조 목' 이었던 게 생각났다. 바람이 불자 수면 위로 소름이 돋았다.

"코르타도 아직 따뜻해요?"

카트리네가 손을 내민 채 앞에 서 있었다.

해리는 그녀에게 종이컵을 건넸고, 두 사람은 해리의 차가 주차된 곳으로 걸어갔다.

"자네가 토요일 아침에 일할 수 있어서 다행이야."

"반장님도 토요일 아침에 일할 수 있어서 다행이에요."

"나야 싱글이잖아. 나 같은 싱글에게 토요일 아침은 아무 의미도 없어. 하지만 자넨 가정이 있잖아."

해리의 차 앞에 도착하자, 한 노인이 그들을 노려보며 서 있었다.

"내가 견인 트럭 불렀어." 노인이 말했다.

"네, 견인 트럭이 인기가 많다는 얘긴 들었습니다." 해리가 차

* 에스프레소에 우유를 섞은 음료

문을 열며 말했다. "문제는 그 트럭을 주차할 곳이 마땅치 않다는 거죠."

둘이 차에 타자, 쪼글쪼글한 손가락이 차창 유리를 톡톡 두드렸다. 해리는 차창을 내렸다.

"트럭이 오는 중이니까 여기서 꼼짝 말고 기다려."

"그래야 합니까?" 해리는 경찰 신분증을 들어 올렸다.

노인은 신분증을 무시하고 못마땅한 얼굴로 손목시계를 바라보았다.

"저 출입문은 너무 좁아서 출입문의 자격이 없습니다. 교통과에 전화해서 저 불법 표지판을 떼어내라고 사람을 보낼 겁니다. 아마 벌금도 꽤 나올 걸요."

"뭐야?"

"우린 경찰이니까요."

노인은 해리의 신분증을 낚아채더니 의심스러운 눈초리로 처음에는 해리를, 다음에는 신분증을, 다시 해리를 바라보았다.

"이번엔 봐주지. 가봐." 노인이 심술 맞은 표정으로 구시렁거리더니 신분증을 돌려주었다.

"저는 못 봐드리겠는데요. 지금 당장 교통과에 전화할 겁니다." 해리가 말했다.

노인은 분노에 이글거리는 눈으로 해리를 노려보았다.

해리가 점화 스위치에 꽂혀 있던 열쇠를 비틀자 엔진이 굉음을 냈다. 해리는 다시 노인에게 몸을 돌렸다. "그러니까 영감님은 여기서 꼼짝 말고 기다리세요."

차가 출발했고, 백미러에는 입을 딱 벌리고 서 있는 노인의 얼굴이 비쳤다.

카트리네가 깔깔 웃었다. "반장님 못됐네요! 노인이잖아요."

해리는 카트리네를 힐끗 바라보았다. 마치 웃으니까 아픈 사람처럼 카트리네의 표정이 이상했다. 역설적이게도 펜리스 바에서 있었던 사건 때문에 카트리네는 해리와 함께 있는 걸 더 편안해했다. 어쩌면 그게 매력적인 여자들의 특징인지도 모른다. 남자의 거절은 그녀들의 존경과 신뢰를 얻는다.

해리는 빙긋 웃었다. 오늘 아침에 그가 그녀와 섹스했던 꿈의 파편들 속에서 발기된 상태로 깨어났다는 걸 알면 카트리네가 어떤 반응을 보일지 궁금했다. 꿈속에서 카트리네는 펜리스 바 화장실의 세면대 위에 다리를 활짝 벌린 채로 앉아 있었다. 어찌나 격렬한 섹스였는지 화장실 파이프가 삐걱거리고, 변기에 고여 있던 물이 밖으로 튀고, 네온등이 웅웅 소리를 내며 깜박거렸다. 그녀의 몸 안으로 밀어 넣을 때마다 그의 고환에 얼음장처럼 차가운 세면대가 닿았다. 카트리네 뒤에 걸려 있던 거울은 너무나 심하게 흔들려서 그들의 엉덩이와 등, 허벅지가 수도꼭지, 핸드 드라이어, 비누 대에 부딪칠 때마다 거울에 비친 그의 얼굴이 흐릿해졌다. 섹스가 끝난 후에야 비로소 거울 속의 남자가 자신이 아니라는 걸 알았다.

"무슨 생각하세요?"

"번식."

"네?"

해리가 카트리네에게 꾸러미를 건네자, 그녀가 열어보았다. 맨 위에는 면봉으로 구강세포를 채취하는 법에 대한 안내서가 들어 있었다.

"이 모든 게 친자 확인과 관련이 있어. 왜 그리고 어떻게인지는 아직 모르지만." 해리가 말했다.

"그래서 지금 우리가 가는 곳이?" 카트리네가 면봉이 든 작은 상자를 들어 올리며 물었다.

"솔리회위다. 쌍둥이들의 구강세포를 채취하려고."

목장 주위의 언덕에서는 눈이 물러가는 중이었다. 그래도 축축한 회색빛 눈은 아직 몇몇 지역을 무단점거하고 있었다.

롤프 오테르센은 현관 계단에서 그들을 맞이했고 커피를 권했다. 코트를 벗는 동안 해리는 자신들이 찾아온 목적을 말했다. 롤프 오테르센은 이유를 묻지도 않고 그냥 고개를 끄덕였다.

쌍둥이들은 거실에서 뜨개질을 하고 있었다.

"뭘 뜨고 있는 거니?" 카트리네가 물었다.

"목도리예요." 쌍둥이들이 동시에 대답했다. "이모가 가르쳐줬어요."

쌍둥이들은 아네 페데르센을 가리켰고, 그녀는 흔들의자에 앉아 뜨개질을 하며 카트리네에게 '다시 만나서 반가워요' 라고 말하는 듯한 미소를 지었다.

"그냥 아이들의 침과 점액만 채취하면 돼요." 카트리네가 명랑하게 말하며 면봉을 들어 올렸다. "자, 아 하세요."

쌍둥이들은 킥킥거리더니 뜨고 있던 목도리를 내려놓았다.

해리는 롤프 오테르센을 따라 부엌으로 갔다. 커다란 주전자에서 물이 끓고 있었고, 따뜻한 커피 냄새가 났다.

"그러니까 경찰이 틀린 거군요. 그 죽은 의사 말입니다." 롤프가 말했다.

"아마도요. 아니면 이번 사건과 무슨 연관이 있을 수도 있습니다. 그 헛간에 다시 가봐도 될까요?"

롤프 오테르센은 얼마든지 원하는 대로 하라는 몸짓을 했다.

"하지만 처제가 그곳을 깨끗이 청소했습니다. 별로 볼 게 없을 거예요."

헛간은 정말로 깨끗했다. 홀름이 샘플을 채취할 당시, 바닥에는 진득하고 검붉은 닭피가 고여 있었는데, 지금은 말끔히 닦여 있었다. 닭피가 스며든 부분은 핑크색이었다. 해리는 도마 옆에 서서 문을 바라보았다. 스노우맨이 들어왔을 때 여기 서서 닭을 잡고 있었을 쉴비아를 상상했다. 쉴비아는 스노우맨을 보고 놀랐을까? 그녀는 닭을 두 마리 잡았다. 아니, 세 마리다. 왜 두 마리라고 생각했지? 두 마리 더하기 한 마리. 왜 더하기 한 마리지? 해리는 눈을 감았다.

세 마리 중 두 마리는 도마 위에 있었고, 녀석들의 피는 아래에 있던 톱밥 속으로 쏟아졌다. 원래 닭을 잡을 때는 그렇게 한다. 하지만 마지막에 죽은 닭은 도마에서 좀 떨어진 곳에 있었고, 피도 마룻바닥에 떨어졌다. 아마추어의 솜씨다. 그리고 마지막 닭은 목이 잘린 부위의 피가 응고되어 있었다. 쉴비아의 목처럼. 홀름이 그걸 설명했던 기억이 났다. 이건 새삼스럽게 떠오른 생각이 아니다. 생각하다 말고, 곱씹다 말고, 꿈꾸다 만 다른 생각들과 함께 계속 머릿속에 있던 생각이다. 마지막 닭은 쉴비아와 같은 방식으로, 전기 올가미에 목이 잘려 죽었다.

해리는 마룻바닥에 남아 있는 핏자국 앞으로 가서 쪼그리고 앉았다.

만약 스노우맨이 세 번째 닭을 죽였다면 왜 손도끼가 아니라 전기 올가미를 이용했을까? 간단하다. 손도끼는 숲 속 어딘가로 사라져버렸으니까. 따라서 이 닭은 쉴비아가 죽은 다음에 죽었다.

스노우맨은 숲에서 다시 여기로 돌아와 닭을 죽였다. 하지만 왜? 일종의 부두 의식인가? 갑자기 영감을 받아서? 말도 안 되는 소리. 이 살인마는 계획에 집착하고 패턴을 따르는 놈이다.

분명 이유가 있을 것이다.

왜지?

"왜요?" 카트리네가 물었다.

해리는 그녀가 들어오는 소리를 듣지 못했다. 카트리네는 헛간 문간에 서 있었다. 알전구의 불빛이 그녀의 얼굴에 떨어졌고, 카트리네는 면봉이 든 비닐봉지 두 개를 그에게 내밀고 있었다. 그를 향해 두 손을 내민 채 문간에 서 있는 모습을 다시 보니 오싹했다. 일전에 베케르의 집에서 본 것과 같은 모습이었다. 하지만 그게 전부는 아니었다. 또 다른 깨달음도 있었다.

"아까도 말했듯이," 해리는 핑크색 얼룩을 바라보며 중얼거렸다. "이번 사건의 핵심은 가족관계야. 그걸 감추려는 거지."

"누구예요?" 카트리네는 그렇게 물으며, 그를 향해 다가왔다. 그녀의 부츠 굽이 마룻바닥에서 따각따각 소리를 냈다. "염두에 둔 사람이 누구냐고요?"

카트리네는 해리 옆에 쪼그리고 앉았다. 그녀가 뿌린 남자 향수가 따뜻한 살갗에서 냉랭한 공기 속으로 피어올라 그의 코끝을 스쳤다.

"나도 모르겠어."

"체계적인 추론을 해달라는 게 아니라 그냥 반장님 생각을 말해주세요. 짚이는 사람이 있잖아요." 카트리네는 간단히 설명하고는 검지로 톱밥 위에 낙서를 그렸다.

해리는 망설였다. "가설 축에도 못 껴."

"그래도 말해보세요."

해리는 숨을 깊이 들이쉬었다. "아르베 스퇴프."

"그 사람이 왜요?"

"아르베 스퇴프의 말에 따르면 그자는 테니스 엘보를 치료받기 위해 이다르 베틀레센을 찾아갔어. 하지만 보르그힐드의 말로는 그 병원에는 스퇴프의 진료기록이 없었어. 그래서 왜 그럴까 자문해봤지."

카트리네가 어깨를 으쓱했다. "단순히 팔꿈치 치료가 아닌가 보죠. 어쩌면 스퇴프는 자기가 성형수술을 받았다는 게 기록으로 남을까 두려웠는지 몰라요."

"만약 이다르가 그런 걱정을 하는 모든 환자들에게 기록을 남기지 않기로 약속했다면, 그 병원에는 진료기록이 하나도 남아 있지 않았을 거야. 그러니까 분명 다른 이유일 거라고 생각했지. 절대 누가 알아서는 안 되는 이유."

"이를테면요?"

"스퇴프는 〈보세〉에 출연했을 때 거짓말을 했어. 자기 집안에는 유전적으로 내려오는 질병이나 정신질환이 없다고 말이야."

"그런데 있군요."

"있다고 가정해보지. 가설을 세워보는 거야."

"가설 축에도 못 끼는 가설이요?"

해리는 고개를 끄덕였다. "이다르 베틀레센은 노르웨이에서 가장 비밀스럽게 파르 증후군을 치료하는 의사야. 비서인 보르그힐드조차도 그 사실을 몰랐으니까. 그런데 대체 어떻게 실비아 오테르센과 비르테 베케르는 그걸 알고 이다르를 찾아갔을까?"

"그러게요."

"이다르의 전문 분야가 유전적 질병이 아니라 비밀 보장이라고 가정해봐. 자기 입으로도 자기 사업은 비밀 보장을 바탕으로 한다고 했으니까. 그랬기 때문에 그의 친구였던 한 환자가 다른 병원의 진짜 전문가에게 파르 증후군이라는 진단을 받은 후에 그를 찾아간 거야. 그 환자는 이 병을 꼭 비밀에 부치고 싶었는데, 진짜 전문가는 이다르처럼 비밀 보장에 철저하지 않으니까. 환자는 이다르에게 비밀 보장을 요구했지. 어쩌면 돈을 좀 더 줬을지도 몰라. 이 환자에게는 그럴 만한 능력이 있으니까."

"그게 아르베 스퇴프라는 거예요?"

"그래."

"하지만 그 가설대로라면 스퇴프는 이미 다른 의사에게서 진단을 받았고, 그것만으로도 소문이 새어 나갈 수 있잖아요."

"스퇴프가 가장 두려워하는 건 그게 아니야. 자기 핏줄에게도 그 병이 유전됐는지 알아보고 싶었는데, 그 사실이 알려질까 두려웠던 거지. 이건 극도의 보안이 유지되어야만 했어. 그 아이들이 스퇴프의 핏줄이라는 걸 아무도 모르니까. 사실 그 아이들을 친자식이라고 철석같이 믿고 있는 사람들도 있거든. 필리프 베케르가 요나스를 자기 아들이라고 생각했던 것처럼. 그리고……." 해리는 고갯짓으로 농가를 가리켰다.

"롤프 오테르센이요?" 카트리네가 숨을 죽인 채 속삭였다. "쌍둥이들도요? 그래서 쌍둥이들이……." 카트리네는 비닐봉지를 들어 올렸다. "아르베 스퇴프의 유전자를 물려받았다고 생각하시는 거예요?"

"아마도."

카트리네는 해리를 바라보았다. "실종된 여자들…… 다른 아이들은……."

"만약 DNA 검사 결과 스퇴프가 요나스와 쌍둥이들의 아버지로 밝혀지면, 실종된 다른 여자들의 아이들도 DNA 검사를 할 거야."

"그렇다면…… 아르베 스퇴프가 노르웨이 전국을 돌아다니면서 여자들을 따먹었다는 거예요? 수많은 여자들을 임신시킨 다음, 아이를 낳고 나면 그 여자들을 죽여버렸다?"

해리는 어깨를 으쓱했다.

"왜요?"

"내 가설이 맞는다면 이자는 완전히 미친 거야. 그리고 이건 어디까지나 순전히 추측일 뿐이고. 미친 것처럼 보이는 행동 뒤에는 꽤 명쾌한 이론이 있는 경우가 많아. 베르하우스 바다표범에 대해 들어봤어?"

카트리네가 고개를 저었다.

"수컷 베르하우스 바다표범은 냉정하고 이성적이지. 암컷이 새끼를 낳고, 새끼들이 중요한 첫 번째 고비를 넘기고 나면, 수컷은 암컷을 죽이려고 해. 암컷이 다시는 자신의 새끼를 낳으려고 하지 않는다는 걸 알기 때문이지. 그리고 수컷은 자기 핏줄의 경쟁자들이 많아지는 걸 원치 않아."

카트리네는 이 소리를 어떻게 받아들여야 할지 곤혹스러워 하는 표정이었다.

"정말 미친 거 맞네요, 네. 하지만 뭐가 더 미친 건지 모르겠어요. 바다표범처럼 생각하는 게 미친 건지, 바다표범처럼 생각하는 사람이 있다고 생각하는 게 미친 건지."

"말했잖아." 해리는 무릎에서 빠드득 소리를 내며 자리에서 일어섰다. "이건 가설 축에도 못 껴."

"거짓말." 카트리네가 그를 올려다보았다. "반장님은 이미 아르베 스퇴프가 아이들의 아버지라고 확신하잖아요."

해리는 한쪽 입꼬리를 비틀며 미소를 지었다.

"반장님은 저만큼이나 미쳤어요."

해리는 살피는 듯한 시선으로 카트리네를 바라봤다. "이제 그만 가지. 법의학 연구소에서 그 면봉을 기다리고 있어."

"토요일인데도요?" 카트리네는 손으로 톱밥을 쓸어 자신의 낙서를 지운 뒤 자리에서 일어났다. "그 사람들은 가정도 없대요?"

비닐봉지를 법의학 연구소에 전달해주고, 오늘 저녁 혹은 내일 아침 일찍 결과를 알려주겠다는 약속을 받아내고 나서 해리는 카트리네를 집까지 데려다주었다.

"창문에 불빛이 없는데. 혼자 있는 거야?" 해리가 물었다.

"저 같은 미인이요?" 카트리네는 미소를 지으며 자동차 문의 손잡이를 잡았다. "그럴 리가 없죠."

"흠. 지난번 베르겐에 갔을 때 왜 경찰청 동료들에게 자네가 왔다는 말을 하지 말라고 그랬지?"

"네?"

"자네가 수도에서 이렇게 큰 살인사건을 맡아 일하는 걸 알면 동료들도 기뻐할 텐데."

카트리네는 어깨를 으쓱하며 문을 열었다. "베르겐 사람들은 오슬로를 수도라고 생각하지 않아요. 조심해서 가세요."

"잘 가."

해리는 산네르 가로 차를 몰았다.

확실하지는 않지만, 카트리네의 표정이 굳어진 것 같았다. 하지만 확실한 건 아무것도 없다. 심지어 딸칵 소리마저도 총의 공이치기가 젖혀지는 소리인줄 알았는데, 알고 보니 어린 소녀가 놀라서 마른 나뭇가지를 부러뜨리는 소리가 아니었던가. 그래도 더는 아닌 척할 수 없다. 모른 척할 수 없다. 그날 밤, 카트리네는 필리프 베케르의 등에 총구를 겨눴다. 그리고 해리가 그녀의 총구를 막아섰을 때 그 소리를 들었다. 마당에서 살마가 나뭇가지를 부러뜨린 소리와 착각했던 소리. 그것은 총의 공이치기가 제자리로 돌아가는, 매끄러운 딸칵 소리였다. 다시 말해, 공이치기가 이미 앞으로 나아가 있었으며, 방아쇠는 3분의 2가 넘게 당겨져 있었고, 언제고 총알이 발사될 수 있었다는 뜻이다. 카트리네는 베케르를 쏠 작정이었다.

더는 모른 척할 수 없다. 헛간 문간에 서 있던 카트리네의 얼굴에 빛이 떨어졌기 때문이다. 그리고 해리는 카트리네의 얼굴을 알아보았다. 그녀에게 말했듯이 이번 사건의 핵심은 가족관계다.

크누트 뮐레르 닐센 경정은 줄리 크리스티를 사랑했다. 어느 정도인고 하니, 감히 아내에게 사실대로 털어놓을 수 없을 정도였다. 하지만 아내도 오마 샤리프와 마음속으로 불륜을 저지르는 게 아닐까 의심스러웠기에, 그는 별다른 죄책감 없이 아내 옆에 앉아 눈으로 줄리 크리스티를 샅샅이 훑고 있었다. 옥에 티라면 지금 이 순간, 줄리 크리스티가 오마 샤리프를 꼭 껴안고 있다는 것뿐이다. 거실의 전화가 울리자 그가 전화를 받았고, 아내는 디브이디의 정지 버튼을 눌렀다. 그들이 좋아하는 영화인 〈닥터 지바고〉의 이 아름다우면서도 분통 터지는 장면이 눈앞에 정지됐다.

"아, 안녕하시오, 홀레 반장." 상대가 자기소개를 하자, 묄레르 닐센 경정이 말했다. "그래요, 당분간은 바쁘겠더군요."

"잠시 통화할 수 있을까요?" 전화기 반대편에서 쉬었지만 부드러운 목소리가 물었다.

묄레르 닐센 경정은 줄리 크리스티의 떨리는 붉은 입술과 눈물이 글썽이는 눈동자를 바라보았다. "물론이죠. 얼마든지 이야기하시오, 홀레 반장."

"지난번 제가 사무실로 갔을 때 게르트 라프토의 사진을 보여주셨는데, 그 사진에서 뭔가 알아낸 점이 있어서요."

"아, 그래요?"

"그리고 제게 라프토의 딸에 대해 말씀하셨죠. 당연한 말이지만, 아주 잘 풀렸다고요. 제가 묻고 싶은 건 그 '당연한 말이지만'에 대해섭니다. 마치 제가 그걸 이미 알고 있다는 것처럼 그렇게 말씀하셨죠."

"그랬지, 하지만 정말로 잘 풀리지 않았소?" 묄레르 닐센이 말했다.

"어떻게 보느냐에 달렸죠." 해리가 말했다.

19일째

투움바

플라자 호텔의 손야 헤니 룸은 예상대로 복닥거렸다. 아르베 스퇴프는 문간에 서서 손님들을 맞이했다. 너무 많이 웃어서 턱이 아팠고, 악수를 너무 한 탓에 테니스 엘보가 도졌다. 이번 파티의 기술 업무 담당자인 이벤트 업체의 젊은 여직원이 소리 없이 그의 곁으로 다가왔다. 그녀는 미소를 지으며 이제 손님들이 모두 테이블에 착석했다고 말했다. 검은색 정장을 입고, 마이크가 거의 보이지 않는 헤드셋을 쓴 그녀는 〈미션 임파서블〉의 여자 요원을 연상시켰다.

"이제 들어가시죠." 여직원이 다정하면서도 약간 부드러운 손놀림으로 그의 나비넥타이를 매만져주었다.

여자의 손에는 결혼반지가 있었다. 행사장을 향해 걸어가는 그녀의 엉덩이가 그의 앞에서 실룩거렸다. 아이를 낳아본 엉덩이일까? 검은 바지 아래로 운동으로 단련된 엉덩이가 팽팽하게 솟아 있었다. 아르베 스퇴프는 저 엉덩이가 벌거벗은 채 자신의 침실에 있는 모습을 상상했다. 하지만 이 여자는 프로 의식이 너무 철저해 보였다. 공을 많이 들이고, 끈질기게 설득해야 할 것이다. 문 옆에 있는 큰 거울 속에서 그녀와 시선이 마주치자, 스퇴프는 속마음을 들켰다는 걸 알고 사과의 뜻으로 환한 미소를 지었다. 여자가 프로답지 않게 얼굴을 살짝 붉히며 소리 내어 웃었다. 불가능한 임무라고Mission impossible? 천만에. 하지만 오늘 밤은 아니다.

그가 등장하자, 그가 앉을 테이블에 앉아 있던 여덟 명이 기립했다. 오늘 밤 그의 파트너는 〈리베랄〉의 편집차장이었다. 지루하지만 필요한 선택이다. 편집차장은 아이가 있는 유부녀였고, 매일 열두 시간에서 열네 시간씩 일하는 여자의 황폐한 얼굴을 하고 있었다. 그녀의 아이들이 불쌍했다. 따지고 보면 그도 불쌍했다. 이제 그녀는 인생의 전부가 〈리베랄〉이 아님을 깨달았기 때문이다. 스퇴프의 시선이 연회실 안을 훑자, 사람들은 그를 위한 건배를 제안했다. 샹들리에 아래에서 스팽글과 보석, 미소를 짓는 눈동자가 반짝거렸다. 그리고 온갖 드레스들도. 끈도 없고, 어깨도 파지고, 등도 파지고, 수치심도 모르는 드레스들.

그러자 음악이 터져 나왔다. '차라투스트라는 이렇게 말했다'의 웅장한 도입부가 확성기에서 쿵쾅거렸다. 이벤트 업체 직원들과의 미팅에서 아르베 스퇴프는 꼭 그 곡이 아니더라도, 웅장한 음악을 들으면 인간의 탄생이 떠오른다고 했다. 그러자 다들 좋은 아이디어라며 그 음악을 쓰자고 했다.

연기와 불빛으로 휘감긴 대형 무대에 유명 연예인이 올라섰다. 그는 이번 행사의 사회를 보는 조건으로 십만 단위의 돈을 요구했고, 결국 그 돈을 받았다.

"신사 숙녀 여러분!" 사회자가 커다란 무선 마이크에 대고 소리쳤다. 꼭 발기된 페니스처럼 보이는 마이크라고 스퇴프는 생각했다. "환영합니다!" 사회자의 입술이 검은색 페니스에 닿을락말락했다. "아주 특별한 밤이 될 오늘 파티에 오신 걸 환영합니다!"

아르베 스퇴프는 벌써부터 이 파티가 어서 끝나기만을 바랐다.

해리는 사무실의 선반에 놓인 사진들, 죽은 경관의 사회를 바라보았다. 생각을 하려고 했지만 마음이 빙글빙글 돌며 갈피를 잡지 못했다. 전체적인 그림이 떠오르지 않았다. 지금까지 계속 내막을 아는 누군가가 있다고, 그의 다음 행동이 무엇일지 아는 사람이 있다는 느낌이 들었다. 하지만 이럴 줄은 몰랐다. 이건 기상천외하게 쉬웠다. 그와 동시에 이해할 수 없을 정도로 복잡했다.

크누트 묄레르 닐센은 카트리네가 베르겐 경찰청 강력반의 촉망받는 형사였다고, 떠오르는 별이었다고 했다. 문제를 일으킨 적도 없었다고 했다. 물론 카트리네가 성범죄부서로 전근 신청을 하게 된 계기는 있었다. 어느 보류된 사건의 증인이 경찰청으로 전화해, 카트리네 브라트가 아직도 집으로 찾아와 새로운 질문을 퍼부어댄다고 불평한 것이다. 증인이 이미 경찰에 진술을 했다고 누차 말했음에도 카트리네의 방문은 멈추지 않았다. 그 결과, 그녀가 상관에게 알리지 않고 몇 달째 독자적으로 그 사건을 수사했음이 밝혀졌다. 그러나 그 조사는 사실상 여가시간에 이뤄졌기 때문에 원래대로라면 문제되지 않을 터였다. 문제는 경찰청에서 그녀가 이 사건에 개입하기를 원치 않았다는 것이다. 상부로부터 문책을 당하자, 카트리네는 당시 수사의 문제점을 몇 가지 지적했으나 아무도 그녀에게 동조하지 않았다. 결국 화가 난 그녀는 다른 부서로 전근 신청을 했다.

"카트리네가 그 사건에 집착하는 건 당연해요. 내 기억으로는 아마 그 무렵에 남편과도 헤어졌을 거요." 이것이 묄레르 닐센 경정의 마지막 말이었다.

해리는 자리에서 일어났다. 복도로 나가 카트리네의 사무실로 갔다. 경찰청 규정대로 사무실 문은 잠겨 있었다. 해리는 복도를 내려가 복사실로 갔다. 맨 아래 선반, 복사지가 든 상자들 옆에서 절단기를 집어 들었다. 칼날이 부착된 커다랗고 무거운 쇳덩어리였다. 그의 기억으로는 한 번도 사용된 적이 없는 기계였지만, 이젠 두 손으로 그 절단기를 들고 복도로 나가 다시 카트리네 브라트의 사무실 앞으로 갔다.

절단기를 머리 위로 들어 올린 다음 목표물을 겨냥해 양팔로 힘껏 내려쳤다.

절단기가 문손잡이에 부딪치자, 빠지직 소리와 함께 손잡이에 금이 갔다.

해리는 절단기가 둔탁한 신음과 함께 바닥에 떨어지기 전에 간신히 발을 피했다. 발로 문을 차자, 문이 나뭇조각을 뱉어내며 벌컥 열렸다. 해리는 절단기를 집어 들고 안으로 들어갔다.

카트리네 브라트의 사무실은 예전에 그가 파트너와 함께 썼던 사무실과 똑같았다. 깔끔하고 썰렁했으며, 벽에 걸린 그림이나 다른 개인적인 물품은 없었다. 책상 맨 윗 서랍에는 모든 서랍을 한 번에 잠글 수 있는 간단한 잠금장치가 있었다. 절단기를 두 번 내려치자, 맨 윗 서랍과 자물쇠가 부서졌다. 해리는 서랍을 뒤지기 시작했다. 서류를 옆으로 밀치고, 플라스틱 폴더, 펀처, 그 밖의 다른 사무용품들 속을 헤집다보니 칼이 나왔다. 칼집에서 칼을 꺼내보았다. 칼날 끝 부분이 톱니 모양이었다. 걸스카우트용 칼은 절대 아니었다. 칼이 놓여 있던 서류 다발 위로 칼날을 밀어 넣었더니, 칼이 두부를 자르듯 쑥 들어갔다.

아래 서랍에는 아직 뜯지 않은 리볼버용 총탄 상자 두 개가 있었다. 유일한 개인 물품은 반지 두 개뿐이었다. 그중 한 반지에는 책상 불빛 아래에서 성나게 번득이는 보석들이 박혀 있었다. 전에 본 적이 있었다. 해리는 눈을 감고 어디서 봤는지 떠올려보았다. 큼직하고 촌스러운 반지. 온갖 종류의 보석이 박힌 반지. 라스베이거스 스타일의 반지. 절대 카트리네가 낄 만한 반지가 아니었다. 그러자 어디서 봤는지 기억이 났다. 맥박이 크게, 하지만 꾸준히 고동쳤다. 그는 이 반지를 침실에서 봤다. 베케르 부부의 침실에서.

손야 헤니 룸의 저녁식사는 끝났고, 테이블 위의 식기는 깨끗이 치워졌다. 아르베 스퇴프는 연회실 뒤쪽의 벽에 기댄 채 무대를 바라보았다. 손님들은 무대 앞에 다닥다닥 모여 황홀한 시선으로 밴드를 바라보고 있었다. 요란한 음악이었고, 비싼 음악이었다. 과대망상증의 음악이었다. 아르베 스퇴프는 마뜩지 않았지만, 결국 경험에 투자하는 것이 직원들에게 직장에 대한 충성심과 자부심, 열정을 갖게 한다는 이벤트 업체 사람들의 설득에 넘어갔다. 그리하여 세계적으로 성공한 밴드를 초빙함으로써 〈리베랄〉의 성공을 강조했고, 광고주들이 광고를 싣고 싶어 하는 잡지로서의 이미지를 구축했다.

밴드의 보컬리스트가 1980년대에 전 세계적으로 인기를 누렸던 자신들의 노래에서 음이 가장 높은 구절을 부르며 손가락으로 이어폰을 눌렀다.

"모튼 하켓*처럼 고음을 아름답게 내는 사람도 없죠." 스퇴프의 옆에서 목소리가 들렸다.

스퇴프는 몸을 돌렸고, 전에 만난 적이 있는 여자라는 걸 단번에 알아차렸다. 한 번 본 미인은 절대 잊지 않기 때문이다. 다만 요즘 들어서는 그 미인이 누구이고, 언제, 어디서 만났는지를 자꾸 잊어버렸다. 늘씬한 여자는 옆이 트인 평범한 검은색 드레스를 입고 있었는데, 그 모습이 누군가를 연상시켰다. 비르테. 비르테에게도 저런 드레스가 있었다.

"말도 안 됩니다." 스퇴프가 말했다.

"저런 고음은 내기 힘들어요." 여자가 가수에게서 눈을 떼지 않은 채 말했다.

"당신의 이름이 기억나지 않는다니 말도 안 됩니다. 전에 만난 적이 있다는 것만 알겠군요."

"우린 만나지 않았어요. 당신이 절 훑어보기만 했죠." 여자는 검은 머리칼을 쓸어 넘겼다. 근엄하면서도 고전적인 매력이 있는 여자였다. 케이트 모스 같은 매력. 반면 비르테에게는 파멜라 앤더슨 같은 매력이 있었다.

"그건 얼마든지 용서받을 수 있을 것 같군요." 스퇴프는 잠이 확 깨는 느낌, 몸 구석구석에서 혈액이 들끓으며 긴장을 풀어주는 뇌의 부위로 샴페인을 운반해주는 느낌이 들었다.

"그런데 누구시죠?"

"카트리네 브라트라고 해요."

"아, 우리 광고주들 가운데 한 분이신가요? 아니면 우리와 거래하는 은행에서 오셨나요? 임대인? 프리랜서 사진작가?"

질문이 나올 때마다 여자는 미소를 띠며 고개를 저었다.

* 노르웨이 밴드 아하의 리드보컬

"전 불청객이에요. 제 친구가 당신 회사에서 기자로 일하는데, 파티가 끝나고 누가 공연하는지 말해줬어요. 그냥 드레스만 입으면 몰래 들어올 수 있다고 했죠. 절 쫓아내실 건가요?"

그녀는 샴페인 잔을 들어 입술로 가져갔다. 그의 취향처럼 도톰한 입술은 아니었지만, 그래도 촉촉하고 진한 붉은색이었다. 여자는 여전히 무대를 바라보고 있었기에 스퇴프는 느긋하게 그녀의 옆모습을 감상할 수 있었다. 머리부터 발끝까지. 움푹 파진 등과 완벽하게 솟아오른 가슴. 실리콘 따위는 필요 없이 좋은 브래지어만으로 충분한 가슴이었다. 하지만 수유를 한 적이 있는 가슴일까?

"어떻게 할까 생각 중이오. 주장할 말이라도 있소?" 스퇴프가 말했다.

"협박도 되나요?"

"아마도."

"파파라치들은 당신의 유명인사 손님들이 오늘 밤 한 건 터뜨려 주길 바라면서 호텔 밖에서 대기 중이죠. 그 사람들에게 내 기자 친구에 대한 이야기를 해주면 어떨까요? 당신의 접근을 거절한 후로 〈리베랄〉에서 그 친구의 미래가 어두워졌다는 이야기요."

아르베 스퇴프는 정말 재미있다는 듯이 박장대소했다. 다른 손님들이 호기심 어린 표정으로 두 사람을 바라보았다. 스퇴프는 여자에게로 몸을 숙였고, 그녀의 향수가 자신이 사용하는 오데콜롱과 같다는 걸 알았다.

"첫째로 난 평판이 나빠지는 걸 두려워하지 않아요. 특히나 가십 란을 장식하는 우리 동료들 사이에서는 말이죠. 둘째로 당신 친구는 무능한 기자고, 셋째로 그 친구는 거짓말을 했소. 난 그녀와 세 번이나 잤거든. 파파라치에게 말하려거든 그렇게 말해요. 결혼했소?"

"네." 미지의 여인은 그렇게 대답하며 무대 쪽으로 몸을 돌렸고, 무게중심을 다른 발로 옮겼다. 덕분에 드레스의 옆트임 사이로 스타킹 위쪽의 레이스가 살짝 보였다. 아르베 스퇴프는 목이 타서 샴페인을 한 모금 마셨다. 무대 앞에 까치발을 딛고 서 있는 여자들을 바라보며 코로 숨을 들이쉬었다. 그가 선 자리에서 여자의 음부 냄새를 맡을 수 있었다.

"아이가 있나요, 카트리네?"

"내게 아이가 있으면 좋겠나요?"

"그렇소."

"왜죠?"

"생명체를 창조함으로써 여자들은 자연에 순응하는 법을 배우니까. 그리고 그 경험을 통해 다른 여자들보다 삶에 대한 더욱 심오한 통찰력이 생기지. 물론 남자들보다도."

"개소리."

"아니, 정말이오. 출산을 경험한 여자들은 장차 자기 아이의 아버지를 사냥하는 일에 덜 절박하기 마련이지. 그냥 게임만 즐기고 싶어 하거든요."

"좋아요." 여자가 웃었다. "그럼 아이가 있는 걸로 해두죠. 어떤 게임이 하고 싶은데요?"

"이런." 스퇴프가 손목시계를 보며 말했다. "진도가 너무 빠른데."

"어떤 게임이 하고 싶냐고요?"

"모든 게임."

"좋아요."

보컬리스트가 눈을 감고 양손으로 마이크를 잡으며 노래의 절정 부분으로 치달았다.

"파티가 너무 지루해서 난 집에 갈 거요." 스퇴프는 쌩 지나가던 웨이터의 쟁반에 빈 샴페인 잔을 내려놓았다. "난 아케르 브뤼게에 살아요. 〈리베랄〉 건물과 같은 출입구로 들어와서 맨 꼭대기 층이오. 맨 위의 초인종을 눌러요."

여자가 희미하게 웃었다. "어딘지 알아요. 준비시간이 얼마나 필요해요?"

"20분. 그리고 이 일을 누구에게도 말하지 않겠다고 약속해주시오. 그 기자 친구에게도 안 돼요. 약속할 수 있겠소, 카트리네 브라트?"

스퇴프는 여자의 이름이 틀리지 않았기를 바라면서 그녀를 바라보았다.

"걱정 마세요." 카트리네가 말했다. 스퇴프는 그녀의 눈에서 이상한 광채를 보았다. 하늘로 피어오르는 산불의 광채 같았다. "저도 당신만큼이나 이 일을 비밀로 하고 싶으니까요." 카트리네가 술잔을 들어 올렸다. "그건 그렇고, 당신은 내 친구와 네 번 잤어요. 세 번이 아니라."

스퇴프는 그녀를 마지막으로 힐끗 본 다음 출구로 나갔다. 그의 뒤로 여전히 떨리는 보컬리스트의 가성이 거의 들리지 않을 정도로 높이 올라갔다.

문이 쾅 소리를 내며 닫혔고, 흥분한 목소리들이 사일덕스 가를 따라 울려 퍼졌다. 그뤼네르뢰카에 있는 바에서 파티를 즐기고 집에 가는 네 명의 젊은이들이었다. 그들은 인도 끝에 주차된 차 옆을 지나갔고, 차 안에 탄 남자에게는 눈길도 주지 않았다. 그들이 모퉁이를 돌아 사라지자 거리는 다시 고요해졌다. 해리는 앞유리를 향해 몸을 내밀어, 카트리네 브라트의 집 창문을 올려다보았다.

하겐에게 전화로 알릴 수도 있었다. 상황의 위급함을 알리고, 스카레와 순찰차를 호출할 수도 있었다. 하지만 그의 생각이 틀렸을지도 모른다. 그러니 먼저 확인해야 했다. 그에게나, 그녀에게나 잃을 게 너무 많았다.

해리는 차에서 내려 아파트 출입문으로 걸어갔다. 이름이 적혀 있지 않은 3층의 초인종을 한 번 더 눌렀다. 그러고는 다시 차로 돌아가 트렁크에서 쇠지레를 꺼낸 다음 이번에는 2층 초인종을 눌렀다. 텔레비전의 낮은 소음을 배경으로 졸린 남자의 목소리가 "누구세요?"라고 물었다. 15초 후, 남자가 내려와 문을 열어주었다. 해리는 경찰 신분증을 보여주었다.

"싸우는 소리는 못 들었는데. 누가 신고했나요?" 남자가 말했다.

"나갈 때는 알아서 나가죠. 열어줘서 고맙습니다."

3층 문에도 역시 문패는 없었다. 해리는 노크를 한 뒤, 차가운 나무 문에 귀를 대고 문 안쪽의 소리를 들었다. 그러고는 쇠집게의 끝을 자물쇠 바로 위의 문틀과 문 사이에 집어넣었다. 그뤼네르뢰카의 아파트들은 아케르셀바 강을 따라 자리한 공장의 근로자들을 위해 지어졌고, 따라서 가장 싼 재료를 사용했다. 한 시간도 못 되어 이뤄진 해리의 두 번째 무단 침입은 쉽게 끝났다.

해리는 잠시 어두운 현관에 서서 주위의 소리를 들어보다가 조명 스위치를 눌렀다. 앞에 놓인 신발장을 내려다보니 여섯 켤레의 신발이 있었다. 남자가 신을 만큼 큰 사이즈는 없었다. 아까 카트리네가 신었던 부츠의 밑바닥은 아직 젖어 있었다.

거실로 가서 천장의 등을 켜는 대신 손전등을 켰다. 카트리네가 거리에서 올려다봤을 때 집에 불청객이 있다는 걸 들키지 않기 위해서였다.

원추형 불빛이 낡은 소나무 판자로 된 마룻바닥과 평범한 하얀색 소파, 나지막한 책꽂이, 최신형 린 스피커 위를 훑었다. 벽감 안에는 잘 정돈된 작은 침대가 있었고, 전기레인지와 냉장고가 딸린 간이 부엌이 있었다. 집의 전체적인 분위기는 간소하고 썰렁하며 깔끔했다. 해리의 집처럼. 그를 딱딱하게 노려보는 얼굴 하나가 불빛에 잡혔다. 그리고 또 하나. 하나 더. 무늬가 있는 검은 목각 가면이었다.

해리는 손목시계를 확인했다. 11시. 손전등이 좀 더 멀리까지 방황했다.

집 안의 유일한 테이블 옆의 벽에는 신문에서 오려낸 기사들이 핀으로 꽂혀 있었다. 바닥에서 천장까지 벽 전체가 신문기사들로 뒤덮여 있었다. 해리는 가까이 다가가 기사들을 훑어봤다. 그의 맥박이 가이거 계수기*처럼 틱틱 뛰기 시작했다.

살인사건에 관한 기사들이었다.

열 개에서 열두 개에 이르는 살인사건에 관한 기사였고, 일부는 너무 오래전 사건이라 신문이 누렇게 바래 있었다. 하지만 해리는 그 사건들을 모두 생생하게 기억했다. 그 사건들에는 한 가지 공통점이 있었기 때문이다. 모두 그가 맡은 사건이라는 점.

* 휴대용 방사선 측정기

탁자 위, 컴퓨터와 프린터 옆에는 서류철이 한 무더기 쌓여 있었다. 수사 보고서였다. 서류철 하나를 펼쳐보았다. 그가 맡았던 사건의 보고서는 아니었지만, 울리켄 산에서 살해된 라일라 오센의 수사 보고서였다. 또 다른 서류철은 피엘시덴에서 실종된 온뉘 헤틀란의 수사 보고서였다. 세 번째 서류철은 베르겐에서 있었던 경찰 폭력사건, 게르트 라프토의 고소사건에 대한 보고서였다. 해리는 서류철 안의 종이를 주르륵 넘겨보다가, 묄레르 닐센의 사무실에서 봤던 것과 똑같은 라프토의 사진을 발견했다. 이제 그 사진을 다시 보니 너무도 확연했다.

프린터 옆에는 종이가 쌓여 있었다. 맨 위의 종이에 뭔가 그려져 있었다. 연필로 재빨리 그린 아마추어 솜씨의 스케치였지만 무엇을 그렸는지는 분명했다. 눈사람. 얼굴은 마치 녹아서 흘러내리듯이 길쭉했다. 새까만 눈은 생기가 없었고, 길쭉하고 가느다란 당근은 아래를 가리켰다. 해리는 종이를 휘리릭 넘겼다. 예닐곱 장의 그림이 더 있었는데, 모두가 눈사람이었고 대부분이 그냥 눈사람의 얼굴만 그려져 있었다. 마스크, 데스마스크 같다고 해리는 생각했다. 한 눈사람은 부리가 달렸으며, 몸통 양옆에 사람의 작은 팔이 달렸고, 밑에는 새의 다리가 달렸다. 또 다른 눈사람은 돼지코가 달렸고, 실크해트를 썼다.

해리는 방의 다른 쪽을 살펴보기 시작했다. 그리고 핀뇌위 섬에서 카트리네에게 했던 말을 이번에는 자기 자신에게 했다. 뭘 찾아야겠다는 마음을 버리고 그냥 보라, 찾지 마라. 모든 선반과 서랍을 뒤지고, 주방기구와 세면도구, 옷, 욕실에 있는 이국적인 샴푸와 특이한 크림들도 살펴보았다. 욕실에는 카트리네의 향기가 진하게 감돌았다. 샤워실 바닥은 젖어 있었고, 세면대에는 마스카라가 묻은 면봉이 있었다. 다시 거실로 나왔다. 자신이 뭘 찾고 있는지 몰랐지만, 그 물건은 여기 없었다. 해리는 등을 곧게 펴고 주위를 둘러보았다.

아니다.

그 물건은 여기 있다. 아직 발견하지 못했을 뿐이다.

책꽂이에서 책을 모조리 빼고, 변기 물탱크를 열어보고, 마룻바닥에 깔린 판자나 벽에 느슨한 부분은 없는지 살피고, 침대 매트리스를 뒤집어보았다. 그걸로 수색 작업을 끝냈다. 집 안 구석구석 다 찾아보았다. 수확은 없었지만, 모든 수색 작업의 가장 중요한 전제는 찾지 못한 물건은 찾은 물건만큼이나 중요하다는 것이다. 그리고 이제 그는 자신이 찾지 못한 물건이 뭔지 알았다. 손목시계의 시간을 확인하고, 집 안을 치우기 시작했다.

그림을 순서대로 정리할 때에야 비로소 프린터를 확인하지 않았다는 생각이 들어, 프린터 트레이*를 열어보았다. 맨 위의 종이는 일반 프린터 용지보다 누르스름하고 도톰했다. 그는 종이를 집어 들었다. 마치 향신료를 가미했거나, 불에 그을린 것처럼 특이한 향기가 났다. 책상 램프를 켜고, 종이를 들어 램프에 비춘 상태로 마크가 있는지 살펴보았다. 그리고 마크를 찾았다. 맨 아래 오른쪽 구석, 고운 종이섬유 사이에 일종의 투명 마크가 있었다. 전등 불빛에 비추면 보이는 마크였다. 목의 혈관이 확장되는 듯했고, 별안간 혈액이 빠르게 흘렀으며, 뇌는 더 많은 산소를 달라고 아우성쳤다.

해리는 컴퓨터를 켰다. 다시 한 번 손목시계를 확인하고 기다렸

* 종이를 공급하는 부분

다. 컴퓨터의 부팅은 영원히 계속될 기세였다. 마침내 부팅이 끝나자, 곧장 검색기능으로 가서 단어 하나를 입력했다. 그런 다음 마우스로 검색 버튼을 눌렀다. 애니메이션 강아지 한 마리가 등장해 대기시간을 줄이기 위해 폴짝폴짝 뛰고 소리 없이 짖어댔다. 해리는 문서들이 검색되는 동안 잠깐씩 등장하는 본문을 바라보았다. 시선을 돌리니 검색 결과가 없다고 나와 있었다. 찾는 단어의 철자를 다시 확인했다. 투움바. 해리는 눈을 감았다. 컴퓨터가 애교 많은 고양이처럼 나지막이 갸르릉거리는 소리를 내더니 이윽고 멈췄다. 해리는 눈을 떴다. '하나의 파일을 찾았습니다.'

해리는 워드 아이콘 위로 커서를 가져갔다. 노란색 사각형 상자가 나타났다. 수정된 날짜: 9월 9일. 더블 클릭하는 그의 손가락이 떨렸다. 짧은 글귀가 적힌 문서의 하얀색 바탕화면이 방 안을 밝혔다. 의심의 여지가 없었다. 스노우맨이 보냈던 편지와 똑같은 글귀였다.

20일째

데드라인

아르베 스퇴프는 침대에 누워 있었다. 그 침대는 오사카의 미수쿠 공장에서 고객의 요청에 따라 무게를 정하고 재봉을 마친 다음 조립된 상태로 인도의 친나이에 있는 무두질 공장으로 보내졌다. 타밀 나두 주의 법령에 따라 이런 종류의 가죽은 직접 수출할 수 없기 때문이다. 물건을 주문하고 받기까지 6개월이 걸렸지만 기다릴 만한 가치가 있었다. 침대는 마치 게이샤처럼 그의 몸에 완벽하게 적응했고, 받쳐야 할 곳은 받쳐주었으며, 상상할 수 있는 모든 차원이나 방향에서 그가 원하는 대로 길들일 수 있었다.

천장에는 티크 목재로 만든 대형 선풍기가 달려 있었다. 스퇴프는 선풍기의 날개가 서서히 돌아가는 걸 지켜보았다.

여자는 엘리베이터를 타고 오는 중이었다. 스퇴프는 인터폰으로 침대에서 기다리겠노라고 말했고 문을 살짝 열어두었다. 알코올로 달아오른 그의 몸은 서늘한 실크로 만든 박스형 팬티만 걸친 상태였다. 방마다 설치된 보스 오디오의 소형 스피커에서 '카페 델 마르' 음반의 곡이 흘러나왔다.

거실에 깔린 쪽모이 세공마루 위로 여자의 하이힐이 또각거리는 소리가 들렸다. 느리지만 단호한 걸음걸이. 그 소리를 듣는 것만으로도 아랫도리가 단단해졌다. 앞으로 어떤 일이 기다리고 있는지 저 여자는 꿈에도 모르리라.

스퇴프의 손이 침대 밑을 더듬거리다가 원하던 물건을 찾았다.

그러자 피오르 위로 쏟아지는 달빛을 배경으로 침실 문간에 여자의 실루엣이 나타났다. 여자는 반쯤 미소를 띤 얼굴로 그를 바라보았다. 긴 검정색 가죽 코트의 벨트를 풀자, 코트가 바닥으로 툭 떨어졌다. 스퇴프는 숨을 들이쉬었지만 여자는 여전히 검은 드레스 차림이었다. 그녀는 침대로 다가와 고무로 된 물건을 건넸다. 가면이었다.

핑크색 동물 가면.

"이걸 써요." 그녀가 사무적인 어조로 말했다.

"이런, 이런. 돼지 가면이로군."

"시키는 대로 해요." 이번에도 그녀의 눈동자에서 이상한 노란색 광채가 번득였다.

"분부대로 합죠, 마님."

스퇴프는 가면을 썼다. 가면은 얼굴 전체를 덮었고 고무장갑 냄새가 났다. 가늘게 찢어진 눈구멍으로만 밖을 볼 수 있었다.

"그 대신 당신은……." 스퇴프는 운을 뗐고, 자신의 목소리가 낯설고 이상하게 들린다고 생각했다. 여기까지 말했을 때 그의 왼쪽 눈에 따끔거리는 통증이 느껴졌다.

"입 닥쳐!" 여자가 소리쳤다.

스퇴프는 자신이 여자에게 맞았다는 사실을 서서히 자각했다. 웃으면 안 된다는 걸, 그러면 여자가 하고 있는 이 게임을 망치리라는 걸 알았지만 참을 수가 없었다. 이 상황이 너무 웃겼다. 돼지

가면이라니! 돼지 귀와 코, 뻐드렁니가 달린 핑크색의 찐득찐득한 고무 가면. 그는 박장대소했다. 그러자 놀라울 정도로 센 주먹이 그의 배를 강타했다. 그는 상체를 벌떡 일으켜 신음하고 다시 침대에 쓰러졌다. 눈앞이 캄캄해지고서야 자신이 숨을 못 쉬고 있다는 걸 알았다. 그가 얼굴에 꼭 끼는 가면 속에서 필사적으로 숨을 쉬려고 애쓰는 동안 그녀가 그의 양팔을 등 뒤로 돌리는 게 느껴졌다. 마침내 산소가 그의 뇌로 들어왔고, 동시에 고통이 밀려왔다. 그리고 분노도. 망할 년, 대체 뭐하는 짓이야! 스테프는 그녀의 손아귀에서 빠져나와 그녀를 붙잡으려 했지만 손을 움직일 수가 없었다. 양손이 등 뒤에 단단히 묶여 있었다. 손을 움직이자, 무언가 날카로운 것이 손목을 파고들었다. 수갑인가? 이런 변태 같은 년.

그녀는 그를 일으켜 앉혔다.

"이게 뭔지 보여?" 그녀가 속삭였다.

하지만 가면이 옆으로 미끄러진 터라 아무것도 볼 수 없었다.

"안 봐도 알아. 네 보지 냄새가 나거든."

이번에는 관자놀이로 주먹이 날아왔다. 마치 시디가 튄 것처럼 순간 아무 소리도 들리지 않았다. 다시 소리가 들렸을 때는 여전히 침대에 똑바로 앉아 있는 상태였다. 볼과 가면 사이로 무언가 흘러내리는 게 느껴졌다.

"대체 뭘로 때린 거야?" 스테프가 소리쳤다. "피가 나잖아, 이 미친 년아!"

"이거."

스테프는 단단한 물건이 코와 입을 누르는 걸 느꼈다.

"맡아봐. 좋지? 강철과 기름 냄새야. 스미스앤드웨슨이지. 이런 냄새는 어디서도 맡을 수 없어. 화약과 코르다이트 냄새는 훨씬 더 좋아. 그 냄새를 맡아볼 기회가 있다면 말이야."

그냥 폭력적인 게임일 뿐이야. 아르베 스퇴프는 스스로를 타일렀다. 롤플레이라고. 하지만 여자의 목소리에, 이 상황 전체에 다른 무언가가 있었다. 그 무언가가 지금까지 있었던 일을 새로운 시각으로 보게 했다. 그리고 아주 오랜만에(너무 오래전의 일이라 어린 시절까지 거슬러 올라가야 했고, 처음에는 이 감정이 무엇인지조차 깨닫지 못했다), 아르베 스퇴프는 깨달았다. 자신이 무서워서 떨고 있다는 것을.

"정말 히터 켜면 안 돼요?" 비에른 홀름이 몸을 떨며 가죽 재킷을 더 단단히 여몄다. "이 아마존은 출시됐을 때 빵빵한 히터로 유명했다고요."

해리는 고개를 저으며 손목시계를 봤다. 새벽 1시 반. 두 사람은 한 시간이 넘게 카트리네의 집 앞에 주차된 비에른 홀름의 차 안에 있었다. 청회색 어둠이 내려앉았고, 거리는 텅 비어 있었다.

"이 차는 원래 눈처럼 하얀색이었죠. 볼보 컬러 42번. 근데 전 주인이 검은색으로 칠했어요. 덕분에 완전 베테랑 차처럼 보이죠. 통행세도 1년에 365크로네밖에 안 돼요. 그러니까 하루에 1크로네……."

해리가 경고의 시선으로 바라보자, 비에른 홀름은 말을 멈추고 데이비드 롤링스와 길리언 웰치*의 음악을 키웠다. 홀름이 유일하게 참아줄 수 있는 현대 음악이었다. 그는 시디에 있던 이 음악

* 둘 다 캐나다 출신의 포크 가수

을 카세트테이프에 녹음해서 들었다. 단지 차에 새로 설치한 카세트 플레이어로 듣기 위해서만은 아니었다. 시디는 절대 카세트테이프 고유의 따뜻한 음을 재생할 수 없다고 주장하는 극소수 음악 애호가 중의 한 명이었기 때문이다.

비에른 홀름은 자신이 이렇게 수다스러운 이유가 긴장했기 때문임을 알고 있었다. 홀레 반장은 카트리네가 몇몇 조사에 개입되어서는 안 되며, 그 사정을 자세히 모르는 편이 앞으로 몇 주간 직장생활을 하는 데 편할 거라고만 말했다. 비에른 홀름은 느긋한 성격에 똑똑한 평화주의자였기에 어떤 문제도 일으키고 싶지 않았다. 하지만 그렇다고 해서 지금의 이 상황이 좋다는 뜻은 아니다. 그는 손목시계를 확인했다.

"카트리네는 어떤 놈팡이의 집에 있을 거예요."

"왜 그렇게 생각해?"

"이젠 유부녀도 아니라면서요. 반장님 말씀이 그거 아니었어요? 요즘 싱글 여성은 우리 같은 싱글 남성과 똑같아요."

"무슨 뜻이야?"

"4단계죠. 외출하기, 남자들 관찰하기, 가장 약한 먹잇감 고르기, 공격하기."

"흠. 자네도 그래?"

"앞의 3단계만요." 비에른 홀름은 백미러를 조정해 자신의 빨강 머리를 매만졌다. "이 동네 계집애들은 막판에 꼭 빼거든요." 비에른 홀름은 머리에 기름을 바를까 고민하기도 했지만, 그건 너무 파격적이라는 결론을 내렸다. 하지만 어찌 보면 그에게 필요한 것이 바로 그것일지 모른다. 끝까지 가보는 것.

"젠장!" 해리가 소리쳤다. "젠장, 젠장, 젠장."

"네?"

"물에 젖은 샤워 부스. 향수. 마스카라. 자네 말이 맞아." 해리는 휴대전화를 꺼내 미친 듯이 번호를 눌러댔다. 상대가 곧바로 전화를 받았다.

"게르다 넬비크 씨? 해리 홀레 반장입니다. 아직 검사 중이신가요? ……그렇군요. 예비실험 결과가 좀 나왔나요?"

비에른 홀름은 해리가 두 번의 '음'과 세 번의 '네'라고 중얼거리는 걸 바라보았다.

"고마워요. 그리고 한 가지 궁금한 게 있는데요. 혹시 오늘 저녁에 다른 경찰이 전화해서 저와 똑같은 질문을 한 적이 있나요…… 뭐라고요? ……알겠습니다. 네, 검사가 끝나면 전화 주십시오."

해리는 전화를 끊었다. "이젠 시동 걸어도 돼."

홀름은 점화 스위치에 꽂혀 있던 열쇠를 비틀었다. "어떻게 된 거예요?"

"플라자 호텔로 갈 거야. 카트리네 브라트가 아까 전화해서 친자 확인 결과가 어떻게 됐는지 물어봤다는군."

"오늘 저녁에요?" 비에른 홀름은 발로 액셀러레이터를 누르고, 오른쪽으로 돌아 쇼우스 광장으로 향했다.

"95퍼센트의 가능성으로 친자 확인을 성립하기 위해 예비실험을 하는 중이래. 이 실험이 끝나면 정확도를 99.9퍼센트까지 높일 거라는군."

"그래서요?"

"지금은 95퍼센트의 정확도로 오테르센 쌍둥이와 요나스 베케르의 아버지가 아르베 스퇴프인 걸로 나왔어."

"놀랠 노자로군요."

"카트리네가 자네 말대로 토요일 밤을 보내기로 한 것 같아. 희생양은 아르베 스퇴프고."

해리가 비상작전 센터에 전화해 지원 병력을 요청하는 동안, 수리를 마친 낡은 엔진의 포효 소리가 밤의 적막이 감도는 그뤼네르뢰카의 거리에 울려 퍼졌다. 그들이 탄 차가 아케르셀바 응급실을 지나, 스토로 가의 트램 선로 옆으로 미끄러져 가는 동안 히터는 정말로 후끈한 열기를 뿜어댔다.

〈베르덴스 강〉*의 기자인 오딘 나켄은 꽁꽁 언 몸으로 플라자 호텔 앞에 서서 이 세상과 사람들, 특히 자신의 직업을 저주했다. 그의 판단으로는 이제 곧 마지막 손님들이 〈리베랄〉의 창립파티장을 떠날 것이다. 대체로 마지막에 나오는 손님들이 가장 흥미로우며, 내일 아침의 헤드라인을 제공해준다. 하지만 어느덧 마감시간이 얼마 남지 않아 5분 후면 떠나야 했다. 여기서 3~400미터 떨어진 아케르스 가의 사무실로 가서 글을 쓸 것이다. 편집장에게 자신은 이제 성인이며, 10대 소년마냥 파티장 밖에 서서 유리창에 코를 박고 파티장을 바라보는 데 지쳤다고 쓸 것이다. 누군가 파티장에서 나와 누가 누구와 춤을 추고, 누가 누구에게 술을 사주고, 누가 누구와 껴안았는지 말해주기를 바라는데도 넌더리가 났다고 쓸 것이다. 이것이 그의 사직서라고도 쓸 것이다.

사실로 믿기에는 너무도 기막힌 루머 서너 개가 돌았지만 그걸 기사로 낼 수는 없었다. 지켜야 할 선이 있고 불문율도 있다. 적어도 그의 세대 언론인들은 그 불문율을 고수했다. 과연 그럴 가치

* 노르웨이의 타블로이드 신문

가 있는지는 몰라도.

오딘 나켄은 현재의 상황을 생각했다. 지금까지 남아 있는 기자와 사진기자들은 서너 명뿐이었다. 그와 마감시간이 같은 유명인사 가십 담당 기자들이다. 순간 볼보 아마존 한 대가 그들을 향해 돌진하더니, 끼이익 하고 브레이크를 밟는 소리와 함께 인도 옆에 멈춰 섰다.

문이 열리고 조수석에서 한 남자가 뛰어내리자, 오딘 나켄은 그를 단박에 알아보았다. 나켄은 사진기자에게 따라오라고 손짓했고, 두 사람은 호텔을 향해 달려가는 형사를 뒤쫓았다.

"홀레 반장." 남자를 따라잡자, 나켄이 숨을 헐떡거렸다. "경찰이 여긴 어쩐 일입니까?"

눈이 빨갛게 충혈된 형사가 그를 돌아봤다. "파티에 가려고요, 나켄 기자. 파티장이 어디요?"

"2층의 손야 헤니 룸입니다. 하지만 아쉽게도 이젠 끝났을 겁니다."

"혹시 아르베 스퇴프 봤소?"

"스퇴프는 일찌감치 집에 갔어요. 스퇴프는 왜 찾죠?"

"아무것도 아닙니다. 혼자든가요?"

"겉보기에는 그랬죠."

반장이 우뚝 멈춰 서서 그를 돌아봤다. "무슨 뜻이오?"

오딘 나켄은 머리를 갸우뚱 기울였다. 내막은 알 수 없었지만, 뭔가 있는 것만은 분명했다.

"스퇴프가 웬 섹시한 여자와 협상 중이라는 소문이 돌더군요. 나랑 한번 해요, 라는 눈빛을 가진 여자와요. 그런 건 기사로 내보낼 수가 없으니 더 애석하죠."

"그래서요?" 홀레 반장이 호통을 쳤다.

"스퇴프가 나간 뒤 20분 후에 그런 눈빛을 가진 여자가 나갔어요. 택시를 타더군요."

홀레 반장은 얼른 왔던 길로 되돌아갔다. 오딘은 그의 코트 자락을 붙잡았다.

"그 여자를 따라가지 그랬소, 나켄 기자?"

오딘 나켄은 홀레 반장의 빈정거리는 말투는 무시했다. 그에게는 새삼스러울 것도 없는 일이었다. 지금으로서는.

"여자가 유명인사가 아니었으니까요. 유명인이 일반인과 자는 거야 뉴스거리도 아니죠. 물론 여자가 그 일에 대해 입을 열기로 했다면 사정이 다르지만. 게다가 이 여자는 간 지 오래됐어요."

"여자가 어떻게 생겼소?"

"갈색 머리에 날씬한 미인이더군요."

"옷은?"

"검은 가죽 롱코트."

"고맙소." 해리는 아마존에 올라탔다.

"이봐요!" 나켄이 외쳤다. "그 대가로 나도 얻는 게 있어야죠?"

"이 도시가 안전해지도록 도와줬으니 오늘 밤엔 두 발 뻗고 편히 잘 수 있을 거요."

오딘 나켄은 오만상을 찌푸리며, 체크무늬로 장식된 늙은 멧돼지 같은 차가 허스키한 웃음소리를 내며 쏜살같이 사라지는 걸 지켜보았다. 이젠 이런 일은 그만둬야 할 때였다. 사직서를 제출해야 할 때. 철이 들어야 할 때.

"마감시간이야." 사진기자가 말했다. "이제 가서 이 엿 같은 파티를 기사로 써야 한다고."

오딘 나켄은 체념의 한숨을 내쉬었다.

아르베 스퇴프는 가면 속의 어둠을 응시하며 여자가 뭘 하고 있는지 의아해 했다. 그녀는 수갑을 끌고 그를 욕실로 데려가더니, 리볼버라고 주장하는 물건을 그의 갈비뼈에 들이대며 욕조 안으로 들어가라고 했다. 여자는 어디에 있는 거지? 스퇴프는 숨을 죽였다. 자신의 심장 박동 소리와 타닥거리고 웅웅거리는 기계음이 들렸다. 욕실에 있는 네온등의 불이 나가려는 소리일까? 관자놀이에서 흘러내린 피가 입꼬리에 닿았다. 혀끝에 달큰한 쇠맛이 느껴졌다.

"비르테 베케르가 실종되던 날 어디에 있었어?" 여자의 목소리는 세면대 위에서 들렸다.

"여기 이 집에 있었어." 스퇴프는 생각을 하려고 애쓰며 대답했다. 여자는 경찰이라고 했고, 그제야 여자를 어디서 봤는지 기억이 났다. 컬링 경기장.

"혼자?"

"그래."

"쉴비아 오테르센이 살해되던 밤에는?"

"마찬가지야."

"밤새 아무도 없이 혼자?"

"그래."

"그럼 알리바이가 없는 거네?"

"집에 있었다고 했잖아."

"잘됐어."

잘됐어? 아르베 스퇴프는 생각했다. 왜 내게 알리바이가 없는 게 잘된 일이지? 이 여자는 뭘 원하는 거야? 나한테서 자백을 받아내는 거? 그리고 왜 여자가 가까이 올 때마다 기계음이 커지는 것 같지?

"누워." 여자가 말했다.

스퇴프는 명령대로 했다. 등과 허벅지에 차가운 욕조가 닿자 살갗이 얼얼했다. 그의 숨결은 가면 안쪽에 응축되어 가면이 축축해졌고, 숨 쉬기가 더욱 힘들어졌다. 그러자 다시 목소리가 들렸다. 이번에는 가까이서.

"어떻게 죽고 싶어?"

죽어? 이 여자는 제정신이 아니다. 미쳤다. 돌아도 단단히 돌았다. 정말 그럴까? 스퇴프는 스스로에게 이성적으로 생각하라고 말했다. 이 여자는 그를 겁주려는 것이다. 해리 홀레가 꾸민 일일까? 그 술주정뱅이 경찰을 얕본 걸까? 하지만 이제 온몸이 떨렸다. 너무 심하게 떨려서 손목에 찬 태그호이어 시계가 욕조에 딱딱 부딪칠 정도였다. 마치 머리는 아직 받아들이지 못한 일을 몸은 받아들인 듯했다. 그는 손등을 욕조 바닥에 문지르며, 돼지 가면이 얼굴에 똑바로 오도록 하려고 했다. 그래야 가느다란 눈구멍으로 밖을 볼 수 있기 때문이다. 그는 죽을 것이다.

그래서 여자가 그를 욕조로 처넣은 것이다. 난장판을 만들지 않고, 모든 증거를 신속히 인멸하기 위해. 말도 안 되는 소리! 넌 아르베 스퇴프고, 이 여자는 경찰이야. 그들은 아무것도 몰라.

"좋아. 고개 들어." 여자가 말했다.

드디어 가면을 벗겨주려나 보다. 스퇴프는 여자의 말대로 했다. 여자의 손이 그의 이마와 등에 닿았지만, 가면은 그대로였다. 무언가 가느다랗고 난단한 줄이 그의 목을 감쌌다. 이 염병할 줄은 뭐야? 올가미다!

"부탁인데……." 그가 말문을 열었지만, 올가미가 숨통을 조이자 목소리가 사그라들었다. 수갑이 욕조 바닥을 문지르며 덜컥거렸다.

"네가 그 여자들을 모두 죽였어." 여자가 올가미를 단단히 조였다. "넌 스노우맨이야, 아르베 스퇴프."

그래. 바로 이거였군. 뇌에 산소가 부족해 벌써부터 어지러웠다. 스퇴프는 미친 듯이 고개를 저었다.

"맞아, 네가 스노우맨이야." 여자가 그렇게 내뱉자, 마치 그의 목이 절단되는 기분이었다. "방금 내가 그렇게 임명했어."

갑작스럽게 어둠이 찾아왔다. 스퇴프는 한쪽 다리를 들었다가 다시 떨어뜨렸다. 발치가 무력하게 욕조에 탕 부딪혔다. 텅 빈 욕실에 그 소리가 울려 퍼졌다.

"그 핑 도는 느낌 알아, 스퇴프? 뇌에 산소가 충분히 공급되지 않아 생기는 증상이지. 꽤 짜릿하지? 내 전 남편은 내가 목을 조르는 동안 딸딸이를 쳤지."

스퇴프는 비명을 지르려고 했다. 몸 안에 남아 있는 희박한 공기를 쇠올가미 아래로 내려 보내려고 노력했지만 불가능했다. 맙소사, 이 여자는 자백조차 원치 않는 건가? 순간, 그는 들었다. 머릿속에서 어렴풋이 나는 쉭 소리, 마치 샴페인 거품이 쏴아 하고 이는 듯한 소리. 이렇게 죽는 건가? 너무 쉬웠다. 이렇게 쉽게 죽고 싶지는 않았다.

"널 거실에 목매달 거야." 여자가 손으로 그의 머리를 다독이며 귓가에 속삭였다. "피오르를 마주 보고 말이야. 그래야 전망을 감상할 수 있지."

그러더니 가느다란 삐 소리가 들렸다. 영화에 나오는 심장 박동기의 알람 소리 같다고 스티프는 생각했다. 위아래로 오르락내리락거리던 선이 직선이 되면서 심장이 뛰지 않을 때 나는 소리.

20일째

정적

해리는 아르베 스퇴프의 초인종을 다시 한 번 눌렀다.

한 올빼미족이 먹잇감을 구하지 못한 채 운하 위의 다리를 건너가다가, 아케르 브뤼게의 광장 한복판에 주차된 검은색 아마존을 내려다보았다.

"아마 여자와 함께라면 문을 안 열 겁니다." 비에른 홀름이 3미터 높이의 유리문을 올려다보며 말했다.

해리는 다른 초인종을 눌러보았다.

"그건 그냥 사무실 초인종이에요. 스퇴프는 꼭대기 층에서 혼자 살아요. 예전에 잡지에서 읽었다고요."

해리는 주위를 둘러보았다.

"아뇨." 홀름이 해리의 다음 생각을 짐작하고 말했다. "쇠지레로는 안 돼요. 게다가 강화유리는 깨지지도 않고요. 관리인이 올 때까지 기다렸다가……."

해리는 다시 차로 돌아갔다. 이번에는 홀름도 해리가 무슨 생각을 하는지 짐작할 수 없었다. 운전석에 앉는 해리를 보며 홀름은 그제야 자동차 열쇠가 아직 차에 꽂혀 있다는 사실이 떠올랐다.

"안 돼요, 반장님! 안 돼요! 절대……."

홀름의 나머지 말은 요란한 엔진의 굉음에 묻혀버렸다. 비가 내려 미끄러운 도로의 표면 위로 바퀴가 헛돌다가 마침내 제대로 굴러갔다. 비에른 홀름은 길을 막고 서서 손을 흔들다가, 운전대를 잡은 해리의 눈이 번득이는 걸 보고 얼른 옆으로 비켜났다. 아마존의 범퍼가 둔탁한 쿵 소리와 함께 문을 들이받았다. 문의 유리가 하얀색 크리스털 조각으로 변해 1초 동안 조용히 허공에 떠 있다가 쨍그랑 소리와 함께 땅에 떨어졌다. 홀름이 차의 피해 견적을 가늠하기도 전에, 해리가 차에서 나와 유리가 사라진 출입문을 성큼 통과했다.

홀름은 욕을 뇌까리며 필사적으로 해리를 뒤쫓았다. 해리는 2미터 높이의 야자수 화분을 붙잡아 엘리베이터 앞으로 끌고 가더니 버튼을 눌렀다. 반짝이는 알루미늄 문이 양쪽으로 열리자 문 사이에 화분을 넣고 초록색 비상구 표시가 되어 있는 하얀 문을 가리켰다.

"자네가 비상구로 올라가고, 내가 중앙 계단으로 올라가면 모든 탈출구를 차단하는 셈이야. 7층에서 봐, 홀름."

좁은 철제 계단을 올라가던 비에른 홀름은 3층도 못 가서 땀에 흠뻑 젖었다. 그의 몸도, 머리도 이런 일을 할 준비가 되어 있지 않았다. 나는 형사가 아니라 과학수사 요원이라고, 빌어먹을! 그의 장기는 사건을 재구성하는 것이지, 직접 구성하는 게 아니다.

홀름은 잠시 걸음을 멈췄다. 들리는 소리라고는 점점 사라지는 그의 발소리와 헐떡이는 숨소리뿐이었다. 누구와 마주치기라도 하면 어떻게 해야 할까? 홀레 반장이 경찰청에서 지급받은 총을 가져오라는 말은 했지만 그게 그 총을 써야 한다는 의미인 줄은 몰랐다. 홀름은 계단의 난간을 잡고 다시 뛰기 시작했다. 행크 윌리엄스라면 어떻게 했을까? 그의 머리를 술 속에 처박았을 것이다. 시드 비셔스는? 그에게 가운뎃손가락을 들어 보이고 내뺐으리라. 엘비스는? 엘비스. 엘비스 프레슬리. 맞아. 비에른 홀름은 손가락으로 리볼버를 감싸 쥐었다.

계단이 끝났다. 홀름이 비상구의 문을 열자 복도 맨 끝에 해리가 보였다. 해리는 갈색 문 옆에 등을 기댄 채 서 있었다. 한 손으로는 리볼버를 쥐고, 한 손은 입으로 가져갔다. 입술 위에 검지를 얹은 채 홀름을 바라보며 문을 향해 손짓했다. 문은 빼꼼 열려 있었다.

"방마다 수색할 거야." 홀름이 옆으로 다가가자, 해리가 속삭였다. "자넨 왼쪽에 있는 방들을 맡아. 난 오른쪽 방들을 맡을게. 등을 맞댄 채 동시에 들어가는 거야. 숨 쉬는 거 잊지 말고."

"잠깐만요! 카트리네가 있으면요?" 홀름이 속삭였다.

해리는 홀름을 빤히 바라보며 다음 말을 기다렸다.

"그러니까……." 비에른 홀름은 자신의 생각을 명확히 표현하려고 애쓰며 말을 이었다. "최악의 시나리오는…… 동료를 쏘는 건가요?"

"최악의 시나리오란 동료가 자네를 쏘는 거야."

스크라이아 출신의 젊은 과학수사 요원은 고개를 끄덕인 뒤, 이 일이 잘 끝나면 그 빌어먹을 머릿기름을 바르고 다니겠노라고 다짐했다.

해리는 열려 있던 현관문을 발로 조용히 열고 안으로 들어갔다. 단번에 공기의 흐름이 느껴졌다. 외풍이었다. 총을 겨눈 상태에서 오른쪽 첫 번째 방으로 다가가 왼손으로 손잡이를 잡았다. 문을 밀치고 안으로 들어갔다. 아무도 없는 서재였다. 책상 위에는 핀이 꽂힌 대형 노르웨이 지도가 걸려 있었다.

해리가 다시 복도로 나가자 홀름이 그를 기다리고 있었다. 해리는 홀름에게 리볼버를 계속 들어 올리고 있으라고 손짓했다.

두 사람은 은밀히 집 전체를 훑고 다녔다.

부엌, 도서실, 체력단련실, 온실, 손님방. 모두 비어 있었다.

해리는 실내의 온도가 떨어지는 걸 느꼈다. 거실에 들어서자 그 이유를 알 수 있었다. 테라스와 수영장으로 이어지는 미닫이문이 활짝 열려 있었고, 하얀 커튼이 바람에 신경질적으로 나부꼈다. 거실 양쪽으로 좁은 복도가 있었는데 각기 다른 방으로 이어졌다. 해리는 홀름에게 오른쪽 문을 맡으라고 손짓한 다음 자신은 다른 쪽 방으로 갔다.

숨을 들이쉬고 자신의 몸을 최대한 작게 만들기 위해 어깨를 움츠리고 나서 문을 열었다.

어둠 속에서 침대와 하얀 린넨, 누워 있었던 흔적이 보였다. 왼손으로 방 안의 스위치를 찾아 더듬거렸다.

"반장님!"

홀름이었다.

"여기 좀 와보세요, 반장님!"

홀름은 잔뜩 흥분한 목소리로 말했지만, 해리는 홀름의 말을 무시하고 자기 앞에 펼쳐진 어둠에 집중했다. 그의 손이 스위치를 찾았고, 다음 순간 머리 위의 전등에서 쏟아지는 불빛이 방 안을 환히 밝혔다. 방에는 아무도 없었다. 해리는 선반을 확인하고 방에서 나왔다. 반대쪽 문으로 가보니, 홀름이 욕실 안쪽에 총을 겨눈 채 서 있었다.

"움직임이 없어요. 죽었어요. 저 사람……." 홀름이 속삭였다.

"그럼 그렇게 다급하게 부를 필요 없었잖아." 해리는 그렇게 말하며 욕조로 걸어갔다. 벌거벗은 남자 위로 허리를 숙여 돼지 가면을 벗겼다. 남자의 목 주위에 얇은 빨간색 줄이 감겨 있었다. 얼굴은 창백하고 부어 있었으며, 눈꺼풀 밑으로 안구가 돌출되어 있었다. 아르베 스퇴프라는 걸 알아보기 힘든 모습이었다.

"감식반 사람들을 부를게요." 홀름이 말했다.

"기다려." 해리는 한 손을 스퇴프의 입 앞에 대더니 그의 어깨를 잡고 흔들었다.

"뭐하시는 거예요?"

해리는 더 세게 흔들었다.

홀름은 한 손으로 해리의 어깨를 잡았다. "반장님, 지금 보시고도……?"

홀름은 움찔했다. 스퇴프가 눈을 뜨더니 수면 위로 올라온 스킨다이버처럼 목구멍에서 가르륵 소리를 내며, 고통스럽게 깊은 숨을 내쉬었다.

"여자 어디 있어?" 해리가 말했다.

스퇴프의 눈에는 초점이 없었고, 입에서는 짧은 헐떡거림만 새어 나왔다.

"여기서 기다려, 홀름."

홀름은 고개를 끄덕이며 해리가 욕실에서 나가는 모습을 지켜보았다.

해리는 옥상 테라스 가장자리에 섰다. 25미터 아래로 운하의 검은 물결이 반짝거렸다. 수면 위로 솟은 기둥 위에 자리한 여자의 조각상과 인적 없는 다리가 보였다. 그리고 수면 위에서 무언가가, 배를 드러내고 죽은 물고기 같은 것이 번득거렸다. 검은색 가죽 코트의 등판이었다. 카트리네가 뛰어내린 것이다. 7층에서.

해리는 테라스 가장자리의 화분들 사이로 발을 내디뎠다. 옛날의 어떤 장면들이 머릿속에 떠올랐다. 외스트마르카*, 그리고 산에서 하우크셰른 호수로 다이빙했던 그의 친구 외위스타인. 해리와 트레스코는 외위스타인을 육지로 끌어냈다. 외위스타인은 국립병원에 입원했고 목에 판자 같은 것을 끼우고 다녔다. 그 사건을 통해 해리가 배운 교훈은 높은 곳에서는 다이빙을 하지 말고, 반드시 발을 아래로 해서 뛰어내려야 한다는 것이다. 그리고 양팔을 몸에 딱 붙이는 것을 잊지 말아야 한다. 그래야 쇄골이 부러지지 않는다. 하지만 가장 중요한 교훈은 아래를 내려다보기 전에 마음의 결정을 하고, 이성이 공포심에 사로잡히기 전에 뛰어내려야 한다는 것이다. 그랬기에 해리의 재킷이 부드러운 툭 소리와 함께 테라스 바닥에 떨어질 때 그는 이미 공중에서 귀청이 찢어질 듯한 바람 소리를 듣고 있었다. 검은 물이 그를 향해 빠른 속도로 다가왔다. 아스팔트 도로처럼 새까만 물.

해리는 양쪽 발뒤꿈치를 붙였다. 다음 순간, 그의 몸에서 공기가 쏙 빠져나가고, 거대한 손이 옷을 잡아 찢는 것 같더니 모든 소리가 사라졌다. 이윽고 온몸의 감각을 마비시키는 냉기가 몰려왔다. 해리는 발을 차서 수면 위로 올라갔다. 자신의 위치를 파악하고 카트리네의 코트가 있는 곳을 향해 헤엄치기 시작했다. 이미 발의 감각이 사라지기 시작했고, 이렇게 낮은 수온에서는 불

* 오슬로 동쪽의 삼림지대

과 3~4분 후면 몸의 기능이 정지할 것이다. 하지만 만약 카트리네의 후두반사가 제대로 작동해 물에 닿았을 때 후두가 닫혔다면, 오히려 차가운 수온 덕분에 그녀가 살아 있을 가능성이 있었다. 몸의 모든 신진대사가 정지되고, 세포와 조직이 동면 상태에 빠지면서 신체의 극히 중대한 작용들이 최소한의 산소만으로 유지될 것이다.

해리는 무겁고 되직한 물살을 가르며 번쩍이는 가죽 코트를 향해 나아갔다.

드디어 그곳에 도착해 그녀를 움켜잡았다.

무의식중에 제일 먼저 든 생각은 카트리네가 악마에 의해 불로 소멸되어 이미 천당으로 가버렸다는 것이었다. 코트만 있을 뿐 카트리네는 없었기 때문이다.

해리는 욕설을 내뱉으며 몸을 홱 돌려 테라스를 올려다보았다. 처마와 금속 파이프, 경사진 지붕의 가장자리를 눈으로 따라가보니 건물의 다른 면, 다른 건물로 이어져 있었다. 그것은 다른 집의 테라스와 수십 개의 비상계단 그리고 아케르 브뤼게의 미로 속을 통과하는 길로 이어졌다. 이제는 곱아버린 발로 물에서 걸어 나오는 동안 그는 자신에 대한 카트리네의 과소평가가 틀리지 않았음을 깨달았다. 그는 가장 오래된 트릭에 속아 넘어갔다. 순간적으로 너무 화가 나서 그냥 물에 빠져 죽어버릴까 싶기도 했다. 유쾌한 죽음이 될 것이다.

새벽 4시, 해리 앞에 놓인 침대에는 아르베 스퇴프가 가운을 입고 앉아 부들부들 떨고 있었다. 그의 피부에서는 구릿빛이 깡그리 빨려 나간 듯했고, 그는 노인으로 쪼그라들어 있었다. 하지만 동공은 원래 크기로 돌아와 있었다.

해리는 데일 듯이 뜨거운 물에 샤워를 마치고 의자에 앉아 있던 참이었다. 홀름에게 빌린 스웨터와 스퇴프에게 빌린 트레이닝복 바지 차림이었다. 거실에서 비에른 홀름이 휴대전화로 카트리네 브라트의 추적을 지시하는 소리가 들렸다. 해리는 홀름에게 비상 작전 센터에 전화해 일반 경계태세에 돌입할 것을 지시해두었다. 따라서 카트리네가 이른 아침 비행기를 탈 경우를 대비해 가르데모엔 공항의 경찰들이 수사를 하고, 경찰특공대인 델타가 카트리네의 아파트를 습격할 것이다. 보나마나 카트리네는 그 아파트에 없을 테지만.

"그러니까 당신 생각에 이건 섹스 게임이 아니라, 카트리네가 당신을 죽이려 했다는 겁니까?" 해리가 물었다.

"생각?" 스퇴프는 이를 딱딱 부딪치며 말했다. "그 여자는 내 목을 졸랐소!"

"흠. 그리고 카트리네가 살인이 일어났던 시간에 당신에게 알리바이가 있는지 물었고요?"

"그렇다니까! 이번이 벌써 세 번째 대답이오." 스퇴프가 신음했다.

"그러니까 카트리네는 당신이 스노우맨이라고 생각하는군요?"

"그 여자가 무슨 생각을 하는지 누가 알겠소? 제정신이 아닌 여잔데."

"그럴지도 모르죠. 하지만 그렇다고 해서, 카트리네의 주장이 완전히 터무니없다는 뜻은 아닙니다."

"무슨 근거로 말이오?" 스퇴프는 손목시계를 보았다.

해리는 스퇴프의 변호사인 크론이 오는 중이고, 그 변호사가 도착하는 대로 고객의 입을 막아버리라는 걸 알고 있었다.

해리는 마음의 결심을 하고 상체를 앞으로 숙였다. "우린 당신이 요나스 베케르와 쉴비아 오테르센 쌍둥이들의 친부라는 걸 알고 있습니다."

스퇴프가 고개를 번쩍 들었다. 해리로서는 도박을 해야만 했다.

"그 사실을 알고 있는 유일한 사람이 이다르 베틀레센이었죠. 당신은 그를 스위스에 유학 보내고, 학비를 대서 파르 증후군에 대해 공부하게 했습니다. 당신이 물려받은 그 병을요."

아르베 스퇴프의 동공이 확대되는 걸로 봐서 해리의 짐작이 아주 빗나간 것은 아님을 알 수 있었다.

"추측컨대 아마도 이다르는 당신에게 경찰이 자신을 압박한다고 말했을 겁니다." 해리는 이야기를 계속했다. "그리고 당신은 이다르가 사실을 털어놓을까 두려웠겠죠. 아니면 이다르가 그 상황을 이용해 당신을 갈취하려고 했을 수도 있고요. 예를 들면, 돈을 요구했다거나."

스퇴프는 믿을 수 없다는 눈으로 해리를 바라보더니 고개를 절레절레 흔들었다.

"어쨌거나 스퇴프 씨, 그 아이들의 친부가 당신이라는 사실이 알려지면 당신은 많은 걸 잃게 됩니다. 그러니 그 사실을 발설할 가능성이 있는 사람들, 즉 아이들 어머니와 이다르 베틀레센을 죽일 만한 동기가 충분하죠. 아닙니까?"

"난……." 스퇴프의 시선이 방황했다.

"뭡니까?"

"난…… 할 말 없소." 스퇴프는 상체를 숙이며 양손에 얼굴을 묻었다. "내 변호사와 이야기하시오."

"좋습니다." 시간이 많지 않았다. 하지만 해리에게는 아직 마지막 카드가 남아 있었다. 꽤 쓸 만한 카드. "그렇다면 저도 그 사람들에게 그대로 전해주죠."

해리는 기다렸다. 스퇴프는 여전히 상체를 숙인 채 꼼짝도 하지 않았다. 그러더니 마침내 고개를 들었다.

"그 사람들이라니?"

"그야 물론 언론이죠. 아무래도 언론이 우릴 좀 들볶아대지 않겠습니까? 이건 당신네들이 특종이라고 부를 만한 사건이니까요, 안 그래요?"

스퇴프의 눈동자 속에서 무언가가 딸칵 움직였다.

"무슨 뜻이오?" 스퇴프는 그렇게 물었지만 그의 어조로 보아 이미 그 답을 아는 듯했다.

"한 유명인사가 젊은 여자를 유혹해 집으로 끌어들였는데, 알고 보니 그 여자에게 놀아났다." 해리는 스퇴프의 뒤쪽 벽에 걸린 그림을 뜯어보았다. 팽팽한 밧줄 위에 나체로 서서 균형을 잡고 있는 여자를 표현한 그림 같았다. "그 유명인사는 섹스 게임인 줄 알고, 여자의 말에 넘어가서 돼지 가면을 썼고, 경찰에 발견될 당시 벌거벗은 채 욕조에서 울고 있었다."

"그걸 언론에 알릴 수는 없소!" 스퇴프가 버럭 소리를 질렀다. "그건…… 그건 비밀 보장 원칙에 어긋나는 거요, 안 그렇소?"

"글쎄요. 당신이 지금까지 쌓아온 이미지에 어긋나는 일이겠죠, 스퇴프 씨. 하지만 그 외의 어떤 의무에도 어긋나지 않습니다. 오히려 그 반대죠."

"반대?" 스퇴프는 고함을 지르다시피 말했다. 그는 이제 이를 딱딱거리지 않았고, 볼에는 혈색이 돌아왔다.

해리는 기침을 했다. "제 유일한 자본이자 생산 수단은 제 개인적 청렴이니까요." 해리는 잠시 뜸을 들이고, 스퇴프가 본인의 입으로 했던 말을 실감할 때까지 기다렸다. "그리고 경찰로서 그것은 무엇보다도 대중들에게 사실 그대로를 알린다는 뜻입니다. 수사에 손해를 끼치지 않는 한도 내에서요. 그리고 이 경우에는 그게 가능하죠."

"그럴 순 없소."

"그럴 수 있고, 난 그렇게 할 겁니다."

"그랬다가는…… 난 끝장이오."

"〈리베랄〉도 매주 1면에서 누군가를 끝장내지 않던가요?"

스퇴프는 수족관의 물고기처럼 입을 달싹였다.

"하지만 물론, 개인적으로 청렴한 사람일지라도 타협은 할 수 있습니다." 해리가 지적했다.

스퇴프는 그를 빤히 바라보았다.

"경찰로서 제게는," 해리는 마치 정확한 단어를 떠올리는 것처럼 입맛을 다셨다. "이 상황을 이용할 의무가 있다는 걸 이해해주시기 바랍니다."

스퇴프는 천천히 고개를 끄덕였다.

"비르테 베케르부터 시작하죠. 어떻게 만나셨습니까?" 해리가 물었다.

"거기서 멈춰야 할 것 같군요." 또 다른 목소리가 들렸다.

두 사람은 문을 향해 돌아보았다. 차림새로 봐서, 요한 크론은 샤워와 면도를 하고 셔츠를 다려 입을 시간이 있었던 듯했다.

"좋습니다." 해리는 어깨를 으쓱했다. "홀름!"

크론 변호사 뒤의 문간에서 비에른 홀름의 주근깨투성이 얼굴이 나타났다.

"〈베르덴스 강〉의 오딘 나켄 기자에게 전화해." 해리가 아르베 스퇴프를 마주 보며 말했다. "빌린 옷은 나중에 돌려드려도 될까요?"

아르베 스퇴프가 양손을 들어 올려 마치 혈액 순환을 시키려는 듯이 두 손등으로 이마를 문지르자 방 안은 조용해졌다.

"요한." 마침내 스퇴프가 입을 열었다. "자넨 가보게. 이 일은 나 혼자 처리할 수 있어."

"아르베, 당신 혼자서 어떻게……."

"가서 잠이나 자게, 요한. 나중에 전화하지."

"당신의 변호사로서 나는……."

"내 변호사로서 자네는 입 닥치고 당장 여길 떠나야 해. 알아들었나?"

요한 크론은 등을 펴고 변호사로서의 마지막 위엄을 발휘했지만, 스퇴프의 표정을 보고 마음을 바꿨다. 그리하여 재빨리 고개를 까닥이고는 방에서 나갔다.

"어디까지 했지?" 스퇴프가 물었다.

"처음부터 시작하시죠." 해리가 말했다.

20일째

시작

아르베 스퇴프가 비르테 베케르를 처음 본 것은 오슬로의 어느 추운 겨울날, 이벤트 업체 주최로 센트룸 대강당에서 열렸던 연설에서였다. 회사 측에서 닳고 닳은 직원들을 모아 소위 '충전'을 시키기 위해 마련한 동기부여 세미나였다. 이런 세미나의 목적은 한마디로 직원들을 더욱 열심히 일하도록 만드는 것이다. 아르베 스퇴프의 경험상 강연을 맡은 이들은 대부분 그다지 독창적이지 못한 아이디어로 약간의 성공을 거둔 사업가나, 인기 없는 스포츠 종목에서 세계 주요대회를 석권한 금메달리스트, 혹은 사람들에게 자신의 경험을 말해주기 위해 산을 올라갔다가 다시 내려오는 걸 경력으로 삼은 산악인들이다. 이들의 공통점은 그들이 이룬 성공이 아주 특별한 의지와 의욕의 결과라는 것이다. 그들은 의욕으로 충만했고, 이 세미나는 그런 의욕을 심어주기 위한 것이었다.

아르베 스퇴프는 늘 마지막 순서였다. 그는 강연을 하는 조건으로 마지막 순서를 요구했다. 그래야 다른 강연자들을 탐욕적인 자아도취자들로 혹평하고, 앞서 말한 세 부류로 나눈 다음 자신은 첫 번째 부류, 즉 그다지 독창적이지 못한 아이디어로 성공을 거둔 사업가에 속한다는 말로 연설을 시작할 수 있기 때문이다. 그는 이 강연을 듣는 대부분의 사람들은 결코 큰 성공을 거두지 못할 것이므로 이런 강연은 돈 낭비라고 했다. 그들은 그를 포함해 이 연단에 섰던 사람들을 괴롭혔던 욕구, 다시 말해 타인에게 인정을 받고 싶은 비정상적인 욕구가 없는 행운아들이기 때문이다. 그가 그런 욕구를 갖게 된 것은 아버지의 애정을 충분히 받지 못해서였다. 그리하여 타인으로부터 사랑과 존경을 구해야만 했고, 따라서 배우나 뮤지션이 되어야 했다. 하지만 불행히도 그런 방면으로는 재능이 없었다.

이쯤 되면 청중들의 놀라움은 웃음으로, 또한 연민으로 바뀐다. 스퇴프는 그 연민이 마침내 존경으로 바뀌리라는 걸 알고 있었다. 왜냐하면 연단에 선 그는 빛나기 때문이다. 그가 빛나는 까닭은 무슨 말을 해도 그는 이미 성공한 사람이라는 사실을 그를 비롯한 모두가 알기 때문이었다. 그리고 성공에는 시비를 걸 수 없다. 심지어 자기 자신조차도. 스퇴프는 성공의 가장 중요한 요소는 운이라고 강조하며 자신의 재능을 낮추었다. 노르웨이 재계의 전반적인 무능함과 게으름 때문에 평범한 사람도 성공할 수 있다고 강조했다.

강연이 끝나자 청중은 그에게 기립박수를 보냈다.

스퇴프는 미소를 지으며, 맨 첫 줄의 갈색 머리 미인을 응시했다. 그녀가 바로 비르테였다. 강연장에 들어선 순간부터 그녀가 눈에 들어왔다. 날씬한 다리와 큰 가슴의 공존이 종종 실리콘 삽입과 동의어라는 건 알고 있었다. 하지만 그는 여자들의 성형수술에 아무런 반감도 없었다. 매니큐어나 실리콘이나 원칙적으로는 똑같기 때문이다. 갈채가 울려 퍼지는 가운데, 스퇴프는 연단에서 내려와 첫 번째 줄로 걸어가 청중들과 악수를 하기 시작했다. 우스꽝스러운 짓이었다. 미국 대통령이나 할 만한 짓이었지만 그는 개의치 않았다. 손톱만큼도. 누군가를 짜증 나게 하는 일은 그에게는 행복이었다. 그가 갈색 머리 여자 앞에서 걸음을 멈추자 여자는 기쁨에 겨워 볼을 붉혔다. 스퇴프가 손을 내밀었을 때는 마치 왕족이라도 대하듯이 무릎을 굽혔다. 자신의 손바닥을 여자의 손바닥에 가져다 대면서 스퇴프는 자기 명함의 날카로운 모서리가 손바닥을 찌르는 걸 느꼈다. 여자는 그의 손에 결혼반지가 있는지 살펴보았다.

아무런 광택도 없는 반지였다. 여자의 오른손은 폭이 좁고 창백했지만 놀라울 만큼 세게 그의 손을 꽉 잡았다.

"쉴비아 오테르센이라고 해요." 여자가 바보 같이 히죽 웃으며 말했다. "선생님의 열렬한 팬이라서 악수를 안 할 수가 없네요."

그는 그렇게 처음 쉴비아 오테르센을 만났다. 어느 찌는 듯이 무더운 여름날, 오슬로에 있는 '아프리카의 멋'이라는 상점에서였다. 여자는 평범한 외모였지만 그래도 유부녀였다.

아르베 스퇴프는 가뜩이나 어색한 분위기가 더 어색해지지 않도록 아프리카산 가면을 올려다보며 질문을 던졌다. 분위기를 어색하게 만든 사람은 그가 아니었다. 쉴비아 오테르센이 그와 악수를 할 때 그의 옆에 있던 여자의 표정이 굳어졌기 때문이다. 그녀의 이름은 마리타였다. 아니, 마리테였다. 마리테(마리타였던가?)는 이 상점에서 파는 얼룩말 가죽 쿠션이 방금 전까지 그들이 함께 뒹굴었던 스퇴프의 침대에 꼭 어울릴 거라면서 여기에 오자고 부득부득 우겨댄 참이었다. 현재 그 침대에는 긴 금발 몇 가닥이 떨어져 있었다. 그는 그 머리카락을 반드시 치우리라 마음먹었다.

"얼룩말 가죽 쿠션은 남아 있는 게 없답니다. 대신 이건 어떠세요?" 쉴비아 오테르센이 그렇게 말하며 창가의 선반으로 걸어갔다. 햇빛이 그녀의 유연한 곡선 위로 떨어지자, 스퇴프는 저 정도면 썩 괜찮다고 생각했다. 하지만 평범한 갈색 머리는 아무런 생기도 없이 사방으로 뻗쳐 있었다.

"그게 뭔데요?" M으로 시작하는 이름을 가진 여자가 물었다.

"인조 누* 가죽이에요."

"인조요?" M이 콧방귀를 뀌면서 금발을 어깨 뒤로 넘겼다. "차라리 얼룩말 가죽이 들어올 때까지 기다리죠."

"얼룩말 가죽도 인조랍니다." 쉴비아가 미소를 지으며 말했다. 마치 어린아이에게 달이 치즈로 만들어지지 않았다고 설명하는 듯한 미소였다.

"알았어요." M이 붉은 입술을 삐죽거리더니 스퇴프의 팔짱을 꼈다. "보여줘서 고마워요."

스퇴프는 애초에 함께 외출하자는 M의 생각이 탐탁지 않았고, 하물며 지금처럼 자신의 팔짱을 끼는 것은 더더욱 못마땅했다. 그녀도 막상 함께 나와보니 그가 얼마나 싫어하는지 눈치챘을 것이다. 어쨌거나 M은 팔짱을 풀었다. 스퇴프는 손목시계를 힐끗 보았다.

"이런, 곧 회의시간이야."

"점심도 안 먹고?" 자신이 얼마나 상처받았는지 꽤나 능숙하게 숨기며 M이 놀란 표정으로 그를 바라보았다.

* 아프리카산 영양

"봐서 전화하지." 그가 말했다.

여자에게서 전화가 왔다. 센트룸 강당에서 연설한 지 채 30분도 되지 않아서였다. 스퇴프는 택시를 타고 가는 중이었다. 택시 앞에서는 제설기가 더러운 눈을 도로 가장자리로 밀어내고 있었다.

"맨 앞줄에 앉아 있었던 사람이에요. 좋은 강연해주셔서 고맙다는 말씀을 드리고 싶어요."

"제 시선이 너무 노골적이지 않았기를 바랍니다." 그는 아스팔트 도로를 긁어대는 쇳소리를 뚫고 신나게 외쳤다.

여자가 큭큭 웃었다.

"오늘 저녁에 약속 있나요?" 스퇴프가 물었다.

"글쎄요. 미루지 못할 약속이야 없죠……." 아름다운 목소리. 아름다운 말.

그날 오후 내내 스퇴프는 그녀를 생각했다. 복도에 놓인 서랍장에서 그녀와 섹스를 하는 상상을 했다. 그가 베를린에서 구입한 게르하르트 리히터의 그림에 그녀의 머리가 쿵쿵 부딪힐 것이다. 이렇게 기다리는 순간이 늘 가장 좋은 때라고 스퇴프는 생각했다.

8시가 되자 아래층의 초인종이 울렸다. 스퇴프는 복도에 서 있었다. 삐걱거리는 엘리베이터 기계음의 메아리를 들으며, 권총을 장전하는 소리 같다고 생각했다. 그 웅웅거리는 소리가 점점 올라왔다. 그의 페니스가 불끈거렸다.

이윽고 여자가 현관에 나타났다. 스퇴프는 뺨을 맞은 기분이었다.

"누구시죠?" 그가 물었다.

"스테인인데요." 여자가 대답했고, 미소를 지은 포동포동한 얼굴에 살짝 놀란 표정이 퍼졌다. "제가 전화드린 사람인데……."

스퇴프는 여자를 머리에서 발끝까지 훑어보고 잠시 이 여자와의 가능성에 대해 생각했다. 가끔씩 평범하고, 아무 매력도 없는 여자에게 성적 매력을 느끼기도 하기 때문이다. 하지만 발기됐던 그의 물건이 줄어드는 게 느껴지자 그 생각은 포기했다.

"미안하지만, 이야기할 시간이 없겠군요. 방금 회의가 있다는 연락을 받아서." 스퇴프가 말했다.

"회의요?" 자신이 얼마나 상처받았는지 고스란히 드러내며 여자가 말했다.

"긴급회의라서요. 봐서 나중에 전화 드리죠."

그는 복도에 서서 엘리베이터 문이 열렸다가 닫히는 소리를 들었다. 그러고는 웃어대기 시작했다. 계속 웃다가 마침내 첫 줄에 있었던 그 갈색 머리 여자를 다시 못 볼 수도 있다는 걸 깨달았다.

한 시간 후에 스퇴프는 그녀를 다시 보았다. 간단하게 '바앤드 레스토랑'이라고만 적힌 식당에서 혼자 점심을 먹고, 가미카제에서 양복을 한 벌 산 뒤, 곧바로 새 양복으로 갈아입고 두 번째로 '아프리카의 멋'을 지나면서였다. '아프리카의 멋'은 이글거리는 태양에서 벗어나 응달에 자리 잡고 있었다. 세 번째로 그 앞을 지나게 됐을 때 그는 안으로 들어갔다.

"벌써 또 오셨어요?" 쉴비아 오테르센이 빙긋 웃었다.

한 시간 전과 마찬가지로 이 서늘하고 어두운 가게에는 그녀 혼자뿐이었다.

"쿠션이 마음에 들더군요." 스퇴프가 말했다.

"네, 우아한 쿠션이죠." 쉴비아가 인조 누 가죽을 쓰다듬으며 말했다.

"나한테 보여줄 만한 게 또 있소?"

쉴비아는 한 손을 허리에 짚고는 고개를 기우뚱하게 기울였다. 눈치챘군. 스퇴프는 생각했다. 낌새를 알아챈 거야.

"뭘 보고 싶은지에 달렸죠." 쉴비아가 말했다.

대답하는 그의 목소리가 떨렸다 "당신 보지를 보고 싶은데."

쉴비아는 가게 뒤쪽의 방으로 그를 데려갔고 가게 문을 잠그지도 않았다.

아르베 스퇴프는 금세 절정에 도달했다. 가끔씩 평범하고, 아무런 매력도 없는 여자들이 더럽게 꼴린다.

"화요일과 수요일은 남편이 가게를 봐요. 목요일에 올래요?" 가게를 나서는 스퇴프에게 쉴비아가 말했다.

"봐서." 스퇴프가 말했다. 가미카제에서 산 양복에 벌써 얼룩이 묻어 있었다.

아케르 브뤼게의 사무실 건물들 사이로 눈송이가 빙글빙글 돌아가며 흩날릴 때 비르테에게서 전화가 왔다.

그녀는 명함을 받고, 아마도 그가 자신의 연락을 기다리지 않을까 생각했다고 말했다.

가끔씩 아르베 스퇴프는 왜 자신이 이런 여자들과 관계를 맺는지, 실상 여자들의 항복을 기념하는 축하 의식이라고밖에 할 수 없는 이런 섹스와 쾌락에 몰두하는지 자문하곤 했다. 살면서 정복은 충분히 하지 않았던가? 늙는 것에 대한 두려움일까? 이런 여자들을 뚫고 들어가면 그들의 젊음을 조금이라도 훔칠 수 있다고 믿는 걸까? 게다가 왜 그리 서두르며, 왜 그리 미친 듯이 섹스를 해댈까? 어쩌면 자신의 병에 대한 확신에서 비롯된 것인지 모른다. 머지않아 자신이 지금과는 다른 남자가 되리라는 확신. 그는 정답이 무엇인지 알지 못했고, 안다고 한들 어쩌겠는가? 그날 밤, 그는 비르테의 신음을 들었다. 남자 같은 저음의 신음이었다. 그가 베를린에서 사온 게르하르트 리히터의 그림에 그녀의 머리가 쿵쿵 부딪혔다.

아르베 스퇴프가 사정에 도달해 병든 정자를 뿌려대고 있을 때, '아프리카의 멋' 출입문에 달린 벨이 성나게 울어대며 누군가 상점 안으로 들어오고 있다고 경고했다. 그는 몸을 떼려고 했지만, 쉴비아 오테르센은 씩 웃으며 그의 엉덩이를 세게 움켜쥐었다. 그는 그녀를 밀어내고 바지를 올렸다. 쉴비아는 카운터에서 미끄러져 내려가 여름용 스커트의 매무새를 고친 다음 손님을 맞이하러 모퉁이를 돌아 나갔다. 아르베 스퇴프는 서둘러 장신구가 진열된 선반으로 가서 가게 쪽으로 등을 돌린 채 바지 지퍼를 올렸다. 뒤에서 늦어서 미안하다고 사과하는 남자의 목소리가 들렸다. 남자는 주차할 곳을 찾지 못해 늦었다고 설명했다. 그러자 쉴비아가 날카로운 목소리로 그걸 몰랐냐, 이제는 여름휴가가 다 끝났으니 당연한 거 아니냐고 쏘아붙였다. 동생을 만나기로 약속했는데 이미 늦었으니, 손님은 그가 맡으라고도 했다.

아르베 스퇴프의 등 뒤로 남자 목소리가 들렸다. "뭐 찾으시는 거라도 있나요?"

스퇴프가 고개를 돌려보니 해골 같은 남자가 서 있었다. 둥그런 안경 뒤의 눈은 비정상적으로 컸고, 플란넬 셔츠를 입었으며, 목은 황새를 연상시켰다. 스퇴프는 어깨 너머로 그 남자를 바라보며, 상점 문을 열고 나가는 쉴비아를 보았다. 그녀의 스커트 자락이 펄럭이며, 맨살 무릎 뒤로 정액 한 방울이 흘러내렸다. 저 여자는 아마도 남편으로 추정되는 이 허수아비 같은 남자가 이 시간에 오리라는 걸 알고 있었을 것이다. 남편에게 그들의 정사 현장을 들키고 싶었던 모양이다.

"괜찮습니다. 원하던 걸 얻었거든요." 스퇴프는 그렇게 말하며 문 쪽으로 갔다.

가끔씩 아르베 스퇴프는 누군가 임신을 했다고 찾아오면 어떤 반응을 보여야 할지 상상하곤 했다. 낙태를 하라고 강요할지, 아이를 낳아야 한다고 강요할지. 한 가지 절대적으로 확실한 것은 둘 중 하나를 강요해야 한다는 것이다. 그는 성격상 타인에게 결정권을 넘기지 못했다.

비르테 베케르는 자신이 아이를 가질 수 없기 때문에 피임할 필요가 없다고 했다. 하지만 석 달 동안 여섯 번 섹스한 후, 비르테는 임신을 했다며 기뻐서 어쩔 줄을 몰라 했다. 스퇴프는 그녀가 아이를 낳으리라는 걸 단박에 알 수 있었다. 그리하여 패닉 상태로 일관하며 다른 선택을 해야 한다고 주장했다.

"난 최고의 의사들을 알고 있어. 스위스로 가서 수술을 하면 아무도 모를 거야."

"이건 내가 엄마가 될 수 있는 기회예요, 아르베. 의사 말이 이런 기적은 또 오지 않을 거래요."

"그럼 앞으로 난 당신이나 아이를 두 번 다시 만나지 않을 거야. 내 말 알아들어?"

"아이에겐 아빠와 든든한 가정이 필요해요, 아르베."

"나한테서는 그걸 얻지 못할 거야. 난 무시무시한 유전병 보유

자라고. 알겠어?"

비르테 베케르는 이해했다. 술주정뱅이 아버지와 신경쇠약에 걸린 어머니 밑에서 자란 단순하지만 약삭빠른 딸이었기에 그녀는 어릴 때부터 혼자 힘으로 살아가는 데 익숙했다. 그래서 이번에도 자신이 해야 할 일을 했다. 아이에게 아빠와 든든한 가정을 마련해준 것이다.

필리프 베케르는 이 아름다운 여자가 갑자기 마음을 바꿔 자신과 사귀겠다고 했을 때 믿기지가 않았다. 그동안 그토록 끈질기게 쫓아다녔어도 마음을 열지 않던 여자였다. 그 사실이 믿기지 않았기에 이미 의심의 씨앗이 뿌려진 상태였다. 그와 잠자리를 한 지 일주일 만에 그녀가 임신했다고 선언하자 의심의 씨앗은 더욱 깊이 파고들었다.

비르테가 전화해 요나스가 태어났고, 그와 판박이라고 했을 때 스퇴프는 전화기를 귀에 댄 채 허공을 응시했다. 그러고는 요나스의 사진을 보내달라고 했다. 사진은 우편으로 도착했고, 2주 뒤에 비르테는 약속대로 무릎에 요나스를 앉히고 손에는 결혼반지를 낀 채 카페에 앉아 있었다. 스퇴프는 다른 테이블에 앉아 신문을 읽는 척했다.

그날 밤, 그는 시트 사이에서 뒤척이며 초조하게 자신의 병에 대해 생각했다.

이 일은 아주 은밀하게 진행되어야 했고, 비밀을 보장해줄 의사에게 맡겨야 했다. 한마디로 컬링 경기장에서 만난 나약한 아부쟁이이자 머저리인 외과 의사가 적임자였다. 이다르 베틀레센.

그는 마리엔뤼스트 클리닉에서 일하는 이다르에게 연락했다. 머저리는 그가 부탁한 일을 승낙했고, 그가 주겠다는 돈도 승낙했다. 그리하여 스퇴프의 재정적 지원을 받은 이다르는 유럽의 내로라하는 파르 증후군 전문가들이 1년에 한 번씩 모이는 제네바의 세미나에 다녀왔다. 파르 증후군 과정도 개설하고, 최근 연구에서 발견된 실망스러운 결과도 발표하는 자리였다.

첫 검사 결과, 요나스에게서는 아무런 이상도 발견되지 않았다. 하지만 파르 증후군은 대개 성인이 된 후에야 나타난다고 이다르가 누누이 말했는데도(아르베 스퇴프 본인도 마흔이 되어서야 증상이 나타났다), 스퇴프는 요나스가 1년에 한 번씩 검사를 받아야 한다고 주장했다.

그의 정액이 쉴비아 오테르센의 다리를 타고 흘러내린 지 2년이 지났다. 그날 가게에서 나간 쉴비아 오테르센은 그렇게 아르베 스퇴프의 삶에서도 퇴장했다. 그는 쉴비아에게 두 번 다시 연락하지 않았고, 쉴비아도 마찬가지였다. 그러던 어느 날, 쉴비아에게 전화가 왔을 때 스퇴프는 재깍 자신은 긴급회의에 가야 한다고 말했다. 하지만 그녀는 딱 네 문장으로 간단히 용건만 말했다. 그날 스퇴프의 정자가 그녀의 몸에서 다 흘러 나가지 않았으며, 이제 그녀에게는 쌍둥이가 생겼고, 남편은 그 쌍둥이가 자기 아이인 줄 알며, 그들에게는 가게를 계속 운영할 수 있도록 도와줄 친절한 투자자가 필요하다고.

"그 가게에는 이미 충분히 쏟아부은 것 같은데." 스퇴프가 말했다. 그는 종종 나쁜 소식을 들으면 유머감각이 발동했다.

"아니면 〈세 오그 회르*〉에 가서 자금을 마련할 수도 있어요. 그

* 노르웨이에서 판매 부수가 제일 높은 잡지

잡지는 '내 아이의 친부는 유명인사 누구누구'라는 식의 기사를 아주 좋아하니까요, 안 그래요?"

"허풍 치지 마. 그랬다간 당신도 잃는 게 많을 텐데."

"이젠 상황이 달라졌어요. 남편의 가게를 사들일 정도로 돈을 충분히 모으면, 그이와 헤어질 거예요. 우리 가게의 문제는 위치가 나쁘다는 거죠. 그래서 〈세 오그 회르〉 측에 기사가 나가는 조건으로 가게 사진을 실어달라고 할 거예요. 그러면 꽤 홍보가 될 테니까요. 그 잡지를 보는 사람이 얼마나 많은지 알죠?"

당연히 알고 있었다. 노르웨이 성인 여섯 명당 한 명꼴이다. 스퇴프는 가끔씩 자신이 화려한 스캔들의 주인공이 되는 것은 마다하지 않았다. 하지만 유명인사로서의 지위를 이용해 순진한 유부녀들과 비겁하게 놀아나는 뻔뻔한 난봉꾼이 되는 것은 다른 문제였다. 올곧고 거침없는 사람이라는 아르베 스퇴프의 대중적 이미지는 완전히 박살 날 것이고, 도덕적으로 분통을 터뜨리는 〈리베랄〉의 기사들은 위선적으로 비춰질 것이다. 게다가 이 여자는 매력적인 구석도 없었다. 그건 좋지 않았다. 좋을 게 전혀 없었다.

"얼마면 되겠어?" 스퇴프가 물었다.

두 사람이 의견 일치에 도달하자, 스퇴프는 마리엔뤼스트 클리닉의 이다르 베틀레센에게 전화를 걸어 새로운 환자 두 명을 더 부탁했다. 이번에도 요나스 때처럼 우선 쌍둥이들의 유전자를 채취해 법의학 연구소에 보내 친자 확인을 한 다음 입에 담기도 싫은 그 질병의 증상이 있는지 확인할 것이다.

전화를 끊고 나서 아르베 스퇴프는 등이 높은 가죽 의자에 비스듬히 앉은 채 뷔그되위의 나무들과 스나뢰위아 반도 위에서 반짝거리는 태양을 바라보았다. 지금이 매우 우울한 상황이라는 걸 알고 있었다. 하지만 아니었다. 그는 흥분되었다. 그렇다, 행복할 지경이었다.

이다르 베틀레센의 전화를 받았을 때 제일 먼저 그의 뇌리를 스친 것은 바로 그날의 행복감, 그 아스라한 기억이었다. 이다르는 솔리회위다에서 참수당한 여자가 쉴비아 오테르센으로 추정된다는 신문기사에 대해 말해주었다.

"처음에는 요나스 베케르의 엄마가 실종되더니 이제는 쌍둥이의 엄마가 살해됐어요. 난 확률 계산 따위는 모르지만 경찰에 알려야 해요, 아르베. 경찰에서는 두 사건 간의 연관성을 찾지 못해 안달이라고요."

최근 이다르는 유명인사들의 외모를 가꿔주며 상당한 돈을 벌어들였지만, 아르베 스퇴프의 눈에는 여전히(혹은 어쩌면 그랬기에 더욱) 머저리로 보였다.

"안 돼, 경찰에 알릴 순 없어."

"뭐라고요? 안 되는 이유를 대보세요."

"좋아. 얼마를 원해?"

"이런, 아르베. 난 당신을 협박하려는 게 아니에요. 단지……."

"얼마야?"

"그만두세요. 알리바이가 있는 겁니까, 없는 겁니까?"

"알리바이는 없지만 대신 돈은 엄청나게 많지. 동그라미를 몇 개나 원하는지 말해봐. 그럼 생각해볼 테니까."

"아르베, 숨길 게 없다면……."

"당연히 숨길 게 있지, 이 등신아! 나더러 유부녀 킬러와 살인 용의자라는 걸 광고하란 말이야? 만나서 얘기해."

"그래서 만났나요?" 해리 홀레가 물었다.

아르베 스퇴프는 고개를 저었다. 침실 창문 밖으로 여명이 비췄지만 피오르는 아직 캄캄했다.

"이다르가 죽는 바람에 만나지 못했소."

"내가 처음 찾아왔을 때 왜 이런 이야기를 하나도 하지 않았습니까?"

"뻔한 거 아니오? 경찰에 도움이 될 만한 건 하나도 모르는데, 내가 왜 끼어들겠소? 내게는 지켜야 할 브랜드가 있고, 그게 곧 내 이름이라는 걸 잊지 마시오. 사실 그 브랜드가 〈리베랄〉의 유일한 자원이오."

"유일한 자원은 당신의 개인적 청렴이라고 했던 것 같은데요."

스퇴프는 불쾌하다는 듯이 어깨를 으쓱했다. "청렴. 브랜드. 다 같은 말이지."

"그러니까 겉으로 청렴결백하게만 보인다면, 청렴결백한 거로군요."

스퇴프는 냉담한 눈빛으로 해리를 바라보았다. "그게 〈리베랄〉을 팔리게 하는 요인이오. 사람들은 진실이 밝혀졌다고 생각하면 만족하니까."

"음." 해리는 손목시계를 힐끗 보았다. "그래서 지금 내가 만족했다고 생각합니까?"

아르베 스퇴프는 대답하지 않았다.

20일째

병

비에른 홀름은 해리를 경찰청사까지 태워주었다. 해리가 젖은 옷을 입고 있었던 탓에 자세를 바꿀 때마다 인조 가죽에서 뽀드득 소리가 났다.

"델타가 20분 전에 카트리네의 아파트를 습격했답니다. 카트리네는 없었대요. 문에 보초 세 명을 세워뒀답니다." 홀름이 말했다.

"카트리네는 돌아오지 않을 거야." 해리가 말했다.

7층 사무실에 도착해서 해리는 옷걸이에 걸려 있던 경찰 제복으로 갈아입었다. 잭 할보르센의 장례식 이후로 처음 입는 제복이었다. 그는 거울에 비친 자신의 모습을 꼼꼼히 바라보았다. 재킷이 헐렁했다.

연락을 받은 군나르 하겐 경정은 이내 경찰청으로 출근했다. 그리고 책상 앞에 앉아 해리의 브리핑을 들었다. 그 내용이 너무도 충격적이었기에 하겐 경정은 해리의 꼬깃꼬깃한 제복에 짜증을 낼 정신도 없었다.

"스노우맨이 카트리네 브라트라." 하겐 경정은 마치 큰 소리로 말하면 그 사실이 더 이해가 된다는 듯이 천천히 반복했다.

해리는 고개를 끄덕였다.

"스퇴프의 말을 믿나?"

"네."

"그 이야기를 뒷받침해줄 사람은?"

"다 죽었습니다. 비르테도, 쉴비아도, 이다르 베틀레센도. 스퇴프는 스노우맨이 될 수 있었습니다. 카트리네 브라트도 그걸 알고 싶었던 거고요."

"카트리네? 하지만 방금 카트리네가 스노우맨이라고 했잖나. 근데 카트리네가 왜……?"

"제 말은 카트리네는 스퇴프가 스노우맨이 될 수 있는지 알고 싶었다는 겁니다. 희생양이 필요했던 거죠. 스퇴프 말로는 살인이 일어났던 시간에 자신에게는 알리바이가 없다고 했더니, 카트리네가 '잘됐어' 라면서 그를 스노우맨으로 임명했답니다. 그러고는 스퇴프의 목을 조르기 시작했죠. 그러다가 우리 차가 현관문에 부딪치는 소리를 듣고 도망친 겁니다. 원래 계획은 아마도 스퇴프가 자살한 걸로 위장하려고 했을 겁니다. 그럼 우린 범인을 잡았다고 믿고 긴장을 풀겠죠. 지난번에 이다르 베틀레센이 죽었을 때처럼요. 그리고 필리프 베케르를 체포하는 과정에서 카트리네가 그를 쏘려고 했던 것처럼요."

"뭐라고? 카트리네가 뭘 어째……?"

"카트리네는 공이를 젖힌 상태에서 베케르에게 리볼버를 겨눴습니다. 제가 총구와 일직선에 섰을 때 공이치기가 제자리로 돌아가는 소리를 들었으니까요."

군나르 하겐은 두 눈을 감고 손끝으로 관자놀이를 문질렀다.

"알겠네. 하지만 현재로선 이 모든 게 단지 추측일 뿐이잖나?"

“그리고 편지가 있습니다.”

“편지?”

“스노우맨이 보낸 편지요. 카트리네의 집에 있는 컴퓨터에서 그 문서를 발견했습니다. 우리 중 누구도 스노우맨에 대해 알지 못할 때 작성된 겁니다. 그리고 프린터에 있던 종이도 일치했고요.”

“젠장!” 하겐은 양 팔꿈치로 책상을 세게 내려치고 두 손에 얼굴을 묻었다. “경찰이 범인이라니! 이게 무슨 뜻인지 아나, 해리?”

“음, 대대적인 스캔들이 나겠죠. 경찰 전체의 신뢰가 떨어지고, 윗분들은 해고되고.”

하겐은 손가락 사이를 벌리고 실눈으로 그를 바라보았다. “그렇게 노골적으로 말해줘서 고맙군.”

“천만에요.”

“총경님과 청장님께 연락드리겠네. 그동안 자네와 홀름은 이 일을 절대 누설해서는 안 돼. 아르베 스퇴프는 어떤가? 그자가 떠들어대진 않을까?”

“그럴 일 없을 겁니다.” 해리가 씩 웃었다. “그자는 고갈 상태거든요.”

“뭐가 고갈됐다는 건가?”

“청렴입니다.”

아침 10시, 해리는 사무실 창문 너머로 창백한 햇살이 고즈넉한 일요일의 그뢴란에 머뭇머뭇 내려앉는 모습을 바라보았다. 카트리네 브라트가 스퇴프의 아파트에서 사라진 지 여섯 시간이 넘었고, 지금까지 수색작전은 아무런 성과도 거두지 못했다. 물론 카트리네는 아직 오슬로에 있을 수도 있다. 하지만 이 전략적 후퇴가 미리 준비된 것이라면, 이미 산을 넘고 물을 건넜으리라. 해리는 그녀가 미리 도망칠 준비를 해두었으리라고 확신했다.

그녀가 스노우맨이라는 데 의심의 여지가 없듯이.

첫째로 증거가 있다. 편지와 두 번의 살인미수. 또한 그가 본능적으로 느꼈던 감정도 모두 맞아떨어졌다. 누군가 가까이에서 자신을 바라보고 있다는 느낌, 누군가 그의 삶에 침투했다는 느낌. 벽에 붙어 있던 신문기사들, 사건 보고서. 카트리네는 해리를 속속들이 알고 있었기에 그의 다음 행동까지 예측할 수 있었고, 그를 자신의 게임에 이용할 수 있었다. 카트리네는 그의 혈류 속 바이러스이자 머릿속 스파이였다.

누군가 사무실로 들어오는 소리가 들렸지만 해리는 돌아보지 않았다.

"카트리네의 휴대전화 위치를 추적했습니다." 스카레의 목소리였다. "지금 스웨덴에 있는 걸로 나왔습니다."

"그래?"

"텔레노르 작전 센터의 말에 따르면 신호가 남쪽으로 향하고 있답니다. 위치와 속도로 봐서 오늘 아침 7시 5분에 오슬로 중앙역에서 출발한 코펜하겐 행 열차와 일치합니다. 헬싱보리 경찰과 통화했는데, 카트리네를 체포할 수 있는 정식 신청서를 보내달랍니다. 열차는 30분 후면 도착합니다. 어떻게 할까요?"

해리는 마치 자기 자신에게 대답하듯이 천천히 고개를 끄덕였다. 날개를 뻣뻣하게 펴고 날아가던 갈매기 한 마리가 별안간 방향을 바꿔 공원에 있는 나무 아래로 휘익 내려갔다. 뭔가를 발견한 모양이다. 아니면 인간들처럼 그냥 변덕을 부린 걸 수도 있고. 아침 7시의 오슬로 역이라.

"반장님? 서두르지 않으면 카트리네 브라트가 덴마크로 가버릴지……."

"하겐 경정에게 헬싱보리 경찰 좀 구슬려달라고 부탁해." 해리는 몸을 빙글 돌리더니 눈 깜짝할 사이에 옷걸이에 걸린 재킷을 집어 들었다.

스카레는 얼빠진 표정으로 해리가 서둘러 복도를 내려가는 모습을 바라보았다.

경찰청 비품 저장소의 오뢰 경관은 놀라움을 숨기지 않은 채 까까머리의 형사반장을 바라보며 질문을 반복했다. "CS? 그러니까 CS가스요?"

"두 통 주게. 그리고 리볼버 탄약도."

오뢰 경관은 욕을 중얼거리며 절뚝거리는 걸음으로 저장소 뒤쪽으로 갔다. 이 홀레라는 남자는 누구나 다 아는 미친놈이었지만 그래도 최루가스라니. 만약 다른 경찰이 달라고 했다면, 아마도 친구들과 총각파티라도 하나 생각했을 것이다. 하지만 그가 들은 바에 따르면 홀레 반장에게는 친구가 없었다. 적어도 경찰청에는.

오뢰가 물건을 가지고 돌아오자 홀레 반장은 기침을 했다. "강력반의 카트리네 브라트가 여기서 무기를 요청한 적 있나?"

"베르겐 경찰청에서 온 여자요? 규정집에 나와 있는 것만 달라고 했는데요."

"규정집에 뭐라고 나와 있는데?"

"새로운 부서로 이동하기 전에 모든 무기와 사용하지 않은 탄약은 구 경찰청에 반납하고, 새로운 경찰청에서 새 리볼버와 총탄 두 상자를 지급받는다."

"그러니까 리볼버 외의 다른 총은 안 가져갔다는 건가?"

오뢰는 어리둥절한 표정으로 고개를 끄덕였다.

"고맙네." 홀레 반장은 검은색 비닐봉지 안에 든 초록색 원통 모양의 깡통 옆에 탄약 상자를 넣었다. 깡통 안에는 1928년에 코르소와 스토튼이 제조한 코끝을 찡하게 만드는 최루가스가 들어 있었다.

오뢰 경관은 아무 대답도 하지 않다가 홀레가 인도서에 서명하자 그제야 중얼거렸다. "평화로운 일요일 보내십시오."

해리는 검은색 비닐봉지를 옆에 둔 채 울레볼 병원 대기실에 앉아 있었다. 알코올과 노인들, 느린 죽음의 냄새가 풍겼다. 맞은편에 앉은 여자 환자가 해리를 빤히 바라보았다. 마치 거기 없는 누군가를, 그녀가 예전에 알았던 사람, 결코 현실에 존재하지 않는 연인, 아까 본 것만 같은 아들을 찾아내려는 듯했다.

해리는 한숨을 쉬고 손목시계를 힐끗 본 다음, 헬싱보리에서 열차를 습격했을 경찰들의 모습을 그려보았다. 기관사는 역장으로부터 목적지를 1킬로미터 앞두고 열차를 멈추라는 명령을 받았을 것이다. 무장한 경찰들이 경찰견을 대동한 채 선로 양쪽으로 흩어진다. 스칸디나비아의 꿈의 나라인 이곳 스웨덴에서는 무장경찰이 아직은 낯선 광경이기에 승객들은 겁을 먹는다. 신분증을 보여 달라는 경찰의 요구에 따라 여자 승객들은 떨리는 손으로 가방을 뒤적인다. 경찰들의 구부정한 어깨와 긴장감, 또한 기대감. 초조감, 의심, 짜증, 그리고 마침내 자신들이 찾던 것을 발견하지 못했을 때의 실망과 절망감. 운이 따르고 유능하다면, 마침내 기지국이 잡아낸 신호의 원천을 찾아내고 큰 소리로 욕설을 지껄인다.

카트리네 브라트의 휴대전화는 화장실 휴지통에 들어 있을 것이기에.

빙긋 웃는 얼굴이 해리 앞에 나타났다. "이제 들어가셔도 좋습니다."

해리는 따각따각 소리를 내는 통굽 구두를 따라갔다. 하얀 바지 아래로 간호사의 큼지막한 엉덩이가 기운차게 흔들렸다. 간호사가 문을 열어주었다. "하지만 너무 오래 계시면 안 돼요. 안정을 취하셔야 하거든요."

스톨레 에우네는 1인실 침대에 누워 있었다. 빨간 핏줄이 선 둥근 얼굴은 빰이 푹 꺼졌고, 어찌나 창백한지 베갯잇과 구분이 안 갈 정도였다. 어린아이처럼 가느다란 머리카락이 예순 살 먹은 통통한 이마에 드리워져 있었다. 예전과 똑같이 유쾌하고 총기 있는 눈동자가 아니었더라면 해리는 자기 눈앞에 보이는 게 시신이라고 생각했을 것이다. 그의 정신적 지주이자, 강력반 상주 정신과 의사의 시신.

"맙소사, 해리. 자네 꼭 해골 같구먼. 어디 아픈가?" 스톨레 에우네가 말했다.

해리는 억지로 미소를 지었다. 에우네는 얼굴을 찡그리며 일어나 앉았다.

"더 일찍 찾아뵙지 못해서 죄송해요." 해리가 말끝을 늘여 빼며, 바닥 위로 의자를 찍 끌어 침대 옆으로 가져갔다. "그냥 병원이…… 그게…… 잘 모르겠어요."

"병원에서 어린 시절 어머니의 기억을 떠올릴 테지. 괜찮네."

해리는 고개를 끄덕이고는 손으로 시선을 떨어뜨렸다. "여기 사람들이 잘 대해주나요?"

"그건 감옥에 면회 갔을 때 하는 말이야. 병원이 아니라."

해리는 다시 고개를 끄덕였다.

스톨레 에우네는 한숨을 쉬었다. "자네가 내 걱정하는 거 알고 있네, 해리. 하지만 난 자네를 잘 알기에, 이게 예의상 찾아온 병문안이 아닌 것도 알아. 그러니 어서 말해보게."

"나중에 해도 됩니다. 선생님 상태가 좋지 않다고 들었어요."

"상태가 좋다는 건 상대적인 거야. 그리고 상대적인 걸로 치자면 지금 내 상태는 최고라네. 어제 내 꼴을 봤어야 하는데. 절대 자네에게 보여줄 수 없는 상태였어."

해리는 손을 바라본 채 미소를 지었다.

"스노우맨에 관한 건가?" 에우네가 물었다.

해리는 고개를 끄덕였다.

"여기 있는 동안 지루해서 죽는 줄 알았네. 그러니 어서 말해보게."

해리는 숨을 들이쉬고는 이번 사건의 개요를 들려주었다. 지루하고 불필요한 부분은 잘라내면서 핵심사항들은 빠뜨리지 않으려고 노력했다. 에우네는 서너 번 정곡을 찌르는 질문을 했을 뿐 그 외에는 골똘히 생각에 잠긴, 반쯤 무아지경에 빠진 표정으로 말없이 해리의 이야기에 귀 기울였다. 해리의 이야기가 끝나자 이 병자는 기운이 나는 듯했다. 두 볼에는 혈색이 돌았고 등은 더 꼿꼿이 세워졌다.

"흥미롭군. 하지만 이미 범인을 알고 있는데 왜 내게 온 겐가?"

"이 여자는 미쳤습니다, 그렇죠?"

"이런 범죄를 저지르는 사람들은 예외 없이 미친 사람들이지. 범죄적인 의미에서는 꼭 그렇다고 할 수 없지만."

"그렇기는 해도 카트리네에 대해 한두 가지 미심쩍은 점이 있습니다."

"이런. 나는 사람들에 대해 미심쩍지 않은 점이 겨우 한두 가지뿐이라네. 그러니 자네가 나보다 훨씬 훌륭한 정신과 의사로구만."

"카트리네가 베르겐에서 두 여자와 라프토를 죽였을 때가 열아홉이었습니다. 어떻게 그 정도로 미친 사람이 경찰대학의 심리검사를 통과하고, 지금까지 아무도 눈치채지 못하게 경찰로 일할 수 있었을까요?"

"좋은 질문이야. 어쩌면 카트리네는 칵테일 케이스인지도 모르네."

"칵테일 케이스요?"

"조금씩 전부 섞인 사람이지. 환청이 들리지만 주위 사람에게 자신의 병을 감출 수 있을 정도의 정신분열증. 편집증이 살짝 가미된 강박증. 그로 인해 자신이 처한 상황과 거기서 벗어나기 위해 자신이 해야 할 일에 대한 망상에 빠지지. 하지만 외부 세상에는 그저 말수가 없는 걸로만 보여. 자네가 묘사한, 살인을 저지를 때 나타나는 야만적인 분노는 경계성 인격장애에 부합하네. 카트리네의 경우에는 분노를 통제할 수 있지만."

"음, 다시 말하면 선생님도 전혀 모르시겠다는 거군요."

에우네가 껄껄 웃었다. 웃음은 이내 발작과도 같은 기침으로 변했다.

"미안하네, 해리. 대개가 그렇다네. 심리학에서는 몇 개의 우리를 만들어두었는데, 가축들은 그 안에 들어가기를 거부하지. 뺀뺀하고 배은망덕하며 멍청한 생명체들이야. 지금까지 우리 심리학자들이 그들을 위해 얼마나 많은 연구를 했나!"

"그뿐만이 아닙니다. 우연히 게르트 라프토의 시신을 발견했을 때 카트리네는 정말로 놀랐어요. 그건 결코 연기가 아니었습니다. 전 카트리네의 얼굴에서 충격을 봤어요. 제가 손전등을 얼굴에 정면으로 비췄는데도, 동공은 여전히 확장된 상태였고 새까맸습니다."

"아하! 그거 재미있군." 에우네는 몸을 더 일으켜 앉았다. "왜 손전등으로 카트리네의 얼굴을 비췄지? 그때도 그 친구를 의심하고 있었나?"

해리는 대답하지 않았다.

"자네가 옳을지도 몰라. 그 친구는 살인충동을 억눌렀을 수도 있어. 그것 또한 전형적인 현상이지. 자네 말로는 그녀가 수사에 큰 도움을 줬고, 수사를 전혀 방해하지 않았다며? 그건 그녀가 자신을 의심하고 있었고, 진심으로 진실을 밝혀내고자 했다는 뜻일 수도 있지. 수면보행증, 그러니까 몽유병에 대해 얼마나 아나?"

"잠든 채로 걸어 다니는 사람들이 있다는 건 압니다. 잠든 채로 말도 하고, 먹기도 하고, 옷도 입고, 심지어 밖에 나가 운전하는 사람들도 있죠."

"맞아. 지휘자 해리 로젠탈은 잠이 든 상태에서 지휘를 하고, 전체 교향곡에서 악기 연주 부분을 따라 부르기까지 했네. 그리고 살인자가 법정에서 수면수반증, 즉 수면장애 환자라는 판정을 받아 무죄로 풀려난 경우가 최소한 다섯 건은 되지. 몇 년 전에는 캐나다에 살던 한 남자가 자다 일어나서 차를 몰고 20킬로미터 넘게 달려가서 장모를 죽였어. 평상시에는 놀랄 만큼 사이가 좋았는데 말이야. 그러고는 장인까지 거의 목 졸라 죽일 뻔하다가 다시 차를 몰아 집으로 가서 침대에 누웠어. 그 남자도 무죄로 풀려났네."

"그러니까 카트리네가 자면서 살인을 저질렀단 말씀이세요? 수면수반증 환자라고요?"

"그건 논란의 여지가 있는 증상이야. 하지만 정기적으로 동면 비슷한 상태에 빠져서, 자신이 무슨 짓을 저질렀는지 정확히 기억하지 못하는 사람이 있다고 가정해보게. 그 사람에게는 마치 꿈처럼 흐릿한 사건의 파편들만 남아 있지."

"흠."

"그런데 수사하는 과정에서 자신이 무슨 짓을 했는지 깨닫게 된 거야."

해리는 천천히 고개를 끄덕였다. "그래서 빠져나가기 위해서는 희생양이 필요하다는 걸 깨달았군요."

"있을 수 있는 일이지." 에우네가 얼굴을 찡그렸다. "사실 인간의 정신에 관해서라면 있을 수 없는 일은 거의 없지만. 문제는 지금 우리가 말하는 이런 장애가 눈에 보이지 않는다는 거네. 증상에 기초해서 그런 병에 걸렸다고 추측할 뿐이지."

"곰팡이처럼요."

"뭐라고?"

"카트리네 같은 사람을 그렇게 정신적으로 병들게 할 만한 요인이 뭘까요?"

에우네는 신음했다. "존재하는 모든 것! 동시에 아무것도 없다고 할 수 있지! 천성과 교육이야."

"폭력적인 알코올중독자 아버지는요?"

"그래. 맞아, 맞아. 그게 90점은 되지. 거기다 정신병 병력이 있는 어머니, 어린 시절에 트라우마가 됐던 경험 한두 가지, 그러면

100점 만점이 되는 거야."

"그랬던 여자가 폭력적인 알코올중독자 아버지보다 힘이 세지면, 아버지를 해칠 가능성도 있나요? 죽이거나?"

"아주 불가능한 일은 아니지. 내가 기억하기로는 한……." 스톨레 에우네는 말을 멈추고 해리를 바라보았다. 그러더니 상체를 내밀고 눈동자를 희번덕거리며 속삭였다. "지금 내가 생각하는 게 맞는 건가?"

해리 홀레는 자신의 손톱을 뚫어지게 바라보았다. "베르겐 경찰청에서 사진 한 장을 봤어요. 이상하게 익숙하다는 느낌이 들었죠. 마치 전에 어딘가에서 본 사람처럼요. 얼마 전에야 그 이유를 알겠더군요. 가족이라 닮았던 겁니다. 카트리네가 결혼해서 브라트라는 성을 갖기 전에, 그녀의 성은 라프토였어요. 게르트 라프토의 딸이죠."

공항 행 급행열차를 타고 가던 해리에게 스카레의 전화가 걸려왔다. 해리의 짐작이 틀렸다. 카트리네의 휴대전화는 화장실이 아니라, 어느 기차 칸의 수화물 선반에서 발견됐다.

80분 후, 그는 회색 안개에 휩싸였다. 기장은 베르겐에 구름이 낮게 드리웠고, 비가 내린다고 했다. 가시도 제로로군. 해리는 생각했다. 이제는 계기비행만 가능했다.

실종자수사과의 토마스 헬레 경관이 '안드레아스, 엘리, 그리고 트뤼그베 크발레'라고 적힌 문패 위의 초인종을 누르자 몇 초 만에 현관문이 벌컥 열렸다.

"이렇게 빨리 와줘서 고맙습니다." 헬레 앞에 나타난 남자는 헬레의 어깨 너머를 바라보았다. "다른 사람들은 어디 있나요?"

"저 혼잡니다. 아직도 아내분에게서 연락이 없나요?"

남자는 놀란 표정으로 그를 응시했다. 헬레는 이 남자가 경찰에 전화한 안드레아스 크발레일 거라고 짐작했다. "아내가 사라졌다니까요. 말했잖습니까."

"압니다만, 대개는 돌아오거든요."

"누가요?"

토마스 헬레는 한숨을 쉬었다. "좀 들어가도 될까요, 크발레 씨? 비가 와서……."

"아, 미안해요! 들어오십시오." 안드레아스가 옆으로 비켜서자, 그늘 속에 서 있던 갈색 머리의 20대 청년이 보였다.

토마스 헬레는 현관에 선 채로 용무를 보기로 했다. 오늘은 전화를 받을 인력조차 부족했다. 일요일인데다가 당직인 경관들은 카트리네 브라트를 찾으러 나갔다. 다들 쉬쉬했지만 그녀가 스노우맨 사건과 연관이 있다는 소문이 파다했다.

"아내 분이 사라진 걸 어떻게 아셨습니까?" 헬레는 받아 적을 준비를 했다.

"아들과 노르마르카로 캠핑 여행을 갔다가 오늘 막 돌아왔습니다. 이틀간 집을 비웠죠. 휴대전화도 두고 낚싯대만 가져갔습니다. 근데 집에 돌아와보니 아내는 없고, 남겨진 쪽지도 없었어요. 전화로 말했듯이 문도 열려 있었고요. 아내는 문을 늘 잠그거든요. 겁이 많아서 집에 있을 때도 잠가두는 사람입니다. 그리고 코트도 전부 그대로 있습니다. 신발도. 슬리퍼만 없어졌어요. 이런 날씨에……."

"부인을 아는 분들께 다 전화해보셨나요? 이웃 사람들에게는요?"

"물론입니다. 아무도 모른다고 했어요."

토마스 헬레는 수첩에 메모를 했다. 벌써 어떤 느낌이 고개를 들기 시작했다. 같은 부류의 사건이라는 느낌. 자녀를 둔 유부녀의 실종사건.

"부인이 겁이 많은 분이라고 하셨는데, 그렇다면 아무에게나 문을 열어주진 않았겠죠? 아무나 집에 들이지도 않고요?"

두 부자는 시선을 교환했다.

"맞습니다. 분명 아내가 아는 사람이었을 겁니다." 남편이 확신에 찬 어조로 말했다.

"혹은 위협감이 들지 않는 사람이거나요. 아이나 여자 같은." 헬레가 말했다.

안드레아스 크발레는 고개를 끄덕였다.

"아니면 집에 들일 만한 이유가 있는 사람이거나요. 예를 들면, 전력회사에서 미터기를 읽으러 왔다든가."

남편이 망설였다. "그럴 수도 있겠네요."

"집 부근에서 뭔가 특이한 거라도 보셨나요?"

"특이한 거라뇨?"

헬레는 아랫입술을 깨물고 마음의 준비를 했다. "눈사람…… 비슷한 거요."

안드레아스 크발레가 아들을 바라보자, 아들이 깜짝 놀라 고개를 세차게 저었다.

"우리 조사에서 제외시키기 위해섭니다." 헬레가 별일 아니라는 듯이 말했다.

아들이 낮게 웅얼거렸다.

"뭐라고요?" 헬레가 물었다.

"아들 말이, 요즘엔 눈도 오지 않았답니다."

"그거야 물론 그렇죠." 헬레는 수첩을 재킷 주머니에 집어넣었다. "순찰차에 무전을 치겠습니다. 오늘 저녁까지 부인이 돌아오지 않으면 수색을 강화할 겁니다. 실종자들의 99퍼센트는 그때쯤이면 다시 집에 돌아오니까요. 여기 제 명함입니다……."

안드레아스 크발레의 손이 헬레의 팔을 잡았다.

"보여드리고 싶은 게 있습니다, 경관님."

토마스 헬레는 그를 따라 복도 끝에 있는 문을 지나 지하실로 이어진 계단을 내려갔다. 안드레아스 크발레가 문을 열자, 빨랫줄에 널어둔 빨래와 비누 냄새가 풍겼다. 지하실 한쪽 구석에는 구식 탈수기와 그보다 더 구형의 일렉트로룩스 세탁기가 있었다. 벽돌을 깔아 만든 바닥은 물이 빠지도록 가운데를 향해 아래로 경사져 있었다. 바닥은 축축했고 벽에는 물이 뿌려져 있었다. 바닥에 놓인 녹색 호스로 최근에 물청소라도 한 것 같았다. 하지만 토마스 헬레 경관의 주의를 끈 것은 그게 아니었다. 두 어깨에 빨래집게가 꽂힌 채 빨랫줄에 걸린 옷이었다. 정확히 말하면, 찢어지고 남은 옷이었다. 가슴 아랫부분이 찢어지고 없었다. 찢어진 부분의 가장자리는 삐뚜름했고, 면섬유의 실은 쪼그라든 채 검게 그을려 있었다.

20일째

최루가스

하늘에서 새어 나오는 빗줄기가 푸르스름한 어스름에 잠긴 베르겐에 내려앉았다. 해리가 탄 택시는 보트 대여회사 앞에 멈췄다. 미리 예약해둔 보트가 부둣가의 푸데피오르드 다리 발치에서 기다리고 있었다.

8.1미터 길이의 낡은 핀란드제 대형 모터보트였다.

"낚시를 하려고 하는데," 해리는 항해지도를 가리켰다. "여기까지 가는 길에 바다 속에 잠긴 바위가 있다거나, 그 밖에 제가 알아둬야 할 건 없습니까?"

"핀뇌위 섬에서 낚시를?" 보트 대여회사 직원이 말했다. "추와 스피너*가 달린 낚싯대를 가져가슈. 하지만 고기는 별로 안 잡힐 거요."

"곧 알게 되겠죠. 시동은 어떻게 겁니까?"

해리가 탄 배가 통통거리며 어둠이 내린 노르네스 곶을 지나가자, 헐벗은 나무들 사이로 토템폴이 보였다. 빗줄기가 납작하게

* 가짜 미끼

누워 있는 바다의 수면을 갈기며 거품을 일으켰다. 운전대 옆에 있는 레버를 위로 밀자 뱃머리가 들썩이더니(그는 균형을 잡기 위해 한 걸음 물러서야 했다), 보트가 앞으로 빠르게 나아갔다.

15분 후, 해리는 레버를 다시 아래로 내렸고 보트는 흔들거리며 부두로 향했다. 라프토의 오두막에서는 보이지 않는 섬의 반대편이었다. 보트를 정박시키고 낚싯대를 꺼내며 빗소리를 들었다. 그는 낚시에 취미가 없었다. 스피너는 묵직했고, 낚싯바늘은 가방 바닥에 걸려 나오지 않았다. 낚싯대에 감겨 있던 해초를 떼어내고, 낚싯바늘을 가방에서 빼내 깨끗이 닦았다. 스피너를 바다에 넣으려는데, 릴에 뭔가 걸려 더 돌아가지 않았다. 그리하여 스피너는 낚싯대 끝에서 20센티미터 되는 지점에 매달린 채 더 밑으로 내려가지도, 위로 올라오지도 않았다. 손목시계를 확인했다. 누군가 보트의 엔진 소리를 듣고 긴장했더라도, 지금쯤이면 긴장을 풀었으리라. 어두워지기 전에 일을 끝내야 했다. 낚싯대를 의자에 내려놓고 가방에서 리볼버를 꺼냈다. 총알이 든 상자를 열어 약실에 총알을 넣었다. 보온병처럼 생긴 최루가스 두 통을 주머니에 넣고 뭍으로 올라갔다.

이 적요한 섬의 정상에 도달해 섬 반대편의 오두막까지 내려가는 데는 5분이 걸렸다. 오두막들은 겨울을 대비해 판자가 덧대어져 있었다. 눈앞에 라프토의 오두막이 나타났다. 어두컴컴하고, 기분 나쁜 오두막. 오두막에서 20미터 떨어진 지점에 바위 하나가 있었다. 거기에서라면 이 오두막의 모든 문과 창문을 볼 수 있으리라. 그가 입은 초록색 군용 재킷의 어깨 아래로 비가 스며든 지 오래였다. 최루가스 한 통을 꺼내 안전핀을 뽑았다. 5초 후면 스프링이 장착된 밸브가 풀리며 최루가스가 새어 나올 것이다. 해리는 최루가스를 든 팔을 쭉 뻗은 채 오두막으로 달려가 창문으로 던졌다. 희미한 쨍그랑 소리와 함께 유리창이 깨졌다. 해리는 바위로 후퇴해 리볼버를 들어 올렸다. 빗소리를 뚫고 최루가스가 슈욱 새는 소리가 나더니, 창문 안쪽이 회색빛으로 변했다.

만약 그녀가 저기 있다면, 몇 초 만에 나올 것이다.

해리는 문을 조준했다. 오두막을 바라보며 기다렸다.

2분이 지났지만, 아무 일도 일어나지 않았다.

2분 더 기다렸다.

해리는 두 번째 최루가스를 준비하고, 총을 치켜든 상태로 문으로 걸어갔다. 문은 잠겨 있었지만 아주 허술해 보였다. 그는 네 발짝 물러서고 나서 돌진했다.

경첩을 따라 문이 부서지면서, 해리는 오른쪽 어깨를 앞으로 내민 채 연기가 자욱한 집 안으로 고꾸라졌다. 최루가스가 즉시 눈을 공격했다. 숨을 참고 바닥을 더듬거려 지하실로 내려가는 문을 찾아냈다. 문을 들어 올리고는, 안전핀을 빼서 두 번째 최루가스를 지하실로 던지고 집 밖으로 뛰쳐나갔다. 콧물과 눈물을 줄줄 흘리며 물웅덩이 앞에 주저앉아 두 눈을 뜬 채 물 속에 머리를 집어넣었다. 코끝에 돌이 긁힐 때까지 최대한 깊게 집어넣었다. 머리를 들어 올리고 나서 다시 얕게 두 번을 더 집어넣었다. 코와 혀는 아직도 미친 듯이 얼얼했지만 눈은 맑아졌다. 그는 리볼버를 다시 오두막에 조준한 다음 기다리고 또 기다렸다.

"어서 나와! 어서 나오라고, 이 망할 년아!"

하지만 아무도 나오지 않았다.

20분이 지나자, 창유리의 구멍에서 연기가 새어 나오지 않았다. 해리는 다시 오두막으로 다가가 발로 문을 찼다. 기침을 하며 마지막으로 집 안을 둘러보았다. 안개가 감도는 폐가였다. 계기비행이로군. 이런 염병할!

다시 보트로 돌아가는 동안 주변이 너무 어두워져서 아무래도 배를 몰 때 가시성에 문제가 있을 듯했다. 묶어두었던 밧줄을 풀고 갑판으로 올라가 시동 레버를 쥐었다. 불현듯 지난 서른여섯 시간 동안 눈도 못 붙이고, 이른 아침을 먹은 후로 아무것도 먹지 못했으며, 비에 온몸이 폭삭 젖었고, 이 얼어 죽을 베르겐까지 날아와 아무런 성과도 거두지 못했다는 생각이 들었다. 단번에 시동이 걸리지 않으면 이 배의 선체에 38밀리미터 구경 총알을 잔뜩 박아 넣은 후에 뭍까지 헤엄쳐서 가리라. 요란한 굉음과 함께 엔진에 시동이 걸리자 오히려 서운할 지경이었다. 레버를 위로 밀려는 찰나, 해리는 그녀를 보았다.

그의 코앞에, 갑판 아래로 내려가는 계단 위에 그녀가 서 있었다. 검은 드레스 위에 회색 스웨터를 입은 채 무심하게 문틀에 몸을 기대고 있었다.

"손들어." 그녀가 명령했다.

너무도 유치하게 들려서 왠지 농담 같았다. 하지만 그를 겨누고 있는 검은색 리볼버는 농담이 아니었다. 그 뒤에 이어진 으름장도. "시키는 대로 안 하면 배를 쏠 거야, 해리. 그럼 허리의 신경이 박살나서 네 몸이 마비되겠지. 그다음에는 머리에 한 방. 하지만 배부터 시작하지……."

총신이 아래로 내려갔다.

해리는 운전대와 레버에서 손을 떼고 양손을 들어 올렸다.

"기왕이면 뒤로 좀 물러나." 그녀가 말했다.

그녀는 계단을 올라왔고, 이제야 해리는 그녀의 눈동자가 번득이는 것을 볼 수 있었다. 그들이 베케르를 체포하러 갔을 때, 그리고 펜리스 바에서 보았던 것과 같은 번득임이었다. 다만 떨리는 홍채에서 불꽃이 튀었다. 해리는 뒤로 물러섰고, 다리에 선미의 의자가 닿았다.

"앉아." 카트리네가 모터를 끄며 말했다.

해리는 털썩 주저앉았다. 낚싯대가 그의 엉덩이에 깔렸고, 플라스틱 의자에 고여 있던 물이 바지에 스며들었다.

"어떻게 날 찾았지?" 카트리네가 물었다.

해리는 어깨를 으쓱했다.

"말해봐." 그녀가 총을 들어 올렸다. "내 호기심을 만족시켜 줘, 해리."

"글쎄." 해리는 그녀의 창백하고 초췌한 얼굴을 읽으려고 노력했다. 하지만 그것은 미지의 영역이었다. 이 여인의 얼굴은 그가 아는 카트리네 브라트, 아니, 그가 안다고 생각했던 카트리네 브라트의 얼굴이 아니었다.

"누구에게나 행동의 패턴이 있지. 행동방침 같은 거." 해리가 말했다.

"그렇군. 내 행동 패턴은 뭔데?"

"한 방향을 가리키고, 반대 방향으로 달아나는 거지."

"그래?"

해리의 재킷 오른쪽 주머니에서 리볼버의 무게가 느껴졌다. 해리는 엉덩이를 들어 오른손은 의자에 둔 채 낚싯대를 움직였다.

"넌 스노우맨이라고 서명한 편지를 내게 보내고, 그로부터 몇 주 후에 경찰청으로 왔어. 네가 제일 먼저 한 일은 네가 내 소속이라고 거짓말을 한 거야. 하겐 경정은 그런 말을 한 적이 없어."

"지금까지는 맞았어. 또 다른 건?"

"넌 스퇴프의 아파트 앞에 있는 수로에 코트를 던져버리고 반대 방향으로 도망쳤지. 지붕 위로. 따라서 네가 동쪽 행 기차에 휴대전화를 두었을 때 사실 넌 서쪽으로 도망간 거야."

"브라보. 내가 어떻게 도망쳤지?"

"당연히 비행기는 아니야. 가르데모엔 공항의 감시가 삼엄해질 걸 알았으니까. 내 추측으로는 오슬로 중앙역에 가서 일찌감치 기차에 휴대전화를 남겨뒀을 거야. 그런 다음, 길을 건너 버스터미널로 가서 서쪽으로 가는 제일 빠른 버스를 잡아탔지. 아마 여러 번 돌아서 베르겐에 왔을 걸? 버스를 계속 갈아타면서."

"노토덴 급행버스를 타고 거기서 다시 베르겐 행 버스를 탔지. 중간에 보스에 내려서 옷을 사고, 거기서 다시 위트레 아르나 행 버스를 탔어. 거기서 베르겐까지 오는 시내버스를 타고. 사카리아스 부두의 어부에게 돈을 주고 여기까지 데려다달라고 했지. 나쁘지 않은 추리야, 해리."

"별로 어렵지 않아. 우린 비슷하니까, 너하고 나."

카트리네가 머리를 비스듬히 기울였다. "그렇게 확신했다면 왜 여기 혼자 왔지?"

"혼자가 아니야. 뮐레르 닐센 경정과 부하들이 지금 보트를 타고 여기로 오는 중이야."

카트리네가 웃음을 터뜨렸다. 해리는 손을 재킷 주머니에 더 가까이 가져갔다.

"우리가 비슷하다는 데 동의해, 해리. 하지만 거짓말에 있어서라면 내가 당신보다 한 수 위야."

해리는 마른침을 삼켰다. 손이 차가웠다. 손가락이 말을 들어야 했다. "그래, 너한테 거짓말이야 식은 죽 먹기겠지. 살인처럼."

"어라? 이제는 당신이 날 죽일 기세인데? 손이 어느새 재킷 주머니 근처로 갔네. 일어나서 재킷 벗어. 천천히. 벗어서 이쪽으로 던져."

해리는 속으로 욕을 했지만 시키는 대로 했다. 그의 재킷이 쿵 소리를 내며 카트리네 앞에 떨어졌다. 그녀는 해리에게서 눈을 떼지 않은 채 재킷을 집어 배 밖으로 던졌다.

"어차피 새 재킷을 장만해야 할 때가 됐어." 그녀가 말했다.

"흠. 내 얼굴 가운데에 들어갈 당근과 어울리는 색깔로?"

카트리네가 눈을 두 번 깜박였고, 해리는 그녀의 눈동자에 혼란스러운 기색이 감도는 걸 보았다.

"이봐, 카트리네. 난 널 도우러 왔어. 넌 도움이 필요해. 넌 아프다고. 네가 사람들을 죽인 건 병 때문이야."

카트리네는 천천히 고개를 젓더니 육지를 가리켰다.

"저기 보트 창고에 두 시간 동안 앉아서 당신을 기다렸어, 해리. 당신이 오리라는 걸 알았으니까. 난 당신을 연구했어. 당신은 늘 원하는 걸 찾아내지. 그래서 당신을 선택한 거야."

"날 선택해?"

"내가 당신을 선택했지. 날 위해 스노우맨을 찾아줄 사람으로. 그래서 당신에게 편지를 보낸 거야."

"왜 직접 스노우맨을 찾지 않았지? 별로 힘들지 않았을 텐데."

카트리네는 고개를 저었다. "나도 해봤어. 몇 년 동안 찾으려고 노력했다고. 하지만 혼자서는 할 수 없다는 걸 알았어. 당신이어야만 해. 당신은 연쇄살인범을 잡은 유일한 사람이니까. 난 해리 홀레가 필요했어." 카트리네가 슬픈 미소를 지었다. "마지막 질문이야, 해리. 내가 당신을 속였다는 걸 어떻게 알았지?"

해리는 이 일이 어떻게 끝날지 궁금했다. 이마에 총알이 박힌 채로? 아니면 전기 올가미로 목이 잘려서? 바다에 나갔다가 익사하는 걸로? 그는 침을 삼켰다. 두렵지 않다면 거짓말이었다. 너무 겁이 나서 머리도 제대로 돌아가지 않았고, 너무 겁이 나서 갑판에 쓰러져 살려달라고 애원하고 싶었다. 그런데도 왜 그러지 않는 걸까? 자존심 때문은 아니다. 자존심은 이미 오래전에 버렸고, 가끔씩만 주워 들었으니까. 물론 이성적인 두뇌 작용 때문일 수도 있다. 겁을 먹어봐야 아무 도움도 안 되고, 오히려 명만 단축된다는 걸 안 것이다. 하지만 해리는 피곤함 때문이라고 결론 내렸다. 너무도, 뼛속 깊이 피곤했기에 어서 이 일을 끝내버리고 싶었다.

"실은 이 일이 오래전에 시작됐다는 걸 늘 알고 있었어." 해리는 이제 추위를 느끼지 못했다. "모든 것이 계획됐고, 그 배후에 있는 사람은 내 머릿속에 들어와 있었지. 용의자는 별로 많지 않았어, 카트리네. 그러다 네 방에서 신문기사를 봤을 때 그게 너란 걸 안 거야."

카트리네는 눈을 깜박거리며 혼란스러워 했다. 해리는 자신의 추리 속으로, 아주 확연하게 깨달았던 논리 속으로 한 줄기 의심이 끼어드는 걸 느꼈다. 정말 확연하게 깨달은 걸까? 한구석에 늘 의심이 존재했던 건 아니고? 꾸준히 내리던 이슬비가 장대비로 바뀌며 빗줄기가 갑판을 난타했다. 카트리네가 입을 벌렸고, 손가락이 방아쇠 주위로 구부러졌다. 해리는 옆에 있던 낚싯대를 움켜잡고 총신을 내려다보았다. 이렇게 끝나는 거로군. 서부 해안의 보트에서 목격자도 없이, 증거도 없이. 어떤 영상이 그의 머릿속에 떠올랐다. 올레그였다. 혼자 있는 올레그.

해리는 낚싯대를 앞으로, 카트리네를 향해 휘둘렀다. 최후의 절박한 돌진이자, 판세를 뒤엎고 운명을 바꾸기 위한 한심한 시도였다. 낚싯대의 부드러운 끝이 카트리네의 볼을 살짝 때렸다. 거의 느끼지도 못할 수준이었다. 카트리네는 다치지도, 균형을 잃지도 않았다. 나중에 돌이켜보면 해리는 당시의 일이 의도적이었는지, 반쯤 생각해둔 것인지, 아니면 순전히 운 좋게 얻어걸린 것인지 기억나지 않았다. 스피너에 가속이 붙으면서 20센티미터의 낚싯줄이 카트리네의 머리에 빙빙 감겼다. 스피너는 계속 돌아갔고, 급기야 카트리네의 벌린 입으로 들어가 앞니와 부딪쳤다. 해리가 낚싯대를 잡아당기자 낚싯바늘의 끝이 제 역할을 했다. 살점을 찾아낸 것이다. 낚싯바늘이 카트리네 브라트의 오른쪽 입꼬리에 박혔다. 해리가 낚싯대를 어찌나 난폭하게 잡아당겼는지, 카트리네의 머리가 뒤로 틀어졌다가 오른쪽으로 돌아갔다. 너무나 맹렬히 돌아가서 일순 카트리네의 머리가 똑 떨어질 것만 같았다. 이내 그녀의 몸도 머리를 따라 돌아가기 시작했다. 처음에는 오른쪽으로 빙빙 돌더니, 이내 해리를 향해 튀어나왔다. 해리 앞에 쓰러질 때까지도 그녀의 몸은 계속 빙빙 돌아가고 있었다.

해리는 카트리네를 덮쳤다. 우선 두 무릎으로 그녀의 쇄골 양쪽을 눌렀다. 이렇게 하면 팔을 움직일 수 없다.

해리는 움직이지 못하는 카트리네의 손을 비틀어 리볼버를 빼낸 다음 휘둥그레진 그녀의 한쪽 눈에 총신을 들이댔다. 총은 깃털처럼 가벼웠고, 강철이 부드러운 그녀의 안구를 짓눌렀다. 하지만 카트리네는 눈을 깜박이지 않았다. 오히려 그 반대였다. 그녀는 미소를 짓고 있었다. 찢어진 입꼬리와 피 묻은 이로 환하게 웃고 있었다. 이에 묻은 피가 빗줄기에 씻기고 있었다.

20일째

희생양

해리의 보트가 부두에 도착하자, 크누트 뮐레르 닐센 경정이 푸데피오르드 다리 아래로 모습을 드러냈다. 다른 경관 두 명과 오늘 당직인 정신과 의사까지 모두 함께 갑판 아래로 내려갔다. 카트리네 브라트는 수갑에 묶인 채 침대에 누워 있었다. 그녀에게 항정신성 안정제를 투여하고, 대기 중이던 차량으로 이송했다.

뮐레르 닐센은 해리에게 이 일을 비밀로 하는 데 동의해줘서 고맙다고 했다.

"우리끼리만 아는 걸로 해두죠." 해리가 비 내리는 하늘을 올려다보며 말했다. "이 일이 알려졌다가는 오슬로에서 맡으려고 할 테니까요."

"물론이오." 뮐레르 닐센이 끄덕였다.

"셰르스티 뢰스모엔이에요." 여자 목소리에 그들은 뒤를 돌아보았다. "정신과 의사죠."

한 40대 여자가 헝클어진 금발에 두툼한 선홍색 오리털 점퍼 차림으로 해리를 올려다보고 있었다. 손에는 담배를 쥐고 있었는데, 자신과 담배 모두 빗물에 흠뻑 젖었다는 사실은 개의치 않는 눈치였다.

"체포하는 데 힘들었나요?" 셰르스티가 물었다.

"아뇨." 카트리네의 리볼버가 바지 허리 아래에서 그의 살갗을 눌렀다. "아무 반항 없이 투항했습니다."

"뭐라던가요?"

"아무 말도 없었습니다."

"아무 말도요?"

"한 마디도 안 했습니다. 그건 무슨 증상인가요?"

"정신병이죠." 셰르스티가 냉큼 대답했다. "그렇다고 해서 미쳤다는 뜻은 아니에요. 단지 감당할 수 없는 일을 감당하기 위한 마음의 방식이죠. 너무 큰 통증을 느낄 때 뇌가 기절을 선택하는 것과 같은 이치예요. 오랫동안 극심한 스트레스를 받은 모양이네요. 맞나요?"

해리는 고개를 끄덕였다. "다시 말할 수 있을까요?"

"네." 셰르스티 뢰스모엔은 젖은 채 꺼져버린 담배를 못마땅한 시선으로 응시했다. "하지만 언제가 될지는 몰라요. 지금 당장은 휴식이 필요해요."

"휴식?" 묄레르 닐센이 콧방귀를 뀌었다. "상대는 연쇄살인범일세."

"전 정신과 의사고요." 셰르스티는 담배를 버리고 작은 빨간색 혼다가 주차된 방향으로 갔다. 퍼붓는 빗속에서도 먼지를 뒤집어쓴 것처럼 보이는 차였다.

"이제 어떻게 할 거요?" 묄레르 닐센이 물었다.

"집으로 가는 마지막 비행기를 타야죠." 해리가 말했다.

"어림없는 소리. 그런 해골 같은 몰골을 하고. 우리 경찰청은 리카 호텔과 계약을 맺었소. 호텔에 데려다주고 마른 옷도 몇 벌 보내주리다. 호텔 안에 식당도 있소."

일단 체크인을 한 다음 손바닥만 한 1인실의 욕실 거울 앞에 서서 해리는 뮐레르 닐센이 했던 말을 생각했다. 그가 해골처럼 보인다는 말. 그가 하마터면 죽을 뻔했다는 말. 정말 죽을 뻔했던가? 샤워를 하고 텅 빈 레스토랑에서 식사를 한 다음, 다시 방으로 올라가 자려고 했지만 잠이 오지 않았다. 텔레비전을 켜보니 하나같이 쓸데없는 프로그램들뿐이었다. 유일하게 NRK2에서만 〈메멘토〉가 방영 중이었다. 해리는 전에 이 영화를 본 적이 있었다. 뇌 손상을 입어 물고기 수준의 단기 기억력만 가진 남자의 시각에서 풀어 나가는 이야기였다. 한 여자가 살해된다. 주인공은 자신이 살인범의 이름을 잊어버릴 걸 알고, 이름을 적어 폴라로이드로 찍어둔다. 문제는 과연 그가 적어둔 내용을 믿을 수 있느냐는 것이다. 해리는 발로 이불을 걷어찼다. 텔레비전 아래에 갈색 문이 달린 미니바가 있었고, 자물쇠도 채워져 있지 않았다.

집으로 가는 비행기를 탔어야 했다.

침대에서 내려왔을 때 방 어딘가에서 휴대전화가 울렸다. 히터 옆의 의자에 걸쳐둔 젖은 바지 주머니에 손을 집어넣었다. 라켈이었다. 지금 어디냐고 물었다. 이야기 좀 하자고. 그의 아파트에서는 안 되고, 공공장소에서 보자고 했다.

해리는 두 눈을 감은 채 침대에 다시 누웠다.

"이제 그만 만나자는 말을 하려고?" 해리가 물었다.

"그래, 이제 그만 만나자는 말을 하려고. 더는 못 견디겠어."

"전화로 해도 충분해, 라켈."

"아니, 충분하지 않아. 그 정도로는 아프지 않을 거야."

해리는 신음했다. 그녀가 옳았다.

그들은 내일 아침 11시, 뷔그되위에 있는 프람 박물관에서, 독일인과 일본인 관광객들 속에 묻힐 수 있는 그 박물관에서 만나기로 했다. 라켈은 베르겐에는 왜 갔느냐고 물었다. 해리는 상황을 설명하고, 며칠 후에 신문에 나올 때까지는 비밀로 하라고 일러두었다.

해리는 전화를 끊고 침대에 누운 채 미니바를 바라보았다. 〈메멘토〉는 시간 역순으로 이야기가 진행되는 중이었다. 오늘 하루 동안 하마터면 죽을 뻔했고, 그가 평생 사랑했던 여자는 이제 그만 만나고 싶다고 했으니, 오늘이야말로 인생 최악의 날이었다. 정말 그럴까? 뮐레르 닐센이 왜 혼자서 카트리네를 잡으러 갔느냐고 물었을 때 해리는 대답하지 않았다. 하지만 이젠 그 답을 알 것 같았다. 의심 때문이었다. 혹은 희망 때문이었다. 그럴 리 없을 거라는 절박한 희망. 하지만 이제 희망은 꺼지고 익사했다. 그에게는 술을 마실 만한 이유가 세 가지나 있었고, 뱃속 깊은 곳에서는 개들이 뭔가에 씐 것처럼 짖어대고 있었다. 그러니 그냥 미니바를 여는 게 좋지 않을까?

해리는 침대에서 내려와 욕실로 가서 수도꼭지를 틀고 수돗물을 받아 마셨다. 그러고는 얼굴에 물을 마구 끼얹었다. 허리를 펴고 거울을 들여다보았다. 해골 같았다. 해골은 왜 술을 마시지 않으려는 걸까? 그는 큰 소리로 자신의 얼굴에 답을 내뱉었다. "그러면 아프지 않을 테니까."

군나르 하겐 경정은 피곤했다. 영혼까지 피곤할 지경이었다. 주위를 둘러보았다. 거의 자정이 다 된 지금, 그는 오슬로 중심부에 위치한 한 건물의 맨 꼭대기 층 회의실에 있었다. 여기서는 모든 것이 갈색으로 반짝거렸다. 마룻바닥, 여러 개의 스포트라이트가 달린 천장, 이곳을 소유했던 전 클럽 회장들의 초상화가 걸린 벽, 마호가니로 만든 세 평 크기의 테이블과 그 테이블에 둘러앉은 열두 명 앞에 놓인 가죽 압지철까지. 하겐은 한 시간 전에 총경의 전화를 받았고, 이 주소로 오라는 명령을 받았다. 방 안에 있는 사람들 중에는 그가 아는 사람(예를 들면, 경찰청장)도 있고, 신문에서 본 사람들도 있었지만, 대부분은 전혀 모르는 사람들이었다. 총경은 방 안에 있는 사람들에게 최근의 소식을 보고했다. 스노우맨은 베르겐에서 온 여경으로 밝혀졌으며, 한동안 경찰청 강력반에서 근무까지 했다. 그녀는 그들을 감쪽같이 속였고, 이젠 잡혔으니 이 사실을 대중에게 알려야 했다.

총경의 발표가 끝나자 침묵이 시가 연기처럼 자욱하게 내려앉았다.

시가 연기는 테이블 맨 끝에 앉은 백발 남자에게서 피어오르고 있었다. 남자는 비스듬히 의자에 등을 기댄 상태였고, 얼굴은 어둠에 잠겨 있었다. 처음으로 그가 소리를 냈다. 작은 한숨 소리. 군나르 하겐은 지금까지 이 방에서 있었던 모든 발표가 이 남자를 향한 것이었음을 깨달았다.

"더럽게 지루하군, 총경." 백발의 남자가 여자 같은 고음의 목소리로 말했다. "타격이 크겠어. 경찰 전체의 자신감도 떨어지고. 우린 최고위층이야. 따라서……." 남자가 시가를 뻐금뻐금 빨아들이는 동안 회의실 전체가 숨을 죽이는 듯했다. "누군가를 잘라야 해. 문제는 그게 누구냐는 거야."

경찰청장이 목청을 가다듬었다. "무슨 좋은 생각이라도 있으십니까?"

"아직은 없어. 하지만 자네와 총경에게는 분명 있겠지? 말해보게." 백발이 말했다.

"저희가 보기에는 임용과 그 추후 단계에서의 실수입니다. 사람의 잘못이지, 구조적 결함은 아니라는 거죠. 따라서 꼭 경영진의 문제는 아닙니다. 그러므로 책임과 죄를 구분할 필요가 있다고 봅니다. 경영진은 책임을 지지만……."

"원론적인 이야기는 건너뛰고, 그래서 자네들이 염두에 둔 희생양이 누군가?"

총경이 옷깃을 매만졌다. 군나르는 총경이 지금 바늘방석에 앉아 있음을 알 수 있었다.

"해리 홀레 반장입니다." 총경이 말했다.

백발 남자가 새 시가에 불을 붙이는 동안 다시 침묵이 감돌았다. 라이터가 찰칵, 찰칵 소리를 냈다. 그러더니 어둠 속에서 시가를 빨아들이는 소리가 났고, 다시 연기가 피어올랐다.

"괜찮은 생각이야." 고음의 목소리가 말했다. "홀레가 아닌 다른 사람이었다면 좀 더 윗선에서 희생양을 찾아보라고 했을 걸세. 일개 반장이 희생양이 되기에는 약하니까. 사실은 총경, 자네를 고려해보라고 했을 거야. 하지만 홀레는 유명세가 있어. 그 토크쇼에도 나왔고, 형사로서 명성을 날리는 인기인이지. 그래, 그 정도면 딱 좋겠어. 하지만 그자가 협조할까?"

"그건 저희에게 맡겨주십시오. 안 그런가, 군나르?" 총경이 말했다.

군나르 하겐은 숨을 헉 들이쉬었다. 그의 마음은 아내에게로 향했다. 그의 경력을 위해 아내가 치렀던 희생을 생각했다. 아내는 결혼과 동시에 공부를 그만두고, 그를 따라 처음에는 특수부대에서, 나중에는 경찰에서 발령이 나는 대로 이사를 다녔다. 아내는 현명하고 지적이었으며, 대부분의 분야에서 그와 동등했고 몇몇 분야에서는 더 뛰어났다. 경력에서나 도덕적 이슈에서나 그는 아내의 의견을 따랐다. 게다가 아내는 늘 좋은 충고를 해주었다. 그런데도 그는 두 사람 모두가 바랐던 걸출한 경력을 쌓는 데 실패했다. 하지만 이젠 상황이 훨씬 희망적이었다. 현재 강력반 우두머리인 그의 위치가 아마도 더 위로 올라갈 듯했다. 일을 그르치지만 않는다면. 그리고 그건 그다지 어렵지 않았다.

"안 그런가, 군나르?" 총경이 다시 한 번 물었다.

다만 그는 너무 피곤했다. 영혼까지 피곤했다. 당신을 위해서야. 군나르는 생각했다. 당신도 이렇게 했을 거야, 여보.

21일째

남극

해리와 라켈은 박물관에 전시된 목조 선박 프람 호의 뱃머리에 서서 박줄이며 돛을 찍는 일본인 관광객들을 바라보았다. 관광객들은 빙글거리는 얼굴로 고개를 끄덕이며, 이 소박한 배가 1893년 북극에 처음으로 도달하려다 실패했던 프리드쇼프 난센의 탐험과 1911년 스콧을 제치고 남극에 도달했던 로알 아문센의 탐험에 사용됐다는 가이드의 설명을 귓등으로 듣고 있었다.

"당신 집에 시계를 두고 왔어." 라켈이 말했다.

"그건 낡은 수법이야. 그걸 핑계로 내 집에 다시 오려는 거잖아."

그녀는 난간을 잡고 있던 해리의 손에 자신의 손을 포개며 고개를 저었다. "마티아스가 생일선물로 사준 거야."

그건 깜박했군. 해리가 생각했다.

"그이와 외출할 건데, 시계가 없으면 물어볼 거야. 그리고 내가 거짓말에 약한 거 알지? 그러니까 당신이……?"

"4시 전에 들를게."

"고마워. 난 출근하니까 문 옆의 새집에 넣어둬. 예전에……."

라켈은 더 설명할 필요가 없었다. 그 새집은 예전 새벽에 귀가

하는 해리를 위해 늘 현관 열쇠를 넣어두던 곳이었다. 해리는 손으로 난간을 쳤다. "아르베 스퇴프의 말에 따르면 말이지, 로알 아문센의 문제는 경쟁에서 이겼다는 거라더군. 모든 훌륭한 이야기들은 패배자에 관한 거래."

라켈은 대답하지 않았다.

"그게 좀 위안이 되는 것 같아. 이제 갈까?" 해리가 말했다.

밖으로 나오니 눈이 내리고 있었다.

"그럼 이제 끝난 거야? 당분간은?"

해리는 라켈이 하는 말의 주어가 스노우맨 사건이지, 그들의 관계가 아님을 확인하기 위해 그녀를 곁눈질로 바라보았다.

"아직 시체가 어디 있는지 몰라. 오늘 아침, 공항으로 가기 전에 카트리네를 만났지만 아무 말도 없었어. 그냥 허공만 응시하더군. 거기 누가 있는 것처럼."

"베르겐에 혼자 간다고 누구에게 말했어?" 라켈이 뜬금없는 질문을 던졌다.

해리는 고개를 저었다.

"왜?"

"글쎄. 내 짐작이 틀릴 수도 있으니까. 그러면 체면 구기지 않고 조용히 돌아올 수 있잖아."

"그건 이유가 못 돼."

해리는 다시 라켈을 곁눈질로 바라보았다. 라켈은 해리보다 더 피곤해 보였다.

"솔직히 말해서 나도 모르겠어. 카트리네가 범인이 아니길 바랐던 거 같아."

"그 여자가 당신하고 비슷하니까? 당신이 그런 짓을 저질렀을 수도 있으니까?"

그는 카트리네가 자신과 닮았다는 이야기를 라켈에게 한 기억조차 나지 않았다.

"카트리네는 너무 외롭고, 겁에 질려 보였어." 눈송이가 해리의 눈을 찔렀다. "황혼 속에서 길을 잃은 사람처럼."

젠장, 젠장, 젠장! 그는 눈을 껌벅거렸고, 울먹임이 불끈 쥔 주먹처럼 목구멍으로 튀어나오려는 것을 느꼈다. 신경쇠약에라도 걸린 걸까? 라켈의 따뜻한 손이 그의 목을 문지르자 해리의 몸이 얼어붙었다.

"당신은 그 여자가 아니야, 해리. 당신은 그 여자와 달라."

"내가?" 해리는 힘없이 웃으며 라켈의 손을 치웠다.

"당신은 죄 없는 사람들을 죽이지 않잖아."

해리는 집까지 태워주겠다는 라켈의 제안을 거절하고 버스를 탔다. 차창 너머로 떨어지는 눈송이와 피오르를 바라보며, 라켈이 '죄 없는' 이라는 단어를 넣기 전 뜸을 들였다는 사실을 생각했다.

막 현관문을 열고 집으로 들어가려던 해리는 인스턴트커피가 다 떨어졌다는 게 생각나 50미터 떨어진 길모퉁이 가게에 들르기로 했다.

"웬일로 이 시간에 오셨네요." 가게 주인 알리가 돈을 받으며 말했다.

"쉬는 날이라서요."

"날씨가 참 왜 이 모양이랍니까? 앞으로 24시간 동안 눈이 50센티미터쯤 올 거라네요."

해리는 커피가 든 병을 만지작거렸다. "요전에 제가 실수로 정원에서 살마와 무하마드를 놀라게 했습니다."

"네, 들었어요."

"미안해요. 요즘 너무 스트레스를 받아서……."

"괜찮습니다. 반장님이 다시 술을 입에 댔을까 봐 그게 걱정이었죠."

해리는 고개를 저으며 슬쩍 미소 지었다. 이 파키스탄인의 직설적인 말투가 마음에 들었다.

"다행이군요." 알리는 그렇게 말하며 잔돈을 셌다. "집 개조는 어떻게 돼갑니까?"

"개조요?" 해리는 잔돈을 받았다. "곰팡이 제거 작업을 말하는 겁니까?"

"곰팡이 제거요?"

"네, 지하실에 곰팡이가 있는지 확인해주는 사람 있잖습니까? 스토르만이라든가."

"지하실에 곰팡이가요?" 알리는 겁에 질린 표정으로 해리를 보았다.

"몰랐습니까? 당신이 우리 아파트 주민회 회장 아닌가요? 당신에게 허락을 받고 하는 줄 알았는데요."

알리는 천천히 고개를 저었다. "어쩌면 비에른에게 얘기했는지도 모르죠."

"비에른이 누굽니까?"

"지난 13년간 1층에 살았던 비에른 아스베른센요." 알리는 나무라는 시선으로 해리를 보았다. "13년 내내 주민회 부회장이었잖아요."

"아, 맞아요, 비에른." 해리가 이제야 생각난 척 말했다.

"제가 물어보죠." 알리가 말했다.

아파트에 들어서자, 해리는 신발을 벗고 곧장 침실로 들어가 곯아떨어졌다. 베르겐의 호텔에서는 거의 잠을 자지 못했다. 잠에서 깼을 때는 입 안이 바싹 말라 있었고 위에 통증이 느껴졌다. 물을 마시기 위해 복도로 나간 그는 불현듯 걸음을 멈췄다.

집에 들어올 때는 몰랐는데, 모든 벽이 정상으로 돌아와 있었다.

이 방 저 방 돌아다녀보았다. 마법 같았다. 어찌나 완벽하게 원상 복구됐는지 아예 손을 댄 것 같지가 않았다. 못자국도, 비뚤어진 이음새도 없었다. 이게 환영이 아니라는 걸 확인하기 위해 거실의 벽을 만져보았다.

안락의자 앞 테이블에 노란색 쪽지가 놓여 있었다. 손으로 적은 쪽지였다. 글씨는 깔끔하면서도 이상하게 매력적이었다.

곰팡이는 사라졌습니다. 앞으로는 절 볼 일이 없을 겁니다. 스토르만.

PS. 손을 베서 피를 흘리는 바람에 판자 하나를 뒤집어야 했습니다. 방부처리를 하지 않은 판자에 피를 흘리면 지울 수가 없거든요. 아니면 벽 전체를 빨간색으로 칠하든가요.

해리는 안락의자에 털썩 앉아 매끄러운 벽을 곰곰이 바라보았다.

부엌에 들어서서야 이 기적이 완벽하지 않음을 알게 됐다. 라켈과 올레그의 사진이 있는 달력이 사라진 것이다. 하늘색 원피스. 해리는 큰 소리로 욕설을 지껄이며 맹렬히 쓰레기통을 뒤졌다. 심지어 마당의 플라스틱 재활용 쓰레기통까지 뒤졌다. 하지만 결국 그의 생애 가장 행복한 시간은 곰팡이와 함께 박멸됐다는 결론을 내렸다.

정신과 의사 셰르스티 뢰스모엔에게 오늘은 분명 평소와 다른 날이었다. 단지 베르겐에서는 드물게 태양이 하늘에 모습을 드러내고, 그녀가 서둘러 걸어가고 있는 지금 이 순간에도 정신과 병동의 복도 창문으로 햇살이 반짝거려서만은 아니다. 산비켄에 있는 하우켈란 병원의 이 정신과 병동은 이름이 하도 여러 번 바뀐 터라, 현재 공식 명칭이 그냥 산비켄 병원이라는 사실을 아는 베르겐 시민은 극소수였다. 하지만 폐쇄병동은 추후 공지가 있을 때까지 그냥 폐쇄병동으로 불렸다. 베르겐 시는 누군가 나서서 용어가 잘못된 인상을 준다거나, 환자들에게 오명을 씌울 우려가 있다고 주장할 때까지 그냥 버틸 속셈이었다.

셰르스티는 곧 있을 상담이 두려운 동시에 기대되었다. 이 환자는 지금까지 이 병동에 감금됐던 어떤 환자보다 삼엄한 감시를 받고 있었다. 병원 측은 크리포스의 에스펜 렙스비크, 그리고 베르겐 경찰청의 크누트 뮐레르 닐센과 윤리적 경계 및 절차에 대해 합의를 보았다. 이 환자는 정신병자이고, 따라서 경찰의 심문을 받을 수 없다. 셰르스티는 정신과 의사이기에 환자와 이야기할 자격이 있었지만 환자의 입장을 최우선으로 고려해야 한다. 경찰 심문과 같은 목적으로 상담을 진행해서는 안 된다. 그리고 궁극적으로 비밀 보장의 원칙 문제가 있었다. 상담 중에 나온 정보가 경찰에게 중요한 의미가 있다는 판단도, 그리하여 그걸 계속 파고들어야겠다는 결정도 그녀의 몫이었다. 게다가 이 정보는 정신병자에게서 나온 것이기에 어차피 법정에서 아무런 효력도 발휘하지 못한다. 한마디로 그녀가 하는 모든 행동이 사법제도와 언론의 검열을 받게 될 터이기에, 그들은 조금만 미끄러져도 엄청난 재앙을 불러일으킬 수 있는 법적, 윤리적 지뢰밭에서 움직이는 셈이었다.

상담실 앞에는 간병인과 제복을 입은 경관이 서 있었다. 셰르스티는 하얀 가운에 옷핀으로 꽂은 신분증을 가리켰다.

경찰과의 합의에 따라 간병인이 상담실에서 벌어지는 일을 지켜볼 것이며, 필요하다면 경보를 울릴 것이다.

셰르스티 뢰스모엔은 의자에 앉아 환자를 샅샅이 뜯어보았다. 이 환자가 위험인물이라고는 상상하기 힘들었다. 이 왜소한 체구의 여인은 얼굴 양옆으로 머리를 늘어뜨렸으며, 찢어진 입꼬리는 검은 실로 꿰맸고, 휘둥그렇게 뜬 눈은 오로지 그녀만이 알고 있는 심오한 두려움을 응시하는 듯했다. 위험인물이라기보다 오히려 어떤 행동도 취할 수 없을 듯이 보였다. 그 앞에서 조금만 숨을 크게 내쉬어도 뒤로 넘어갈 것 같았다. 이 여자가 사람들을 잔인하게 살해했다는 사실이 도무지 믿기지 않았다. 하지만 원래 살인범은 늘 그런 법이다.

"안녕하세요. 난 셰르스티예요."

아무 대답이 없다.

"당신의 문제가 뭐라고 생각하죠?" 셰르스티가 물었다.

이 질문은 정신병자와의 대화를 주도하는 방법이 적힌 안내서에서 그대로 인용한 것이다. 또 다른 질문으로는 "내가 어떻게 해야 당신을 도울 수 있을까요?"가 있다.

여전히 묵묵부답.

"이 방에서는 안전해요. 아무도 당신을 해치지 않아요. 나도 당신을 해치지 않을 거고요. 당신은 절대적으로 안전해요."

안내서에 따르면, 이 확고한 문장은 정신병자를 안심시키기 위한 것이라고 한다. 정신병은 주로 엄청난 두려움의 병이기 때문이다. 셰르스티 뢰스모엔은 비행기가 이륙하기 전, 안전수칙에 대해 설명하는 승무원이 된 기분이었다. 기계적이고 틀에 박힌 설명. 심지어 물이라고는 찾아볼 수 없는 사막을 횡단할지라도 구명조끼의 사용법을 보여줘야 한다. 그 설명이 곧 승객들이 듣고 싶어 하는 말이기 때문이다. 즉 겁을 먹어도 되지만, 우리가 당신들을 보살펴주겠다는 말.

이제는 환자의 현실감각을 확인해봐야 할 차례였다.

"오늘이 무슨 요일인지 알아요?"

침묵.

"저기 벽에 걸린 시계를 보세요. 몇 시인지 말해줄 수 있어요?"

여자의 겁에 질린 시선만이 대답으로 돌아왔다.

셰르스티 뢰스모엔은 기다리고 또 기다렸다. 시계의 분침이 다리를 곧게 뻗은 채 한 칸 옆으로 비틀 이동했다.

가망이 없었다.

"그만 갈게요. 누군가 와서 당신을 데려갈 거예요. 당신은 안전해요."

셰르스티는 문가로 갔다.

"해리에게 할 말이 있어." 여자의 목소리는 남자라고 해도 믿을 만큼 저음이었다.

"해리 홀레. 급한 일이야."

셰르스티는 여자와 눈을 마주치려고 했지만, 여자는 계속 자신만의 먼 세상을 응시할 뿐이었다.

"유감이지만 내게 해리 홀레가 누군지 말해줘야 해요, 카트리네."

"오슬로 경찰청 강력반 반장. 그리고 날 부르려거든 성으로 불러, 셰르스티."

"브라트?"

"라프토."

"알았어요. 하지만 해리 홀레에게 해야 할 말이 뭔지 내게 말해줄 순 없나요? 그럼 내가 그 사람에게 전해……."

"당신은 몰라. 다 죽을 거야."

셰르스티는 천천히 다시 의자에 앉았다. "나도 알아요. 왜 다들 죽을 거라고 생각하죠, 카트리네?"

마침내 두 사람의 눈이 마주쳤다. 셰르스티 뢰스모엔이 본 것은 그녀의 별장에 보관해둔 모노폴리 게임의 빨간 카드를 연상시켰다. 당신의 집과 호텔이 모두 불에 탔습니다, 라고 적힌 카드.

"너희들은 아무것도 몰라. 범인은 내가 아니라고." 남자 같은 저음의 목소리가 대답했다.

오후 2시, 해리는 홀멘콜바이엔 가에 있는 라켈의 목조 주택 아래 도로에 차를 세웠다. 눈이 그쳤기에 진입로에 타이어자국이 또렷이 남을 텐데, 그건 현명한 처사가 아닐 듯했다. 걸어가는 동안 신발 밑에서 눈이 부드럽게 뽀드득 소리를 냈고, 날카로운 햇살이 선글라스처럼 새까만 창문 위로 번쩍거렸다.

해리는 현관으로 이어지는 계단을 올라가 새장 문을 열고 라켈의 시계를 넣어둔 다음 다시 문을 닫았다. 몸을 돌려서 가려는데, 갑자기 뒤에서 현관문이 벌컥 열렸다.

"해리!"

몸을 빙글 돌린 해리는 침을 삼키며 억지 미소를 지었다. 그의 앞에는 허리에 수건만 두른 채 벌거벗은 남자가 서 있었다.

"마티아스." 해리는 당황하며 마티아스의 가슴을 바라보았다. "깜짝 놀랐습니다. 이 시간에는 병원에 있을 줄 알았는데요."

"미안해요." 마티아스는 웃으며 얼른 가슴 위로 팔짱을 꼈다. "어젯밤에 야근을 해서 오늘은 쉽니다. 샤워하러 가는 길이었는데, 현관에서 소리가 나잖아요. 올레그인 줄 알았어요. 올레그 열쇠가 좀 빽빽하거든요."

빽빽한 열쇠라. 해리는 생각에 잠겼다. 그렇다면 올레그는 분명 해리가 쓰던 열쇠를 쓰는 것이다. 올레그의 열쇠는 마티아스가 가져갔겠지. 여자의 마음이란.

"뭐 내가 도와줄 일이라도 있어요, 해리?" 마티아스는 부자연스러울 정도로 높은 위치에 팔짱을 끼고 있었다. 마치 뭔가를 감추려는 사람처럼.

"아닙니다." 해리가 가볍게 말했다. "그냥 지나가다가 들렀어요. 올레그에게 줄 게 있어서."

"초인종을 누르지 그랬어요?"

해리는 마른침을 삼켰다. "갑자기 그 애가 아직 학교에서 돌아오지 않았다는 걸 알았거든요."

"그래요? 그걸 어떻게 알았죠?"

해리는 마치 적절한 질문을 허가한다는 듯한 태도로 마티아스를 향해 고개를 끄덕였다. 마티아스의 다정하고 천진한 얼굴에는 손톱만큼의 의심도 없었다. 그저 자신이 이해하지 못하는 것을 알고 싶다는 순수한 욕망뿐이었다.

"눈 때문이죠." 해리가 말했다.

"눈?"

"네. 두 시간 전에 눈이 그쳤는데, 계단에 발자국이 없어서요."

"와! 정말 대단해요, 해리." 마티아스가 흥분하며 외쳤다. "그런 게 바로 연역적 추리를 일상에 적용하는 거로군요. 당신 진짜 형사네요. 의심의 여지없이."

해리의 웃음소리는 긴장되어 있었다. 팔짱을 낀 마티아스의 팔이 조금 내려왔고, 해리는 라켈이 말했던 마티아스의 신체적 특징이 뭔지 알 수 있었다. 젖꼭지 두 개가 있어야 할 자리에 아무것도 없이 그저 새하얀 살갗뿐이었다.

"유전이죠." 해리의 시선을 따라간 마티아스가 말했다. "저희 아버지도 젖꼭지가 없어요. 드문 경우지만 아무런 해도 없죠. 남자가 젖꼭지가 있어 봐야 뭘 하겠어요?"

"맞는 말입니다." 해리는 귓불이 뜨거워지는 걸 느끼며 말했다.

"내가 대신 올레그에게 전해줄까요?"

해리는 시선을 내렸다. 본능적으로 시선이 새장으로 향했다가 다시 움직였다.

"그냥 다음에 또 들르죠." 해리는 상대에게 신뢰를 주기를 바라는 마음으로 얼굴을 찡그렸다. "어서 샤워해요."

"그러죠."

"또 봅시다."

차로 돌아온 해리는 제일 먼저 양손으로 운전대를 내려치고 큰 소리로 욕을 퍼부었다. 현행범으로 붙잡힌 열두 살짜리 좀도둑처럼 구는 꼴이라니. 마티아스의 면전에 대고 거짓말을 했다. 거짓말을 하고, 벌벌 기고, 완전 쪼다처럼 굴었다.

시동을 걸고 차를 벌주기 위해 클러치를 확 풀어버렸다. 지금은 이런 일을 신경 쓸 겨를이 없다. 다른 일에 에너지를 집중해야 했다. 하지만 그럴 수 없었다. 해리의 차가 오슬로 도심을 가로지르는 동안 그의 마음은 미친 듯이 연상 작용에 빠져들었다. 해리는 얼룩을, 맨살의 혈흔처럼 생긴 납작하고 빨간 젖꼭지를 생각했다. 방부처리를 하지 않은 나무판자 위의 혈흔. 왠지 모르게 곰팡이 제거하는 남자의 글이 머릿속에 떠올랐다. '아니면 벽 전체를 빨간색으로 칠하든가요.'

곰팡이를 제거하던 남자는 피를 흘렸다. 해리는 눈을 반쯤 감은 채 그 상처를 그려보았다. 그렇게 난장판이 될 정도면……. 벽을 빨갛게 칠할 수밖에 없었을 정도라면 분명 깊이 베인 상처였을 것이다.

해리는 급브레이크를 밟았다. 뒤에서 고함 소리가 났다. 백미러를 들여다보니 하이에이스 한 대가 새로 쌓인 눈 위로 미끄러지다가, 마침내 타이어가 제대로 굴러가며 그의 차를 추월했다.

해리는 차 문을 발로 차서 열고 차에서 뛰어내렸다. 그곳은 홀멘콜바이엔 가의 맨 밑에 있는 스타디움 옆이었다. 숨을 깊이 들이쉬고, 생각의 탑을 산산조각 낸 다음, 재조립할 수 있는지 보기 위해 전부 해체했다. 탑은 순식간에 다시 세워졌다. 어떤 조각도 억지로 끼워 넣을 필요가 없었다. 저절로 맞아떨어졌기 때문이다. 맥박이 빨라졌다. 만약 이게 사실이라면, 모든 게 완전히 뒤집어진다. 그리고 모든 게 들어맞는다. 스노우맨이 어떻게 해리의 삶 안으로 침투할 계획을 세우고, 그 안으로 걸어 들어와서 편안히 자리를 잡았는지 맞아떨어진다. 게다가 시신들, 시신들이 어떻게 되었는지도 설명이 된다. 해리는 몸을 부들부들 떨며 담배에 불을 붙였고, 그가 순식간에 보았던 것들을 재구성하기 시작했다. 가장자리가 검게 그을린 닭털.

그는 영감이나 신성한 통찰력, 텔레파시를 믿지 않는다. 하지만 운은 믿는다. 타고나는 운이 아니라, 몸이 바스러질 정도로 죽어라 일한 덕분에 어느 시점이 되면 저절로 얻어걸리는 운을 믿는다. 하지만 이것은 그런 종류의 운이 아니다. 그냥 요행이었다. 요행 같지 않은 요행. 물론 그의 추측이 맞는다면. 해리는 시선을 내렸고, 자신이 눈 속을 걸어 다니고 있음을 깨달았다. 말 그대로 두 발을 땅에 디디고 서 있음을 깨달았다.

다시 차로 걸어가 휴대전화를 꺼내 비에른 홀름에게 전화했다.

"네, 반장님?" 나른하고, 알아듣기 힘들 정도의 코맹맹이 소리가 대답했다.

"숙취에 시달리나 보군." 해리가 말했다. 그의 의심이 고개를 들었다.

"그러면 좋게요." 홀름이 코를 훌쩍거렸다. "망할 감기에 걸렸어요. 이불 두 개를 덮어도 추워 죽겠어요. 삭신이 쑤셔서……."

"저기," 해리가 끼어들었다. "쉴비아가 헛간에서 닭을 잡은 시간을 알기 위해 내가 닭의 온도를 재라고 했던 거 기억나?"

"네."

"그랬더니 자네가 한 마리가 다른 두 마리보다 체온이 높다고 했었지."

홀름이 다시 코를 훌쩍였다. "맞아요. 스카레가 그 닭이 열병에 걸린 게 아니냐고 그랬죠. 꽤 그럴 듯한 가정이에요."

"내 생각에는 그 닭이 쉴비아가 죽은 다음에 죽었기 때문에 체온이 더 높은 게 아닌가 싶어. 다시 말해, 닭은 한 시간 뒤에 죽은 거지."

"네? 그럼 누가 죽였는데요?"

"스노우맨."

콧물이 역행하며 요란하게 코를 들이마시는 소리가 들리더니 홀름이 대답했다. "그럼 카트리네가 쉴비아의 손도끼를 집어 들고 다시 헛간으로 돌아가서……."

"아냐, 손도끼는 숲에 있었어. 처음 봤을 때 알았어야 했는데, 죽은 닭들을 봤을 때는 그 전기 올가미에 대해 전혀 모르는 상태였으니까."

"뭘 보셨는데요?"

"가장자리가 검게 그을린 닭털. 내 생각에는 스노우맨이 전기 올가미로 죽인 것 같아."

"그렇군요. 하지만 대체 왜 닭을 죽였을까요?"

"벽을 빨간색으로 칠하려고."

"네?"

"나한테 생각이 있어."

"젠장." 비에른 홀름이 중얼거렸다. "그 생각대로라면 제가 침대에서 나와야겠죠?"

"글쎄……." 해리가 운을 뗐다.

눈은 잠깐 휴식을 취했을 뿐, 오후 3시가 되자 다시 펑펑 내리기 시작했다. 외스틀란에도 솜털 같은 눈송이들이 휘몰아치기 시작했다. 베룸으로 향하는 구불구불한 E16도로에는 질척질척한 회색 눈이 한 겹 입혀져 있었다.

해리와 홀름이 탄 차는 그 길의 가장 높은 지점인 솔리회위다에서 방향을 틀었고, 숲 속으로 난 길을 따라 내려갔다.

5분 뒤, 두 사람 앞에는 롤프 오테르센이 나타났다. 그가 서 있는 현관 뒤로 거실이 보였고, 아네 페데르센이 소파에 앉아 있었다.

"헛간 바닥을 다시 살펴보려고 왔습니다." 해리가 말했다.

롤프 오테르센은 흘러내린 안경을 코 위로 밀어 올렸다. 비에른 홀름은 쿨럭쿨럭 쇳소리가 나는 기침을 해댔다.

"그렇게 하시죠." 롤프가 말했다.

두 사람이 헛간을 향해 걸어가는 동안, 해리는 말라깽이 롤프가 여전히 문 앞에 서서 그들을 지켜보는 걸 느낄 수 있었다.

도마는 여전히 같은 자리에 있었지만 산 닭이든, 죽은 닭이든 닭의 흔적은 전혀 없었다. 벽에는 끝이 뾰족한 삽이 기대어져 있었다. 눈을 치우는 삽이 아니라 땅을 파는 삽이었다. 해리는 연장이 걸린 곳으로 갔다. 손도끼가 있었던 자리의 자국을 보니, 범죄 현장에서 시체가 있던 자리에 그리는 하얀 선이 생각났다.

"스노우맨이 여기 와서 세 번째 닭을 죽이고, 그 피를 바닥에 뿌렸다는 게 내 생각이야. 판자를 뒤집을 수 없으니까 대신 바닥을 붉게 칠한 거지."

"차에서도 그렇게 말씀하셨는데, 전 아직도 모르겠어요."

"붉은 자국을 없애고 싶을 땐 그 자국을 닦아내거나 전부 빨간색으로 칠해야 하지. 스노우맨은 뭔가를 숨기려고 했어. 단서를."

"무슨 단서요?"

"뭔가 붉은 것. 방부처리가 되지 않은 나무에 스며들어서 지울 수 없었던 것."

"혈흔이요? 카트리네가 더 많은 피로 혈흔을 감추려 했다고요? 그게 반장님 생각이에요?"

해리는 빗자루를 집어 들어 도마 밑의 톱밥을 쓸어냈다. 쪼그리고 앉자, 벨트 아래에서 카트리네의 리볼버가 그의 살 속으로 파고들었다. 해리는 마룻바닥을 곰곰이 바라보았다. 여전히 핑크색 홍조가 남아 있었다.

"여기서 찍은 사진 가져왔지?" 해리가 물었다. "피가 가장 많았던 곳부터 시작하자고. 아마 도마에서 조금 떨어진 곳, 이 주변이었을 거야."

홀름은 가방에서 사진을 꺼냈다.

"맨 위에 뿌린 피는 닭피야. 하지만 처음에 흘린 피는 나무에 스며들어 흡수될 시간이 있었어. 따라서 한참 후에 뿌린 새로운 피와 섞이지 않았을 거야. 내가 궁금한 건 지금도 그 첫 번째 피, 그러니까 나무에 스며든 피의 샘플을 얻을 수 있느냐는 거지."

비에른 홀름은 어리둥절한 표정으로 눈을 껌벅거렸다. "젠장, 무슨 대답을 원하시는 거예요?"

"글쎄, 예스라는 대답."

홀름은 대답 대신 오랫동안 발작하듯이 기침을 해댔다.

해리는 어슬렁어슬렁 농가로 걸어가 문을 두드렸다. 롤프 오테르센이 문을 열었다.

"제 동료가 당분간 여기 머물 겁니다. 이 친구가 가끔씩 집 안에 들어가 몸을 녹여도 될까요?"

"그렇게 하세요." 롤프가 마지못해 대답했다. "이젠 또 뭘 파헤치시는 겁니까?"

"저도 같은 질문을 하려던 참입니다. 헛간에 있는 삽에 흙이 묻어 있던데요."

"아, 그거요. 울타리를 세우려고요."

해리는 어둡고 울창한 숲을 향해 뻗어 있는, 눈으로 뒤덮인 땅을 훑어보았다. 과연 이 남자가 울타리를 세워 지키고 싶은 것이 무엇인지, 혹은 울타리 밖으로 쫓아내고 싶은 것이 무엇인지 궁금했다. 롤프 오테르센의 눈동자에 두려움이 깃들어 있었기 때문이다.

해리는 거실을 향해 고갯짓을 했다. "손님이 있으시던데……." 휴대전화가 울리며 해리의 말을 방해했다.

스카레의 전화였다.

"또 나왔습니다." 스카레가 말했다.

해리는 숲을 응시하며 탐스러운 눈송이가 그의 볼과 이마 위에서 녹아내리는 것을 느꼈다.

"뭐가 또 나와?" 스카레의 말투만으로도 이미 그 답을 알 수 있었지만, 해리는 그렇게 웅얼거렸다.

"눈사람이요."

정신과 의사 셰르스티 뢰스모엔이 크누트 뮐레르 닐센 경정에게 연락했을 때 그는 크리포스의 에스펜 렙스비크와 경찰청을 막 나서려던 참이었다.

"카트리네 브라트가 입을 열었어요. 병원으로 오셔서 그녀의 말을 들어보셔야 할 것 같아요." 셰르스티가 말했다.

21일째

보관용 탱크

숲으로 이어진 눈 위의 발자국을 따라 스카레가 앞장 서서 걸어갔다. 이른 오후인데도 벌써 어두워 겨울이 다가왔음을 실감나게 했다. 머리 위로는 트뤼반 타워가 번쩍였고, 발아래로는 오슬로 시가지가 반짝거렸다. 해리는 솔리회위다에서 이곳으로 곧장 차를 몰았고, 텅 빈 거대한 주차장에 차를 세웠다. 매해 봄이면 졸업생들이 의무적인 성인식을 치르기 위해 쥐떼처럼 모여드는 곳이었다. 캠프파이어 주변을 뛰어다니고 알코올로 정신을 마비시키며, 될 대로 되라는 심정으로 섹스에 탐닉하는 성인식이었다. 해리는 졸업식 때 그런 행사를 치르지 않았다. 오로지 두 명의 동반자뿐이었다. 노르스트란 해변의 독일군 벙커 위에 놓아둔 커다란 휴대용 라디오에서 비명을 질러대던 브루스 스프링스틴과 '인디펜던스 데이Independence Day.'

"지나가던 사람이 발견했답니다." 스카레가 말했다.

"그냥 숲 속에서 눈사람만 보고 경찰에 신고했다는 거야?"

"개를 데리고 있었거든요. 그 개가…… 음…… 직접 보세요."

이윽고 그들 앞에 공터가 나왔다. 한 청년이 스카레와 해리를 보더니 등을 곧게 펴고 그들에게 다가왔다.

"실종자수사과의 토마스 헬레 경관입니다. 와주셔서 고맙습니다, 홀레 반장님."

해리는 놀란 시선으로 젊은 경관을 바라보았지만 그 말이 진심이라는 걸 알았다.

눈앞에 펼쳐진 언덕에는 감식반원들이 한창 작업 중이었다. 스카레가 빨간색 폴리스라인 아래로 허리를 숙였고, 해리는 폴리스라인을 뛰어넘었다. 아직 망가지지 않고 남아 있는 법의학적 증거들을 보존하기 위해 다녀야 할 길이 표시되어 있었다. 감식반원들은 해리와 스카레의 존재를 눈치채고는 조용히 옆으로 비켜서서 새로 온 사람들을 지켜보았다. 마치 무언가를 기다려온 사람들 같았다. 이 현장을 전시할 기회, 사람들의 반응을 대조해볼 기회를.

"이런 젠장." 스카레가 한 발짝 물러서며 말했다.

해리는 머리가 선득해졌다. 마치 뇌 안에서 피가 전부 빠져나가고, 아무것도 없는 무감각한 기분, 죽은 기분만 남은 듯했다.

세부적인 요소들 때문은 아니었다. 얼핏 보기에 이 벌거벗은 여인의 시신은 쉴비아 오테르센이나 게르트 라프토처럼 잔인하게 절단되지는 않았다. 해리의 얼굴에서 핏기를 싹 가시게 한 것은 몸의 구조, 공들여 만든 그 배치의 냉정함이었다. 시신은 나무줄기에 기대어놓은 두 개의 커다란 눈덩이 위에 앉아 있었다. 나란히 포개어진 눈덩이 두 개는 불완전한 눈사람처럼 보였다. 시신은 나무에 기대어 있었지만, 머리 위의 굵은 가지에 고정된 철사 덕분에 옆으로 쓰러질 일은 없었다. 철사는 시신의 어깨나 목에 전혀 닿지 않은 채 목 주위에 단단히 똬리를 틀었다. 마치 올가미가 희생자의 목에 완벽히 걸린 상태에서 동작이 정지된 것 같았다.

시신의 팔은 등 뒤로 묶여 있었다. 눈은 감겨졌고, 입도 다물어져 있어서 얼굴은 평온해 보였다. 잠든 것처럼 보이기도 했다.

벌거벗은 창백한 살갗 위의 바느질자국만 아니라면, 애정 어린 손길로 시신을 배치했다고 해도 믿을 수 있을 정도였다. 거의 눈에 보이지 않는 실 아래로 가늘고 매끈한 핏자국이 지나갔다. 젖가슴 바로 아래에 상체를 가로질러서 바늘땀이 지나갔고, 목 주위로도 바느질자국이 있었다. 흠잡을 데 없는 솜씨라고 해리는 생각했다. 구멍 하나 보이지 않았고, 삐뚤어진 선 하나 없었다.

"꼴같잖은 추상 작품처럼 보이는데요. 이런 걸 뭐라고 하더라?" 스카레가 말했다.

"설치미술입니다." 뒤에서 누군가가 말했다.

해리는 고개를 기울였다. 그 말이 맞다. 하지만 완벽한 수술이라는 느낌과 상충하는 무언가가 있었다.

"놈은 여자를 토막 냈어." 해리가 마치 누군가에게 목이 졸리는 듯한 목소리로 말했다. "그런 다음에 재조립한 거야."

"놈이요?" 스카레가 물었다.

"쉽게 운반하기 위해서였을 수도 있죠. 피해자가 누군지 알 것 같습니다. 어제 남편이 실종신고를 했거든요. 현재 남편이 이리로 오는 중입니다." 헬레가 말했다.

"왜 이 피해자가 그 여자라고 생각하는 거지?"

"남편이 불에 그을린 자국이 있는 옷을 찾아냈거든요." 헬레가 시신을 가리켰다. "대략 바느질자국이 있는 부위와 일치합니다."

해리는 호흡에 집중했다. 이제야 이 시신의 불완전함이 보였다. 이것은 미완성된 눈사람이다. 뒤틀린 철사는 매듭과 각도도 들쭉날쭉했다. 대충, 일시적으로, 잠정적으로 해놓은 듯했다. 마치 이

것이 모형이고 리허설이라는 것처럼. 미완성된 작품의 초고인 것처럼. 게다가 여자의 손은 왜 등 뒤로 묶었을까? 여기로 데려오기 전에 진작 죽었을 텐데. 그것도 모형의 일부일까? 해리는 헛기침을 했다.

"왜 내가 그 실종사건을 보고받지 못했지?"

"제 상관이 총경님께 곧장 보고한 모양입니다. 추후 공지가 있을 때까지 이 일을 비밀로 해야 한다는 말만 들었습니다. 아무래도……." 헬레가 감식반원들을 힐끔 바라보았다. "그 익명의 도망자와 관련이 있는 듯합니다."

"카트리네 브라트?" 스카레가 말했다.

"그 이름은 안 들은 걸로 해두지." 뒤에서 목소리가 들렸다.

그들은 뒤를 돌아보았다. 총경이 트렌치코트 주머니에 양손을 쑤셔 넣고 다리를 벌린 채 서 있었다. 그의 차가운 푸른 눈동자는 시신을 살펴보고 있었다. "이건 지난 가을의 예술 박람회에 출품해도 될 뻔했어."

젊은 경관들은 휘둥그레진 눈으로 총경을 바라보았다. 총경은 움직이지 않은 채 해리를 바라보았다.

"자네와 단 둘이 할 말이 있네, 홀레 반장."

두 사람은 폴리스라인이 있는 곳으로 걸어갔다.

"난리로군." 총경이 말했다. 그의 몸은 해리를 향하고 있었지만, 시선은 발아래로 펼쳐진 도심의 불빛들 위를 방황했다. "회의가 있었네. 그래서 자네와 사적으로 얘기하려는 걸세."

"누가 회의를 했다는 겁니까?"

"그건 중요하지 않네, 해리. 요점은 우리가 결정을 내렸다는 거야."

"그래서요?"

총경은 눈 위에서 발을 굴렀다. 해리는 순간적으로 그가 지금 범죄 현장을 훼손하고 있다고 지적해야 할지 고민했다.

"오늘 밤에 자네와 이 일을 의논할 생각이었네. 좀 차분하고 조용한 환경에서 말이야. 하지만 새로운 시신이 발견되는 바람에 상황이 급박해졌네. 몇 시간 후면 언론이 달라붙을 거야. 그리고 우리에게는 충분한 시간이 없으니까 스노우맨이 누구인지 밝혀야만 하네. 카트리네 브라트가 어떻게 오슬로 경찰청에 들어와서 우리 몰래 살인을 저질렀는지도. 물론 최고 경영진이 책임을 져야겠지. 경영진은 그러라고 있는 거니까."

"무슨 말씀이 하고 싶으신 겁니까, 보스?"

"오슬로 경찰청의 신뢰를 말하는 걸세. 엿 같은 일에는 반드시 중력의 법칙이 적용된다네. 높은 곳에서 추락할수록 전반적으로 더 지저분해지지. 낮은 직급의 개인이라면 실수를 저질러도 용서받을 수 있어. 하지만 국민들의 신뢰가 깨지만 끝장일세. 소수의 유능한 간부들이 경찰청을 이끌고, 경찰 스스로 통제 가능하다. 국민들에게는 이런 믿음을 줘야 해. 이게 뭐가 걸린 일인지 자네도 알 걸세, 해리."

"시간 없습니다, 보스."

총경의 시선이 다시 해리에게 고정됐다. "가미카제가 무슨 뜻인지 아나?"

해리는 다른 쪽 발로 체중을 옮겼다. "세뇌당한 일본 군인들이 비행기로 미국 항공모함을 들이받았던 일을 말씀하시는 겁니까?"

"나도 그런 줄 알았네. 하지만 하겐 경정 말이 정작 일본인들은 그런 단어를 쓴 적이 없다는 거야. 미국인 암호 해독가가 오역한 거지. 가미카제는 13세기에 몽골과의 전투에서 일본인들을 구해주었던 태풍의 이름이라네. 글자 그대로 번역하자면, '신성한 바람' 이라는 뜻이지. 꽤나 멋진 이름 아닌가?"

해리는 대답하지 않았다.

"지금 우리에게 필요한 게 바로 그런 바람이라네."

해리는 천천히 고개를 끄덕였다. 이해가 갔다. "누군가 카트리네 브라트를 경찰청에 임명한 걸 책임지기를 바라십니까? 그녀가 범인이라는 걸 알아내지 못한 책임, 한마디로 이 모든 난장판을 책임지기를요?"

"누군가에게 이런 식으로 희생해달라고 부탁하는 건 결코 기분 좋은 일이 아니지. 특히나 그 사람의 희생으로 인해 내 목이 날아가지 않을 때는. 그럴 때는 이 모든 일이 개인보다 더 중요한 무언가를 위한 것임을 기억해야 하네." 총경의 시선이 해리에게서 풀려나 다시 도심으로 향했다. "개미둑일세, 해리. 근면, 성실, 충성, 때로는 무의미한 자기부정. 이 모든 걸 가치 있게 만들어주는 것이 개미둑일세."

해리는 한 손으로 얼굴을 쓸어내렸다. 배신이었고 뒤통수를 맞은 격이었다. 겁쟁이들. 그는 분노를 삼키려고 애썼다. 총경의 말이 맞는다고 스스로를 달랬다. 누군가는 희생해야 했고, 그 책임은 서열에서 가능한 낮은 곳으로 내려가야 했다. 좋다. 사실 카트리네가 범인이라는 걸 진작 알았어야 했다.

해리는 등을 곧추세웠다. 이상하게 안심이 되었다. 아주 오래전부터 자신이 이런 식으로 끝날 줄 알고 있었다. 너무 오랫동안 해왔던 생각이라 저절로 받아들이게 된 미래였다. 죽은 경관의 사회에 속한 그의 동료들도 어떤 팡파르나 명예훈장 없이 그렇게 퇴장했다. 그들을 아는 사람들, 사건의 진상을 아는 서너 명의 존경과 스스로의 자긍심을 제외하고는 아무것도 없이 퇴장했다. 개미둑.

"알겠습니다. 그리고 받아들이겠습니다. 제가 어떤 식으로 사의를 표명하기를 원하시는지만 알려주십시오. 다만 기자회견은 서너 시간 후로 미뤄야 합니다. 아직 알아내야 할 게 몇 가지 더 있거든요."

총경이 고개를 저었다. "이해를 못했군, 해리."

"사건에 새로운 변수들이 생길 겁니다."

"선택된 사람은 자네가 아닐세."

"좀 더 상황을 지켜보고……." 해리는 말을 멈췄다. "방금 뭐라고 하셨습니까?"

"원래는 자네를 해고할 계획이었지만 하겐이 반대하고 나섰네. 대신 자기가 책임을 지기로 했지. 지금 사무실에서 사직서를 쓰고 있을 거야. 기자회견이 언제 열리는지 자네가 알아야 할 것 같아서 말해주러 온 걸세."

"하겐 경정님이요?"

"훌륭한 군인이지." 총경이 해리의 어깨를 토닥이며 말했다. "난 이제 가보겠네. 기자회견은 오늘 저녁 8시, 그레이트 홀이야, 알겠나?"

해리는 멀어지는 총경의 등을 지켜봤다. 재킷 주머니에 들어 있던 휴대전화가 부르르 울렸다. 액정에 뜬 번호를 확인한 후 전화를 받았다.

"러브 미 텐더Love me tender." 비에른 홀름이 영어로 말했다. "지금 연구소예요."

"어떻게 됐어?"

"마룻바닥에 스며든 건 사람의 피였어요. 여기 연구소 아줌마 말이 불행히도 혈액은 DNA의 원천으로 과대평가됐다네요. 그래서 아마도 DNA 프로필을 알아낼 수 있는 세포물질은 찾아내지 못할 거래요. 대신 혈액형을 알아봤는데 뭐가 나왔는지 아세요?"

비에른 홀름은 뜸을 들이다가 해리가 스무 고개를 할 마음이 없는 걸 알고 말을 이었다.

"말하자면, 대부분의 사람들에게는 없는 희귀한 혈액형이 나왔어요. 백 명당 두 명꼴이고, 전체 자료를 봐도 이 혈액형에 해당하는 범죄자는 123명뿐이에요. 만약 카트리네 브라트가 이 혈액형이라면, 이거야말로 그녀가 쉴비아의 헛간에 있었다는 증거죠."

"긴급 대책본부에 연락해봐. 거기에는 모든 경찰청 형사들의 혈액형이 기록되어 있을 거야."

"그래요? 와, 그럼 지금 당장 확인할게요."

"설사 카트리네가 B 네거티브가 아니더라도 실망하지 마."

홀름이 놀라서 아무 말도 못하는 동안 해리는 그의 다음 말을 기다렸다.

"그걸 어떻게 아셨어요?"

"지금 당장 해부학 연구소로 와."

오후 6시, 산비켄 병원의 직원들은 이미 퇴근한 지 오래였다. 그러나 세르스티 뢰스모엔의 사무실에는 아직 불이 환하게 켜져 있었다. 그녀는 크누트 뮐레르 닐센과 에스펜 렙스비크가 수첩을 꺼내는 걸 보고는 자신의 수첩을 힐끗하며 말문을 열었다.

"카트리네 라프토는 그 누구보다 아버지를 사랑했어요." 세르스티는 두 남자를 올려다보았다. "아버지가 폭력 경찰로 언론의 뭇매를 맞을 때 그녀는 어린 소녀였죠. 그 일로 상처를 받았고, 겁에 질렸고, 아주 혼란스러웠어요. 기사에 적힌 내용 때문에 학교에서는 아이들에게 괴롭힘을 당했죠. 그 일이 있은 후로 부모님은 곧바로 이혼했어요. 카트리네가 열아홉이 됐을 때 베르겐에서 한 여인이 살해되고, 또 다른 여인이 실종된 것과 동시에 아버지도 실종됐어요. 수사는 중단됐지만 경찰 내부에서는 그녀의 아버지가 두 여자를 살해한 뒤, 자신이 잡힐 걸 알고 목숨을 끊었다고 생각했죠. 그 일을 계기로 카트리네는 경찰이 돼서 그 사건을 해결하고 아버지의 원수를 갚기로 했어요."

셰르스티 뢰스모엔은 시선을 들었다. 두 남자 모두 아무것도 적지 않은 채 그녀를 바라보기만 했다.

"그래서 법학을 공부한 뒤 경찰대학에 지원했죠. 그리고 훈련을 마친 뒤에 베르겐 경찰청 강력반에 발령이 났어요. 곧 카트리네는 짬짬이 아버지의 사건을 조사하기 시작했죠. 그 일이 발각되어 조사를 그만두라는 지시가 떨어지기 전까지요. 그 일로 카트리네는 성범죄수사과로 옮기게 되죠. 맞나요?"

"맞네." 뮐레르 닐센이 말했다.

"아버지의 실종에 관한 카트리네의 수사는 아무런 진전도 없었던 모양이에요. 그래서 그와 비슷한 실종사건들을 연구하기 시작했죠. 그러다 카트리네는 흥미로운 사실을 발견했어요. 온뉘 헤틀란의 실종사건과 몇 가지 유사한 상황에서 여자들이 실종되기 시작한 거예요." 셰르스티는 페이지를 넘겼다. "하지만 수사를 진전시키기 위해서는 도움이 필요했고, 베르겐에서는 그 도움을 얻을 수 없다는 걸 알았죠. 그래서 연쇄살인범을 잡은 경험이 있는 사람을 끌어들이기로 결심했어요. 단, 라프토의 딸인 자신이 배후에 있다는 걸 철저히 숨긴 채로요."

크리포스 소속의 에스펜 렙스비크가 천천히 고개를 끄덕이자 셰르스티는 말을 이었다.

"철저한 조사 끝에 그녀는 오슬로 강력반의 해리 홀레 반장을 선택했어요. 그의 호기심을 끌기 위해 편지를 쓰고, 신비롭게 들리는 눈사람이라는 별명으로 서명했죠. 실종사건과 관련된 몇몇 목격자들의 증언에 눈사람이 언급됐기 때문이었어요. 또 울리켄 산의 살인사건에 관한 아버지의 메모에도 눈사람이 등장했고요. 오슬로 강력반에서 형사를 모집하고 더욱이 여성을 선호한다는 공고가 나자, 카트리네는 응모했고 면접을 보게 됐어요. 그녀 말로는 의자에 앉기도 전에 채용됐다고 하더군요."

셰르스티는 말을 멈추었지만, 두 남자가 아무 말도 하지 않자 이야기를 계속했다.

"출근 첫날부터 카트리네는 해리 홀레 반장에게 접근했고 수사에 참여했어요. 이미 홀레 반장과 실종사건에 대해 알고 있었기에 홀레 반장을 조종하고, 그를 베르겐과 자기 아버지의 실종사건으로 이끄는 일은 비교적 쉬웠죠. 그러다 홀레 반장의 도움으로 아버지의 시신을 발견한 거예요. 핀뇌위 섬의 냉동고 안에서."

셰르스티는 안경을 벗었다.

"그런 경험이 심리적 반응의 기초를 형성한다는 건, 굳이 상상력을 발휘하지 않아도 충분히 이해가 가실 거예요. 범인을 잡았다고 생각하는 일이 세 번이나 되풀이되면서 그녀가 받은 스트레스는 더욱 심해졌죠. 처음에는 이다르 베틀레센, 다음에는……." 셰르스티는 수첩을 멀찌감치 떨어뜨린 채 뒤적거렸다. "필리프 베케르, 그리고 마지막에 아르베 스퇴프. 하지만 매번 범인이 아닌

걸로 밝혀졌죠. 카트리네는 스퇴프에게 자백을 받아내려고 했지만 자신이 찾던 범인이 아니라는 걸 깨닫고 포기했어요. 그러다 동료들이 오는 소리를 듣고 도망친 거죠. 카트리네는 자신의 사명, 그러니까 범인의 정체를 알아내기 전까지는 멈추지 않겠다고 했어요. 이 시점에서 그녀의 정신 상태가 이상해지기 시작했다고 해도 과언이 아닐 거예요. 그녀는 홀레 반장이 자신을 찾아낼 거라 확신하고 핀뇌위 섬으로 돌아갔어요. 그리고 그녀의 짐작은 옳았죠. 홀레 반장이 나타나자, 카트리네는 그의 총을 빼앗았어요. 앞으로의 수사 방향을 지시하기 위해서."

"총을 빼앗아? 아무 저항 없이 항복한 줄 알았는데." 뮐레르 닐센이 말했다.

"자기 입꼬리에 난 상처는 홀레 반장이 그녀가 방심한 틈을 노려 공격하는 바람에 생긴 거라고 하던데요."

"정신병자의 말을 믿어도 되는 겁니까?" 렙스비크가 물었다.

"카트리네는 정신병자가 아니에요." 셰르스티가 힘주어 말했다. "앞으로 이삼일 지켜보긴 해야겠지만, 그다음에는 경찰에서 데려갈 준비를 하세요. 그러니까…… 아직도 카트리네를 용의자라고 생각한다면요."

마지막 문장의 여운이 아직 남은 상태에서 마침내 에스펜 렙스비크가 몸을 불쑥 내밀며 물었다.

"카트리네 브라트의 말이 사실이라는 뜻입니까?"

"그건 제 전문 분야가 아니라서 말씀드릴 수 없네요." 셰르스티가 수첩을 덮었다.

"그럼 비전문가로서 당신의 의견을 묻는다면요?"

셰르스티의 입술에 슬쩍 미소가 스쳤다. "이미 믿고 있는 걸 계속 믿으셔야 할 것 같네요, 형사님."

트뤼반에서 출발한 해리의 차가 주차장에 도착했을 때 해부학 연구소 바로 옆에 있는 법의학 연구소에서 걸어온 비에른 홀름은 이미 주차장에서 해리를 기다리고 있었다. 홀름 옆에는 초록색 작업복에 귀걸이를 한 연구원이 서 있었다. 지난번에 해리가 이곳에 왔을 때 운반차로 시신을 운반하던 남자였다.

"마티아스는 오늘 출근 안 했대요." 홀름이 말했다.

"그럼 자네가 우릴 좀 구경시켜줘야겠군." 해리가 검시관에게 말했다.

"여기는 외부인들에게 공개가 금지된……." 초록색 작업복이 운을 뗐지만 해리가 끼어들었다.

"이름이 뭐지?"

"카이 로뵐레요."

"좋아, 로뵐레." 해리가 경찰 신분증을 보여주었다. "내가 허락하지."

로뵐레는 어깨를 으쓱하고는 카드로 문을 열었다. "오늘 운이 좋으신 겁니다. 평소에는 5시만 넘으면 아무도 없거든요."

"이곳 사람들은 야근이 잦은 줄 알았는데." 해리가 말했다.

로뵐레가 고개를 저었다. "시체들과 함께 지하실에서 야근은 안 될 말이죠, 형사님. 여기 사람들은 환한 대낮에 일하는 걸 좋아해요." 로뵐레는 미소를 지었지만 별로 즐거워 보이지는 않았다. "뭘 보고 싶으신가요?"

"가장 최근에 들어온 시신." 해리가 말했다.

로뵐레는 다시 문을 열어 두 개의 문을 더 통과하더니 타일이 깔린 방으로 안내했다. 방에는 여덟 개의 시체 보관용 탱크가 땅에 묻혀 있었는데, 좁은 통로를 가운데에 두고 양쪽에 네 개씩 자리했다. 각각의 탱크는 금속 뚜껑으로 닫혀 있었다.

"시신은 여기 보관되죠. 각 탱크에 네 명씩 들어가요. 내부는 알코올로 채워져 있고요."

"깔끔하군."* 홀름은 나지막이 말했다.

연구원은 못 알아들은 척하는지 몰라도 이렇게 대답했다. "스트레이트죠. 아무것도 섞지 않은, 농도 40퍼센트."

"그럼 시신이 전부 서른두 구로군. 이게 전부인가?" 해리가 말했다.

"마흔 구쯤 있는데, 이게 최근에 들어온 것들이에요. 대개 여기에 1년쯤 묵혀두다가 사용하죠."

"이 시신들은 어떻게 여기 들어오지?"

"장례식장에서 차로 운반해오죠. 우리가 직접 가지러 가기도 하고요."

"그럼 주차장을 통해 들어오나?"

"네."

"그다음엔?"

"그다음에요? 음, 시신을 보관하기 위해 허벅지 위를 절개하고 고정액을 주입하죠. 그렇게 하면 보존이 잘되거든요. 그런 다음, 금속 꼬리표를 만들고 서류에 있는 번호를 찍죠."

"무슨 서류?"

"시신과 함께 오는 서류요. 사무실에 보관되어 있어요. 꼬리표

*Neat. 깔끔하다는 뜻 외에 아무것도 타지 않은 술을 가리키기도 한다

는 각각 발가락, 손가락, 귀에 하나씩 붙이죠. 설사 신체 부분들이 나눠져 있어도 각각의 부분들을 기록해둡니다. 나중에 화장할 때 가능하면 함께 화장할 수 있도록요."

"정기적으로 시신과 서류를 대조해보나?"

"대조요?" 로뵐레가 머리를 긁적였다. "시신을 다른 곳으로 보낼 때만 하죠. 대부분의 시신들은 여기 오슬로에 기부되기 때문에 트롬쇠나 트론헤임, 베르겐의 대학에서 시체가 부족하면 우리가 보내주거든요."

"그럼 여기 있지 말아야 할 사람이 이 안에 누워 있을 수도 있을까?"

"아니요. 여기 시신은 모두 자발적으로 연구소에 시신을 기증한 사람들이에요."

"그게 내가 궁금한 점이야." 해리가 한 탱크 옆에 쪼그려 앉으며 말했다.

"뭐가요?"

"잘 들어봐, 로뵐레. 내가 가상의 질문을 하나 하지. 신중히 생각해보고 대답해주게. 알겠나?"

로뵐레는 서둘러 고개를 끄덕였다.

해리는 자리에서 일어났다. "이 방에 출입할 수 있는 누군가 한밤중에 주차장을 통해 시체를 들여와서, 가상의 번호를 찍은 금속 꼬리표를 시체에 달아 이 탱크에 집어넣었다고 가정해봐. 그 사실이 영영 들통나지 않는 게 가능할까?"

카이 로뵐레는 망설였다. 머리를 긁적이고, 손가락으로 귀에 달린 귀걸이들을 쓸어내렸다.

해리는 다른 발로 체중을 옮겼다. 홀름의 입이 저절로 반쯤 벌어졌다.

"어떤 면에서 보면, 그러지 못할 이유가 없네요."

"그러지 못할 이유가 없다?"

로빌레는 고개를 끄덕이더니 얼른 웃었다. "네, 전혀 없어요. 완벽하게 가능해요."

"그렇다면 이젠 시신들을 보고 싶군."

로빌레는 장신의 해리를 올려다보았다. "여기서요? 지금?"

"왼쪽 맨 끝부터 시작하지."

"전화해서 허락을 받아야 할 것 같은데요."

"살인사건 수사를 지연시키고 싶다면 그렇게 하게."

"살인사건이요?" 로빌레의 한쪽 눈이 일그러졌다.

"스노우맨이라고 들어봤나?"

로빌레는 눈을 두 번 껌벅인 다음, 몸을 돌려 천장에 부착된 자동 도르래의 쇠사슬이 걸린 곳으로 걸어갔다. 요란한 소리와 함께 쇠사슬을 끌어내리더니 두 개의 후크를 탱크의 금속 뚜껑에 고정시키고 리모컨 버튼을 눌렀다. 도르래가 웅웅 소리를 냈고 사슬이 감기기 시작했다. 해리와 홀름은 서서히 올라가는 탱크 뚜껑을 뚫어지게 바라보았다. 뚜껑 밑에는 두 개의 금속판이 가로로 부착되었고, 가운데에 세로로 된 금속판이 끼워져 있었다. 각각의 칸에 벌거벗은 백색 시신이 누워 있었다. 꼭 핏기 없는 인형 같았는데, 허벅지에 있는 사각형의 검은색 절개 자국 때문에 더욱 그런 느낌이 들었다. 시신이 허리 높이까지 올라오자 로빌레는 정지 버튼을 눌렀다. 하얀 타일이 깔린 방에 정적이 흐르며, 뚝뚝 떨어지는 알코올의 깊은 한숨 소리가 메아리쳤다.

"됐나요?" 로빌레가 물었다.

"여긴 없어. 다음." 해리가 말했다.

로뷜레는 똑같은 과정을 반복했다. 옆 탱크에서 또 다른 네 구의 시신이 올라왔다.

해리는 고개를 저었다.

세 번째 탱크의 시신이 올라오자 해리가 움찔했다. 로뷜레는 해리가 겁에 질려서 그런 줄 알고 만족스러운 미소를 지었다.

"저건 뭐지?" 해리가 목 없는 여인의 시신을 가리키며 물었다.

"아마 다른 대학에서 보냈을 거예요. 우리 쪽 시신은 대부분 온전하거든요."

해리는 허리를 숙여 시신을 만져보았다. 고정제 때문에 부자연스러울 정도로 단단했고 얼음장처럼 차가웠다. 손가락으로 목의 절단면을 훑어보니 미끈거렸다. 살갗은 핏기 하나 없이 창백했다.

"우린 일단 메스를 사용하고, 그다음에는 섬세한 톱을 씁니다." 로뷜레가 설명했다.

"흠." 해리는 시신 위로 몸을 숙여 여자의 오른팔을 잡더니, 그녀의 몸이 자신을 향하도록 들어올렸다.

"지금 뭐하시는 거예요?" 로뷜레가 소리를 질렀다.

"등에 뭐 보여?" 해리가 시신의 반대편에 서 있던 홀름에게 물었다.

홀름이 고개를 끄덕였다. "문신이 있네요. 국기 같아요."

"어느 나라 국기?"

"모르겠어요. 초록색과 노란색, 빨간색으로 되어 있어요. 가운데에 별이 있고요."

"에티오피아야." 해리가 여자의 팔을 놓자, 시신은 원래 자세로 돌아갔다. "이 여자는 시신을 기증하지 않았는데, 기증한 게 돼버렸어. 쉴비아 오테르센이야."

카이 로뵐레는 눈을 계속 껌벅거렸다. 마치 충분히 껌벅거리면 무언가가 사라지기라도 한다는 듯이.

해리는 한 손으로 로뵐레의 어깨를 잡았다. "시신의 서류를 열람할 수 있는 사람을 데려와서 모두 대조해보게. 지금 당장. 난 가야 하니까."

"어떻게 된 거예요? 솔직히 말해서, 이 상황이 전혀 이해가 안 가요." 홀름이 물었다.

"노력해봐. 알고 있다고 생각했던 것들을 모두 잊어버리고, 다시 생각해봐."

"알았어요, 근데 지금 일이 어떻게 돌아가는 거죠?"

"그 대답은 두 가지야. 첫째 우리가 스노우맨을 잡기 직전이라는 거."

"다른 하나는요?"

"나도 몰라."

SNOW MAN

PART 5

1980년 11월 5일, 수요일

눈사람

눈이 내리던 날이었다. 아침 11시, 무채색 하늘에서 쏟아지는 함박눈이 외계 행성의 무적함대처럼 로메리케의 언덕과 정원, 잔디밭을 침공했다.

마티아스는 콜로바이엔 가의 한 집 앞에 주차된 도요타 코롤라에 혼자 앉아 있었다. 집 안에 들어간 엄마가 뭘 하고 있는지는 알 수 없었다. 엄마는 오래 걸리지 않을 거라고 했지만 벌써 시간이 꽤 흘렀다. 점화 스위치에 열쇠가 꽂혀 있었던 터라, 라디오에서는 새로운 걸 그룹인 돌리가 부르는 '눈 속에서'가 흘러나왔다. 마티아스는 차 문을 박차고 밖으로 나갔다. 눈 때문에 집 주위에 부자연스러울 정도의 침묵이 감돌았다. 허리를 숙여 장갑에 들러붙는 하얀 가루를 손에 가득 움켜쥔 뒤, 꾹꾹 뭉쳐 눈 뭉치를 만들었다.

오늘 학교 운동장에서 7A반 동급생들이 눈덩이를 던지며 '젖꼭지 없는 마티아스'라고 놀려댔다. 마티아스는 중학교가 싫었고 열세 살이 된 것이 싫었다. 첫 체육시간에 아이들이 마티아스에게 젖꼭지가 없는 걸 발견하면서 시작된 일이었다. 의사의 말에 따르면 이는 유전일 수 있다고 했고, 그래서 마티아스는 여러 가지 검사를 받았다. 엄마는 옛날에 돌아가신 외할아버지에게도 젖꼭지가 없다고 했다. 하지만 외할머니의 앨범에서 봤던 사진은 달랐다. 풀 베기 기간에 웃통을 벗고, 멜빵과 바지만 입은 사진 속의 외할아버지에게는 분명 젖꼭지가 있었다.

마티아스는 양손으로 눈덩이를 더 세게 뭉쳤다. 누군가에게 눈덩이를 던지고 싶었다. 아플 정도로 세게. 하지만 맞아줄 사람이 없었다. 그래서 던질 대상을 만들기로 했다. 꾹꾹 뭉쳐 만든 눈덩이를 차고 옆 눈밭 위에 굴리기 시작했다. 눈 결정체들이 서로 엉겨 붙었다. 잔디밭을 한 바퀴 돌고 나니 눈덩이는 벌써 배까지 올라왔고, 잔디밭에는 누런 풀이 드러나 있었다. 마티아스는 눈덩이를 계속 굴렸다. 더 굴릴 수 없을 정도로 커지자, 새로운 눈덩이를 만들기 시작했다. 이번에도 컸다. 두 번째 눈덩이를 간신히 들어 올려 첫 번째 눈덩이 위에 올려두었다. 다음에는 머리를 만들어 눈사람을 타고 올라가 맨 위에 올려놓았다. 눈사람은 집의 창문 옆에 완성됐다. 집 안에서 소리가 새어 나왔다. 마티아스는 사과나무의 잔가지 두 개를 꺾어 눈사람 양쪽에 하나씩 박았다. 현관 계단에서 자갈도 몇 개 파내 깨끗이 닦아 두 눈을 만들었고, 조약돌을 일렬로 나열해 미소도 만들었다. 그런 다음, 눈사람 어깨에 목말을 타고 창문 안쪽을 들여다보았다.

불이 켜진 방 안에 한 남자가 웃통을 벗은 채 두 눈을 꼭 감고, 마치 춤을 추듯이 엉덩이를 앞뒤로 움직이고 있었다. 남자의 앞에 놓인 침대에는 양옆으로 벌어진 두 다리가 삐죽 나와 있었다. 다리의 주인은 보이지 않았지만 마티아스는 그게 엄마라는 걸 알고 있었다. 두 사람이 섹스를 하는 중이라는 것도.

마티아스는 눈사람의 목에 감은 허벅지에 힘을 주었고, 사타구니가 차가워지는 것을 느꼈다. 숨을 쉴 수가 없었다. 마치 목 주위에 철사가 팽팽하게 감긴 것 같았다.

남자의 엉덩이가 엄마의 가랑이와 부딪치고, 또 부딪혔다. 마티아스가 남자의 가슴팍을 응시하는 동안 차가운 기운이 가랑이에서 배로, 다시 머리까지 올라왔다. 남자는 고추를 엄마의 몸 안으로 밀어 넣고 있었다. 잡지에서 본 것처럼. 이제 곧 엄마의 몸 안에 정액을 뿌려댈 것이다. 그리고 남자의 가슴에는 젖꼭지가 없었다.

별안간 남자가 동작을 멈추었다. 이제 남자는 눈을 부릅뜨고 있었고, 그 눈동자는 마티아스를 바라보고 있었다.

마티아스는 눈사람의 목에 감고 있던 다리를 풀어 눈사람의 등을 타고 내려온 다음, 몸을 웅크린 채 쥐새끼처럼 가만히 앉아 기다렸다. 마티아스의 마음은 분주히 뒤로 돌아가기 시작했다. 그는 똑똑하고, 아는 것이 많은 소년이었다. 사람들은 늘 그렇게 말했다. 이상하지만 두뇌는 비상한 아이라고 선생님들이 말했다. 따라서 이제는 모든 생각들이 제자리를 찾아갔다. 마치 그가 오랫동안 가지고 놀았던 퍼즐 조각들처럼. 하지만 그렇게 완성된 그림은 여전히 이해할 수 없었고, 견딜 수 없었다. 그럴 리가 없다. 사실일 리 없다.

자신의 헐떡이는 숨소리가 들렸다.

이 모든 게 사실이다. 직감적으로 알 수 있었다. 모든 게 들어맞았다. 아빠를 대하는 엄마의 냉담한 태도. 마티아스가 듣는 줄 모르고 부모님이 나누었던 대화. 아빠는 절박하게 엄마를 협박했고, 떠나지 말라고 부탁했다. 자신을 위해서가 아니라, 마티아스를 위해서. 제발 부탁이야! 당신과 날 닮은 자식도 있잖아! 그 말에 이어지던 엄마의 쓴웃음. 앨범 사진 속의 외할아버지와 엄마의 거짓말. 물론 동급생인 스티안이 자기 이모에게 들었다며, 젖꼭지 없는 마티아스의 엄마에게 교외에 사는 애인이 있다고 떠들어댔을 때도 마티아스는 믿지 않았다. 스티안은 다른 아이들처럼 멍청하고, 아무것도 모르기 때문이다. 심지어 그 일이 있은 지 이틀 후, 스티안의 고양이가 학교 국기게양대 꼭대기에서 발견됐을 때도 스티안은 그 이유를 몰랐다.

아빠는 전혀 모르고 있었다. 아빠는 그를…… 친아들인 줄로만 알고 있다. 아빠는 절대 이 사실을 알아서는 안 된다. 절대로. 알았다가는 돌아가실 것이다. 차라리 마티아스가 죽는 게 나았다. 그렇다, 그게 바로 마티아스가 원하는 것이다. 그는 죽고 싶었다. 떠나고 싶었다. 엄마로부터, 학교로부터, 스티안으로부터, 그리고…… 모든 것으로부터 벗어나고 싶었다. 마티아스는 자리에서 일어나 발로 눈사람을 걷어차고 차로 달려갔다.

엄마도 데려가야 한다. 엄마도 죽어야 한다.

엄마가 돌아왔을 때 마티아스는 차 문을 열어주었다. 엄마가 집 안으로 들어간 지 거의 40분이 지난 후였다.

"무슨 일 있었니?" 엄마가 물었다.

"네." 마티아스는 엄마가 백미러로 자신을 볼 수 있도록 뒷좌석에서 몸을 움직였다. "봤어요."

"보다니, 뭘?" 엄마가 차 열쇠를 점화 스위치에 밀어 넣고 돌렸다.

"눈사람을요……."

"눈사람이 어떻게 생겼는데?" 굉음과 함께 시동이 걸렸고, 엄마가 너무 갑자기 클러치를 푸는 바람에 마티아스는 하마터면 손에 쥐고 있던 잭*을 떨어뜨릴 뻔했다.

"아빠가 기다리셔. 서둘러야 해." 엄마가 말했다.

엄마는 라디오를 켰다. 미국 대선과 로널드 레이건에 관한 재미없는 뉴스가 흘러나왔다. 그런데도 엄마는 라디오 음량을 키웠다. 자동차는 언덕 꼭대기를 지나 주도로와 강이 있는 곳으로 내려왔다. 앞에 펼쳐진 들판에는 뻣뻣한 노란색 풀이 눈을 뚫고 삐져나와 있었다.

"우린 이제 죽을 거예요." 마티아스가 말했다.

"뭐라고 했니?"

"이제 죽을 거라고요."

엄마가 라디오 소리를 줄였다. 마티아스는 마음을 굳게 먹었다. 앞좌석 사이의 공간으로 몸을 내밀고, 팔을 들어 올렸다.

"우린 이제 죽을 거라고요." 마티아스가 속삭였다.

그리고 내려쳤다.

잭이 엄마의 뒤통수를 강타하며 우두둑 소리가 났다. 엄마는 아무런 반응도 없었다. 그냥 좌석에 앉은 채 굳어버린 것 같았다. 그래서 마티아스는 다시 내리쳤다. 그리고 또다시. 엄마의 발이 클러치 페달에서 떨어지자 자동차가 위로 들썩였지만, 엄마는 여전히 아무런 소리도 내지 않았다. 아마도 뇌에서 말을 담당하는 부분이 뭉개졌나 보다고 마티아스는 생각했다. 네 번째로 내려쳤을 때 마티아스는 엄마의 머리가 물컹해진 것을 느꼈다. 차가 앞으로 굴러가며 속도가 붙었지만 엄마는 의식을 잃은 상태였다. 도요타

* jack, 차를 들어 올릴 때 사용하는 도구

코롤라는 도로를 건너, 그 너머의 벌판까지 계속 가로질러 갔다. 눈 때문에 속도가 떨어지기는 해도 차가 멈출 정도는 아니었다. 이윽고 차가 수면에 닿더니 널찍한 검은 강물 속으로 미끄러져 들어갔다. 차는 기울어진 채 잠시 그대로 정지해 있다가, 이내 물살에 휩쓸려 빙글빙글 돌아갔다. 차 문과 차체, 손잡이로 물이 들어왔고, 강 하류로 둥실 떠 가면서 창문 양 틈으로도 물이 새어 들었다. 마티아스는 창밖을 바라보며 도로에 있던 차를 향해 손을 흔들었지만, 그들은 보지 못한 것 같았다. 도요타 안의 수심이 올라갔다. 느닷없이 엄마가 뭐라고 중얼거리는 소리가 들렸다. 마티아스는 엄마를 바라보았다. 피범벅이 된 머리카락 아래로 깊게 파인 뒤통수의 상처가 보였다. 안전벨트 밑에서 엄마가 몸을 움직였다. 이제 차 안의 수심이 빠르게 올라가 벌써 마티아스의 무릎까지 찼다. 마티아스는 점점 패닉 상태에 빠졌다. 죽고 싶지 않았다. 지금, 이런 식으로는. 잭으로 옆 유리창을 깼다. 유리가 산산이 부서지면서 물이 쏟아져 들어왔다. 좌석 위로 뛰어올라 창문과 쏟아져 들어오는 물 사이의 틈으로 빠져나갔다. 신발 한쪽이 창틀에 걸리자 발버둥을 쳤고, 이내 신발이 떠내려갔다. 그제야 자유의 몸이 되어 육지로 헤엄치기 시작했다. 도로에 차 한 대가 멈춰 선 게 보였다. 두 사람이 차 안에서 나오더니, 눈밭을 가로질러 강으로 다가오고 있었다.

마티아스는 수영을 잘했다. 잘하는 게 한두 가지가 아니었다. 그런데도 왜 사람들은 그를 좋아하지 않을까? 마티아스가 강둑으로 헤엄쳐 가자, 눈밭을 빠져나온 한 남자가 그를 육지로 끌어당겼다. 마티아스는 눈 위에 털썩 쓰러졌다. 기운이 없어서가 아니라, 그것이 가장 영리한 행동임을 본능적으로 알고 있었기 때문이다. 흥분한 목소리가 차 안에 다른 사람은 없느냐고 그의 귀에 대고 물었다. 물에 빠진 사람이 또 있다면, 그들이 구하겠다고 했다. 마티아스는 천천히 고개를 저었다. 확실하냐고 재차 묻는 목소리가 들렸다.

경찰은 나중에 미끄러운 도로 상태로 인한 자동차사고이며, 익사한 여성의 두부 손상은 차가 강물에 부딪힌 충격 때문이라는 결론을 내렸다. 사실 차는 거의 부서지지 않았지만, 그것 외에는 달리 설명할 길이 없었다. 마찬가지로 처음 사고를 목격했던 사람들이 차 안에 다른 사람은 없는지 재차 물었을 때 소년이 고개를 저었던 이유도 쇼크 상태에 빠져서라고 결론을 내렸다. 소년은 고개를 저었을 뿐 아니라 이렇게 말했다. "아뇨, 저밖에 없어요. 저 혼자예요."

"아니, 나밖에 없어." 6년 후, 마티아스는 그 말을 다시 하게 됐다. "나 혼자야."

"고마워." 앞에 서 있던 청년은 마티아스 혼자 앉아 있던 구내식당 테이블에 자신의 식판을 내려놓았다. 밖에서는 장대비가 베르겐의 의대생들을 환영하는 행진곡을 두들겨대고 있었다. 그 리드미컬한 행진곡은 봄까지 계속될 것이다.

"너도 의대 신입생이지?" 청년이 물었고, 마티아스는 두툼한 송아지 커틀릿을 자르는 청년의 칼을 바라보았다.

마티아스는 고개를 끄덕였다.

"외스틀란* 억양이 있네. 왜 오슬로로 안 갔어?" 청년이 질문

* 오슬로를 포함한 여덟 개 주가 포함된 노르웨이 동부지역

했다.

"가기 싫어서." 마티아스가 답했다.

"왜 싫은데?"

"거긴 아는 사람이 하나도 없거든."

"그럼 여기에는 아는 사람이 있고?"

"없어."

"나도 마찬가지야. 이름이 뭐야?"

"마티아스 룬 헬게센. 넌?"

"이다르 베틀레센. 울리켄 산에 가봤어?"

"아니."

하지만 마티아스는 울리켄 산에 가봤다. 그뿐 아니라 플뢰옌 산과 산빅스피엘레 산도 가봤다. 좁은 골목길과 노천 어시장, 토르갈메닝엔의 메인 광장에도 가보고, 수족관에서 펭귄과 바다사자도 구경하고, 베셀스투엔에서 맥주도 마시고, 개러지Garage 록클럽에서 과대평가받는 새 밴드의 음악도 듣고, 브란 스타디움에서 SK 브란*이 시합에 지는 것도 구경했다. 마티아스는 학교 친구들과 해야 할 모든 일들을 시간을 내서 미리 다 해보았다. 혼자서.

그는 그 모두를 이다르와 다시 했으며, 죄다 처음인 척했다.

이내 마티아스는 이다르가 사회적으로 빨판상어** 같은 존재임을 알게 됐고, 이 빨판상어에게 달라붙음으로써 모든 활동의 중심이 됐다.

"왜 의대에 진학했어?" 전통적인 베르겐식 이름을 가진 의대생 친구의 아파트에서 열린 파티에서 이다르가 마티아스에게 물었

* 베르겐을 연고지로 하는 축구 클럽

** 헤엄치는 능력이 떨어져 상어나 고래 밑에 붙어 이들이 흘리는 찌꺼기를 먹는다

다. 매해 가을마다 열리는 의대생들의 댄스파티 전야제에 해당하는 파티였고, 이다르는 예쁜 베르겐 아가씨 둘을 초대했다. 검은 드레스를 입고, 핀을 꽂아 머리를 틀어 올린 아가씨들은 두 사람이 하는 말을 듣기 위해 상체를 내밀었다.

"더 나은 세상을 만들기 위해서." 마티아스는 그렇게 말하며, 미지근한 한사 맥주를 들이켰다. "넌?"

"그거야 뻔하지. 돈을 벌기 위해서." 이다르는 여자들에게 윙크했다.

그중 한 아가씨가 마티아스 옆에 와서 앉았다.

"헌혈 배지네요. 혈액형이 뭐예요?" 여자가 물었다.

"B 네거티브. 당신은?"

"B 네거티브? 그거 아주 드문 혈액형 아닌가요?"

"맞아요. 어떻게 알죠?"

"간호사 교육을 받고 있거든요."

"그렇군요. 몇 학년이에요?"

"3학년."

"앞으로 뭘 전공할지 생각……."

"우리 다른 얘기해요." 여자가 조그맣고 뜨거운 손을 그의 허벅지에 올려놓으며 말했다.

다섯 시간 후, 여자는 벌거벗은 채 마티아스의 침대 위에 누워 똑같이 말했다.

"전에는 이런 적 없었는데." 여자 위에 있던 마티아스가 말했다.

여자는 미소를 지으며 그의 뺨을 쓰다듬었다. "그럼 나 때문인 거예요?"

"뭐라고요?" 마티아스가 더듬거렸다. "아, 아니에요."

여자가 깔깔거렸다. "당신 참 착한 거 같아. 착하고 사려 깊고. 그나저나 이건 왜 이런 거예요?"

여자가 마티아스의 가슴을 꼬집었다.

마티아스는 검은 기운이 내려앉는 걸 느꼈다. 역겹고 근사하면서 새까만 무언가가.

"태어날 때부터 그랬어요."

"무슨 병이에요?"

"레이노 현상과 경피증 때문이죠."

"뭐요?"

"유전병인데 신체의 결합 조직이 두꺼워지면서 생기는 병이에요."

"위험한가요?" 여자는 손가락으로 조심스럽게 마티아스의 가슴을 쓰다듬었다.

마티아스는 미소를 지었고 발기가 되는 걸 느꼈다. "레이노 현상은 발가락과 손가락이 차갑고 하얗게 변해가는 병이에요. 경피증은 더 심각한데……."

"어머나."

"두꺼워진 결합 조직이 피부를 당기거든요. 피부가 매끈해지고, 주름이 사라지죠."

"그건 좋은 거 아닌가요?"

여자의 손이 아래로 내려가고 있었다.

"팽팽해진 피부 때문에 표정을 짓기가 어려워서 표정이 점점 줄어들어요. 얼굴이 가면을 쓴 것처럼 뻣뻣해지죠."

작고 뜨거운 손이 그의 페니스 근처로 다가갔다.

"시간이 흐르면 손과 팔도 굽고, 반듯이 펼 수가 없게 돼요. 결국에는 우두커니 선 채 움직일 수 없게 되고, 자기 피부에 질식하게 되죠."

여자가 숨을 죽인 채 속삭였다. "소름 끼치는 죽음이네요."

"최고의 충고는 통증으로 미치기 전에 자살하라는 겁니다. 괜찮다면 끄트머리에 누울래요? 서서 하고 싶거든요."

"그래서 의학을 공부한 거로군요. 병에 대해 더 알아내기 위해서. 그 병과 함께 사는 법을 알기 위해서."

"내가 원하는 건," 마티아스는 자리에서 일어나, 발기한 페니스를 허공에 흔들어대며 침대 끝에 섰다. "……오로지 죽을 때를 알아내는 것뿐이에요."

이제 막 의사자격증을 딴 닥터 마티아스 룬 헬게센은 베르겐의 하우켈란 병원 신경과에서 인기 만점이었다. 동료들이나 환자들이나 그를 유능하고 사려 깊으며, 특히나 상대의 말을 잘 들어준다고 입을 모았다. 마지막 장점은 그에게 큰 도움이 되었다. 그가 담당한 환자들은 주로 유전질환에 시달려 치료될 가망은 별로 없고, 그저 위안을 얻고자 병원에 오는 경우가 많았기 때문이다. 어쩌다 경피증 환자가 올 때면, 어김없이 면역학을 전공할까 고려 중인 이 상냥한 젊은 의사의 담당이었다. 라일라 오센과 그녀의 남편이 딸을 데리고 마티아스를 찾아온 것은 초가을이었다. 아이의 관절이 굳어져 통증에 시달리고 있었기 때문이었다. 마티아스는 베흐테레프 병일지 모르겠다고 생각했다. 라일라와 남편 모두 자기들 집안에 류머티스 병력이 있다고 했기에, 마티아스는 딸뿐 아니라 두 부부의 혈액까지 모두 채취했다.

검사 결과가 나왔을 때 마티아스는 책상에 앉아 결과를 세 번이나 읽었다. 이번에도 역겹고 근사하면서 새까만 기분이 수면 위로 올라왔다. 테스트 결과는 음성이었다. 이로써 아이가 느끼는 통증의 원인이 베흐테레프 병이 아니라는 사실이 밝혀졌다. 더불어 아이 아버지가 친아버지가 아니라는 사실까지. 라일라의 남편은 그걸 까맣게 모르고 있었다. 하지만 여자는 알고 있었다. 라일라 오센은 알고 있었다. 그가 가족 모두의 혈액을 채취해야 한다고 했을 때 그녀의 얼굴이 실룩거렸기 때문이다. 그년은 아직도 그 남자와 바람을 피우고 있을까? 그 놈팡이는 어떻게 생겼을까? 집 앞에 커다란 잔디밭이 딸린 단독 주택에서 사는 놈일까? 남들이 모르는 그놈의 결함은 뭘까? 그리고 불쌍한 딸아이는 자신이 평생 이 거짓말쟁이 창녀에게 속아서 살았다는 걸 언제, 어떻게 알게 될까?

시선을 떨어뜨린 마티아스는 자신이 물컵을 엎질렀다는 걸 깨달았다. 물에 젖은 자국이 사타구니 위로 번져갔고, 냉기가 뱃속까지, 더 나아가 머릿속까지 퍼져갔다.

그는 라일라 오센에게 전화해 결과를 알려주었다. 물론 베흐테레프 병에 관한 결과만 알려주었다. 라일라는 고맙다고 했고, 안심하는 기색이 역력했다. 마티아스는 전화를 끊고도 오랫동안 전화기를 노려보았다. 그 여자가 몸서리치게 미웠다. 그날 밤, 그는 원룸의 좁은 매트리스 위에 뜬눈으로 누워 있었다. 책을 읽으려고 해도 글자가 눈앞에서 춤을 추었다. 자위를 하면 대개 지쳐서 곧장 잠들기 때문에 자위를 하려고도 했지만 도무지 집중이 되지 않았다. 다시 하얗게 변해버린 엄지발가락에 감각이 있는지 보려고 바늘로 찔러보았다. 결국에는 이불을 뒤집어쓰고 새우처럼 웅크린 채 여명이 밤하늘을 회색으로 물들일 때까지 울었다.

마티아스는 보다 광범위한 신경질환도 담당했는데, 환자들 중에는 베르겐 경찰청의 형사도 있었다. 검사가 끝나자 중년의 형사는 침대에서 일어나 옷을 입었다. 형사의 몸에서 풍기는 체취와 술 냄새 때문에 코가 마비될 지경이었다.

"어떻소?" 형사가 마치 자신의 부하 직원을 대하는 듯한 태도로 마티아스에게 물었다.

"신경장애 1기입니다. 발바닥 신경이 손상됐어요. 감각이 무뎌졌습니다."

"내가 망할 놈의 알코올중독자처럼 비틀거리며 걷는 게 그 때문이라는 거요?"

"알코올중독인가요, 라프토 씨?"

셔츠의 단추를 채우던 형사는 동작을 멈추었다. 온도계의 수은이 올라가듯 그의 목을 타고 붉은 기운이 올랐다. "뭐라고 씨부리는 거야? 건방진 애송이 같으니."

"일반적으로 지나친 알코올은 다발신경증의 원인이 됩니다. 술을 끊지 않으면 영구적인 뇌손상을 입을 수 있습니다. 코르사코프라고 들어보셨나요, 라프토 씨? 못 들어보셨죠? 앞으로도 들을 일이 없기를 바랍니다. 만약 이 이름을 듣게 된다면, 그건 대개 이 사람의 이름을 딴 극도로 불쾌한 증상과 연관이 있으니까요. 당신이 거울 속의 자신을 바라보며, 내가 알코올중독자인지 자문할 때 뭐라고 대답하는지 전 모릅니다. 하지만 다음번에는 이런 질문도 던져보세요. 내가 지금 죽고 싶은가, 아니면 좀 더 살고 싶은가."

게르트 라프토는 의사 가운을 입은 젊은 남자를 자세히 훑어보았다. 그러고는 나지막이 욕을 지껄인 후, 성큼성큼 걸어 나가며 등 뒤로 문을 쾅 닫았다.

4주 후, 라프토에게 전화가 와서 지금 자기 집으로 와줄 수 있느냐고 물었다.

"내일 병원으로 오세요." 마티아스가 말했다.

"갈 수 없소. 긴급한 일이오."

"그럼 응급실로 가세요."

"잘 들어요, 의사 선생. 난 몸을 움직이지 못해 사흘간 침대 신세였소. 내게 알코올중독이냐고 대놓고 물어본 사람은 당신뿐이오. 그래요, 난 알코올중독자요. 그리고 죽고 싶지 않소. 아직은."

게르트 라프토의 아파트에서는 쓰레기와 빈 맥주병, 그리고 그의 체취가 진동했다. 하지만 음식물 냄새는 나지 않았다. 집 안에 음식이라고는 찾아볼 수 없었기 때문이다.

"이건 비타민 B1 보충제입니다." 마티아스가 불빛에 주사기를 비춰보며 말했다. "이걸 맞으면 다시 일어설 수 있을 겁니다."

"고맙소." 게르트 라프토가 말했다. 그러고는 5분 만에 잠들어 버렸다.

마티아스는 아파트 안을 돌아다녔다. 책상에는 라프토의 목말을 탄 갈색 머리 소녀의 사진이 있었다. 벽에는 살인 현장을 찍은 사진들이 잔뜩 붙어 있었다. 마티아스는 사진들을 바라보았다. 그중 두 장은 떼어내서 세세한 부분들까지 살펴보았다. 맙소사, 어쩌면 이렇게 칠칠치 못할까. 특히나 날카로운 동시에 무딘 도구로 상해를 입은 시신의 경우에는 그 비효율성이 더욱 두드러졌다. 마티아스는 서랍을 열고 또 다른 사진은 없는지 찾아보았다. 보고서와 수첩, 그리고 반지, 여자 시계, 목걸이 같은 약간의 귀중품들이

나왔다. 신문에서 오려낸 기사들도 있었다. 마티아스는 기사들을 읽어보았다. 기사마다 게르트 라프토의 이름이 실려 있었고, 종종 그가 기자회견에서 했던 말들이 인용되어 있었다. 범인들이 얼마나 어리석고, 자신이 어떻게 그들을 잡았는지에 관한 이야기였다. 그가 범인들을 하나도 남김없이 모조리 잡았다는 것은 분명한 사실이기 때문이다.

여섯 시간 후, 게르트 라프토가 잠에서 깨어났을 때 마티아스는 아직 그곳에 있었다. 무릎에 살인사건 보고서 두 개를 올려둔 채 침대 옆에 앉아 있었다.

"말해보세요. 사람을 죽이고도 경찰에 잡히지 않으려면 어떻게 해야 하죠?" 마티아스가 말했다.

"내가 없는 곳으로 가야지." 라프토가 마실 거리를 찾아 집 안을 둘러보며 말했다. "훌륭한 형사가 있는 한, 빠져나갈 구멍은 전혀 없소이다."

"훌륭한 형사가 있는 지역에서도 꼭 살인을 해야겠다면요?"

"나라면 살인을 저지르기 전에 형사에게 접근해서 친해지겠소. 그런 다음, 살인을 하고 나서 형사도 죽이는 거지."

"재미있군요. 저도 방금 그 생각을 했거든요."

그 후로 몇 주간 마티아스는 게르트 라프토의 집으로 자주 전화했다. 라프토는 회복이 빨랐고, 두 사람은 자주 이야기를 나누었으며, 마침내 병과 생활 방식, 죽음에 대해 이야기했다. 라프토가 세상에서 유일하게 사랑하는 두 가지, 즉 신기하게도 그를 잘 따르는 딸 카트리네와 핀뇌위에 있는 작은 오두막에 대해서도 이야기했다. 그 오두막은 라프토가 마음의 평화를 얻을 수 있는 유일한 장소였다. 하지만 그들이 가장 많은 이야기를 나눈 것은 라프토가 해결한 사건들, 그가 이룬 승리에 대해서였다. 마티아스는 라프토를 격려하며, 알코올과의 싸움에서도 승리할 수 있고, 알코올을 멀리하는 한 새로운 승리를 축하할 수 있을 거라고 말했다.

이윽고 베르겐에 늦가을이 찾아와 낮은 한층 더 짧아지고 비는 더 많이 내릴 무렵, 마티아스는 드디어 계획을 실행에 옮길 준비를 마쳤다.

어느 날 아침, 그는 라일라 오센의 집으로 전화했다.

그가 자신의 신분을 밝히고 전화한 이유를 설명하는 동안 라일라는 말없이 그의 말을 들었다. 따님의 피에서 새로운 성분이 검출됐으며, 현재의 남편이 딸아이의 생부가 아니라는 사실을 알고 있다. 따라서 생부의 혈액 샘플을 구하는 것이 매우 중요하다. 이는 당연히 아이와 남편에게 사실을 알려야 한다는 뜻이다. 그걸 허락해줄 수 있겠는가?

마티아스는 라일라가 지금의 상황을 파악할 수 있도록 잠시 기다렸다.

그러고는 만약 이 사실을 꼭 비밀로 해야겠다면, 그래도 자신은 그녀를 도울 의사가 있지만 이 일을 '비공식적'으로 진행해야만 한다고 말했다.

"비공식적으로요?" 라일라는 충격을 받아 멍한 상태로 그 말을 반복했다.

"의사로서 전 환자에게 모든 걸 사실대로 말해야 한다는 윤리적 규칙을 따라야 합니다. 이 경우에 제 환자는 따님이죠. 하지만 전 이 증상을 연구하는 중이고, 따라서 특히 따님의 병을 지켜보는데 관심이 있습니다. 만약 이 일을 극도의 비밀에 부치고 싶으시다면, 오늘 오후에 절 만나서……."

"네." 라일라가 떨리는 목소리로 속삭였다. "네, 만날게요."

"좋습니다. 그럼 울리켄 산 정상으로 가는 마지막 케이블카를 타세요. 그곳이라면 누구의 방해도 받지 않을 겁니다. 갈 때는 걸어서 내려가면 되니까요. 제가 지금 굉장한 위험을 무릅쓴다는 점을 염두에 두시고, 다른 사람에게는 반드시 비밀로 하십시오."

"당연하죠! 절 믿으세요."

라일라가 전화를 끊은 뒤에도, 마티아스는 여전히 전화기를 귀에 대고 있었다. 그러고는 회색 플라스틱 전화기에 대고 이렇게 속삭였다. "누가 너 같은 년을 믿겠어, 이 한심한 창녀야."

눈밭에 누운 라일라 오센은 목에 외과용 메스가 닿자 비로소 한 친구에게 그와의 약속을 말했다고 털어놓았다. 원래 둘이서 저녁을 먹기로 약속되어 있었기 때문이라고 했다. 하지만 그의 이름만 말했을 뿐 만나는 이유는 말하지 않았다고 했다.

"왜 말 안 했지?"

"약 올리려고요." 그녀가 울부짖었다. "걘 너무 오지랖이 넓거든요."

얇은 메스가 그녀의 살갗 속으로 더 깊이 들어가자, 라일라는 흐느끼며 친구의 이름과 주소를 말했다. 그 후로는 아무 말도 하지 않았다.

이틀 후, 마티아스는 라일라 오센 살인사건과 온뉘 헤틀란, 게르트 라프토의 실종사건에 대한 신문기사를 읽었다. 마음이 복잡했다. 첫째로 라일라 오센을 살해한 방법이 마음에 들지 않았다. 살인은 계획대로 진행되지 않았다. 극심한 분노와 공포심에 사로

잡힌 나머지 통제력을 상실한 것이다. 결국 지나치게 지저분해졌고, 치워야 할 것도 너무 많았으며, 라프토의 아파트에 있던 사진을 연상시키는 요소들이 너무나 많았다. 게다가 복수와 정의를 즐길 시간은 부족했다.

온뉘 헤틀란의 살인은 더 심했다. 재앙에 가까웠다. 그녀가 사는 집의 초인종을 누르려다가 용기가 나지 않아 두 번이나 돌아섰다. 세 번째로 가려다, 자신이 너무 늦었다는 걸 깨달았다. 누군가 벌써 초인종을 누르고 있었다. 게르트 라프토. 라프토가 떠나자, 마티아스는 다시 초인종을 누르고 자신이 라프토의 조수라고 말하며 집 안으로 들어갔다. 하지만 온뉘 헤틀란은 라프토에게 무슨 이야기를 했는지 말하려 하지 않았다. 라프토에게 이 일은 반드시 두 사람만의 비밀로 하겠다고 약속했다는 것이다. 그가 메스로 그녀의 손바닥을 가른 후에야 여자는 입을 열었다.

마티아스는 온뉘 헤틀란의 이야기를 듣고, 게르트 라프토가 이 사건을 자기 혼자 해결하려 한다는 걸 알았다. 그 머저리는 옛날의 명성을 되찾으려는 것이다!

하지만 온뉘 헤틀란의 시체처리는 흠잡을 데 없었다. 소음도 아주 적었고, 출혈도 극소량이었다. 또한 효과적이고 빠르게 욕조 안에서 그녀의 시신을 칼로 토막 냈다. 그는 신체의 모든 부위를 비닐로 싼 다음 시신 운반용으로 가져온 큼지막한 배낭과 가방에 시신을 담았다. 라프토의 집에 갔을 때 마티아스는 살인사건에서 경찰이 제일 먼저 확인하는 것이 사건 현장 근처에서 목격된 차와 택시라는 걸 배웠다. 그래서 집까지 걸어갔다.

이제 남은 것은 완벽한 살인을 위한 게르트 라프토의 마지막 지침, 즉 형사를 죽이는 일뿐이었다.

이상하게도 이것이 세 건의 살인 가운데 최고였다. 이상하다고 한 이유는 마티아스는 라프토에게 아무런 악감정도 없었기 때문이다. 라일라 오센에게 느꼈던 것과 같은 미움은 전혀 없었다. 이 살인은 그가 마음속으로 그려보았던 살인의 미학, 살인이 어떻게 실행되어야 하는가에 대한 관념에 처음으로 가까이 다가간 사건이었다. 라프토를 죽였던 행위 자체의 경험은 그가 바랐던 대로 섬뜩하며 가슴 아팠다. 적요한 섬에 울려 퍼지던 라프토의 비명소리가 아직도 귓가에 쟁쟁했다. 하지만 가장 이상한 일은 따로 있었다. 라프토를 죽이고 돌아가는 마티아스의 양쪽 엄지발가락이 하얗지도, 무감각하지도 않아진 것이다. 마치 그의 사지가 점차로 얼어가는 과정이 잠시 중단된 것 같았다. 마치 그가 해동된 것 같았다.

4년 뒤, 네 명의 여인을 더 살해한 마티아스는 자신이 저지른 모든 살인이 엄마의 살인을 재현하려는 시도라는 걸 알았고, 자신이 미쳤다는 결론을 내렸다.

좀 더 정확히 말하면, 심각한 인격장애에 시달리고 있었다. 그가 읽은 전문가들의 논문도 하나같이 그 점을 지적했다. 살인이 일종의 의식이 되어버린 점, 매해 첫눈이 내릴 때 살인을 저질러야만 하는 점, 살인 현장에 눈사람을 만들어야만 하는 점. 특히 그의 가학성이 점점 더 강해진다는 점이 그러했다.

하지만 이런 깨달음을 얻었다고 해서 결코 살인을 중단한 것은 아니었다. 시간이 촉박했기 때문이다. 레이노 현상이 나타나는 횟수는 이미 늘어나고 있었고, 경피증의 첫 번째 증상도 나타났다. 얼굴이 딱딱해지는 증상이었는데, 결국에는 코가 역겨운 매부리코 모양으로 변하고, 입은 붕어처럼 오므린 모양으로 변할 것이다. 경피증이 가장 심한 사람들에게 나타나는 증상이었다.

마티아스는 면역학과 뇌의 수분 통로에 대한 연구를 계속하기 위해 오슬로로 떠날 수밖에 없었다. 이 분야의 연구 중심지가 오슬로의 게우스타 병원에 위치한 해부학 연구소였기 때문이다. 개인적인 연구와 병행해 이다르가 있는 마리엔뤼스트 클리닉에서도 일했다. 이다르의 추천 덕분이었다. 어차피 통 잠을 이루지 못했기에 밤에는 응급실에서 야간근무도 했다.

희생자를 찾는 일은 어렵지 않았다. 처음에는 환자들의 혈액 샘플을 사용했는데, 대부분 친자관계를 알 수 없었다. 그러다가 법의학 연구소 친자 확인부서에서 DNA 테스트를 한다는 걸 알게 됐다. 일반 병원에서 일하기에도 능력이 상당히 모자랐던 이다르는 유전적 질병과 증후군에 관한 치료에 있어서라면 몰래 마티아스의 충고를 따르고 있었다. 환자가 어린아이일 경우 마티아스의 충고는 늘 똑같았다.

"초진에 아이의 부모 모두 오게 해서, 면봉으로 가족들의 구강세포를 전부 채취해. 그냥 세균을 모두 조사하기 위해 그러는 거라면서. 그런 다음, 그 샘플을 친자 확인부서에 보내. 그러면 최소한 정확한 출발점에서 치료가 시작되는 거니까."

멍청이 이다르는 마티아스가 하라는 대로 했다. 이는 곧 마티아스가 거짓된 삶을 사는 여자들의 짧은 명단을 손에 넣었다는 뜻이다. 게다가 가장 좋은 점은 이 여자들과 자신 사이에 아무런 연관성도 없다는 것이었다. 구강세포 채취는 모두 이다르의 이름으로 진행됐기 때문이다.

희생자들을 덫으로 끌어들이는 방법은 라일라 오센에게 썼던 방법을 그대로 사용했다. 전화를 걸어, 아무에게도 알리지 않은 은밀한 장소에서 만나기로 약속을 잡는다. 딱 한 번 피해자로 점찍은 여자가 통화 중에 난리를 치더니, 남편에게 모든 것을 털어놓은 적이 있었다. 그걸로 그 가정은 파탄이 났기에 그녀는 나름대로 죗값을 치른 셈이다.

마티아스는 어떻게 하면 좀 더 효율적으로 시신을 처리할지 오랫동안 고민했다. 어쨌거나 온뉘 헤틀란의 시신을 처리한 방법을 계속 사용할 수는 없었다. 당시에는 원룸의 욕실에서 염산으로 시신을 조금씩 녹였다. 위험하며, 힘도 많이 들고, 건강에도 해롭고, 거의 3주나 걸렸다. 그랬기에 우연히 해결책과 마주했을 때는 더없이 기뻤다. 해답은 해부학 연구소에 있는 시신 보관용 탱크였다. 간단하면서도 기막힌 해결책이었다. 전기 올가미처럼.

전기 올가미에 관해 알게 된 것은 해부학 저널을 통해서였다. 거기에 실린 프랑스 해부학자의 글에서 수의사들이 사용하는 이 장치를 부패가 시작된 시신에도 사용하라고 권한 것이다. 왜냐하면 이 올가미는 부패가 시작된 물컹한 조직도 뼈를 자를 때처럼 효율적으로 자를 수 있으며, 또한 세균을 옮길 위험 없이 여러 구의 시신에 동시에 사용할 수 있기 때문이다. 마티아스는 그 글을 읽는 즉시 이 올가미를 이용해 피해자들의 시신을 자르면 운반이 훨씬 간단해진다는 걸 깨달았다. 마티아스는 이 제품을 만든 제조업자에게 연락해 루앙으로 날아갔고, 어느 안개 낀 아침, 프랑스 북부의 백색 도료를 바른 외양간에서 더듬거리는 영어로 제품 사용법을 들었다. 전기 올가미에는 크기와 모양이 꼭 바나나처럼 생긴 평범한 손잡이가 달려 있었는데, 손에 화상을 입지 않도록 금속을 입혀놓았다. 올가미 모양의 철사 자체는 낚싯줄처럼 가늘었고, 바나나 양쪽으로 이어져 있어 버튼을 누르면 조여졌다가 풀어졌다. 전원 스위치도 있었는데, 이걸 켜면 배터리로 작동되는 발열체가 구동되며, 목조르개*처럼 생긴 철사가 순식간에 하얗게 달아올랐다. 마티아스는 뛸 듯이 기뻤다. 시신을 자르는 것보다 이 도구를 이용하는 게 훨씬 효과적일 터였다. 이 도구의 가격을 들었을 때는 하마터면 실소를 터뜨릴 뻔했다. 전기 올가미는 비행기 티켓 값보다 쌌다. 배터리까지 포함해서.

세상에 태어나는 아이들의 15퍼센트에서 20퍼센트가 자신이 생각하는 아버지가 친부가 아니라는 스웨덴의 연구 결과는 마티아스의 경험이 반영된 것이다. 그런 사람이 마티아스 혼자만이 아니었다. 어머니가 더러운 유전자와 간통하는 바람에 잔인하게 요절해야만 하는 사람도 그 혼자만이 아니었다. 하지만 십자군이 되어 그 더러운 것들을 깨끗이 치우고, 질병과 싸우는 사람은 그 혼자뿐일 것이다. 아무도 그런 그를 고마워하거나 찬양하지 않으리라. 하지만 한 가지 분명한 것은 그가 죽은 후에도 모든 사람들이 그를 기억하리라는 사실이었다. 왜냐하면 마침내 그는 후대에까지 명성을 떨칠 만한 근거, 그의 걸작이자 그가 마지막으로 칼을 휘두를 대상을 찾아냈기 때문이다.

그 일은 아주 우연히 시작되었다.

마티아스는 텔레비전에서 그를 보았다. 해리 홀레 반장. 오스트레일리아에서 연쇄살인범을 추적했다는 그와의 인터뷰가 나오고 있었다. 마티아스는 게르트 라프토의 충고를 떠올렸다. "내가 없

* 중세시대에 스페인에서 사용된 고문기구

는 곳으로 가야지." 하지만 사냥꾼의 숨통을 끊어놓았을 때의 만족감도 떠올랐다. 그 우월감. 그 강력해진 기분. 그 후의 어떤 살인도 경찰을 죽일 때와 비교되지 않았다. 그리고 이 유명한 해리 홀레는 어딘가 라프토와 비슷한 구석이 있었다. 그 퉁명스러움이라든가 분노 같은 점이 그랬다.

그렇기는 해도, 그 다음 날 마리엔뤼스트 클리닉의 구내식당에서 한 산부인과 의사가 해리 홀레의 이름을 다시 꺼내지 않았더라면 마티아스는 그의 존재를 까맣게 잊었을 것이다. 그 산부인과 의사의 말로는 해리 홀레가 텔레비전에서는 그렇게 강인한 형사로 보일지라도, 사실은 알코올중독에 괴짜라고 했다. 그러자 소아과 의사인 가브리엘라가 홀레 여자친구의 아들인 올레그가 자기 환자인데, 아주 착한 아이라고 덧붙였다.

"하지만 그 올레그라는 아이도 나중에는 알코올중독자가 될 거야. 그 빌어먹을 유전자 때문에 말이지." 산부인과 의사가 말했다.

"그 아이의 아빠는 해리 홀레가 아니야." 가브리엘라가 반박했다. "하지만 한 가지 흥미로운 건 서류상에 그 아이 아빠로 적혀 있는 남자도 모스크바의 교수인가 뭔가 하는데 알코올중독자라는 거야."

"난 안 들은 걸로 할래!" 웃음소리가 울려 퍼지는 가운데 이다르가 외쳤다. "의사는 환자의 비밀을 지켜야 한다는 거 잊지 마!"

점심식사는 계속됐지만 마티아스는 가브리엘라가 한 말을 잊을 수가 없었다. 정확히 말하자면, 가브리엘라의 표현을 잊을 수가 없었다. '서류상에 그 아이 아빠로 적혀 있는 남자.'

점심식사가 끝난 뒤, 마티아스는 가브리엘라를 뒤따라 그녀의 사무실로 들어갔다.

"뭐 좀 물어봐도 될까요, 가브리엘라?"

"어머, 무슨 일이에요?" 그녀의 볼에 기대감으로 홍조가 번졌다. 마티아스는 그녀가 자신을 좋아하는 걸 알고 있었다. 가브리엘라는 그를 잘생기고, 다정하고, 재미있고, 남의 이야기를 잘 들어주는 사람으로 생각하는 모양이었다. 심지어 두세 번 간접적으로 그에게 데이트를 신청한 적도 있었지만 그는 거절했다.

"알다시피, 난 내 연구를 위해서 이 병원의 혈액 샘플을 사용할 수 있어요. 그런데 아까 당신이 말했던 아이의 혈액 샘플에서 흥미로운 점을 발견했어요. 해리 홀레 여자친구의 아들이라는 아이요."

"이제 두 사람은 헤어진 걸로 아는데요."

"그래요? 어쨌거나 그 혈액 샘플에 뭔가가 있어서, 혹시 그 집안 병력에 뭐가 있는 게 아닌가……."

마티아스는 가브리엘라의 얼굴에 실망한 기색이 감도는 걸 느낄 수 있었다. 하지만 그로서는 그녀의 대답이 반갑기 그지없었다.

"고마워요." 마티아스는 그렇게 대답하며 자리에서 일어나 사무실을 나갔다. 심장이 생명을 주는 혈액을 격렬하게 뿜어대고, 발이 조금의 에너지 낭비도 없이 힘차게 앞으로 나아갔다. 이것이 시작임을 알고 있었기 때문이다. 끝의 시작임을.

이글거리는 8월의 어느 무더운 날, 홀멘콜렌 주민회는 여름파티를 열었다. 주민회 건물 앞 잔디밭에서 어른들은 캠핑용 의자에 앉아 우산을 받쳐 든 채 화이트와인을 홀짝거렸고, 아이들은 테이블 사이를 뛰어다니거나 운동장에서 축구를 했다. 라켈은 얼굴을 거의 다 가린 커다란 선글라스를 쓰고 있었지만, 마티아스는 대사관 웹사이트에서 다운로드한 사진 덕분에 그녀를 알아볼 수 있었다. 그녀는 혼자 서 있었고, 마티아스는 그녀에게 다가가 쓴웃음을 지으며 부탁을 했다. 그녀 옆에 서서, 그녀와 아는 사이인 척해도 되느냐고. 이제 그는 이런 부탁을 어떻게 해야 할지 알고 있었다. 더는 옛날처럼 '젖꼭지 없는 마티아스'가 아니었다.

라켈은 선글라스를 내리더니 별 희한한 사람을 다 봤다는 듯이 그를 꼼꼼히 뜯어보았다. 마티아스는 사진이 완전히 엉터리였음을 깨달았다. 라켈은 실물이 훨씬 아름다웠다. 너무 아름다워서 잠시 자신의 계획에 허점이 있다고 생각했다. 라켈이 그를 좋아하게 되는 것은 더는 뻔한 결과가 아니었다. 이혼녀든 아니든, 라켈 같은 여자에게는 늘 다른 남자가 있기 마련이다. 물론 마티아스에게는 차선책도 있었고, 결과는 같았지만 그래도 원래 계획만큼 만족스럽지는 못할 것이다.

"제가 숫기가 없어서요." 마티아스가 인사를 건네는 듯한 당황스런 몸짓으로 플라스틱 컵을 들어 올렸다. "근처에 사는 친구의 초대를 받았는데 이 녀석이 오질 않았네요. 다른 사람들은 다들 서로 아는 사이 같아서요. 친구 녀석이 오는 대로 갈게요."

라켈은 웃음을 터뜨렸다. 마티아스는 그녀의 웃음소리가 좋았다. 첫인상에서 중요한 첫 3초는 성공이었다.

"방금 저 아래 운동장에서 남자아이 하나가 그림 같은 골을 넣었어요. 왠지 당신과 닮았는데요?" 마티아스가 물었다.

"그래요? 올레그였는지도 모르겠네요. 우리 아들요."

라켈은 아무 내색도 하지 않았지만, 마티아스는 수많은 환자들을 만나면서 자식의 칭찬에 넘어가지 않는 여자는 없다는 걸 알고 있었다.

"멋진 파티에 멋진 이웃이로군요." 마티아스가 말했다.

"남의 이웃과 함께 노는 파티를 좋아하세요?"

"친구들은 제가 혼자 보내는 시간이 너무 많다고 걱정하는 것 같아요. 그래서 제 기운을 북돋아주려고 하죠. 이를테면, 자신들의 훌륭한 이웃들과 함께 어울리면서요." 마티아스는 플라스틱 컵에 있던 와인을 한 모금 마셨다. "이렇게 아주 달달한 하우스와인을 마시면서……. 이름이 뭐예요?"

"라켈 페우케요."

"안녕하세요, 라켈. 난 마티아스라고 해요."

마티아스는 라켈과 악수를 했다. 작고 따뜻한 손.

"마실 게 없군요. 내가 가져다줄게요. 하우스와인, 괜찮아요?" 마티아스가 물었다.

마티아스는 자리로 돌아와 그녀에게 플라스틱 컵을 건넸다. 그러고는 호출기를 꺼내 걱정스런 표정으로 들여다보았다.

"저기, 여기 계속 남아서 당신과 더 친해지고 싶지만 응급실은 손이 부족하거든요. 긴급하게 추가 인원이 필요하다네요. 그러니까 슈퍼맨 쫄쫄이를 입고 시내로 가봐야겠어요."

"유감이네요."

"그렇게 생각해요? 서너 시간이면 끝나요. 여기 계속 있을 건가요?"

"모르겠어요. 올레그에게 달렸죠."

"알았어요. 그럼 이따 봐요. 어쨌든 만나서 반가웠어요."

마티아스는 다시 라켈과 악수했고 그곳을 떠났다. 1라운드는 그의 승리였다.

그는 토르스호브에 있는 집으로 차를 몰았고, 집에 도착해 뇌의 수분 통로에 관한 흥미로운 기사를 읽었다. 저녁 8시, 다시 그 파티로 돌아갔을 때 라켈은 큼지막한 하얀 모자를 쓴 채 우산 아래 앉아 있었다. 마티아스가 곁에 앉자 그녀가 미소를 지었다.

"사람들을 구했나요?" 라켈이 물었다.

"대부분이 찰과상 환자들이었어요. 맹장염 환자 하나랑요. 가장 높은 점수를 받은 건 코에 콜라 병이 끼어버린 소년이었죠. 제가 아이 엄마에게 아무래도 아이가 마약 대신 콜라를 코로 들이마시기에는 너무 어린 것 같다고 말했죠. 하지만 슬프게도 그런 상황에 처한 사람들은 유머감각이 별로 없어서……."

라켈은 깔깔대고 웃었다. 그 세련되면서도 떨리는 웃음소리를 들으니, 이 모든 것이 진짜였으면 좋겠다는 생각마저 들었다.

마티아스의 몸에는 이미 여러 군데 피부가 두꺼워지는 증상이 나타났다. 하지만, 2004년 가을이 되자 경피증의 다음 단계에 접어들었음을 나타내는 첫 징후가 발견됐다. 결코 겪고 싶지 않았던 단계, 얼굴의 피부가 조이는 단계였다. 원래 계획은 올해 희생양으로 엘리 크발레를 죽이고, 내년과 내후년에 각각 비르테 베케르와 쉴비아 오테르센을 죽이는 것이었다. 경찰이 이 두 창녀들과 호색가 아르베 스퇴프와의 연관성을 찾아내는지 시험해보는 것도 재미있으리라. 하지만 상황이 이렇다 보니 계획을 앞당겨야 했다. 일단 통증이 시작되면, 이 일을 그만두겠노라고 스스로와 약속했기 때문이다. 그리고 이제 통증이 시작되고 있었다. 마티아스는 세 여자를 모두 죽이기로 결정했다. 거기에 라켈과 형사까지 죽여 대단원의 막을 내리자고.

지금까지는 몰래 죽여왔지만 이제는 이 필생의 작업을 세상에 드러내야 할 때다. 그러기 위해서는 분명한 단서들을 남겨두고, 연관성을 보여주며, 더 큰 그림을 줘야 했다.

우선 비르테부터 시작했다. 마티아스는 비르테의 남편이 베르겐으로 떠난 뒤, 그녀의 집으로 찾아가 요나스의 병에 대해 의논하기로 했다. 마티아스는 약속시간에 도착했다. 비르테는 현관에서 그의 코트를 받아들고 벽장에 걸기 위해 몸을 돌렸다. 그는 즉흥적인 행동과 거리가 먼 사람이었지만 못에 걸려 있던 핑크색 목도리를 보자 본능적으로 그 목도리를 집어 들었다. 그러고는 비르테 뒤로 다가가 그녀의 목에 목도리를 두 번 둘렀다. 여자의 눈을 보기 위해 그 자그마한 여자를 들어 올려 거울 앞으로 데려갔다. 여자의 눈동자는 불룩 튀어나와 있었다. 마치 깊은 바다에서 건져 올린 물고기처럼.

비르테의 시신을 차에 실은 다음 자신이 전날 밤에 만들어둔 눈사람이 있는 정원으로 갔다. 눈사람의 가슴에 휴대전화를 밀어 넣고 구멍을 채운 후, 눈사람의 목에 목도리를 감았다. 자정이 넘어서야 해부학 연구소의 주차장에 도착해서 비르테의 시신에 고정제를 투여하고, 금속 꼬리표에 번호를 찍고, 꼬리표를 붙여 탱크의 빈 선반에 밀어 넣었다.

다음은 쉴비아의 차례였다. 마티아스는 쉴비아에게 전화해 늘 했던 말을 떠들어댔고, 두 사람은 홀멘콜렌 스키 점프대 뒤의 숲에서 만나기로 약속했다. 그 숲은 그가 예전에 살인을 저질렀던 장소였다. 하지만 이번에는 근처에 사람들이 있어 너무 위험했다. 그는 쉴비아에게 이다르 베틀레센은 자신과 달리 파르 증후군의 전문가라고 할 수 없으며, 두 사람은 다시 만나야 한다고 설명했다. 쉴비아는 다음 날 저녁에 혼자 집에 있을 예정이므로 그때 다시 전화하겠노라고 했다.

다음 날 저녁, 마티아스는 차를 몰고 쉴비아의 집으로 갔고 헛간에서 그녀를 발견했다. 그리고 그 자리에서 그녀를 해치우려 했다.

그런데 하마터면 일이 틀어질 뻔했다.

그 미친 여자가 그에게 손도끼를 휘둘러대다가 옆구리를 찌른 것이다. 재킷과 셔츠가 찢어지고, 동맥이 절단되는 바람에 그의 피가 헛간 바닥에 사방으로 튀었다. B 네거티브의 피, 백 명에 두 명꼴로 있는 피가. 그래서 숲 속에서 여자를 죽인 뒤, 그녀의 머리를 눈사람 위에 올려놓고, 다시 헛간으로 돌아와 닭을 죽여 자신의 피를 감추기 위해 헛간 바닥에 닭피를 뿌렸다.

엄청난 스트레스를 받은 하루였다. 하지만 신기하게도 그날 밤에는 아무런 통증도 없었다. 그 후로 며칠간 신문에 실린 기사를 읽으며 그는 내심 의기양양했다. 스노우맨. 경찰이 그에게 붙여준 이름이었다. 앞으로 영원히 기억될 이름. 신문에 인쇄된 몇 개의 단어만으로 그렇게 큰 힘과 영향력을 느끼게 될 줄은 꿈에도 몰랐다. 그토록 오랫동안 은밀하게 범죄를 저지른 것이 후회될 지경이었다. 게다가 얼마나 쉬웠는지! 그 무렵 마티아스는 게르트 라프토의 말이 옳다는 생각을 자주 했다. 훌륭한 형사는 언제나 범인을 잡기 마련이다. 하지만 그가 만난 해리 홀레의 지친 얼굴에서는 절망감이 보였다. 아무것도 모르는 사람의 얼굴이었다.

그런데 마지막 작전을 준비하던 마티아스에게 청천벽력 같은 일이 벌어졌다. 이다르 베틀레센. 이다르는 전화로 홀레 반장이 찾아와 아르베 스퇴프에 관한 질문을 퍼붓고, 무슨 연관성이 있는지 다그쳤다고 했다. 이다르 스스로도 어떻게 된 일인지 의아해했다. 범인이 피해자를 마구잡이로 선택한 것 같지 않았기 때문이다. 이다르와 스퇴프를 제외하고, 스퇴프의 친자관계에 대해 아는 사람은 마티아스뿐이었다. 늘 그렇듯이 마티아스는 이다르가 정확한 진단을 내리도록 도와주었기 때문이다.

물론 이다르는 잔뜩 겁을 먹었지만 다행히 마티아스는 그를 진정시킬 수 있었다. 그러고는 다른 사람에게는 절대 알리지 말고, 사람들의 눈에 띄지 않는 안전한 장소에서 만나자고 했다.

그 말을 하는 도중 마티아스는 웃음이 터질 뻔했다. 그가 죽인 여자들에게 했던 말과 토씨 하나 틀리지 않고 똑같았기 때문이다. 분명 긴장한 탓이다.

이다르는 컬링 경기장에서 만나자고 제안했다. 마티아스는 전화를 끊고 어떻게 할지 생각했다.

이다르를 스노우맨으로 위장할 수 있겠다는 생각이 들었다. 그렇게 하면 시간도 벌 수 있다.

그 후로 한 시간 동안, 그는 이다르의 살인을 어떻게 자살로 위장할지 세세하게 계획했다. 비록 이다르는 여러 면에서 고마운 친구였지만, 그의 살인을 계획하는 과정은 이상하게 짜릿했으며 많은 영감을 주었다. 마지막 프로젝트를 계획할 때도 그랬다. 마지막 눈사람. 그녀는 눈사람의 목말을 타야 한다. 오래전, 첫눈이 오던 날 그가 그랬던 것처럼. 그리하여 가랑이 사이로 냉기를 느끼며, 창문 너머를 바라봐야 한다. 배신을 바라봐야 한다. 그녀를 죽이게 될 남자, 해리 홀레를 바라봐야 한다. 마티아스는 눈을 감고, 그녀의 머리 위에 있는 올가미를 상상했다. 올가미가 반짝거리며 하얗게 달아올랐다. 가짜 후광처럼.

21일째

사이렌

해리는 해부학 연구소의 주차장에 주차해둔 차에 올라탔다. 차 문을 닫고 눈을 감은 다음 맑은 정신으로 생각하려 했다. 우선 마티아스가 어디 있는지 알아야 했다.

휴대전화에서 마티아스의 전화번호를 지워버렸기에, 전화국에 전화해 그의 전화번호와 주소를 알아냈다. 번호를 누르고 기다리는 동안, 해리는 자신의 호흡이 빨라지고 거칠어진 걸 깨닫고 마음을 가라앉히려 했다.

"안녕하세요, 해리." 마티아스의 목소리는 나지막했지만 평상시처럼 반가워하는 기색이었다.

"방해해서 미안해요." 해리가 말했다.

"방해는요."

"지금 어딥니까?"

"집입니다. 라켈과 올레그를 보러 내려가려는 중이에요."

"잘됐군요. 나 대신 올레그에게 물건을 전해줄 수 있을까 해서 전화했습니다."

침묵이 흘렀다. 해리는 턱을 꽉 다물며 이를 바드득 갈았다.

"물론이죠. 하지만 올레그는 지금 집에 있으니까 집으로……."

"라켈 때문입니다." 해리가 그의 말을 잘랐다. "오늘은…… 라켈과 마주치기 싫군요. 잠깐 당신 집에 들러도 될까요?"

또다시 침묵이 흘렀다. 해리는 마치 상대방이 무슨 생각을 하는지 알아내려는 듯이 전화기를 귀에 바싹 댔다. 하지만 들리는 소리라고는 숨소리와 희미한 음악뿐이었다. 일본제 철금 비슷한 악기로 연주하는 미니멀리즘 음악이었다. 해리는 그 음악과 똑같이 미니멀리즘적이고, 금욕적인 아파트에 앉아 있을 마티아스의 모습을 그려보았다. 아마 그다지 크지는 않지만 깔끔한 아파트일 것이다. 그건 분명했다. 모든 물건이 의도적인 계산 아래 놓여 있을 것이다. 지금은 평범한 하늘색 셔츠를 입고, 옆구리 상처에 새 반창고를 댔겠지. 아까 해리 앞에 섰을 때 그렇게 높은 위치에서 팔짱을 낀 것은 젖꼭지가 없는 것을 감추기 위해서가 아니었다. 손도끼로 인한 상처를 가리기 위해서였다.

"물론이죠." 마티아스가 말했다.

해리는 그 목소리가 자연스러운지, 아닌지 분간할 수 없었다. 뒤에서 흘러나오던 음악 소리가 멎었다.

"고마워요. 서둘러 가긴 하겠지만, 꼭 기다려요."

"그러죠. 근데 해리……."

"뭡니까?" 해리가 숨을 깊이 들이쉬었다.

"우리 집 주소 알아요?"

"라켈이 말해줬습니다."

해리는 속으로 욕을 했다. 왜 그냥 전화국에 물어봤다고 하지 않았을까? 그래도 전혀 이상할 게 없는데.

"그랬군요."

"그래요."

"좋아요. 그럼 어서 오세요. 문 열어두겠습니다."

해리는 전화를 끊고, 휴대전화를 뚫어지게 바라보았다. 왜 시간이 촉박하다는 예감이 드는지, 어둠이 내리기 전에 죽을힘을 다해 달려가야 한다는 예감이 드는지 이성적으로 설명할 수 없었다. 그래서 그냥 자신의 착각으로 치부하기로 했다. 이런 식의 두려움, 밤이 되어 할머니의 농장이 보이지 않았을 때 찾아오는 이런 공포는 아무런 도움도 되지 않는다.

해리는 다른 번호를 눌렀다.

"네." 하겐이 대답했다. 단조롭고 기운 없는 목소리. 아마도 사직서를 쓰던 중이었으리라.

"쓰던 거 멈추십시오. 청장님께 전화해주세요. 총기 사용 허가가 필요합니다. 토르스호브, 오센 가 12번지에서 살인 용의자를 체포해야 합니다."

"해리……."

"잘 들으세요. 실비아 오테르센의 나머지 시신은 해부학 연구소의 시신 보관용 탱크에 있습니다. 카트리네는 스노우맨이 아니에요. 아시겠습니까?"

침묵이 흘렀다.

"모르겠네." 하겐이 실토했다.

"스노우맨은 해부학 연구소의 강사예요. 마티아스 룬 헬게센."

"룬 헬게센? 세상에. 그……."

"네, 우리의 관심이 이다르 베틀레센에게 쏠리도록 도와줬던 바로 그 의사죠."

하겐의 목소리에 다시 생기가 돌았다. "청장님이 용의자가 무장했을 가능성이 있는지 물어보실 겁세."

"글쎄요, 우리가 알기로는 지금까지 한 번도 총으로 사람을 죽인 적이 없는 자입니다."

2초가 흐른 뒤에야, 하겐은 그 말이 빈정거리는 뜻으로 한 말임을 파악했다. "지금 바로 전화하겠네."

해리는 전화를 끊고, 점화 스위치에 꽂혀 있던 열쇠를 돌리면서 다른 손으로는 스카레에게 전화했다. 엔진에 시동이 걸리는 동시에 스카레가 전화를 받았다.

"아직도 트뤼반에 있나?" 해리가 시동 소리를 뚫고 더 큰 소리로 외쳤다.

"네."

"하던 일 중단하고 차에 타. 오센 가와 보그트스 가의 교차로에서 만나지. 범인 체포야."

"지옥문이 열린 거군요?"

"그래." 해리가 클러치를 풀자 콘크리트 도로 위에서 타이어가 비명을 질렀다.

요나스가 생각났다. 왠지 몰라도 요나스가 생각났다.

해리의 차가 스토로에서 보그트스 가로 내려가는 동안, 그가 긴급 대책본부에 요청했던 여섯 대의 순찰차들 가운데 한 대가 이미 오센 가의 교차로에 대기하고 있었다. 해리는 인도에 걸쳐 차를 세웠고, 차에서 뛰어내려 순찰차가 있는 곳으로 갔다. 경관이 창문을 내리고 해리가 요청했던 무전기를 건넸다.

"경광등은 끄지." 해리가 빙글빙글 돌아가는 푸른빛을 가리키며 명령했다. 그러고는 무전기의 버튼을 누르고 다른 순찰차들에게 사이렌을 끄고 오라고 명령했다.

4분 뒤, 교차로에는 여섯 대의 순찰차가 집결했다. 강력반의 스카레와 올라 리를 포함한 경관들이 해리의 차 주위에 모여 있었다. 해리는 차 안에 앉아 무릎에 펼쳐둔 지도를 가리켰다.

"리, 자넨 순찰차 세 대를 데려가서 가능한 도주로를 모두 차단해. 여기, 여기, 그리고 여기."

리가 지도 위로 허리를 숙이며 고개를 끄덕였다.

해리는 스카레에게 몸을 돌렸다. "아파트 수위는?"

스카레는 휴대전화를 들어 올렸다. "지금 통화 중입니다. 열쇠를 가지고 아파트 출입문으로 오는 중입니다."

"좋아. 여섯 명을 데려가서 정문과 비상계단, 그리고 가능하면 지붕에도 배치해. 그리고 자넨 뒷문을 맡고, 알았어? 델타 차량은 도착했나?"

"여기 왔습니다." 겉보기에는 다른 형사들과 똑같은 두 남자가 말했다. 그들은 델타의 정규 차량을 몰고 왔다고 보고했다. 델타는 이런 종류의 작전을 대비해 훈련된 특공대였다.

"좋아, 자네들은 아파트 중앙 출입문 앞을 지키고. 다들 무장했나?"

경관들이 고개를 끄덕였다. 그중에는 트렁크에서 꺼낸 MP5 기관총도 있었지만, 나머지는 경찰청에서 지급받은 리볼버뿐이었다. 예전에 경찰청장이 말했듯이 재정상의 문제 때문이었다.

"관리인이 말하길 마티아스 집은 3층이랍니다." 스카레가 휴대전화를 재킷 주머니에 집어넣으며 말했다. "각 층마다 한 가구씩 있대요. 지붕으로 이어진 출구는 없고요. 비상계단으로 가기 위해서는 4층으로 올라가서 문이 잠긴 다락방을 통과해야 한답니다."

"좋아. 두 사람을 비상계단으로 보내서 다락방에 대기시켜." 해리가 말했다.

"알겠습니다."

해리는 제일 먼저 도착한 순찰차에 타고 있던 제복 경관 둘을 데려갔다. 한 명은 나이가 지긋했고 다른 하나는 애송이였는데, 둘 다 스카레와 일한 적이 있었다. 해리는 마티아스의 아파트가 아닌 길 건너 맞은편 건물로 들어갔다.

해리가 그 건물 3층에 살고 있던 스티그손 가족의 가장에게 왜 경찰이 잠시 이 집을 빌려야 하는지 설명하는 동안, 어린 소년들은 휘둥그레진 눈으로 제복 입은 두 경관을 바라보았다. 해리는 거실로 들어가 창가에 있던 소파를 밀어내고, 길 건너편에 있는 아파트를 자세히 들여다보았다.

"거실에 불이 켜져 있군." 해리가 말했다.

"누군가 거실에 앉아 있는데요." 해리 뒤에 서 있던 나이 든 경관이 말했다.

"쉰 살이 되면 시력의 30퍼센트가 감소한다던데."

"그래도 장님은 아닙니다. 거실에 놓인 커다란 의자 위로 머리가, 팔걸이 위로 손이 보입니다."

해리는 눈을 가늘게 떴다. 젠장, 안경을 써야 하나? 저 노인네의 눈에 보였다면, 그의 눈에도 보였어야 했다.

"자네는 여기 서 있다가 저자가 움직이면 무전으로 알려주게. 알았나?"

"알겠습니다." 나이 든 경관이 미소를 지었다.

해리는 애송이를 데려갔다.

"저 집에 누가 있는 겁니까?" 요란한 발소리를 내며 계단을 내려가던 중에 젊은 경관이 큰 소리로 물었다.

"스노우맨이라고 들어봤나?"

"설마."

"맞아."

두 사람은 길을 건너 맞은편 건물로 갔다. 관리인과 스카레, 제복 경관 다섯 명이 아파트 출입문 옆에 서 있었다.

"3층 아파트 열쇠는 없습니다. 출입문 열쇠뿐이에요." 관리인이 말했다.

"그거면 됩니다." 해리가 말했다. "다들 총 준비됐나? 최대한 조용히 접근한다, 알겠나? 델타, 자네들은 내 옆에 있도록……."

해리는 카트리네의 스미스앤드웨슨을 꺼내들고 관리인에게 손짓했다. 그러자 관리인이 열쇠로 문을 열었다.

MP5로 무장한 델타 소속의 두 경관과 해리는 한 번에 세 칸씩, 소리 없이 계단을 성큼성큼 올라갔다.

그들은 아무런 표시도 없는 3층의 푸른 문 앞에 멈춰 섰다. 한 경관이 문에 귀를 대보더니, 해리를 보며 고개를 저었다. 해리는 무전기의 음량을 최대한 낮추고 입으로 가져갔다.

"알파 투……." 정해둔 호출 명칭도 없었고 경관의 이름도 생각나지 않았다. "소파 옆 창문 감시팀. 타깃이 움직였나? 오버."

버튼에서 손을 떼자, 낮게 지글거리는 소리가 나더니 목소리가 들렸다.

"아직 의자에 앉아 있다."

"로저. 우리 들어간다. 통신 끝."

한 경관이 고개를 끄덕이더니 지렛대를 꺼내 들었고, 다른 경관은 뒤로 물러서서 발로 문을 찰 준비를 했다.

해리는 전에도 이 방법을 쓰는 걸 보았다. 한 사람이 지렛대로 문을 열면, 다른 사람이 문을 박차고 들어가는 식이다. 지렛대 없이도 얼마든지 문을 박살 낼 수 있지만 이 방법을 쓸 경우, 요란한 소리와 힘, 스피드 때문에 표적을 얼어붙게 만들 수 있다. 십중팔구는 의자나 소파에 앉은 채로, 혹은 침대에 누운 채로 얼이 빠져버린다.

하지만 해리는 손을 들어 경관들을 제지했다. 그러고는 손잡이를 돌려 문을 밀었다.

문은 잠겨 있지 않았다. 마티아스의 말은 거짓이 아니었다.

문은 소리 없이 스르륵 열렸다. 해리는 자신이 먼저 들어가겠다는 뜻으로, 손가락으로 자기 가슴을 찔렀다.

아파트는 미니멀리즘적이었지만, 해리가 상상했던 의미와는 달랐다.

아무것도 없다는 의미에서 미니멀리즘적이었다. 현관에 신발도, 가구도, 그림도 없었다. 새 벽지 혹은 페인트를 갈구하는 헐벗은 벽뿐이었다. 꽤 오랫동안 사람이 살지 않은 듯했다.

거실 문이 빠끔 열려 있었고, 그 열린 틈 사이로 의자의 팔걸이와 그 위에 놓인 손이 보였다. 시계를 찬 조그마한 손. 해리는 숨을 죽이고 크게 두 걸음을 내딛었다. 양손으로 리볼버를 쥐고 발로 문을 슬쩍 밀었다.

해리는 그의 시야 가장자리로 들어온 다른 두 경관들이 굳어지는 것을 느꼈다.

그러더니 들릴 듯 말 듯한 속삭임이 흘러나왔다. "세상에……."

안락의자 위에 걸린 화려한 불빛의 커다란 샹들리에가 의자에 앉은 사람을 비추었다. 그 사람은 정면으로 해리를 응시하고 있었다. 목에는 교살로 인한 멍자국이 있었고, 얼굴은 백짓장처럼 창백하고 아름다웠으며, 갈색 머리카락에 작은 꽃무늬가 있는 하늘색 원피스를 입고 있었다. 해리의 부엌에 걸려 있던 달력 사진 속의 원피스와 똑같은 원피스. 해리는 자신의 심장이 터지며 동시에 몸의 나머지 부분은 돌로 변하는 걸 느꼈다. 움직이려고 했지만, 여자의 게슴츠레한 눈동자에서 시선을 뗄 수가 없었다. 그를 나무라는 눈동자. 좀 더 일찍 대처하지 않은 것을 나무라는 눈동자. 비록 그는 이런 일이 일어날 줄 몰랐다 해도 이에 대처해야 했고, 이 일을 막았어야 했으며, 그녀를 구했어야 했다고 나무라는 눈동자였다.

그녀의 얼굴은 임종 당시 해리의 어머니만큼이나 창백했다.

"다른 방도 조사해." 해리가 리볼버를 내리며 탁한 목소리로 말했다.

그는 시신을 향해 불안정하게 한 걸음 내딛고 그녀의 손목을 들어 올렸다. 얼음장처럼 차갑고 생기가 없는 게 꼭 대리석 같았다. 그런데도 약하게 톡톡 뛰는 맥박이 느껴졌고, 한순간 해리는 그녀가 죽은 것처럼 보일 뿐 살아 있다고 생각했다. 하지만 아래를 내려다본 순간, 그 이유가 똑딱이는 시계 때문이라는 걸 깨달았다.

"다른 사람은 없습니다." 경관 한 명이 등 뒤에서 말했다. 그리고 이어지는 기침 소리. "이 여자가 누군지 아십니까?"

"알아." 해리는 손가락으로 시계판을 훑어 내렸다. 불과 몇 시간 전, 그가 손에 들고 있었던 바로 그 시계였다. 그의 침실에 두고 갔던 시계. 라켈이 오늘 밤 남자친구와 함께 외출한다고 해서 해리가 새장에 넣어두었던 시계. 두 사람은 파티에 갈 거라고 했다. 이제부터 두 사람이 하나가 되는 것을 축하하는 파티에.

해리는 그녀의 눈동자, 비난의 의미가 담긴 눈동자를 다시 한 번 바라보았다.

그랬다. 어느 모로 보나 그의 잘못이었다.

스카레가 달려와 해리의 어깨 너머로 죽은 여자를 바라보았다. 스카레 옆에는 델타 소속의 두 경관이 서 있었다.

"교살됐나요?" 스카레가 물었다.

해리는 대답하지도, 움직이지도 않았다. 하늘색 원피스의 한쪽 어깨끈이 스르륵 떨어졌다.

"12월에 여름 원피스를 입다니 별일이네요." 스카레가 말했다. 대화를 이어가기 위해 아무 생각 없이 한 말이었다.

"늘 입곤 했지." 해리가 아득히 멀리서 들리는 듯한 목소리로 말했다.

"누가요?"

"라켈."

옆에 서 있던 경관이 깜짝 놀랐다. 그는 라켈이 경찰을 위해 일할 때 그녀를 본 적이 있었다. "이…… 이…… 이분이 라켈인가요? 하지만……."

"라켈의 원피스야." 해리가 말했다. "시계도 라켈 거고. 놈이 여자를 라켈처럼 꾸며놓았어. 하지만 여기 앉아 있는 사람은 비르테 베케르야."

스카레는 말없이 시신을 바라보았다. 지금까지 그가 봤던 어떤 시신과도 달랐다. 분필처럼 새하얗고, 부풀어 있었다.

"따라오게." 해리는 델타 소속의 두 경관에게 말하고 스카레에게 몸을 돌렸다. "자넨 여기 남아서 아파트 주위에 폴리스라인을 쳐. 트뤼반에 있는 현장감식반에 전화해서 또 다른 일거리가 있다고 전해주고."

"반장님은 뭘 하실 건데요?"

"춤을 춰야지."

세 남자가 우당탕탕 계단을 내려가고 나자 아파트는 조용해졌다. 하지만 몇 초 뒤 차에 시동이 걸리고, 보그트스 가의 도로 위에서 타이어가 고음의 비명을 지르는 소리가 들렸다.

푸른 불빛이 빙글빙글 돌아가며 거리를 비췄다. 해리는 조수석에 앉아 휴대전화 반대편에서 들리는 발신음을 듣고 있었다. 순찰차가 활강스키를 하듯, 3번 순환도로의 차량들 사이를 요리조리 빠져나갔다. 백미러 아래 달린 비키니 차림의 두 여자 인형은 사이렌의 절망적인 탄식에 맞춰 춤을 추고 있었다.

제발 받아라. 제발 받아, 라켈. 해리가 마음속으로 빌었다.

해리는 백미러 아래에서 춤추는 인형들을 바라보며 자신도 똑같은 처지라고 생각했다. 다른 사람의 장단에 맞춰 무력하게 춤추는 존재, 소극笑劇에서 언제나 사건이 터진 후에 도착하고, 언제나 약간 늦게 문밖으로 달려 나가 관객들을 웃기는 코믹한 인물.

해리는 폭발해버렸다. "이런 빌어먹을, 염병할!" 그는 소리를 지르며 휴대전화를 앞유리창에 던져버렸다. 전화기는 대시보드로 미끄러져 내려가 바닥에 떨어졌다. 운전을 하고 있던 경관이 뒷좌석에 앉아 있던 경관과 백미러 속에서 시선을 교환했다.

"사이렌 끄게." 해리가 말했다.

사이렌이 조용해졌다.

그때 자동차 바닥에서 소리가 들렸다.

"여보세요!" 해리가 소리쳤다. "여보세요. 집이야, 라켈?"

"당연히 집이지. 당신이 집으로 전화했잖아." 라켈의 목소리였다. 부드럽고 차분한 웃음소리. "무슨 일 있어?"

"올레그도 집에 있어?"

"응. 지금 부엌에서 뭐 먹고 있어. 마티아스가 오기를 기다리는 중이야. 무슨 일이야, 해리?"

"지금부터 내 말 잘 들어, 라켈. 내 말 들려?"

"무섭게 왜 그래? 무슨 일인데?"

"현관문에 체인 걸어."

"왜? 문 잠겼어. 그리고……."

"체인 걸라니까!" 해리가 소리쳤다.

"알았어, 알았어!"

라켈이 올레그에게 뭐라고 말하는 소리가 들렸다. 그러더니 의자가 찍 끌리는 소리가 났고, 뛰어가는 소리가 들렸다. 다시 전화를 받는 라켈의 목소리가 떨렸다.

"이제 무슨 일인지 말해줘, 해리."

"그럴게. 하지만 먼저 어떤 상황에서도 마티아스를 집에 들여놓지 않겠다고 약속해."

"마티아스? 취했어? 당신이 무슨 권리로……."

"마티아스는 위험인물이야, 라켈. 난 지금 경관 두 명이랑 순찰차를 타고 당신 집으로 가는 중이야. 나머지는 도착해서 설명할게. 이제 창밖을 내다봐. 뭐가 보여?"

해리는 라켈이 머뭇거리는 걸 느꼈다. 하지만 그는 아무 말도 하지 않고 그냥 기다렸다. 불현듯 그녀가 그를 믿고 있으며 신뢰한다는 사실, 지금까지 늘 그랬다는 사실이 뼈저리게 느껴졌다. 순찰차는 뉘달렌 근처의 터널로 다가가고 있었다. 도로 가장자리에 회백색 털실 같은 눈이 쌓여 있었다. 다시 라켈의 목소리가 들렸다.

"아무것도 안 보여. 하지만 뭘 찾아야 할지 모르겠어."

"그러니까 눈사람은 없다는 거지?" 해리가 조용히 물었다.

전화기에 흐르는 침묵으로 보아 라켈은 그제야 사태를 파악한 듯했다.

"사실이 아니라고 말해줘, 해리. 그냥 꿈이라고." 라켈이 속삭였다.

해리는 눈을 감고, 라켈의 말이 사실일 수도 있을까 생각해보았다. 어둠 속에서 의자에 앉은 비르테 베케르가 보였다. 꿈이고 말고.

"당신 시계를 새장에 넣어두었어." 해리가 말했다.

"하지만 새장에는 아무것도 없던데. 그게……." 라켈은 말을 멈추고 신음했다. "설마!"

21일째

괴물

라켈의 집 부엌에서는 외부인이 이 집으로 접근할 수 있는 세 방향을 모두 볼 수 있었다. 집 뒤편은 자갈이 쌓인 산비탈로, 짧지만 가팔라서 타고 내려오기 힘들었다. 특히 지금처럼 눈이 쌓여 있을 때는 더더욱. 라켈은 창문마다 돌아다니며 밖을 내다보고 단단히 잠겼는지 확인했다. 2차대전 후에 아버지가 지은 이 집은 창문의 위치가 높았고, 쇠창살까지 달려 있었다. 라켈은 그 이유가 전쟁 후유증 때문임을 알고 있었다. 전쟁 당시, 아버지의 부대가 주둔했던 레닌그라드 근처의 벙커로 한 러시아인 병사가 몰래 숨어들어, 자고 있던 아버지의 전우들을 모두 쏴 죽였다. 문 옆에서 잠들었던 아버지만 살아남았는데, 아버지는 너무 지쳐 곯아떨어진 나머지 총소리도 못 듣고 계속 잤다고 한다. 경보가 울려서 일어났을 때는 아버지의 담요 위로 빈 탄약통이 수북이 쌓여 있었다. 그 날 밤 이후로는 두 발을 뻗고 자본 적이 없다고 아버지는 입버릇처럼 말했다. 하지만 라켈은 창살 달린 창문이 늘 싫었다. 지금까지는.

"내 방으로 올라가면 안 돼요?" 올레그가 큼지막한 식탁 다리를 걷어차며 물었다.

"안 돼. 여기에 엄마랑 함께 있어야 돼."

"마티아스 아저씨가 어쨌길래요?"

"해리가 와서 다 설명해줄 거야. 체인은 제대로 채웠니?"

"네. 아빠가 함께 있었으면 좋겠어요."

"아빠?" 올레그는 지금까지 그 말을 입에 담은 적이 없었다. 유일하게 해리에게만 썼는데, 그것도 꽤 오래전의 일이었다. "러시아에 있는 아빠 말이니?"

"그 사람은 아빠 아니에요."

올레그의 단호한 말투에 라켈은 소름이 끼쳤다.

"지하실!" 라켈이 비명을 질렀다.

"왜요?"

"마티아스가 지하실 열쇠도 가지고 있어. 어떡하지?"

"간단해요." 올레그가 물 한잔을 다 마시고 말했다. "문손잡이 아래에 정원용 의자를 받쳐두면 돼요. 높이가 딱 맞거든요. 그럼 절대 못 들어와요."

"해본 적 있니?" 라켈이 깜짝 놀라 물었다.

"예전에 카우보이 놀이할 때 해리 아저씨가 한 적이 있어요."

"여기서 기다려." 라켈이 지하실에 가기 위해 복도로 향했다.

"잠깐만요."

라켈은 걸음을 멈췄다.

"해리 아저씨가 하는 거 제가 봤어요." 올레그가 자리에서 일어서서 말했다. "엄마는 여기 계세요."

라켈은 올레그를 바라보았다. 세상에나, 지난 한 해 동안 얼마나 훌쩍 커버렸는지. 이제 곧 그녀보다도 키가 커질 것이다. 올레그의 갈색 눈동자에는 아이다운 구석이 사라지고, 지금은 사춘기 소년의 반항기로 가득했지만 시간이 흐르면 어른스러운 단호함으로 바뀔 것이다.

라켈은 망설였다.

"제가 하게 해주세요." 올레그가 말했다.

올레그의 말투는 간청에 가까웠다. 라켈은 이 일이 아들에게 중요하다는 걸, 훨씬 큰 문제가 걸려 있다는 걸 알았다. 이것은 어린 시절의 공포와 타협하는 일이며, 성인으로 가는 의식이었고, 아버지처럼 되는 과정이었다. 올레그가 아버지로 생각하는 사람이 누구든 간에.

"서둘러라." 라켈이 속삭였다.

올레그는 지하실로 달려갔다.

라켈은 창가에 서서 창밖을 내다보았다. 자동차 소리가 들리는지 귀를 기울여보았다. 해리가 먼저 오게 해달라고 기도했다. 어쩌면 이렇게 조용할까? 왠지 모르게 이 고요함이 오래가지 못하리라는 생각이 들었다.

그때, 소리가 들렸다. 아주 작은 소리. 처음에는 밖에서 나는 소리인줄 알았는데, 분명 뒤에서 나는 소리였다. 라켈은 뒤를 돌아보았다. 아무것도 없었다. 그저 텅 빈 부엌뿐이었다. 그러자 다시 소리가 들렸다. 시계바늘이 무겁게 틱 움직이는 듯한 소리. 혹은 손가락으로 식탁을 톡 치는 듯한 소리. 식탁. 라켈은 식탁을 바라보았다. 식탁이 소리의 근원지였다. 다음 순간, 그녀는 보았다. 식탁에 떨어지는 물방울을. 천천히 고개를 들어 천장을 바라보았다. 하얀 천장 한가운데 어두운 빛깔의 원이 있었다. 그리고 원 한가운데 반짝이는 물방울이 맺혀 있었다. 물방울이 천장에서 식탁으로 떨어졌다. 그 과정을 모두 지켜보았는데도, 똑 소리가 나자 라켈은 화들짝 놀랐다. 마치 예기치 못하게 뒤통수를 맞은 것처럼.

맙소사, 분명 욕실일 것이다! 또 샤워기를 잠그는 걸 잊어버렸나? 집에 온 후로 곧장 음식을 만들어야 했기에 2층에는 올라가보지도 않았다. 그러니 오늘 아침 이후로 샤워기가 계속 틀어져 있었던 것이 분명하다. 하필이면 이럴 때 이런 일이 생기다니.

라켈은 복도로 나가 쏜살같이 계단을 올라가 욕실로 향했다. 샤워기 소리는 들리지 않았다. 욕실 문을 열어보니 욕실 바닥은 보송보송했다. 어디에도 물은 흐르지 않았다. 라켈은 욕실 문을 닫고 잠시 그 앞에 서 있었다. 그러고는 욕실 옆의 침실 문을 힐끗 바라보았다. 천천히 침실로 걸어갔다. 손잡이를 잡고 잠시 머뭇거렸다. 차 소리가 들리는지 또 한 번 귀를 쫑긋 세웠다. 이제 침실 문을 열었다. 침실 안을 본 순간, 라켈은 비명을 지르고 싶었다. 하지만 본능적으로 그러면 안 된다는 걸 알았다. 조용히 있어야 한다. 쥐 죽은 듯이.

"이런, 염병할!" 해리는 소리를 지르며, 주먹으로 대시보드를 내리쳤다. 대시보드가 살짝 떨렸다. "왜 이렇게 막히는 거야?"

터널 앞 도로는 주차장으로 변해 있었다. 벌써 2분째 이런 상태였다.

그 순간, 경찰 무전에서 그 이유가 흘러나왔다. "3번 순환도로 서쪽 출구 근처에서 충돌사고 발생. 부상자는 없고 견인차가 가는 중이다."

해리는 갑자기 충동적으로 마이크를 낚아챘다. "사고 차량의 주인이 누구인지 아나?"

"차 두 대라는 것만 안다. 둘 다 여름용 타이어를 장착한 차량이다." 무전에서 코맹맹이 목소리가 느릿느릿, 간단하게 대답했다.

"11월에 눈이 오면 늘 이런 난리가 나죠." 뒷좌석의 경관이 말했다.

해리는 대답하지 않고, 손가락으로 대시보드를 두들겨댔다. 다른 대안들을 고려해보았다. 앞뒤로 차들이 바리케이드를 치고 있었다. 세상의 모든 경광등과 사이렌을 다 동원한들, 저 차들을 뚫고 나갈 수는 없다. 차에서 내려 터널 끝까지 달려간 다음, 순찰차에게 거기로 오라고 무전을 보낼 수도 있지만, 터널 끝까지는 거의 2킬로미터 거리다.

이제 차 안은 조용해졌다. 공회전하는 자동차 엔진의 낮은 소음뿐이었다. 앞에 있던 밴이 몇 미터 앞으로 살짝 움직이자 순찰차도 뒤를 따랐다. 운전대를 잡은 경관은 마치 과격하게 운전을 해야만 해리가 다시 폭발하지 않을 거라는 듯이, 밴의 범퍼를 들이받기 직전에야 브레이크를 밟았다. 급정차에 비키니 차림의 두 금속 인형이 쾌활하게 쨍강 부딪혔다. 차 안에는 다시 침묵이 감돌았다.

해리는 다시 요나스를 생각했다. 그런데 왜 요나스가 생각나는 거지? 아까 마티아스와 통화 중일 때도 왜 요나스가 생각났을까? 소리에 무언가가 있었다. 배경으로 들리던 소리에.

해리는 백미러에 달린 두 인형을 곰곰이 바라보았다. 그러자 모든 게 맞아떨어졌다.

왜 요나스가 생각났는지 알았다. 또 그 소리가 무엇이었는지도. 1초도 지체할 수 없었다. 혹은(이 생각은 하지 않으려고 했지만), 더는 서두를 필요도 없었다. 이미 너무 늦었기 때문이다.

올레그는 어두운 지하실 복도를 서둘러 걸어갔다. 벽돌로 만든 벽 여기저기에 쌓인 소금 침전물이 하얀 유령처럼 보인다는 걸 알고 있었기에, 왼쪽이든 오른쪽이든 보지 않고 정면만 응시했다. 앞으로 자신이 해야 할 일에만 집중하고, 그 외의 일은 생각하지 않으려고 했다. 잘못된 생각들이 마음에 발을 들이지 못하게 했다. 해리의 가르침이었다. 머릿속에만 존재하는 괴물들을 정복하는 것은 가능한 일이다. 하지만 노력해야만 한다. 가능한 자주 그 괴물들과 대면하고 싸워야 한다. 이길 수 있는 사소한 싸움을 벌여야 한다. 그다음에는 집으로 가서, 상처에 붕대를 감고 다시 싸워야 한다. 올레그는 그렇게 해왔다. 혼자서 여러 번 지하실에 내려왔다. 어차피 스케이트를 차갑게 보관하기 위해서는 지하실에 올 수밖에 없었다.

올레그는 정원용 의자를 집어 들고, 뒤로 질질 끌며 그 소음으로 정적을 지웠다. 지하실 문이 제대로 잠겨 있는지 확인한 다음, 문손잡이 아래에 의자를 끼워 넣고 의자가 움직이지 못하게 했다. 다 됐다. 순간 올레그의 몸이 굳었다. 뭐지? 올레그는 문에 난 작은 창문을 올려다보았다. 잘못된 생각들을 더는 억누를 수 없게 되자, 그 생각들이 머릿속으로 밀려들었다. 누군가 문밖에 서 있었다. 올레그는 달아나고 싶었지만 억지로 제자리에 서 있었다. 다른 생각들로 잘못된 생각들과 싸웠다. 나는 집 안에 있어. 올레그는 스스로에게 말했다. 나는 내 방에 있는 것만큼이나 안전해. 숨을 들이쉬었다. 심장이 점점 더 빨라지는 베이스 드럼처럼 쿵쾅거렸다. 올레그는 상체를 앞으로 내밀고 창문을 들여다보았다. 창문에 비친 자신의 얼굴이 보였다. 하지만 그 얼굴 위로 다른 얼굴, 그의 얼굴이 아닌, 다른 뒤틀린 얼굴이 보였다. 그리고 손, 괴물의 손이 올라가는 게 보였다. 올레그는 겁에 질려 뒤로 물러섰다. 그러자 무언가와 부딪혔고, 괴물의 손이 그의 얼굴과 입으로 다가오는 걸 느꼈다. 이건 마음속의 상상이 아니라 정말 괴물이라고, 괴물이 집 안에 있다고 소리를 지르고 싶었다. 이제 다 죽을 거라고.

"놈은 집 안에 있어." 해리가 말했다.

두 경관이 어리둥절한 표정으로 그를 바라보는 동안, 해리는 휴대전화의 재발신 버튼을 눌렀다. "내가 일본 음악이라고 생각했던 게 사실은 금속 풍경의 소리였던 거야. 요나스의 방에 걸려 있던 것과 같은 풍경, 올레그의 방에도 그 풍경이 걸려 있지. 마티아스는 계속 그 방에 있었던 거야. 나한테도 그런 뜻으로 한 말이었는데, 안 그래……?"

"무슨 말씀이세요?" 뒷자리의 경관이 용기를 내어 물었다.

"마티아스는 집에 있다고 했어. 그리고 이제 그에게 집은 홀멘콜렌에 있는 라켈의 집이야. 심지어 라켈과 올레그를 보러 내려가려는 중이라고까지 했지. 그 말뜻을 알았어야 했는데. 라켈의 집이 마티아스의 집보다 고지대에 있으니까 내려간다는 게 말이 안 되잖아. 마티아스는 라켈의 집 2층에 있었던 거야. 아래층으로 내려가려던 중이었고. 라켈과 올레그를 당장 집에서 나오게 해야 해. 제발 좀 받아!"

"어쩌면 전화 소리를 못 들어서……."

"집에 전화기가 네 대야. 놈이 전화선을 잘라버린 거라고. 빨리 거기로 가야겠어."

"다른 순찰차를 먼저 보낼 수도 있습니다." 운전석에 앉은 경관이 말했다.

"아냐!" 해리가 재빨리 대답했다. "어차피 너무 늦었어. 놈이 그들을 데리고 있어. 우리가 가진 유일한 기회는 마지막 졸卒뿐이야. 바로 나."

"반장님이요?"

"그래, 난 놈의 계획의 일부야."

"놈의 계획의 일부가 아니라는 말씀이겠죠."

"아니, 계획의 일부가 맞아. 놈은 날 기다리고 있어."

두 경관이 서로 시선을 교환하는데, 뒤의 정체된 차량들 사이를 요리조리 빠져나오는 오토바이 소리가 들렸다.

"그렇게 생각하세요?"

"응." 해리는 사이드미러에 비친 오토바이를 보았다. 그것이 그가 내놓을 수 있는 유일한 대답이었다. 실낱같은 희망이라도 가질 수 있는 유일한 대답.

올레그는 온 힘을 다해 발버둥을 쳤지만, 목에 차가운 칼날이 느껴지자 괴물의 손아귀에서 축 늘어졌다.

"이건 메스란다, 올레그." 괴물이 마티아스의 목소리로 말했다. "사람들을 해부할 때 사용하지. 얼마나 잘 잘리는지 넌 모를 거야. 자, 입을 벌려."

괴물이 올레그의 입에 더러운 천을 밀어 넣었다.

"이젠 바닥에 엎드려." 괴물이 명령했다.

올레그가 곧바로 명령에 따르지 않자, 메스의 날이 올레그의 귀 아래를 찔렀다. 뜨거운 피가 어깨로 후드득 떨어지더니 티셔츠 안쪽으로 흘러내렸다. 올레그가 얼음장처럼 차가운 지하실 바닥에 엎드리자, 괴물이 그 위에 올라탔다. 올레그의 얼굴 옆으로 빨간 상자가 떨어졌다. 올레그는 상표를 읽었다. 플라스틱 수갑. 전깃줄을 묶어두거나, 장난감 포장에 사용하는 가느다란 플라스틱 줄로 만든 수갑이었다. 이 수갑은 손을 움직여도 절대 느슨해지지 않고 오히려 더 조이기만 했으며, 얇아도 절대 끊어지는 법이 없었기에 매우 짜증 나는 수갑이었다. 예리한 플라스틱 절단면이 올레그의 손목과 발목을 파고들었다.

괴물은 올레그를 번쩍 들어 올렸다가 떨어뜨렸다. 우두둑 소리와 함께 착륙하자마자 통증이 밀려왔다. 올레그는 위를 바라보았다. 자신이 냉동실에 등을 댄 채 누워 있다는 걸 알 수 있었다. 얼굴과 팔뚝의 살갗을 얼얼하게 만드는 얼음 조각이 느껴졌다. 괴물이 고개를 갸우뚱 기울인 채 그를 내려다보며 서 있었다.

"안녕. 곧 저세상에서 만나자꾸나." 괴물이 말했다.

뚜껑이 내려와 쿵 닫히며 시야는 완전한 암흑이 됐다. 자물쇠의 열쇠가 돌아가고, 발걸음이 빠르게 사라지는 소리가 들렸다. 올레그는 혀를 들어 올려서 입 안의 천 뒤로 가져가려고 했다. 천을 빼내야 했다. 숨을 쉬어야 했다. 공기를 마셔야 했다.

라켈은 숨이 멎었다. 침실 문간에 서 있던 그녀는 눈앞에 보이는 광경이 제정신으로는 할 수 없는 짓이라는 걸 알고 있었다. 그 광기에 소름이 돋았고, 입이 딱 벌어졌으며, 눈이 튀어나왔다.

침대와 다른 가구들은 벽으로 밀쳐졌고, 침실 바닥은 눈에 잘 보이지 않을 정도로 물에 잠겨 있었다. 물방울이 떨어질 때를 제외하고 수면은 잔잔했다. 하지만 라켈의 눈에는 그런 것들이 들어오지 않았다. 오로지 방 중앙을 차지하고 있는 거대한 눈사람만 보였다.

씩 웃는 얼굴 위의 실크해트는 천장에 닿을 듯했다.

마침내 라켈은 다시 숨을 쉬었다. 뇌로 산소가 밀려들며 비로소 젖은 모직물과 나무 냄새며, 눈이 녹아 똑똑 떨어지는 소리를 인식할 수 있었다. 한기가 밀려들었지만 그녀의 살에 소름이 돋은 건 그 때문이 아니었다. 뒤에 서 있는 사람의 체온 때문이었다.

"아름답지 않아?" 마티아스가 말했다. "당신을 위해 만들었어."

"마티아스……."

"쉿." 그는 보호하듯이 한 팔을 그녀의 목에 둘렀다. 라켈은 아래를 내려다보았다. 그의 손에는 메스가 들려 있었다. "아무 말도 하지 마, 내 사랑. 할 일은 너무 많고, 시간은 너무 부족해."

"왜, 왜?"

"오늘은 기쁜 날이야, 라켈. 우리에게 남은 삶은 놀라우리만치 짧지. 그러니까 축하하자고. 설명하는 데 시간을 낭비하지 말자. 양팔을 등 뒤로 돌려주겠어?"

라켈은 마티아스가 시키는 대로 했다. 올레그가 지하실에서 올라오는 소리는 듣지 못했다. 그러니 아마도 올레그는 아직 지하실에 있을 것이다. 마티아스를 붙잡아두면, 그동안에 올레그는 집 밖으로 나갈 수 있을지도 모른다. "이유를 알고 싶어." 라켈이 감정에 북받쳐 울먹이는 목소리로 말했다.

"넌 창녀니까."

가늘고 단단한 무언가가 그녀의 손목을 조였다. 목에 그의 따뜻한 숨결이 닿았다. 그의 입술, 그리고 그의 혀도. 지금 소리를 지르면, 그가 동작을 멈출 것이기에 라켈은 꾹 참았다. 마티아스가 계속하기를, 시간을 낭비하기를 바랐다. 혀가 천천히 돌아, 그녀의 귀로 올라와 귓불을 살짝 깨물었다.

"그리고 네가 창녀짓을 해서 낳은 아들은 냉동고에 있어." 마티아스가 속삭였다.

"올레그가?" 라켈은 눈이 뒤집힐 것 같았다.

"진정해, 달링. 얼어 죽지는 않을 테니까."

"저, 정말이야?"

"창녀의 자식은 몸이 얼어붙기 전에 질식사할 거니까. 간단한 이치야."

"이치……."

"오래전에 다 계산해뒀어. 모든 게 계산된 일이야."

어둠 속에서 빠르게 달리는 오토바이 한 대가 홀멘콜렌으로 가는 구불구불한 길을 미끄러지듯이 올라갔다. 가옥들과 구경꾼들 사이로 오토바이의 굉음이 진동했다. 구경꾼들은 이렇게 눈이 오는 날에 오토바이를 타는 건 미친 짓이라고, 저런 사람은 면허를 정지시켜야 한다고 생각했다. 하지만 이 운전자에게는 아예 면허가 없었다.

해리는 더욱 속도를 높여 검은 목재로 된 주택의 진입로를 올라갔다. 하지만 급하게 도는 과정에서 바퀴가 방금 내린 눈 위에 헛돌았다. 해리는 오토바이의 속도가 떨어지는 걸 느꼈다. 그래서 미끄러지는 오토바이를 똑바로 세우려 하지 않고 그냥 뛰어내렸다. 오토바이는 비탈을 굴러 낮게 드리운 전나무 가지 사이를 뚫고 가더니 나무줄기에 닿으며 멈추었다. 오토바이는 옆으로 쓰러졌고, 뒷바퀴에서 눈을 뱉어내더니 마지막 숨을 거두었다.

그때쯤 해리는 벌써 현관 계단을 절반이나 올라간 상태였다.

눈에는 집으로 들어간 발자국도, 나온 발자국도 찍혀 있지 않았다. 리볼버를 꺼내 들고 현관문 옆으로 다가갔다.

문은 열려 있었다. 약속대로.

살그머니 집 안으로 들어가자, 제일 먼저 활짝 열린 지하실 문이 눈에 들어왔다.

동작을 멈추고, 주위의 소리를 들어보았다. 부엌에서 툭툭 두드리는 소리가 나는 것 같았다. 해리는 망설이다가 지하실을 택했다.

리볼버를 겨눈 채 옆걸음으로 지하실 계단을 내려갔다. 다 내려간 후에는 눈이 어둠에 익숙해지도록 멈춰 서서 귀를 기울였다. 지하실 전체가 숨을 죽이고 있다는 느낌이 들었다. 문손잡이 아래 놓인 의자가 보였다. 올레그가 했을 것이다. 해리의 눈은 어둠을 더 자세히 파고들었다. 다시 위층으로 올라가야겠다고 결심한 순간, 냉동고 옆 바닥에 생긴 얼룩에 눈길이 갔다. 물인가? 해리는 한 발짝 더 다가갔다. 냉동고 바닥에서 새어 나온 물이 틀림없었다. 해리는 생각이 무서운 방향으로 흘러가려는 걸 막고, 냉동고의 문을 들어 올렸다. 문은 잠겨 있었다. 열쇠는 꽂혀 있었지만, 평상시에 라켈은 냉동고를 잠그지 않는다. 핀뇌위 섬에서의 영상이 머릿속에 떠올랐으나, 해리는 서둘러 자물쇠에 꽂힌 열쇠를 돌려 냉동고 문을 들어 올렸다.

어둠침침한 냉동고 안에서 금속이 번쩍하고 빛나는 찰나, 해리는 얼굴에 타는 듯한 통증을 느끼고 뒤로 벌렁 넘어졌다. 칼인가? 해리는 두 개의 세탁물 바구니 사이로 쓰러졌고, 민첩하고 빠른 형체가 어느새 냉동고에서 나와 그를 내려다보고 있었다.

"경찰이다!" 해리는 소리치며 얼른 리볼버를 들어 올렸다. "꼼짝 마!"

형체가 한 손을 머리 위로 들어 올린 채 동작을 멈췄다. "해, 해리 아저씨?"

"올레그?"

해리는 리볼버를 내리고, 올레그가 손에 든 물건을 보았다. 스피드 스케이트였다.

"아…… 마티아스 아저씨가 다시 온 줄 알았어요." 올레그가 속삭였다.

해리는 바닥에서 일어섰다. "마티아스는 어디 있니?"

"몰라요. 저세상에서 곧 만날 거라고 했으니까 아마도……."

"스케이트는 어디서 났어?" 입 안으로 들어온 피에서 쇠맛이 느껴졌다. 손끝에 만져진 얼굴의 상처에서는 피가 줄줄 흐르고 있었다.

"냉동고 안에 넣어뒀어요." 올레그가 음흉한 미소를 지었다. "엄마가 스케이트를 현관 계단에 놓아둔다고 하도 잔소리를 해서, 제가 냉동고의 완두콩 밑에 넣어뒀거든요. 거기라면 엄마가 모를 테니까. 아저씨도 알다시피 우린 완두콩은 절대 안 먹잖아요."

올레그는 벌써 계단을 올라가고 있는 해리를 따라갔다.

"다행히 스케이트 날을 날카롭게 갈아둬서, 플라스틱 수갑을 자를 수 있었어요. 자물쇠는 깰 수 없었지만, 간신히 냉동고 바닥을 뚫어 구멍 두 개를 낸 덕분에 공기가 들어왔죠. 냉동고 안의 전구도 깼어요. 마티아스 아저씨가 냉동고를 열 때, 불이 들어오지 않도록 하기 위해서요."

"그리고 네 체온에 얼음이 녹아서 구멍으로 흘러나온 거구나." 해리가 말했다.

두 사람은 복도로 나왔고 해리는 올레그를 현관으로 끌고 간 다음, 현관문을 열고 밖을 가리켰다.

"저기 이웃집의 불빛 보이지? 저 집으로 달려가서, 내가 데리러 갈 때까지 저 집에서 기다려라. 알았니?"

"싫어요." 올레그가 단호하게 말했다. "엄마를……."

"쉿! 아저씨 말 들어. 지금 네가 엄마를 위해 할 수 있는 최선의 행동은 여기서 나가는 거야."

"엄마를 찾고 싶어요."

해리는 올레그의 어깨를 움켜잡았고, 아플 정도로 세게 눌렀다. 너무 아픈 나머지 올레그의 눈에 눈물이 맺혔다.

"내가 가라고 하면 넌 무조건 가는 거야. 이 멍청아."

해리는 나지막이 말했지만 올레그는 그 안에 억눌린 분노를 감지하고 혼란스러움에 눈을 깜박거렸다. 올레그의 속눈썹에서 떨어진 눈물이 볼을 타고 흘러내렸다. 올레그는 몸을 돌려 문밖으로 뛰어나갔고, 이내 매섭게 휘몰아치는 눈과 어둠에 삼켜졌다.

해리는 무전기를 움켜쥐고 버튼을 눌렀다. "도착했다. 아직 멀었나?"

"여긴 경기장 옆이다. 오버." 군나르 하겐 경정의 목소리였다.

"집 안에 들어왔다. 집 앞까지 진입하라. 하지만 내 명령이 있기 전까지는 집 안으로 들어오지 말고 대기하라. 오버."

"로저."

"통신 끝."

해리는 아직도 소리가 들리는 부엌으로 향했다. 부엌 문간에 서자, 천장에서 흘러내리는 가느다란 물줄기가 보였다. 회반죽이 녹아내려 회색으로 변한 물줄기가 식탁으로 후두둑 떨어졌다.

해리는 네 걸음만에 2층으로 이어진 계단을 올라갔다. 까치발로 침실 문 앞까지 갔다. 침을 삼키고, 문손잡이를 유심히 바라보았다. 집 밖에서 들리는 경찰차 사이렌 소리가 점점 다가오고 있었다. 얼굴 상처에서 흘러내린 피가 부드러운 툭 소리와 함께 쪽모이 세공 마루에 떨어졌다.

관자놀이가 지끈거리는 가운데 해리는 이제야 알 수 있었다. 이곳에서 끝이 나야 했다. 그리고 그것은 나름 논리적인 결론이었다. 일찍 퇴근하겠다는 약속을 어기고, 새벽이 되어서야 이 침실 문 앞에 이렇게 서 있었던 적이 얼마나 많았던가? 문 안쪽에서 그녀가 자고 있으리라는 걸 알고, 양심의 가책을 느끼며 여기 서 있었던 적이 얼마나 많았던가? 이 손잡이는 아무리 조심해서 돌려도 결국 반쯤 돌아가면 삐걱 소리가 난다. 그러면 그 소리에 깬 라켈이 졸린 눈으로 그를 보다가 이내 벌을 주려는 듯 노려본다. 그가 이불 속으로 기어 들어가 그녀를 안으면, 화가 나서 뻣뻣해졌던 그녀의 몸이 녹아내린다. 라켈은 쾌감을 느끼며 낮게 신음하겠지만 그 정도로는 부족하다. 그러면 해리는 좀 더 쓰다듬고, 키스하고, 깨물고, 그녀의 종이 된다. 마침내 그녀가 그의 몸에 올라타 가르릉거린다. 그녀는 이제 잠의 여왕이 아니라, 성난 동시에 음탕한 여자다.

해리는 손으로 문손잡이를 감싸 쥐었고, 이 납작하게 각진 모양이 얼마나 손에 익숙한지 깨달았다. 지극히 조심스럽게 손잡이를 돌렸다. 익숙한 삐걱 소리가 나기를 기다렸다. 하지만 그 소리는 나지 않았다. 뭔가가 달랐다. 손잡이가 빽빽했다. 누군가 손잡이의 스프링을 조여놓았다. 해리는 조심스럽게 손잡이에서 손을 뗐다. 열쇠구멍 위로 몸을 숙여 안을 들여다보았다. 캄캄했다. 누군가 구멍을 막고 있었다.

"라켈! 거기 있어?" 해리가 외쳤다.

아무 대답도 없었다. 그는 문에 귀를 댔다. 뭔가를 긁는 소리가 들리는 것 같았는데, 확실하지 않았다. 다시 손잡이를 쥐었지만 망설여졌다. 해리는 마음을 바꿔 손잡이에서 손을 떼고, 서둘러 옆의 욕실로 갔다. 욕실의 작은 창문을 밀어 열고, 창문 사이로 몸을 빼냈다. 침실 창문의 검은 쇠창살 사이로 불빛이 흘러넘쳤다. 발을 창틀 안쪽에 끼워 넣은 상태에서 다리 근육에 힘을 주고, 외벽을 따라 욕실 밖으로 몸을 뻗었다. 손가락으로 거칠거칠한 통나무 사이의 붙잡을 틈을 찾아보았지만, 허사였다. 눈송이가 얼굴에 내려앉더니, 뺨을 타고 흘러내리는 피 속에서 녹아내렸다. 다리에 더 힘을 주었다. 창틀이 다리 속으로 너무 세게 파고드는 바람에 뼈에 금이 갈 것만 같았다. 그의 손은 다리가 다섯 개 달린 미친 거미처럼 벽을 따라 기어갔다. 배의 근육이 쑤셨다. 하지만 침실은 너무 멀어서 손이 닿지 않았다. 그는 시선을 떨구었다. 얇게 쌓인 눈 아래에는 아스팔트 도로가 있었다.

무언가 차가운 것이 손끝에 닿았다.

침실 창문의 쇠창살이었다.

손가락 두 개, 다시 세 개를 쇠창살에 감았다. 반대쪽 손으로도 쇠창살을 잡은 다음 아픈 다리를 창틀에서 떼었다. 다리가 공중에서 대롱대롱 흔들리다가, 팔의 힘을 덜어주기 위해 서둘러 발 디딜 곳을 찾았다. 마침내 침실 안이 보였다. 그리고 그는 보았다. 그의 뇌는 눈앞의 광경이 무엇인지 곧바로 알았지만 그것을 받아들이지는 못했다. 그것은 완성된 예술 작품, 그가 예전에 이미 본 광경의 원형이었다.

활짝 부릅뜬 라켈의 눈은 새까맸다. 그녀는 원피스 차림이었다.

캄파리 같은 진홍색 원피스. 그녀는 '코치닐'이었다. 라켈은 마치 울타리 옆에 서서 그 너머를 보려는 사람처럼 목을 천장 쪽으로 잡아 뺀 상태였다. 그 자세로 아래를, 창밖의 해리를 바라보고 있었다. 두 어깨는 뒤로 젖혀졌고, 팔은 보이지 않았다. 아마도 등 뒤로 양손이 묶였을 거라고 해리는 짐작했다. 볼은 마치 입 속에 양말이나 행주를 밀어 넣은 것처럼 불룩했다. 그녀는 거대한 눈사람의 어깨에 목말을 타고 있었다. 맨다리가 눈사람의 가슴 앞에 교차되어 있었다. 해리는 그녀의 긴장된 다리 근육이 떨리는 것을 보았다. 그녀는 떨어져서는 안 된다. 사실 떨어질 수가 없었다. 목에 뭔가가 걸려 있었기 때문이다. 엘리 크발레처럼 회색빛의 생기 없는 철사가 아닌, 하얗게 달아오른 원이었다. 마치 자신감과 사랑의 행운, 만수무강을 약속하던 옛날 치약 선전을 우스꽝스럽게 흉내 낸 것 같았다. 전기 올가미의 검은색 손잡이에 달린 철사는 라켈의 머리 위에 있는 천장의 못에 걸려 있었다. 철사는 방의 반대편에 있는 문까지 이어져 있었다. 문의 손잡이까지. 두꺼운 철사는 아니었지만 충분히 길어서 해리가 손잡이를 돌렸을 때 현저히 빽빽하게 느껴질 정도였다. 만약 해리가 문을 열었다면, 손잡이를 곧장 돌려버렸다면, 하얗게 달아오른 금속이 라켈의 목을, 턱 바로 아래를 잘라버렸을 것이다.

라켈은 눈도 깜박이지 않은 채 해리를 뚫어지게 바라보았다. 그녀의 얼굴 근육이 분노와 적나라한 두려움 사이를 오가며 실룩거렸다. 올가미는 너무 좁아서, 머리 위로 무사히 벗겨내기는 불가능했다. 대신 라켈은 목 주위에 거의 세로로 매달려 있는 그 죽음의 백열 고리에 목이 닿지 않도록 힘을 주고 있었다.

그녀의 시선이 해리에게서 바닥으로 떨어졌다가, 다시 해리에게로 향했다. 해리는 그게 무슨 뜻인지 이해했다.

회색 눈덩이들이 이미 바닥을 뒤덮은 물 위에 떠 있었다. 눈사람이 녹고 있었던 것이다. 그것도 빠르게.

해리는 틈 사이로 발을 단단히 찔러 넣고, 있는 힘껏 쇠창살을 흔들어보았다. 창살은 꿈쩍하는 것은 고사하고 삐거덕 소리조차 나지 않았다. 가늘지만 목재에 단단히 붙어 있는 창살이었다.

침실 안의 눈사람이 흔들거렸다.

"기다려!" 해리가 외쳤다. "곧 안으로 들어갈게!"

거짓말. 쇠지렛대를 써도 창살을 구부릴 수는 없을 것이다. 그렇다고 해서 톱으로 자를 시간도 없었다. 빌어먹을 라켈의 아버지, 미치광이 노인네 같으니라고! 해리는 팔이 쑤셨다. 첫 번째 순찰차가 진입로로 들어오면서 귀청이 찢어질 듯한 사이렌 소리가 들렸다. 해리는 주위를 둘러보았다. 델타의 특별 장갑 차량인 대형 랜드로버였다. 초록색 방탄조끼를 입은 남자가 조수석에서 뛰어내리더니, 차량 뒤로 숨어 무전기를 들어 올렸다. 해리의 무전기가 지직거렸다.

"여기요!" 해리가 외쳤다.

깜짝 놀란 남자가 좌우를 둘러보았다.

"위예요, 보스!"

군나르 하겐이 랜드로버 뒤에서 일어서자, 순찰차 한 대가 푸른 불빛을 빙빙 돌려대며 모퉁이를 돌아 집 앞에 멈춰 섰다.

"집 안으로 쳐들어가야 하나?" 하겐이 소리쳤다.

"아뇨!" 해리가 외쳤다. "그놈이 여자를 목매달아 놓았어요. 그냥……."

"그냥?"

해리는 시선을 들어 바라보았다. 아래쪽의 도심이 아니라, 산등성이 훨씬 위쪽에서 반짝반짝 빛나는 홀멘콜렌 스키 점프대를.

"그냥 어떻게 하라는 건가, 해리?"

"그냥 기다리세요."

"기다려?"

"생각을 해야 합니다."

해리는 차가운 쇠창살에 이마를 댔다. 팔이 쑤시자, 몸의 무게가 다리에 가도록 무릎을 구부렸다. 전기 올가미에는 분명 전원 스위치가 있을 것이다. 아마도 저 플라스틱 손잡이에 있으리라. 창문을 부수고, 거울이 부착된 긴 막대기를 밀어 넣어서 스위치를…… 하지만 스위치를 누르는 과정에서 아무것도 건드리지 않는다고 장담할 수 없었다. 그 과정에서 행여나…… 행여나…… 해리는 경동맥을 보호하고 있는, 어처구니없을 정도로 얇은 살갗과 부드러운 피부 조직을 생각하지 않으려고 애썼다. 생산적인 생각만 하고, 공포감은 무시하려고 노력했다. 공포감은 그의 귀에 대고 어서 침실로 들어가 상황을 통제하라고 외쳐댔다.

문을 통해 들어갈 수도 있다. 단 문을 열지 않고, 톱으로 문 안쪽을 도려내야 한다. 사슬톱이 필요하다. 하지만 누가 사슬톱을 가지고 있단 말인가? 이 망할 놈의 홀멘콜멘에 사는 사람들은 모두 가지고 있을 것이다. 정원마다 전나무 숲이 있는 사람들이니까.

"이웃집에 가서 사슬톱을 구해오세요." 해리가 소리쳤다.

아래쪽에서 누군가 달려가는 소리가 들렸다. 그와 동시에 첨벙 소리가 들렸다. 해리는 심장이 멎는 것을 느끼며, 침실을 들여다보았다. 눈사람의 왼쪽이 몽땅 사라졌다. 흘러내려 물에 떨어진 것이다. 눈사람이 무너지고 있었다. 해리는 라켈의 몸이 부들부들 떨리는 걸 보았다. 그녀는 눈물 모양의 하얀색 교수형 올가미에 목이 닿지 않도록 균형을 잡으려고 안간힘을 썼다. 문을 도려내는 건 고사하고 사슬톱을 가져오기도 전에 다 끝나버릴 것이다.

"경정님!" 해리의 카랑카랑한 목소리가 신경질적으로 들렸다. "순찰차에 견인용 밧줄이 있어요. 그 밧줄을 이리 던지고, 랜드로버를 벽 반대쪽으로 돌리세요."

웅성거리는 목소리가 들렸다. 랜드로버가 반대편으로 회전했고, 차 트렁크가 열렸다.

"잡게!"

해리는 한 손을 쇠창살에서 떼고 몸을 돌려, 돌돌 말린 밧줄이 자신을 향해 올라오는 걸 바라보았다. 어둠 속으로 팔을 뻗어 밧줄을 붙잡았다. 밧줄의 나머지 부분이 풀어지며 툭 소리와 함께 땅에 떨어졌다.

"밧줄 끝을 견인봉에 묶으세요."

해리가 들고 있는 밧줄의 끝부분에는 후크형 잠금장치가 달려 있었다. 해리가 창문 한가운데 있는 쇠창살의 접합부에 대고 잠금장치를 재빨리 내리치자 철컥 소리를 내며 쇠창살에 잠겼다. 빠르게 수갑을 채우는 연습을 한 덕분이었다.

침실 안에서 또다시 첨벙 소리가 들렸다. 해리는 일부러 보지 않았다. 봐도 아무 소용없기 때문이다.

"출발하세요!" 해리가 외쳤다.

그러고는 두 손으로 홈통 가장자리를 붙잡고, 랜드로버 엔진의 회전 속도가 올라가는 소리를 들으며 쇠창살을 사다리 삼아 지붕으로 훌쩍 올라갔다. 지붕 타일에 가슴을 대고 눈을 감은 채 모터가 돌아가고, 회전 속도계의 수치가 떨어지며, 쇠창살이 신음하는 소리를 들었다. 그 신음은 계속되고 더 길어졌다. 제발! 해리는 생각했던 것보다 시간이 느리게 흐른다는 걸 깨달았다. 그렇다고 시간이 충분한 것은 아니었다. 반가운 빠지직 소리를 기다리는데, 갑자기 회전 속도계가 사납게 낑낑거렸다. 젠장! 랜드로버의 타이어가 무력하게 헛돌고 있었다.

어떤 생각이 그의 머릿속으로 퍼덕이며 날아 들어왔다. 기도를 하자. 하지만 해리는 알고 있었다. 신은 이미 마음을 정했고, 운명은 이미 팔렸으며, 그 운명은 암시장에서밖에 살 수 없다는 사실을. 하지만 어차피 라켈이 없으면 그의 영혼은 별 가치가 없을 것이다. 순간 도로 위에서 돌아가는 타이어 소리, 점점 커지는 창살의 신음, 줄어드는 회전 속도계 소리에 그 생각은 사라져버렸다.

큼지막하고 육중한 타이어가 도로 위를 굴렀다.

그러자 빠지직 소리가 났다. 회전 속도계는 으르렁거리며 죽어버렸다. 잠시 정적이 흐르더니, 쇠창살이 아래에 있던 차 지붕에 떨어지면서 공허한 쿵 소리가 났다.

해리는 몸을 일으켰다. 마당을 등진 채 홈통 가장자리에 섰다. 홈통이 구부러지는 게 느껴졌다. 그런 다음, 허리를 숙여 양손으로 홈통을 잡고 발로 지붕을 찼다. 진자처럼 홈통이 구부러진 채 창가로 내려갔다. 해리의 발아래에서 낡고 얇은 창유리가 쨍강 깨지는 순간, 그는 홈통에서 손을 떼었다. 한순간 그는 자신이 어디로 떨어질지 몰랐다. 마당이 될 수도 있고, 뾰족뾰족한 유리가 솟아 있는 창문일 수도 있고, 침실 안쪽일 수도 있었다.

쿵 소리와 함께 머릿속의 퓨즈가 나간 것처럼 사방이 온통 캄캄해졌다.

그는 아무것도 없는 공간 속을 날아갔고, 아무것도 느끼지 못했으며, 아무것도 기억나지 않았고, 아무것도 아니었다.

다시 사방이 환해졌을 때 그가 했던 생각은 아까의 그 공간으로 돌아가고 싶다는 것뿐이었다. 온몸에서 통증이 아우성쳤다. 그는 얼음처럼 차가운 물 위에 누워 있었다. 하지만 죽은 것이 틀림없었다. 그의 위로 핏빛 옷을 입은 천사가 보였고, 어둠 속에서 천사의 머리 주위로 빛나는 후광이 보였기 때문이다. 서서히 소리가 돌아왔다. 긁는 소리. 숨소리. 다음 순간, 그는 뒤틀린 얼굴과 공포, 노란색 천을 쑤셔 넣어 벌어진 입, 눈사람을 기어오르는 발을 보았다. 그냥 눈을 감아버리고 싶었다. 잔디 깎는 기계 같은 소리가 났다. 녹은 눈이 무너져 내렸다.

훗날 해리는 당시의 상황을 제대로 설명할 수가 없었다. 그가 기억하는 것이라고는 전기 올가미에 살이 타면서 나던 역겨운 냄새뿐이었다.

눈사람이 무너지는 순간, 해리는 벌떡 일어섰다. 라켈이 앞으로 고꾸라졌다. 해리는 오른손을 들어 올리는 동시에, 왼팔로 라켈의 두 허벅지를 감아 그녀를 지탱했다. 너무 늦었다는 걸 알고 있었다. 지글거리면서 살이 탔고, 기름이 타는 달큰한 냄새가 콧구멍을 가득 채웠으며, 얼굴로 피가 흘러내렸다. 해리는 고개를 들었다. 하얗게 달아오른 올가미와 라켈의 목 사이에 그의 오른손이 있었다. 라켈 목의 무게 때문에 그의 손은 하얗게 달아오른 올가미에 닿았고, 철사는 손가락을 파 들어갔다. 완숙 달걀을 자르는 에그 슬라이서처럼. 손가락을 다 자르면, 그다음에는 라켈의 목을 가를 것이다. 미뤄두었던 무딘 통증이 느껴졌다. 마치 처음에는 마지못해 시작했다가 나중에는 줄기차게 울려대는 알람시계의 종소리 같았다. 해리는 똑바로 서 있으려고 안간힘을 썼다. 왼팔을 풀어야만 한다. 피 때문에 앞이 안 보이는 상태에서 해리는 라켈을 자신의 어깨에 태우고, 자유로워진 왼손을 머리 위로 뻗었다. 손끝으로 라켈의 살결, 숱이 많은 머리카락이 만져졌다. 전기 올가미에 손을 데인 후에야 단단한 플라스틱 손잡이가 만져졌다. 그는 스위치를 찾아냈다. 스위치를 오른쪽으로 누른 순간, 올가미가 더 조이기 시작하는 걸 알고 다시 껐다. 또 다른 스위치를 찾아 눌렀다. 소리가 사라지면서, 올가미의 불빛이 사그라졌다. 다시 의식이 가물거렸다. 숨 쉬어. 그는 생각했다. 중요한 건 뇌에 산소를 공급하는 거야. 하지만 무릎이 자꾸 꺾였다. 머리 위에 있던 하얀 올가미가 붉은색으로 변하더니, 다시 점차 검은색으로 변했다.

등 뒤에서 여러 개의 장화발 아래로 유리가 버석버석 깨지는 소리가 들렸다.

"여자를 잡았습니다." 등 뒤의 목소리가 말했다.

해리는 피가 어린 물속으로 털썩 주저앉았다. 눈덩어리와 새 플라스틱 수갑이 주위에 둥둥 떠다녔다. 마치 전기가 제대로 공급되지 않는 것처럼 뇌가 켜졌다가 꺼졌다.

뒤에서 누군가가 뭐라고 말했다. 해리는 일부만 알아들은 채 숨을 들이쉬고, 신음했다. "뭐라고?"

"여자가 살았다고요." 다시 목소리가 말했다.

청각이 돌아왔다. 시각도 돌아왔다. 해리는 뒤를 돌아보았다. 검은 옷을 입은 두 남자가 라켈을 침대에 눕히고 플라스틱 수갑을 잘랐다. 아무런 경고도 없이 위장의 내용물이 올라왔다. 그는 두 번의 구역질만에 위장을 다 비워냈다. 물 위에 떠다니는 토사물을 내려다보면서 큰 소리로 웃고 싶은 신경질적인 충동을 느꼈다. 마치 손가락도 함께 게워낸 듯한 느낌이 들었기 때문이다. 확인차

오른손을 들어 올려 피 흘리는 손가락 뿌리를 내려다보았다. 잘린 손가락이 물 위에 둥둥 떠 있었다.

"올레그……." 라켈의 목소리였다.

해리는 플라스틱 수갑을 집어 들어 잘린 가운뎃손가락의 뿌리를 감고, 가능한 세게 조였다. 뼈는 절단됐지만, 그래도 아직 꿋꿋이 붙어 있는 집게손가락에도 똑같이 했다.

그러고는 침대로 가서 라켈에게 이불을 덮어주고 곁에 앉았다. 그를 올려다보는 커다란 눈은 충격으로 새까맸고, 올가미가 닿았던 목 양쪽의 상처에서 피가 흘러내렸다. 그는 다치지 않은 왼손으로 라켈의 손을 잡았다.

"올레그." 라켈이 다시 말했다.

"올레그는 괜찮아." 해리는 그렇게 말하며, 그녀의 손을 꽉 쥐었다. "지금 이웃집에 있어. 이제 다 끝났어."

라켈의 눈동자가 초점을 맞추려고 했다.

"약속할 수 있어?" 그녀가 모기만 한 목소리로 속삭였다.

"약속할게."

"하느님, 감사합니다."

라켈은 흐느끼더니, 양손에 얼굴을 묻고 울기 시작했다.

해리는 자신의 다친 손을 내려다보았다. 응급조치 덕분에 출혈이 멈추었거나, 그가 텅 비어버렸거나 둘 중 하나였다.

"마티아스는 어디 있어?" 해리가 나지막이 물었다.

라켈이 고개를 번쩍 들더니 멍하니 해리를 바라보았다. "방금 다 끝났다고 약속……."

"마티아스 어디로 갔어, 라켈?"

"몰라."

"그자가 뭐라고 했어?"

라켈의 손이 그의 손을 꽉 쥐었다. "가지 마, 해리. 분명 당신 말고도 갈 사람이……."

"뭐라고 했냐고?"

라켈이 움찔하는 걸 보고 해리는 자신이 언성을 높였음을 깨달았다.

"이제 다 끝났고, 결말을 낼 거라고 했어." 라켈의 갈색 눈동자에 다시 눈물이 고였다. "그리고 그 끝은 삶에 대한 오마주가 될 거라고."

"삶에 대한 오마주? 마티아스가 그 단어를 썼어?"

라켈은 고개를 끄덕였다. 해리는 라켈의 손을 놓고, 자리에서 일어나 창가로 갔다. 밤하늘을 살펴보았다. 눈은 멎어 있었다. 오슬로 시내 어디서나 볼 수 있는, 반짝이는 기념물을 올려다보았다. 스키 점프대. 검은 능선을 배경으로 찍힌 하얀 쉼표 같았다. 혹은 마침표 같았다.

해리는 다시 라켈 곁으로 가서 그녀의 이마에 키스했다.

"어디 가는 거야?" 라켈이 속삭였다.

해리는 핏자국이 있는 손을 들어 올리며 미소를 지었다. "의사에게 가야지."

그러고는 방을 나와 비틀거리며 계단을 내려갔다. 마당의 차갑고 하얀 어둠 속으로 나갔지만, 메스꺼움과 현기증은 그대로였다.

하겐 경정은 랜드로버 옆에 서서 휴대전화로 통화 중이었다.

해리가 차로 데려다줄 수 있는지 부탁하자, 하겐은 통화를 멈추고 고개를 끄덕였다.

해리는 뒷좌석에 탔다. 라켈이 했던 말을 생각했다. 하느님, 감사합니다. 당연한 일이지만, 그 감사를 받아야 할 사람이 따로 있다는 걸 그녀는 알지 못할 것이다. 혹은 구매자가 제안을 받아들였다는 것도. 더불어 원금을 회수해야 할 시간이 이미 시작됐다는 것도.

"시내로 내려갈까요?" 운전석에 앉은 경관이 물었다.

해리는 고개를 저으며 위를 가리켰다. 오른손 엄지와 약지 사이에 홀로 남은 검지가 이상하게 외로워 보였다.

21일째

스키 점프대

라켈의 집에서 홀멘콜렌 스키 점프대까지는 차로 3분이 걸렸다. 그들이 탄 차는 터널을 통과해, 기념품가게들 사이에 있는 낭떠러지 앞에 멈춰 섰다. 스키 점프대의 슬로프는 마치 얼어붙은 순백색의 폭포 같았다. 폭포는 아래로 쏟아져 내렸다가 100미터 아래에서 평평한 아웃런*으로 넓게 펴졌다.

"놈이 여기 있다는 걸 어떻게 아나?" 하겐 경정이 물었다.

"여기 올 거라고 말했으니까요. 예전에 스케이트 경기장에 함께 있을 때 그가 이런 말을 했죠. 일생의 과업을 마치고, 너무 아파서 죽을 것 같으면 저기 있는 스키 점프대에서 뛰어내리겠다고요. 삶에 대한 오마주로요." 해리가 말했다.

"미쳤군." 군나르 하겐은 스키 점프대 꼭대기에 자리 잡은 캄캄한 전망대를 올려다보았다. 사방이 유리로 된 전망대였다.

"수갑 좀 빌릴 수 있을까?" 해리가 운전석의 경관에게 물었다.

"이미 차고 있지 않나." 하겐이 그렇게 말하며, 고갯짓으로 해

* out-run, 스키 점프대를 타고 내려와 점프한 후에 착지하는 사면

리의 오른쪽 손목을 가리켰다. 수갑 한쪽이 그의 손목에 채워져 있었다. "전 두 개씩 가지고 다니는 게 좋습니다." 해리는 그렇게 말하며, 경관에게서 가죽 상자를 건네받았다. "저 좀 도와주십쇼. 여기 손가락 두 개가 부실해서……."

하겐은 고개를 절레절레 흔들며, 수갑 한쪽을 해리의 왼쪽 손목에 채웠다.

"자네 혼자 가는 게 마음에 걸려. 왠지 무섭네."

"저 위는 별로 넓지 않습니다. 전 놈을 설득할 수도 있고요." 해리는 카트리네의 리볼버를 꺼내 들었다. "그리고 이것도 있죠."

"그래서 무섭다는 걸세, 해리."

해리는 하겐을 힐끗 바라보고는 몸을 돌려 멀쩡한 손으로 차 문을 열었다.

스키 박물관 입구까지 경관이 동행했다. 스키 점프대로 올라가는 엘리베이터를 타기 위해서는 스키 박물관을 통과해야 했다. 그들은 문을 부수기 위해 쇠지렛대를 가져갔다. 하지만 박물관 앞에 도착해보니, 티켓 판매소 옆에 떨어진 유리 파편이 손전등의 불빛에 반짝거렸다. 박물관 안쪽 어딘가에서 경보장치의 울부짖는 소리가 커졌다 작아졌다 했다.

"좋아, 우리가 찾는 놈이 여기 있다는 뜻이군." 해리는 그렇게 말하며, 허리 뒤쪽에 있는 리볼버를 확인했다. "다른 순찰차가 오는 대로 뒤쪽 비상구에 두 명을 배치하게."

해리는 손전등을 들고 어두운 실내로 들어갔다. 포스터와 노르웨이 스키 영웅들의 사진, 노르웨이 국기, 노르웨이 왕과 왕세자비의 사진들을 재빨리 지나쳤다. 모든 사진에는 노르웨이가 끝내주는 나라라고 선언하는 간략한 설명이 붙어 있었다. 그걸 보니,

이 박물관이 왜 그리 싫었는지 기억이 났다.

엘리베이터는 뒤쪽 오른편에 있었다. 좁고 밀폐된 엘리베이터. 해리는 엘리베이터의 문을 유심히 바라보았다. 식은땀이 흘렀다. 엘리베이터 옆으로 철제 계단이 있었다.

여덟 계단을 올라간 뒤, 해리는 자신의 결정을 후회했다. 다시 메스껍고 어지러웠으며, 저절로 구역질이 나왔다. 철제 계단을 올라가는 발소리가 계단 위아래로 메아리쳤고, 두 손목에 대롱대롱 매달린 수갑이 철제 난간에 부딪치며 쇠파이프의 음악을 연주했다. 심장은 아드레날린을 내뿜으며 곧 닥칠 일에 그의 몸을 대비시켜야 했으나, 그는 전혀 긴장되지 않았다. 너무 지쳐서, 너무 진이 빠져서인지도 모른다. 아니면 이제 다 끝났다는 걸 알고 그럴 수도 있다. 게임은 끝났고, 결과는 뻔했다.

해리는 계속 올라갔다. 발로 계단을 내딛을 때 발소리를 죽이려고 애쓸 필요도 없었다. 마티아스는 진작에 이 소리를 들었을 것이다.

계단은 곧장 캄캄한 전망대로 이어졌고, 해리는 손전등을 껐다. 머리가 계단 꼭대기 위로 드러나자마자 냉기가 느껴졌다. 창백한 달빛이 전망대 안으로 떨어졌다. 사방이 유리로 둘러싸인 한 평 반 정도의 공간에 빙 둘러 난간이 달려 있었다. 관광객들은 그 난간에 매달려 공포와 즐거움이 뒤섞인 채 오슬로 전망을 감상하거나, 스키를 타고 인런*을 내려가는 게 어떤 기분일지 상상한다. 혹은 스키 점프대 아래로 뛰어내려, 돌멩이처럼 저 아래의 집들 속으로 가라앉아 나무들 사이에서 박살 나는 게 어떤 기분일지 상상

* in-run, 출발대 정상에서 선수가 하강하며 내려가는 코스

하거나.

맨 마지막 계단을 올라선 해리는 담요처럼 펼쳐진 도심의 불빛을 배경으로 실루엣을 이루는 형체를 돌아보았다. 형체는 난간에 앉아 있었는데, 뒤에 있는 큼지막한 열린 창문으로 차가운 공기가 흘러 들어왔다.

"아름답지 않아?" 마티아스의 목소리는 명랑하고 활기찼다.

"전망을 말하는 거라면, 동의하지."

"전망을 말하는 게 아니야, 해리."

마티아스의 한쪽 발이 창문 밖에서 대롱거렸고, 해리는 계단 옆에 서 있었다.

"누가 라켈을 죽였지? 너야, 눈사람이야?"

"어느 쪽일 거 같나?"

"네가 죽였을 거야. 어쨌거나 넌 똑똑한 놈이니까. 너한테 기대하는 바가 컸다고. 기분 더럽지, 안 그래? 물론 그 안에서 아름다움을 보기란 쉽지 않아. 가장 사랑하는 사람을 죽인 당시에는 말이야."

"글쎄." 해리가 한 발짝 다가갔다. "네가 거기에 대해서 잘 알거라고 생각하지는 않는데."

"그럴까?" 마티아스는 창틀에 머리를 기대고 깔깔거렸다. "내가 제일 처음 죽인 여자는 세상에서 내가 제일 사랑하는 여자였어."

"근데 왜 죽였지?" 오른손을 뒤로 돌려, 리볼버를 감싸는 동안 해리는 찌르는 듯한 통증을 느꼈다.

"우리 엄마는 거짓말쟁이에다 창녀니까." 마티아스가 말했다.

해리는 오른손을 앞으로 홱 돌려 리볼버를 치켜들었다. "난간에서 내려와, 마티아스. 두 손 머리 위로 올려."

마티아스는 호기심 어린 시선으로 해리를 바라보았다. "네 엄마도 그럴 확률이 20퍼센트나 된다는 거 알아, 해리? 네가 창녀의 아들일 확률이 20퍼센트야. 어떻게 생각해?"

"내 말 못 들었어?"

"내가 널 위해 상황을 쉽게 정리해주지, 해리. 첫째, 난 네 말을 따르지 않을 거야. 둘째, 경찰에게는 내 손을 보지 못했다고, 그러니까 무장한 상태였을 수도 있었다고 말해. 이젠 당장 날 쏴."

"내려와."

"라켈은 창녀였어, 해리. 그리고 올레그는 창녀의 자식이고. 네가 라켈을 죽일 수 있도록 도와준 내게 고마워해야 해."

해리는 총을 왼손으로 바꿔 쥐었다. 두 손목에 채워진 수갑 끝이 서로 부딪쳤다.

"생각해봐, 해리. 날 체포해봤자, 나는 정신이상 선고를 받고 몇 년간 정신요양원에서 온갖 응석은 다 부리며 지내다가 풀려날 거야. 그러니 지금 날 쏴."

"넌 죽고 싶은 거야." 해리가 가까이 다가가며 말했다. "경피증으로 죽어가는 처지니까."

마티아스는 한 손으로 창틀을 찰싹 쳤다. "훌륭해, 해리. 내가 전에 내 피의 항체에 대해 했던 말을 조사해봤군."

"이다르에게 물어봤지. 나중에는 경피증에 대해 알아봤고. 그 병에 걸렸다면 죽음을 선택하는 게 어려운 일은 아니지. 예를 들어, 소위 네 일생의 과업에 유종의 미가 되어줄 극적인 죽음 같은 거."

"말에서 경멸이 묻어나는군, 해리. 하지만 언젠가는 너도 이해할 거야."

"뭘 이해한다는 거지?"

"우리가 같은 일을 했다는 사실. 병균과 싸우는 일. 하지만 너와 내가 싸우는 병균은 절대 박멸되지 않아. 우리가 거두는 모든 승리는 일시적이지. 따라서 우리 일생의 과업은 싸움 그 자체야. 내 싸움은 여기서 끝났고. 날 쏘고 싶지 않아, 해리?"

해리는 마티아스의 눈을 바라보았다. 그러고는 손에 쥔 리볼버를 반대로 돌려, 마티아스에게 건넸다. 손잡이를 앞으로 가게 해서. "네가 직접 해, 개새끼야."

마티아스는 눈살을 찌푸렸다. 해리는 마티아스의 눈에서 망설임과 의심을 보았다. 그것은 점차 미소로 바뀌어갔다.

"원한다면." 마티아스는 난간 너머로 팔을 뻗어, 권총을 잡더니 검은 강철을 쓰다듬었다.

"지금 큰 실수하는 거야, 친구." 마티아스는 그렇게 말하며 해리에게 총을 겨눴다. "넌 멋진 종지부를 찍게 될 거야, 해리. 덕분에 사람들은 내 업적을 영원히 기억할 거고."

해리는 검은 총구를 응시하며, 공이치기가 그 조그맣고 흉측한 머리를 들어 올리는 걸 바라보았다. 모든 것이 천천히 움직이는 듯했고, 전망대가 돌아가기 시작했다. 마티아스는 해리를 겨냥했다. 해리는 마티아스를 겨냥했다. 그러고는 오른쪽 팔을 내리쳤다. 마티아스가 방아쇠를 당기자, 수갑이 나지막한 콧소리를 내며 허공을 갈랐다. 비어 있던 수갑 한쪽이 마티아스의 손목에 부딪치며 메마른 철컥 소리를 냈다.

"라켈은 죽지 않았어." 해리가 말했다. "넌 실패한 거야, 이 악마 같은 새끼야."

마티아스의 눈이 휘둥그레졌다가 다시 가늘어졌다. 처음에는 발사되지 않은 리볼버를, 그다음에는 자신을 해리와 이어주는 손목의 수갑을 바라보았다.

"총알…… 총알을 빼놓았군."

해리는 고개를 저었다. "카트리네 브라트는 애초에 리볼버에 장전하지 않았어."

마티아스는 해리를 올려다보더니 몸을 뒤로 기울였다. "잘해봐."

그러고는 뛰어내렸다.

해리의 몸이 앞으로 쏠리며 중심을 잃었다. 버티려고 했지만, 마티아스가 너무 무거웠고 해리는 기운이 빠진 거인이었다. 피와 살을 잃어 약해진 상태였다. 해리는 강철 난간 위로 끌려가, 창문과 그 아래의 심연으로 빨려 들어가며 비명을 질렀다. 왼손을 머리 위로 들어 올려 뒤로 뻗는 동안 그의 눈에 보였던 것은 의자의 다리, 그리고 카브리니 그린의 창문도 없는 지저분한 원룸 아파트에 혼자 앉아 있던 자신의 모습이었다. 해리는 금속끼리 부딪치는 소리를 들었고 다음 순간, 자유낙하하며 어둠 속으로 굴러떨어졌다. 이제 게임은 끝났다.

군나르 하겐은 스키 점프대를 올려다보았지만, 다시 휘몰아치기 시작한 눈보라가 그의 시야를 가렸다.

"해리!" 그가 무전기에 대고 다시 한 번 불러보았다. "거기 있나?"

그는 버튼에서 손을 뗐지만, 이번에도 요란하게 지글거리는 공허한 소리뿐이었다.

이제 점프대 옆의 주차장에는 순찰차 네 대가 주차되어 있었다. 몇 초 전, 전망대에서 비명 소리가 들린 후로 이곳은 극도의 혼란 상태였다.

"떨어졌습니다." 하겐 옆에 있던 경관이 말했다. "분명 전망대에서 두 사람이 떨어지는 걸 봤습니다."

군나르 하겐은 체념하며 고개를 숙였다. 순간적으로 왠지 이런 식의 결말에 터무니없는 논리가 있는 듯했다. 일종의 우주적 균형을 이룬다고나 할까.

헛소리다. 완전 헛소리.

흩날리는 눈 때문에 경찰 차량은 보이지 않았지만, 여자의 통곡 소리 같은 사이렌은 들을 수 있었다. 벌써 오는 중이었다. 저 사이렌 소리가 부식동물들을 끌어모으리라. 독수리 같은 언론, 오지랖 넓은 이웃 주민들, 피에 굶주린 실세들. 그들은 시신에서 자신들이 가장 좋아하는 부분, 맛있는 부위를 한입씩 차지할 것이다. 두 가지 코스로 준비된(혐오스러운 스노우맨과 혐오스러운 형사), 오늘 저녁식사를 마음에 들어 할 것이다. 논리도, 균형도 없이 그저 허기와 음식뿐이다. 하겐의 무전기가 지글거렸다.

"시신을 찾을 수가 없다! 오버."

하겐은 기다리며 생각했다. 해리를 혼자 보낸 이유를 윗분들에게 어떻게 설명해야 할까? 자신은 단지 해리의 상관일 뿐 해리를 쥐고 흔드는 처지가 아니며, 한 번도 그랬던 적이 없다는 걸 어떻게 설명해야 할까? 또한 이 결말에는 나름의 논리가 있고, 솔직히 그들이 그걸 이해하든 말든 그는 털끝만큼도 관심 없다는 사실은 또 어떻게 설명한단 말인가?

"무슨 일입니까?"

하겐은 뒤를 돌아보았다. 망누스 스카레였다.

"해리가 떨어졌네." 하겐이 점프대를 향해 고갯짓을 하며 말했다. "지금 시신을 찾고 있어."

"시신이요? 반장님의 시신? 말도 안 돼요."

"말도 안 돼?"

하겐은 스카레를 돌아보았다. 스카레는 실눈을 뜨고 점프대를 올려다보았다. "아직도 반장님을 모르시네요, 경정님."

하겐은 젊은 형사의 확신이 부러웠다.

무전기가 다시 지글거렸다. "여기에는 시신이 없다!"

스카레는 하겐을 돌아보았고, 눈이 마주치자 '제가 뭐랬어요?' 라고 말하듯이 어깨를 으쓱했다.

"이봐, 자네!" 하겐이 랜드로버 운전사에게 소리를 지르며, 차 지붕에 있던 서치라이트를 가리켰다. "그걸 전망대에 비추게. 그리고 쌍안경 좀 가져와."

몇 초 후, 한 줄기 빛이 밤의 어둠을 갈랐다.

"뭐가 좀 보입니까?" 스카레가 말했다.

"눈뿐이야." 하겐이 눈에 쌍안경을 바짝 붙이며 말했다. "좀 더 위쪽으로 올려보게. 멈춰! 잠깐…… 맙소사!"

"왜요?"

"설마."

순간 무대 커튼이 양옆으로 열리듯이 눈발이 잦아들었다. 하겐은 몇몇 경관들의 고함을 들었다. 수갑으로 이어진 두 남자가 자동차의 백미러 아래에 대롱대롱 매달려 있는 것 같았다. 아래쪽 남자는 승리를 나타내듯이 한 팔을 머리 위로 들고 있었고, 위쪽 남자는 양팔을 세로로 일직선이 되게 뻗고 있었다. 마치 옆으로 십자가에 매달린 것처럼. 두 사람 모두 죽은 듯했고, 머리를 푹 숙인 채 허공에서 천천히 빙글빙글 돌고 있었다.

하겐은 쌍안경을 통해 해리의 왼손 수갑이 전망대 안쪽 난간에 채워진 것을 볼 수 있었다.

"맙소사." 하겐이 다시 한 번 말했다.

우연히도 실종자수사과의 젊은 경관 토마스 헬레는 해리가 의식이 돌아왔을 때 그의 곁에 쪼그리고 앉아 있었다. 네 명의 경관이 해리와 마티아스를 다시 전망대 위로 끌어올렸다. 그 사건이 있은 후로, 헬레는 이 악명 높은 형사가 정신이 들었을 때 맨 처음 보였던 이상한 반응을 사람들에게 두고두고 들려주었다.

"홀레 반장이 분노에 이글거리는 눈으로 마티아스가 살았느냐고 묻는 거야! 마치 그놈이 죽었을까 두렵다는 듯이. 마치 그게 최악의 결말이라는 듯이. 그래서 내가 그렇다, 조금 전에 구급차로 후송됐다고 말했더니, 놈이 자살하지 못하도록 신발 끈과 벨트를 꼭 치워야 한다는 거야. 이렇게 이상한 이야기 들어본 적 있어? 전 여자친구의 목을 뎅강 자르려고 했던 놈을 그렇게 걱정하다니 말이야."

22일째

아빠

풍경이 흔들리며 얼핏 쨍그랑거리는 금속 소리가 들린 듯했지만, 요나스는 다시 잠들었다. 목이 졸리는 것 같은 소리를 듣고서야 요나스는 눈을 떴다. 방 안에 누군가 있었다. 아빠였다. 아빠가 침대 가장자리에 앉아 있었다.

그리고 목이 졸리는 소리는 아빠가 우는 소리였다.

요나스는 일어나 앉았다. 아빠의 어깨에 한 손을 올리자, 어깨가 흔들리는 게 느껴졌다. 이상했다. 아빠의 어깨가 이렇게 좁은 줄 미처 몰랐다.

"찾았다는구나." 아빠가 흐느꼈다. "엄마의……."

"알아요. 꿈을 꿨어요."

아빠가 깜짝 놀라며 몸을 돌렸다. 커튼 사이로 스며든 달빛에 아빠의 뺨을 타고 흐르는 눈물이 보였다.

"이젠 우리뿐이에요, 아빠."

아빠가 입을 달싹거렸다. 한 번. 또 한 번. 하지만 아무 말도 나오지 않았다. 그저 양팔을 뻗어 요나스를 감싸 끌어당겼다. 요나스를 꼭 안았다. 요나스는 아빠의 목에 머리를 기댔고, 뜨거운 눈물에 두피가 젖는 걸 느꼈다.

"이거 아니, 요나스?" 아빠가 눈물을 흘리며 속삭였다. "아빠는 널 아주 많이 사랑한단다. 넌 내게 가장 소중한 존재야. 넌 내 아들이야. 알겠니? 내 아들이라고. 앞으로도 영원히 그럴 거야. 우린 해낼 수 있을 거야, 그렇지? 그렇게 생각하지 않니?"

"네, 아빠. 우린 해낼 수 있어요. 아빠랑 나 둘이서." 요나스가 속삭였다.

2004년 12월

백조

12월이었고, 병원 창문 밖으로 철회색 하늘 아래 헐벗고 누런 들판이 펼쳐져 있었다. 도로에서는 메마른 아스팔트 위로 스터드 타이어가 우두둑 소리를 내며 지나갔다. 행인들은 코트 깃을 세운 채 굳은 얼굴로 인도교를 황급히 건너갔다. 하지만 병원 안에는 사람들이 옹기종기 모여 있었고, 병실의 테이블에는 두 번째 강림절 일요일을 알리는 촛불 두 개가 밝혀져 있었다.

해리는 병실 문간에서 걸음을 멈췄다. 침대에 앉아 있는 스톨레 에우네가 방금 웃기는 말을 한 모양이었다. 과학수사과 책임자인 베아테 뢴의 머리가 아직도 웃고 있었기 때문이다. 그녀의 무릎 위에는 뺨이 발그레한 아기가 입을 벌린 채 크고 동그란 눈으로 해리를 바라보았다.

"어서 오게, 친구!" 해리를 발견한 스톨레가 외쳤다.

해리는 병실 안으로 들어가 허리를 굽혀 베아테를 껴안았고, 스톨레 에우네에게는 악수를 청했다.

"지난번보다 좋아 보이시네요." 해리가 말했다.

"크리스마스 전에 퇴원할 수 있다고 했네." 에우네는 잡고 있던 해리의 손을 뒤집었다. "참 무시무시한 손이로군. 어떻게 된 건가?"

해리는 에우네가 그의 오른손을 이리저리 살펴보도록 내버려두었다. "가운뎃손가락이 잘려 나갔는데 구할 수가 없었습니다. 집게손가락은 신경끼리 꿰맸고, 그래서 신경 끝이 한 달에 1밀리미터씩 자라면서 서로를 찾아가고 있습니다. 의사 말로는 손가락 한쪽 면의 감각은 영원히 마비될 거라더군요."

"큰 대가를 치렀군."

"아뇨. 이 정도면 아무것도 아니죠."

에우네가 고개를 끄덕였다.

"재판에 대한 소식은 좀 들었어요?" 베아테가 휴대용 침대에 아기를 눕히기 위해 자리에서 일어나며 물었다.

"아니." 해리는 베아테의 능숙한 몸놀림을 바라보며 말했다.

"피고 측은 마티아스가 정신병자라고 주장할 걸세." 에우네는 심리학적 전문용어보다 '정신병자' 라는 통속적인 단어를 선호했다. 더 적절한 표현일 뿐 아니라, 시적이기도 하다는 것이 그의 생각이었다. "나보다 더 형편없는 심리학자를 데려다놓아도 그 판정은 받을 수 있을 거야."

"맞아요, 그래도 어차피 종신형이에요." 베아테가 머리를 갸우뚱하며, 아기의 담요를 똑바로 펴주었다.

"그 종신형이 제대로 된 종신형이 아닌 게 유감이지." 에우네가 투덜대며 침대 맡 테이블에 놓인 물컵을 향해 손을 뻗었다. "나이를 먹을수록, 정신질환이 있든 없든 악은 그냥 악이라는 생각이 드네. 인간에게는 누구나 어느 정도 사악한 기질이 있지. 하지만 그렇다고 해서 악행이 정당화될 순 없어. 우린 다들 인격장애 환자들이니까. 행동을 보면, 그 사람의 증상이 얼마나 심각한지 알 수 있지. 인간은 법 앞에 평등하다고들 하지만, 인간이 모두 다르니 그 말은 무의미해. 흑사병이 돌 때 배에서 기침하는 선원은 즉각 바다로 던져졌지. 당연한 일이야. 정의란 건 철학에서든 재판에서든 무딘 칼과 같으니까. 우리가 가진 건 운 좋은 혹은 운이 나쁜 의학적 소견뿐이라네."

"그래도," 해리는 아직 붕대를 감아놓은 가운뎃손가락의 뿌리를 응시했다. "이 경우에는 종신형을 받을 겁니다."

"그런가?"

"의학적 소견이 운이 나빴거든요."

병실에 정적이 감돌았다.

"병원에서 인공 손가락을 달지 않겠냐고 물어봤다고 말했던가요?" 해리가 오른손을 흔들며 말했다. "하지만 전 지금 이대로가 좋아요. 손가락 네 개라니, 만화에 나오는 손 같잖아요."

"잘려 나간 손가락은 어떻게 됐나?"

"해부학 연구소에 기증하려고 했지만 그쪽에서는 관심이 없더군요. 그래서 박제로 만들어서 책상에 올려뒀습니다. 하겐 경정의 책상에 있는 일본 군인의 손가락처럼요. 쭉 뻗은 가운뎃손가락이야말로 저만의 적절한 환영 인사가 될 거 같아요."

두 사람이 웃음을 터뜨렸다.

"올레그와 라켈은 어때요?" 베아테가 물었다.

"놀랄 만큼 잘 지내. 강한 사람들이야."

"카트리네 브라트는요?"

"좋아졌어. 지난주에 찾아갔는데, 2월부터 복직할 거라더군. 예전에 일했던 베르겐의 부서로 돌아갈 거야."

"정말인가요? 카트리네는 흥분해서 누군가를 쏠 뻔하지 않았나요?"

"내 생각이 틀렸어. 알고 보니 카트리네의 총에는 원래 총알이 없었더라고. 그래서 그렇게 멀리서 방아쇠를 당길 생각을 했던 거야. 진작 알았어야 했는데."

"왜요?"

"다른 경찰서로 전근을 가면 예전에 지급받은 총을 반납하고, 새 총과 총탄 두 상자를 받거든. 카트리네의 책상 서랍에는 뜯지 않은 총탄 두 상자가 있었어."

순간 정적이 흘렀다.

"좋아졌다니 다행이네요." 베아테가 아기의 머리카락을 쓰다듬으며 말했다.

"응." 해리가 건성으로 대답했다. 하지만 사실이었다. 그녀는 정말로 좋아진 것 같았다. 그가 베르겐에 있는 카트리네 어머니의 집을 방문했을 때 그녀는 산비켄 산에 등산을 갔다 와서 막 샤워를 한 뒤였다. 그녀의 어머니가 차를 내오는 동안, 카트리네의 머리카락은 아직 젖어 있었고, 뺨은 붉게 물들어 있었다. 카트리네는 자신이 어떻게 아버지의 죽음에 집착하게 됐는지 이야기했다. 또한 그 일에 그를 끌어들여서 미안하다고 사과했다. 비록 그녀의 눈에 후회의 기색은 조금도 없었지만.

"정신과 의사 말이 전 그냥 일반인들보다 서너 단계 더 극단적일 뿐이래요." 카트리네가 깔깔 웃더니 어깨를 으쓱였다. "하지만 이젠 다 끝났어요. 그 일은 어릴 때부터 절 따라다녔어요. 드디어 아버지는 오명을 벗었고, 전 제 삶을 살아갈 수 있어요."

"성범죄과에서 서류나 뒤적이면서 말이야?"

"일단 시작은 그렇게 하는 거죠. 거물 정치인들도 나중에는 컴백한다고요."

그러더니 그녀의 시선이 창문으로 미끄러져 갔다. 아마도 피오르 너머, 핀뇌위 섬으로 향했을 것이다. 그 집을 나서며 해리는 그녀의 상처가 그대로 남아 있다는 걸 알았다. 아마도 평생 갈 것이다.

해리는 자신의 손을 내려다보았다. 에우네의 말이 옳다. 모든 아이들이 완벽한 기적이라면, 삶은 근본적으로 퇴보해가는 과정이다.

문가에서 간호사가 기침을 했다. "주사 맞으셔야 할 시간이에요, 에우네 씨."

"아, 제발. 나 좀 봐줘요, 간호사 양반."

"여기선 아무도 봐주지 않아요."

스톨레 에우네가 한숨을 쉬었다. "이봐요, 간호사 양반. 살고자 하는 자의 목숨을 빼앗는 것과 죽고자 하는 자에게서 죽음을 빼앗는 것 중에 뭐가 더 나쁜 것 같소?"

베아테와 간호사, 에우네는 다 함께 웃었다. 아무도 의자에 앉은 해리가 움찔하는 것은 눈치채지 못했다.

해리는 병원에서 가파른 언덕을 걸어올라 송스반 호수로 갔다. 호수 주위에는 사람이 많지 않았다. 일요일에도 호수 주위의 산책로를 걸으며 운동을 거르지 않는 사람들뿐이었다. 라켈은 바리케이드 옆에서 기다리고 있었다.

두 사람은 가볍게 껴안고 말없이 산책로를 걷기 시작했다. 공기는 매서웠고, 창백한 푸른빛 하늘에는 뿌연 태양이 떠 있었다. 발

아래로 메마른 낙엽이 바스락 소리를 내며 산산이 부서졌다.

"난 몽유병 환자야." 해리가 말했다.

"응?"

"그것도 꽤 오래된 것 같아."

"늘 정신을 똑바로 차리고 살기란 쉽지 않지."

"아니, 아니." 해리는 고개를 저었다. "그런 뜻이 아니라, 말 그대로 몽유병 환자라고. 밤에 자다가 일어나서 집 안을 걸어 다니는 것 같아. 내가 뭘 하는지는 하늘만 알겠지."

"어떻게 알았어?"

"퇴원한 날 밤에 부엌에 서 있더라고. 바닥에 찍힌 젖은 발자국을 바라보면서 말이야. 그러다 내가 홀딱 벗고 있다는 걸 알았어. 고무장화만 신고 있더군. 한밤중이었고, 손에는 망치를 들고 있었어."

라켈은 미소를 지으며 시선을 내렸다. 그러고는 걷는 속도를 맞추기 위해 한 걸음 건너뛰었다.

"나도 한동안 몽유병에 걸렸어. 임신 직후에."

"에우네 말로는 성인들은 스트레스가 심할 때 몽유병 증상이 나타난대."

두 사람은 호수 가장자리에서 걸음을 멈추었다. 백조 두 마리가 아무런 움직임이나 소리도 없이 회색빛 수면 위를 유유히 떠다녔다.

"처음부터 올레그의 아빠가 누군지 알았어. 하지만 오슬로에 있는 그 사람의 여자친구가 임신했다는 걸 알았을 당시에는 내가 그의 아이를 임신한 줄 몰랐어." 라켈이 말했다.

해리는 매서운 공기를 허파 가득 들이마셨다. 공기가 얼얼했다.

겨울의 맛이다. 그는 눈을 감은 채 태양을 향해 고개를 돌리며 라켈의 말을 들었다.

"내가 임신했다는 걸 알았을 때 그이는 벌써 결정을 내리고, 모스크바를 떠난 상태였어. 내겐 두 가지 선택권이 있었지. 친자식처럼 아이를 사랑하고 보살펴줄 아빠(그가 아이를 자기 자식으로 생각하는 한)를 만들어주든가, 아빠 없는 아이로 키우든가. 말도 안 되는 생각이었지. 내가 거짓말을 얼마나 싫어하는지 당신도 알잖아. 만약 누군가 내게, 다른 사람도 아닌 내게 언젠가 거짓된 삶을 선택하게 될 거라고 했다면, 나는 당연히 펄펄 뛰며 그 말을 부인했을 거야. 어릴 때는 모든 게 간단하다고 생각하지. 자신이 대면해야 할, 믿기 힘든 결정에 대해서는 아무것도 몰라. 고려해야 할 대상이 나뿐이었다면 간단한 결정이었을 거야. 하지만 참작해야 할 사항들이 너무 많았어. 표도르에게 상처를 주고 그의 가족들을 모욕할 것인가, 뿐만 아니라 오슬로의 가족에게 돌아가버린 그 남자를 위해 모든 것을 파괴할 것인지도 생각해야 했어. 그리고 올레그를 생각해야 했지. 올레그가 최우선이었어."

"이해해. 다 이해해."

"아니, 당신은 내가 왜 진작 이 이야기를 하지 않았는지 이해 못 해. 당신은 자기 자신밖에 고려할 게 없는 남자니까. 당신은 분명 내가 더 좋은 사람인 척하려 했다고 생각할 거야."

"그렇게 생각 안 해. 당신이 지금보다 더 좋은 사람이 될 수 있으리라고는 생각하지 않아."

그녀는 해리의 어깨에 머리를 기댔다.

"사람들이 백조에 대해 하는 말이 사실일까? 백조는 죽음이 그들을 갈라놓을 때까지 서로에게 정절을 지킨다잖아." 라켈이 말했다.

"자기들이 한 약속은 충실히 지킬 것 같아." 해리가 말했다.

"백조가 무슨 약속을 하는데."

"아무 약속도 안 하겠지, 아마도."

"지금 당신 얘기를 하는 거야? 사실 난 당신이 약속하고 어길 때가 더 좋았어."

"또 다른 약속을 해달라는 거야?"

라켈이 고개를 저었다.

두 사람이 다시 걷기 시작하자, 라켈이 그의 팔짱을 꼈다.

"우리가 다시 시작할 수 있었으면 좋겠어." 라켈이 한숨을 쉬었다. "아무 일도 없었던 것처럼."

"나도 알아."

"하지만 부질없는 짓이라는 거 당신도 알잖아."

라켈의 억양으로 보아 그것은 평서문이었다. 하지만 어딘가에 여전히 아주 작은 물음표가 숨겨져 있었다.

"떠날까 생각 중이야."

"어머, 그래? 어디로?"

"모르겠어. 날 찾지 마. 특히 북아프리카에서는."

"북아프리카?"

"영화에서 마티 펠드만이 했던 대사야. 도망치면서도 누군가 자기를 찾아주길 바랐던 거지."

"그렇구나."

그림자 하나가 그들 위로 날아올라 잿노랑빛 숲으로 향했다. 두 사람이 올려다보니, 아까 백조 중의 한 마리였다.

"영화에서는 어떻게 됐어? 서로 다시 만났어?" 라켈이 물었다.

"물론이지."

"언제 돌아올 거야?"

"안 돌아와. 영원히 돌아오지 않을 작정이야." 해리 홀레가 대답했다.

퇴옌에 위치한 고층 건물의 싸늘한 지하실에 아파트 주민회의 두 대표가 걱정스런 얼굴로 서 있었다. 그들의 시선은 작업복 차림에 유달리 알이 두꺼운 안경을 쓴 남자에게로 향했다. 이야기를 하는 남자의 입에서 하얀 회반죽 가루 같은 입김이 새어 나왔다.

"그게 바로 곰팡이의 특징입니다. 육안으로는 보이지 않아요."

남자는 말을 멈추고, 이마에 찰싹 달라붙어 있는 머리카락을 가운뎃손가락으로 눌렀다.

"하지만 있다는 거죠."

얼마 전 BBC 드라마로 새롭게 부활한 셜록 홈스 시리즈가 그야말로 열풍을 일으켰다. 나는 셜록 홈스 역을 맡은 베네딕트 컴버배치를 보면서 그가 이 소설의 주인공 해리 홀레를 연기해도 매우 잘 어울렸으리라 생각했다. 장신의 마른 몸, 못생긴 것 같으면서도 묘하게 섹시한 얼굴, 차가운 나쁜 남자의 분위기가 딱 해리 홀레였다. 실제로도 영국에 셜록 홈스가 있다면, 노르웨이에는 해리 홀레가 있다고 할 정도로 해리 홀레는 노르웨이 국민들의 사랑을 받는 캐릭터다. 어쩌면 사랑을 받는 것은 해리 홀레라기보다 그를 창조한 요 네스뵈인지도 모르겠다.

요 네스뵈는 노르웨이 작가로서는 이례적으로 전 세계적인 성공을 거두었다. 그의 작품은 40개 언어로 번역되어 4천만 부 가까이 팔렸으며, 마이클 코넬리는 그의 팬임을 자청했고, 그의 수상 내력은 한없이 길게 이어진다. 웬만큼 굵직한 상은 다 수상했다고 해도 과언이 아니다. 이런 성공의 요인은 단연 훌륭한 작품성에 있다. 그의 스토리텔링 능력은 스티븐 킹 못지않으며, 음습한 공포 분위기를 그려내는 데 탁월하면서도, 문체는 서정적이고 문학적이다. 시적 느와르라는 평가를 받는 그의 작품은 전성기 시절의 레이먼드 챈들러에 비견되기도 한다.

네스뵈는 동화책을 비롯해 여러 작품을 썼으나 그를 가장 유명하게 만들어준 것은 뭐니 뭐니 해도 해리 홀레 시리즈다. 이 시리즈는 1997년 《박쥐》로 시작해서 최근작인 《The Thirst》까지 총 열한 권이 출간되었다. 일곱 번째 작품인 《스노우맨》은 네스뵈를 세계적인 베스트셀러 작가로 만들어준 일등공신이라 할 수 있다. 그가 창조한 매력 넘치는 주인공, 해리 홀레는 오슬로 경찰청 강력반의 반장이다. FBI에서 연쇄살인범 체포 과정에 관해 공부했고, 실제로도 연쇄살인범을 체포한 경험이 있는 노르웨이 유일의 형사다. 일중독에 알코올중독자이며, 악과 싸우다 자기 스스로 악이 되어버린 전형적인 안티히어로이다. 그런가하면 연애에 있어서는 만남과 헤어짐을 반복한 오랜 연인 라켈을 잊지 못하는 순정남이기도 하고, 라켈의 아들인 올레그를 친아들처럼 아낀다. 친구라고는 어릴 때 함께 자란 외위스타인과 트레스코(둘 다 알코올중독자)가 유일하지만, 그보다 더 가까운 친구는 알코올 도수 40

퍼센트의 짐빔이다. 음악이라면 섹스 피스톨스에서 듀크 엘링턴, 닐영에서 슬립낫에 이르기까지 가리지 않고 좋아한다. 대개는 사건 수사를 위해 맨 정신으로 버티지만, 뱃속에는 늘 사슬에 묶인 사냥개들이 술을 갈구하며 짖어댄다.

《스노우맨》은 비교적 전작과의 연결 고리가 적은, 따라서 해리 홀레 시리즈를 시작하기에 괜찮은 출발점이라 할 수 있다. 이 작품이 시작되는 시점은 평소 해리의 수호천사이자 멘토였던 비아르네 묄레르 경정이 떠나고, 새로운 상사인 군나르 하겐이 임명된 지 1년쯤 지난 상태다. 해리와 하겐은 처음에는 서로에게 적대적이었지만, 이제는 어느 정도 서로를 존중하는 사이가 되었다. 한때 동거까지 했던 라켈과는 헤어졌으나 둘은 아직도 간간히 연락을 주고받는다. 경찰청에서 유일하게 가깝게 지냈던 파트너마저 세상을 떠나 해리는 가뜩이나 외톨이처럼 지내고 있다. 하지만 이런 배경 지식 없어도 이 책을 즐기기에는 무리가 없다.

노르웨이의 설원을 배경으로 펼쳐지는 이 스릴러는 긴긴 겨울밤, 따뜻한 방 안에서 읽기에 안성맞춤이다. 하지만 읽다보면 왠

지 등 뒤로 냉기가 느껴질 것이다. 그럴 땐 돌아보지 말고 그냥 읽어라. 행여 창 밖으로 눈사람이라도 봤다가는 심장이 멎을지도 모르니까. 원하는 것이 문학적 재미든, 하드보일드 느와르든, 아니면 그냥 닥치고 재미있는 소설이든 이 책에서(혹은 앞으로 이어질 해리 홀레시리즈에서) 얻을 수 있을 것이다. 추운 나라에서 온 이 안티히어로가 선사해줄 즐거움이 이제 시작되었다.

노진선